Los salvajes 1

Los salvajes 1
Una boda francesa

SABRI LOUATAH

Traducción de
Joan Riambau

LITERATURA RANDOM HOUSE

Papel certificado por el Forest Stewardship Council®

Título original: *Les Sauvages. Tomes 1 & 2*

Primera edición: octubre de 2018

© 2012, Flammarion/Susanna Lea Associates
© 2018, Penguin Random House Grupo Editorial, S. A. U.
Travessera de Gràcia, 47-49. 08021 Barcelona
© 2018, Joan Riambau, por la traducción

Printed in Spain – Impreso en España

ISBN: 978-84-397-3218-1
Depósito legal: B-16.571-2018

Compuesto en La Nueva Edimac, S. L.
Impreso en Cayfosa (Barcelona)

R H 3 2 1 8 1

Penguin
Random House
Grupo Editorial

ÍNDICE

PRIMERA PARTE

LA FAMILIA NERROUCHE

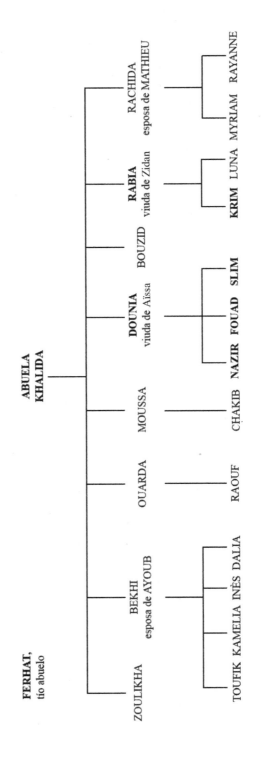

I

KRIM

1

Sala de fiestas, 15.30

En breve habría que tomar una decisión: quién iría al Ayuntamiento y quién se quedaría «tranquilamente» en la sala de fiestas. La familia de la novia era muy numerosa, así que no cabrían todos en la casa consistorial y, además, el alcalde tenía fama de no ser muy paciente en tales situaciones. Su predecesor —un independiente de izquierdas— había prohibido lisa y llanamente las bodas en sábado para evitarles a los apacibles habitantes del centro los bocinazos, el raï y los bólidos adornados con banderas verdes y blancas. El actual alcalde había derogado esa prohibición pero amenazaba de nuevo con ella sin vacilar en cuanto una tribu sobreexcitada organizaba un jaleo en la casa de la República.

Entre los que ya no tenían ninguna intención de moverse figuraba la tía Zoulikha, que, sentada sobre su cuscusera, se abanicaba con el *20 minutes* de ese día al que Ferhat le había arrancado la portada, en la que se leía: «LAS ELECCIONES DEL SIGLO». El viejo Ferhat lucía un estrafalario gorro ruso verde grisáceo que le hacía sudar las orejas. Uno de sus sobrinos nietos había intentado convencerle de que se lo quitara, pero en cuanto alguien abordaba la cuestión Ferhat se escabullía encogiéndose de hombros y balbuciendo análisis sobre los últimos sondeos, con una voz dulce y casi profesoral que no le conocían.

Esa tarde todo el mundo estaba un poco raro: corría el rumor de que los invitados de la familia de la novia se contaban por cientos y, además, hacía mucho calor para un 5 de mayo. Los resultados de la primera vuelta de las elecciones habían convertido el país en una olla a presión y el primo Raouf parecía ser el único tornillo que evitaba que la tapa saltara por los aires. Se rociaba agua con un vaporizador y tecleaba en su iPhone. La abuela le observaba sin comprenderle, sin entender a esa nueva raza de hombres que vivían a través de una pantalla. Conectado al Twitter de una fanática de los sondeos políticos y pendiente de las actualizaciones de una web de política, Raouf encendía un cigarrillo tras otro y comentaba los pronósticos electorales que un colega, gerente como él de un restaurante *halal* en Londres, publicaba en Facebook.

Raouf, cuya elegancia era alabada a menudo por sus trajes a rayas de mil euros, lucía ese día y desde la antevíspera la misma camiseta estampada con el sonriente candidato del Partido Socialista, una camiseta mal entallada visible debajo del blazer remangado que mostraba sus vigorosos antebrazos de empresario. Parecía que en sus venas latiera el pulso de la nación.

A la abuela, que le había reprochado que aún no se hubiera vestido de traje, ya no le quedaban fuerzas ni ganas de reprocharle nada a nadie. Ocupaba en silencio un lugar de honor en el rutilante Audi de Raouf, que había puesto el aire acondicionado y escuchaba distraídamente las canciones cabilias que resonaban en los otros coches engalanados. La abuela sacó una de sus canillas de gallina del vehículo y barrió con su mirada el aparcamiento terreado en el que vegetaba su tribu.

A sus aproximadamente ochenta y cinco años —nadie conocía con exactitud su fecha de nacimiento—, la abuela gozaba de un estatus particular en la familia: los aterrorizaba a todos. Era viuda desde hacía lustros y nadie la había visto compadecerse, enternecerse o decirle una palabra amable a ningún ser humano que hubiera dejado atrás la pubertad. Se alzaba entre sus hijas frívolas y volubles como una suerte de personificación del Reproche, alimentada por su extraordinaria resistencia, que daba la impresión de ser fruto de un pacto con el Diablo y transmitía a la vez la certidumbre de que las enterraría a todas.

En cuanto los tipos de la sonorización empezaron las pruebas en la sala, la abuela regresó al mullido silencio del Audi.

—¿Cómo es que ya están aquí? —preguntó el jefe de los encargados de la sonorización a Raouf.

—Es el punto de encuentro —respondió Raouf sin tomarse la molestia de quitarse el auricular—. Antes de ir al Ayuntamiento. Pero enseguida nos marcharemos, estamos esperando a que llegue todo el mundo.

El tipo de la sonorización no parecía convencido. Tenía un trozo de lechuga entre los dientes, los dientes muy grandes y olía a cebolla.

—Es usted familiar del novio, ¿verdad? Si no les importa, tendrían que apagar la música de los coches. Nos han pedido que procuremos no molestar a los vecinos antes de la noche. ¿Y esa señora de la cuscusera?

—¿Qué pasa?

—Creía que había un servicio de catering.

Raouf no supo qué responder. Extendió las manos avergonzado y se volvió hacia su tía Zoulikha, una venerable damajuana de carne rosada, estoica e inmaculada, que inspiraba y espiraba aplicadamente bajo un castaño cuyas ramas en flor no la protegían de la solana.

Otras tres tías que se arremolinaban bajo la pequeña sombra de un chopo se pusieron a hablar de su hermana pequeña, la problemática Rachida, mientras Dounia, la madre del novio, iba y venía de corrillo en corrillo preocupada porque nadie parecía dispuesto a tomar parte en la carrera hasta el Ayuntamiento.

—Solo habrá familiares suyos —se lamentaba agitando el velo blanco y el móvil—. ¡Gualá, qué vergüenza, no puede ser...! ¡Y Fouad! —exclamó de repente al pensar en su otro hijo, el pequeño, que venía de París para ser testigo de su hermano—. ¡Fouad ni siquiera me coge el teléfono!

El tío Bouzid se quitó la gorra para enjugarse el cráneo desnudo. Tenía una calvicie extraña, inestable y musculosa, atravesada de un extremo a otro por una vena cuya prominencia delataba por lo general la inminencia de un acceso de cólera.

—Cálmate, Dounia. ¡La ceremonia en el Ayuntamiento no empieza hasta dentro de una hora y Slim ni siquiera ha llegado! Estamos todos, ¿verdad? Tanto miedo que tenías y aquí estamos todos, una hora antes, así que ponte zen. ¡Zen! —exclamó antes de añadir con una sonrisa irónica—: ¿Acaso crees que no van a dejar entrar a la madre del novio? ¡No es una discoteca! ¡Ja, ja! «Lo siento, no puede entrar, es una fiesta privada.» No te preocupes y vete a hablar un poco con Rab, que la pobre está ahí sola.

Rabia hablaba por teléfono, estrujando sus rizos y riéndose a carcajadas como una chiquilla. Era una madre joven. Su hijo mayor apenas tenía dieciocho años y ella cuarenta. Colgó para llamarlo. No le contestó. Rabia se sumó al corro de sus cuñados, que hablaban de mecánica, de las elecciones presidenciales y de los resultados de las carreras de caballos echándoles de vez en cuando la bronca a las esposas que reñían a su nerviosa prole.

2

Y al fondo de todo, detrás del gimnasio adonde la gente iría a votar al día siguiente, alejado del raï y del chismorreo, estaba Krim. Krim con sus ojos adormilados, Krim con sus cejas compactas, fruncidas, hostiles, Krim con sus pómulos extrañamente achatados que hacían que pareciera un chinito, como decía todo el mundo.

Apoyado en el panel electoral en el que ya solo había dos carteles, frotaba un encendedor de plata contra la banda fluorescente de su chándal cuando su madre, Rabia, llegó a su lado para preguntarle por qué no respondía al teléfono y, sobre todo, si tenía intención de ir al Ayuntamiento. Se guardó el encendedor en el bolsillo y se encogió de hombros evitando cruzarse con su mirada.

—No lo sé.

—¿Cómo que no lo sabes? ¿Qué haces aquí? ¿Ya estás otra vez fumando porros? Déjame que te vea los ojos… Me juraste que lo habías dejado, ¿y qué significa esto? ¿Quiere decir que no puedo confiar en ti? ¿Has sido tú el que le ha dibujado ese bigote de Hitler a Sarkozy? Mírame, ¿has sido tú?

—No, claro que no he sido yo.

—Así que vendrás, ¿no?

—No lo sé —dijo Krim—. Ya te he dicho que no lo sé.

—Pues si no lo sabes no vengas. ¿No vas a apoyar a tu primo en el Ayuntamiento? ¡De todas formas, no te queda otro remedio! ¿O te da igual apoyarle?

—Pero ¿qué dices? —se enojó Krim—. «Apoyar a tu primo», como si fuera la guerra. ¿Y por qué te metes conmigo, eh?

Rabia alzó la vista de la pantalla del móvil y arrastró a su hijo de la mano hacia la puerta de los vestuarios, que el encargado del complejo había abierto para guardar unas sillas. Rabia se dirigió directamente a las duchas y amenazó a su hijo, alzando la voz:

—Krim, no me vengas con zalamerías. Hoy ni se te ocurra, te aviso.

—Déjame ya, estás loca. Y no se dice zalamerías…

—¿Qué? —dijo, con unos ojos como platos.

—Olvídalo.

—De todas formas, la culpa es mía. Si hubiera sido una madre terrible te arrodillarías a mis pies. *Reddem le rehl g'ddunit*, me lo merezco. Por buena y por tonta, como siempre. *Chai*, a ver si aprendo de una vez…

Consultó por enésima vez en los últimos diez minutos la lista de mensajes recibidos. A pesar de que solo tenía cuarenta años, el móvil era para ella un objeto misterioso que manipulaba temerosa, con los dedos tensos, perpendiculares al teclado y muy concentrada para no equivocarse de tecla. Alzó su cabeza de chorlito rizada y miró a su hijo. Todos aquellos años cuidando de «renacuajos» en las guarderías municipales habían impedido que su voz y su mirada abordaran las cosas con seriedad. Era volátil, inestable e infantil. Parecía una de esas niñitas con hoyuelos y grandes ojos que se pasaba todo el día dibujando mientras cuidaba a aquellas criaturas que la adoraban casi a su pesar, porque nunca había dejado de ser una de ellas.

—Bueno, hijo, vendrás con nosotros, ¿a que sí?

—¡Cómo me agobias! ¡Me agobias! ¿Lo entiendes? ¡Me estás agobiando!

—Júrame que dejarás los porros —insistió ella en tono de súplica—. Piensa en tu hermana, ya que no piensas en tu padre... Piensa en tu hermana.

—Ya basta, lo he entendido.

—¿Cómo crees que vas a acabar...?

—¡Basta!

—Papá tenía razón: te estás convirtiendo en un asno, como Pinocho.

—¡Basta, he dicho! —gritó Krim—. ¡Basta ya!

Y acto seguido buscó la puerta más próxima con la mirada, los hombros, las manos y todo su cuerpo en alerta.

3

Rabia insistía en lo del Ayuntamiento porque Krim —su verdadero nombre era Abdelkrim— era el segundo testigo del novio pero, sobre todo, porque de los doce primos hermanos era el más próximo a él. Rabia y Dounia, sus madres, eran grandes amigas, hermanas de sangre y de destino —por su matrimonio de amor y su viudedad precoz— y, a pesar de los dos cursos de diferencia y de sus vidas cada vez más divergentes, Slim y Krim habían sido inseparables. Tiempo atrás se habían apodado Mohammed y Hardy, los dos sarracenos de Saint-Christophe, pues «sarraceno» era o había sido la palabra preferida de Slim, que le copió a un tío suyo pero que de tanto utilizarla al final ya no significaba nada en concreto: mira cómo corre ese sarraceno, esos rubitos son en realidad sarracenos o ¿qué hace ese sarraceno en tus calcos?

Juntos habían vivido de todo: las persecuciones por el barrio de la abuela, las barbacoas ilegales en las que sus padres apostaban con sus fechas de nacimiento en las carreras hípicas, los temidos «Te espero a la salida» hacia la que se dirigían codo con codo a las cinco de la tarde, sacando pecho como protagonistas de una película del Oeste, y también el suelo de madera claveteada del minúsculo despacho de la jefa de estudios, las bodas en las que atormentaban a su prima segunda y, sobre todo, el olor de los pinos del campamento de verano al pie de los cuales orinaban observando sus pichas sin prepucio.

Slim recordaría toda su vida el día en que Krim anunció a gritos en el vestuario, sosteniendo la prueba en la mano, que ya tenía una polla de hombre.

—¡Anda ya! ¿Eso es una polla de hombre?

—Pues enséñame la tuya.

—¡Qué dices! ¡Como te enseñe mi cipote te vas a desmayar!

Pero Krim ya no escuchaba, fascinado ante los largos pelos engominados que casi podía contar alrededor de ese nuevo sexo oliváceo y de un tamaño efectivamente considerable.

A Abdelkrim le llamaron Krim o Krikri sin darle más vueltas hasta que la pubertad, en su caso un hada precoz y de dudosa prodigalidad, le dobló el volumen de los antebrazos y le dibujó una pelusilla amenazadora sobre el labio superior. Y a partir de ese momento todo se torció por completo.

Al acabar la secundaria le orientaron a la formación profesional basándose más en el interés que parecía mostrar hacia el funcionamiento de las máquinas, como se les explicó al consejo escolar y a los padres, que en sus calificaciones en tecnología, tan mediocres como las obtenidas en las demás asignaturas. Le habían encontrado su camino, y menospreciar los oficios manuales era un disparate e incluso un error, etcétera. El mismo discurso que treinta años antes con sus tías, a las que también mandaron a la formación profesional. Una generación después, nada había cambiado.

Su nuevo instituto estaba lejos del centro y era arquitectónicamente deprimente: un bloque de hormigón sobre una colina en medio de una zona industrial y con una bandera que recordaba tanto el pabellón con la calavera que el CES Eugène Sue fue bautizado como «el Titanic». En efecto, a primera hora de la mañana sus cuatro chimeneas flotaban entre la niebla, las ventanas de las aulas estaban enrejadas hasta el tercer piso y el cuarto estaba destinado a las dependencias de la administración.

Al empezar el curso, Krim, que se liaba a tortazos en cuanto un extraño le llamaba Krikri, conoció al que su padre, un hombre dulce de salud frágil, bautizó como Lucignolo, como el carismático rufián que aparta a Pinocho del buen camino. Krim se convirtió en su esbirro y empezó a fumar. Abandonó el equipo de fútbol y las clases de piano, de las que se avergonzaba. Su madre le había matriculado porque la profesora de primaria que tocaba el violín había asegurado que no solo tenía una enorme facilidad, sino que disponía de lo que denominaba, con incomprensible reverencia, un «oído absoluto».

Fue ese invierno, además, cuando un otorrinolaringólogo de Lyon le diagnosticó hiperacusia: oía más y mejor que los demás, lo que probablemente fuera la causa de sus fuertes dolores de cabeza. ¿Se podía curar? No: le compraron unos tapones Quies y unas cortinas más gruesas, y no se habló más de ello.

Unas semanas más tarde, en plenas fiestas de Navidad, cuando la nieve había cuajado por primera vez desde hacía años, su padre murió a consecuencia de un accidente, al inhalar humo tóxico en la fábrica.

La nieve, como es sabido, amortigua los sonidos, ahoga los dolores y dignifica mientras perdura. El acontecimiento, sin embargo, creció y creció hasta convertirse en una fecha señalada, en un acontecimiento tremendo, un verdadero cataclismo absolutamente increíble que pronto arrojó a Krim a la cuneta de un sistema que, a fin de cuentas, poca cosa aportaba a quienes respetaban sus reglas.

Así que todo fue apaciblemente de mal en peor hasta el día en que Krim desató la ira de una autoridad mucho más brutal que la del Estado: Mouloud Benbaraka era un escurridizo padrino del hampa, el «Bernardo Provenzano del Loira», como le bautizó *La Tribune-Le Progrès*. Krim había dado el queo a sus lugartenientes, vigilando los portales donde se trapicheaba y ululando como un búho cuando advertía la presencia de un coche de policía sin distintivos. A los dieciséis años se sacaba mil quinientos euros al mes, cifra que su padre nunca había ganado. Hasta que un día robó cincuenta gramos del mejor costo que se había visto en la región en años. Mouloud Benbaraka le mandó llamar y lo primero que hizo fue tirarle de las orejas. Krim se debatió y recibió unas bofetadas en la boca. Y cuando Mouloud Benbaraka avanzó su cabeza de chacal para escuchar sus explicaciones, Krim le mordió el lóbulo de la oreja izquierda hasta hacerle sangrar. Fueron necesarias todas las dotes diplomáticas del primo de Krim, Nazir, el poderoso hermano mayor de Slim, para calmar la ira del padrino de Saint-Étienne, quien, sin embargo, juró que si por casualidad algún día volvía a cruzarse con Krim le despellejaría.

4

Evidentemente, Rabia no sabía nada acerca de ese episodio, y Slim tampoco. Era, como decía Nazir, una cosa entre él y Krim, aunque Gros Momo, el mejor amigo de Krim, acabó estando al corriente. Y Krim aprendió a vivir con esa espada de Damocles sobre su cabeza. En el fondo, los peores problemas desaparecían por sí solos si uno dejaba de pensar en ellos continuamente. En las noches de angustia y de congoja cerraba los ojos y rememoraba una de las sonatas que tocaba al piano eléctrico que le regaló su abuelo. La música iluminaba y purificaba los recovecos de su mente y no dejaba espacio alguno para el caos del mundo.

Sin embargo, había un problema: su hermana Luna, a la que había malcriado a su manera ruda y descortés, y que lloraba como una Magdalena cada vez que su madre tenía que presentarse en comisaría por una nueva tontería de Krim. Soslayar esa extraña zona turbulenta encarnada por la tristeza de Luna no condujo a Krim a ninguna parte, por lo que unos años más tarde su hermana pequeña seguía hablándole en el mismo tono moralizante, como si hubiera algo en su rostro que suscitara irremediablemente sermones y reproches:

—¿Por qué le has dicho a mamá que salía en pelotas en Facebook?

—¿Qué?

Luna había crecido, se había puesto su vestido negro más elegante y se había cubierto los pómulos con una purpurina que relucía con solo pasar a la sombra del edificio. Por un instante Krim creyó haberla oído mal debido a la prueba de sonido, para la que hacían sonar el inicio de sucesivos temas de raï a un volumen cada vez más fuerte.

Hizo una mueca para evitar el impacto de un rayo invasor y se desplazó unos pasos.

—¿A qué viene eso de Facebook?

—¿Me has pirateado la cuenta? No, eres demasiado tonto para eso. ¿Te has hecho amigo de una de mis amigas y has visto mis vídeos? No creo.

¿Sabes qué vas a hacer? Vas a ir a ver a mamá y le dirás que te lo has inventado. Me da igual, dile lo que quieras pero…

Pero Krim sonreía. El porro que ocultaba en la palma de su mano empezaba a hacer efecto.

—Eres un desgraciado —le espetó Luna antes de marcharse hacia el gimnasio.

Tenía una forma de andar obcecada que se convertía al instante en una carrera apretando los puños y con los brazos extendidos, como si al final del camino la esperara un caballo con arcos. Y Krim no se había hecho aún a la idea de que una chiquilla de quince años pudiera ser tan musculosa como la mayoría de los muchachos de su edad: la gimnasia le había esculpido bíceps, abdominales, trapecios y hasta deltoides. Cuando lucía, como ese día, un vestido sin mangas se le veían las venas de los antebrazos y, sobre todo, los tríceps, incluso con los brazos inmóviles a lo largo del cuerpo.

Como si hubiera podido oír los pensamientos de su hermano, Luna regresó de repente a su lado y le amenazó con el dedo y con sus testarudas sienes de carnero:

—Como no le digas a mamá que te has inventado lo de mis fotos en Facebook, te juro que te arrepentirás.

—¿Ah, sí? ¿Y desde cuándo conoces la palabra «arrepentirse»?

—Yo que tú me andaría con cuidado. —Y titubeando súbitamente, incapaz de mirarle a los ojos, añadió—: Sé cosas sobre ti, así que yo en tu lugar…

—¡Anda, suéltalas! ¡Gualá, no te escucho!

—¿Crees que no te vi la semana pasada con Gros Momo?

—Sí, claro. ¡Lárgate ya, foca fea!

Sin embargo, en lugar de esperar a que ella se marchara prefirió alejarse él, a buen paso, en dirección a los arbustos que crecían alrededor del gimnasio.

5

Pasó junto a los arbustos contemplando las espinas de acebo, las pequeñas bayas que no había que comer y aquellas ramas de flores esplendorosas cuyo nombre ignoraba. Cerca de la entrada de los vestuarios que tantos recuerdos le traían, un camino ascendía hacia el campo de hierba artificial, pero para acceder al mismo había que adentrarse en un pequeño laberinto vegetal en el que Krim encontró un lugar donde seguir fumando tranquilamente. Dejó que su mente divagara, de sonido en sonido, entre las voces y el piar de los pájaros. Un martillo neumático zumbaba a unas calles de allí, quizá junto a la autovía, con ese bajo continuo al que Krim no lograba habituarse. Se oía también, algo más lejos, el motor de un soplador de hojas que se empecinaba en un motivo de acompañamiento repetitivo y dramático para una melodía que no sonaría nunca.

De repente, Krim oyó una voz humana que le pareció familiar:

—Lo peor es que la mitad de la gente que veremos esta noche ni siquiera tiene la tarjeta censal. Y eso me pone de los nervios… Pero ¿qué se puede hacer? ¿Obligarles a votar…? Ah, ¿te refieres a que son extranjeros?

Krim reconoció a su primo Raouf y, por los silencios que puntuaban el encadenamiento de sus frases, comprendió que hablaba por teléfono. Raouf era el emprendedor de la familia. Krim no podía verle, pero le imaginaba con un jersey marrón de cuello de cisne, americana a rayas y una perfecta sonrisa Colgate.

—No, no, claro que sí, los extranjeros también deberían poder votar. En las elecciones municipales y… ¡por supuesto, qué digo yo, en todas las elecciones…!

Raouf se había ido a vivir a Londres y hacía una eternidad que no le habían visto. Krim se preguntó de repente si no se habría pasado con la dosis: era incapaz de recordar el rostro de su primo.

Tragó saliva y cambió de posición intentando hacer el menor ruido posible. A través de las ramas podía distinguir ahora la silueta de Raouf dando patadas al aire mientras hablaba con su kit de manos libres al pie de la portería: estaba a solo unos metros de él. Krim aguzó el oído, preguntándose en particular si lograría deshacerse de la imagen mental de la composición de su porro en la que las briznas marrones de tabaco se esfumaban a medida que transcurrían los segundos.

—Y, de todas formas, la mayoría *no* son extranjeros. Me refiero a que ¿cómo llamas a alguien que lleva viviendo aquí cincuenta años? En un momento dado hay que dejar de… Si pagas los impuestos aquí, tienes que votar aquí y no hay más que hablar… ¿Mi carnet del Partido Socialista? Sí. Pero espera, escúchame, no es como otras veces, este es un momento histórico. De hecho, me he afiliado al Partido Socialista por razones de derechas, ya sabes... el hombre y su época. ¡Ja, ja...! ¡Coño, no tengo nada, no sé cómo aguantaré hasta el lunes...! ¿Qué? Claro, ¿estás de broma? Cincuenta y dos a cuarenta y ocho en todos los sondeos, incluso en *Le Figaro*, y Brice Teinturier ha dicho en TF1 que la alianza de Villepin y Mélenchon es un disparate, así que parece un resultado firme. Sobre todo porque ha quedado clara la evolución después del debate. A un lado estaba Sarko más nervioso que nunca, señalándole con el dedo y volviéndose loco. Y al otro lado Chaouch, que... Al otro lado Chaouch, aunque...

A Krim le pareció, concentrándose mucho, adivinar con quién hablaba Raouf. Pero Raouf apenas permitía que su interlocutor recuperara el resuello:

—No, eso ya no me lo creo, con el rollo de la prudencia pretenden tomarnos el pelo. ¡Y que no me vengan con la influencia del secreto del voto! Mierda, ¿quedó el segundo en la primera vuelta o lo he soñado? Ha hecho una campaña impecable, completamente positiva, sin apenas mencionar a Sarko. Y no puedo creer que... que... He olvidado lo que quería decir... Los franceses son tontos, ¡ja, ja!, esta sí que es buena... No, quiero decir que la gente sí miente cuando se trata del FN, en eso estamos de acuerdo, en ese caso sí hay que introducir un factor de corrección porque se avergüenzan de su voto... Es un voto de protesta, por supuesto. ¡Pero en este caso es justamente lo contrario! Es un voto de esperanza y la gente se siente orgullosa. Por fin hay un ideal, un impulso y un poco de optimismo en este mundo de cafres y de... de burócratas. Y, además, Chaouch es la vitalidad personificada. Cuando la gente le ve en la tele no se ven a sí mismos como son, mezquinos, hipócritas, sino que ven lo que desean ser y tienen fe en la vida, en el futuro...

Raouf, con una mirada exaltada y centelleante, parecía poseído. Miraba, dirigiendo los ojos a izquierda y derecha sin detenerse en nada, cómo hablaba: deprisa, tan deprisa que de lejos parecía a punto de alzar el vuelo.

—¿Con qué tengo que tener cuidado? ¿Con lo que venga después? ¿Que una cosa es lo que se dice en campaña y otra cómo se gobierna luego...? No, no, no tengo ningún miedo y ya estoy harto de desconfiar...

Mientras tanto, Krim, risueño y completamente mudo, se había tumbado en el talud y contemplaba la carrera de las nubes gráciles y aborregadas sobre el fondo azul mate y blando, como un colchón acogedor, universalmente hospitalario, como debe de ser probablemente el cielo del paraíso.

Aguardó a que Raouf volviera a hablar y se lio otro canuto, para después. Más allá de los arbustos, el sol detallaba el imperfecto triángulo de un abeto sobre el césped en pendiente, con tanta claridad que se podía distinguir la punta cruciforme que lo coronaba. De ese lado, la sombra era suave y fresca, como en un oasis. Krim había encontrado, ni más ni menos, la guarida ideal: a la vez escondrijo y promontorio, una verdadera madriguera al aire libre.

6

—Oye, espera —dijo de repente Raouf en voz baja y escudriñando los alrededores—, tengo que pedirte algo. ¿Tienes un minuto? ¿Te acuerdas que la última vez hablamos del MDMA? Pues hay una chica, una amiga de Londres, que lo ha probado y cuenta unas cosas alucinantes en Twitter... ¿La droga del amor? No, no lo sabía. Pero ¿cómo, lo tomas y amas a todo el mundo?

Raouf dio una calada a su cigarrillo. Krim se estremeció: era un ruido pulposo y húmedo, como una succión que debía de mojar el filtro y que indicaba que su nerviosismo había alcanzado un nuevo umbral crítico.

—Sinceramente, tienes que ayudarme, porque no voy a aguantar dos días con toda la tribu sin nada... Sí, claro, ¿por qué no vienes? Es por Fouad, ¿verdad? ¡Dejadlo de una vez! ¡Esa guerra entre vosotros no puede durar cien años! ¿Oye? ¿Nazir...? Sí, parecía que se había cortado, te decía que por qué no vienes, pero la verdad es que ya lo sé. ¡Vaya mierda, porque el que se casa es tu hermano pequeño...!

Siguió un largo silencio, tan largo que Krim dejó de escuchar. No prestó de nuevo atención hasta que le pareció oír su nombre en boca de Raouf. Pero sin duda debía de haberlo soñado. Raouf hablaba de nuevo de Fouad, su primo actor que salía por la tele cinco veces a la semana desde principios de año:

—¡Mira tú que cuando fui a París, a primeros de año, hubo una fiesta y ni siquiera se presentó! Y una noche me metí en el chat de Facebook, serían las cuatro de la madrugada y no había nadie. De golpe apareció

Fouad, le escribí y ni me contestó. Y otra vez lo mismo. Y peor aún, porque cada vez que aparece y ve mi nombre en la lista se desconecta de inmediato. ¡Mierda! Seguro que lo hace a propósito, porque no me dirás que está tan ocupado a las cuatro de la madrugada... Mira, si le revienta hablar con sus primos, si ahora que es una estrella nos considera a todos unos pringados, allá él. ¿Qué quieres que te diga?

Krim tenía la boca pastosa debido al porro que se había fumado antes de dar con el escondrijo. Se levantó con dificultad y bajó hasta la puerta de los vestuarios para beber un poco de agua sin tener que pedírsela a nadie. Pero la puerta estaba cerrada de nuevo con llave y, con la mano en el pomo, pensaba en alguna alternativa cuando Raouf, que volvía del campo de fútbol, apareció junto a él, le guiñó un ojo y le tomó del hombro para pedirle un favor.

Primero hubo los cumplidos de rigor, cómo estás, la salud, la familia, pero Raouf no prestaba atención a las respuestas monosilábicas de su primo. Y cuando por fin abordó la cuestión fue Krim quien no escuchó lo que le contaba, fascinado por los tics de cocainómano que dilataban y arrugaban a gran velocidad el rostro pálido y lampiño de su primo empresario, exculpado por sus trajes, las cenas mundanas, la proximidad del polo Norte y la frecuentación de una humanidad adinerada, exangüe, despiadada y rubia.

—¿Me estás escuchando, Krim? Solo te he pedido si hay manera de pillar algo antes de esta noche.

—¿Qué?

—Hierba, por ejemplo —respondió Raouf, titubeando, y añadió sin dejar de morderse los labios—: ¿Sabes qué es el MDMA?

—No. ¿Qué es?

—Olvídalo. Es como el éxtasis, pero mejor.

Raouf se llevó la mano a la nuca y añadió nervioso:

—La gente lo llama la droga del amor...

La idea de la droga del amor le hizo llevarse la mano al bolsillo para sacar un billete de cincuenta euros que metió directamente en el de Krim.

—Por si encuentras algo. Y si no, da igual, te lo quedas. *Sadaqa*.

Krim respondió que le tendría al corriente. Raouf le pidió su número de teléfono y le hizo una perdida para que quedara registrado el suyo. Y los dos primos desaparecieron en medio del ajetreo que aún reinaba en el aparcamiento.

Barrio de Montreynaud, 16.00

Unos instantes más tarde, en el coche del tío Bouzid, Krim mandó un SMS a Gros Momo para que se informara sobre el MDMA. Y mientras esperaba la respuesta se dio cuenta de que estaba perdiendo sus superpoderes. Ya no recordaba algunos rostros, confundía voces y pronto, sin duda, se le escaparían notas desafinadas, y a medio plazo podría incluso llegar a gustarle la música nasal de ese Cheb nosecuántos que hacía rechinar la radio del coche de su tío. Bouzid bajó el volumen y pulsó el encendedor.

—Bueno, Krim, le he prometido a tu madre que tú y yo hablaríamos. Tienes diecisiete años. ¿Cuándo es tu cumpleaños?

—Fue ayer.

—Muy bien. Desde ayer tienes dieciocho años, así que escúchame bien...

Krim sabía perfectamente de qué iba a hablarle, así que puso el piloto automático y asintió cada quince segundos.

Mientras le oía recriminarle haberse despedido del McDonald's al cabo de dos días, haber insultado a la encargada del moño y estar matando a su madre lentamente, Krim disfrutaba de la suave conducción de su tío que le recordaba la de su padre y aquellas noches en las que, cuando todo el mundo estaba de buen humor, se le permitía sentarse delante y saborear hasta la menor aspereza que ofrecía la carretera iluminada por la luna llena. Krim revivía esas emociones en el *GTA IV*: no jugaba ninguna partida, se mantenía al margen de las misiones, de los policías y de los ladrones, y se contentaba circulando sin fin por esas tentaculares ciudades virtuales en las que el mundo se detenía, como en los buenos viejos tiempos en que la Tierra era plana, en el límite de un océano abstracto más allá del cual era inconcebible aventurarse.

El tío Bouzid, al igual que su padre y como él al volante de un coche de píxeles, tomaba unas curvas amplias y generosas. En el caso del tío se trataba a buen seguro de una deformación profesional, pues era conductor de autobús de la STAS, en la terrible línea 9 que unía la conflictiva barriada de Montreynaud y el centro. En su manera de girar olvidándose de las líneas se notaba que estaba acostumbrado a los giros extensos y a un volante tres veces mayor. Algunas de esas curvas hacían que Krim se estremeciera de placer. Se sentía apuesto, digno e importante al lado de esos hombres que conducían tan bien sus vehículos que uno se dejaba llevar por los sueños de que un día así sería también con sus vidas. Pero en la realidad las cosas no eran así. En la realidad el tío Bouzid empezaba a encenderse y miraba cada vez más por el retrovisor y cada vez menos a Krim.

—… y llegado el momento hay que tener un poco de honor, *néf, tfam'et?* Yo también hice tonterías de joven. ¿Tú qué crees? ¿Que eres el único? Todos hemos pasado por eso. Pero llega un momento en que hay que madurar. Y tienes que dejar de andar con esos colegas. Mucho hablar de Sarkozy y de su limpieza con la Kärcher… ¡pero la verdad es que lleva razón! Yo también exterminaría a todos esos mangantes con una Kärcher. A esos golfos los veo a diario y te aseguro que a la que uno de ellos se enciende un cigarrillo o se mete con una vieja se las tiene que ver conmigo. ¿O vamos a dejar que sean esos gamberros quienes dicten la ley? Así que ahora tienes que asumir tu responsabilidad. Sobre todo con la elección de Chaouch. Ya tienes tu tarjeta censal, ¿verdad? Tienes dieciocho años, así que ya puedes votar. Sí, en un momento dado hay que…

Krim recibió un mensaje cuando el coche abandonaba la autovía y tomaba la carretera de curvas que ascendía la colina de Montreynaud. Lo leyó ocultando la pantalla luminosa con la otra mano.

Recibido: Hoy a las 16.02
De: N
Mañana es el día. Espero que estés listo.

Krim se puso muy serio. Esos últimos meses, Nazir le había enviado una media de diez SMS diarios que iban de «k tal?» a máximas filosóficas como «La esperanza hace desgraciadas a las personas». Krim había aprendido a pensar por sí solo desde que se había aproximado a su primo, al que probablemente le debía que aún formara parte de este mundo. Mouloud Benbaraka quizá no se hubiera contentado con arrancarle los ojos o cortarle los huevos. Corría el rumor de que inmoló a un tipo prendiéndole fuego por faltarle al respeto a su anciana madre…

Nazir pudo parlamentar con él y le salvó el pellejo a su primo porque era del mismo fuste que Mouloud Benbaraka: carecía de ilusiones. Veía las cosas como eran en lugar de montarse historias: los SMS que le había enviado a Krim así lo probaban y Krim los había archivado cuidadosamente, a pesar de la prohibición rotunda e insistente de Nazir. Incluso había copiado los más importantes en un papel doblado en tres, que guardaba siempre en el bolsillo de su chándal.

Respondió a aquel SMS diciendo simplemente que estaba bien, que se sentía a punto, y en ese momento el coche se detuvo en un semáforo frente a un retrato de Chaouch que miraba a Krim a los ojos. Krim apartó la vista y añadió a su mensaje un «k es el MDMA?» que atribuyó a la influencia del hachís y al que Nazir respondió de manera inexplicablemente seca:

Recibido: Hoy a las 16.09
De: N
Pasa de eso. Y hoy nada de drogas.

8

El barrio donde vivía su tío era quizá el más decrépito de la ciudad. Era también el feudo de Mouloud Benbaraka, y Krim se hundió inconscientemente en su asiento, temeroso de ser visto.

Las calles de la colina estaban dedicadas a compositores famosos y los edificios tenían nombres de pájaros de melodiosas sonoridades: carriceros, petirrojos, herrerillos... Aquí y allá se alzaban rascacielos y bloques con miles de ventanas en las que las antenas parabólicas brillaban intermitentemente bajo el sol de plomo. La piedra de los balcones se desmoronaba, las cortinas y las paredes perdían sus colores. Parecía que de un momento a otro, y a pesar de los cochecitos cargados con la compra que bloqueaban las puertas de entrada y las madres que discutían con las chifladas del primero, esos edificios volarían por los aires como en la televisión. Veinte plantas súbitamente desintegradas: nadie se sorprendería. Era un paisaje desolador que invocaba la demolición como la selva llama a la lluvia.

—Vamos, no hay tiempo que perder —dijo el tío Bouzid, pasando por encima de una puerta rota a la entrada de su edificio, en la que un folio tamaño A4 aún advertía a los vándalos del barrio: «EN ESTE LOCAL YA NO QUEDA NADA POR ROBAR».

El tío Bouzid subió corriendo las escaleras y se metió en su estudio, en el que flotaba estancado un espeso olor a pies matizado por el almizcle de su loción para el afeitado, la que compraba desde su adolescencia en los años setenta.

—Pruébate esto —le ordenó señalando un traje gris, con camisa azul y corbata marrón, que acababa de descolgar del armario.

El batiente izquierdo lucía los estigmas de una agresión tal vez reciente y probablemente a puñetazos. Mientras Krim se cambiaba en el baño, Bouzid se lanzó a confesarle su gran secreto. Se hallaba justo detrás de la puerta, pero había olvidado que al encender la luz del baño se accionaba el ensordecedor sistema de ventilación que solo le permitía a Krim comprender una de cada tres o cuatro palabras de su discurso.

Cuando salió con la americana en la mano, aturdido por el hambre acuciante provocada por el porro, el tío le miró emocionado con sus grandes ojos marrones. Le temblaba el mentón como a Charles Ingalls en *La casa de la pradera* y parecía muy abatido.

—Lo pagaré toda mi vida. Quinientos euros al mes, hasta el fin de mis días. Y todo por culpa de una pelea en un bar…

Krim nunca sabía cómo reaccionar ante las grandes declaraciones. Su madre también las hacía a menudo, con esos mismos ojazos dilatados que intentaban convencerle a uno de que todos formamos parte del cogollo de la especie humana. Azorado ante tanta solemnidad, Krim bajó la vista y advirtió que iba a necesitar unos mocasines. ¿Habría pensado en eso el tío Bouzid?

—Tienes que dejar de hacer tonterías, Krim. Eres joven, ¡mierda!, inteligente y tienes buena salud, *hamdullah*, tienes toda la vida por delante. ¿Me juras que lo harás?

—Sí, sí, te lo juro.

—Mira que te lo digo en serio. Júrame que lo harás.

—Sí, vale, lo juro.

—De acuerdo —exhaló el tío pellizcándole el trapecio—. Ya verás, todo irá bien. Y mañana son las elecciones… ¿Te alegras de que Chaouch vaya a ser presidente, *insha'Allah*? ¡Guálá, un presidente magrebí! Me gustaría que ganase solo por verles las caras a los gabachos del curro, ¿a ti no?

—Sí, claro.

—Bueno, y ahora vamos a buscar unos zapatos y a ponerte la corbata. ¿Te has puesto corbata alguna vez? Hoy vas a ponértela, ¿eh? ¡No casamos a Slim todos los días! —Y examinando de repente el aspecto de su sobrino, añadió—: Te va un poco grande, pero está bien. Tendrías que comer más, ¿o quieres parecerte a Slim? El pobre está muy flaco.

Krim dejó que su tío se metiera en el cuartucho de la entrada y observó el lugar donde vivía desde que su «amiga» le había dejado. Solo salía con francesas y eso siempre acababa en «jugo de merguez», como decía él: no eran serias y le faltaban al respeto, así que juraba por su abuela que esa iba a ser la última vez y que buscaría una chica como es debido, es decir musulmana, dulce y fértil.

—¿Conoces a Aït Menguellet? —le preguntó a Krim, que observaba un CD con un primer plano de un sosias de su padre en la carátula, un hombre de unos cuarenta años de rostro alargado, delgado, pálido, trágico y bigotudo.

Krim meneó la cabeza para decir que no.

—Pues te lo regalo, por tu cumpleaños. Si quieres podemos escucharlo en el coche, así descansamos un rato de tanto raï. Porque esta noche nos vamos a hartar de esa música de moracos…

Krim se guardó el CD en el bolsillo de su nueva americana. Era la primera vez que vestía una americana con hombreras, y la primera vez también que llevaba unos pantalones de tela con esa sofisticada bragueta. La parte de arriba gris, azul y marrón, con la corbata fina, le gustaba, pero no la de abajo porque los mocasines negros se daban de bofetadas con el pantalón claro, tanto como unos zapatos blancos con un traje oscuro.

El tío Bouzid le empujó hacia la salida y cerró concienzudamente las tres cerraduras de la puerta blindada.

—¿Y el ejército? —dijo de repente—. ¿Has pensado en el ejército? Déjame que te explique, porque ofrece muchas posibilidades. O la marina. Cocinero en la marina. Hay que tener proyectos, ¿sabes? Los proyectos son muy importantes.

Krim contemplaba con ternura su cráneo reluciente y de repente oyó una voz de niña en el otro extremo del rellano: tomaba impulso para franquear de un salto los seis peldaños que conducían al ascensor.

El polvo del pasillo era atraído irresistiblemente por el haz de sol que atravesaba el hueco de la escalera desde los cristales rotos de la claraboya hasta los muslos de caramelo de la chiquilla. Y cuando esta saltó por fin, Krim tuvo la impresión, el presentimiento y enseguida la absoluta certeza de que esa sería la última vez que pondría los pies en aquel edificio.

II

EN EL AYUNTAMIENTO

1

Centro de la ciudad, 16.15

Descoyuntándose la nuca, Zoran alzaba las manos hacia el cuarto piso de aquel estrecho edificio del centro de la ciudad intentando evitar que el gatito con el que había pasado la mañana se aventurara por el alero. Hacía grandes aspavientos inútiles y murmuraba a gritos, sin atreverse a gritar de verdad para no asustar al animal:

—¡Gaga, Gaga, vuelve, vuelve!

Marlon le había puesto Gaga al gato en homenaje a la que había sido la nueva reina del pop y también por un libro de su padre que encontró en sus cajas, supuestamente la enciclopedia definitiva del habla *gaga* —el dialecto de Saint-Étienne—, y que le había provocado un ataque de risa de media hora del que Zoran solo alcanzó a comprender que también él tenía que reírse.

Eso fue antes de la discusión. Ahora Zoran tenía que marcharse de allí y en la precipitación había olvidado cerrar la ventana del estudio. Y el problema era que no había manera de volver a subir. Marlon había insistido en que dejara las llaves dentro y no regresaría hasta después del fin de semana, igual incluso el lunes. Zoran consideró por un instante la posibilidad de llamar a los bomberos, pero el gato ya había vuelto sobre sus pasos, sin duda asustado por una pareja de palomas que se arrullaban en el canalón.

Dos transeúntes se volvieron a mirar a Zoran, cuya vestimenta, que lucía por primera vez, no podía pasar desapercibida en aquel barrio. Se había decidido en el último momento, guiado por un impulso, frente al espejo del armario que silueteaba su figura contoneándose contra el deprimente desorden de aquel estudio del que acababa de ser expulsado por teléfono: unos vaqueros de cintura baja con los muslos descoloridos y los bolsillos traseros tachonados, unas manoletinas irisadas y una camiseta de lentejuelas con la Union Jack que había escotado y acortado él mismo para que se pudiesen admirar su vientre liso y su ombligo.

Los vaqueros se los había regalado un tipo que había conocido en Lyon y al que le gustaba verle travestirse. En cuanto a la camiseta y a las manoletinas, que pertenecían a la hermana de Marlon, las había elegido de la cómoda de este último diciéndose en voz alta y en rumano, y quizá también para edificar a Gaga, con el que en los últimos tiempos había hablado casi tanto como con Marlon, que puestos a que le acusaran de ladrón, por lo menos habría robado algo.

Después de un movimiento del mentón hacia un tipo que se había detenido en seco para observarle con el puño en la cadera, Zoran asió su maleta y alzó por última vez la cabeza hacia la ventana entreabierta que acogía apaciblemente el reflejo del azul entrecortado por un haz blanco casi inmóvil que indicaba el curso de un avión o de otra criatura igualmente motorizada en el cielo de cristal.

Pasó junto al cementerio que coronaba la colina y que había tenido a los pies de su ventana desde hacía tres semanas y fue al bar en el que, en un ultimátum, había fijado su cita a las cuatro en punto. Llegaba tarde pero no había rastro de la otra persona. Su camarero preferido tampoco se hallaba detrás de la barra y la mujer de cabello rojo que le reemplazaba parecía de mal humor.

—Se ha acabado el barril —le previno de entrada, vaciando una jarra de espuma amarillenta en el fregadero.

Zoran vaciló antes de franquear los pocos metros que le separaban de la barra. Le horrorizaban aquellas baldosas sobre las que las sillas chirriaban sin cesar.

—Ponme whisky —dijo dejando caer la maleta al pie de un taburete alto. Apoyó un muslo en el taburete y repitió mirándola a los ojos—: Ponme whisky.

—¿Puedes pagarlo?

—Sí.

—Primero enséñamelo.

—¿Por qué yo enseñar? ¿Por qué él no enseñar?

Señaló a un parroquiano en el otro extremo de la barra, que alisaba entre el pulgar y el índice las puntas de su bigote color de arena.

—¡No quiero problemas! Ya estoy harta de…

—¿De qué?

—¡De vosotros! ¿Cuándo os marcharéis a vuestro país, a Rumanía? ¿No veis que aquí no podéis quedaros? ¡Aquí no podéis estar, aquí no hay trabajo! Eso suponiendo que hayáis venido a trabajar.

—No trabajo en Rumanía.

—Aquí tampoco trabajo. Nada, *niente.* Te juro que…

El del bigote profirió un gruñido indescifrable. ¿Pretendía evitar que la camarera fuera más lejos o simplemente le sugería que no hablara en voz tan alta?

Zoran no dejaba de mirar a esa horrible mujer para demostrarle que no le intimidaba. Sin embargo, la dificultad de formar frases en esa lengua imposible le hizo tartamudear y bajar la vista a regañadientes, para concentrarse.

—Tengo cita con hombre a las cuatro. Él paga mil euros. Si yo mil euros, yo diez euros. Dame whisky, whisky caro.

La camarera se llevó la mano a la frente, alzando la cabeza.

—¿Qué me dices, mil euros? Esto no es una casa de citas, ¿sabes? ¡Y ahora a la calle! ¡Fuera! ¡Vamos, lárgate!

En ese momento apareció un cliente, un hombrecillo que vestía traje y sudaba abundantemente. Salía de la escalera que conducía a las habitaciones o quizá a los servicios. Zoran le miró fijamente hasta que desapareció de su campo de visión. La camarera le saludó educadamente al salir y Zoran quiso matarla cuando vio que su mirada se dirigía de nuevo a él con asco.

—Vamos, ahora márchate. O llamaré a la policía.

Zoran se alejó insultando en rumano a la camarera. Interrogó al borracho derrengado en la barra y este le dijo que no había visto a nadie desde primera hora de la tarde. Eran las cuatro y media, así que su ultimátum no había surtido efecto.

2

Zoran vagabundeó por el centro con la esperanza de encontrar al hombre que tenía que hacerle rico. Casi todas las personas con las que se cruzó esa tarde se volvieron a su paso e hicieron algún comentario descortés, expresado con gestos o en voz baja. Hubo algunas, sin embargo, que hablaron suficientemente alto para que pudiera oírlas: un tendero con perilla, una madre de familia que fumaba empujando el cochecito, unos adolescentes árabes en chándal, dos albañiles durante su pausa, una señora bajita que sin duda trabajaba en la prefectura y un electricista con pelo en los hombros.

Todos le odiaban al instante al comprender que no era una chica, pero su odio se nutría sobre todo del hecho de que no fuera una «no chica» de manera clara y definitiva y siguiera personificando la ambigüedad sexual incluso después de la primera impresión, desde su contoneo provocativo al gesto más insignificante. Y también alimentaba el odio su laca de uñas carmín sobre la que soplaba ostensiblemente, al igual que su mirada obstinada, su aspecto desafiante y sus fosas nasales temblorosas y provocativas.

Y luego estaba la peca debajo de su ojo izquierdo. A veces, cuando alguien nos resulta particularmente desagradable, toda la hostilidad se concentra en una peca. La de Zoran era azulada, compacta, espantosamente redonda y su personalidad inestable proclamaba a gritos a través de ella la necesidad de hacerse notar. Eso le había costado a menudo palizas de su padre.

En público se mostraba seguro de sí mismo y presumido: no era guapo con sus ojos amarillos, sus hombros demasiado anchos y su piel oscura y descuidada, pero ser guapo no era de mucha utilidad con el tipo de hombres cuya mirada intentaba atraer y le bastaba ser joven, ir bien maquillado, tener la cintura estrecha y el torso imberbe, y desprender calor animal y olor a establo y a pecado.

Después de comprar chicles, paseó por la plaza de la catedral, donde unos niños se divertían en un viejo tiovivo. Súbitamente, Zoran creyó que le seguía un hombre con una cazadora beige y se dirigió al centro de la plaza, donde nada podía sucederle. Tres series de cuatro chorros de agua brotaban de una fuente invisible entre las losas del suelo. El sol reapareció después de una breve ausencia detrás de las nubes. Zoran observó la sombra de uno de esos chorros verticales que corría sobre las losas grises y parecía fluir más lentamente, como en otro orden de la realidad. Su propia sombra le pareció moverse también en diferido y aprovechó para examinarla atentamente. Y fue entonces, mientras maldecía sus hombros, su estatura y su sexo, cuando oyó los bocinazos.

En la plaza, todo el mundo se había detenido para ver pasar el cortejo de coches decorados con cintas rosas y blancas y repletos de rostros morenos y sonrientes que cantaban al son de la música árabe. Zoran siguió el desfile y se halló en medio de un corro de curiosos que disfrutaban del espectáculo en la plaza del Ayuntamiento. Un tipo le pisó sus zapatos brillantes. Zoran le empujó violentamente pero el otro no dijo nada. Quizá no lo había hecho a propósito. Zoran escupió el chicle para poder fumar, pero no le quedaban cigarrillos. Alrededor de él nadie fumaba, salvo un individuo alto que no parecía simpático. Tomó otro chicle y se divirtió haciendo globos.

Unos instantes más tarde, mientras la gente bien vestida se pavoneaba al pie de las escaleras dándoselas de importante, una chiquilla rubia y gorda señaló a Zoran con el dedo e hizo agacharse a su madre para decirle algo al oído. Sus ojitos verdes hundidos en su rostro rechoncho relucían como dos diamantes al fondo de una gruta rosada y prohibida. Zoran trataba de arrancarle una sonrisa haciéndole monerías cuando vio pasar entre la multitud el rostro familiar del hombre al que había citado media hora antes.

—¡Slim! —gritó.

Intentó abrirse paso evitando la mirada de la chiquilla y se dio cuenta de que efectivamente era él. Su corazón latió más deprisa y de repente el calor le pareció agobiante. Quiso apoyar la mano sobre el hombro de Slim, al que había reconocido, pero un hombre calvo que le había visto acercarse le empujó.

—Conozco él —protestó Zoran señalando al joven árabe.

Pero el calvo le empujó sin contemplaciones hacia la multitud, como hubiera hecho un guardaespaldas. Y como si hubiera tenido un presentimiento de lo que iba a caer sobre él, Zoran se protegió la cabeza con las dos manos y se puso en cuclillas tan deprisa que oyó cómo se rasgaban sus vaqueros.

Uno o dos pares de brazos fuertes lo alzaron del suelo y lo arrastraron a través del gentío. No hubo tiempo para pedir ayuda ni organizar la huida: el tipo que le había atrapado lo arrojó en el asiento trasero de un coche que arrancó en tromba pero sin hacer chirriar los neumáticos, por lo que a todos los que habían sido testigos de la escena les fue fácil retomar sus ocupaciones como si nada.

3

−¿Te acuerdas de Bachir? ¡Claro que sí, el hijo de Aïcha! ¡Krim, *allouar!* Krim, ¿te acuerdas de Bachir? ¡Te estoy hablando, Krim!

La familia ya no se hacía preguntas sobre aquel profundo misterio: lo que cabía denominar la alegría de vivir de la tía Rabia, que transmitía a sus sobrinas, a sus hermanas y a sus maridos, y de la que no la privaba ninguna vejación. Krim era el único que había acabado siendo insensible a esa alegría de vivir y el asombroso chorro de palabras de su madre solo le inspiraba una vaga sensación de fatiga. Escribía un SMS mirando a su madre pasear entre los suyos. Hablaba con las manos, con el cabello. Tenía los pómulos salientes, un rastro de acento meridional del que nadie conocía el origen y, sobre todo, una risa generosa que le humedecía los ojos y automáticamente acompañada de una calurosa palmada en el hombro de su interlocutor, cuando las mujeres de similar temperamento pero de un nivel social superior se hubieran contentado rozándole el hombro o pellizcándole despreocupadamente una o dos falanges.

−... pues Bachir hizo una terapia con ese psicólogo, ¿cómo se llama?, el doctor Bousbous o Basbous, no lo sé, creo que es libanés, o judío, Boulboul, Bouboul, ese al que fue Rachida, que no le hizo nada, te lo juro, pero la verdad... ¿de qué sirven los psicólogos, *zarma?* Vas allí, hablas y, ¡gualá!, ¿para qué? A mí me parece mejor quedarte en casa tan ricamente hablando con tu marido, ¿a que sí, *khalé?*

Se dirigía a uno de sus cuñados, de unos sesenta años mal llevados, de rostro delgado, un poco simiesco, cejas bondadosas y con el marcado acento argelino de los hombres de su generación. Le llamaba tío por respeto a su edad, aunque no les uniera ningún lazo de sangre. Rabia siempre tenía un tío a mano que utilizaba como oyente de referencia y con el que verificaba si lo que contaba era interesante: le invitaba a participar y se reía desmedidamente del menor comentario.

−Ah, yo siempre disir que los psicólogos no sirven para nada.

−*Ahtek'm sara!* ¿Qué estaba diciendo? Ah, sí, fue al doctor Abitboul, así se llama, Abitboul, y cada vez tenía que aflojar cien o doscientos euros. Te juro que aquello era peor que un casino, *matéhn,* y un día el doctor va y le dice: ya está, está usted curado. El pobre Bachir le dio las gracias doctor y retomó su vida, su vida de siempre, y un día fue a la lavandería, no miento, fue a la lavandería, echó una moneda en la máquina para poner en marcha el lavado y allí mismo, gualá, lo juro sobre la tumba del abuelo, por la vida de Krim, se murió en el acto. Echó una moneda en la máquina así y...

Rabia se vio interrumpida por un vocerío unos metros detrás de ella y, entre dos invitados de la familia de la novia que también se habían vuelto, pudieron ver a la abuela gritándole a Dounia. El tío Bouzid fue hacia allí y trató de calmar a su madre, que señalaba a Dounia con el dedo, muy enojada y sin preocuparse por los extraños que fingían no ver nada.

—¿Qué pasa, Bouzid? —preguntó Rabia.

—Tenemos un problema: el TGV de Fouad llega con retraso.

—¿Con cuánto retraso?

—No lo sé. Una hora o quizá más. Es el testigo de Slim, pero la familia de la novia dice que no se le puede esperar.

—¿Dónde está Doune?

Rabia quiso poner orden, pero la abuela impedía acercarse a Dounia. Tomó a su hija de la muñeca y la alejó, diciéndole en cabilio:

—Ah, no, basta de escándalos, no hace falta que todo el mundo se ocupe de todo. Vamos, déjala que se apañe sola.

—*Yeum, yeum*... déjala de una vez, ¡qué vergüenza!

—Doune, ¿Krim es el segundo testigo?

—¿Dónde está? —preguntó Dounia poniéndose de puntillas.

4

Buscaron a Krim con la mirada mientras Slim se reunía con ellas. No había dejado de sonreír desde primera hora y todo él sonreía, sus dientes blancos, su traje blanco, sus bellas y finas manos blancas. Lucía una corbata gruesa y ancha, y unos mocasines flexibles que le permitían revolotear de grupo en grupo y hablar con todo el mundo en un tono alegre y distendido. Tenía los mismos ojos grandes negros y femeninos que sus hermanos: unas cejas sorprendentemente largas, el perímetro subrayado como a lápiz y un iris desmesurado que reducía el blanco a un rincón de párpado apenas menos oscuro.

Apoyado en el poste de una farola, Krim vio llegar a toda la tribu en fila. Hizo un amago de retroceder y soltó el cigarrillo que acababa de encender.

—¿Quién, yo? —respondió cuando le pidieron que sustituyera a Fouad.

—Vamos, *raichek*, no me vengas con historias.

—No me agobies. ¡De entrada, yo no quería! Joder... Estaba seguro de que...

Slim llegó detrás de su tía. Hizo un aparte con Krim y le explicó la situación. Al cabo de unos segundos, Slim halló la manera de sentarse en el aire, apoyando la espalda en la pared del Ayuntamiento. Krim y él miraban ahora en la misma dirección, salvo que Krim, al contrario que la estrella del día, no jugaba a cruzar y descruzar las piernas en esa posición tan acrobática como innecesaria.

Slim cambió de repente de tema alzando la vista en dirección opuesta a su primo:

—Mamá me ha contado lo de la oficina de empleo. ¡Vaya putada!

Krim reaccionó alzando las cejas. Encendió otro cigarrillo y empezó a juguetear con su corbata preguntándose si tenía aspecto de actor norteamericano.

—¿Y sabes qué vas a hacer?

—Sí... ya veremos.

—Joder, Krim, menudo colocón llevas. ¿Cuándo vas a cambiar?

Krim tomó el filtro del cigarrillo entre el pulgar y el índice y observó silenciosamente el extremo ardiente.

—¿Y tú cómo estás? —preguntó en un tono incomprensible—. ¿Vas a seguir en la universidad?

—No, tendré que ponerme a trabajar, aunque solo sea por... Bueno, tengo una cosa para ti, Krim, pero...

Krim permanecía en silencio y Slim se vio obligado a decir algo sorprendente para llamar su atención:

—No se lo he dicho a nadie, ni siquiera a mi vieja, pero... tengo miedo de que no me vaya bien con ella.

—¿Con quién?

—Con Kenza. No vayas contándolo por ahí. Es muy raro, pero tengo la impresión de que nunca podré... ya sabes...

Krim, estupefacto, miraba al horizonte. Las murallas del mundo estaban en llamas y solo él podía oírlas arder.

—¿Por qué no dices nada?

—Pues no sé —respondió Krim, nervioso—. No lo sé.

—Tengo la impresión de que nunca podré hacerla feliz —insistió Slim—. Lo intento, pero... No me estás escuchando.

Slim se incorporó y alzó la cabeza hacia las copas de los árboles de la plaza, para escapar del silencio que se abatía sobre sus cabezas endomingadas. Para gran sorpresa suya, fue Krim quien dio el primer paso:

—Francamente, no tienes por qué preocuparte. Eres buen tío y seguro que funcionará.

—Gracias, Krim —respondió Slim, plantándose frente a él—. Gracias.

Krim detestaba ese tono solemne y lacrimógeno. Si eso era la edad adulta, y si esta significaba tomarse las cosas con esa seriedad tan tonta, prefería seguir siendo un niño hasta el fin de sus días.

—Oye, ya he oído hablar de toda la mierda que te ha caído encima... ¿Por eso te pasa un sobre Nazir?

Krim se quedó estupefacto y cortó la conversación por lo sano:

—No, no pasa nada, y no vamos a hablar de eso ahora. Hoy es tu boda.

Slim abrazó a su primo y se dejó dar los dos besos más torpes que nunca le habían dado.

5

Desde las escaleras donde seguía parloteando, Rabia vio a Slim entregarle un sobre a Krim. Este pareció sorprendido y le dio unos besos en las mejillas y luego se llevó la mano al corazón.

—¿Qué era ese sobre, Krim? —le preguntó cuando llegó a su lado.

—¿Y a ti qué te importa?

—*Zarma*... «¿A ti qué te importa?» ¿Por qué te pones así? ¿Qué te he hecho para que me trates como a un perro delante de todo el mundo?

—Ya empezamos...

Pasó la mano por la cabeza de su hijo. Y luego se le iluminaron los ojos, brillando con una excitación completamente adolescente.

—Venga, ¿no me vas a decir qué era, majo?

—Era mi regalo de ayer, ¿vale? Ya está, y ahora cuéntaselo a todo el mundo... Te lo juro, eres como una cría.

—¡Sí, y a mucha honra! Todos creen que eres mi hermano pequeño! ¡Deberías dar gracias a Dios por tener una madre tan joven! Y, por cierto, ¿qué es esa historia de Luna en Facebook?

—¿Qué pasa? —se irritó de repente Krim—. ¿Tu hija se exhibe ante millones de personas y a ti te importa un carajo?

—Cuando te pones así pareces un islamista.

—Sí, ¡y qué más!

—Mira, las chicas son así, Luna es coqueta…

—Sí, coqueta. Ya verás el día que la violen.

—*Bar ed chal!* —gritó Rabia—. ¿Cómo se te ocurre decir eso?

Su cólera se disipó tan deprisa como había surgido: tuvo que saludar a una amiga francesa de Dounia. Después de los obligados cumplidos, se volvió de nuevo hacia su hijo y le abotonó el cuello de la camisa, pero Krim se ahogaba.

—Me aprieta mucho, me dan ganas de vomitar.

—Da igual, así es como se lleva. ¡No lo toques, te digo, confía en mí! ¿Crees que los miles de hombres que se ponen corbata tienen ganas de vomitar? Claro que no, porque luego se pasa, no temas.

Mientras el chico se habituaba a tener la glotis comprimida, Rabia le contempló con orgullo: su hijo con traje y corbata. Sin embargo, en cuanto se volvió para reunirse con Slim su orgullo se convirtió en tristeza, tan repentinamente que tuvo que contener una lágrima antes de que le arruinara el maquillaje.

El clan de la novia había ocupado las escaleras del Ayuntamiento desde mucho antes de la llegada de la familia de Slim, pero en esos momentos el sol se abatía sobre la plaza con un ahínco digno de los días de canícula y también ellos tuvieron que apretujarse a la sombra de los plátanos y de los almeces.

—A fin de cuentas, resulta que no son tantos —comentó Dounia al oído de Bouzid.

—Ya verás, luego. Estos son solo los que vienen al Ayuntamiento, y ya son el triple que nosotros. Pero todo irá bien, no te preocupes.

Una señora del otro bando se acercó a Dounia y la felicitó inclinando la cabeza. Lucía un vestido estilo Josefina de seda estampada, se había alisado su cabello moreno y se lo había teñido con unas estrafalarias mechas rubias, caoba y chocolate. Se volvió hacia Rabia, y esta le presentó a Krim.

—¡Saluda, Krim, no te comportes como un salvaje!

Krim no podía soportar a su madre cuando adoptaba lo que él llamaba su acento francés. Cuidaba la abertura de las «a», suavizaba las «r», alargaba los diptongos e incluso se reía de otra manera.

—Hicham, mi hijo —dijo la mujer señalando a un muchacho corpulento orgullosamente moldeado por una camisa de satén gris.

Hicham se volvió, con el rostro dividido en dos por una sonrisa de playboy. Con el teléfono pegado a la oreja derecha, tendió la mano izquierda a Rabia, que la asió para atraerlo hacia ella y darle unos besos.

—¡Entre nosotros son cuatro besos!

La mujer explicó que Hicham estudiaba derecho con Kenza. Al constatar cierta vacilación en la mirada de Rabia, precisó:

—Kenza, la novia.

—Sí, por supuesto. Además… Krikri, pronto la verás, ¿verdad? —Y añadió dirigiéndose a la mujer—: Abdelkrim es el testigo del novio.

—¡Ah, qué bien, enhorabuena! —exclamó la mujer sopesando con su mirada maquillada y sonriente la inmóvil silueta del «testigo».

Krim, asqueado ante tanta hipocresía, se marchó repentinamente. Quiso sacar el móvil para fingir una urgencia, pero ya se había lanzado en su huida y gozaba a la par de la extravagancia de su comportamiento y del aire que su movimiento alzaba a su alrededor.

6

Empezaba a haber agitación en las escaleras. Bouzid preguntó a sus hermanas dónde estaban Ferhat y Zoulikha, los ancianos. Sus hermanas fueron presa del pánico: Mathieu, el marido de Rachida, se había quedado en la sala para hacerles compañía. Bouzid se llevó la mano a la frente: había olvidado por completo que algunos habían preferido quedarse. Fue a informar a la abuela, que, con su menuda silueta testaruda y enérgica, cortaba el camino a una columna de invitados en la escalinata de entrada.

—¡No te quedes ahí pasmado! —le insultó la mujer—. ¡Vete a buscarlos, pedazo de *arioul*!

—¡Gualá, menudo vocabulario, no me lo puedo creer…!

—¡Pregúntale a Toufik, vamos, no te quedes ahí parado!

Enjugándose la frente, Bouzid se abrió paso a la carrera a través del compacto gentío entre el que no reconocía ninguna cara.

Un poco apartado de la multitud vio a Krim, que se miraba los zapatos distraídamente. Dio un rodeo para reñirle.

—¿Qué haces? ¡Tenemos que subir ahora mismo!

—Hay mucha gente, no se puede pasar.

—Claro que se puede y tenemos que subir ya. ¿Aún no te han dado el anillo?

—No.

—¿Dónde está Toufik?

Bouzid escrutó en derredor, con la mano a guisa de parasol sobre las cejas.

—Espérame aquí —gritó a Krim mientras le daba instrucciones a Toufik el Servicial—: Hay que volver a la sala de fiestas, toma mi coche y llévate al tío Ferhat y a la tía Zoulikha a casa de la abuela.

Boquiabierto, Toufik contempló las llaves que acababa de recibir en mano. Bouzid el Terrible frunció el ceño.

—¿Lo has entendido?

—Sí, sí, pero ¿por qué tengo que llevarlos a casa de la abuela?

—No te preocupes por eso. Después del Ayuntamiento iremos a casa de la abuela, así que llévalos allí, ¿de acuerdo?

Toufik asintió. Era el más viejo de los primos, más viejo que algunos de los maridos de sus tías, así que deberían llamarle tío, pero tenía algo demasiado juvenil para resignarse a ello: unas mejillas redondas, lisas y relucientes, una mirada inquieta que buscaba incansablemente la aprobación y los andares apresurados de un hombre habituado a hacer lo que se le pedía que hiciera, rara vez menos y nunca otra cosa.

Se alejó hacia los vehículos aparcados en doble fila mientras Bouzid se abría paso entre la multitud como un guardaespaldas para conducir a Krim a su destino.

Había una chica agachada frente al Peugeot 307 de Bouzid. Toufik solo veía su interminable cabello rubio, que captaba toda la luz del cielo. Se aclaró la voz sin saber cómo dirigirse a ella e incapaz de imaginarse diciendo en voz alta algo tan ridículo como «señorita».

—¿Es su coche? Mi gato no quiere salir de ahí debajo —explicó la chica sin ponerse en pie pero volviendo la cabeza.

—Minino, minino… —canturreó Toufik casi estirándose debajo del coche.

—No se llama minino.

—¿Y cómo se llama?

La chica cambió incomprensiblemente de humor. Tenía los ojos almendrados y la frente abombada de la infancia pero no podía decirse que fuera guapa, tal vez debido a la mueca que la posición retorcida de su nuca forzaba en su rostro.

—Se llama Barrabás.

—Barrabás no es nombre de gato.

—¿Ah, no? ¿Y cuál sería un nombre de gato?

—No sé... yo... —Se devanó los sesos en vano; la chica no solo no le ayudaba sino que no dejaba de mirarle—. No lo sé.

—¿Beethoven le parece un nombre de perro?

Toufik no comprendía qué había hecho para merecer semejante hostilidad. ¿Qué tenía hoy todo el mundo contra él?

—Beethoven, sí, es de perro.

—Y si tuviera un loro, ¿qué nombre le pondría?

—No sé. Jacquot.

La chica se echó a reír, con una risa aguda y seca en la que no tomaban parte sus ojos. Toufik se preguntó si estaría loca.

Renunció a agacharse de nuevo y esperó. Afortunadamente, el gato se dio a la fuga por el otro lado. Sin embargo, Toufik vio que era negro y el pobre no se quitaría de la cabeza ese funesto presagio hasta acabar el día.

7

Las campanas de la catedral de San Carlos Borromeo dieron las cinco de la tarde. Los pequeños grupos que no habían podido entrar en el Ayuntamiento se lo tomaron con paciencia mientras un amigo de la novia instalaba cuidadosamente su material fotográfico. Un par de Nerrouche que habían preferido no tomar parte en el pugilato de las escaleras se acercaron a él para satisfacer su curiosidad. Se llevaron un chasco: el joven, que debía de tener unos veinticinco años, respondía lacónicamente, rayando· en la arrogancia y sin mirarles en ningún momento. Llevaba gafas de cristales muy gruesos y pestañeaba frenéticamente abriendo la boca para fruncir la nariz y subir la montura.

De repente, la madre de la novia apareció en las escaleras de entrada y gritó en dirección al fotógrafo:

—¡William! ¿Qué estás haciendo? ¡Ven aquí a filmar!

Desconcertado, William miró en derredor: no podía dejar su material high-tech sin vigilancia. Al reflexionar, su nariz fruncida descubrió el disparatado alineamiento de sus dientes superiores.

—¡William! ¿Qué estás haciendo?

Corrió con su cámara bajo el brazo. La multitud se apartó para cederles el paso y se unieron al grupo de cabeza que comenzaba a entrar en la sala.

El techo alto, la lámpara, las molduras, los dorados y sobre todo el suelo de madera reluciente le trajeron malos recuerdos a Krim, para quien hasta el momento la República se había mostrado mayormente en forma de tribunal correccional. Se situó al lado de Slim y sostuvo la mirada de la madre de la novia, en la que le parecía discernir una forma particularmente desacomplejada de reprobación.

Era a todas luces una mala mujer, una de esas madres desabridas que aprovechan la menor ocasión para humillar al prójimo. Krim lo adivinaba por las enormes joyas que lucía en todos aquellos lugares donde podía colgárselas, pero también, y en particular, por la manera como se ajustaba sin cesar los brazaletes alrededor de su muñeca hinchada. Lucía un vestido de muselina rosa con unos mareantes motivos rayados extendidos en tres niveles de volantes: Krim había oído a su madre y a sus tías hablar de esos volantes en términos muy despectivos.

Al lado de esa mujer, la que debía de ser su hija mayor exhibía sus muslos gordos con un vestido corto de tipo caftán sostenido por un cinturón bordado de perlas doradas y a través del cual asomaba trágicamente su enagua pistacho. Krim observó también el trenzado orientalizante de un vestido en la segunda fila y las sedas estampadas de leopardo al lado, y llegó a la conclusión de que todas esas oranesas eran repugnantes porque eran malas, y no a la inversa como le había sugerido de entrada su intuición.

El teniente de alcalde entró por un lateral y Krim vio por primera vez de cerca a la mujer con la que Slim iba a jurar que pasaría toda su vida. Solo le veía un cuarto de perfil: su cabello estaba oculto por el velo de su largo vestido blanco y sus ojos eran traicionados por la perspectiva que hacía que parecieran más grandes de lo que eran en realidad. Pero no cabía la menor duda de que era guapa.

Sin duda la beneficiaba mucho el contraste con las mujeres gordas y vulgares de su familia pero, como se percató cuando le fue debidamente presentada, en la belleza de su rostro había también una verdadera singularidad: era un rostro abierto y generoso, simple y claro, de mentón prominente pero con unos rasgos notablemente simétricos, los ojos al límite de ser saltones y unos labios carnosos sin ser blandos y, sobre todo, una mirada franca que confería al conjunto cierto encanto viril.

—Si les parece, vamos a empezar —declaró el teniente de alcalde.

Durante su discurso, Krim no pudo apartar la vista de la novia. Cuando se pronunciaba su nombre, Kenza Zerbi, se deleitaba viéndola bajar la vista y sonreír cándidamente como una alumna a la que se felicita delante de toda la clase.

En el momento en que Krim tuvo que firmar el acta matrimonial le distrajo el ruido de una moto en la calle: la aceleración en mi bemol se estaba convirtiendo en un mi becuadro. Krim observó la firma de Slim, ágil, elegante, tan dulce como su voz, y estampó la suya en los rectángulos previstos con su tosca escritura de zurdo que ni siquiera había obtenido el graduado escolar.

—Y no voy a reteneros más —concluyó al cabo de tres cuartos de hora el teniente de alcalde, cuyo adusto buen humor burocrático desentonaba entre los sollozos y los bufidos que estremecían la sala—. Quiero añadir que hoy es un día especial, la víspera de un día especial, y que, ahora sí, deseo que seáis muy felices. ¡Puedes besar a la novia!

Hubo un momento de embarazo que el teniente de alcalde, mientras recogía sus papeles, no pareció advertir: de ninguna manera unos jóvenes recién casados musulmanes iban a darse un morreo delante de toda la familia. Y Slim apartó el velo de Kenza, torpemente pero con dulzura, y le dio un beso casto y rápido en su mejilla sonrojada.

8

A la salida, Rabia, que había derramado alguna lágrima, encontró a Krim sentado en el respaldo de un banco, con un cigarrillo en la oreja y los pulgares en las cuencas de los ojos.

—Ay, todo esto me recuerda a papá. Nos casamos aquí, ¿sabes?, en esa misma sala, aquí mismo, y también nos casó un teniente de alcalde... Sí...

Al ver que no reaccionaba, añadió:

—¿Te encuentras bien, Krim? Estás muy pálido.

—Me duele un poco la cabeza.

—¿Quieres que vaya a por una aspirina?

—No, no hace falta.

—¿Seguro? Ven aquí. —Le tomó del hombro y le dijo en voz baja, vigilando en derredor como si se tratara de un secreto de Estado—: Nosotros nos vamos a casa de la abuela, ¿eh? Y luego iremos directamente a la sala de fiestas. Pero primero tu tío te llevará a un sitio, y más tarde os reuniréis con nosotros...

Krim resopló, hastiado.

—¿Y qué más? ¿No puedes dejarme en paz ni dos minutos?

Por primera vez desde hacía meses, Rabia no replicó de inmediato. Se instaló en una especie de silencio que sin duda se le hizo cuesta arriba hasta el momento en que se volvió tan cómodo como un sillón desde el que podía culpabilizar a su hijo sin tener que hacer nada más que esperar.

—Adelante —se lamentó Krim—, ahora hazte la víctima.

Rabia sacó un pañuelo de papel y enjugó los bordes de sus párpados. Para Krim fue una revelación: le había llevado dieciocho años darse cuenta de que si en las películas les daban pañuelos a las que lloraban no era para que se sonaran, sino para que pudieran secarse las lágrimas antes de que se deslizaran sobre su maquillaje. Ese pequeño descubrimiento, curiosamente, le hizo sentirse melancólico. Así que en este mundo todo tenía su utilidad, cada cosa se hallaba en su lugar: había dos testigos para cada uno de los novios por si acaso y pañuelos para impedir que la naturaleza estropeara el maquillaje de las mujeres.

—Estás raro, Krim. ¿Por qué ya no me pides dinero?

—¿Me estás reprochando que no te pida pasta?

—¿No te estarás adoctrinando, por lo menos? —preguntó Rabia asiéndole el mentón—. Mírame, ¿no te estás adoctrinando?

—Sí, eso es, rezo cinco veces al día.

—¿Qué hacéis en el sótano con Gros Momo?

—¿Tú qué crees? Rezamos.

—Ándate con cuidado. No te dejes adoctrinar. Y no te fíes, porque el islam es como una secta. Gualá, es lo mismo. Y además, ¿qué crees que son las religiones? ¡Son sectas disfrazadas, hijo mío! Porque…

Pero Krim no escuchó la explicación probablemente descabellada que siguió: se había puesto en modo asentimiento y ya solo oía la musiquilla singular del parloteo de su madre, una variación sobre un acorde menor, orientalizante, cuatro notas que a veces cantaba una detrás de otra, le, le, le, le, re la do sostenido, para criticar por ejemplo a alguien que no se avergonzaba de nada, o una situación chocante que todo el mundo había decidido aceptar.

Krim sintió la vibración de su móvil. Consultó el SMS que acababa de recibir y le costó enormemente disimular su preocupación ante su madre, que, afortunadamente, estaba demasiado absorta en su propio monólogo para advertir que a su hijo mayor le temblaban las rodillas y le ardían las orejas.

Recibido: Hoy a las 17.49
De: N

Una buena noticia y una mala. Mouloud Benbaraka estará hoy en la fiesta, como era de esperar. He hablado con él, pero ten cuidado. Y nada de tonterías. Hoy no es día para un ajuste de cuentas. ¿OK?

III

RABIN☺UCHE

1

El tío Bouzid no tenía su coche y Krim tuvo que pasearse disfrazado de pingüino por el centro de la ciudad. Sorprendió algunas sonrisas posiblemente burlonas, pero no sabía de qué podían burlarse exactamente ya que tenía varias cosas de qué avergonzarse: su traje, que ahora le parecía atrozmente desparejado, o los andares de su tío, con el busto erguido y el mentón orgulloso, mirando a derecha e izquierda como un capataz inspeccionando unas obras, seguro, satisfecho y altivo como si fuera a lomos de un elefante.

—Aprovecharemos que vas aseado y bien vestido, ¿eh?

Se dirigieron hacia el barrio de la abuela pasando junto al gran edificio negro de la Comédie de Saint-Étienne. Unos bloques de edificios estalinianos que albergaban unas incombustibles administraciones aún resistían rodeados de solares en construcción y de manzanas de casas bajas y en ruinas. Hacía menos calor que en la plaza del Ayuntamiento y, al pasar por un descampado, a Krim incluso le pareció sentir en sus mejillas el roce de un vientecillo fresco y primaveral.

Cuando llegaron frente a la carnicería, Bouzid, que no le había dirigido ni una mirada a Krim, apoyó la mano sobre su hombro y le animó a entrar. Los escaparates estaban cubiertos de fotos de Chaouch y en el interior los carniceros lucían en las solapas de sus batas blancas un pin en el que se leía «CHAOUCH PRESIDENTE».

El dueño, cuyo rostro le resultaba familiar a Krim, sacó de la cámara frigorífica una espectacular pieza de cordero congelado al que solo le faltaban la cabeza, las pezuñas y la piel. Mientras conversaba con la pareja de ancianos a los que estaba destinado, empezó a despiezar el cadáver con gestos seguros y vigorosos, utilizando todo tipo de cuchillos cuyos filos verificaba con la palma de la mano e incluso una sierra para cortar los huesos y las articulaciones más coriáceas.

Su ayudante se parecía a Djamel Debbouze en joven, más espigado que este pero igual de chistoso:

—Cuatro muslos de pollo —dijo arrojándolos en la báscula—. ¡Serán cuatro mil euros!

—Sí, los precios están por las nubes —comentó el cliente con una sonrisa.

—¡Qué quieres, es la crisis!

—De todas formas, cuatro mil euros...

La broma hubiera podido alargarse cinco minutos más, pero el joven carnicero dio con la manera de rematarla triunfalmente:

—¡Esto sí que es la gallina de los huevos de oro! Aquí tienes el cambio. —Y añadió para que todo el mundo pudiera oírlo—: ¡Y no olvides votar mañana!

El tío Bouzid explicó con grandes aspavientos que deseaba hablar con el propietario. Djamel Debbouze, que aún se reía de su propio chiste, empezó a pensar otro. Sin embargo, no pudo sacarle tanto partido a la nueva situación y tuvo que contentarse con un penoso:

—¡En tal caso le dejo con el *big boss*!

Este ni siquiera había mirado a Bouzid desde que había entrado. Krim alzó la vista hacia su tío y advirtió que se había sonrojado y que, además, tenía las orejas muy pequeñas. Para no quedar como un bobo, Bouzid se volvió hacia Krim y fingió mantener una conversación.

—¿Y aparte de eso? ¿Qué tal?

—«¿Qué tal?»

—Sí, ¿qué me cuentas? ¿Es verdad eso de que te han dado de baja en la oficina de empleo?

Krim volvió la cabeza y se mordisqueó los labios. Toda aquella carne a su alrededor le hacía sentirse mal, pero no tanto como el rostro de su tío: congestionado, hostil y al borde de un ataque de nervios. Era tal el contraste entre sus cejas de profeta iracundo y el tono desenvuelto que intentaba adoptar que Krim se preguntó seriamente si no estaría un poco chiflado. Su madre lo decía a menudo, pero se retractaba de inmediato invocando el viejo argumento de la sangre caliente de los Nerrouche, tan característica de su familia como la nariz curvada y la propensión a hacer una montaña de hechos minúsculos.

—Y además ya no eres un crío. Y hay una cosa que tienes que saber, *dalguez*, tienes que entender que tu madre un día rehará su vida con un buen hombre, y con honor. Así son las cosas.

Krim no prestaba atención al sermón y se concentró en la campanilla del tranvía que, aunque técnicamente no pudiera oírla dada la distancia a la que se hallaba la calle mayor, resonaba en el centro de su atención como si anunciara una catástrofe.

2

Sobre el mostrador del carnicero solo quedaba una carcasa descarnada. Este dio las gracias calurosamente a la pareja a la que atendía y su sonrisa desapareció al dirigirse a los siguientes clientes. Era obvio que había un problema.

—*Salam aleikum*, Rachid.

—*Salam* —respondió el carnicero receloso.

—¿Recuerdas que la semana pasada, en la mezquita, me dijiste que buscabas un aprendiz?

—Sí, lo recuerdo perfectamente.

Rachid era un poco más viejo que Bouzid. La carnicería pertenecía a su familia, los cabilios más ricos de Saint-Étienne según Rabia: «Tienen millones», decía recalcando el «mi» de millones. Quizá fuera una ilusión alimentada por esa reputación, pero Krim le veía en efecto un aire burgués al carnicero: los labios delgados, el cabello canoso repeinado, la nariz demasiado fina para ser honesto. Su madre también sostenía que eran hijos de harkis. Y cuando Rachid salió del pequeño local donde se había lavado las manos, Bouzid no supo qué hacer aparte de repetir lo que acababa de decir:

—La semana pasada me dijiste…

—Sé lo que te dije.

Rachid ni siquiera le miraba. Fingía ordenar el mostrador y llevaba a cabo pequeñas tareas cuya inutilidad se advertía sin necesidad de ser aprendiz de carnicero.

—Espérame en la calle —murmuró Bouzid al oído de Krim.

Krim salió y encendió un cigarrillo. Una vez que se hubo asegurado de que miraba hacia otro lado, Bouzid alzó la voz:

—¿Qué pasa, Rachid? ¿Por qué me faltas al respeto delante de mi sobrino?

Rachid dirigió una mirada elocuente a su ayudante. No había ningún cliente y comprendió que era aconsejable que desapareciera en la trastienda. Rachid esperó a que hubiera cerrado la puerta y se quitó el delantal.

—Lo siento, Bouzid, pero no puedo ayudarte.

—¿Ah, no? ¿Y por qué?

—Lo siento, y te pido también que vayáis a comprar *aksoum* a otro sitio. Aquí no os volveremos a servir, lo siento.

—¡No digas que lo sientes y cuéntame qué pasa!

Desde el inicio se veía que la calma de Rachid era fingida y que podía estallar en cualquier momento.

—Ocurre que he sabido cosas, ¡eso es lo que pasa! Mira, cada uno es libre de hacer lo que quiera, no pretendo juzgar a nadie, pero no está bien, ¡gualá!, eso no está bien.

—Pero ¿de qué hablas?

—¡De las cartas! ¿Qué es eso de echar las cartas para estafar a la gente? Mi tía *miskina* tiene Alzheimer y tu madre, Khalida, lo aprovecha para echarle las cartas. Siempre os he respetado, gualá. Erais una buena familia y tu padre, *ater ramah rebi*, era un buen hombre, admirable. Pero eso de las cartas es *halam*, Bouzid, y no puedo tolerarlo, te lo juro.

Bouzid se quedó boquiabierto. Sintió, o eso fue lo que les dijo a sus hermanas un cuarto de hora más tarde en la cocina de la abuela, que si permanecía un segundo más frente a él le mataría. No le sería difícil convencer a sus hermanas reunidas alrededor de él porque se había peleado a menudo, ¿y hay peor ofensa hacia un hijo que tratar de bruja a su anciana madre?

Sin decir nada alzó el puño y extendió el índice. Apuntó a Rachid y en sus labios se dibujó una mueca de asco.

Al salir no vio a Krim. Le llamó varias veces, en vano, y esperó en un banco a calmarse antes de telefonear a Rabia.

3

Krim se había escapado a lo alto del barrio de Beaubrun. Caminaba por la rue de l'École des Beaux-Arts cuando se cruzó con una pareja de estudiantes. El chico tenía un cabezón de francés y rasgos suaves, abiertos a todas las posibilidades de la vida. Su mirada risueña se cruzó con la de Krim, que volvió sobre sus pasos.

—¿De qué te ríes? ¿Qué pasa?

Las rastas del estudiante sobresalían de su borsalino. Alzó la mirada al cielo, como si esos malentendidos le ocurrieran a menudo. Su novia le asía de la cintura y le empujó para que siguiera andando, pero Krim no se dio por satisfecho. Les siguió unos metros y acabó alcanzándolos. Tenía ya el puño apretado, dispuesto a abatirse sobre el rostro pálido del estudiante.

—Te estoy hablando, capullo. Te estoy hablando a ti.

—Ya vale, déjalo.

El otro no se atrevía a volverse hacia Krim. Le ardían los pómulos y unos escalofríos le recorrieron el espinazo. Su amiga era más valiente. Tenía las mejillas cubiertas de pecas, unas medias naranjas que le marcaban las pantorrillas musculosas y la mirada obstinada de una chica que ha crecido rodeada de chicos.

—¡Basta ya, lárgate!

—No estoy hablando contigo.

—Vete ya...

Krim no titubeó: golpeó el borde del sombrero del estudiante y este se agachó de inmediato a recogerlo.

—¡Bah! —murmuró la muchacha—. ¡Qué patético! Vamos, Jéremie, vámonos de aquí.

Krim les contempló alejarse: la mano de la chica había ascendido de la cintura a la espalda de su novio y le acariciaba para animarle.

Unos metros más adelante, la calle se convertía en una bifurcación bordeada de abetos y Krim oyó que le llamaban desde la plaza.

—¡Léon! ¡Léon!

Era su apodo en la pandilla. Nunca había entendido por qué Léon: tal vez por ser silencioso y extrañamente intenso, porque a menudo le trataban de francés por su incapacidad para pronunciar los sonidos árabes «j», «ha» o la «a» de Ali, o porque había en él algo indefinible que le diferenciaba de Djamel y de Gros Momo. Le rodearon como buitres y se burlaron de su traje tironeándole de las mangas.

—¡Eh, tío! ¡Léon! ¡Si estás hecho un James Bond! ¡Por La Meca, vas vestido como James Bond!

—¡Qué gracioso! ¡Me parto!

A Krim no le apetecía estar con ellos, y además, si tardaba mucho en reunirse con la tribu en casa de la abuela, se metería en un lío.

Djamel hundió el mentón en el cuello de la sudadera. Se alzó las gafas sobre la nariz y volvió la frente en dirección a Krim.

—¿Quién se casa?

Tenía el cráneo rasurado, puntiagudo y ortodoxo, y como todos los brutos que llevan gafas se sentía obligado a endurecer caricaturescamente la voz.

—Mi primo.

—¿El marica?

—¡Gualá, cierra la boca! Por mi madre que si lo dices otra vez, te parto la cara.

—Tranquilo, tío, ¿qué he dicho? ¿Acaso no es marica? Además, no lo digo yo —insistió Djamel—, lo dice…

—Cierra la boca —gritó Krim empujándole bruscamente—. Te voy a partir la cara, por La Meca que te parto la cara.

Gros Momo se interpuso entre los dos para evitar una pelea, pero manifiestamente Djamel quería plantarle cara:

—Y tú también eres un moñas, sois una familia de moñas. ¿Qué te crees, que se va a casar y dejará de ser moñas? ¡Te crees que los moñas tienen una polla con contrato temporal?

Krim eludió la vigilancia de Gros Momo y saltó sobre Djamel. Gros Momo lo asió por detrás y lo levantó del suelo. La corpulencia de oso de Gros Momo le hacía parecer sensato y respetable, por lo menos más que aquella mosca mierdosa de Djamel, que remedaba una mamada mientras recobraba el resuello.

4

Krim se alejó para serenarse y pedirle un favor a Gros Momo.

—Oye, colega, ¿tienes algo?

De tanto hablar en código y utilizar eufemismos por teléfono, Krim ya nunca pronunciaba la palabra «costo».

—No es para mí —insistió Krim—, por mi madre que es para mi primo. ¿Te acuerdas de Raouf?

—Ya, pero ahora mismo está todo muerto, gualá. Quizá más tarde. ¿Qué harás esta noche?

—¿Tú qué crees, que voy vestido así para ir a misa?

—Llámame hacia las siete o las ocho y te digo. ¿Tienes saldo? O ya te llamaré yo, será mejor. Hasta luego —le dijo, propinándole un golpe amistoso en el vientre como un jugador de rugby—, buena boda y *bsartek*.

—Vale.

—Oye, y respecto a la pipa, ¿te apetece ir hoy a disparar?

—Ya sabes que no puedo, ¿por qué me lo dices?

—Por nada, pero como hace bueno y además… Da igual, olvídalo.

—La verdad es que hoy estáis todos muy raros, no sé qué pasa.

—No pasa nada —le tranquilizó Gros Momo—, ve y ándate con cuidado, ¿eh?

Krim sintió que le ocultaba algo, pero no tuvo el valor de hacerle cantar. Como de costumbre, Gros Momo lo soltó por iniciativa propia:

—El pirado. Benbaraka.

—¿Qué? Paso de él —refunfuñó Krim.

—Ya, pero ¿qué vas a hacer esta noche? ¿No es tío abuelo de la chica con la que se casa Slim? Seguro que va a estar ahí, gualá.

—No, no estaba en el Ayuntamiento. Hasta luego, tío —concluyó Krim alejándose.

Tomó el camino por el que había llegado allí. Le temblaba el puño y tenía unas ligeras ganas de vomitar. Pasó frente a un escaparate embadurnado de pintura gris en el que un trozo había sido sustituido por un espejo semirreflectante y aprovechó para constatar los desperfectos. Afortunadamente eran mínimos: una mancha verde a la altura del muslo y pinaza en la espalda.

Su móvil vibró: tenía cinco llamadas perdidas de su madre. La avisó con un SMS de que iba para allí y se detuvo a pensar frente a la iglesia de Saint-Ennemond. La flanqueaban dos calles: la de la derecha ascendía hasta la mediateca enfrente de la cual vivía la abuela y la de la izquierda conducía al aparcamiento. Tomó la de la izquierda y rodeó la mediateca para asegurarse de que no le vieran desde el balcón. Se había levantado viento y las bellas nubes de primera hora de la tarde habían desaparecido bajo el espeso velo de una humareda gris perla.

Al bajar por la circunvalación le llegó olor a fuego. Al otro lado de la vía del tren, un hombre en pantalones cortos quemaba basura en un bidón metálico. Detrás de él, se extendía una colmena de casas de hormigón al pie de lo que en su familia llamaban «las dos montañas de casa de la abuela». En lugar de montañas eran los escoriales de la mina del

Clapier. No había nada menos natural que esos amontonamientos de residuos mineros y, sin embargo, en los costados habían crecido árboles de copas ya florecientes y solo las cimas permanecían calvas para protestar por su condición de inmundicia.

Krim recordaba haberlos visto por primera vez con una perspectiva diferente el día del entierro de su padre: desde el cementerio en lo alto de Côte-chaude, las dos inocentes montañas de casa de la abuela se le aparecieron entonces como puestos avanzados del infierno. La torre que antaño había permitido que los ascensores bajaran a la mina había perdido aquella tarde su bondadosa estupidez de postal, ya no era nuestra pequeña torre Eiffel de pacotilla sino la diabólica estructura metálica que fue en los tiempos en que su rueda aún servía para enviar hombres a las profundidades de la tierra.

Krim intentó evitar los escalofríos que le inspiraba ese panorama trágico ante el que cualquier punto de vista parecía ahora un fraude. Ascendió de nuevo hacia la mediateca por el pequeño parque de detrás y cedió al deseo de tumbarse en un montículo lampiño que parecía sacado de los Teletubbies.

Su móvil vibró de nuevo. Esta vez no era una llamada sino un SMS, de su madre por supuesto, pero que no estaba dirigido a él. Krim lo leyó tres veces para convencerse de que no estaba soñando:

Recibido: Hoy a las 18.13
De: Mamá
Tengo la impresión de conocerte mucho a pesar de que nunca nos hemos visto. ¡Se me hace muy raro! Espero con impaciencia conocerte esta noche, ¡qué duro! Y ahora una pregunta tonta: ¿cómo te reconoceré? Mil besos, Rabinuche.

Se puso en pie súbitamente y se llevó las manos a la cabeza. Buscaba algo que romper alrededor de él, pero estaba claro que era imposible arrancar el banco y la primera papelera se hallaba a la salida del parque.

El medio minuto que tardó en llegar hasta allí atenuó su ira y se contentó contemplando, confundido, el contenido de la bolsa de plástico verde transparente flanqueada por una pancarta para la que un publicista había imaginado el eslogan de su carrera, jugando con el término «papelera» y el título de la serie de televisión de moda, además de convencer a toda una nebulosa de administraciones para estamparlo: «POUBELLE LA VIE».

5

Entre las instrucciones que Farid y Farès no habían respetado, la que más importante le parecía a Farès era la de la cazadora beige que ahora utilizaba para evitar que Zoran viera adónde le conducían. Sin embargo, ¿era cierto que unos gemelos con la misma cazadora llamaban el doble la atención que unos gemelos con cazadoras de colores diferentes?

Farès tardó unos veinte minutos en hacer esa pregunta: entre la intuición del problema —contrariada por su misión de vigilancia—, la formulación mental —siempre delicada en su caso— y la pronunciación —aún más titubeante puesto que incubaba un resfriado—, su Kangoo blanco, decorado con un logo con dos S en forma de serpientes luchando una contra otra, entraba ya en el suburbio residencial donde se hallaba la sede de la agencia de seguridad que les había contratado. Y tantos esfuerzos, toda aquella aventura para oír como respuesta:

—Cierra la boca, ¿no ves que estamos llegando?

Farid conducía con la nariz pegada al parabrisas para no equivocarse de camino como le ocurría regularmente, obligándole a dar media vuelta en la rotonda situada un kilómetro más lejos.

El barrio presentaba una uniformidad espectacular: los chalets residenciales eran todos del mismo hormigón claro y en todas las esquinas idénticos setos de abetos protegían de las miradas desde la calle unos jardines y garajes iguales.

—Tendríamos que pedir un GPS, ¿no crees?

Farès se dio cuenta de que, aunque Farid no decía nada, su párpado se alzaba en el retrovisor. Se agachó un poco para verle la cara a su hermano, pero el coche frenó bruscamente. Farid derrapó voluntariamente en el arcén y ordenó a Farès que saliera de inmediato.

—Pero…

—Baja, te he dicho.

Farid se llevó las manos a la cabeza y se estiró. A sus pies, el río Furan se estremecía envuelto en olor a cloaca y a bosque húmedo. La incesante cháchara de los pájaros iba en aumento. Farid se inclinó para estudiar la profundidad del río. Era menos corpulento que Farès, pero más amenazador. La musculación había dado un aspecto más espectacular a Farès, pero Farid se enorgullecía de no haber levantado nunca una pesa para lograr su musculatura más que honorable.

Farès contempló a su vez el riachuelo, pero Farid se volvió en el acto, tan rápido que Farès creyó que iba a tirarle de la oreja. Ya lo había hecho unos años antes e incluso la semana anterior en lo que afirmaba que había sido un acto de sonambulismo.

—Voy a hacerte una pregunta y tienes que contestarme con un sí o con un no, ¿de acuerdo?

—Eh… de acuerdo —replicó Farès, que se equivocaba de juego.

—¿A ti te parece que lo que estamos haciendo es normal? Solo dímelo, no le des muchas vueltas. ¿Sí o no?

Farès se olió que había trampa y redujo a la mitad la abertura de su boca para no decir de inmediato una tontería. Empezaba a avanzar el índice hacia sus labios cuando Farid le arreó una tremenda colleja.

Contrariamente a él, Farid tenía los ojazos de su padre, un hombre irascible y problemático, es decir, alguien en cuyo entorno todo el mundo acababa tarde o temprano sintiéndose como un problema.

—¿A ti te qué te parece que estamos haciendo? ¿Te das cuenta de que esto no es una broma? ¿No ves que podemos acabar en la cárcel? ¿Lo entiendes?

Cada silencio de Farid era amplificado por el ronroneo del río.

—¿Me oyes, pedazo de burro?

—Sí, sí, cálmate. ¿Y por qué…?

—¿Qué? ¿Qué vas a decir?

—¿Por qué…? No, no… nada…

El móvil de Farid vibró en su mano derecha.

—¿Es él? ¿Qué hace?

—¡Ya lo ves, me está llamando! Vete al coche y le preguntaré cuánto tardará en reunirse con nosotros.

Farès regresó a la parte trasera del coche, donde su prisionero hablaba en una mezcla de rumano y de francés que debía de ir dirigido a él. Zoran tenía una voz desagradable, una voz quejosa, llorona, que se clavaba en el oído, como el campanilleo que impide pensar cuando esperas con la cabeza contra el cristal a que el autobús se ponga de nuevo en marcha, pero como si a ese campanilleo se le añadiera además un coágulo de cera supurante. Farès conocía de la sala de musculación a una campeona de culturismo que tenía una voz parecida, a la vez varonil y femenina, y sus entonaciones y palabras de chica brotaban de una caja torácica tan desarrollada que debía haber modificado el grosor de sus cuerdas vocales.

—¡Cállate ya! —gritó Farès dándole un manotazo al prisionero en la cabeza, que sobresalía ridículamente bajo la cazadora.

Farid parecía preocupado al sentarse de nuevo al volante. Aceleró y tomó la primera calle que ascendía la colina. Ya no estaban en Saint-Étienne sino en Saint-Priest-en-Jarez. Al final de una anodina urbanización había una casa semienterrada con un aparcamiento de tres plazas, donde dormían una pickup y otro Kangoo. En el rectángulo del interfono podía leerse el nombre de la agencia: SECURITATIS. El logo con la doble S no se veía en ningún lugar, de tal forma que aparte de por los coches de la empresa que no habían salido del aparcamiento desde la quiebra, nada indicaba que se tratara de unas oficinas en vez de la residencia de un jubilado patibulario poco amante de la decoración floral.

Farid aparcó el coche de forma que pudiera marcharse de nuevo sin tener que dar marcha atrás. Se volvió hacia Zoran.

—Tú, escúchame, como digas algo sin que te pregunte, te parto la cabeza. ¿Me has entendido? Tienes boca, puto marica gitano, así que dime que me has entendido.

Zoran temblaba demasiado para poder hablar. Meneó dolorosamente la cabeza de arriba abajo y se dejó acompañar fuera del coche.

—Te partiré la cabeza, gualá... ¡Te voy a partir la cabeza! —repitió Farid para sí mismo más que para su prisionero.

Farès no parecía contento ante el cariz que tomaban los acontecimientos.

6

Los tres hombres entraron en la casa, donde no se había limpiado el polvo desde hacía varias semanas. Farid arrojó las llaves sobre la barra que separaba la cocina americana del salón convertido en oficina y gritó a su hermano gemelo:

—Busca la llave de la bodega. Creo que es la roja.

Farès empujó a Zoran al cuadrado cerrado de la cocina y buscó la llave roja. Sobre el papel, encontrar una llave roja en un manojo con una decena de llaves era algo que podía hacer hasta un niño de ocho años, pero, como de costumbre, en el momento de llevarlo a cabo pura y simplemente no había ninguna llave roja. Con sangre fría, Farès examinó diez veces cada una de las llaves. La que más se parecía a la llave maestra tenía el contorno naranja, y cuando Farid salió del baño Farès se la mostró.

—He dicho la roja, cretino.

Farid tuvo que admitir al cabo de unos segundos que en el manojo que le había dado no había ninguna llave roja. Hizo una mueca de perplejidad y bajó las escaleras invitando a Farès y a Zoran a seguirle. Una bombilla de bajo consumo iluminaba con un azul lúgubre la planta enterrada. Zoran tropezó y Farès le impidió caer en el último momento. Farid abrió las puertas de las habitaciones llenas de cajas de cartón y de carpetas, en busca de la que se cerraba con llave desde el exterior. Sin embargo, debía de haberse imaginado ese cuarto: los cuatro picaportes carecían de cerradura. Se volvió hacia Farès y señaló la puerta con las persianas cerradas que daba al jardín. Esa estaba perfectamente cerrada y le pareció evidente que no corría riesgo alguno dejando a Zoran en una de esas habitaciones.

Sin embargo, Farès se quedó plantado ante la bodega, la habitación situada a la izquierda de la puerta, que también daba al jardín y contenía las armas, los walkie-talkies y la caja fuerte. Se agachó y miró debajo del felpudo: sus calzoncillos blancos acompañaron el movimiento y mostraron la raja de su trasero adornado con dos pecas monstruosamente simétricas.

Se incorporó con las manos vacías, resoplando como un cerdo. Farid meneó la cabeza y condujo a Zoran al cuartucho debajo de la escalera.

—Como te muevas, te crujo, mariquita de mierda.

Farid se aproximó al rostro de Zoran embadurnado de lágrimas secas mezcladas con mocos. Zoran asintió enérgicamente, sin osar dirigirle la mirada a su torturador.

Farès subió a la planta baja con su hermano y se instaló en la cocina suspirando como a la vuelta de una larga y provechosa jornada de trabajo. Sonó su móvil: «L'Amérique, l'Amérique, je veux l'avoir et je l'aurai...».

—¿Quién lleva todo el día llamándote sin parar? —se enojó Farid registrando los armarios en busca de alcohol—. ¿No te había dicho que pusieras el móvil en vibración?

Farès se deshizo en excusas y apagó el teléfono. Vio un cajón que Farid aún no había abierto. Farid se adelantó y descubrió allí una caja de filtros de café y un molinillo. Mientras preparaba una cafetera, Farès se sentó a una de las mesas de despacho y toqueteó el teléfono con varias líneas.

Suspiró. En aquella maldita casa no había nada que hacer. No podía ver la tele, ni jugar con la consola. Los ordenadores portátiles de la empresa estaban en la bodega: ni siquiera podía meterse en Facebook, donde le echaba los tejos desde hacía tres meses a una monitora de jiujitsu que vivía en el Alto Loira. La chica le había enviado fotos porno y a cambio él les daba el like a todos sus estados y la etiquetaba en las fotos sugestivas de su muro.

El café subía a borbotones. Farès recordó a las cuatro mujeres que había conocido: una camarera mayor que él que se aprovechaba de su ingenuidad, una viuda depresiva que, a pesar de todo, hallaba la manera de manipularlo, una musculosa bomba sexual que acabó confesando que quería acostarse con él y con Farid a la vez y, finalmente, la ineludible inmigrante pueblerina de ojos esmeralda, una criatura ofidia y maquiavélica que se había querido casar con él y que lo hubiera logrado y le hubiera hecho la vida imposible a base de mil pequeñas humillaciones premeditadas si Farès no hubiera contado con su hermano para abrirle los ojos.

Abajo, Zoran empezó a gemir. Farès se desplazó al centro de la habitación e hizo unas flexiones. Los gemidos de Zoran, sin embargo, eran cada vez más molestos y prefirió regresar a la oficina, donde esperó a que Farid le diera la orden de ir a ver qué quería el prisionero.

Farid, sin embargo, se ocupaba del café y estaba escribiendo un SMS, y no parecía que le apeteciera que le molestaran. Farès se sintió también con derecho a encender su móvil. Examinó brevemente los mensajes recibidos los últimos días.

El que le envió su sobrino Jibril le partía el corazón cada vez que lo leía: «Gracias de todas formas, tío». En uno de sus accesos de generosidad que desesperaban tanto a su hermano como a su hermana, había decidido llevar a Jibril a un partido del ASSE en Geoffroy-Guichard, pero no pensó en reservar las entradas y se encontraron como dos pedigüeños frente a la puerta.

Dos semanas más tarde, el recuerdo de aquella velada aún le revolvía el estómago: los alrededores del estadio repletos de gente sin que nadie se ocupara de ellos; la hipócrita solicitud de los que iban a asistir al partido y fingían sentirlo mucho. En verdad, no se trataba del estómago, el ardor venía de más arriba, del esófago, del inicio de la garganta, era el sabor de la vergüenza, del desastre y del fracaso, una sensación de malestar que perduraba como si los pensamientos y los segundos estuvieran hechos del mismo plomo inexpugnable.

La perspectiva de tomar un café le infundió valor y pronto todo le pareció bien tal como era. Incluso Jibril debió de pasar una velada agradable: un merguez con patatas fritas delante de la pantalla gigante del Café des Sports era algo distinto a los aburridos viernes dudando entre hacer los deberes y ver *Koh Lanta*. Sin contar que, como le había dicho el propio chiquillo con una de esas muecas completamente adultas que aparecen a veces en el rostro de los niños, un empate en casa no era un resultado tan malo a la vista de que iban decimoterceros al final de la temporada.

Un poco embriagado por su repentino buen humor, Farès fue al baño a refrescarse la cara. Al salir, Farid estaba tieso como un palo.

—Bueno, habrá que prepararse, porque llegará dentro de diez minutos o un cuarto de hora.

—¿Y qué tenemos que hacer? —preguntó Farès.

—No lo sé, ¿cómo voy a saberlo?

—Pero ¿qué ha hecho ese pobre tipo? ¿Por qué lo hemos secuestrado?

Farid no respondió. Farès se alejó hacia la ventana y descorrió delicadamente la cortina. La calle estaba tranquila, pero la calzada brillaba como un espejo: ¿estaba lloviendo? Sin embargo, no oía nada. Las farolas de bolas blancas que enmarcaban severamente la calle rectilínea se encendieron gradualmente. Farès aguzó el oído esperando distinguir ese ruido de aleteo que las noches de verano alcanzaba a oír en las farolas municipales.

Un avión rompió de repente la barrera del sonido. Zoran eligió ese momento para aullar desesperadamente. Farid se arremangó y bajó lentamente la escalera, sin dejar de mirar al tonto de su hermano plantado frente a la ventana, como para darle una lección, hacerle entender que no estaban allí de guasa.

7

Barrio de Montreynaud, en el mismo momento

El edificio Plein Ciel, coronado con un depósito de agua en forma de cuenco, se alzaba con siniestra majestuosidad en lo alto de la colina de Montreynaud. Fue construido en los años setenta para albergar a las familias de obreros magrebíes que llegaban en masa a los barrios de chabolas y a las viviendas sociales Sonacotra de la región. Al inicio del siglo XXI, los vecinos refrendaron la demolición del bloque, pero siete años después aún esperaban a las cámaras y las excavadoras. El célebre rascacielos era visible desde la estación al llegar a Lyon y muchos habitantes de Saint-Étienne lo consideraban, al menos hasta el caso del minarete de Saint-Christophe, como el punto doblemente culminante de la ciudad: por su altura de sesenta y cuatro metros desde la que se dominaban las otras seis colinas y también por el carácter emblemático de una clamorosa chapuza urbanística y de una ciudad resignada a la desindustrialización.

Esa noche, sin embargo, en el decimoctavo y último piso del fantasmagórico bloque, a Alizée no la preocupaban en absoluto esas cuestiones de arquitectura de crisis: inclinada sobre los vidrios gris espejo de las falsas gafas Gucci que se había comprado con su primer salario, intentaba rehacer su maquillaje rezando por obtener pronto permiso para salir de aquella ratonera en las alturas.

El hombre al que le debía vivir allí, al que literalmente debía no estar durmiendo bajo un puente, salió del baño y se tumbó en la cama para acariciar a su gatito negro.

Alizée tomó su paquete de cigarrillos mentolados y, animada por la posición de su robusta muñeca de camarera que le parecía repentinamente muy elegante, se lanzó a hablar después de unas caladas:

—No lo entiendo, ¿aquí quién manda, tú o Nazir?

Mouloud Benbaraka se incorporó en la cama y miró a su nuevo fichaje. Tenía, según decía, dieciocho años, la piel suave, un marcado acento campesino, dientes y hombros anchos y un cuerpo compacto, recio.

—¿Acaso me ves cara de tener jefe?

Alizée frunció el ceño. Se abrochó el cinturón tachonado de rectángulos plateados y se dispuso a calzarse las botas.

—Contesta —insistió Benbaraka—. ¿Acaso me ves cara de tener jefe?

—No, no… Solo… me lo preguntaba.

—Pues guárdate tus preguntas.

Alizée se sentó en el borde de la cama y escrutó melancólicamente su nuevo par de botas de ante, abandonadas al otro lado de la habitación.

—Pero ¿aún tengo el trabajo? —preguntó al borde de las lágrimas.

—Claro, solo tienes que aprender a cerrar la boca de vez en cuando.

—¿Y el gato?

Benbaraka había llegado tarde por traerle un gato negro que había encontrado cerca del Ayuntamiento. El gato había resultado ser salvaje, como Alizée, que lo había bautizado Foufou por sus piruetas y sus tentativas de evasión.

Mouloud Benbaraka agarró al gato de la nuca y lo alzó a la altura de su boca. Alizée creyó por un instante que iba a hincarle los colmillos en su cuello tierno y peludo al pobre pequeño felino.

—Un regalo —dijo en voz baja.

Alizée, cuyos labios temblaban ante tanta maldad, miró a su terrible benefactor. Era un hombre alto y enérgico, con una nariz aguda con las fosas nasales respingonas y una sonrisa breve, dura, torcida hacia arriba como la hoja de un sable y que cortaba por lo sano cualquier tentativa de simpatía prolongada. Tendría unos cincuenta años, quizá más, las mejillas azules del hombre que está obligado a afeitarse dos veces al día y una caótica implantación de cabello alrededor de la frente que le hacía parecer una rata del desierto.

—Ponle una correa —dijo a la muchacha.

—¿Una correa? ¿A un gato? ¡Qué horror!

—No des el coñazo y haz lo que te digo. Ve al armario de la entrada, ahí tiene que estar la correa del perro que tuve.

Alizée regresó con la correa unos instantes después. Mouloud Benbaraka miraba fotos en el móvil.

—Quería regalarle el gato a mi sobrina Kenza, pero está demasiado loco. Se casa hoy, ¿quieres ver fotos de ella?

Alizée se arrimó a su benefactor y extendió su nuca robusta para contemplar el desfile de fotos.

—Es muy guapa, ¿verdad?

—Sí —silbó Mouloud Benbaraka—, no como tú. Ve a por mi chaqueta y limpia un poco, el piso parece una pocilga.

Antes de marcharse, el padrino quiso fumarse un porro con su nueva protegida. Esta se puso en pie. Benbaraka la contempló sin disimular el desprecio que le inspiraba su docilidad de cateta. Alojaba en aquel bloque a una decena de chicas, con la complicidad de la administración de las viviendas de protección oficial entre cuyos altos cargos tenía contactos su socio parisino. A cambio de ese modesto favor ilícito, Benbaraka se había comprometido a impedir las okupaciones de artistas y de perroflautas que invadieron el bloque en cuanto su último inquilino fue realojado, lo que atrajo las cámaras de France 3 y colocó a los responsables del proyecto de demolición en la incómoda posición de tener que explicar el extraordinario retraso acumulado.

—Yo soy el jefe —dijo de repente Mouloud Benbaraka soplando en la ceniza de la punta del porro—. A mí es a quien tienes que rendir cuentas.

—Sí, sí, lo sé.

—¿Te ha llamado Nazir? ¿Habláis?

—No, ¿por qué lo dices?

—Por nada —respondió el jefe—. Las cuentas tienes que rendírmelas a mí, ¿de acuerdo?

—De acuerdo —respondió Alizée.

En cuanto el padrino se hubo marchado, Alizée le desató la correa a Foufou y fue a sentarse frente a la ventana rectangular para contemplar la ciudad sobre la que caía el atardecer rosa y cremoso. Y se quedó así, colgada, extática, hasta el último segundo azul del cielo. Hasta que los seis bloques de la barriada de viviendas de protección oficial que coronaban la colina de enfrente le parecieron los torreones envueltos en niebla y romanticismo del monstruoso castillo de la Bella Durmiente del Bosque.

8

Mouloud Benbaraka estacionó el coche en la calzada, frente al portal blanco del parking donde se hallaban los tres vehículos de su empresa en quiebra. Echó un vistazo al asiento trasero donde había dejado la jaula. Mientras la alarma de su BMW campanilleaba debido a la puerta abierta, Benbaraka contempló el logo con la doble S que su socio había dibujado personalmente.

—Gilipollas —dijo escupiendo en la rueda del Kangoo.

Farès tamborileaba sobre sus rodillas cuando entró Benbaraka. Farid le ordenó que parara y se puso en pie para saludar al jefe. Farès sintió que era el momento de decir algo, pero Farid le detuvo con un gesto de la mano. Farès bajó la mirada y calló ostensiblemente, como si se dispusiera a rezar. Benbaraka mostró la jaula a los gemelos y la depositó al pie de la mesa.

Un bicho oscuro y enorme se removía lúgubremente en su interior.

Farid prosiguió su explicación y se frotó la nuca exhibiendo su poderoso bíceps izquierdo a guisa de conclusión:

—Así están las cosas. Aún no le hemos hecho daño, pero la verdad es que parece tener muchas ganas de hablar.

—Ya veremos —declaró Benbaraka bajando las escaleras a la carrera.

Farid, que llevaba la jaula, se la dio a Farès y sacó a Zoran del cuartucho. Le dio unas bofetadas en las mejillas. Zoran estaba sin resuello y enseguida se desvaneció.

Una sonrisa se dibujó en el rostro cruel, con los ojos entrecerrados, de Benbaraka. Detuvo a Farid y asió a Zoran por los hombros.

—¿Qué son esos modales? Un poco de respeto a nuestro invitado. Ven, vamos a la otra habitación. Ahí tendremos más espacio para conversar.

Se refería a la habitación sin ventana. Había un sofá de seda aterciopelada, una cama nido, un escritorio flanqueado por candelabros y una lámpara polvorienta. Farid apartó las cajas de la cama nido donde dormía a veces el socio de Benbaraka cuando estaba de paso en Saint-Étienne. Una vez ordenada, la habitación parecía el despacho de un estudioso, de un hombre de otro siglo.

Sin dejar de sonreír y de frotarse las manos, Benbaraka se sentó en el sofá rojo anaranjado mientras Zoran se sentaba a la fuerza en la cama. Farès permanecía en el umbral de la puerta, incómodo.

—Bueno —empezó el jefe—, no nos andaremos por las ramas. Dime qué hacías en el Ayuntamiento, ¿de acuerdo?

Zoran sorbió para transferir un moco del interior de su nariz a la garganta. Se lo tragó sin hacer ruido mientras Farid meneaba la cabeza esperando la orden de partirle la cara.

—Mis dos socios aquí presentes llevan siguiéndote unos días y solo queremos saber por qué rondas a mi sobrina y a su marido. Si nos lo dices, dejaremos que te marches y yo me iré tranquilamente a la boda.

Mouloud Benbaraka se puso en pie y abrió el escritorio. Se volvió e hizo chasquear las articulaciones de sus manos, de la espalda y de la nuca. Parecía una serpiente a la que le acabaran de trasplantar una columna vertebral, toda una osamenta de la que disfrutara como un niño con zapatos nuevos.

—Tenemos un par de cosas que hacer en el piso de arriba, así que te dejaremos pensar un rato. Pero no mucho tiempo, ¿entendido?

Zoran seguía temblando y sus ojos como platos miraban hacia la lámpara. Eran dos lunas malvas, inyectados de sangre y de terror.

—Mi amigo se quedará aquí contigo, ¿de acuerdo? Para que te haga compañía. Y cuando estés dispuesto a decirme de qué conoces a Slim, que acaba de casarse con mi sobrina predilecta, tú y yo podremos volver a nuestras ocupaciones, cada uno a lo suyo y todos en paz, ¿de acuerdo?

Farid, frustrado por no haber podido desfigurar al travesti, dejó la jaula en el centro de la habitación y entreabrió la reja. Una nutria de un metro de largo asomó el hocico y fue a refugiarse al pie del escritorio.

Zoran aulló desesperadamente.

Farid bloqueó la puerta con unas cajas apiladas. Farès y Benbaraka ya habían subido a la planta baja. Benbaraka se sirvió un café y escribió un SMS. Cuando Farid se reunió con ellos, estaba concentrado en la pantalla de su BlackBerry.

—¿Cómo se hace para poner una cara amarilla en un SMS?

Farès se levantó en el acto, encantado de poder ser de utilidad.

—Hay una cosa para los smileys, normalmente.

—Toma, hazlo tú.

Benbaraka se estiró en la silla y se felicitó por la textura de su nueva chaqueta. Miró a Farès, que manipulaba, tembloroso, el teclado de su teléfono para intentar olvidar los gritos del pobre Zoran.

—¿Es verdad que te acuerdas de todos los números? —preguntó de repente Benbaraka a Farès.

—¿Quién, yo?

Farès sintió que se sonrojaba.

—Me ha dicho Nazir que tienes una memoria de ordenador y si te dicen un número lo retienes. ¿Es cierto?

Farès tragó saliva y asintió, cabizbajo, para no parecer que se vanagloriaba.

—¿Y en qué anda ahora Nazir? —preguntó Benbaraka en un tono meloso—. Al teléfono parece muy nervioso y me pregunto si no estará tramando alguna jugarreta. Como desaparecer después de dejarnos en pelotas... ¿Qué piensas, Farid? Perdón, Farès.

—¿Yo? Nada. No, no lo sé.

Farid, intrigado, contempló cómo mentía su hermano.

—No sé por qué —dijo Benbaraka dirigiéndose a la ventana—, pero tengo la sensación de que mi querido socio parisino intenta timarme.

Farès permaneció en silencio. Sus orejas se pusieron coloradas mientras seguía mirando la pantalla sin verla. La voz de Mouloud Benbaraka le sobresaltó:

—Mira, Farès, en esta ciudad hay dos tipos de personas: las que trabajan para mí y las que trabajan contra mí. Así que escúchame bien, porque te haré una pregunta muy fácil y hasta te voy a dejar unos segundos para responderme. ¿De acuerdo?

—Pero…

—Esta es la pregunta, y lo repito, piénsalo bien antes de responderme: ¿a ti te parece que trabajas para mí o contra mí?

Horrorizado, Farès buscó a su hermano gemelo con la mirada.

—Tómate tu tiempo, no te precipites. Piensa bien la respuesta.

Farès se obligó a salivar para tener la boca menos pastosa en el momento de responder. Los alaridos de Zoran llegaban hasta allí sin disminuir en intensidad. Por la fuerza de la costumbre, sin embargo, esos alaridos ya no causaban desgarro alguno y ni siquiera distraían la atención de Farès, que solo pensaba en qué se le podía ocurrir para responder a Benbaraka.

—Para ti, trabajo para ti.

—Vale —dijo Benbaraka—. Es la respuesta correcta. Déjame ver el móvil.

Farès se acercó a él y le propuso varios smileys para el SMS que Benbaraka había redactado y que terminaba con un incomprensible: «La señal de reconocimiento será la palabra "señorita". Besos. Omar».

Con un gesto de impaciencia, Benbaraka, que apretaba los dientes contemplando los vehículos abandonados en el parking, se contentó con el rostro más sencillo: ☺

IV

EN CASA DE LA ABUELA

1

Barrio de la abuela, 18.30

Del medio millar de nombres que le esperaban virtualmente en la barra de búsquedas de Facebook, solo uno interesaba a Krim. Volvió la cabeza para asegurarse de que Aboubakr, el encargado, estuviera ensimismado en sus canciones sudanesas y tecleó el nombre de la chica: A, U, R, É, L, I, E. Aparecieron varios apellidos posibles y eligió el que a la izquierda tenía la foto de una chica de cabello castaño: Wagner. Aurélie Wagner.

Por lo general, al piratear la cuenta de su hermana —contraseña: «papaíto»— tenía un amigo en común con ella, una joven gimnasta de Hyères, de manera que podía acceder a sus fotos, a sus vídeos y sobre todo a su muro, donde colgaba sus estados de ánimo y sus clips preferidos. Ese día, sin embargo, no había nada, y cuando accedió a su perfil ahí estaba la foto, pero no había ninguna pestaña que le permitiera ir más lejos. Había una lista de sus 647 amigos y una pestaña de «Información» en la que no se podía clicar y que anunciaba cruelmente:

¿Conoces a Aurélie? Para ver lo que comparte con sus amigos, envíale una solicitud de amistad.

Krim se llevó las manos a la cabeza y se masajeó un buen rato las sienes en busca de una solución. Volvió a la foto del perfil de Aurélie e intentó ampliarla sin éxito: Aurélie de pie sobre un parterre de césped sostenía la torre Eiffel entre el pulgar y el índice, y bromeaba con la perspectiva llevándose su otra mano a la boca en un gesto de irónico asombro. Pero sus ojos de colores diferentes se reían sinceramente y estaba irresistible.

En realidad había tres posibilidades: Aurélie había eliminado a la amiga de Luna de su lista de amistades, Luna había eliminado a esa misma amiga de la suya o —eventualidad que estremecía a Krim, una verdadera visión apocalíptica— Aurélie había decidido bloquear su perfil y ya solo ofrecer las flores de su vida cotidiana de color de rosa a un reducido círculo de amistades en la acepción del término anterior a Facebook.

Krim se serenó y decidió que había que excluir esa tercera posibilidad. Pasó entonces, y fue un verdadero acto de fe, media hora recorriendo el muro de la amiga de Luna, que se llamaba Manon, ya que podía haber publicado en el muro de Aurélie y en ese caso, siguiendo el enlace, le sería posible introducirse clandestinamente en la fortaleza en que se había convertido el perfil de su princesa desaparecida.

Desgraciadamente, el único enlace que encontró y que le hubiera permitido acceder a la cuenta de Aurélie no se podía clicar. Así que se confirmaba la última hipótesis: Aurélie había restringido deliberadamente su perfil. Quizá incluso estuviera dejando Facebook.

Esperando dar con otra idea, Krim examinó las fotos de Luna. Tenía veinte álbumes, la mitad de los cuales eran instantáneas de competiciones: Luna en mallas brillantes en el potro, Luna en mallas brillantes en las barras, Luna en mallas brillantes saludando a los jueces con todo su cuerpo poderosamente musculado, Luna en mallas brillantes animando desde el borde de la alfombra a Léa, Margaux, Héloïse o Chelsea en mallas brillantes...

En otras fotos aparecía con sus mejores amigas, aquellas a las que solemnemente había declarado sus «hermanas» en la información de su cuenta: una tarde con ellas, gimnasia en el parque con ellas, delirio en el tren, competición, cumple de Julie, quince años de Hélo, con las amigas, yo —el polémico álbum en el que posaba provocativamente en un caballo con arcos—, velada del 22 de noviembre en casa de Jennifer, ¡colegio!, dos álbumes de Farmville y otro constituido simplemente por corazones virtuales, de todas las formas y colores, en los que aquellos y aquellas a quienes tenía en estima estaban etiquetados y acompañados de fórmulas de smileys tan incomprensibles para el profano como para las pequeñas iniciadas.

Con las peregrinaciones por Facebook ocurre como con el zapeo televisivo de los viejos tiempos: pueden pasar horas sin que uno se dé cuenta. Krim sintió vibrar el móvil en el bolsillo y abandonó aquella vertiginosa galería de fotos donde no tenía la menor oportunidad de ver la carita de Aurélie. Pero en el muro de Luna advirtió una publicación que le intrigó. Luna había descargado –la noche anterior– una aplicación que indicaba quiénes eran los diez amigos que más visitaban su perfil. Era de esperar que el primer lugar lo ocupara una de sus amigas de gimnasia y, sin embargo, en lo alto de la lista figuraba «Nazir Nerrouche». Krim se preguntó qué interés podía tener para visitar el perfil de su insignificante prima pequeña y concluyó que la aplicación no era fiable.

Fue el hambre lo que le decidió a abandonar el cibercafé donde el dueño no quiso cobrarle. Si iba de veintiún botones era sin duda por un feliz acontecimiento, y aquel sudanés alto de piel muy negra y mirada bondadosa insistió en obsequiarle la hora que acababa de consumir.

2

Llegó a casa de la abuela en medio de un clásico: una animada conversación familiar acerca de las diferencias entre los cabilios y los árabes. Los ojos de lince de su madre –que como siempre se hallaba en primera línea del debate– le identificaron de inmediato entre la multitud de los primos apiñados en el pasillo.

–Krim, Krim, ven aquí, querido. Pobrecillo, debe de tener hambre.

Krim se abrió paso entre sus tías y tíos hasta llegar al pequeño hueco que su madre le había hecho en el sofá. Habían llegado otras personas: Rachida, la más joven de sus tías, se mordía las uñas en una silla un poco apartada de la agitación que reinaba alrededor de la mesa baja, y gritaba de vez en cuando a Myriam o a Rayanne, que jugaban ruidosamente con su padre, Mathieu. En la habitación contigua había otros primos y también la tercera de las mayores, cuyo marido había sufrido recientemente un infarto.

–Saluda, Krim, saluda a *khalé*.

El tío Ayoub se dejó besar sin levantar el culo del sillón. Era un hombre de una envergadura considerable, ancho de hombros y de pecho, que medía casi metro noventa y cuya ingrata vida trabajando en la construcción nunca le había impedido presentarse en público vistiendo trajes grises bien cortados, mocasines lustrosos y con las uñas limpias. Sus uñas eran, sin embargo, las que delataban su declive: algunas estaban rodeadas de negro, la mayoría no estaban cortadas y dos o tres incluso estaban sucias. Asió la nuca de Krim con su manaza y se dirigió a alguien invisible entre Rabia y su hijo Toufik, en el canapé de enfrente:

—*Laïbalek*. ¡Mira cómo ha crecido!

Krim no sabía cómo reaccionar. Hacía cuatro años por lo menos que medía lo mismo, pero por la mirada dulce y entornada de la tía Bekhi comprendió que el viejo león quizá había perdido un poco la cabeza.

—Ven, Krim, ¡toma! ¿Te apetece un *zlabia*? ¿Un *makrud*?

Antes de comer tuvo que besar a Toufik, lo que era un verdadero desafío ya que este humedecía sus cuatro besos, con la boca perpendicular a la mejilla, como si fuera a dar piquitos.

—Hay una sorpresa —susurró Rabia al oído de su hijo, incapaz de contener por más tiempo su excitación.

Krim pensó que se trataba de las hijas de Bekhi y del tío Ayoub: Kamelia, Inès y Dalia, la feliz trinidad, las primas parisinas, a cuál más guapa de las tres y que enorgullecían a la familia en fiestas y entierros. Pero Krim no las veía y, sobre todo, no las oía: su manera de vocear, sus alocadas exclamaciones, su acento parisino y las carcajadas que provocaban y acompañaban hasta el final creaban una atmósfera sonora muy particular incluso cuando se ausentaban momentáneamente, como un escalofrío de buen rollo y de alegría de vivir que Krim prácticamente hubiera podido palpar si hubieran sido la sorpresa en cuestión.

Por el contrario, en la cocina podía ver el cráneo autoritario del tío Bouzid, que seguía muy enfadado y hablaba con sus hermanas.

En la última habitación del piso, la abuela se ocupaba de los más jóvenes, Myriam, Rayanne y Luna, y a su mirada, al cruzarse con la de Krim, se sumó un gesto que indicaba que iba a cortarle el pescuezo. De toda aquella familia, a la abuela realmente solo le gustaban los niños, y había instalado una X-Box sobre la tele de su dormitorio y sacó para Myriam y Luna unas muñecas antiguas —cabellera rubia y ojazos azules con interminables pestañas— de una de sus cómodas repletas de guantes, sábanas y toallas que ya nadie utilizaba desde hacía dos décadas pero que ella seguía lavando cada semana y perfumando con colonia.

Y Krim vio de repente ante él a Zoulikha, la hermana mayor, que miraba con inquietud hacia la cocina donde todo el mundo estaba acostumbrado a verla atareada. La vieja tía Zoulikha, que tradicionalmente era quien lanzaba el primer yuyú en la cocina, que ponía en remojo los garbanzos la víspera al amanecer, lustraba sus dos cuscuseras y su marmita hasta medianoche y aún tenía tiempo, a la mañana siguiente, para ir a buscar ella misma los sacos de sémola de grano extrafino que transportaba en su carrito desde el cabilio situado a siete paradas de tranvía para no ir al marroquí de su propia calle donde un día vio dos cucarachas paseándose por la caja del tendero miope. Zoulikha, que preparaba los trapos, los cucharones y todos los utensilios que podían ser necesarios, que se aseguraba de que las mujeres de su talla tuvieran sus vestidos y de que los hombres hubieran comprado la carne apropiada.

Pero que esta vez no había podido hacer nada de todo ello porque la madre de la novia había decidido que habría un servicio de catering, y punto.

Krim observaba sus manos rosadas y regordetas y se entristeció al no ver en ellas granos de sémola. La tía Zoulikha era una solterona a la que tomaban por viuda pero que ya no parecía sufrir por ser la única de las seis hijas de su madre que nunca había encontrado a su media naranja. Después de la muerte de la mujer de su primo Ferhat —en 1999—, se fue a vivir a casa de este para permitirle entrar en el nuevo milenio con los pies debajo de la mesa baja de la sala mientras le servían *chorba* y veía en la tele a «Pipidéa», como llamaba a Patrick Poivre d'Arvor, y a los presentadores que le habían ultrajado al reemplazarlo. Esa extraña pareja dio que hablar durante un tiempo y luego todos se acostumbraron cuando se dieron cuenta de que Zoulikha era y seguiría siendo aquella mujer de manos valientes y silenciosas, capaces de preparar sin pestañear decenas de platos para las bodas, los entierros y las circuncisiones, y capaz también de escuchar las confesiones más ardientes sin peligro alguno de que luego fuera por ahí chismorreando.

Y entonces Krim lo vio a su lado, al tío abuelo Ferhat. Se dio cuenta de que ni siquiera le había visto al entrar y, por primera vez en meses, tuvo ganas de llorar. El viejo no se había quitado el gorro de piel en todo el día, no tenía pelo en la nuca y sus ojos eran los más tristes que Krim había visto nunca. Sin embargo, Ferhat había sido un viejo alegre y malicioso, y además músico, al que criticaban amablemente por su tacañería pero que era, según su madre, menos tonto que todos los tíos juntos.

En la última Navidad hasta sacó su mandola, la que en otros tiempos se llevaba para pasar el rato en los bancos frente a la iglesia de Saint-

Ennemond. Todos los que frecuentaban la carnicería de esa plazuela habían oído por lo menos una vez sus bellos arpegios. Y un buen día, la carnicería se convirtió en una sala de oración y arrancaron los bancos para no obstaculizar la salida de los fieles, y al tío Ferhat, conocido por su escaso fervor religioso, debieron de pedirle que él y su extraña guitarra gorda se fueran con la música a otra parte.

3

—¡Chaouch, por ejemplo, es cabilio y no árabe! —gritó de repente Rabia.

Un tío anciano se alzó como voz de la templanza:

—Es argelino, *rlass*.

—Sí, pero cabilio. ¡En su familia hablan cabilio! ¡Se llama Idder, no Mohammed! Lo siento.

—Rabia, tú ni siquiera sabes qué significa Idder —se burló con ternura el anciano tío.

—¿Idder? Quiere decir Idir, es lo mismo.

—Sí, ¿y qué significa?

—Que vive, ¿no? —preguntó Dounia, que no se atrevía a afirmar lo que sabía que era cierto—. Creo que quiere decir que está vivo, que vive, pero tal vez no.

—*Idder* —pronunció Rabia con un florido gesto de la mano—. ¡Eh, *Idder*!

Ese giro de muñeca era puramente cabilio, pero no lo suficiente para convencer al anciano tío, que murmuró una broma al oído de su mujer. Rabia oyó la palabra *elomien*, los franceses, y llegó a la conclusión, solo Dios sabe cómo, de que se refería a ella. Sin embargo, su entusiasmo no decayó y prosiguió:

—De acuerdo, ¿y qué? Lo principal es que no somos iguales, y basta. No diremos si somos mejores o peores, solo que no somos iguales. Eso sí hay que decirlo. No hablamos la misma lengua, ni tenemos las mismas costumbres. Ni tampoco la misma música.

Dounia venía de la cocina con el té y el café.

—Doune, ¡díselo!

—Ay, no tengo ganas de ponerme a pensar en… —Calló al ver que el pequeño Rayanne abría un paraguas en el pasillo—. No, no, querido… No lo hagas, porque abrir un paraguas dentro de casa trae mala suerte.

—Es como silbar —se burló Raouf inclinándose a su vez hacia el chiquillo—, la abuela dice que si silbas atraes al *shaitán.*

—¿Qué es el *shaitán?*

—El diablo.

—Chitón —susurró Dounia frunciendo el ceño.

Raouf se excusó con una sonrisa, ayudó a su tía a recoger la bandeja y se aclaró la voz para tomar la palabra, pero su padre se le adelantó:

—Gualá, todo esto no importa, la verdad es que todos somos argelinos, nada más, y tenemos que ir todos a una y avanzar, siempre hacia delante.

—Como los judíos —dijo una voz de mujer engullida por los gritos de los chiquillos.

—Y ya basta de hablar del pasado, mierda —añadió Raouf—. En un momento dado hay que parar. ¿Qué más da si Chaouch es árabe o cabilio? Lo principal es que mire al futuro, que anime a los jóvenes a crear sus propias empresas... Y sobre todo porque, lo lamento, Chaouch no es árabe ni cabilio: ¡es francés! Como tú y como yo, como todos o casi todos los presentes alrededor de esta mesa.

No se produjo una carcajada general porque no todo el mundo le había oído, pero el cuñado de Rabia apoyó su mano sobre el hombro de su hijo y le dirigió una larga sonrisa torcida, como si su ingenuidad le emocionara.

Raouf sirvió el té exagerando el movimiento de elevación de la tetera. Había cambiado su camiseta con la efigie de Chaouch por un traje negro y azul que debía de valer el triple que el sofá en piel de imitación en el que se hizo un hueco.

La discusión parecía llegar a su fin. Rabia lo presintió y añadió su granito de arena:

—¡Gualá, a mí Chaouch me pareció genial en el debate!

—Sí, pero ¿por qué estuvo genial? —preguntó Raouf dirigiéndose a todos en el comedor—. ¿Por qué?

Era aparentemente una pregunta de verdad. Toufik no pudo soportar el silencio incómodo que invadió la habitación con tanta fuerza como un olor a café.

—¡Estuvo genial porque puso nervioso a Sarko!

—No —replicó Raouf, probablemente sin haberle oído—, ¡estuvo genial porque no fue de izquierdas! ¡Así de sencillo! Sabe perfectamente que si se sigue aumentando la presión fiscal a las pequeñas y medianas empresas, los jóvenes tendrán que hacer como yo... ¡marcharse a Inglaterra!

—De todas formas también habló de otra cosa —aventuró Toufik sonrojándose hasta la raíz de su cabello rizado—. Hizo comprender que sería el presidente que uniría a los franceses en lugar de dividirlos.

—Sí, sí —concedió Raouf—, dejó claro que se inscribe en la continuidad de la historia de Francia, habló por fin de las barriadas y... Y, sí es cierto, aunque no quiero que parezca que hablo como Fouad: tenemos un candidato que en pleno debate con Sarkozy se permitió citar a Keynes, a Proust y a Saint-Simon...

Se podían contar con los dedos de una mano a los que, alrededor de la tetera, sabían quiénes eran Keynes, Proust o Saint-Simon. La tía Rabia bromeó sin maldad adoptando una voz aguda de ricachona para citar *Titanic*:

—¿Quién es ese Keynes, un pasajero?

Todos se rieron. Raouf no esperó a que el buen humor se diluyera y añadió:

—Pero no importa que haga gala de su cultura, lo que cuenta es...

Sin embargo, su madre le interrumpió calmadamente:

—Claro que importa, por lo menos les demuestra a los franceses que es tan cultivado como ellos.

—No, mamá —intervino de nuevo Raouf, excitándose—, no tiene que demostrarles nada a los franceses, ¡él es francés!

—Y además estudió en la ENA —murmuró Toufik, feliz de poder introducir una información inteligente en medio de la algarabía.

Su ceja única adoptó por un instante la forma de la V de la victoria.

4

Las prestigiosas siglas E, N y A de la Escuela Nacional de Administración llenaron de orgullo a Dounia y a Rabia. Sacaron pecho y se miraron sonrientes mientras en el televisor, cuyo volumen habían silenciado, las noticias de iTélé mostraban imágenes del carismático Chaouch hablando sin corbata a unos obreros del textil dispuestos en semicírculo alrededor de él.

En un rincón, entre la recua de asesores y escoltas, la cámara de iTélé descubrió el rostro introvertido de la hija del candidato, una chica de tez pálida y nariz curvada a la que Rabia parecía tenerle ojeriza.

—Esa chica es muy rara —dijo al oído de Dounia—, ¿sabes por qué nunca se ríe?

Dounia se acomodó en su asiento y miró hacia el televisor.

—Porque tiene dientes de vampira —explicó Rabia—. Gualá, te lo juro.

—Y como su hermana no reaccionaba, añadió—: Francamente, no parece cabilia. Como mucho la nariz. Pero la verdad es que le viene de su madre y ya sabes que la mujer de Chaouch es judía, ¿verdad?

Todo el mundo se volvió hacia el televisor. La banda de información continua indicaba que la campaña había acabado oficialmente a medianoche. Un tío anciano tomó la iniciativa de subir el volumen y todos oyeron a la bella locutora explicar que los últimos sondeos de la segunda vuelta daban como ganador a Chaouch con una intención de voto del 51,5 por ciento pero que la participación seguía siendo la gran incógnita de las elecciones. Nunca se había llegado a la víspera de una segunda vuelta con unos sondeos tan ajustados. A título de comparación, las precedentes elecciones estaban decididas ya a mitad de la primera semana del plazo entre la primera y la segunda vuelta, con un 55 a 45 por ciento que nada logró modificar. El tío Ayoub, que parecía dormido, se incorporó en su sillón.

—Gualá, no lo van a iligir...

Ese súbito derrotismo pareció compartido por la mayoría de los presentes en el comedor.

Rabia indicó a Toufik que bajara el volumen y preguntó a Dounia por Nazir, que se ensombreció al pensar en su hijo mayor.

—¡Te juro que esos dos no me van a dar más que disgustos!

—¿Es verdad que tiene una boda en París y que por eso no ha podido venir?

—No lo sé, últimamente no me cuenta gran cosa. Y además está raro, siempre me pregunta si voy al cementerio, si voy de vez en cuando al bloque. Parece como si quisiera que yo viva en el pasado.

—Ya sabes cómo es Nazir. Es intransigente.

—Es duro —corrigió Dounia, cuyos ojos se humedecieron misteriosamente—. Es muy duro.

Sus labios permanecieron entreabiertos, pero ya no salieron de ellos más palabras.

—De todas formas, no puedes tener tres hijos iguales —filosofó Rabia—. ¡Cada hijo tiene su carácter!

Dounia había criado a sus tres hijos en el edificio Plein Ciel de Montreynaud, en el decimotercer piso, ascensor B. Fouad hablaba de ese rascacielos como de una aberración absoluta y se enfadaba regularmente porque aún no lo hubieran derruido. Por el contrario, Nazir creía que había que conservarlo como un símbolo. Los dos hermanos, sin embargo, no tenían ocasión de discutir de ello porque no se hablaban desde hacía tres años, con gran pesar de su madre, famosa por su sabiduría pero que se había dado por vencida ante esa lucha fratricida cuyo motivo no alcanzaba a comprender.

—Acabarán reconciliándose —susurró afectuosamente Rabia, dándole un beso a su hermana predilecta—. *Mezèl*, ten paciencia.

—¿Qué? —se indignó Dounia—. ¿Reconciliarse? ¿Esos dos? Son los hermanos enemigos. Gualá, los hermanos enemigos. ¡Esos no se reconciliarán, *malat'n g'r' ddunit*, hasta que el mundo gire al revés! Gualá, ¿por qué no serán fáciles, como Slimane...?

Rabia meditó acerca de ese último comentario. Era cierto que Slim era fácil. Servicial, generoso, educado y dulce. Y, por cierto, ¿dónde estaba?

—Ha ido a dar una vuelta con su hermano. No se ven a menudo pero no tardarán *insha'Allah*, hemos quedado en Saint-Victor dentro de media hora.

Rabia reflexionó un instante y murmuró al oído de su hermana que le gustaría hablar con ella a solas. Las dos mujeres salieron al balcón. Primero intercambiaron banalidades acerca de la novia, que les parecía muy guapa, muy amable y también muy afortunada por haber encontrado a un chico tan dulce y pacífico como Slim. Y luego Rabia aspiró sonriente una bocanada de aire y hundió sus grandes ojos oscuros y maliciosos en los de la que había sido su confidente desde que tenía edad de guardar secretos.

—Doune, he conocido a alguien en internet. Le he pedido a Luna que me conectara a eso del Meetic. No es algo que me guste, ya me conoces, pero la verdad es que se trata solo de correos electrónicos. Tú escribes algo, él te contesta, tú le contestas...

—Pero ¿le has visto? —preguntó Dounia sin poder disimular su perplejidad.

—No, aún no. ¿Te refieres a la webcam? No, no. Me dio su número de teléfono y nos escribimos mensajes. —Y adelantándose a la siguiente pregunta de su hermana añadió—: Se llama Omar. Como Omar Sharif.

—¿Otro moro?

—¿En qué estás pensando? Y además no es un cualquiera, es un hombre de cierta edad. Un hombre de negocios, con clase y categoría, no te creas... no, no. Es un hombre civilizado, te lo juro.

—No, si no creo nada, solo te escucho. Omar.

—Y eso no es todo —exclamó Rabia llevando a su hermana a un extremo del balcón—. ¿A que no adivinas una cosa? Hoy vendrá a la boda. No he entendido muy bien por qué está invitado, pero figúrate que le voy a conocer esta noche.

—¿Y cómo le vas a reconocer si no le has visto nunca? ¿Tiene una foto en su página de Meetic, por lo menos?

—No, no hacen falta fotos, si quieres conocer a un tío para echar un polvo vas a una discoteca, ¿no?

Dounia, sin embargo, no estaba tranquila, tenía un mal presentimiento que paralizaba su labio superior y le impedía darle a su hermana la calurosa sonrisa de bendición que sus ojazos aguardaban febrilmente.

—Pues qué casualidad —dijo Dounia más serena, acariciándole las manos a su hermana—. Yo también tengo que contarte un secreto... Es sobre Fouad.

5

Krim contemplaba su propio reflejo en la tetera preguntándose por qué su padre no se hallaba allí. Cinco años después seguía siendo inexplicable, los demás aprendían a pasar página pero Krim no. No quería pasar página. No estaba seguro de si se podía hablar de sufrimiento. Era más bien una molestia que se prolongaba más allá del límite de lo soportable, era como la idea de hincar los dientes a una pastilla de jabón.

Dejaron un plato de pequeñas montañas espolvoreadas de azúcar glas y trufadas de bolas plateadas. Krim devoró la mitad, felicitado por Zoulikha.

El móvil vibró en el bolsillo de su pantalón.

Recibido: Hoy a las 19.20
De: N
GM no logra contactar contigo. ¿Os habéis entrenado hoy?

Krim vio que le temblaba la mano. Se levantó e intentó evitar el objetivo del tío Bouzid, que, finalmente bastante relajado, tomaba decenas de fotos de las personas reunidas en el otro sofá. Era uno de esos sofás rudimentarios de las familias magrebíes, una imitación de sofá con un asiento duro y un respaldo hecho con cojines rígidos decorados con motivos orientales.

La pequeña Myriam se subió de repente a la silla y divirtió a todos entonando con su voz cristalina la canción de un anuncio:

—«¡Los productos lácteos son nuestros amigos toda la vida!».

Bouzid le pidió que volviera a empezar para poderla filmar. Y luego se puso otra vez a tomar fotos deambulando por el salón para dar con los mejores ángulos. Krim sorprendió sus mejillas arrugadas y su mirada emocionada mientras invitaba a Toufik y a Zoulikha a sentarse uno al lado del otro para inmortalizarlos en su teléfono móvil. Raouf y Rayanne llegaron de otra habitación y el tío Bouzid les indicó con gestos que se sumaran a los otros en el sofá.

—Así, muy bien, ya veréis qué fotos —dijo con la voz tomada.

Al ver cómo su tío miraba a los sobrinos, Krim comprendió que sentía que había fracasado en la vida porque no tenía hijos. Ahora ya era demasiado tarde. Krim sintió una piedad infinita que le llegó al corazón y tomó su paquete de Camel. ¿Se podía fumar en algún otro sitio además de en el balcón? Porque no quería tener que oír a su madre hablar de cabilios y de árabes. De repente oyó una carcajada en el dormitorio donde la abuela había instalado a los niños. Esa carcajada, ¿no era de una de sus primas parisinas?

—¡Krikri! ¡Krikri querido! Ven, ven dos minutos. *Allouar!*

Era Kamelia, jugando con la pequeña Myriam. Luna ni le miró cuando entró en el dormitorio.

—¿Qué pasa, Krim? ¿Qué te cuentas? ¡Ven, siéntate!

Krim se sentó a su lado en la cama mientras Kamelia le frotaba vigorosamente el cráneo.

—¿Qué tal? No pareces alegrarte.

—Sí, claro, pero estoy un poco cansado.

No se atrevía a mirar a su prima y tampoco sabía qué decirle. De repente le vino una idea a la cabeza:

—¿No han venido Inès y Dalia?

—No —respondió Kamelia como si lo hubiera repetido ya una docena de veces consecutivas—, no han podido venir. ¡Ah, pero tienes que venir a París! Te aseguro que si vienes te llevaré a todas partes, te prometo que iremos a la torre Eiffel y al Sacré-Coeur. No has estado nunca, ¿verdad?

—No, nunca, pero…

—Pero ¿qué…?

—Nada, la verdad es que iré muy pronto. Tengo un tío… Un tío por parte de mi padre, el tío Lounis, ¿sabes? Vive en Sena-Saint-Denis.

—Qué bien, no sabía que siguierais en contacto.

—La verdad es que hace mucho que no le he visto, pero…

Krim calló y pensó en su tío Lounis. Y cuando pensaba en él siempre le venía a la cabeza el olor a bosque. Su padre y Lounis, unos hombres secos, bajos y nerviosos, trabajaban como leñadores cuando Krim aún se chupaba el dedo y creía que ese fuerte olor a bosque encerraba la única verdad de su vida con un esplendor sin par: el efluvio embriagador de los abetales alrededor de Saint-Étienne, el aroma agrio, profundo y mojado de los castañares por los que paseaban al llegar el otoño.

Un día ya no los necesitaron en los bosques. Al padre de Krim lo contrataron entonces en la tienda del señor Ballerine, un herrero y anticuario que tenía su cueva de Alí Babá junto a la autopista. A Krim le eran muy preciados los cacharros que su padre recuperaba: una vieja cafetera de esmalte blanco intacto, un Buda gordo de cobre con la tripa reluciente, un molinillo de café de aluminio o la escultura que representaba a los tres monitos: el que se tapa los ojos, el que se cubre la boca y el que se tapa los oídos.

Había también piezas de madera que permitieron a su padre hacerle escuchar por primera vez palabras tan bonitas como «cerezo» y «haya», y figuras de estaño, un bailarín y una bailarina flamencos con los índices en alto ataviados con los vestidos típicos, así como una retahíla de cuadros que representaban puestas de sol violetas y barcas abandonadas a la orilla de lagos en los que cada ola formaba una costra que se podía rascar, repelar y borrar a voluntad. Krim fue durísimo con su madre el día en que se deshizo de un pelador de manzanas y de un puf peludo naranja que le traían muchos recuerdos.

—Pero vendrás a verme, ¿verdad? —le despertó Kamelia.

—¿Adónde?

—¿Estás dormido? ¡A París, no va a ser a la luna!

Kamelia dejó a la pequeña Myriam en el suelo y se levantó para quitarse la cazadora de piel. Llevaba un vestido negro sin mangas con un bustier cubierto con un velo de lunares. El velo era transparente y Krim luchó con todas sus fuerzas para no mirar sus grandes senos macizos y tersos de los que solo el canalillo, con sus ínfimos pliegues, indicaba que eran los de una treintañera.

Mareado, sintió dos hilillos de sudor brotar bruscamente al mismo tiempo de sus axilas.

—¿Y qué más te cuentas? ¿Tienes novia?

Krim se sonrojó. Luna, que lo había oído todo, decidió tomarse la revancha:

—Sí tiene novia, y se llama N.

Krim se levantó para darle un bofetón a su hermana, pero ella fue más rápida que él y su mano batió el aire.

—Le llama sin parar al móvil y tiene tanto miedo de que la descubran que ni siquiera pone su nombre completo. ¿Qué quiere decir N? —dijo saltando de un lado a otro de la cama para evitar los brazos de su hermano—. ¿Nathalie? ¿Najet? ¿Ninon? ¿Ni sí ni no?

Krim salió de la habitación mientras Kamelia sermoneaba a su prima.

—Si ese le cuenta a mamá que voy de calientabraguetas en Facebook, ¿qué tengo que hacer? ¿Dejar que vaya diciendo lo que le viene en gana?

6

Saint-Priest-en-Jarez, 19.25

Los alaridos de Zoran habían dado paso a un ataque de llanto y, refugiado en el montante del sofá, estaba a punto de ahogarse. El miedo, que se había apoderado de él desde que le habían secuestrado, le impedía abrir la puerta para echar a aquella rata gigantesca que daba vueltas por la habitación profiriendo rugidos débiles, lastimeros, absurdos, abominables.

Una polilla apareció de repente en una esquina del techo. Zoran observó el batir de sus alas y quiso acompasarse a él para respirar más tranquilamente. Sin embargo, la nutria no dejaba de mirarle y sus ojos brillaban en la penumbra, borrando el resto del universo. Incapaz de decantarse por la visión de la polilla en lugar de la de la rata, Zoran hipaba y sus pulmones encogidos no resistirían mucho tiempo más. Siguió el armonioso vuelo de la polilla y se prohibió mirar al monstruo.

Cuando pensaba en la nutria veía el Mal encarnado, móvil, el diablo en un ser vivo. Esos movimientos sinuosos, esos gestos peludos. Por el contrario, la polilla era una criatura celestial que llevaba el cielo en el aroma de las flores y los colores de la vida en la gravedad de los campos y de la tierra. Y aunque solo era gris, era de un gris denso, rico y luminoso.

Zoran se atrevió a cerrar los ojos y oyó el murmullo del río que corría a unos metros de la casa.

La polilla halló el camino hasta la lámpara y se instaló en su pantalla afelpada. Al ver su sombra bailar sobre la seda del sofá rojo anaranjado Zoran se dio cuenta de que volvía a respirar con normalidad. Inspiró y mantuvo la mirada en alto. La bestia de las profundidades no tenía motivo para desaparecer. Zoran dio con otra manera de no pensar en la nutria: aguzó de nuevo el oído e intentó escuchar la conversación de los otros monstruos.

El jefe hablaba de una boda y describía el lugar donde se celebraba la fiesta: a un cuarto de hora en coche, hacia la salida de la autopista donde había un Foirfouille.

Zoran pensó que en lugar de estar encerrado con una nutria hubiera podido sacarle los mil euros a Slim y haber huido al norte, a París, por ejemplo, donde su hermana tenía alquilada una habitación de hotel por meses.

Un zarandeo de la jaula le trajo a la nutria de nuevo a la mente. Zoran no pudo evitar mirarla de nuevo y se echó a llorar frenéticamente. Sin embargo, el animal no parecía prestarle atención a él. Caminaba por el pequeño rectángulo en el que lo habían depositado y en ningún momento se le ocurrió encaramarse al sofá. A buen seguro era capaz de hacerlo, dadas su talla monstruosa y su agilidad de anfibio, pero prefería husmear alrededor de su jaula, entre las cajas o debajo del escritorio, de donde sacó una pequeña llave roja que examinó con sus patas delanteras pegadas a sus bigotes blancos.

Por primera vez le enseñó los dientes.

Zoran volvió a gritar. Los alaridos anteriores no parecían haber importunado al animal, pero esta vez quiso defenderse.

Zoran saltó sobre la cama chillando y logró derribar la lámpara sobre el bicho. El cable se desenganchó y Zoran supo que solo había una solución: salir por la puerta, esperando que las cajas que habían apilado al otro lado no fueran suficientemente pesadas para bloquearla. Porque en tal caso, si la puerta estaba bloqueada y tenía que quedarse con el animal más de un minuto completamente a oscuras, no cabía duda alguna de que su corazón cesaría de latir antes incluso de que el roedor le infligiera los primeros mordiscos.

En casa de la abuela, 19.30

Al pasar frente a la cocina, Krim recordó que se estaba muriendo de hambre. Comió unas galletas y enseguida sintió la necesidad de organizarse. Vaciló antes de abrir el frigorífico, convencido de que todo en el apartamento estaba conectado en secreto a esa gruesa puerta blanca y que iba a atraer la atención de todo el mundo, pero, cuando finalmente se decidió, no fue así. Se sirvió un tazón de leche y mojó las galletas, pero tenía un hambre insaciable y le apetecía algo salado. Tomó discretamente un tubo de mayonesa y oyó, buscando pan en los armarios, la sintonía de France Info y las noticias de las siete y media.

Vio el mueble anticuado de la panera, al que le faltaba un barrote. La abuela guardaba las barras de pan varios días porque desde hacía mucho tiempo había perfeccionado lo que se conocía como su ciencia de la economía. Una economía que había que entender en el sentido de ahorro. Recortaba también los paquetes de los productos comprados en el supermercado y enviaba los cupones para que le reembolsaran. Dedicaba horas a eso y lograba que le reembolsaran cientos de euros al año.

Sin embargo, al intentar alcanzar el pan protegido de la humedad por tres bolsas de plástico, Krim se rebeló contra el absurdo de ese procedimiento. Y, además, la manera que la abuela tenía de atar las bolsas era una señal de locura. No era difícil imaginarla encarnizándose con aquellos nudos para que solo sus largos dedos de uñas feroces pudieran con ellos.

Devorando las rebanadas de pan con mayonesa, Krim escuchó unas entrevistas a pie de calle en las que parecía que todo el mundo iba a votar a Chaouch y luego escuchó, ya desde el estudio, a un invitado experto en temas de seguridad hablando de los rumores de atentado y de cómo la AQMI se había convertido, decía orgulloso de la fórmula, en «un personaje más de la campaña». El periodista le interrumpió para precisar que AQMI significaba Al Qaeda del Magreb Islámico. Al analista, manifiestamente poco acostumbrado a los usos radiofónicos, le costó retomar su discurso. Describió la organización terrorista y volvió lo más rápidamente posible a la actualidad. Por descontado, la amenaza estaba presente, pero el nivel de alerta terrorista se había elevado ya al máximo desde mucho antes de la primera vuelta.

—Y hay que tener presente también —prosiguió el experto de nuevo confiado— que la amenaza se cierne más sobre el candidato Chaouch que sobre el presidente, como cabría pensar. Es una paradoja que, en el fondo, no es tal: el último comunicado de Al Qaeda del Magreb Islámico identifica precisamente a Idder Chaouch como, y cito, «un perro traidor que ha renegado del islam y merece morir». Cuando es sabida la susceptibilidad del candidato del Partido Socialista acerca de esas cuestiones y su rechazo a contar con un dispositivo de seguridad excesivamente restrictivo, se comprende que hay motivo de preocupación. Quisiera retomar la cuestión de la dimisión antes de la primera vuelta...

—Brevemente, por favor —le interrumpió el periodista con voz seca y sonriente.

—Sí, la dimisión de su jefe de seguridad, el responsable de su servicio de protección, harto de tener que reducir sin cesar los efectivos, no tuvo mucho eco en la prensa, pero quisiera insistir en el hecho de que se trata de una cuestión fundamental, una primicia en la V República. Y no es para menos... Porque... —El pobre experto estaba completamente perdido—. Y, además, el caso del minarete de Saint-Étienne está por supuesto en la memoria de todo el mundo y el comunicado de AQMI lo evoca incluso de forma muy específica...

Krim se emocionó al oír el nombre de su ciudad en el informativo nacional. Era como de pequeño, cuando su madre los apiñaba a todos frente al televisor si en las noticias de la noche mostraban imágenes de Saint-Étienne. Solo ocurrió dos o tres veces, pero Rabia también organizaba un zafarrancho cuando en los dos minutos de desconexión local del tercer canal, dos minutos consagrados exclusivamente a Saint-Étienne y visibles únicamente por los residentes allí, presentaban la calle mayor, el Ayuntamiento o la place Jean-Jaurès con esa especie de dignidad, de presencia mágica y excitante que la emisión, incluso furtiva, en esa misteriosa pantalla animada confiere a las cosas banales y cotidianas.

Le vino repentinamente a la memoria una escena que no podía fechar: Slim y él en el tranvía, y unos tipos que, como Djamel un rato antes, insinuaron que Slim era marica. Krim quiso mandarle un SMS a Djamel para recordarle que los maricas se casaban entre ellos, no con mujeres.

Prefirió escribirle a Nazir, como este le había invitado a hacer en cuanto se preguntaba algo. Escribió que la gente hablaba y decía cosas sobre Slim. Esperaba que Nazir le respondiera enseguida, pero no fue el caso. Al comprobar que su mensaje hubiera sido enviado, Krim estuvo a punto de tropezar con el pequeño Rayanne, que lo estudió melancólicamente chupándose el dedo. Krim se arrodilló para ponerse a su altura y le mostró su móvil reluciente y su bonito mechero de plata. La criatura pareció reaccionar ante el mechero.

—¿Quieres encenderlo?

Rayanne asintió sin comprender, tomó el mechero entre sus dedos regordetes y dio con la manera de abrir el capuchón metálico. Sin embargo, al darle al botón recibió una descarga eléctrica y chilló desesperadamente. Era un mechero con truco, que Krim había robado al descubrir su particularidad de soltar una descarga eléctrica cuando se accionaba por el lado equivocado, que parecía ser el correcto. Rachida llegó y riñó a Krim:

—¡Qué haces! ¡Estás mal de la cabeza, tendrías que hacértelo mirar!

En el otro dormitorio el tío Ayoub se tapó los oídos mientras su mujer Bekhi iba a poner paz. Al comprender con un vistazo la situación, salió en defensa de Krim y se dirigió a Rachida con voz serena y pausada:

—Rachida *raichek*, vas a empezar la guerra de los cien años por un mechero. Solo quería jugar con el crío. Déjale que juegue…

—¡Adelante! —se indignó Rachida—. ¡Y ahora dime cómo tengo que criar a mis hijos! Ven aquí, Rayanne. ¡Rayanne! ¡Ven aquí, te digo! ¡Rayaaaaane!

8

Krim necesitaba un cigarrillo y se dirigió rápidamente al balcón, donde Dounia, al verle llegar, calló en el acto. Los ojos grandes y negros de sus tres hijos eran aportación de su marido muerto tres años antes; los suyos eran alargados y finos, bondadosos, de un verde avellana y tristones. Dounia tenía el rostro más cabilio de la familia: nariz grande, piel blanca y ojos claros. Parecía haber envejecido prematuramente a fuerza de ocuparse de los ancianos de una residencia en el centro: en su cabello castaño peinado con un moño había ya muchas canas y su piel castigada por el tabaco tenía en algunos lugares la palidez grisácea de la sexagenaria que no sería hasta al cabo de quince años.

Rabia dijo a Krim que cerrara la puerta acristalada del balcón y le mostró el rincón donde podría fumar sin que le vieran sus tíos.

—Sigue, Doune, puedes hablar, Krim no dirá nada, será una tumba.

—¿Estás segura?

—Por supuesto. Tranquila, no dirá nada.

Dounia asió la barbilla desnuda de su sobrino y lo zarandeó afectuosamente.

—Como te decía, me habló de ello la semana pasada y fui tan tonta como para contárselo a...

—¿Qué pasa? —inquirió Krim.

—¿Estás segura?

—Sí, sí —respondió Rabia.

—Pues corrían rumores de que Fouad salía con alguien... cómo te diré yo... de las altas esferas.

—¿Quién?

—Jasmine Chaouch.

Krim estuvo a punto de caerse de culo.

—¿La hija de Chaouch? ¿La que hemos visto ahora en la tele?

—No vayas a decirlo por ahí, Krim, júralo por tu madre.

—Sí, sí, lo juro. ¡Uau!

Los ojos de Rabia nunca habían centelleado tanto.

—Pero no hay nada raro, eh, siempre he dicho que Fouad es el más guapo de la familia, ¿es verdad o no, Krim? Y además es actor, y a las mujeres les gustan los actores, como es sabido. ¡Caen como moscas! Mira, el médico de *Urgencias*, ¿cómo se llama?

—Doug Ross.

—¡Eso mismo, Doug Ross! Ahora hace anuncios de café, nena.

Dounia se volvió hacia Krim y le pidió una calada de su cigarrillo.

—Pero no lo digas, cariño, ¿eh?, porque despertaría celos y la gente vendría con habladurías. Con tu madre no es así, nos lo contamos todo, pero no vayas a contarlo tú, ¿eh? Confío en ti.

—Apágalo, Krim, apágalo, viene el *khalé*.

Krim escondió el cigarrillo en el hueco de su mano, pero lo arrojó por la ventana cuando vio que el tío en cuestión era Ferhat. El viejo parecía extraviado y su gorro ruso hacía que su cara pareciera más encogida que de costumbre. Le prepararon donde sentarse mientras explicaba en cabilio:

—Necesito un poco de aire.

Para que no pareciera que hubieran callado por su llegada al balcón, Rabia le pidió que se quitara el gorro.

—¡*Khalé*, hace demasiado calor para llevar gorro! *Miskine khalé...*

—No, no —murmuró el tío recuperando el aliento.

—Claro que sí, si te estás ahogando —insistió Rabia.

Y entonces Ferhat empleó todas las débiles fuerzas que le quedaban para alzarse contra el vendaval de palabras de Rabia.

—Deja el gorro, deja, *amméhn*.

Perdió un poco el equilibrio y tuvo que sentarse de inmediato. Rabia dirigió una mirada de complicidad a Dounia, que advirtió unas arrugas húmedas en el hueco de los párpados del anciano. Acabó abandonando el espacio confinado del balcón y se arrastró hasta el salón, donde le habían quitado su sitio. Rabia quiso entrar de nuevo y pedirle a Toufik que le cediera su asiento al viejo, pero Dounia la retuvo con un guiño tranquilizador de ambos ojos: Toufik pensaría en ello por sí mismo.

—¡Dame otro cigarrillo, querido! —le pidió a Krim—. ¡Gualá, no sé qué me pasa hoy!

Krim encendió uno y se lo tendió elegantemente a su tía. Rabia, encantada ante su amabilidad y quizá también por su gesto armonioso, se inclinó para besarle la cabeza a su hijo. Este, sin embargo, se apartó en el acto y no la miró para disculparse. Rabia tuvo de repente la impresión de que lo sabía.

—Tenemos que dejarlo, Rab —dijo Dounia después de aspirar una calada tan fuerte que el filtro teñido de rojo del pintalabios se deformó—. Gualá, fumamos demasiado. ¿Rabia?

Rabia, que no la había escuchado, sacudió la chaqueta de su hermana, se humedeció los dedos y frotó una mancha en su hombrera.

—Mira que tener que fumar escondidas en el balcón —añadió Dounia con una sonrisa desengañada—, a nuestra edad...

Rabia se excusó de repente con un gesto de la mano y corrió al baño para salir de dudas. Su rostro se descompuso al revisar la lista de los últimos mensajes que había enviado y descubrir en lugar de Omar, en lo alto de la lista, el nombre de su querido hijo enmarcado por signos de exclamación.

V

EL HOMBRE DEL PARTIDO

1

Puerto de Saint-Victor, 19.30

William subió la cuesta cubierta de césped para evitar dar un rodeo por la curva a veinticinco metros de allí. Se había manchado de verde el pantalón del traje, pero no le importaba: su intuición no le había fallado y el mirador en el que ahora se hallaba era mucho mejor que la terraza del restaurante que daba directamente al lago, pero donde los dos cerezos ya en flor ocultaban la vista de la torre del puerto recreativo. No le fue difícil convencer a la madre de la novia, aunque tuvo que mentir echando mano a un galimatías de parámetros como la calidad de la luz natural, la niebla y el desnivel.

—Pues ya solo hay que esperar a que lleguen.

Kenza, la novia, llevaba menos de una hora separada de Slim y ya se sentía atrapada de nuevo en la esfera de influencia de su madre. El pequeño grupo disperso se dirigió desde el aparcamiento hacia el mirador elegido por William.

Kenza empezaba a tener un poco de frío. Las ráfagas de viento arrugaban la superficie del lago y hacían revolotear las flores de los árboles. William se situó frente a ella, pero Kenza no logró concentrarse para escucharle: William tenía una nariz tan larga que, visto de frente, le dibujaba sobre el labio superior una sombra igual que el bigote de Hitler.

Se volvió hacia el lago y creó un marco imaginario extendiendo las manos una sobre la otra.

—Mira, tiene que verse aquella torre.

Kenza se asió los codos para contener un escalofrío y miró hacia donde indicaba William. El puerto recreativo constaba de quince pontones en su mayoría desiertos, indolentemente vigilados por una torre de control de cristales opacos tintados de azul en los que se reflejaban los últimos rayos de sol.

Kenza alzó la vista y vio que debería darse prisa: el albaricoque del sol poniente no tardaría en desaparecer detrás de los acantilados. Las sombras ya se alargaban sobre el césped a sus pies y había que mirar dos veces para identificar el contenido de una silueta.

—Ya están aquí —murmuró la madre observando el aparcamiento más abajo.

A Kenza le sorprendió que solo fueran tres (Slim, su hermano Fouad el actor y su madre) y se sintió decepcionada cuando no le dieron explicación alguna. La sesión de fotos fue unánimemente un éxito, aunque hubo que refrenar las ambiciones artísticas de William, a quien cada dos por tres se le ocurría una idea descabellada. Para una de esas ideas contó con un apoyo de peso, el de la madre de la novia: se trataba de que los novios se tumbaran alineados con un parterre de flores, simétricos uno respecto al otro, con la cabeza apoyada sobre el codo y con una rosa roja entre los dientes.

—De todas formas, no estamos obligados a quedárnosla —comentó Dounia.

Sin embargo, la madre de la novia la oyó y la fulminó con la mirada. Al cabo de media hora, William se había quedado sin ideas y ya casi no había luz. Slim y Kenza se aislaron mientras ayudaban al artista a recoger el material. El lago a sus pies en realidad no era tal, sino un brazo particularmente ancho del Loira donde los habitantes de Saint-Étienne se divertían como en la playa.

Slim recordaba las barbacoas ilegales que organizaban en el instituto, y también el día en que el tío Bouzid se alejó demasiado nadando y se vio atrapado en un remolino. Hubo que enviar a la caballería al rescate y el tipo que conducía la Zodiac a torso desnudo hizo gala de mucho coraje.

—¿En qué piensas, cariño?

Slim abrazó a su joven esposa entre sus brazos enclenques y la estrechó con todas sus fuerzas hasta dejar de sentir la carne comprimida de sus senos. La besó apasionadamente pidiendo un deseo, más que un deseo una verdadera plegaria de la que cada palabra parecía quemar las entrañas de su cerebro.

2

Fouad se reunió con él unos minutos más tarde.

—¿Qué, estás contento con la sesión de fotos?

Slim parecía inusualmente nervioso. Fouad le asió del codo y los dos hermanos caminaron por el mirador.

—¿Qué pasa con Krim? —preguntó Fouad—. La semana pasada me llamó la tía Rabia para decirme que había pegado a su jefa en el McDonald's, que lo echarán de la oficina de empleo, que se dedica a cosas raras en el sótano...

—No sé, la verdad es que no le veo muy a menudo.

—Luego intentaré hablar con él.

—Sí —dijo Slim sin resuello, antes de encadenar con lo que en verdad le preocupaba—: Fouad, no te lo he dicho todo sobre Kenza.

—¿Qué? Dime.

—No sé cómo explicártelo, creo...

—Tómate el tiempo necesario.

Fouad se había detenido y contemplaba a su hermano para descubrir antes de que lo anunciara lo que presentía que sería un penoso golpe de efecto.

—Verás —dijo Slim aspirando una bocanada de aire—. Voy a hacerte una pregunta y olvida que tiene relación conmigo, simplemente respóndeme, ¿de acuerdo?

—Vamos, Slim, basta ya, dime qué pasa.

—¿Es posible que una chica esté con un chico aunque... aunque no lo hagan?

Por su manera de ser, Fouad no soportaba que alguien fuera torturado delante de él y no implicarse, y se refugiaba en la inquebrantable actitud de escuchar prudentemente y aguardar a verlas venir.

—¿Quieres decir que no os habéis acostado nunca?

—Calla, no tan alto.

—¿Qué quieres decir? ¿Nunca?

—Aún no lo consigo, Fouad. No lo consigo. Cuando estoy con ella, al principio funciona y luego me vienen imágenes a la cabeza, pienso en otra cosa. Es horrible, una pesadilla, pero es más fuerte que yo.

—¿Piensas en otra cosa o en otra persona?

Fouad sintió que su hermano pequeño estaba a punto de llorar. Le asió de los hombros y le miró a los ojos.

—¿Habéis hablado de eso?

—Sí, pero…

—¿Qué dice ella? —preguntó Fouad.

—Se rio, dijo que no era importante… que tenemos que darnos tiempo para conocernos mejor.

Fouad hizo una mueca que no se debía a la deprimente ingenuidad de su hermano sino a su marcado acento de Saint-Étienne, que él ya había perdido hacía tiempo.

—¿En qué piensas? —le preguntó Slim.

El rostro de Fouad se ensombreció y Slim comprendió que estaba pensando en Nazir. Era un pensamiento que no podía ocultar: le entreabría la boca y endurecía espectacularmente sus bellas mandíbulas.

—Lo sabía —se indignó Slim, bajando la vista—. Piensas igual que Nazir. Te dices: sería mejor que ese marica fuera a que le dieran por el culo en lugar de pretender engañar a todo el mundo casándose con una chica.

—No digas tonterías y afronta las cosas. Es tu decisión, Slim. Es tu vida. ¿Quieres a Kenza?

—Claro, es la mujer de mi vida.

—Pues eso es todo —concluyó Fouad con la impresión de estar mintiendo—, no hay más que hablar. Si ella también te quiere, y he visto que te quiere, estoy seguro de que es una buena chica, tenéis que hablar. En una pareja hay que contárselo todo. Y además…

—¿Qué? —imploró Slim, como si su hermano fuera a resolver el problema más gordo de su vida con una fórmula mágica.

—No, me refiero a que antes las parejas esperaban a estar casadas para… consumar. Quizá no fuera algo tan horrible, pensándolo bien…

Fouad se volvió hacia el puerto y vio el último rayo del día morir contra el plexiglás azul de la torre de control. Hacía años que no se había sentido tan impotente, probablemente desde la muerte de su padre.

Al ver de nuevo la silueta escuchimizada de su hermano le pareció que el pobre muchacho no tenía ningún peso en el universo, que podía ser barrido y dispersarse al viento. Le entraron ganas de pegarle en la cara, hacerle más fuerte, curtirle para afrontar la violencia de la vida. En lugar de eso, sin embargo, lo abrazó y le acarició la nuca con tanta precaución como si se tratara de la cabeza de un recién nacido aún inacabada.

3

Krim no quería abandonar el balcón. Empezaba a oscurecer y los cristales se convertían en espejos. El macizo de nubes donde había desaparecido el sol se confundía en el horizonte con los cúmulos de colinas de colores indistintos. Detrás de la mediateca se hallaban los escoriales, grises e inamovibles.

Se puso de espaldas a la barandilla del balcón y contempló el interior, a la gente que se levantaba para saludar a Fouad y al novio. Habían encendido las luces y solo la tía Zoulikha permanecía sentada y palpaba a Rayanne aprobando sus michelines. La tía Zoulikha confundía peso y salud y solo conocía un proverbio en francés, que repetía con malicia y con una sonrisa que mostraba las encías y que delataba a la muchacha maciza, tímida y sin encantos que fue a mediados del siglo pasado y a la que nadie quiso: «Como se dice, ¡más vale engordar que ser compadecido!», ante lo que Rabia u otra de sus hermanas pequeñas estallaba en carcajadas echando la cabeza atrás, hallando la manera de corregirla si la risa no duraba demasiado tiempo y dado que Zoulikha nunca había estado al corriente de las delicadas reglas de la susceptibilidad.

Gros Momo llamó por quinta vez consecutiva. Krim formuló una maldición, quizá la murmuró y descolgó.

—¿Por qué me llamas un millón de veces?

—¡Tranqui, tío! ¿No quieres venir a entrenar al bosque?

—¿Dónde está la pipa?

—En el sótano, ¿dónde va a estar?

Krim quiso encender un segundo cigarrillo, pero Fouad le vio y se dirigió hacia él. En verdad era guapo y, al verle, Krim solo podía pensar en el candidato Chaouch: alto, vigoroso sin ser corpulento, de sonrisa atractiva y con un bonito cabello rizado. Todo un campeón.

—Déjame —espetó al móvil colocándolo perpendicular a su mentón—. Tengo cosas que hacer.

—Vamos, esto está muerto y no tengo nada que hacer.

—No, basta ya, y deshazte de la pipa. Tírala al Furan. Por mi madre, tírala al Furan.

—¿Cómo?

—Gualá, por el Corán, no quiero volver a oír hablar de eso… ¡Tírala al Furan!

Fouad estaba en el balcón y Krim colgó.

—¿Qué fumas?

Krim tuvo que tragar saliva dos veces antes de hablar. No le gustaba ser tan impresionable, y se tranquilizaba diciéndose que era normal estar impresionado ante un primo apreciablemente mayor que él y sobre todo que salía por la tele cada día de la semana desde hacía un año.

—Camel.

—¿Me das uno?

—Si quieres.

Fouad miró los zapatos de Krim.

—Slim me ha dicho que al final has sido su testigo. Gracias. Ha habido un accidente y el tren ha llegado con dos horas de retraso.

—Sí, vaya mierda. Me refiero al tren.

—Enseguida nos iremos a la sala de fiestas, pero si quieres luego hablamos… Ahora tengo que limpiarme los zapatos. ¿Qué me dices?

Su voz era clara y potente, y sin embargo Krim estaba emocionado ante la calidez que desprendía y que parecía envolverle solo a él. Todos los demás, en el interior del apartamento, miraban hacia el balcón. Krim se sentía orgulloso.

—Sí, claro.

—En realidad —prosiguió Fouad—, tengo que hablarte de tu colega Mohammed.

—¿Qué ha hecho?

—Oh, nada, solo que soy amigo suyo en Facebook. Él me lo ha pedido. Francamente, es muy cachondo.

—Sí, Gros Momo está pirado.

—¿Gros Momo? ¡Ja, ja! Anda siempre ligando, nunca he visto nada igual. ¡Hasta se pone a ligar con mis amigas en Facebook!

—Pues díselo —se indignó Krim.

—Es divertido, no me importa. La última vez etiquetó a una de sus amigas y luego se etiquetó también él en la foto, cuando solo se la veía a ella.

—Ja, ja —rio forzadamente Krim, aunque la historia de Fouad aún no había acabado.

—De repente la chica le preguntó: «¿Y tú dónde estás?». ¿Y sabes qué le contestó?

—No, dime.

—«En tu corazón.»

Krim bajó la cabeza, incapaz de dejarse llevar y de reír sin fingir.

—Bueno, voy a seguir saludando y nos vemos en el dormitorio, ¿vale?

—Vale.

—Oye, otra cosa: ¿qué hay que tirar al Furan? —preguntó Fouad con una incipiente sonrisa torcida.

—Nada —titubeó Krim—. Es un tío que anda en no sé qué historias y quiere que vaya con él, pero yo paso de eso.

Krim no tenía idea de cómo había sonado su mentira. No se había oído pronunciarla y en el rostro de Fouad nada parecía indicar que desconfiara de lo que acababa de decir. Era eso: en el rostro de Fouad no había reproche alguno. Solo alegría y confianza.

Apagó el cigarrillo a mitad y abandonó el balcón alegremente dirigiéndole un guiño insistente a su primo.

—¡Aquí está la estrella de cine! —exclamó Rabia, dándole dos sonoros besos.

—Más bien una estrella de la tele. La estrella de la pequeña pantalla… ¡soy yo!

—¡No me pierdo ni un episodio! ¡Gualá, es genial! Ah, y ese, el malo de la verruga… ¡Ay, qué mal me cae! ¿Le conoces?

—¡Ja, ja…! Es François, y en la vida real es el tío más amable del mundo.

Todas las tías pronto estuvieron reunidas alrededor del hijo pródigo y hablaron durante diez minutos de *El hombre del partido*, la serie en la que había empezado el otoño anterior y en la que interpretaba el papel del entrenador del equipo de fútbol de ficción más popular del país. Enseguida se convirtió en un personaje indispensable y su nombre aparecía ya en los créditos. *El hombre del partido* en M6 había destronado a *Plus belle la vie* a la misma hora en France 3. Era el fenómeno televisivo del año, que reunía tanto a los futboleros, a los que los entresijos del deporte les despertaban la curiosidad y que admiraban el realismo de la serie, como a sus mujeres, más interesadas por las intrigas sentimentales.

—Y entonces —se atrevió a preguntar Rabia, que parecía la fan más ardiente de la familia—, ¿vas a salir con Justine antes de que acabe la temporada?

—Ah, no —bromeó Fouad—, he firmado una cláusula de confidencialidad y no puedo contar esas cosas.

—Una cláusula de confidencialidad —se burló Rabia—. ¡*Zarma*, ahora firmas cláusulas de confidencialidad! ¡No me vengas con esas! Y no olvides que yo te cambiaba los pañales, ¡así que no hay cláusula de confidencialidad que valga!

Fouad se echó a reír y aceptó revelar parte de lo que sabía.

Al cabo de un rato, sin embargo, aunque siempre pareciera estar contento y fuera inasequible al desaliento, sintió la necesidad de confesar la pésima consideración que tenía hacia esa serie, que consideraba simplemente como un trabajo alimenticio. Quiso decir la verdad, compartir su impresión profunda, pero desistió rápidamente porque sus tías no habrían entendido que hablara mal de su serie preferida, por la que habían sacrificado las sacrosantas noticias de Pujadas a las ocho y que daba prestigio a la familia en todas las conversaciones en las que las amigas se enorgullecían de tener hijos que estudiaban medicina o que ganaban tanto dinero con la importación y exportación que podían construirse una casa en su pueblo y pasar las vacaciones en Dubái.

4

Unos instantes más tarde la excitación había remitido o más bien se había trasladado al dormitorio de la abuela. Los más jóvenes se habían reunido allí alrededor de Fouad para ver y aplaudir a Myriam, que se había aprendido de carrerilla la coreografía de un éxito ya antiguo de Katy Perry. Quería ser *b-girl* profesional y murmuraba la letra de «Firework» extendiendo los brazos al frente, al lado y soplando los mechones de su cabello castaño que la ralentizaban. En el estribillo imitó convincentemente los fuegos artificiales que salían del corazón de los personajes del videoclip:

—*Cause baby you're a firework… Come on show 'em what you're worth… Make 'em go «oh, oh, oh!»*.

Su hermano Rayanne quiso aprovechar el aura que estaba adquiriendo la pequeña bailarina y hacer una *battle* con ella, como la niña le obligaba a hacer regularmente en secreto en su habitación. Myriam le sopló con una cómica ferocidad, como si fuera uno de sus mechones.

Krim entró y cerró la puerta en el momento en que Luna decidía improvisar un quiz musical con el MacBook de Kamelia. Después de lo que su hermana le había hecho, Krim no se hubiera aventurado en la misma habitación que Luna de no haber tenido la irresistible necesidad de hallarse en el entorno de Fouad, un deseo ardiente de simplemente verle y de ser visto por él, una pulsión intensa, ciega y curiosamente no violenta, para la que no tenía freno ni concepto y a la que cedía como uno se abandona en un mar frío a la atracción de una corriente caliente.

—Abre Spotify —aconsejó Kamelia a Luna, que tenía su portátil.

Se situó en un extremo de la habitación, en el radiador de hierro fundido, y comprobó que el cristal de la ventana a sus espaldas, transformado en espejo por el atardecer, no reflejara las fotos de los cantantes que iba a hacer sonar.

Kamelia y Fouad se sentaban uno al lado de la otra, con Myriam meneando la cabeza sobre las rodillas de la estrella y Rayanne a sus pies. Los primos más mayores estaban esparcidos por la cama y Raouf se apartó para hacerle un hueco al recién llegado.

—¿Has pillado algo? —murmuró Raouf al oído de su camello por un día.

—La verdad es que está todo muerto. Quizá dentro de un rato, en la sala de fiestas.

Krim mostró de nuevo su imperturbable expresión de incomodidad, el rostro de quien preferiría no estar allí sin tener nada que hacer en concreto en otro sitio, pero en el fondo tenía ganas de estar allí entre los suyos esperando a ir con ellos a la boda y que aquello no acabara nunca.

Aún no habían sonado las dos primeras notas cuando gritó:

—¡Michael Jackson!

Todos se volvieron hacia él. La música continuaba y, en efecto, diez segundos más tarde todo el mundo había reconocido «I'll Be There».

—¡Qué pasada! —comentó Kamelia—. Krim, uno; los demás, cero.

Luna no estaba muy contenta ante el cariz de los acontecimientos y eligió a propósito una canción que él no pudiera conocer. Y un minuto más tarde, en efecto, nadie la había identificado, salvo Kamelia, que le sopló la respuesta al oído a Myriam. Hubo unos sonoros aplausos, Myriam frunció su carita de mestiza y retorció sus muñecas escondiéndose detrás de Fouad.

—¡Va, otra!

Luna se concentró y decidió demostrar que no solo podía ser la maestra de ceremonias, sino también una persona con buen gusto. De nuevo, sin embargo, tres notas bastaron a Krim para declarar:

—Drake.

En el turno siguiente:

—Kanye West, por supuesto.

Y luego, por fin:

—Sexion d'Assaut.

A partir de entonces Luna cambió de estrategia y se devanó los sesos buscando canciones francesas tan evidentes que acertar fuera únicamente cuestión de rapidez. La tensión del juego disminuyó poco a poco, gracias a Daniel Balavoine y a Francis Cabrel, que invitaban a corear sus canciones en lugar de pasar al éxito siguiente.

Krim, sabedor de que de todas formas había ganado, decidió dejar que los demás cantaran, a pesar de que todo el mundo parecía sinceramente encantado de que sus quince minutos de gloria no se hubieran visto enturbiados por ninguna vacilación.

5

En la otra habitación, los mayores aprovechaban la ausencia de Fouad para hablar de su hermano. Era una lástima que no estuviera allí, pero era obligado reconocer que Nazir había hecho muchas cosas buenas año y medio atrás, cuando regresó de un largo viaje al extranjero para vivir con su madre.

—Ah, sí, sí —intervino un tío que había sido testigo de primera mano—, lo que hizo con los cementerios musulmanes de Côte-chaude y del Crêt de Roch estuvo muy bien, gualá. Y no le tembló el pulso. Fue al departamento de cementerios, al Ayuntamiento y habló con ellos, ¡como si fuera un político, os lo juro!

—Está claro que no le tiembla el pulso —comentó Dounia.

A menudo, solo con mentar a Nazir se creaba en la familia una especie de silencio que penetraba en los cerebros como una marea negra y obligaba a hacer girar siete veces la lengua en la boca antes de hablar. Rabia se contentó con dos vueltas de lengua antes de dar su opinión al respecto:

—No, y la verdad es que lo que hizo por Chakib estuvo bien. Hay que reconocerlo, porque no tenía obligación y fue el único que... ¡Eso hay que decirlo!

—Gualá, la verdad es que si tengo trabajo es gracias a Nazir.

Todo el mundo asintió gravemente ante el comentario de Toufik. Si Dounia no se hubiera hallado en la sala hubieran podido soltar la lengua y hablar del escándalo: Nazir ni siquiera se dignaba asistir a la boda de su hermano pequeño.

En lugar de eso, alguien explicó cómo Nazir logró obtener una cita con el alcalde después de esperar tres horas al pie de su ventana en el Ayuntamiento.

Al entreabrir la puerta, Fouad oyó que hablaban de su hermano y se disponía a regresar al guateque del dormitorio cuando vio que Mathieu, el marido de Rachida, le hacía una señal con la cabeza. Se las arregló para llegar al pasillo y allí hablaron de la deuda, de Grecia y del programa económico de Chaouch. A Fouad le caía bien Mathieu, a toda la familia le caía bien Mathieu y se sentían mal por haberle endosado el irresoluble problema que suponía su mujer. Ahora que tenían dos hijos, dos guapos mestizos de mirada triste, ya no se le podía aconsejar a Mathieu lo único que podía convenirle: poner pies en polvorosa.

Mientras se pronunciaba a favor de incrementar el proteccionismo —él mismo, obrero cualificado, había sido víctima de la globalización salvaje cuando su empresa fue deslocalizada a Shanghái—, Rachida avanzó hasta aquel rincón en penumbra y se plantó frente a ellos esperando ser invitada a sumarse al conciliábulo. Para no irritarse con solo verla, Fouad se contentó saludándola con una sonrisa afable y miró discretamente a su joven marido. Tenía los ojos redondos, las cejas claras, aspecto serio y esa expresión desasosegada y a la vez firme de los clarinetistas en un pasaje de notas agudas. En realidad se parecía más a un clarinete que a un clarinetista, con su cuello largo y delgado y su cara estrecha, salpimentada de granos de acné y reluciente con una fina película de sudor, en particular cuando sus ojos se animaban como en ese momento con pasión pedagógica.

—Ese es el problema, ¿por qué los otros países del mundo tienen derecho a protegerse mientras a nosotros nos dan por el culo sin protestar?

—Oh, ya estás otra vez hablando de esas tonterías —espetó Rachida—. Me largo, menudo rollo. ¿Y cuándo vamos a ir de una vez a la boda?

Slim, que estaba con los viejos desde el principio, se sumó a su pequeño grupo.

—¿Alguien quiere té?

—Slim, ¿vamos a tardar mucho en ir a la sala de fiestas?

—La abuela dice que dentro de un cuarto de hora. Y no sirve de nada llegar allí antes que ella. Pero yo tengo que ir para allá ahora mismo, tengo que preparar algunas cosas en la sala y comprobar que todo esté en orden.

—Aprovecho para felicitarte, Slim —dijo Mathieu, asiéndole del hombro—. Tu novia es muy guapa y parece muy buena chica, y seria.

Slim le dio las gracias calurosamente mientras Rachida hacía patente su enfurruñamiento esperando que pronto se advirtiera y le preguntaran por su repentino cambio de humor. Era toda ella redonda: espalda redonda, labios redondos y ojos redondos siempre al borde de la compasión, que enseguida se iluminaron con un brillo maligno.

—¿Qué, Fouad, en cuanto se habla de Nazir te marchas de la habitación?

—Basta, Rachida.

Mathieu, sin embargo, carecía de autoridad sobre ella.

—¿Qué crees, que no lo he visto? Yo lo veo todo. No digo nada pero lo veo todo.

—Pues lamento decepcionarte, tía, pero estaba en la otra habitación y no sabía que estabais hablando de él.

—¿Lo ves? ¡Ni siquiera pronuncias su nombre!

—¡Ja, ja! —exclamó Fouad sin sonreír.

—Adelante, dilo.

—¿Qué?

—El nombre de tu hermano.

—¿Y por qué tendría que decirlo?

—Nazir. Na-zir. ¡Es tu hermano! Los amigos van y vienen, pero la familia… O eso dicen, ¿verdad? Y, además, cuando vino hace dos o tres años… ¡uyyy, no sabes la de cosas que hizo! Nos dejó pasmados… Y él solo, figúrate, le dio pasta a todo el mundo y hasta le encontró trabajo a Toufik, mira tú… Sé que eso no hay que ir contándolo por ahí, pero yo paso de los tabúes. Y se lanzó a una cruzada para ampliar los cementerios musulmanes. Es un benefactor de la humanidad, por la abuela, ¡un verdadero revolucionario!

—Sí, un revolucionario de salón.

Mathieu se estaba ahogando y, delante de Fouad, hizo lo que jamás se había atrevido a hacer: asió a su mujer del brazo y la llevó a otra habitación para hablar con ella. Rachida se sorprendió tanto que no supo cómo reaccionar: su único intento de protesta quedó en nada después de la severa mirada de su marido, que estaba harto de ser un calzonazos.

—Suéltame —murmuraba Rachida enérgicamente—. ¡Suéltame!

Fouad y Slim se quedaron uno al lado del otro sin atreverse a hablar. Slim advirtió que su hermano tenía los puños y las mandíbulas crispados. Pero de inmediato avanzó hacia la luz del salón e hizo que todos los presentes se partieran de risa:

—¿Cómo están los séniores? ¡Espero que os estéis divirtiendo tanto como en el dormitorio!

6

Antes de marcharse, Kamelia logró convencer a la abuela de que pusiera un vídeo en su pantalla gigante. Hubo que pedirle a Toufik que hiciera las conexiones necesarias para que el viejo reproductor de vídeos proyectara la cinta de VHS que acababa de encontrar casualmente en la estantería. El sistema ideado por Toufik —ese era su oficio— funcionó a la perfección y los adultos vieron aparecer a Krim filmado por el difunto abuelo, de niño, quizá a los nueve años, practicando con el Clavinova que acababan de regalarle por Navidad.

Al principio no se daba cuenta de que le estuvieran filmando y tocaba de memoria *En la gruta del rey de la montaña* de Grieg y corrigiéndose solo una vez, en el momento en que la mano izquierda dejaba de alternar las dos notas de acordes para descender a los graves de forma dramática pero absurda para la mayoría de los aprendices de pianista. Al volver a empezar con la intención de muscular su mano izquierda y añadir unos trinos, advirtió la cámara de vídeo del abuelo y se cubrió los ojos con el antebrazo al tiempo que sonreía, descubriendo una dentadura brillante de chiquillo en la que faltaban los dos dientes delanteros.

—¡Oh, qué mono! —comentó Kamelia—. Un auténtico pequeño Mozart.

—Siempre ha sido tímido —añadió Dounia mientras una de sus hermanas, emocionada por la voz de su propio padre, parpadeaba para contener las lágrimas:

—¿Te acuerdas? ¡Le llamábamos el chinito!

Era por sus pómulos lisos y sus ojos de extremos finos. Krim adulto apareció en el campo de visión de la familia, a la derecha de la tele. El contraste entre el chinito inclinado sobre el teclado y el adolescente problemático con el cráneo casi afeitado y el protuberante labio inferior caído y belicoso era terrible.

La célebre música de Grieg o más bien las notas desafinadas le habían llamado la atención. Le agasajaron y Kamelia se acomodó en el brazo de su sillón para que se sentara a su lado, pero Krim prefirió permanecer de pie.

En la pantalla, el abuelo lograba convencer con su voz cálida y dulce a su nieto predilecto para que tocara algo para la cámara, es decir, para la posteridad. La escena se desarrollaba en el salón del apartamento en el que nació y se crio, y se vio a una joven Rabia preparando unas albóndigas y, muy brevemente, a su marido, que leía el *Paris-Turf* y chinchaba a Luna. Luna en la época en la que era la cosa más preciada en la vida de Krim, a la vez mascota y juguete viviente, una criaturilla ágil y explosiva de la que cada gesto, cada salida, cualquier monería o un simple eructo se convertían en titulares de aquel radiante hilo de noticias que fue su infancia en una familia feliz.

Mientras el Krim niño apoyaba con dificultad una partitura contra la pared, Rabia once años más tarde preparaba café en la cocina. Con la mirada extraviada en el tornasol de las baldosas verdes se mordía los labios y meneaba la cabeza para contener las lágrimas. Se sobresaltó cuando la cafetera eléctrica rugió por fin. Los vapores ruidosamente ahogados en la carcasa amarilla pálida le inspiraban una inexplicable sensación de fiasco. Entró la abuela.

—Ay, no, ¿por qué haces café? ¡Si ya tenemos que marcharnos!

Krim se fue al baño para no tenerse que oír masacrando la *Sonata Facile* de Mozart. Echó el pestillo y se contempló en el espejo de tres cuerpos del armario de formica encima del lavabo. Las alas podían cerrarse como las de un retablo de iglesia y Krim se divirtió examinando a esos otros Krim: de perfil, de tres cuartos, de un cuarto, a cuál más feo y ridículo, y que habían cohabitado en secreto durante años con su rostro normal, que de repente le parecía desconocido.

Su madre siempre le decía con una ternura ligeramente despreciativa que tenía un «PC pequeño», como todos los argelinos. PC significaba «perímetro craneal» y era uno de los términos médicos que utilizaba a menudo, como si se tratara de la nariz, el pie o el antebrazo.

Krim abrió la boca, fingió vomitar, estudió su nuez y el feo lunar que asomaba irónicamente entre sus dos clavículas. Intentó adoptar una actitud seria, la mirada de un tipo al que no le tomarán el pelo, pero los pómulos aplastados, las sienes y las mejillas lisas, las mandíbulas femeninas y el labio superior redondeado pregonaban que era un chavalín, un morito más entre millones que no lograba siquiera aguantar su propia mirada más de diez segundos en el espejo de su abuela.

7

—¡Krim! Sal, que nos vamos.

Uno de los tíos estaba hablando del imán que se había encargado la víspera del *halal*, la boda religiosa. Estaba furioso.

—¡Habrase visto! ¡Cobrarnos cien euros, cuando le hacemos el cuscús!

—¡A pan y cuchillo, lo tenemos! —confirmó Toufik sin saber exactamente qué ocurría.

—Tengamos paz —serenó la madre—. Tú no has hecho nada...

—¿Qué pasa ahora? —preguntó alguien en cabilio.

—Como siempre, ¿quién hace el primo? ¡Nosotros! ¡Qué se le va a hacer, así es la vida!

—Así es la vida.

—Como se dice, Dios nos hizo con la espalda... ¿Cómo decía *yeum, sisch*?

—Ay, Dios nos hizo con la espalda, *zarma*, no con el corazón.

Dounia se quedó sin resuello al bajar la escalera. Se apoyó en la barandilla y pareció ensimismarse en sus pensamientos.

—¿Estás bien, Doune? —se preocupó una de sus hermanas.

—No, pensaba en Zouzou. Me da pena, gualá. ¿Sabes qué me ha dicho Toufik? Que hace un rato se ha presentado en la sala con su cuscusera, *miskina*.

—Sí, lo he oído, *yeum* la quería matar.

—Pero ¿no sabía que había un catering?

—Sí, pero ¿qué quieres?

—Ella y Ferhat me dan mucha lástima, ¡gualá, si parecen más viejos que *yeum*! A Zouzou la vi en el cementerio, ante la tumba de *vev'... ater ramah rebi*, y Hocine, el encargado, me dijo que iba cada día. ¡Cada día! Y Ferhat, el pobre...

—*Miskine* Ferhat con ese gorro de piel, todos se lo dicen pero no se lo quiere quitar. ¡Qué triste es ser viejo...!

El viento soplaba cada vez con más fuerza y mugía ruidosamente por los pasillos del parking. A primera hora de ese día hubiera sido descabellado imaginar que fuera a llover, y sin embargo en ese momento parecía muy probable.

Por fortuna, Krim se subió al coche de Dounia, con su madre en el asiento del pasajero y él detrás, al lado de Fouad. Dounia puso un CD de Matoub Lounes. Krim, confiado gracias a la presencia de Fouad, preguntó a su tía si por casualidad no tendría algún disco de Aït Menguellet.

—¿Conoces a Aït Menguellet?

Krim se ruborizó de gozo. Sus labios sonreían solos y sus esfuerzos por controlarlos no hacían más que delatar su vanidad. Fouad, que lo había advertido, le acarició afectuosamente la cabeza. Krim se sintió de nuevo un niño.

Dounia buscó en la guantera mientras Rabia intentaba en vano ver el rostro de su hijo en el retrovisor.

—¿Qué dice la canción?

Aït Menguellet cantaba prácticamente a capela —acompañado solo por unos arpegios de mandola— la larga introducción de un tema titulado «Nnekini s warrac n lzayer». La tía Dounia aguzó el oído avanzando el mentón hacia el autorradio.

—Déjame ver el CD. El título es «Nosotros, hijos de Argelia», pero… Rab, ¿tú lo entiendes? Yo solo algunas palabras sueltas.

—Pero es cabilio, ¿no? —se sorprendió Krim.

—Sí, pero en Bougie hablamos el cabilio de la Pequeña Cabilia. Esto es cabilio de la Gran Cabilia, querido, y habrá que preguntar a las mayores.

—¿A tía Bekhi?

—Sí, o a uno de los tíos.

—¿A tío Ferhat?

Dounia asintió y empezó a tamborilear sobre el volante y a menear la cabeza cuando la mandola se lanzó a un riff al que enseguida se sumaron los derbukas. Transcurrieron dos minutos y medio hasta que la canción empezó, propiamente hablando, pero Krim tenía ganas de llorar de lo bonita que era esa lengua, su lengua, que pronunciaba las «th» a la inglesa y se obstinaba en que todo fuera dulce, uniforme, igualitario y noble, como un barrio miserable magnificado por la nieve y el sol.

—¡Ah! —exclamó de repente Dounia—, ya entiendo lo que dice. *Zarma*, nosotros, hijos de Argelia, somos los campeones del mundo de la desdicha, los reyes de la miseria, *zarma*, somos unos desdichados, *tfam'et?*

Krim lamentó haber preguntado qué decía la letra de la canción.

—¿Sabéis qué os digo? —añadió Dounia—. Puestos a ser chungos, mejor ser los reyes de los chungos. ¡Guálá!

—¿Qué te pasa, tía, se te ha comido la lengua el gato? —preguntó de repente Fouad—. ¡Es la primera vez que no dices nada durante más de un minuto!

—Estoy un poco cansada —mintió Rabia.

Se volvió hacia su sobrino y lo obligó a incorporarse en el coche para darle un beso en la frente.

Krim había bajado la cabeza para evitar la mirada de su madre. Advirtió que los mocasines de Fouad relucían y recordó que le había prometido una conversación a solas. Y de repente una idea espantosa se abatió sobre su cabeza: ¿y si Fouad era una de esas personas que prometen cosas a diestro y siniestro y luego no las hacen? Quizá fingía quererles a todos, pues al fin y al cabo su oficio consistía en interpretar personajes.

Miró discretamente a su primo, que lucía una media sonrisa de buen rollo mientras el coche, que acababa de ascender una cuesta empinada, descendía de inmediato en dirección al barrio de Montreynaud, junto al que se encontraba la sala de fiestas. La lentitud del descenso era digna de la de un avión antes del aterrizaje. La noche olía al caluroso cuero de los asientos desde los que Krim y su primo contemplaban lo mismo, las luces de la ciudad desfilando a sus pies, rojas, amarillas, plurales, infinitas.

De repente, el rostro de Fouad se animó y fue como una revelación: pensaba lo mismo que Krim, era evidente, a él también le gustaba esa noche urbana y sus promesas tan dichosas como la propia felicidad.

Y como era imposible fingir esa animación, Krim, exultante, no pudo contenerse y le dio una afectuosa palmada en la rodilla, a la que Fouad respondió de inmediato con la sonrisa de su mirada, aquella incomparable sonrisa en sus ojos que le estrechaba los párpados y creaba unas minúsculas patas de gallo en sus sienes, y que a uno le procuraba la sensación de hallarse en la intimidad con un príncipe y de formar parte de las mejores personas del mundo: reyes, caballeros, bardos y profetas.

8

Saint-Priest-en-Jarez, 20.00

—¿Bajamos? —se enojó Farid mirando la pantalla del móvil.

Mouloud Benbaraka alzó la mano y fulminó a su sicario con la mirada.

—*Mezèl, mezèl.* Cuanto más espere, mejor.

Repartió en tres partes desiguales el culo de una botella de Ballantine's que había ordenado a Farès traer del maletero del BMW. Y acto seguido ofreció cigarrillos a los gemelos, pero Farid acababa de dejar de fumar y Farès prefería el deporte y la buena mesa al placer decadente de la nicotina.

—Oye, mírame —ordenó Benbaraka después de beber un intimidante trago de whisky—. Cuéntame lo que te ha pedido que hagas.

—¿Quién? —preguntó Farès.

—¿Quién va a ser? El gran muftí de Jerusalén.

Farès se quedó desconcertado. Nazir debía de haberle dicho por lo menos veinte veces esos últimos días que no hablara con nadie de la misión que le había confiado, ni siquiera con su propio hermano. Y había bastado una intuición de Benbaraka, seguida de una mirada ligeramente insistente, para que su resolución se desvaneciera.

De repente tuvo una idea.

—No, gualá, eso no tiene nada que ver con el negocio.

Farid frunció el ceño.

—¡Contéstame, joder!

—Es que no es nada, solo tengo que llevar un coche a París. Eso es todo. Me ha pedido que recoja un coche y lo lleve a París, nada más.

Benbaraka cruzó y descruzó las piernas bajo la mesa transparente.

—¿Y te paga? ¿Cuánto te paga por eso?

Farès parecía extraviado en sus pensamientos. Benbaraka chasqueó los dedos varias veces bajo su nariz. Pero fue el enésimo alarido del prisionero lo que le extrajo de la extraña melancolía en la que le había sumido la pregunta del jefe y sobre todo la respuesta a esa pregunta, que era que ignoraba cuánto iba a pagarle Nazir, y que en verdad ni se lo había planteado.

En la planta de abajo Zoran dudaba aún en escaparse. A pesar de todos sus esfuerzos no había podido enderezar la lámpara. Se había encaramado en el escritorio y se veía obligado a doblar las rodillas en una posición insoportable para no darse con la cabeza contra el techo. La nutria zigzagueaba sin cesar en la oscuridad a la que Zoran ya se había acostumbrado un poco, pero no lo suficiente para distinguir lo esencial: la distancia que separaba al animal de la puerta.

La nutria se dio de repente contra una de las patas de la cama nido. Zoran concluyó que se hallaba en el extremo opuesto de la habitación. Descendió del escritorio y sintió que pisaba una llave. La recogió, empujó tan silenciosamente como pudo la puerta y se detuvo, imaginando que sus carceleros le aguardaban en la escalera y se abalanzarían sobre él.

Pero en la escalera no había nadie. La voz metálica del jefe hacía preguntas y uno de los gemelos le respondía. El otro no se manifestaba.

Zoran avanzó de puntillas hasta la habitación del fondo, la que los gemelos no habían podido abrir. Metió la llave y se felicitó porque la conversación prosiguiera sin silencios en el piso de arriba.

Entró en la misteriosa habitación y cerró con llave. Sin embargo, le pareció que arriba habían dejado de hablar. Puso la oreja contra la puerta esperando no oír ruido de pasos en la escalera.

Sus manos temblaban como nunca habían temblado cuando abrió la ventana que daba a un anárquico parterre de césped. Saltó por la ventana y sintió el viento fresco del anochecer en su cara hinchada por las lágrimas. En lugar de correr por la hierba trepó el muro que separaba esa propiedad de la contigua y se encontró en otro jardín.

Menos de un minuto más tarde se hallaba en la orilla del río, a unos metros de la carretera. Pasaron dos coches y Zoran se echó a llorar al recordar a la nutria. Un escalofrío le paralizó. Era como si el olor del animal y su monstruosa presencia hubieran espolvoreado sobre su piel una pesadilla de la que nunca lograría desprenderse.

Las ramas rotas entre las que echó a andar debían de haberse podrido desde el deshielo y exhalaban un olor que Zoran asociaba a la violencia de las cosas, a la dureza de la vida y también al lado más despiadado de la naturaleza, despreocupada por nuestra suerte, en la que era más fácil que un bebé abandonado en una cesta en un río muriera aplastado contra las rocas, ahogado en las aguas heladas o devorado por ratas de agua que no que diera con una loba de mirada broncínea que asumiera su responsabilidad.

En lugar de dirigirse a la carretera e intentar dar la alerta, se agachó para pasar por debajo del puente y mantenerse junto al Furan, cuyo curso había decidido seguir obstinadamente, lejos de la gente y de las farolas, para eludir las previsiones que a buen seguro se harían sus perseguidores. En la primera curva del río, la orilla se convirtió en un camino practicable bordeado de abetos que serpenteaba a lo largo de doscientos metros y desaparecía detrás de un montículo cubierto de matorrales. Zoran lo ascendió tratando de permanecer a cubierto y entonces vio a lo lejos el famoso bloque de Montreynaud, coronado en su recuerdo con aquel cuenco colosal en el que se vertía el cielo ensangrentado del crepúsculo.

VI

LA FIESTA

1

Al entrar en la sala, la familia de Slim fue recibida, como todos los invitados, por la inevitable madre de la novia, que les dirigió a las tres mesas que les habían reservado. Sin embargo, había un problema: esas tres mesas se hallaban al fondo, apartadas del escenario. La abuela tomó la iniciativa y se dirigió a la dueña y señora del lugar en árabe, en su lengua y sin acento:

—¿Por qué nos has puesto ahí, lejos de todo el mundo? Somos la familia del novio, ¿por qué nos tratas como si fuéramos perros sarnosos?

La madre de la novia sacudió sus joyas señalando las mesas cercanas al escenario. Al estar ocupadas por un grupo de jóvenes y dado que allí la música estaba muy fuerte, habían decidido sentar a las familias importantes lo más lejos posible de los altavoces. La abuela no se lo creyó y quiso insistir, pero se topó con la mano extendida de la madre de la novia, que hablaba con su kit de manos libres. Se disculpó con una sonrisa patentemente hipócrita y corrió a dar la bienvenida a otros invitados.

Una vez que toda la familia se hubo instalado en tres mesas rectangulares pegadas unas a otras, Toufik se dio cuenta de que había que ir a servirse uno mismo la comida y la bebida. Hizo una señal a Raouf y a Kamelia y los tres primos se dirigieron al bufet en el que había golosinas, bebidas sin alcohol y repostería magrebí dispuesta en bandejas de plata.

La amplia sala tenía un techo en forma de cúpula que amplificaba el sonido ya demasiado alto para el tío Ayoub, que se tapaba discretamente los oídos en cuanto no le hablaban. Los fluorescentes que iluminaban la pista de baile, en ese momento poco frecuentada, se habían reforzado con focos de varios colores. Una bola de espejos colgaba sobre el escenario ocupado por cuatro enormes altavoces y por la compleja instalación gobernada por el DJ con el que Raouf había hablado esa misma tarde. Había también un micrófono de pie, ocioso hasta que la madre de la novia subió al escenario y pidió al DJ que bajara el volumen.

—¡Por favor! ¡Por favor!

La sala se había llenado completamente desde que la familia Nerrouche se había instalado al fondo. Toufik le dio un codazo a Raouf y señaló con el mentón a Kamelia, a la que le estaba echando los tejos un pijo con cadena de oro.

—Ay, lo siento, tengo que dejarte —se disculpó de repente el pijo.

Kamelia le respondió abatiendo las falanges de su mano izquierda con una desenvoltura estudiada pero eficaz.

—¿Quién es ese tío? —preguntó Toufik.

—No te importa —le respondió su hermana y, al comprender que le había humillado, añadió—: Es el hermano de la novia, Yacine. No está mal, ¿verdad?

Unos instantes más tarde se apagaron las luces. A Dounia y Rabia les resultó tan difícil abrirse paso para ver pasar el cortejo que ni siquiera intentaron hacerles un hueco a sus asustadas hermanas. Algunas personas se subieron a las sillas y otras no dudaron en repartir codazos y pisotear al prójimo para avanzar entre la multitud.

El doble trono era portado por ocho hombres, entre ellos Yacine, que le guiñó el ojo a Kamelia al pasar frente a ella. Kamelia estaba asombrada, no por la audacia tan cateta como cautivadora de Yacine, sino ante la visión de aquel trono llevado a hombros como un ataúd.

Los novios venían de la sala donde Kenza se cambiaría de ropa media docena de veces a lo largo de la fiesta. Slim lucía una sonrisa crispada de reina de Inglaterra, que solo podía contar con la mitad inferior de su cara, pues la otra estaba paralizada por el miedo. La novia estaba más distendida, pero tampoco muy cómoda con su vestido argelino de bordados tan multicolores que era imposible identificar uno solo.

Detrás de ellos se oyó a la madre despotricar contra el DJ, que tardaba demasiado en poner la música, y cuando esta por fin hizo retumbar los altavoces, los tabiques de la sala y los tímpanos del tío Ayoub, la zarina de la fiesta dirigió el cortejo personalmente, aprobando las manos extendidas a guisa de felicitación y los yuyús que parecían estar dirigidos solo a ella.

De repente alzó la cabeza hacia Slim y le dio un brinco el corazón: ¡el novio no bailaba! Zafarrancho de combate. Prácticamente se subió a la cabeza de Yacine para llamar su atención y le gritó al oído hasta que al final se inclinó para escuchar aquello tan importante que parecía querer decirle: —¡Hay que bailar! ¡Baila, Slimane! ¡Muévete! ¡Mueve la cabeza y las manos! ¡Vamos, vamos! —remedando unos contoneos desarticulados que hacían tintinear toda la quincallería que lucía en sus muñecas.

Slim obedeció, pero el resultado fue lamentable: con los ojos entrecerrados y el morro arrugado, meneando la cabeza de izquierda a derecha alzando los puños apretados, parecía un tipo que hubiera puesto los pies por primera vez en una discoteca o, más precisamente, y a la vista de la amplitud de la oscilación de sus hombros, parecía una «chica» que pisara una discoteca por primera vez y se creyera obligada a comportarse como una calientabraguetas. Debió de darse cuenta de ello por fin, porque repentinamente dejó de contonearse y adoptó una actitud varonil y al parecer universalmente admitida como baile: las manos alzadas al cielo como en una plegaria y luego pegadas al cuerpo en un movimiento repetitivo que parecía significar exactamente: dadme, dadme, dad-me, dadme, dadme a mí, dadme, dadme, dad-me, y Dios os lo dará.

2

Enseguida se consideró que el cortejo ya había durado lo suficiente y el DJ, que lo controlaba todo discretamente, hizo sonar una música más suave, un éxito reciente de R&B que podía gustar a todo el mundo. La maniobra que siguió se había ensayado la víspera, pero no por ello resultaba menos peligrosa: consistía en separar los dos tronos en el aire y parodiar una ruptura temporal. Quizá para conjurarla, o simplemente para aprovechar la particularidad técnica de ese doble trono móvil y separable.

La novia fue llevada por cuatro hombres a un altar estilo mil y una noches en el que su trono encajó sin problema. El novio se reunió con ella entre los vítores de la multitud. Sus dos tronos estaban situados de forma que disponían de un camino expedito hasta la pista de baile. Detrás de un biombo con una celosía dorada, un acceso directo permitiría a la novia ir a cambiarse fácilmente.

Sonó un gong y el DJ bajó el volumen. Una decena de hombres con libreas de criado se dispusieron de pie en el estrecho pasillo abierto frente al escenario. Llevaban unas bandejas de plata cuyas tapas alzaron de manera casi perfectamente sincronizada.

¿Les habían ordenado que adoptaran una expresión tan dramática? Con sus zapatos relucientes, las estrechas corbatas negras y aquellos rostros adustos, parecían lugartenientes de Drácula que no tardarían en mostrar unos enormes colmillos. En lugar de eso, aguardaron, no muy tranquilos, a que el centenar de invitados se dispersara para servir los entrantes.

Krim había seguido a Fouad durante el cortejo e incluso había aplaudido y silbado cuando Slim se reunió con la novia. Regresaron a las mesas de la familia y Krim se las ingenió para sentarse entre él y Kamelia. Luna le vio y se burló de él mirándole y alzando una ceja.

—Como se dice, ¡han tirado la casa por la ventana! —exclamó Rabia dirigiéndose a Zoulikha—. ¿Estás bien, Zouzou?

Rabia intentaba mostrarse alegre, pero el malestar era perceptible en la mesa. Los otros grupos de invitados reían y aplaudían a los camareros obligados a sonreír, mientras ellos se quejaban de que la música estaba demasiado fuerte. Se hallaban junto a los ventanales cubiertos con gruesas cortinas alternativamente amarillas y verde manzana.

Krim se dirigió al baño y se tropezó con una mujer vestida con sari. Había cola y vio a Raouf, tres puestos por delante de él, que vociferaba por teléfono y se palmeaba el vientre con su mano libre. Krim no quería ser objeto de un nuevo interrogatorio con su mentón arrogante y se ocultó detrás del hombro cubierto de caspa del tipo que esperaba delante de él, pero Raouf le vio y abandonó la cola para ir a su encuentro.

—¿Me estás evitando? Olvídalo, porque ya he pillado. Parece que vendrá un tipo que tiene lo que busco.

—¿MD?

—Sí, pero chitón, mejor no decir nada. Gracias, de todas formas.

Krim observó a Raouf propinar unos codazos para recuperar su puesto en la cola.

—¿Qué haces? ¿Por qué estás tan rara?

Luna miraba a propósito en derredor, meneando la cabeza y siguiendo el ritmo para ignorarle.

Krim asió su brazo desnudo y musculado.

—Tengo que pedirte una cosa. Para de una vez, es algo serio. Es sobre mamá, dime qué sabes.

Luna intentaba en vano liberarse de la presa de su hermano.

—Es Belkacem, ¿verdad?

Belkacem era su vecino del piso de arriba. Les había pintado su casa el mes pasado, como favor.

—¿Qué pasa con Belkacem?

—Mamá se ve con él, ¿verdad?

Luna se encogió de hombros y sacó la lengua.

—¡Basta ya! Déjala vivir su vida de una vez.

Krim la miró con animadversión y la dejó marcharse. Apretó los puños y vio de repente un grupito de niños arrodillados detrás de un altavoz al pie del escenario. Una niña con una blusa rosa llevaba la batuta y distribuía lápices a sus improvisados alumnos. Cuando se agachó para dibujar a su vez, aparecieron cuatro hoyuelos en su manita aplicada y Krim tuvo otra vez ganas de echarse a llorar. Se situó de nuevo en la cola y empezó a sentir las primeras punzadas de una migraña: un montón de manchas y puntos brillantes que desfilaban de izquierda a derecha y de derecha a izquierda. Bastaba un pensamiento inconveniente para despertarla y era como una pantera dormida en su cerebro, enroscada sobre sí misma, acurrucada en su minúsculo espacio vital junto a una luz blanca, la luz de la migraña que se alimentaba de cada decibelio de más.

Krim tuvo varias visiones que le sustraían durante el ínfimo tiempo que duraban de la agitación infernal que reinaba en la sala. Vio primero un interminable bosque de abetos nevados sumido en la noche boreal donde miles de animales panzudos eran asesinados en absoluto secreto. Luego un recuerdo de sus vacaciones de verano en el sur, la piel de Aurélie, el suave valle de sus jóvenes senos cubierto de pecas en el que bailaba un colgante índigo en forma de delfín. Y por fin vio con esos mismos ojos misteriosos de la mente la silueta de su madre encogida en la cama después de una noche agitada, con una franja de luz que aparecía en el techo en una hemorragia regular, y Krim estaba convencido de que era el fin y debía despedirse de ella.

Le explicó esa última visión a Nazir y le respondió a bote pronto con un consejo que más parecía una orden: tenía que evitar cualquier distracción.

3

Krim estimó que podía aguantarse las ganas de mear y volvió a su mesa. Muy animada, su madre monopolizaba la palabra despotricando contra la madre de la novia:

—¡Gualá, esto ya es demasiado! ¡Y esa música tan fuerte! Hay que decírselo, mira al pobre *khalé*, ¡tiene que taparse los oídos! Esos de Orán... menudos descastados son los oraneses.

Rabia se echó sus voluminosos cabellos rizados del hombro izquierdo al derecho, descubriendo un pequeño lunar negro sobre la vena hinchada en la base de la nuca.

Krim vio a un individuo en la mesa de al lado que acababa de reconocer la canción y saltó a la pista haciendo gestos en su dirección. Se señaló el pecho con el dedo y esperó la reacción, pero seguía diciendo «Ven, ven» en su dirección, uniendo la palabra al gesto y bailando con los codos, las muñecas y la nuca con tanta pasión como si el mundo se fuera a acabar. De repente, Kamelia abandonó la mesa y Krim comprendió que era a ella a quien se dirigía desde el principio.

Una decena escasa de personas bailaban al son de «Sobri Sobri Sobri». Kamelia debía de haber aprendido a no hacer gala de sus pechos al contonearse pero de nada servía con Krim, pues lo único que veía eran esos senos enormes, asombrosos, que transformaban a su propietaria, un ser de carne y hueso con su número de la seguridad social como todos, en una semidiosa única e irreemplazable de la fecundidad, de la primavera, del amor y de lo más bello y lo más terrible del mundo.

Para evitar una conversación que sabía que sería nefasta a corto plazo, Fouad intervino, bebiéndose un vaso de Oasis:

—Ejem —tragó—, es curioso porque pensaba que la canción decía «Cholé cholé cholé, los argelinos peligro...».

—Buf —refunfuñó Rabia—, esas canciones de moracos no quieren decir nada...

—Rabia, *sesseum* —la riñó su hermana mayor.

—¿Qué pasa? No es normal, ¡desde el principio no han puesto más que sus canciones! No hay que olvidar que el novio es cabilio y normalmente se pone mitad y mitad, la mitad canciones árabes y la mitad canciones cabilias. ¡Eso es lo justo!

—¡Gualá, esta nos va a causar problemas!

Fouad asió a su tía de los hombros antes de que se convirtiera en chivo expiatorio de toda la mesa. Le dio un beso en la mejilla y la sacó a bailar.

—¡Espera, que aún no he acabado!

—¡Ya acabarás luego!

Se dejó llevar a la pista de baile, a la que afluía cada vez más gente. Fouad parodió un baile flamenco mientras a su lado un individuo muy excitado de melena rizada se proyectaba hacia delante a cada tiempo puntuado por el tambor. Enseguida se halló en el centro de un corrillo en el que la gente aplaudía y gritaba «¡Eh, eh, eh!» a ritmo. Una mujer ya mayor lanzó unos yuyús y el individuo comprendió que su instante de gloria no había hecho más que empezar cuando sonaron las primeras notas de «Au pays des merveilles» de Cheb Mami: «Mon coeur est au pays des merveilles! Mon coeur est au pays des merveilles! La la la la la, ahouma djaou s'habi ou djirana!».

—¿No querías una canción cabilia? —gritó Fouad al oído de su tía.

—¡Sí, pero no es la versión original! Normalmente dice: «E y azwaw...».

Rabia calló para dejar que Fouad observara al fenómeno. Al corrillo que le rodeaba se habían sumado quince personas más que le miraban estupefactas, a veces un poco burlonas, inventar ante ellas lo que Fouad bautizó más tarde como el «baile del cabezazo». Manifiestamente, reproducía el cabezazo de Zidane a Materazzi y brillaba en ese número de equilibrista en la maroma del ridículo: su cara larga y risueña, sus ojos desorbitados, los rizos de su melena sudada, su manera de apartar dramáticamente las manos cada vez que cambiaba de dirección y de «blanco», como si fuera el baile de Rabbi Jacob.

—¡Ja, ja! —reía Rabia—. ¡Es increíble!

Ella fue la primera en imitarlo. Le siguió un grupo de bailarinas, muchos chicos y enseguida niños que querían ver por qué se divertían tanto en el centro de la pista.

Una mujer de cuarenta años se dirigió de repente a Fouad:

—¡Eh, a ti te he visto en la tele! ¿No eres el actor de esa serie... mierda, cómo se llama? ¡Eh, Boubouche, Boubouche, mira quién está aquí!

Boubouche iba maquillada como un coche robado, probablemente para distraer la atención de su nariz torcida y de su barbilla de proporciones heroicas.

—¡Uuuuuuy, sí!

—¡Es él! ¡*El hombre del partido*!

Slim apareció con su mujer, rodeado por una nube de críos con trajes de chaleco gris.

—¡Sí, es el gran actor Fouad Nerrouche! ¡Pero ante todo es mi hermano! —añadió tomándole de la mano y bailando a la oriental en medio de los niños.

No era la primera ni, probablemente, la última vez que Slim hacía gala de un embarazoso exceso de afecto. Fouad sonrió tranquilo mientras Rabia regresaba a su mesa para refrescarse.

Su excitación contrastaba con el abatimiento que dominaba a las tías y los tíos, pero no se dio cuenta de ello:

—¡Ven, Doune! ¡Vamos a bailar!

Finalmente su buen humor se contagió a Dounia, que tuvo la brillante idea de anudarse un pañuelo a la cintura. Sus hermanas tomaron a su vez unas servilletas y se las ataron a la cintura para bailar con las caderas, como hacían antaño en todas las fiestas.

—¡Krim! ¡Ven! ¡Ven a bailar!

Krim se sentaba desocupado en un extremo de la mesa, entre Zoulikha y Ferhat, cuya sonrisa forzada se había convertido ya en una mueca. Krim preguntó a su tío si sabía tocar «Nosotros, hijos de Argelia» con la mandola. El anciano acarició la mejilla de su sobrino.

—*Umbrad, umbrad,* hijo mío.

Luego, luego. Ferhat había entendido que le pedía que la tocara.

—¿Eh, hay alguien ahí? ¡La tierra llamando a la luna! ¿Krim?

Krim alzó la vista hacia su madre y la miró furioso.

—Con este no merece la pena siquiera intentarlo… Loulou, querida, ¿bailamos?

Luna saltó de su silla y se reunió inmediatamente con Kamelia, con la que bailó por lo menos un cuarto de hora.

—¿Quién es esa princesita? —preguntó Yacine a Kamelia aflojándose la corbata.

Su vestido satinado continuaba brillando en la oscuridad de la pista. Kamelia le murmuró algo al oído y se puso a bailar de nuevo con su prima. Sin embargo, Luna solo tenía ojos para el apuesto Yacine. Debía de tener veinte años, quizá menos incluso, unos ojos brillantes y un mentón firme.

—¿Puedo bailar con él?

—¿Con Yacine? ¡Oh, claro, querida, adelante, así me tomo unas vacaciones!

Luna no comprendió lo que había querido decir su prima y se contoneó delante de Yacine, que contemplaba alejarse a la sensual Kamelia.

4

Al cabo de una hora derrapando y acelerando por las apacibles calles del barrio de su empresa, Mouloud Benbaraka frenó en seco, se subió a la acera y llamó a Farid para que se reuniera con él. Su coche apareció unos minutos más tarde y los dos gemelos salieron del mismo con las manos vacías.

—No es posible —exclamó Benbaraka—, ¡no puede haber desaparecido así!

Farès se quedó de piedra ante la cólera del jefe. Bajó la mirada y movió los dedos gordos del pie para ver si hacían mover los zapatos. Farid iba a proponer algo pero Benbaraka se negaba a que le quitaran la palabra. Le dio una patada al neumático de su BMW.

—¡Ahora tengo que ir a la boda! ¿Lo entiendes? Y esto es lo que vamos a hacer: separaos y seguid buscándole. Tú quédate por aquí e intenta seguir todos los caminos posibles, hasta la Terrasse y el Hospital Norte, ¿de acuerdo? Y tú —añadió, mirando a Farès—, ¡mírame! Ve al centro, hacia la place Marengo, allí donde tenían su campamento de gitanos de mierda. Y pregunta a la gente. ¡Joder, no será muy difícil dar con él! ¡Ese puto marica canta como una almeja!

Farès levantó el dedo para intervenir.

—¿Y la boda? ¿Por qué no vamos a buscarlo directamente a la boda?

Mouloud Benbaraka había agotado sus escasas reservas de paciencia. Farid tomó la iniciativa:

—Farès, ¿cómo puedes ser tan gilipollas? Si hay algún lugar adonde seguro que no va a ir es a la boda. Ya ha visto que le preguntábamos por eso, ¡y ese pedazo de *arioul* no se meterá en la boca del lobo!

—En cuanto a los coches, tú lleva el tuyo y tú coge el otro Kangoo de la empresa.

—¿Y Nazir? —aventuró Farid.

Mouloud Benbaraka no respondió. Se metió en su BMW y arrancó a toda velocidad. Encendió un cigarrillo y marcó el número de Nazir.

Unos instantes después, este le llamó. La conversación duró apenas quince minutos, hasta que Benbaraka llegó al aparcamiento de la sala de fiestas. Tenía los nervios de punta y ni siquiera había apagado el motor. Estalló de repente y empezó a vociferar por teléfono:

—¡Eso es chantaje! ¿Quién te has creído para...?

Una frase de Nazir bastó para hacerle callar. En cuanto colgó, sin embargo, golpeó brutalmente el volante sin oír siquiera los bocinazos que daba en el vacío. Unas personas que fumaban en el aparcamiento se volvieron. Benbaraka llamó a Farès:

—Olvídate del Kangoo y del travesti. Acabo de hablar con Nazir, vete a casa, descansa, dúchate y haz lo que te ha pedido que hagas.

Benbaraka encendió otro cigarrillo y se quedó inmóvil al volante de su coche con el motor apagado. La gente entraba y salía de la sala de fiestas y algunos incluso bailaban en el aparcamiento. Su prima, la madre de Kenza, le había llamado diez veces al móvil. Dudó si ponerse corbata y finalmente prefirió desabrocharse la camisa.

Le reconocieron en cuanto llegó a la pista de baile. Saludó a los que tenía que saludar y preguntó dónde estaba la familia del novio. Su familia le indicó un rincón apartado y algunas personas que bailaban en medio de la pista.

—*Zarma*, los cabilios —añadió la madre de la novia con una mueca despectiva.

Mouloud Benbaraka se mezcló con los bailarines y bailó con una mujer de unos cuarenta años a la que preguntó, al acabar una canción:

—¿Señorita? ¿Rabia?

La mujer meneó negativamente la cabeza e indicó a otra mujer de ojos grandes y oscuros, que se había atado una servilleta a la cintura y reía abanicándose con la palma de la mano. Después de examinar al pequeño grupo que la rodeaba y de evaluar el fuste de los hombres que eventualmente querrían protegerla, Mouloud Benbaraka avanzó en su dirección y le murmuró al oído:

—¿Me concedería el honor de bailar conmigo, «señorita»?

Rabia retrocedió instintivamente ante la cadena de oro que presidía el pecho de Benbaraka como un mascarón robado en la proa de un barco pirata. Se acercó al oído del osado y gritó:

—¿Omar? ¿Eres tú?

Mouloud Benbaraka asintió con un movimiento de la cabeza que también podía significar que no. Sin más ceremonial, tomó a Rabia de la mano y se la llevó un poco más lejos. Rabia se dejó arrastrar pero buscó con la mirada a Fouad y a los demás que bailaban a unos metros, en la penumbra en la que resplandecían los abigarrados brillos zigzagueantes sobre los cuerpos desmandados y los rostros sudorosos salvo el de Omar, en el que se dibujaba una inesperada sonrisa de lobo.

5

En la mesa, Kamelia advirtió que todos los jóvenes habían desertado, excepto Rachida, que intentaba dar de comer a su hija, y de Krim, que parecía deprimido.

—¡Krim, Krim, Krim! ¿No bailas, mi pequeño Krimo?

—No me gusta bailar.

—¿Estás bien? Estás muy colorado, ¿no tendrás calor?

Antes de que pudiera responderle, ella se volvió hacia Ferhat, que estaba al borde de la apoplejía.

—¡Tío, quítate de una vez ese gorro!

Tal vez no la oyó o quizá no quiso oírla a propósito, pero, por una razón u otra, Ferhat no se movió hasta que le picó la oreja. Aprovechó entonces para ajustarse su gorro ruso mientras Zoulikha, vuelta hacia la pista de baile, dirigía educadas sonrisas a personas que no podían verla debido a su posición apartada en el rincón más oscuro de la penumbra.

—Bueno, ahora estamos solo tú y yo —murmuró Kamelia, que aparentemente tenía la misma incapacidad que su madre, que todas las mujeres de aquella maldita familia, para mantenerse en silencio ante otra persona—. ¿Quién es esa chica? Puedes hablarme de ella, ¿sabes? ¿Para qué estamos las primas?

—No, pero...

—¿Se llama N... y qué más?

—No —se enojó Krim—, ¡no se llama N!

—Pues ¿cómo se llama?

Krim no podía luchar, los senos de Kamelia eran simplemente demasiado grandes, redondos y perfectos, y se dijo que ella no se daría cuenta si, de vez en cuando, les dirigía una mirada furtiva.

—Aurélie. Se llama Aurélie.

—Aurélie —repitió Kamelia con deleite—. Adelante, pero te advierto de que quiero saberlo todo sobre ella. ¡Todo, todo, todo!

Se sentó en la silla en posición de loto, como sin duda hacían todas las chicas en las famosas fiestas de pijamas en las que se confesaban por turnos chuperreteando unos helados.

—¿Dónde la conociste? ¿Vive aquí, en Sainté?

—No, en París. La conocí el verano pasado, cuando fui al sur.

—¡Ah, sí! ¡Genial! ¿Dónde?

—En Bandol.

—¿Y hace mucho que salís?

—Sí, bastante. Ya hace bastante tiempo.

—¿Y no es muy dura una relación a distancia? Yo no me planteo una relación a distancia, pero vosotros aún sois jóvenes.

Krim iba a responder cuando sintió la vibración de su móvil.

—¿Quién es? ¿Es ella?

Los ojos de Kamelia brillaban. Krim se puso en pie.

—Sí, sí, es ella. Espera…

—Anda, sal fuera a hablar con ella, ¡qué calladito te lo tenías!

Krim salió por primera vez y se preguntó por qué no se le había ocurrido antes: el viento soplaba con fuerza y ya no hacía tanto calor, pero por lo menos podía fumar y evitar los silencios y las conversaciones molestas.

—Eh, tío, ¿dónde estás?

Gros Momo le respondió que estaba cerca y que tenía algo para él.

—Dentro de un cuarto de hora en el gimnasio. *Sahet*, hermano. Espera, en el gimnasio no. Mejor en el campo de fútbol. Vale.

Krim se alejó en dirección al gimnasio, pero vio una tienda abierta en medio de la calle encima del terreno donde, además de la sala de fiestas y del gimnasio, había dos pistas de tenis y una tienda Foirfouille.

Cruzó el aparcamiento y, por el camino que los coches tomaban en el otro sentido, siguió la calle hasta lo que recordaba que era un cibercafé. Entró y un barbudo se quitó los auriculares y le señaló el ordenador 2. En ese ordenador, Krim abrió Firefox y accedió a Facebook. Se conectó con la cuenta de su hermana y redactó el siguiente mensaje de una tirada y sin faltas de ortografía en el cuadro de diálogo que apareció en el perfil de Aurélie:

Luna: Hola, Aurélie, ¿te acuerdas de mí? Soy Krim. Te escribo desde el Facebook de mi hermana porque yo no tengo cuenta. Te doy mi número de teléfono por si quieres llamarme. Antes de mañana o mañana como muy tarde, por favor.

A continuación escribió su número y esperó siete minutos, siete largos minutos durante los cuales el contador no se detenía, antes de darle a «Enviar».

Llegó al campo de fútbol en el mismo momento que Gros Momo, que tenía una sorpresa: en lugar del costo cutre que pillaban últimamente le habían pasado hierba, una hierba de la buena cuyo perfume Krim olisqueó sensualmente hundiendo la nariz en la bolsa.

—Hazte un porro, colega.

—Sí, tío —respondió Krim, cuyo corazón no había cesado de embalarse desde que había salido del cibercafé—. Ven, conozco un escondrijo allí, entre los matorrales.

6

El padre de la novia, empapado de sudor después de un desenfrenado baile de diez minutos con su hija, fue a sentarse junto a Raouf y Fouad, que discutían acerca de la idea de la identidad nacional que tenía el candidato socialista. Raouf aprobaba el «republicanismo a ultranza pero sin convertirlo en bandera» de Chaouch. Admiraba también su intransigencia en la cuestión de la laicidad y, sobre todo, lo que denominaba su pragmatismo, palabra que retomaba inevitablemente en cuanto perdía el hilo de su argumentación, como en un bucle sin fin.

La música impedía que la conversación se desarrollara armoniosamente, pero por momentos los dos primos lograban obtener aquello por lo que se empecinaban desde hacía media hora profiriendo fragmentos de frases por encima de las voces nasales y las trompetas: la posibilidad de formular por enésima vez aquello que tenían en tanta estima y que les habría unido en la división y les habría dividido en la unión aunque hubieran discutido acerca del color del mantel o de la diligencia de Toufik, esa cosa enigmática, alejada de la realidad, que parecían apreciar tanto o más que su propia vida: su opinión.

—Tú, de todas formas —dijo sin mirarle—, vives en un mundo imaginario, a diez mil kilómetros de la realidad. Al principio creí que Chaouch era el candidato de los pijos progres, el candidato que permitía a los intelectuales… —estuvo a punto de decir «hacerse pajas» y optó in extremis por—: «masturbarse». Afortunadamente, cuenta con buenos asesores y no es tan malo en las cuestiones de economía como los izquierdistas que le acompañan.

—¿Le viste en el debate con Sarkozy? —le preguntó Fouad—. ¿Cuando dijo que «la democracia no consiste en ser todos iguales sino en ser todos nobles»? ¿Lo oíste, no estás sordo?

—Sí, ¿y qué? Es un eslogan, no tiene mayor importancia. Es como el apoyo de los famosos y de los intelectuales, Zidane y compañía. Puro humo.

—Hubiera dicho lo mismo de cualquier otro candidato, pero cuando Chaouch se deja fotografiar ante la Francia eterna con campanarios y molinos de viento se lee «El futuro es hoy» y lo creo. El futuro es hoy. No dice «Estamos hartos del pasado», porque sabe que eso enojaría a los franceses de pura cepa, así que dice: lo que nos une es el futuro, y si eso te parece un eslogan o puro marketing, más vale que no sigamos hablando.

—A ti solo te interesan los símbolos —se lamentó Raouf—, no la realidad.

—Pero así es este país, ¡es ante todo una idea! Y no estoy de acuerdo contigo, los símbolos también forman parte de la realidad. Cuando Chaouch quiere suprimir la Legión de Honor, por ejemplo, no desea eliminar solo un símbolo, sino una aberración.

Raouf alzó la mirada al cielo, como hacía siempre cuando una conversación encallaba en un tema o su elocuencia carecía de teorías o cifras con las que contraatacar. Trasladó el debate a su terreno preferido:

—Dicho esto —insistió Raouf aflojándose la corbata—, no estamos tan lejos uno del otro puesto que en mi opinión Chaouch es el único capaz de poner en marcha de nuevo la máquina de la integración. Hacer lo necesario para que Francia no solo sea cuestión de tener seguridad social y papeles…

—¡Justamente de eso se trata! —exclamó Fouad—. ¡De eso se trata! ¡Ser francés es tener un documento de identidad francés y los derechos que conlleva! Y punto. La identidad nacional es una mera cuestión administrativa. No puedo creer que te dejes engatusar con sus mezquindades. ¡Si le explicaran eso a Krim dejaría de sentirse como una criatura exótica y de agredir a sus pequeños compatriotas rubitos!

—Chaouch —afirmó Raouf sacando pecho para digerir un eructo— es el que nos saca por fin de ese debate, es una cuestión de imagen, de casting si prefieres.

—No lo prefiero.

—Sí, hombre, Chaouch es el que se planta ahí y dice: tengo cuarenta y cinco años, estudié en la Escuela Nacional de Administración, soy guapo, carismático y competente, eurodiputado, alcalde de una ciudad del extrarradio, el único político francés que sabe hablar chino y responsable de los temas económicos de mi partido, así que sé de qué hablo y puedo llevar a cabo el trabajo. Y, además, dado que no tengo prepucio y mi cabello es rizado, queridos amigos, soy el más indicado para evitar esa guerra civil de tres al cuarto en la que nos ha metido mi adversario y futuro predecesor y por fin podremos dedicarnos a los asuntos importantes. Sus grandes discursos están llenos de símbolos, pero es para dejar atrás los problemas, ¡y eso sí es un símbolo!

Fouad se disponía a reaccionar cuando de repente apareció en su campo de visión el padre de la novia. Era un anciano de manos bonitas y con una mirada profunda.

—¡Chaouch —dijo levantando un dedo al cielo— es un gran hombre!

Su manera de asentir ante su propia intervención, su acento pueblerino y su aire misterioso impusieron el silencio entre los dos primos.

—Chaouch es un gran hombre —repitió—. De verdad, escuchadme atentamente, por el Corán os digo que es cierto: Chaouch es un gran hombre.

Dounia los sacó del atolladero. Asintieron muy serios con la cabeza para causar buena impresión al viejo y salieron a fumar. Fouad tenía ciertos escrúpulos al dejarlo plantado de esa manera y se volvió sonriendo amablemente al viejo, que seguía alzando el dedo e insistía, meneando la cabeza arriba y abajo, cual profeta de una calamidad.

7

—¡Joder, al oír a ese tío no me sorprende que estemos en un extremo de la cadena alimentaria! —exclamó Raouf al llegar al aparcamiento.

—¿Qué hay, chicos? —intervino Rabia, asiendo a su sobrino de los hombros. Se había librado de Omar cuando este fue al baño—. Me imagino que estaréis arreglando el mundo. ¿De qué hablabais?

—Oh, de todo un poco —respondió Raouf aspirando el humo del cigarrillo.

—Estábamos hablando de la identidad nacional —rectificó Fouad besando a su madre, Dounia, que acababa de llegar.

—¡Ah, la identidad nacional!

Rabia parecía un poco borracha. No había bebido ni una gota de alcohol desde su velada con las amigas francesas el mes anterior, pero el baile, la música y el gentío le habían coloreado las mejillas y le apetecía meterse en una conversación sin orden ni concierto con unos chicos interesantes y bondadosos y en la que acabaría hablando más de la cuenta. Satisfecha de encontrarse rodeada de rostros familiares, soltó:

—Vosotros sois de otra generación y haréis vuestra vida, nosotros ya estamos acabados.

Todos protestaron, salvo Fouad, que le dirigió una mirada tierna en la que asomaba una seriedad que no fingía.

—Nosotros somos culo de mal asiento. Allá ya no es nuestra casa, y aquí tampoco estamos en nuestro hogar. ¿Dónde nos sentimos en casa?

—Ay, tía, no exageres —musitó Raouf sin mirarla.

—¿Creéis que exagero? Vosotros no lo habéis vivido, pero a nosotros, en los años setenta, sin ir más lejos, ¡nos hacían levantarnos en el autobús para cederles el asiento a los franceses!

—¡Ja, ja, has visto demasiadas veces *Malcolm X*! —se burló Raouf.

—¿Que yo he visto demasiadas veces *Malcolm X*? ¿Que he visto demasiadas veces *Malcolm X*? Da igual, muchacho, ¿qué crees que hacían con todas las moritas en el colegio? Mandarlas a la formación profesional. ¡Tú no lo has vivido, así que no me vengas con esas! Que he visto demasiadas veces *Malcolm X*, no me lo puedo creer… Tu madre —exclamó señalando a Fouad—, Dounia, era mejor que cualquier francesa del colegio, te lo juro por la abuela. Recuerdo que los profes iban a hablar con ella, porque sacaba 17 sobre 20, 18 sobre 20 y 19 sobre 20. En francés, en mates, ¡en todo! ¿Y qué crees que le pasó luego? Lo mismo que a todo el mundo, claro, como a todos los árabes: ¡FP en el Eugène Sue! La formación profesional… *rhla*. Te enseñan un oficio para ayudar a los padres, *zarma*, pero no un oficio como médico, profesor o abogado…

—Sí, pero eso ha cambiado —dijo Raouf tratando de nuevo de calmar los ánimos—, ahora casi todo el mundo logra sacarse el bachillerato.

—Y además —intervino Fouad—, con Chaouch, todos los chavales del extrarradio se dirán: es posible. Un tipo que se parece a mí puede llegar a presidente de Francia, de los franceses, de todos los franceses. Quizá soy demasiado idealista, pero…

Rabia, soñadora, pensó que Chaouch tal vez cambiaría las cosas. La pequeña de las hermanas, Rachida, se sumó al grupo para sembrar cizaña.

—Ya basta con tanto Chaouch. Que si Chaouch por aquí, que si Chaouch por allá. Gualá, ¿qué va a cambiar ese Chaouch? Es un político, como todos los demás. Saldrá elegido y ya está, los pobres seguirán siendo pobres y los ricos seguirán enriqueciéndose. Lo juro. Aquí estáis, como si Chaouch fuera Dios. Gualá, me dais pena. La verdad es que me dais mucha lástima.

—¿Mañana irás a votar, tía? —le preguntó Fouad.

—¿Yo? ¡Ni hablar!

—¡Yo sí iré a votar! —protestó Rabia.

Sacó su tarjeta censal, la segunda de su vida. Había votado a Chaouch en la primera vuelta, por primera vez desde la reelección de Mitterrand.

—¿Y tú, Dounia? —preguntó Rabia.

—¿Mi tarjeta? La llevo en el bolso.

—¡Ah, en el fondo es emocionante! —comentó Fouad.

—Pero no hay que hacerse muchas ilusiones —insinuó Rachida, que hablaba con la boca pastosa, como si acabara de tomarse un medicamento—. Aunque salga elegido lo asesinarán. Dejad de…

—¡No digas bobadas! —se enojó Fouad.

—Mira al jefe de sus escoltas, que se largó porque Chaouch no quería estar tan vigilado. Por la abuela que le asesinarán. ¿Crees que los franceses se dirán: «¡Mira, tenemos un presidente árabe! Qué bien, por qué no»? Ni lo sueñes…

—Espera —replicó Fouad—, de entrada hay una razón por la que no quiere estar rodeado por un ejército en todo momento. Y lo ha dicho. Quiere estar cerca de la gente, de la multitud. Chaouch apuesta por la confianza en lugar de jugar con el miedo. Y eso es todo, es coherente.

—Ya veremos lo coherente que es cuando los del Frente Nacional le pongan una bomba debajo del coche.

Rabia miró con inquina a su hermana pequeña y se adentró de nuevo en los senderos de una guerra en la que algo tenía que decir:

—¿Y cuánto tiempo ha sido necesario para hacerlo posible? E incluso ahora, ¿cómo podéis estar tan seguros de que saldrá elegido? No lo sabéis, sois demasiado jóvenes, y vuestra generación ha tenido a SOS Racismo, a Coluche y todo eso. Vosotros no habéis conocido a Malik Oussekine, las batidas contra los árabes. Preguntadles a los tíos cómo eran las cosas antes. Os juro que no hay remedio. En el fondo, todos los franceses son racistas. Azul, blanco y rojo, dicen para contratar a alguien, lo juro. Me lo ha dicho una amiga que trabaja en una inmobiliaria, Sylvie, una francesa de pura cepa: azul, blanco y rojo. No hay más que hablar, ahí están y es su casa, y a nosotros nos toleran pero no somos más que invitados. ¡Gualá, unos simples invitados!

—¡Hablas como Putéoli! —se indignó levemente Fouad citando al dueño de Avernus.fr, una web que había tenido su momento de gloria durante la campaña al reunir a las grandes plumas la derecha—. Es cierto. Como si la colonización tuviera lugar ahora y no tiempo atrás, ¡como si fuéramos nosotros quienes colonizáramos Francia!

—¡El cabello! —exclamó Rabia mostrando uno de sus mechones como prueba.

—Sí —admitió Fouad como si supiera qué iba a decirle.

—De pequeñas nos decían que no había que tener el cabello rizado. ¡Y eso no es todo! ¡Nos decían que el pelo rizado era piojoso! En la tele no había locutoras con el cabello rizado, todas lo tenían liso. La primera fue Mireille Dumas. Gualá, Mireille Dumas fue la primera que se atrevió a llevar el cabello rizado.

Dounia, a la que esos debates interesaban menos que a su hermana, no pudo evitar reírse con su última frase. Fouad le dio un beso en la frente.

8

Rabia descolgó una llamada en el móvil y se lanzó a un apasionado monólogo acerca de las joyas de una mujer del barrio que acababa de morir, de la afición de los estúpidos árabes por el oro y de la codicia de la hija pequeña de la difunta, que tenía anillos y collares en los ojos como en unos «dibuanimados» de Walt Disney. Unos instantes después de colgar, muy inspirada, orientó la conversación hacia el difunto abuelo, del que con frecuencia se lamentaba que no hablaban bastante. Se dirigió a su sobrino Raouf, que tenía la misma morfología de bajito nervioso y con un buen fondo a pesar de todo:

—¿Sabes cómo le llamaban? ¡Alain Prost! ¡Porque conducía muy depriiiiiisa! Ah, *vava l'aziz*, qué rápido conducía…

—Sí, y no muy bien —añadió Dounia.

—¿Qué? ¿Que no conducía bien? ¡Querrás decir que conducía como el culo! ¿Cuántos accidentes tuvo? ¿Diez, veinte?

—Ja, ja, solo tuvo dos. ¿No serás un poco exagerada?

—¿No sirás un poco ixagirada?

Nadie comprendió por qué de repente hablaba con ese acento.

—No, es broma. Es *khalé*, me da la risa cuando descuelga el teléfono y dice: «¿Alú? ¿Dígame?».

Fouad prosiguió la imitación de su tío transformando su rostro de forma espectacular:

—¿Qui quiere disir? ¿Eh? ¡Risponde! ¿Qui quiere disir Idder?

Rabia se echó a reír, e incluso tuvo que llevarse la mano al vientre para impedir que la vejiga le jugara una mala pasada.

—Espera —les interrumpió Dounia—, pasa algo con la novia.

Todos se volvieron. La música había cesado por primera vez desde hacía una hora al menos, y la gente se había reunido alrededor del trono.

—Debe de ser la ceremonia de la henna —comentó Rabia volviéndose hacia su hermana—. Ya sabes que la madre no es una argelina *zerné*. ¡Es marroquí!

—Gualá, no me digas...

—¡Por la cabeza de Krim, y que se muera ahora mismo si te miento! Ella es marroquí, y el que es argelino es el padre. De Orán. Ya he visto al pobre hombre, qué lástima da. Pero ella es marroquí. Todo tiene explicación.

Dounia y Rabia desaparecieron en la sala para ver la ceremonia de la henna, que consistía en que una mujer se la aplicaba en la mano a la novia y a continuación introducía esa mano varias veces en un enorme guante rojo. Las dos inseparables hermanas regresaron enseguida: había demasiada gente.

Nunca supieron que lo que habían entrevisto era en realidad una ceremonia muy diferente. El DJ paró la música, encendieron las luces sobre la multitud empapada de sudor, entre la que la mayoría de los hombres se habían quitado las americanas y se habían desabrochado dos botones de la camisa. La madre de la novia apareció en el escenario y, dirigiendo miradas emocionadas al trono de su hija, leyó en voz alta la lista de cheques obsequiados por las familias invitadas.

—Familia Boudaoud, doscientos euros. Familia Zarkaoui, trescientos euros. Familia Saraoui, ¡doscientos euros!

Las tres primeras familias no tuvieron suerte, contrariamente a las siguientes, que fueron felicitadas con aplausos y vítores, de manera que ya no se alcanzaba a oír el importe de los cheques.

Slim se ahogaba en su segundo traje con un chaleco demasiado grueso. Tenía la sonrisa de un condenado cuyo suplicio consistiera en sonreír mientras le quemaban las plantas de los pies: con la boca entreabierta, neutralizaba de inmediato el impulso de sus mejillas estabilizando las comisuras de sus labios.

—¿Estás bien, querido? —le preguntó Kenza.

—Sí, sí, solo tengo mucho calor.

Después de un acople de la sonorización, la madre de Kenza situó el micrófono a mayor distancia y continuó:

—Familia Naceri, ciento cincuenta euros. Y por fin la familia Benbaraka, ¡mil quinientos euros!

—¡Bravo! ¡Bravo!

Kenza meneó la cabeza en señal de desaprobación. Slim le asió la mano.

—Kenza, creo que tenemos que hablar de una cosa —dijo tragando saliva tres veces—. Hay algo que… Algo que tengo que…

La frase, sin embargo, murió en su gaznate. El sudor le había pegado el cabello contra las sienes y el miedo le impedía ordenar sus ideas: en el otro extremo de la sala, apartado de los invitados que se habían puesto a bailar de nuevo, Zoran, ataviado con una vestimenta desparejada y sucia, le miraba fijamente, perfectamente inmóvil sobre un charco de luces multicolores.

VII

NOSOTROS, HIJOS DE ARGELIA

1

Sala de fiestas, 1.00

Después de recibir muchos aplausos, Mouloud Benbaraka se dirigió hacia el bufet, donde estrechó manos como un presidente dándose un baño de masas. Vestía sin duda el traje más caro de la fiesta, desabotonado hasta el diafragma y abierto sobre una enorme mano de Fátima. Esta desaparecía en su torso de impío cubierto de vello canoso y rizado, colgando de una cadena cuyos eslabones relucían a la par con el canino de oro de su propietario.

Repetía un ritual preciso y misterioso entre la multitud. Cada vez que había estrechado tres manos, la cuarta tenía derecho a una inesperada y calurosa visita de su otra mano. Cuando llegó al bufet, Toufik incluso tuvo derecho a un apretón en la nuca por esa misma segunda mano que conocía a todo el mundo. Toufik se deshizo en agradecimientos y se sonrojó.

—¿Por qué le das las gracias? *Saha rebi saha!* —se indignó una de sus tías.

Toufik respiró y se llenó los bolsillos de caramelos.

Su tía se abrió paso ansiosamente hasta la mesa apartada en la que su marido meneaba la cabeza, sin darse cuenta de que la música había cesado desde hacía unos minutos. Rabia la sorprendió por la espalda, tapándole los ojos con las manos y gritando:

—¿Quién soy?

Su hermana no estaba de humor.

—¿Puedes dejar de comportarte como una cría?

Rabia se enfadó y corrió hacia Luna, sentada en una mesa con el chico que le tiraba los tejos. Se mantuvo a distancia e intentó reconocer en la actitud de su hija a la adolescente que ella había sido veinte años atrás. Físicamente no era evidente: Luna era demasiado atlética para parecerse a ella, pero madre e hija compartían una innegable alegría de vivir.

Mientras Luna sorbía una copa de helado, Yacine la contemplaba irónicamente, con el puño apoyado en la mandíbula y la ceja derecha alzada. Cuando Luna aspiró ruidosamente las últimas gotas de su helado con la pajita rosa, Rabia tuvo una mala impresión, una impresión de inseguridad y de escándalo.

—¿Qué pasa, estás huyendo de mí?

«Omar» se hallaba, inmóvil, a su espalda. Rabia hizo una señal a Dounia, que regresaba del aparcamiento, pero su hermana no la vio.

—No, no, para nada —respondió Rabia con una voz que no pudo evitar que se volviera infantil al decir «nada».

La madre de la novia apareció entre ellos.

—¿Qué tal Mouloud? ¿Todo bien?

Rabia frunció el ceño. La madre de la novia ni la miró y se marchó en dirección al trono.

—¿Por qué te ha llamado Mouloud?

A Benbaraka no le gustaba en absoluto ese juego, pero la voz y la misteriosa juventud de esa cuarentona le excitaban.

—Te diré la verdad, Rabia, no me llamo Omar.

Rabia hizo de nuevo una señal a Dounia, y se disponía a reunirse con ella cuando la mano de Mouloud Benbaraka asió su muñeca desnuda.

—¿Qué haces? —se enojó Rabia—. Suéltame la muñeca ahora mismo.

—Mierda, ¿podemos hablar, sí o no?

—Sí, claro, eso me pasa por hacer chiquilladas jugando en internet.

Rabia se liberó de la presa del impostor y corrió hacia su hermana. Mouloud Benbaraka meneó la cabeza en señal de desaprobación y escribió un SMS a Nazir para explicarle la situación.

Dounia escuchaba a su sobrino Raouf pavoneándose ante sus primos:

—Sí, claro que he visto a Chaouch, y varias veces. En un mitin. Y en un debate en Grogny, su ciudad en el extrarradio. Pero es normal, porque como joven emprendedor estoy obligado a tratar con gente de las altas esferas.

Toufik arqueó su uniceja en señal de admiración.

—¿Y has hablado con él? —preguntó Dounia para aguijonear un poco a Raouf.

—¡Por supuesto! —respondió su sobrino, y calló para mirar la pantalla de su móvil—. Hasta le he estrechado la mano. Espera, te enseñaré fotos. Mira, esta la hizo el guardaespaldas de Chaouch. Y esta de aquí, ¿ves? Sí, es buena persona, y muy accesible. Francamente, será un buen presidente.

Intimidado por la presencia de su primo al lado del hombre más importante del país, a Toufik solo se le ocurrió decir:

—¿Los guardaespaldas no tienen nada mejor que hacer que sacar fotos?

Dounia vio aparecer a Rabia en su campo de visión. Parecía preocupada, pero Dounia no la dejó desahogarse de inmediato:

—¡Qué fanfarrón es Raouf! —exclamó con un simpático gesto de las manos—. No para de hablar de cómo conoció a Chaouch, de cómo lleva sus restaurante de Londres, y que si esto, lo otro y lo de más allá... Me dan ganas de decirle con quién sale Fouad... Pero me contengo porque, como dice la abuela, fanfarronear trae mala suerte... ¿Estás bien, Rab? ¿Qué te pasa?

Ante el buen humor de su hermana, Rabia prefirió no contarle su discusión con «Omar», alias Mouloud. Se sentía sobre todo monstruosamente ridícula por haber cedido a los avances por internet de un tipo tan desagradable. ¿Cómo no había adivinado una desilusión tan previsible?

Dounia comprendió por el silencio embarazado de Rabia que esta le ocultaba algo y no tuvo que hacer gala de una gran capacidad deductiva para comprender que su enamoramiento virtual no había ido bien. Tomó a su hermana del codo y se obligó a bailar para no echar más leña al fuego a lo que no se podía quitar de la cabeza: la fanfarronería de su sobrino Raouf.

2

Lejos del ruido y de la animación de la fiesta, tumbado en su escondrijo, Krim no se decidía a pedirle un último favor a Gros Momo. Este ya le había dado diez caladas seguidas al porro y en el momento en que se lo pasó, espirando voluptuosamente la última calada, Krim ni siquiera se dio cuenta porque estaba absorto contemplando el caudal gris ratonil de las nubes de la noche que casi alcanzaba a oír borbotear sobre el suelo del cielo.

—Eh, tío, ¿quieres la tacha?

—Es raro, *zarma*.

—¿Qué?

—Siempre dicen *zarma*, *zarma*, menuda boda, *zarma*, vamos a la playa, *zarma*, vas de James Bond. *Zarma*, siempre dicen *zarma*. ¿Puedo pedirte un favor? —añadió Krim como si se acabara de despertar.

—Adelante, pero si tiene que ver con Djamel no es asunto mío, gualá.

—No, no es eso… es… ¿me haces una iguana?

Gros Momo le miró y contuvo un ataque de risa.

—¿Estás loco? ¿Qué te haga una iguana? ¡Tío, que ya no somos críos!

—Va, tío, una iguana con un canuto de hierba…

Gros Momo tosió de risa hasta fatigarse, pero no estaba lo bastante colocado para no darse cuenta de que Krim no lo estaba. Le dio la vuelta al canuto y se metió el extremo encendido en la boca. Colocó luego las manos abiertas alrededor de las comisuras de los labios y las cerró para dirigir el soplo de humo a la boca de Krim, tan cerca de él que parecía que fuera a besarlo.

—Ya está. ¿Satisfecho?

Gros Momo se puso en pie y observó en derredor. Krim, a sus pies, estaba perdido en sus pensamientos.

—Tío, ¿estás bien?

—No debería hacerlo —suspiró Krim dirigiéndose a sí mismo—, no es bueno para los reflejos.

—¿Los reflejos? ¿De qué estás hablando?

Krim se levantó y abrazó a Gros Momo. El otro no entendía qué le ocurría, pero no le rechazó.

—Es por la chavala, ¿verdad? ¿Es por esa chavala del sur?

Los ojos redondos de Gros Momo estaban inmóviles y Krim imaginó que todo su cuerpo se desplazaba en relación con esos ojos, como en el baile de una vahine.

—Creo que lo mío con ella se ha acabado, tío.

—¿Por qué? —insistió Gros Momo, contento por haber logrado franquear el umbral del único tema tabú entre ellos dos—. Pero ¿salíais o no?

—Sí, claro —mintió Krim—, pero hay otro tío, un pijo cutre, Tristan. Son del mismo mundo, ¿sabes? Ella vive en París, ¿sabes?

Krim calló como solo él sabía hacer: todo su cuerpo se detenía y súbitamente desaparecía hasta el menor atisbo de luz de sus ojos.

—Vale, tío —dijo Gros Momo—, hasta mañana. Y no hagas tonterías, ¿de acuerdo?

—¿Irás a votar? —le preguntó Krim antes de que fuera demasiado tarde.

—¿Para qué?

Krim alzó de nuevo la mano para despedirse y le contempló alejarse, con las manos en los bolsillos y los hombros un poco encorvados, mirando a derecha e izquierda como un espía, como si quisiera asegurarse de que no le seguían. Gros Momo avanzaba y avanzaría hasta el fin de sus días en una burbuja, pero Krim le agradecía que no intentara encerrar en ella a nadie más.

3

Una vez que su mejor amigo hubo abandonado su campo de visión y sus pensamientos, Krim se tendió de nuevo en el parterre de hierba seca, amasó unos puñados de tierra y recordó aquel día del verano anterior en que Aurélie y él salieron en barco desde Bandol hasta las calas de Cassis.

Pasearon toda la mañana por el espigón, sin horarios ni obligaciones, y sin hablar demasiado. Ella fumaba Stuyvesant Light y apagaba los cigarrillos contra los troncos de las palmeras después de tres o cuatro caladas y, de repente, se le ocurrió salir a navegar. Alquilaron un barco con motor Suzuki que el responsable de la agencia de alquiler, al que le gustaba Aurélie, les situó en el pontón principal sin pedirles la licencia.

El sol brillaba en lo alto de un cielo sin nubes y el mar estaba inmóvil. Aurélie parecía encantada. Krim se esforzaba para retener todas las instrucciones que les daba el joven lobo de mar con su acento del sur exagerado a propósito para los turistas. En la popa, Aurélie apreciaba con la punta del dedo el aerodinamismo del motor.

—Si se os para el motor, mirad ahí. Por lo general no es más que una bolsa de plástico enredada en la hélice.

El barco era blanco y disponía de seis plazas, pero no había otro más pequeño. Metieron dentro las ocho defensas azules y la embarcación pudo partir. Krim la condujo hábilmente más allá del espigón y pasó a la velocidad superior, poniendo rumbo a La Ciotat. El runruneo del motor no le resultaba desagradable. Aurélie no decía nada, pero parecía pasárselo bien.

El mar era como una «balsa de aceite», como había repetido veinte veces el chico de la agencia de alquiler. No había ni una pizca de viento y el horizonte, a medida que se alejaban de la costa verde y azul, parecía subrayado, como atrapado en un halo rectilíneo y nebuloso teñido de violeta. Cuando el barco pasó frente a Les Lecques, Aurélie hizo un comentario a propósito de la montaña de Sainte-Baume forzando la voz. Se puso las gafas de sol. Al lado del motor estaba protegida del aire violentado por la embarcación que se deslizaba ahora a toda velocidad sobre el mar. Ya no dijeron palabra hasta avistar el acantilado que dominaba el puerto de La Ciotat.

–¿Qué te recuerda, ese acantilado? –le preguntó Aurélie aprovechando una desaceleración para cambiar de posición.

Krim respondió sin pensar que le recordaba un pez. Pero había querido decir un pájaro. Aurélie no se creyó su lapsus.

–Se llama el Pico del Águila –explicó, echándose a reír.

El barco pasó junto al puerto de La Ciotat con los diques secos herrumbrosos, con las enormes grúas en desuso desde hacía tanto tiempo que ya tenían el aire triste e inútil de los monumentos históricos. Al dejar atrás el Pico del Águila, este perdió para los adolescentes el aspecto que le habían descubierto y se convirtió sucesivamente en la cabeza de un viejo, un pie cubierto de verrugas y una verruga.

Eran casi las dos cuando llegaron a las calas de Cassis. La piedra de los acantilados perdió su color ocre y se volvió clara, gris, completamente blanca en algunos lugares. Al aproximarse a la costa en busca de un lugar donde fondear, el canto de las cigarras se volvió más intenso.

Krim eligió una ensenada poco frecuentada, frente a un acantilado erizado de pinos. A pesar del veranillo de San Martín, el sol en su cénit sería implacable; mientras él echaba el ancla, Aurélie desplegó el toldo verde y sacó una cantimplora del bolso. Krim bebió unos sorbos con ella y se animó a bañarse.

Dio unas brazadas alrededor del barco prácticamente inmóvil, majestuoso desde el agua verde. Oía las cigarras con tanta claridad como si se hallara en el acantilado. Después de hacer un poco el payaso en el agua, salpicó la cara de Aurélie y la oyó reírse. Le parecía llevarse bajo el agua clara y fresca esa risa que era exactamente así.

–Allá está Argelia –dijo la muchacha–. ¿A que es una pasada? Casi puedo verla desde aquí, ¿y tú?

Krim entornó los ojos pero no vio nada.

Una hora más tarde decidieron regresar. Sin embargo, antes de levar el ancla y poner en marcha el motor, Aurélie tomó a Krim de la mano y le preguntó si podía confiarle un secreto. Krim se sentó a su lado en la banqueta. Un presentimiento contuvo a Krim antes de adelantarse a ella y declararle una bobada. Pocas veces estuvo tan inspirado.

—Es sobre Tristan.

Krim quiso ahogarla y llegó a visualizar el cabo de seguridad rojo que rodeaba la muñeca con la que conducía enroscado alrededor de su bella nuca bronceada. Veía su cuerpo pálido de piernas inertes flotando a media profundidad, rehuido por los peces, tanteado por las rayas y las medusas, y su rostro de rasgos descompuestos que ya nunca le daría falsas esperanzas. Y no fue hasta media hora más tarde, al avistar el puerto de Bandol, cuando Krim comprendió que esa era la razón por la que la chica saltaba de alegría por el paseo bordeado de palmeras: estaba enamorada, enamorada de aquel maldito rubiales cuyo padre era amigo del de la muchacha desde tiempo atrás.

Krim apretó el puño y alzó la vista hacia las copas rizadas de los castaños del aparcamiento mecidas por el viento. Ya no eran los mástiles de invisibles veleros que se mecían a lo lejos, con aquel cómico movimiento que le exasperaba prodigiosamente. Era un pedazo de cielo cargado, atormentado, cubierto de nubes malignas y limitado por la esquina de hormigón del edificio moderno del gimnasio.

Krim cerró los ojos para ver solo la mirada de Aurélie, su mirada extraviada en la espuma que borbotaba en la estela del barco, en arcos plateados que resplandecían bajo el sol de las cinco de la tarde. Con una voz tan clara y salada como el agua turquesa que lamía las calas, Krim la llamó «guarra». Nunca supo si ella le oyó o si el zumbido del motor le salvó.

4

Sala de fiestas, 2.00

Fouad daba vueltas por la sala en busca de Krim. Al preguntarle a su tío Bouzid si le había visto, en el rostro de este apareció una mueca de desaprobación rayana en el asco: la palabra «irrecuperable» se leía en todas las inflexiones de sus rasgos marcados.

—¿Qué pasa, tío? —preguntó Fouad en un tono casi ofensivo.

—Ese individuo de ahí —respondió Bouzid señalando a Mouloud Benbaraka—. No sé quién puede haber invitado a ese chorizo.

Fouad se encogió de hombros y evitó entablar conversación con Rachida, que vagaba como alma en pena al pie del escenario. Ignoró otros guiños y regresó al aparcamiento. No tenía su número y no le pareció conveniente enviar un SMS a Slim o a Rabia pidiéndoles que se lo hicieran llegar.

Paseando por el aparcamiento se encontró con Luna, que rechazaba con el dedo el pecho testarudo de un tipo visiblemente mayor que ella.

—Hola, Luna, ¿has visto a tu hermano?

Luna pareció azorada al ser sorprendida por su primo. Se incorporó y se puso de puntillas para examinar con la mirada las hileras de coches. Su cabeza minúscula contrastaba con su cuello grueso en el que sobresalían dos venas mientras fingía buscar a su hermano. ¿Por qué necesitaba un cuello tan grande para sostener una cabeza de ratoncillo? El pijo al que Fouad recordó haber visto ligando con Kamelia extendió la mano en su dirección.

—Hola, soy Yacine. Te vi en la tele el otro...

—Fouad —le interrumpió estrechándole la mano.

Krim apareció desde detrás del gimnasio.

—Ahí está, os dejo y... —En otro momento hubiera añadido: «No hagáis tonterías», pero se limitó a mirar fijamente a su prima—. Creo que tu madre te está buscando.

Fue al encuentro de Krim, que no caminaba muy recto.

—Llevo una hora buscándote, ¿dónde te habías metido?

—He ido a dar una vuelta. Francamente, esa música me da dolor de cabeza.

—Sí, cada vez es peor. Y además han subido el volumen. A la abuela le va a dar un ataque.

—¿Ah, sí?

—Sí, llevan una hora poniendo solo canciones árabes, y cada vez que alguien de la familia pregunta cuándo pondrán una canción cabilia, el DJ les dice: «La tengo en la playlist, dentro de dos o tres canciones...». Pero ¿has comido algo?

—Sí, alguna de esas cosillas del principio, sí.

—Pero ¿te han dado un plato de pollo o no?

—No, pero da igual, no tengo hambre.

—De acuerdo —concluyó Fouad para pasar a lo esencial—. Ya te he dicho que quería que tuviéramos una conversación. Es importante, Krim, ven.

Fouad se dirigió a un banco al pie del gimnasio en el que faltaban dos listones y se sentó en el respaldo. Krim le imitó y a punto estuvo de remedar también la postura de manos cruzadas y cabeza gacha de su primo.

Se disponía a hablar cuando Kamelia y Luna llegaron haciendo grandes aspavientos y arrastrando con ellas, en sus andares y en sus sienes escarlatas, toda la energía de la fiesta, las estridentes trompetas, las conversaciones inaudibles, los maratones de bailes excitados, las carcajadas y los retazos de voces roncas y sobreagudas.

—¿Qué hacéis aquí? —dijo Kamelia con exagerada indignación—. ¡Vamos, venid a bailar! ¡Venid ahora, que esto no va a durar siempre!

Fouad exhibió su sonrisa habitual en sus mejillas.

—Sinceramente, Fouad, quería decirte —prosiguió Kamelia poniéndose el pasador entre los dientes para arreglarse su elaborado moño— que no sé cómo agradecértelo, pero… ¡gualá, muchas gracias!

Mientras le daba las gracias por haberla alojado en París intramuros y por haberla puesto en contacto con gente del mundo del hip-hop, Fouad dejó que su mirada vagabundeara sobre los hematomas de sus bellos brazos fortalecidos por los *freezes* y las piruetas.

—Así es la familia —comentó Luna, dándole un beso a su prima.

—Ay, sí, y dale las gracias también a quien ya sabes —añadió Kamelia con un guiño.

Sepultaron el secreto a voces de Fouad bajo sus carcajadas, salvo Krim, que no había apartado la vista de su primo.

5

En cuanto se marcharon las chicas, Fouad se aclaró la voz y prosiguió como si no hubiera ocurrido nada:

—Bueno, no me andaré por las ramas…

—Va, te juro que no se lo diré a nadie.

—¿Qué?

—Que sales con la hija de Chaouch. De eso querías hablarme, ¿verdad?

—Ah, pues no. Pero, oye… ¿cómo lo sabes?

—No te preocupes —respondió Krim con una leve sonrisa—. *Bsartek*, primo.

—No es eso. Es que… Joder, la verdad es que ya lo sabe todo el mundo.

Fouad reprimió un gesto de irritación y prosiguió:

—Oye, Slim me ha dicho que ha recibido una carta de mi hermano y que tenía que entregártela sin abrirla.

Como Krim no decía nada, añadió:

—No es culpa de Slim, yo le he obligado a contármelo. No es por tocarte los huevos, Krim, y te diré… que siempre has sido mi primo preferido, aunque lamento que hayas dejado el piano y todo eso, pero… ¿qué hay en ese sobre? Puedes confiar en mí.

Krim se puso en pie e hizo crujir sus articulaciones. Frotando con insistencia podía sentir la parte posterior de su rodilla a través de la tela del pantalón, esa extraña región del cuerpo humano que le hacía pensar en el gaznate de una serpiente.

—Francamente, Fouad, creo que no puedo decírtelo.

—¡Claro que puedes! ¿Te he traicionado alguna vez?

—Pero me ha dicho que no dijera nada, que no se lo contara a nadie.

—Mira, te diré una cosa. No es ningún secreto que Nazir y yo no nos entendemos, pero no se trata de una discusión entre hermanos. Créeme. Slim me ha dicho que habláis a menudo por teléfono, que te manda SMS, que incluso te ha dado dinero…

Krim se encolerizó.

—¿Qué pasa, le digo algo a Slim y va y se lo cuenta a todo el mundo?

—No es eso, Krim, compréndeme. Nazir no solo es raro… está loco, es malo. No bromeo, está loco y sobre todo es peligroso, es un loco peligroso. Está lleno de odio y de… —se detuvo antes de pronunciar la siguiente palabra, al darse cuenta de que Krim seguramente la desconocía— resentimiento. Hay gente así, mala, y no puedo dejarte…

Era la frase que se había jurado que no iba a pronunciar a lo largo de esa conversación. La palabra «influir» encendía todas las luces rojas, y en el momento en que la dejó caer Krim en efecto se puso nervioso, en ebullición, y dejó de escucharle.

—¡Nadie me está influyendo! Al contrario. Tengo mis propias ideas y no ando por ahí… creyendo a cualquiera, cualquier cosa…

—Espera, espera, ven. ¿Creer a cualquiera, dices? Te diré que, pase lo que pase… no sé cómo explicarlo, mírame a los ojos.

Krim estaba enfurruñado como un crío.

—La vida es pura intriga. Te encasillan y crees que es algo definitivo, que será como una cárcel, como una pesadilla hasta el fin de tus días, pero no es verdad. Por mucho que digan, nadie, insisto, nadie sabe qué va a pasar luego. Nadie. Y créeme, las cosas suelen acabar arreglándose. Basta con aprender a liberarse... del presente... de... Es como si te hubieran programado para ser alguien y tu deber, tu deber para contigo mismo es desprogramarte, escapar de la fatalidad de... Y si te falta energía piensa que es la situación la que crea la energía y no al contrario.

Fouad comprendió, por la manera en que sus palabras se extinguían centelleando alrededor de él, que a pesar de sus prevenciones había adoptado su más bella y cálida voz de actor, la que coloreaba hasta la última molécula del espacio en el que se hallaba y que tantos éxitos le reportaba en sociedad. Sin embargo, Krim tenía buen oído, y lo que oía en el discurso de su primo eran notas agradables pero engañosas. Otra melodía de flauta para atraer a las ratas.

—¿Entiendes lo que quiero decir?

—Sí, sí, pero basta ya. No hace falta que me lo digas, no soy una víctima, sé que...

—Por ejemplo, el piano —le interrumpió Fouad—. Tienes facilidad, más que eso, un verdadero don, ¿estoy en lo cierto?

—Pero ¿de qué sirve? —concedió Krim.

—¡Puedes oír el mundo! ¡Es una suerte increíble! ¡Puedes oír el mundo! Yo no oigo nada y olvido una melodía en el acto, ¡mientras que tú retienes todas las notas! Y tener un don comporta una responsabilidad. Como en *Spiderman*: un gran poder conlleva una gran responsabilidad. Y si no lo ejerces es como si no lo tuvieras.

Fouad miraba a otro lado mientras soltaba su sermón y el volumen de su voz había disminuido imperceptiblemente, como si se hubiera dado cuenta sobre la marcha de la irremediable ineficacia de su coaching.

—La vida es intriga —prosiguió, sin embargo—, y si te deprimes, repítetelo. No dejes que te jodan, Krim, no te dejes manipular por tipos que quieren hacerte creer que todo está escrito por anticipado. Y además tienes una madre que te adora y un padre, descanse en paz, que también te adoraba. No, el *maktub* es propio de los beduinos, nuestros antepasados creían en el *maktub* y fíjate adónde les llevó.

—¿Adónde?

—No hace falta remontarse a los viejos. Piensa en Kamelia, por ejemplo. Tiene treinta y dos años, es azafata, vive en Orly, sale de noche en

París y en Hong Kong... ¡y está convencida de que a ella y a sus hermanas les han echado mal de ojo! ¡Menuda bobada! Creen que están malditas y que por eso no encuentran marido. ¡Y se lo creen! ¿Por qué no han venido Inès y Dalia? ¿Por qué crees que nunca van a las bodas?

—Pero eso no es el *maktub*.

—Sí, mira...

Pero Krim ya solo miraba una cosa mientras Fouad proseguía con su enésimo sermón: la silueta encorvada del individuo que buscaba algo en el maletero de su coche a menos de veinte metros del banco en el que se hallaba. Krim se desanudó trabajosamente la corbata y se la guardó en el bolsillo sin apartar la vista de la silueta.

6

Dejando a Fouad, avanzó en su dirección hasta comprobar que se trataba de su vecino del piso de arriba. Al verle llegar, Belkacem le tendió los brazos con una sonrisa tan seductora como irónica.

—¡Krim! Aún no te...

No pudo acabar la frase: Krim se arrojó sobre él y le agarró del cuello. Antes de que Belkacem se recuperase de la impresión, Fouad arrancó la masa de Krim aferrada a su víctima como una ostra a la roca.

—¡Basta ya! ¿Qué te pasa?

Krim intentó varias veces volver a la carga, pero Fouad se interpuso eficazmente. De repente, Krim se tiró del cabello y ocultó la cabeza entre las rodillas. Sacó del bolsillo el encendedor de plata que le había robado a Belkacem dos semanas atrás, harto de verlo rondar por la casa de su padre.

—¡Déjala en paz! —gritó al intruso.

—¿De qué hablas? —murmuró Fouad para calmarlo.

—¡Si vuelves a acercarte a ella te mataré! —vociferó de nuevo Krim lanzándole el encendedor a la cara a Belkacem—. Rabinouche. ¡Te mataré! ¡Te partiré la crisma!

Fouad intentó asir a su primo del hombro, pero este se liberó y corrió hacia la sala de fiestas, donde se mezcló con la multitud en pleno jolgorio.

La música sonaba tan fuerte que pesaba sobre los hombros de Krim y se imaginaba cayendo de bruces al suelo, derrotado por el raï, con las mejillas aplastadas contra las baldosas de la sala. Se abrió paso entre la gente murmurando unos «perdón» decididos, firmes, los «perdón» de un hombre que sabe adónde va. Sin embargo, no era ese su caso y enseguida se vio obligado a retroceder: había llegado a la zona por la que rondaba Mouloud Benbaraka. Si el padrino le veía, seguramente le partiría la cara delante de su madre y de toda la familia. La gente acudiría a separarlos, pero nadie se atrevería a echar de la sala al gran y poderoso Mouloud Benbaraka.

Tratando de evitarlo, se encontró en un extremo de la sala que hasta entonces había creído inaccesible: al lado del estrecho pasillo que separaba las celosías del trono y la sala donde se cambiaba la novia y donde se guardaban los cheques y los regalos. Al ver que nadie vigilaba la entrada de esa sala entreabierta, Krim entró y cerró la puerta.

Dejó la luz apagada y avanzó iluminándose con el móvil. La caja donde se hallaban los cheques ni siquiera estaba cerrada. Krim tomó los sobres de uno en uno hasta que dio con el de Mouloud Benbaraka y deslizó el cheque de mil quinientos euros en sus calzoncillos. Salió con ganas de pelea. Si volvía a ver a Belkacem, se repetía a sí mismo sacando pecho, lo remataría allí mismo. Pero no se cruzó con Belkacem.

Salió al aparcamiento y logró evitar la mirada de Fouad, que conversaba con un pequeño grupo en el que vio a su madre, y le dio un vuelco el corazón al advertir la silueta del funesto Mouloud Benbaraka acercarse a ella. ¿Podía haber descubierto ya el robo del cheque? Krim quiso dirigirse hacia él, pero el miedo le paralizó.

Mouloud Benbaraka hablaba con Fouad y con su madre, sonriendo. Miró en derredor, como si buscara a Krim, y dijo algo divertido al oído de Rabia, que le rechazó exageradamente, como en una mala telenovela. Acto seguido, Mouloud Benbaraka se marchó palmeando los hombros de todos los componentes del pequeño grupo cuya conversación había interrumpido.

Krim corrió en dirección a su madriguera. Al cruzar el aparcamiento le dieron ganas de romper un retrovisor de una patada, pero estaba demasiado asustado. Se disponía a regresar a la entrada de la sala para hablar con su madre y advertirla acerca de aquel monstruo de Mouloud Benbaraka, cuando sintió que estaba a punto de echarse a llorar. Se arrodilló para controlar las lágrimas y oyó el violento chirrido de un coche que arrancaba derrapando por encima del campo de fútbol.

A través de la cortina de lágrimas que sus párpados ya no lograban contener, Krim oyó dos voces que discutían al pie de la portería, exac-

tamente allí donde esa tarde había sorprendido la conversación telefónica de Raouf. Avanzó en su dirección, negándose a admitir que conocía
aquella de las dos voces que se había lanzado a un patético monólogo
explicativo. Y, sin embargo, al llegar junto al campo de fútbol, con sus
mocasines plantados en el césped artificial un poco húmedo debido a la
bruma que ascendía por la colina, se vio obligado a reconocer que era
Slim quien hablaba con aquel horrible gitano disfrazado de mujer.

7

–¿Qué pasa, Slim? ¿Qué haces con ese tío?
–Déjame, Krim, déjame. Vete, yo me ocupo de esto.
Zoran dirigió a Krim un gesto de la mano, que acompañó con una
frase en rumano antes de asir a Slim del hombro.
Slim se deshizo rápidamente de su presa y se volvió hacia el poste de
la portería, como si fuera a vomitar.
–Dime qué pasa, Slim. ¿Quién es ese tío?
–Nadie, no pasa nada.
Zoran intervino:
–Él dar dinero a mí. Dar mil euros.
Krim estaba ya a solo un metro de Zoran. Zoran advirtió el movi-
miento nervioso de su labio superior y sus puños crispados.
–Slim, ¿por qué dice que le debes dinero?
Slim ya no podía decir nada. Se oía cómo su garganta se retorcía re-
sistiendo a la llamada del estómago. Pero las náuseas le sacudían sin cesar.
–Yo follado con él –murmuró Zoran con una mirada desafiante.
Krim le miró a su vez, asqueado. Vio la bandera inglesa en su cami-
seta, que brillaba bajo la luz cruel de la farola al pie de la cual se hallaban.
Krim le dio un puñetazo en el pecho.
–Yo follado con Slim, ¡yo follado con él!
Zoran se dejó arrastrar hasta el pequeño claro en el que la mirada
torva de Krim le inmovilizó sin duda más eficazmente que su incierta
llave de brazos.
–¿Quién es? –gritó–. ¿Quién te envía?
Zoran estaba demasiado asustado para responder. Con un esfuerzo
sobrehumano logró derribar a Krim, que quizá no fuera mucho más
fuerte que él.

—¡Slim, Slim, he follado con Slim! ¡No boda, no boda, él marica!

Hubo unos instantes de lucha torpe en el curso de la cual Krim se vio obligado a tirarle del cabello a Zoran para que abriera la mandíbula que se había cerrado sobre su muñeca. Krim consideró la herida que le habían causado sus dientes sucios en la piel. Había también restos de maquillaje, pero fue la idea de que su saliva había estado en contacto con su piel lo que le enloqueció.

Apretó los puños como le había enseñado a hacer Gros Momo en el full contact. Y los descargó uno tras otro, y cada vez más rápido, sobre la cara de aquella cosa sin sexo definido. A lo lejos podía ver a Slim abatido contra el poste de la portería al pie de la farola, con unos hilillos brillantes en las comisuras de los labios.

Krim nunca se había peleado en esas condiciones. Por lo general, primero había que derribar al adversario, dominarlo, arrear bofetadas y patadas, forcejear. Por primera vez no le ofrecían resistencia alguna, solo esa frase que el otro repetía obstinadamente entre lágrimas:

—He follado con Slim, he follado con Slim.

Krim infligía cada golpe metódicamente, sin pensar en cambiar de técnica, aunque sus puños ensangrentados le dolían cada vez más. El otro ya había dejado de llorar desde hacía unos instantes cuando Krim decidió que había recibido su merecido.

Le agarró la cabeza por el cabello que le caía sobre la nuca y se la aplastó contra los terrones de hierba que había apilado amorosamente una hora antes. Le asestó una última patada en las costillas y una segunda última patada en la espalda, y corrió a vomitar a su vez frente a la puerta del vestuario.

Farid apareció en la penumbra al otro lado del campo de fútbol. Al verlo, Slim se dirigió al gimnasio. Farid prosiguió su camino y descubrió el cuerpo inanimado de Zoran entre los matorrales. Se aproximó de puntillas, como si temiera despertar al fantasma. Unos reflejos anónimos bailaban en los charcos de sangre sobre esa cabeza inerte tendida en la alfombra de hierba.

Farid gruñó y prosiguió su camino. Zoran recobró el conocimiento al cabo de unos segundos. Necesitó un minuto para recordar lo que había pasado y, a lo largo de ese minuto escaso, dolorido y sin embargo sereno, desfilaron ante él todos los despertares extraños y desconcertantes que habían puntuado su vida desde su exilio: habitaciones de hotel heladas, suelos inhóspitos, sofás demasiado pequeños, y luego las tiendas de campaña, las literas de las caravanas, los asientos traseros de coches llenos de humo, y el suelo desnudo, la tierra violenta y sobre todo el hormigón, el hormigón castigado por décadas de humedad, harto ya de beber y que se deformaba a su alrededor, tan torpe y oscuro como un ser vivo y maléfico.

Zoran sintió el olor de la hierba al mismo tiempo que el dolor en su cara. Se puso en pie y se dirigió tambaleándose hacia las luces del campo de fútbol, y luego lejos de estas, y luego lejos de otras luces, lo más lejos posible de ellas.

Farid creyó oír algún movimiento, pero vio una silueta encorvada, algo apartada hacia el gimnasio: un muchacho que vomitaba en una papelera verde. Al cabo de diez segundos, Krim sacó la cabeza de la papelera y dirigió a Farid una larga mirada salvaje, turbada y heladora.

Farid regresó a toda velocidad a su coche. Abandonó el aparcamiento sin lograr evitar el chirrido de los neumáticos: unos invitados que fumaban frente a la entrada de la sala se volvieron y le insultaron, un tipo incluso le lanzó una lata. Dos calles más lejos, un coche de policía se lanzó en su persecución. No tenía nada que reprocharse y los papeles en regla. Zoran quizá no estuviera muerto y el hecho de que hubieran huellas suyas en su cadáver tampoco le inquietaba porque no llamarían a la policía técnica y científica por un travesti gitano. El pánico, sin embargo, el cansancio y el estrés le enturbiaban las ideas y la visión. La calle era de un único sentido y Farid dispuso de unos quinientos metros para decidirse. Asestó unos puñetazos alelados sobre el volante y sintió cómo aceleraba.

El coche de policía le alcanzó cinco minutos más tarde y enseguida se sumaron otros dos coches. Farid aún tuvo tiempo, mientras estacionaba en el arcén, de enviarle un SMS a Farès en el que figuraban las palabras policía, estoy solo, márchate y no me llames. Apagó el móvil, lo escondió debajo del asiento y salió con las manos en alto. Media docena de policías se lanzaron sobre él.

8

Eran las cuatro de la madrugada y la fiesta se hallaba en su apogeo. El DJ ya solo pinchaba hip-hop y electrónica, y era la hora de los jóvenes en la sala transformada en discoteca. Bouzid, de pie delante de un bufet, le explicaba a Kamelia cómo Rachid el carnicero le había humillado esa misma tarde.

—Siempre le he dicho a la abuela que echar las cartas no está bien, es *halam*, pero a ella le da igual. ¿Y quién lo paga? Nosotros. Tenemos mala reputación por toda la Sainté, ¡qué vergüenza!

Dos tipos muy excitados que bailaban una especie de conga le empujaron, pero Bouzid se mordió la lengua para no armar un escándalo. Sin embargo, Kamelia podía ver que bastaría un codazo para que su frente calva y poderosa estallara como una olla a presión.

Y de repente vieron pasar, pegado a la pared, al anciano tío Ferhat, que intentaba llegar al baño. Kamelia quiso ayudarle, pero tenía que rodear las mesas y Bouzid seguramente se habría tomado mal que dejara bruscamente de escucharle. Contempló al viejo enclenque y cabizbajo que se abría paso con dificultad entre los desaliñados bailarines que en ese crepúsculo de la fiesta tenían ya casi todos los ojos entrecerrados de los sonámbulos.

Lo que no vio fue que, en lugar de ir al baño, Ferhat pasó por detrás del escenario, muy cerca de los altavoces infernales, y se colocó frente al DJ esperando a que este advirtiera su presencia. El DJ de grandes dientes se volvió ante aquella fantasmagórica aparición y le preguntó con un gesto de la cabeza qué quería. Ferhat sacó del bolsillo de su americana una casete y se la tendió al joven.

—¿Qué es eso…? ¡No puedo reproducir casetes, señor!

Ferhat parecía no comprenderle. Inclinó un poco la cabeza y sacudió la casete que le tendía. Parecía inocente como un niño y el DJ no tuvo valor para rechazarla.

—¿Qué tema quiere que ponga?

—*Ruh ruh, amméhn*, venga, pon la casete.

—Sí, ahora la pondré, pero ¿qué tema?

Intentó decirlo en árabe —*ashral?*—, pero Ferhat le respondió en cabilio:

—*Nnekini s warrac n lzayer.*

—No hablo cabilio, no le entiendo.

—La cuatro, la número cuatro.

Mientras Ferhat se marchaba, el DJ buscó entre los CD que le habían dado por si había alguno de ese Aït Menguellet. Decidió hacer una buena acción con el pobre viejo y buscó en internet.

Krim había ido a limpiarse a la fuente al otro lado del campo de fútbol. Pasó frente a los coches adormilados en el aparcamiento y vio de nuevo un retrovisor que reclamaba a gritos una patada. Sin embargo, le dolían las piernas y le inquietaba sentir los latidos de su corazón en las venas de su cráneo.

Una bandera argelina colgaba del retrovisor que había querido patear: era el coche del tío Ayoub, que dormía en el asiento del pasajero. Había reclinado el asiento al máximo pero meneaba la cabeza manifestando su incomodidad.

Krim entró de nuevo en la sala de fiestas, donde los más marchosos se quejaban debido a una interrupción demasiado larga de la música, y, de repente, las primeras notas de mandola de «Nosotros, hijos de Argelia» resonaron en la sala. A Krim le dio un brinco el corazón, como si todos los focos se hubieran dirigido a su alma.

Los presentes, desconcertados, habían dejado de bailar, se miraban entre ellos e intercambiaban sonrisas burlonas. Krim fue a sentarse al lado de su tía Zoulikha, que le observaba con su mirada inquisitiva subrayada por el lápiz de ojos. ¿Qué aspecto tenía? Su traje gris tenía desgarrones en las mangas y la americana, a pesar de estar abrochada, no lograba disimular una mancha de sangre en el bolsillo de la camisa.

La tía Zoulikha puso su mano sobre el puño cerrado de Krim y lo acercó a ella para darle un beso ardiente. Rebuscó luego en su corsé un anillo, que puso en el dedo de su sobrino. Era la alianza de su padre, que su madre había querido que Krim conservara después de su muerte.

—La habías perdido debajo de la mesa, *amméhn*.

Krim vio que en la otra mano tenía la caja de rapé de Ferhat. La tía Zoulikha era el hada de los objetos perdidos. Ella misma era un mundo perdido. Krim se levantó y se dirigió al baño mientras la letra en cabilio y sin música bailable empezaba a irritar a los invitados.

—Gualá, ¿esto es una boda o un entierro?

Se oyeron incluso algunos silbidos, pero Krim se prohibió mirar directamente a ninguno de aquellos salvajes por miedo a perder la poca sangre fría que le quedaba.

En el mismo momento, Bouzid había callado para escuchar a Aït Menguellet, su acento suave, ese cabilio perfecto que nunca llegaría a hablar ni la mitad de bien que él. De repente vio un par de manos sobando los senos de Kamelia desde detrás. Kamelia se volvió y arrojó su vaso de Coca-Cola a la cara del que se había atrevido a tocarla. Bouzid apartó a su sobrino y propinó un primer puñetazo en la cara a aquel individuo. Sus amigos saltaron sobre Bouzid, cuya rabia bastó para acabar con los dos pipiolos. Persiguió entonces al que le había faltado al respeto a Kamelia y se peleó con él. Se tiraban de la ropa y vociferaban ante la mirada horrorizada de las mujeres que exigían que los detuvieran.

La avalancha que se produjo entonces se extendió como una ola y se abatió finalmente sobre la silueta de Ferhat, que cayó al suelo y perdió su gorro ruso. Fouad y Raouf habían acudido para ver qué ocurría y se apresuraron a ayudar a su anciano tío a ponerse en pie. No vieron en un primer momento lo que tenía en el cráneo y por ello no comprendieron por qué una mujer se había desmayado al bajar la vista hacia su tío abuelo. Para ellos la única sorpresa era que no tenía ni un pelo, cuando siempre se había hablado de su cabellera rizada, que provocaba los celos de los tíos y los cuñados calvos ya a los treinta años.

Raouf recogió el gorro y se lo tendió a Fouad, que lo rechazó con un gesto tembloroso. En el cráneo rasurado de Ferhat había dibujadas, con rotulador indeleble, dos cruces gamadas, una de ellas al revés. Justo debajo del occipucio habían añadido una polla circuncidada con unos cojones peludos.

Se detuvo la música y la madre de la novia intentó despejar el espacio alrededor del anciano ultrajado. Krim se abrió paso entre la multitud y se quedó inmóvil frente al cuerpo derrotado de su tío.

Fouad tomó las riendas de la situación, le cubrió la cabeza con el gorro y le ayudó a dirigirse a la salida. Se decidió ir a la policía de inmediato. Krim quiso asir también del hombro a Ferhat, pero Fouad le miró enojado:

—¡Ahora no, Krim!

Krim estaba estupefacto en medio de aquel desastre. La multitud sudorosa le miraba como si fuera culpa suya. William tuvo la mala idea de filmar el pasillo que se abría al paso de Fouad y de Ferhat. Era una imagen muy cinematográfica, pero Krim no era de la misma opinión: tomó la cámara digital de las manos del chico y la lanzó al suelo mientras el otro farfullaba unas palabras de protesta e intentaba contener las lágrimas.

A unos pocos metros nació otro foco de agitación: la tía Zoulikha se había desmayado al saber la noticia. Mientras las otras tías se dirigían hacia ella, Krim vio el rostro inmóvil de Mouloud Benbaraka que le observaba desde el escenario, a pocas filas de distancia. De lejos, el padrino parecía tener dos ojos de cristal. Hizo finalmente un gesto con el mentón hacia Krim y, con su interminable dedo índice, dibujó la misma sonrisa cabilia que le había dedicado Luna un poco antes.

VIII

FAMILY BUSINESS

1

Barrio de l'Éternité, 4.20

Krim corrió hacia el aparcamiento. Corrió subiendo por la curva y corrió por la calle que descendía hacia el viejo polígono industrial pomposamente rebautizado como «polo tecnológico». Corrió a través del polo tecnológico, y cuando aminoró para hacer una pausa sintió que estaba a punto de llorar y echó a correr de nuevo por las zonas residenciales y entre los futuristas edificios ya pasados de moda que crecían como setas en los antiguos barrios obreros.

Cuando al cabo de media hora se halló al pie del número 16 de la rue de l'Éternité, vomitó de nuevo y subió corriendo la escalera que conducía al tercer piso, donde se había criado. Como de costumbre, la llave estaba colgada de la tubería en el local del bajante de basura. Entró y se dirigió sin dilación a su dormitorio. Se hizo la cama, como su madre le había pedido hacía ya una semana. Recogió la picadura de tabaco que ensuciaba la mesa del ordenador e incluso le sacudió el polvo a la funda verde de su almohada.

En la cocina utilizó las últimas gotas del detergente limpiavajillas para fregar los platos y cubiertos que aguardaban desde la víspera en el silencio del fregadero de acero inoxidable. Luego se sentó en una silla y contempló sus manos ensangrentadas, las contempló tanto tiempo que le pareció estar a punto de agotar su misterio.

Encontró el aspirador en el trastero y abrió la carcasa para vaciar la bolsa en la basura. Barrió el pasillo, recogió la basura visible en el dormitorio de Luna y entró en el de su madre, que aún olía ligeramente a pintura. La cama de matrimonio en la que dormía desde hacía años estaba hecha. Krim se sentó frente al tocador y observó el neceser de maquillaje sobre el que había un pequeño póster de Chaouch: «El futuro es hoy».

Arrancó el póster y lo tiró a la basura.

En la mesilla de noche de Rabia había una lamparita y tres libros: *Ana Karenina*, que le recomendó Fouad, *No sin mi hija*, de Betty Mahmoody, y *Preferir el alba*, de Chaouch. Krim abrió el cajón y vio unas fotos de su padre, en particular la de la Navidad en que falleció y en la que parecía pesar cuarenta kilos. Dejó la alianza al fondo del cajón y fue a su habitación a liarse un porro. Después de fumárselo, le apeteció masturbarse. Encendió el ordenador, evitó Firefox para no tener la tentación de entrar en Facebook y dio con su vídeo fetiche que había descargado de YouTube, convertido a «.flv» y escondido en una carpeta ingeniosamente titulada «Oficina de empleo».

En el vídeo, dos adolescentes norteamericanas de quince años se contoneaban al ritmo de un rap intentando hacer un *lipdub* entre ataques de risa. La de la derecha era gorda y morena, intrascendente, pero la de la izquierda, de cabello castaño claro y ojos verdes, era la Sexualidad personificada: alta, blanca y ancha de hombros, meneaba sus enormes tetas moldeadas por una ceñida camiseta de tirantes amarilla y parecía no percatarse de que nadie se fijaba en su amiga cuando esta hacía el mismo movimiento de caderas.

Sin embargo, Krim no lograba empalmarse, y después de meneársela en vano un cuarto de hora renunció y arrojó su fiel calcetín contra la pantalla.

El puritano ronroneo del ordenador le arrulló. Un poco colocado, meditó acerca de su obsesión por las chicas altas de tetas grandes. Lo que le gustaba no eran las tetas grandes, sino el acontecimiento físico incontestable y más o menos espectacular que constituían: en lugar de que en ese sitio no hubiera nada había algo, dos potentes globos de carne cuya prominencia era una profundidad. Krim prefería los escotes a las propias tetas. Le gustaba que ocurriera algo, ¿a quién no le gusta que pase algo?

Arrojó el calcetín y los pañuelos de sus bolsillos en la bolsa de basura negra y consultó la hora por primera vez. Por precaución no había apagado el ordenador, que a veces tardaba más de diez minutos en reiniciarse. Se instaló de nuevo frente a él brevemente y, con un suspiro, entró en

Facebook. Repantigado en la silla, no vio de inmediato la tarjeta roja que iba a cambiar su vida. Tenía los ojos abiertos, pero no veía nada. Pensaba en el póster de Chaouch, en el tío Ferhat tendido en el suelo, y fue al pensar que tendría que borrar el mensaje que le había enviado a Aurélie desde el Facebook de Luna cuando se dio cuenta de que le había respondido. La pequeña tarjeta roja era una alerta entre tres pestañas: solicitudes de amistad, mensajes y notificaciones.

Se incorporó en la silla y leyó:

Aurélie: ¡¡¡Krim!!! He intentado localizarte en FB pero ha sido imposible. ¡Claro que me acuerdo de ti! ¡Nos lo pasamos muy bien en el barco! ¿Qué hago con la solicitud de amistad? ¿Acepto aunque sea el FB de tu hermana? Como quieras. Si no, estoy en casa en París. Avísame si pasas por aquí. Mi teléfono: 06 74 23 57 99.

Krim se estremeció, releyó diez veces el mensaje y fue de un lado a otro de la habitación. Alzó la vista hacia Rihanna, Kanye West y Bruce Lee. No sabía a cuál de esas divinidades agradecer el inmenso calor que le acababa de invadir. Había olvidado por completo lo mucho que le dolían las falanges.

2

Un SMS de Nazir le sacó de su éxtasis:

Recibido: Hoy a las 04.45
De: N
Tu tren sale en una hora. ¿No estarás durmiendo?

Krim se preguntó si Nazir sabría lo que acababa de ocurrir en la sala de fiestas. Aparentemente, la respuesta era que no. Le escribió a su primo que estaba a punto, que no estaba durmiendo. Y luego se puso su segundo pantalón de chándal con banda fluorescente, al que le había arrancado el logo del Coq Sportif. Dio con su mejor polo Lacoste y se decidió en el último momento por una cazadora de piel.

Cometió, sin embargo, el error de calzarse las zapatillas nuevas que se había comprado con el dinero de Nazir y que no eran de su talla. Sus pies seguían creciendo misteriosamente y ya calzaba un 45 cuando el verano anterior las zapatillas del 44 le iban un poco grandes.

El móvil indicaba que tenía ocho llamadas perdidas de su madre. Ninguna de Fouad. Después de una última mirada al do más agudo de su teclado oculto bajo la cama desde la última visita de Gros Momo, sacó el sobre del bolsillo interior y extrajo el billete de tren. Salía de Château-creux a las 5.48, había un largo transbordo en La Part-Dieu y llegaría a París a las 9.27. Un post-it amarillo pegado al billete indicaba el metro que debía tomar una vez en París al llegar a la estación de Lyon.

Sacó la bolsa negra de la papelera, la ató esforzándose en hacer un buen nudo y acto seguido fue al baño, donde se le ocurrió escribirle una nota a su madre diciéndole que no era él quien le había pintado el bigote de Hitler a la foto de Sarkozy. Al tirar de la cadena, sin embargo, ya estaba pensando en otra cosa, en esa emoción que se apoderaba de él al tirar de la cadena, esa impresión de liberarse por fin del peso de las cosas, que recuperó al echar la basura por el largo conducto vertical que descendía hasta los contenedores del sótano.

Al salir del edificio y tomar el camino de la estación, oyó a los pájaros de la mañana desgañitándose en los árboles. El viento había cesado y solo había dejado unos minutos de llovizna una hora atrás. Quedaban algunas corrientes de aire, unos vientos alocados y alegres que ya prometían sol, brotes y rocío sobre la hierba en lugar de chaparrones.

Krim atravesó el centro de la ciudad despacio. Escuchaba el follaje tembloroso de los chopos, los abedules llorosos y los plátanos. Unas hileras de árboles podados surgían en las calles perpendiculares. A Krim le sorprendió verlos cubiertos de yemas cuando los otros árboles ya tenían hojas.

Se detuvo frente a la verja de una plaza desierta. Los columpios estaban inmóviles, los árboles sin flores y la arena húmeda. ¿Por qué siempre le parecía que una plaza desierta acababa de ser abandonada?

Al llegar finalmente al barrio de la estación se fumó un cigarrillo en medio de aquel escenario lunar y arrogante, una fachada de edificio ultramoderno con diez, quince, veinte largas láminas de espejo dispuestas en acordeón que reflejaban el cielo inmenso donde Krim no alcanzaba aún a ver el alba.

La estación estaba vacía. En el andén, en las taquillas o en el vestíbulo no había ni un alma, ningún otro viajero, ni agentes con quepis, ninguna familia que acudiera a despedir a los pasajeros más madrugadores. La iluminación era escasa y había zonas en penumbra. En las máquinas expendedoras de golosinas y refrescos las largas espirales metálicas no se agarraban a nada. Las vitrinas publicitarias abiertas estaban desprovistas de carteles.

La sintonía de la SNCF resonó en la estación: do, sol, la bemol, mi bemol. La voz grabada anunció por megafonía el tren con destino a Lyon y cuando esa voz calló Krim ya solo oyó una cosa: los temblorosos fluorescentes de aquellos paneles que pronto promocionarían la programación matinal de France Inter, el último film de Luc Besson o el consumo de frutas y verduras, mangerbouger.fr.

Abrió su correo y pensó en qué sería lo primero que le escribiría a Aurélie.

3

Sala de fiestas, 4.50

La madre de la novia se tiró de los pelos con las dos manos al ver llegar a la policía minutos después de que la ambulancia que transportaba a la vieja Zoulikha se hubiera marchado seguida por todas sus hermanas detrás en los coches de Bouzid, de Dounia y del anciano tío Ayoub. Los girofaros azules del vehículo de policía remachaban el clavo y confirmaban sus peores temores: esa estúpida familia de cabilios había logrado echar a perder el día más importante de su vida.

Slim la empujó al intentar reunirse con su hermano, que parlamentaba con los policías.

—¿Adónde vas? —se indignó la madre de la novia—. Espero que no vayas a marcharte tú también.

Slim se quedó inmóvil, incapaz de concentrarse para dar con la respuesta adecuada. Fouad, que había oído aquellas palabras, pidió a los policías que aguardaran un instante y se plantó ante la madre de la novia.

—¡Basta ya, señora!

La madre de la novia aspiró una profunda bocanada de aire y se dispuso a armar un escándalo. Fouad la detuvo con un dedo y le dirigió una mirada torva.

—Si quieres puedes quedarte, Slim. Solo voy a comisaría a poner la denuncia. Pero dime una cosa: ¿sabes qué ha pasado estos últimos días?

Ferhat dice que la agresión ocurrió hace diez días, pero es un poco incoherente.

—No lo sé —respondió Slim, que respiraba con dificultad, intentando estar a la altura de los acontecimientos—. Hace ya un tiempo que está raro, quizá diez días, sí. Habrá que preguntarle a Zoulikha.

—Ya, pero ahora no es posible. Así, ¿vienes o te quedas?

Ante el rostro atribulado de su hermano, manifiestamente incapaz de tomar una decisión por sí solo en ese preciso momento, Fouad lo hizo por él:

—Quédate, quédate con tu mujer, será mejor. De todas formas, pronto acabará la fiesta.

Le contradijo un ensordecedor arranque de la música. Una canción de raï de ritmo pesado que parecía sonar con el único fin de hacer olvidar «Nosotros, hijos de Argelia» de Aït Menguellet.

Fouad le guiñó varias veces el ojo para convencer a Slim de que no le echaba en cara que se quedara. Era su fiesta y no podía marcharse cuando había invitados que aún querían divertirse. Y, además, no sería de utilidad alguna en comisaría, más que para hacer acto de presencia. Slim se enjugó una lágrima en la comisura del ojo y se reunió con Kenza, que le tomó de la nuca y le besó generosamente ante las narices de su madre.

Toufik y Kamelia no habían seguido el cortejo de la ambulancia y pidieron ir con Fouad. Fouad aceptó, pero Toufik ya no tenía coche. Los policías, muy amables con Fouad, al que habían reconocido, aceptaron llevarlos a todos en el asiento trasero.

En el mismo momento, la ambulancia del SAMU llegaba a urgencias del Hospital Norte. La enfermera de guardia y un médico bajo y de ojos enrojecidos se ocuparon de trasladar a la tía Zoulikha de la camilla a una cama con ruedas que se encontraba en la entrada. La tribu desembarcó en tromba en la sala de espera. Rabia fue señalada por el dedo de su hermana, que respiraba con dificultad.

—Hay que dejarla respirar un poco —dijo el médico de guardia apoyando el estetoscopio sobre la carne lívida y apergaminada de Zoulikha.

—*Anda' leth Krim?* —preguntó la anciana entre dos bocanadas de oxígeno.

Le pusieron una mascarilla y la condujeron a un box. La enfermera pidió a una de sus compañeras que se ocupara de la familia y esta se cuadró delante de Rabia, que quería seguir a su hermana.

—No, señora, su tía…

—¡Es mi hermana!

—Perdone, pero su hermana está sufriendo un leve ataque cardiaco, así que tendrá que permanecer en la sala de espera, por favor.

—¿Un ataque cardiaco?

Los ojos de Rabia se llenaron de lágrimas.

4

Dounia asió a su hermana de los hombros y la condujo a una de las sillas que se hallaban frente a la máquina de café.

—¿Qué te ha dicho?

Rabia estaba a punto de estallar. Luna abrazó a su madre y se echó a llorar, pensando más en el beso furtivo que le había dado Yacine, el hermano de la novia, que en lo que le había ocurrido a su tío abuelo y que no era capaz de calibrar.

—Ha preguntado dónde está Krim —respondió a Dounia.

—¿Y dónde está?

—¡Qué sé yo! Le he llamado diez veces, y no contesta. Esto ya es demasiado, y esta vez me las pagará, el cabroncete.

Se refería a la escaramuza con Belkacem, al que Krim había confundido con Omar. Sin embargo, al pensar en ello supo que después de lo ocurrido sin duda jamás volvería a ver a Omar, y entonces, de repente, sus intensos pensamientos desbordaron sus párpados irritados y se lanzó a una entrecortada letanía de sollozos.

—Mis hijos son todo lo que tengo, mis hijos son mi vida. ¿Por quién vivo? ¿Por mí? ¿Acaso me gasto dinero en ropa o en joyas? No. Desde la muerte de su padre, descanse en paz, solo vivo por ellos. Vivo por mi hijo y mi hija, y lo digo como suena, ¡gualá!, *cerfen tetew, rebi*, que me muera ahora mismo si le tocan un pelo a mi hijo o a mi hija.

Dounia, que parecía disponer de unas inagotables reservas de sangre fría, le asió las manos a su hermana y las acribilló a besos para hacerla sonreír y calmarla.

—Debe de haber regresado a casa, tiene llave, ¿verdad? Ya ves. Ánimo, todo irá bien.

—Pobre Zoulikha. Pero ¿qué ha pasado? Todo iba bien, estábamos bailando y de golpe…

Se echó de nuevo a llorar.

—La enfermera ha dicho que era un pequeño ataque cardiaco, ya verás, y además es robusta, ¡gualá!, Zoulikha es fuerte. ¿Te acuerdas en Saint-Victor cuando ayudaba al abuelo a montar las tiendas?

—Saint-Victor —repitió Rabia en un murmullo.

—El holgazán de Moussa se iba a tomar el sol y a ligar con las chicas y las mayores apechugaban con todo el trabajo.

—¿Y dónde está *yeum*?

Dounia le respondió que la abuela ya hacía un buen rato que se había marchado con Rachida, muy enfadada debido a esa fiesta que, antes que nadie, ya había sabido que estaba maldita.

—Pero tienes razón —añadió, a pesar de que Rabia no decía nada—. Hay que llamarla para avisarla. No podemos esperar a mañana.

—¿Y Kamelia? ¿Y Toufik? ¿Y los sobrinos? ¿Están bien?

—Kamelia y Toufik se han ido con Fouad a comisaría —la tranquilizó Dounia—. Deja de preocuparte y descansa.

Rabia alzó bruscamente la cabeza y buscó a Bouzid con la mirada. Se lanzó hacia él y le preguntó qué le había sucedido a Ferhat.

—Cálmate, Rab, ¡cálmate! —gritó.

Empezó explicándole lo que había visto en el cráneo del tío abuelo.

—¿Y qué vais a hacer? ¡Espero que los encontréis! No haréis como los franceses y esperaréis a la policía, ¿verdad? Bouz, ¡mírame! Si los hombres de la familia no los encontráis te juro que me encargaré yo de hacerlo. Gualá, agredir así a un anciano…

La horrorosa visión del cráneo rasurado y tatuado con signos obscenos le impidió seguir. Estuvo a punto de vomitar y volvió a sentarse al lado de Dounia.

Raouf salió a fumar un cigarrillo mientras los viejos se instalaban ceremoniosamente en la sala. Había un televisor en lo alto para permitir que todo el mundo pudiera verlo. Pero no había nadie. Y los que esperaban a ser atendidos o malas noticias, por lo general no solían tener muchas ganas de ver la tele.

Al volver, Raouf vio sin mirarlas las imágenes que ya conocía al dedillo de Chaouch arengando a la multitud entusiasmada durante su último mitin. Unos travellings dignos de una superproducción de Hollywood mostraban los rostros histéricos y desorbitados. Y en ese momento se le ocurrió que eso era lo que Chaouch había hecho al país: le había abierto los ojos a la gente. Como en los dibujos animados japoneses que veía por la mañana antes de ir al trabajo en taxi: unos ojos inmensos e irreales. Unos ojos agrandados para poder dibujar en ellos más lágrimas.

5

En la autopista, 5.15

Por descontado, Farès jamás había conducido un coche tan potente como el Maybach 57S que tenía que llevar a París. A lo largo de las semanas anteriores había vigilado de día y de noche el garaje en el que Nazir quería guardarlo. Farès y otro tipo se turnaban para cuidarlo, pero era Farès quien había tenido el privilegio de atornillar la matrícula roja sobre fondo verde.

Y con ese emocionante bautizo, el Maybach tal vez fuera un falso vehículo del cuerpo diplomático, pero no por ello dejaba de ser una verdadera maravilla.

Desde aquella tarde de invierno en la que, diez años atrás, sintió por primera vez la potencia de un motor, desde aquel primer Twingo con la dirección asistida defectuosa que, para sorpresa general, no se caló ni una vez en el aparcamiento cubierto de baches de Bricomarché, Farès había soñado con conducir un día un coche de vidrios tintados y dotado de un motor biturbo. Una sonrisa de serena satisfacción le hizo entrecerrar los ojos. Al volverlos a abrir circulaba a toda velocidad junto a una pared cubierta de espejos. Las llantas cromadas de su meteoro sobre ruedas resplandecían en la noche abstracta de la autopista.

Echó un vistazo al teléfono, que pronto se habría cargado, y encendió el autorradio. Solo la música clásica le pareció capaz de igualar en suntuosidad esa obra maestra de la civilización europea al volante de la cual sobrevolaba el territorio. Una sonata de Beethoven sonaba en France Musique. La dulce voz matutina de la presentadora le hizo saber que acababa de escuchar el primer movimiento de *La Aurora*. Un resplandor azulado inflamaba precisamente el horizonte a su derecha. Farès se felicitó por tan feliz coincidencia y apagó la música para disfrutar plenamente del silencio igualmente musical del motor del Maybach.

Su sueño en vela fue breve. Cuando por fin pudo consultar su lista de mensajes descubrió el de su hermano gemelo y aminoró la velocidad bruscamente. No había ningún coche detrás de él, se situó en el carril de la derecha y escrutó los paneles en busca de un área de servicio. Nazir le había prohibido circular a más de ciento treinta kilómetros por hora y detenerse por el camino, pero Farès consideró que se trataba de un caso de fuerza mayor. Al salir del coche se puso la americana del traje y se anudó la corbata. El conductor de un coche como aquel no podía andar por ahí en vaqueros y camiseta.

Su primer reflejo fue llamar a Nazir para informarle de la situación, pero no quería verse obligado a justificar por qué se había detenido. Así que marcó el número de Mouloud Benbaraka, que había memorizado ese mismo día. Descolgó al tercer timbre. Se encontraba en Saint-Étienne, en medio de un aparcamiento muy iluminado, tumbado en el asiento del conductor de su BMW reclinado al máximo para evitar los haces de luz combinados de las farolas.

Farès le explicó el mensaje que le había enviado su hermano. Mouloud Benbaraka se incorporó.

—¿A qué hora te lo ha mandado?

No escuchó la respuesta.

—Joder, por eso no respondía el cabrón.

—¿Y qué hacemos? —se inquietó Farès.

Mouloud Benbaraka soltó una risa maligna de dos notas.

—Qué vas a hacer «tú», querrás decir. Ya tengo bastantes problemas, y si han pillado a tu hermanito no es asunto mío.

Colgó en medio de la réplica de Farès y se desplazó al asiento del pasajero. Había movimiento en la puerta del servicio de urgencias. Después de unos instantes de confusión, un pequeño destacamento de la familia del novio se dirigió a sus coches, dejando solas a Rabia y a su hermana aún vestidas de veintiún botones, que se encendieron unos cigarrillos frotándose mutuamente los brazos para entrar en calor.

—¿Qué quieres que haga? —preguntó a Nazir, que descolgó al instante.

—Por ahora, mantente a distancia.

Nazir no oyó el suspiro de Benbaraka, ni el ruido sordo de su puño crispado que acababa de abatirse sobre el salpicadero: ya había colgado.

6

Krim vio amanecer entre Saint-Chamond y Rive-de-Gier: una irradiación de rojos cada vez más anaranjados y de azules cada vez más claros, pero las colinas y la trayectoria del tren impidieron que apareciera el sol. Una chica con pantalón pirata se subió en el vagón de Krim en Givors-Ville. Lucía un piercing en la mejilla que parecía un lunar brillante y le echaba a perder el hoyuelo. Al cruzarse con la mirada de Krim avanzó hasta el fondo del vagón y se sostuvo la cabeza con el puño, fingiendo estar cansada.

Al llegar a Lyon, Krim eligió el mismo asiento en la sala de espera que el que había ocupado a finales del verano precedente, cuando tomó el TGV a Marsella y el TER a Bandol. Y mientras en su móvil aparecían veintisiete llamadas perdidas, Krim se adormiló. Soñó brevemente con el sur y se despertó justo a tiempo para subirse a su TGV. Los otros tres asientos alrededor del suyo estaban vacíos, al igual que la mitad del vagón. Puso los pies sobre el asiento y oyó a un hombre con chaleco gris y camisa roja hablar de las elecciones por teléfono.

—Y si vuelvo es solo por eso —explicó masajeándose diestramente la nuca—. La verdad es que no hay que darles más vueltas a los sondeos y no cabe duda de que la gente será razonable en cuanto tenga la papeleta de voto en la mano. Y si finalmente sale elegido arrojaré la toalla, sintiéndolo mucho, y me iré a vivir a Inglaterra, a casa de mi sobrina. Esto ya pasa de castaño oscuro.

A lo largo del cuarto de hora siguiente, Krim no pudo determinar con certeza a quién iba a votar el hombre del chaleco gris, y lo que decantó la balanza por Sarkozy no fue lo que dijo por teléfono sino la mirada furtiva, temerosa y despreciativa que dirigió a Krim al darse cuenta de que estaba siendo observado. A la manera de los franceses, que nunca atacan de frente sino siempre por la espalda. Un pueblo de cobardes, le escribió Nazir en un SMS. Genéticamente cobardes, dijo. Y ese tipo colorado, con papada, con su camisa roja a cuadros y sus miradas huidizas, era la prueba viviente de ello.

Al ver las humaredas matinales que se elevaban entre los árboles, a Krim le apeteció fumarse un cigarrillo. Fue a los aseos entre los dos vagones y aprovechó para contar los billetes que le quedaban del último envío de Nazir. Con el billete de cincuenta euros que Raouf le había dado le bastaba para comer en el tren si le apetecía, pero no tenía hambre. El estrés de las últimas horas le había quitado el apetito y, como siempre cuando no tenía hambre, le entraron unas ganas terribles de fumar.

Se colocó el cigarrillo entre los dientes, como hacía su padre tiempo atrás para divertirle, y estaba a punto de escribirle un SMS a Nazir para explicarle los últimos acontecimientos cuando de repente le pareció más urgente, más necesario, más fundamental escribirle a Aurélie.

Hola, Aurélie, soy Krim. Casualmente voy a estar en París este fin de semana. ¿Puedo pasar a verte?

Krim dejó el cigarrillo y dio unos saltos allí mismo. Se dirigió al vagón bar y compró un Ice-Tea. Mientras se devanaba los sesos para saber si su mensaje era apropiado, se pasaba o se quedaba corto, el TGV atravesó los primeros suburbios del sur de París, con casas de ladrillo rojo, edificios estrechos y sucios y fábricas rectangulares dispuestas como piezas de Lego sobre un largo terreno baldío inhóspito que el sol despertaba lentamente.

Regresó a su asiento y escuchó «Family Business» de Kanye West, una de sus canciones preferidas, que hizo descubrir a Aurélie el verano anterior. Se sabía la melodía de memoria a falta de entender la letra. Cada nota parecía contener toda la belleza de Aurélie. Cada nota era una peca suplementaria en su pecho soleado.

Pulsó «Enviar».

El francés frente a él se había dormido con los brazos cruzados y roncaba suavemente. Krim advirtió el reloj de plata que se había quitado y dejado sobre el asiento contiguo. A la salida de un túnel corto, centelleó provocativamente: Krim se apoderó de él y cambió de vagón. Se felicitó por no haber llamado la atención encendiendo el cigarrillo un rato antes en los aseos. Refugiado en los del vagón de segunda clase más alejado del suyo, esperó el anuncio de la llegada a la estación de Lyon. Fue el primero en bajar al andén y desde allí esprintó hasta la plaza dominada por la torre del Reloj.

Un número inusual de militares patrullaba la estación, con las metralletas en bandolera. Krim apagó el cigarrillo, que no quería que se acabara, y le vino de repente a la cabeza Fouad, en casa de la abuela, cuando apagó el Camel al que le había invitado después de tres miserables caladas, como si se aburriera de estar con él y tuviera prisa por hablar con gente interesante.

Consultó el móvil: cincuenta y cinco llamadas perdidas y veinte mensajes sin leer. Y el más reciente era de Nazir.

Recibido: Hoy a las 09.29
De: N
¿El tren llega puntual? Nos vemos donde ya sabes, rápido.

Nazir había insistido en que llevara reloj al llegar a París. Krim había encontrado un viejo Swatch en los cajones de su hermana, pero cuando se disponía a sustituirlo por el bonito reloj del francés del tren recordó haberlo ganado con su padre en una feria y no quiso desprenderse de él. Se puso el otro en la muñeca derecha y dio sus primeros pasos en la capital armado con dos relojes entre los que, como descubrió mientras una mendiga le amenazaba con una verborrea miserabilista, milagrosamente solo había una diferencia de siete segundos.

7

París, 10.00

Siguió las indicaciones y en cinco minutos dio con la entrada de la línea 14. Nazir había insistido en que no se colara, pero no le había puesto billetes de metro en el sobre, así que Krim compró uno y se instaló al fondo de aquel metro sin cabina ni conductor. Los túneles infernales serpenteaban a través del ventanal posterior a medida que el largo vagón los devoraba.

Krim se fijó en una chica que llevaba una blusa azul marino a rayas. Se había sentado frente a él y tecleaba frenéticamente en su BlackBerry blanca. Krim se quedó subyugado por su belleza, de un tipo que parecía haber conocido solo al enamorarse de Aurélie. Tenía el cabello moreno, la nariz larga, fina y recta, los ojos oscuros y sobre todo la tez blanca, de una bella y vigorosa palidez latina, una palidez que parecía tener siglos y que resaltaba, por contraste, el rojo de sus labios apenas maquillados.

Las mujeres más guapas del mundo le resultaban inaccesibles.

En el segundo metro que tenía que conducirle a su destino se halló frente a una negra gorda que hacía ganchillo. Un acordeonista entró en el vagón y se puso a tocar una versión muy personal de un éxito de Joe Dassin. La *mamma* negra se animó al reconocer la melodía y se puso a cantar a voz en grito buscando la aprobación entusiasta de los asientos que la rodeaban:

—¡Oh, Señor, en tu corazón mi vida no es más que polvo! ¡Oh, Señor, en tu corazón mi vida no es más que polvo! ¡Ja, ja, es increíble! ¡Oh, Señor...!

Al salir del metro la cabeza le daba vueltas. En París el cielo era más grande, los edificios más lujosos, los gestos de la gente más vivos y sus miradas incomparablemente más duras. Las moléculas del aire también parecían más grandes, y Krim sintió que no iba a aguantar mucho en esa atmósfera rarificada donde todo el mundo le miraba con desdén. No reconocía nada en ninguna parte. Los bulevares estaban repletos de bares intimidantes y los edificios haussmanianos estaban decorados con gárgolas y cornisas moldeadas.

Nazir le mandó otro mensaje mientras buscaba el número del portal escrito en el post-it:

Recibido: Hoy a las 10.07
De: N
5 min de retraso. Es increíble. ¿Qué dijimos? ¿Estás cerca? No es momento de hacer el burro, Krim.

—Ya voy, dos minutos —murmuró Krim—, ni que hubiera un incendio.

Se detuvo al pie de un lujoso edificio y pulsó el código de acceso. Una escalera conducía a una segunda puerta protegida por otro código. Krim subió sin oír el ruido de sus pasos, amortiguado por una alfombra roja oscura con franjas de oro pálido. El ascensor que le llevó al quinto piso se bamboleó al tirar de los cables y Krim creyó que iba a caerse.

Al llegar al quinto piso, no se atrevió a salir del ascensor. La voz de Nazir atravesaba una de las puertas del rellano y le asustó. Gritaba y Krim no entendía nada. Pensó en Aurélie y tuvo el extraño presentimiento de que probablemente no la vería en mucho tiempo si se reunía con Nazir de inmediato.

Solo tenía que invertir las prioridades: Aurélie ahora y Nazir después. No podía arriesgarse a no verla. Necesitaba tiempo y solo tenía que tomárselo. Y, además, Nazir entendería que estuviera enamorado. Como había comprendido todo lo demás. Y si no lo entendía, daba igual.

Escribió un SMS a su madre fingiendo que su móvil casi no tenía batería y que no servía de nada que le llamara: estaba en París tal como estaba previsto, antes de lo previsto, e iba a dormir en casa del tío Lounis. El tío Lounis al que su madre seguramente no llamaría para confirmarlo dada la inquietante similitud de su voz con la de su padre.

Aurélie le respondió al unísono con el contra fa del grito más agudo de Nazir:

Recibido: Hoy a las 10.13
De: A
Ven a casa. Ayer di una fiesta y estoy hecha polvo, pero mola.

El mensaje acababa con su dirección. Krim pulsó el botón de la planta baja y no atendió las irritadas llamadas de Nazir que hacían que su teléfono, cuyo indicador de batería mostraba tres barras de cuatro, echara chispas.

A lo largo del cuarto de hora siguiente, sus zapatillas demasiado pequeñas le hicieron sufrir y de nada le sirvió deshacer dos vueltas de los cordones. Tenía que detenerse cada veinte metros y empezaba a pensar en la posibilidad de pasear en calcetines el resto del día. Sin embargo, Nazir debía de estar muy enfadado con él para llamarle quince veces seguidas: le hubiera parecido una provocación imperdonable que, además de retrasarse, Krim se saltara lo que consideraba la regla de oro de esa mañana de domingo: «No llamar la atención».

Krim buscó desesperadamente la entrada del metro a la que había llegado antes y donde había visto un plano en el que podría localizar el medio más rápido de llegar a la parada de Buttes-Chaumont, donde vivía Aurélie.

Krim, agotado, vio al final de una calle perpendicular un pequeño local sin escaparate que, por el aspecto de los hombres que aguardaban a la puerta, le pareció una mezquita. En cuanto el último fiel hubo desaparecido y Krim vio que no cerraban la puerta, abandonó su puesto de observación y oyó una voz que salmodiaba plegarias detrás de la puerta del vestíbulo ahora sin vigilancia. Entre las decenas de pares de zapatos guardados en las estanterías de cartón, Krim encontró unos mocasines crema del número 45: los cambió por sus zapatillas y se dio a la fuga.

Caminó media hora hasta llegar al Sena y decidió bordearlo mientras decidía qué hacer. Enseguida tomó el puente que conducía a la estación de Lyon. El aire fresco y soleado le despejaba la mente. Tenía la cabeza repleta de trompetas y de ideas gloriosas.

A mitad del puente vio un metro que cruzaba el cielo sobre la pasarela de enfrente, al pie de unos edificios, y súbitamente tuvo la sensación de que su propio puente había sido construido exclusivamente para permitirle a él caminar sobre el Sena.

Y decidió pagarse el primer taxi de su vida.

8

Saint-Étienne, 11.00

Fouad se ausentó de la habitación en la que habían ingresado a Zoulikha unas horas antes y llamó a Jasmine, que intentaba hablar con él desde hacía unos minutos.

—¡Dios mío, Fouad, lo lamento mucho! ¿Está mejor tu tío?

—Sí, sí, no te preocupes. Ya está en su casa y mis primas se ocupan de él. Todo irá bien.

—Y tu tía... es horrible, lo siento mucho, quisiera poder estar ahora contigo.

—Sí, sí, todo a su tiempo, no te preocupes. ¿Dónde estáis vosotros?

Ese «vosotros» designaba al cortejo que rodeaba constantemente a Jasmine desde el inicio de la campaña. Una campaña en la que ella se había negado tozudamente a participar y en la que solo se había implicado después de los resultados de la primera vuelta. Se la vio por primera vez al lado de su padre la semana anterior, en primera fila de los espectadores del debate. La muchacha suspiró largamente.

—Ha habido problemas en Cantal, han desaparecido las papeletas de Chaouch en los colegios electorales. ¡Vete a saber por qué en Cantal! Papá está hablando con los abogados y no iremos a votar hasta mediodía.

—Creía que estaba mal visto no votar por la mañana.

—No, para nada —respondió distraídamente Jasmine—. Aunque no estoy muy al caso de esas cosas. Ni siquiera sé a quién voy a votar...

Tenía una bonita voz maliciosa, infantil y aflautada, y resultaba difícil imaginar la potencia que esa misma voz lograba desplegar en el escenario.

Participaba en una nueva producción de *Las Indias galantes* de Rameau, el espectáculo más esperado del próximo festival de Aix-en-Provence, aunque esperado por unas razones extramusicales que la desesperaban.

—¿Cuándo podré conocer a tu familia, Fouad?

—Pronto, muy pronto. En parte estoy contento de que no hayas venido a la boda de Slim. Ha sido…

Calló porque no daba con un adjetivo suficientemente fuerte, pero también porque tenía otra llamada entrante.

Después de colgarle a aquella con la que compartía su vida desde hacía ya seis meses, marcó el número que acababa de dejarle un mensaje.

—¿Diga? ¿Me ha llamado?

—Sí, ¿es usted el señor Nerrouche? Soy el fiscal Claude Michelet. Acaban de informarme de los acontecimientos de esta noche y le aseguro que ese hecho abominable no quedará impune.

Era la frase que había preparado. Su torrente de palabras disminuyó considerablemente cuando Fouad permaneció en silencio al otro extremo de la línea y tuvo que proseguir:

—Así que me ocuparé personalmente de dar con los culpables y haré que reciban un castigo «ejemplar». Es verdaderamente, absolutamente inadmisible agredir a un hombre, a un hombre ya maduro, quiero decir de edad avanzada, y de esta manera… «abominable». Le ruego que transmita mi apoyo a su familia, y créame: los encontraremos.

—Gracias, muchas gracias, señor fiscal.

Fouad regresó a la habitación de Zoulikha. Todas sus hermanas se habían turnado a su lado, aunque la enfermera de guardia insistía en que se trataba de un ataque sin importancia.

Rabia echó las cortinas y encendió el televisor. Puso LCI, donde en las noticias emitían unas imágenes de Chaouch del día anterior, en la sede del Partido Socialista en Solférino.

—No, no, apaga, apaga —dijo de repente Zoulikha en cabilio.

—¿Qué?

—¡Apaga! ¡*Raichek*, apaga!

—¿Por qué?

La anciana meneó frenéticamente la cabeza sobre la almohada. Sus hermanas la miraron asustadas. Parecía poseída.

—¡Apaga, *raichek*, apaga!

Era la primera vez desde su adolescencia que la veían con el cabello suelto y la primera vez sin duda alguna que la oían alzar la voz.

Fouad entró, acarició sonriendo la cabellera asalvajada de su anciana tía y pidió hablar con su madre a solas. Sin embargo, en ese momento también apareció el médico y toda la familia se puso en pie a la vez para recibirle. Era un tipo alto y flaco, duro, con gafitas redondas, bata blanca inmaculada y aspecto de que lo que más detestaba era perder el tiempo.

Sin alzar la vista ni una sola vez hacia la familia, consultó el historial de la tía Zoulikha y dio instrucciones a la enfermera que le acompañaba.

—No se preocupe, señora, todo va bien —declaró dirigiéndose a la puerta.

Rabia le detuvo y quiso saber más. Mientras el médico explicaba que había sufrido una leve angina de pecho sin gravedad, Fouad observó a sus tías escuchar atenta y humildemente las palabras del boticario. El inmenso respeto que les inspiraba y su temor teñido de superstición le resultaron tan repulsivos que tuvo que salir antes de que acabara el discurso.

Dounia se reunió enseguida con su hijo, que se desentumecía apoyándose contra la pared. Al ver los ojos hinchados de su madre, cambió de humor.

—Deberías acostarte un rato. No sirve de nada esperar aquí, ya se encuentra bien. Y ya has oído al médico, no hay nada que temer.

—¿Qué? —se indignó Dounia—. ¿A ti te parece que se encuentra bien? ¿La has visto?

—Me refiero a que se encuentra estable, no le pasará nada.

Dounia negó meneando la cabeza.

—Krim está en París, por cierto. En casa de su tío —precisó—. Cuando regrese, Rabia lo va a matar, te juro que lo matará. Eso es la gota que colma el vaso.

Fouad permaneció en silencio. Había olvidado completamente la existencia de Krim y de repente se arrepintió enormemente de ello.

—¿Qué querías decirme, hijo?

Fouad titubeó y miró la ventana blanca en el otro extremo del pasillo.

—¿Qué coño está haciendo en París? No es normal, a ver en qué andará… ¿Qué coño estará haciendo Krim en París?

—Y yo qué voy a saber, ¿qué pasa, Fouad?

—Mamá —dijo Fouad conteniendo la respiración—, ha sido él, estoy seguro.

Los ojos de Dounia se llenaron de lágrimas. Su pena se transformó instantáneamente en rabia y le dio un bofetón a su hijo, que avanzó hacia ella y la asió de los hombros.

—Mamá, es horrible, pero estoy seguro. Lo presiento. Él le ha hecho eso a Ferhat. Sé que no quieres enfrentarte a la verdad, pero está loco. Mamá, está loco y no os dais cuenta. Mamá, escúchame, mamá, es un monstruo. Joder, ahora estoy seguro, él ha hecho ir a Krim a París. Se trae algo entre manos, está tramando algo aún peor que...

—¡Basta! —gritó Dounia—. ¡Basta! ¿Cómo puedes decir algo semejante? Tu propio hermano... ¿Cómo puedes decir eso? Ay...

Estuvo a punto de desplomarse al pie de la pared. Fouad la sostuvo y la abrazó. Rabia, que había comprendido que ocurría algo, se les acercó y les propuso ir a tomar un café a la planta baja. Fouad la miró y, para no ceder a la sombría pulsión que se apoderaba de él, hizo lo contrario de lo que esta le pedía: acogió a Rabia en su abrazo y murmuró acariciando las melenudas cabezas de esas mujeres que le habían visto crecer:

—Es la mejor idea del día: un café. Y luego no hay que olvidar ir a votar, ¿eh?

Sin embargo, por encima del hombro de Fouad, en la esquina del pasillo, Rabia vio a un hombre de americana negra que la miraba y cuya cara le era imposible identificar debido al contraluz, pero cuya estatura y porte le recordaban a alguien. Se volvió esperando descubrir a otra persona que le saludara con la mano, pero en el largo pasillo rosa no había nadie más aparte de ellos. Y cuando dio un paso al lado e inclinó la cabeza para asegurarse de que la estaba mirando a ella, Rabia vio que el hombre se alejaba a paso lento y ocultando parte de su rostro con una mano repleta de anillos que resplandecían con un fulgor maligno.

IX

LAS ELECCIONES DEL SIGLO

1

Sede del Partido Socialista en Solférino, 12.00

La comandante de policía Valérie Simonetti atravesó tranquilamente el *open space* con moqueta azul de la sala de prensa. A principios de los años 2000 fue la primera mujer que entró a formar parte del GSPR, el Grupo de Seguridad del Presidente de la República, que también se ocupaba de la seguridad de los candidatos en las elecciones a la más alta magistratura. Chaouch había hecho cuanto estaba en su mano para reforzar su papel durante la campaña; la quería en el coche y a su lado en los baños de masas. Llevaba su cabello rubio recogido en un moño, pero tenía un rostro franco, juvenil y astuto. Medía un metro ochenta y su pulso nunca latía a más de sesenta pulsaciones por minuto, cosa que no le impedía mostrarse sonriente y próxima a la gente. Y eso era algo que le encantaba a Chaouch, que detestaba a los gorilas de mandíbulas cuadradas tanto como a los francotiradores de élite. La víspera de la primera vuelta despidió a su jefe de seguridad porque pretendía desplegarlos por todas partes y fichó en su lugar a «Valquiria» Simonetti para darle un rostro más humano a su protección personal y, también, para promocionar a una mujer a un cargo inusual.

El asesor de comunicación de Chaouch la detuvo con un gesto de la mano y se abrió paso entre la maraña de teléfonos que le rodeaba. Serge Habib tenía los pómulos marcados, el cuello delgado y la piel distendida de la persona que acaba de someterse a un régimen tan draconiano como efectivo. Perdió una mano en un accidente de automóvil unos años atrás y su muñón, y la extraordinaria energía que desplegaba para hacerlo olvidar, se habían convertido en una de las imágenes más singulares de la campaña. Le explicó a la escolta que el diputado había decidido retrasar su salida hacia el colegio electoral.

—¿Y los informativos de la una? —preguntó ella, preparándose ya para anunciar a sus hombres el cambio de programa.

Le tendieron un teléfono seguro al director de comunicación, que bramó:

—¡Y qué quieres que haga! ¡Claro que se lo he dicho, pero le importa una mierda el telediario! Dice que esa patochada de «Me levanto temprano para dar ejemplo» no va con él... Escúchame, pero podemos aprovecharlo porque Martine ya ha votado, Malek también. Todo el mundo ha votado, así que quizá no sea tan desastroso como parece... ¿Cómo? ¿Ahora mismo? Está con Esther, prohibido entrar... Escúchame, Jean-Seb, ya le he explicado todo eso, pero tiene razón, las grandes concentraciones comunitarias nos harán mucho daño. Hay que controlar absolutamente las imágenes. Espera, espera, están anunciando que hay miles de personas en el estadio de Charléty, todos los árabes de los barrios del norte de Marsella se dirigen a la Canebière... Joder, ¿sabes a cuánta gente se espera en la plaza del Ayuntamiento de Grogny?

La jefa de seguridad creyó que era una pregunta abierta e indicó dos veces diez con sus manos. Veinte mil personas. Había inspeccionado el lugar personalmente una semana atrás y se basaba en la enorme afluencia, aunque probablemente menor, que les pilló por sorpresa la mañana de la primera vuelta.

—Cálmate —prosiguió Habib—, me refiero a que la imagen de Chaouch en las noticias de mediodía aclamado por veinte mil árabes en la plaza de su Ayuntamiento sería una catástrofe. ¿Qué pensaría, la mayoría silenciosa? Por un lado Sarko, como en el anuncio del «amigo Ricoré», desayunando rodeado de criaturas rubitas y saliendo corriendo a votar, y por el otro Chaouch aplaudido en las calles por una multitud de árabes excitados a la hora de la siesta. No, hay que evitarlo, ese es el escenario que imagina el capullo de Putéoli y la gente se dirá: Chaouch es el candidato de los árabes, no hay más que ver las imágenes... Espera, cálmate, escúchame: puede ser la manifestación de árabes más grande que se haya visto nunca en Francia, así que más vale intentar minimizar los daños ahora mismo. Irá a recogerse frente al monumento a los caídos para las noticias de la una y votará a primera hora de la tarde, hacia las tres o las tres y media. Están aquí los de seguridad, ya lo organizaremos... De todas formas, es imposible hacerle cambiar de...

Jean-Sébastien Vogel, director de campaña, le había colgado en las narices.

La comandante Simonetti convocó una reunión urgente en una sala contigua y repasó la distribución de los puestos. Por lo general, sus hombres de traje gris evitaban mirarla a los ojos. Eran hombres duros, curtidos: los mejores. El dispositivo de protección personal era inmutable desde que la nueva jefa había tomado posesión del cargo: Luc en el flanco izquierdo, Simonetti como «hombro» —es decir, en el flanco derecho y la más próxima a Chaouch—, y Marco como «kevlar», por el nombre del maletín blindado que, en caso de ataque, había que desplegar de la cabeza a la parte inferior de los muslos del VIP al que se escoltaba. Alrededor de ese primer círculo había otros dos círculos concéntricos y en el puesto de control móvil se hallaba el inamovible «JP», cuya voz de bajo hacía retumbar los pinganillos.

Unos instantes después de la reunión informativa, el joven mayor Aurélien Coûteaux fue a ver a su jefa para informarla de un cambio de puesto acordado con un compañero. Se trataba de reemplazar como kevlar a Marco, que no estaba en plena forma debido a unos problemas gástricos.

Valérie Simonetti, que estaba escuchando al mismo tiempo el parte de JP a través del pinganillo, le pidió que lo repitiera. Lo había entendido ya la primera vez, pero quería asegurarse de que el leve temblor de la mejilla izquierda de Coûteaux no fuera accidental.

—No, de ninguna manera —decidió finalmente, sacándose el pinganillo—, no se pueden hacer cambios en el último minuto.

Coûteaux era el más joven del grupo, el último en incorporarse, con unas notas excelentes y todas las recomendaciones posibles e imaginables, demasiadas incluso al parecer de Simonetti. Más aún teniendo en cuenta que se le había mantenido en el GSPR a pesar de haber suspendido los exámenes de conducción y de ser el único policía del grupo que no contaba con los permisos de conducir especiales, el rojo y el verde.

El joven mayor contuvo a duras penas un gesto de mal humor y expuso su último argumento con un incontenible temblor del labio superior:

—El jefe Lindon no tenía ningún problema con...

Simonetti le interrumpió con la mirada y le destinó al segundo círculo de protección personal y al segundo coche escolta en el cortejo.

—De acuerdo, jefa —se inclinó Coûteaux frunciendo el ceño para digerir el castigo.

Desapareció en el baño e hizo una llamada desde su teléfono particular.

2

En ese mismo momento, Valérie Simonetti llamó dos veces a la puerta tras la que el candidato disfrutaba de unos momentos con su mujer, dos golpes discretos y a la vez resueltos a los que Chaouch respondió «¡No!» con voz jovial. Empujó la puerta y vio al candidato socialista a las presidenciales con la camisa abierta, pegado a su mujer, que llevaba tacones altos y el cabello despeinado. Bailaban al son de una canción cuya letra Chaouch parecía saber de memoria:

—*Darling*, te quiero mucho, no sé *what to do...* Tú has *completely stolen my heart...* ¿Conoce a Jean Sablon, Valérie?

—No, señor diputado.

—¡Mal hecho! —respondió sumergiendo su mirada luminosa en el cuello de su mujer.

—Sí, señor diputado.

—¿Y a usted, señora Chaouch, le gusta Jean Sablon? —bromeó dirigiendo a su esposa hacia el iluminado marco de la ventana.

Simonetti se avanzó discretamente al diputado para comprobar que la ventana con las cortinas echadas no supusiera una amenaza, mientras él volvía a cantar con su voz llena y grave caricaturizando el acento francés:

—Oh, querida, *my love for you* is muy muy fuerte... *Wish my English were good enough, I'd tell you so much more...* Relájese, Valérie, quizá esta sea la última vez en mucho tiempo que podamos tomarnos un respiro.

—La última ventana sin blindar —murmuró Esther Chaouch mirando con sus bonitos ojos grises la luz incandescente que soplaba en las cortinas.

Al abotonar instantes más tarde la camisa blanca de su esposo, tuvo la desagradable impresión de haber aceptado encerrar a su pareja en una camisa de fuerza. Era la primera vez desde hacía un año que se veía a solas con su marido de día, la primera vez que podía abotonarle la camisa sin que media docena de asesores vocearan en la habitación. Bajó la vista hacia los gemelos de la camisa, que brillaban al diapasón de sus grandes ojos marrones claros. Él había apagado su teléfono y prohibido formalmente la entrada de la jauría, pero Esther podía oírles susurrar, apretujándose contra la puerta, peleando por vivir el vértigo de la Historia.

Al ponerle la corbata al cuello a su marido candidato, comprendió que aquello sería peor, mucho peor incluso, en cuanto fuera elegido. Pero él no pensaba en eso: la miraba sin temor, al contrario, con su habitual seguridad, su aspecto sencillo, travieso y alegre.

Para prolongar ese momento excepcional entre ellos, le hizo un doble nudo a la corbata.

—Bueno, querida, me temo que ahora tendremos que dejar entrar a los *dogs of war*. «Cry "havoc!"» —recitó en un inglés suave y ahora perfecto—, and let slip the dogs of war...»

—Anda, Shakespeare, ve a reunirte con tus *dogs of war*.

Esther besó sus labios agradablemente orlados y dio un paso al lado. Valérie se permitió una sonrisa extraprofesional para responder a la irresistible sonrisa que le dirigía el candidato. Y le informó de que le estaban esperando.

Le precedió por el pasillo anunciando su salida por el pinganillo. Antes de reunirse con el cortejo, preguntó por los problemas gástricos de Marco. Marco no comprendió de qué le estaba hablando pero confirmó que Coûteaux le había pedido ser el kevlar, a lo que le respondió que no era asunto suyo.

Ante ese misterio, la comandante Simonetti oyó la voz de JP a través del pinganillo:

—Utilizaremos el vehículo señuelo. Repito: utilizaremos el vehículo señuelo.

Hizo subir a Chaouch y a su mujer en el segundo Volkswagen Touareg de cristales ahumados. No había ninguna necesidad particular que guiara la elección del vehículo oficial o del señuelo; para desbaratar las previsiones de eventuales malhechores, había que tomar esa decisión en el último minuto.

El cortejo compuesto por una veintena de vehículos se puso en marcha. Al frente, los motoristas vestidos de gala que abrían el camino y vigilaban que la comitiva no tuviera que detenerse en ningún momento. Detrás de ellos, un coche con distintivos de la Prefectura de Policía, con los girofaros encendidos. Un primer vehículo azul marino del

GSPR marcaba el tempo, seguido de un vehículo idéntico en el que viajaba el comisario al mando del operativo. Un segundo grupo de siete motoristas formando una V protegía la parte más sensible de la comitiva: el primer Velsatis acompañante, dos pesados Volkswagen Touareg blindados en uno de los cuales se hallaba el candidato, un Ford Galaxy que vigilaba el flanco derecho y tres motoristas más. La cola del cortejo la formaban varios vehículos que transportaban al personal de la campaña y al servicio médico, así como un monovolumen que albergaba al EST (Equipo de Apoyo Táctico): cuatro hombres armados hasta los dientes, con cascos, escudos y fusiles de asalto para repeler el eventual ataque de un comando.

Chaouch no estaba al corriente de los detalles de la milimetrada organización que rodeaba sus desplazamientos desde las amenazas de AQMI. Menos aún sabía que «Valérie», sentada en el asiento del pasajero y siempre dispuesta a reírle sus ocurrencias, ocultaba bajo su traje multicolor un auténtico arsenal: una pistola automática Glock 17 en la cadera derecha y, por si esta se encasquillara, una Glock 26 en una pistolera invertida, con la culata vertical para desenfundarla más deprisa, además de una porra telescópica, una linterna, un lanzador de gases lacrimógenos y una granada ofensiva enjazadas en su cinturón metálico; sin olvidar la radio con sus dos cables, uno a lo largo del brazo acabado en un micrófono y el del auricular, que pasaba por su espalda a través del tirante del sujetador hasta el pinganillo moldeado a medida después de una visita al otorrinolaringólogo.

A través de ese pinganillo, el ángel de la guarda de Chaouch supo que la avanzadilla encargada de verificar el itinerario no tenía nada que señalar. Se concedió un segundo de reposo y estudió a través del retrovisor la gestualidad del candidato. Ese era el aspecto más singular de su trabajo: tenía que conocer el lenguaje corporal del hombre al que protegía, mejor incluso que su entorno íntimo, para adaptar su seguridad personal a eventuales movimientos inesperados cuya anticipación era fruto de una forma de empatía mágica o por lo menos inexplicable. Y esa tarde, mientras el cortejo circulaba a orillas del Sena a toda velocidad, la comandante Simonetti no pudo evitar observar que por primera vez su rodilla derecha brincaba en cuanto los dos tonos de una sirena respondían a otros dos tonos y una cacofonía de silbatos a los que sin embargo se suponía que debía de haberse habituado desde el inicio de la campaña…

3

Quai de Seine, 12.00

Había transcurrido más de una hora desde que Krim tomó la decisión de parar un taxi. No se atrevía a detenerlos como en las películas, y aquellos en cuyas ventanas había llamado con los nudillos no le habían permitido subirse alegando que era su pausa de descanso o que no estaban autorizados a aceptar clientes cerca de una parada, aunque, con toda seguridad, era porque el aspecto de Krim no les inspiraba confianza.

Por fin uno se detuvo en una calle paralela al Sena. Krim alzó la vista en el momento de entrar. Los coches frenaban en el semáforo en verde para dejar pasar a los vehículos oficiales escoltados por una nube de motoristas armados. Unos transeúntes aseguraron que se trataba de Chaouch, que iba a votar a Grogny. El corazón de Krim dio un vuelco al pensar que todo el mundo se detenía para cederle el paso. Encarnaba a la República, al Estado, al soberano. Krim recordó el día en que a su padre, estacionado en un semáforo en rojo, le autorizaron excepcionalmente a cruzarlo unos metros para dejar pasar a un vehículo del SAMU con las sirenas a todo trapo. La vida en peligro de otro hombre primaba sobre las estrictas leyes de la circulación. El paso del rey también. En ese mundo incomprensible aún había algunas cosas superiores.

Krim no se atrevía a sentarse solo en el asiento posterior y pidió permiso para sentarse delante. El taxista se encogió de hombros y le preguntó adónde iba.

—A Buttes-Chaumont —respondió Krim antes de consultar el móvil y sorprenderse al ver que Nazir había dejado de llamarle frenéticamente.

—Sí, pero ¿adónde en Buttes-Chaumont?

Krim le dio el papel en el que había escrito la dirección. El taxista puso en marcha el taxímetro y arrancó:

—¡A la carga, muchachos!

Su padre decía lo mismo. Incluso cuando en el coche solo había viejos. Aquellos hombres, pensó Krim, aquellos hombres que no eran su padre... Era un escándalo, peor que un escándalo. Aún no había una palabra para decir lo que era.

La radio dio las cifras de participación en Ultramar y enseguida, después de cierto descontrol, las de la participación en el territorio metropolitano: 39 por ciento y pico a mediodía, lo que suponía un sensible incremento de 12 puntos respecto a la primera vuelta. Un récord absoluto, se extasió la periodista antes de dar paso a una conexión con el Ayuntamiento de Aix-les-Bains, donde Françoise Brisseau, desventurada rival de Chaouch en las primarias socialistas, recordaba con voz alegre que se estaba viviendo una jornada histórica, «¡independientemente del resultado!».

En el distrito XVII, Dominique de Villepin acababa de introducir la papeleta en la urna pero se negó a hacer declaraciones.

—¡Hay que ver! —exclamó el taxista—. ¡A mi edad, nunca hubiera imaginado que llegaría a ver a un presidente árabe en Francia!

Krim no lograba determinar su origen: era de piel mate, tenía una nariz grande, ojos oscuros y el cabello canoso rizado, y su acento se parecía al de sus tíos y, sin embargo, tenía aspecto de francés a diferencia de estos. Krim concluyó que era judío y se dio cuenta de que era el primero con el que se encontraba. Observó la pulsera que llevaba en la muñeca esperando ver una estrella de David, pero solo tenía las letras de su nombre, muchas letras configuradas de una manera extraña que Krim, cuya vista se nublaba debido a la falta de sueño, no consiguió ordenar.

—… pero, bueno, aún no está ganado —concluyó el taxista.

Catorce euros más tarde, Krim puso su mocasín claro sobre el asfalto de una calle que olía a pescado. Un poco incómodo debido a su aspecto, con chándal y mocasines, a punto estuvo de no llegar a la acera.

Aurélie, sin embargo, le envió un SMS, y no un SMS cualquiera, sino este:

Recibido: Hoy a las 12.45
De: A
¿Vienes ya, mi principito cabilio?

Krim tuvo que volver a empezar cuatro veces hasta lograr introducir el código en la puerta del edificio. Ascendió de uno en uno los peldaños también tapizados de terciopelo rojo, asiéndose a la barandilla dorada. En el segundo piso solo había una puerta. Antes de llamar, Krim acercó el oído a la mirilla formada por unas simples varillas metálicas. Esperaba encontrar a Aurélie a solas, pero se oían por lo menos dos voces masculinas y otra voz femenina.

Se oyeron pasos en el pasillo de la entrada. Krim retrocedió y se disponía a bajar por las escaleras cuando se abrió la puerta.

Aurélie vestía un peto vaquero con una larga camiseta blanca debajo. Su cabello suelto era más claro que en su recuerdo y sus hombros de nadadora más anchos pero sus clavículas menos marcadas.

Krim pensó en las bromas que hacía acerca de su capacidad para transportar agua en el hueco de sus clavículas. Su aspecto desafiante no había desaparecido, pero estaba teñido de una diversión y una ironía que incomodaron a Krim. Sostenía un porro en su mano derecha.

—Mola que hayas podido venir. Pasa. ¿Qué te has hecho en las manos? Joder, estás sangrando, ¿verdad? ¿Te has peleado?

—Sí.

—Espero que por una chica.

Krim se encogió de hombros y se dejó guiar. Los techos eran altos y el parquet estaba encerado. En el amplio salón lleno de humo al que Aurélie condujo a su invitado sorpresa, una lámpara de araña completamente encendida creaba una iluminación difusa. A Krim, sin embargo, no le importaba ni la lámpara ni la luz del día. El sol estaba en el apartamento, a horcajadas en el sofá, bebiendo con deleite una botella de whisky con Coca-Cola medio vacía. Sus pómulos punteados de pecas eran asombrosos, al igual que sus ojos almendrados que desbordaban una intensidad astuta, maliciosa hasta por su diferencia de color.

Ninguno de los tres tíos tumbados en la alfombra prestó atención a Krim. Sobre la mesa baja había copas de champán desbravado junto a botellas de vino con etiquetas amarillentas por el paso del tiempo, probablemente unos reservas obtenidos en las bodegas de sus padres. Krim vio también a través de la hoja transparente de la mesa un estuche de póquer abierto, forrado con espuma negra y lleno de fichas rojas, azules, verdes, negras y blancas.

—¡Tristan! ¡Tristan! —gritó uno de los tipos, con un cigarrillo entre los labios y gafas de sol, apoyándose en el codo—. ¡Espabílate, colega, que llevas una hora preparándolo!

Krim se volvió y vio a un joven de torso desnudo, cabello rubio intenso, miembros delgados y esbeltos, y con unos labios finos, sarcásticos y principescos. Sostenía una bandeja de plata, llena de pequeños cristales gredosos, que depositó sobre la mesa baja. Tristan saltó al sofá y asió a Aurélie de los hombros escrutando los mocasines de Krim. Calzaba unas zapatillas deportivas Dior blancas y azules con un ligero toque dorado.

–Adelante –le dijo a Krim recuperando el canuto–, llévate a la chati.

Krim no sabía qué era una «chati». Murmuró un retazo de frase inaudible y ni siquiera intentó contener el flujo de sangre que le hacía latir las sienes. Todas las miradas se dirigieron de repente hacia él, incluso la verde y marrón de Aurélie que, boquiabierta, no comprendía qué sucedía.

Krim hizo girar lentamente la lengua en su boca pastosa. A su izquierda, en la chimenea en desuso había un espejo ante el que estuvo a punto de desvanecerse al reconocerse.

Parecía un camello en una escalera.

4

Saint-Étienne, 13.00

Dounia no quería conducir, así que Fouad se puso al volante. En el asiento trasero, Luna bostezaba tanto que parecía que se le fueran a descoyuntar las mandíbulas. Sin embargo, al estacionarse el coche frente a su casa para dejar a Rabia, que quería ducharse y descansar un poco, Luna prefirió no acompañarla.

–¿Por qué te vas con ellos? –le preguntó Rabia–. ¿Para qué, si ni siquiera puedes votar?

Luna insistió, Rabia alzó la vista al cielo y cerró la puerta. El rostro fatigado de Dounia se asomó por su ventanilla abierta.

–¿Seguro que no quieres venirte con nosotros, Rab? Y luego nos vamos a descansar...

–No, te digo que no –respondió su hermana, a la que la fatiga y las ráfagas de viento hacían temblar–. Gualá, no me apetece, quizá más tarde... Y además tengo que llamar a ese *shaitán*, ya verás la que le va a caer... Te juro que se va a enterar –repitió bostezando también como si se le fuera a descoyuntar la mandíbula–. Joder, no sé qué me pasa, pero estoy agotada. Creo que me voy a echar una siesta...

–De todas formas, puedes votar hasta última hora de la tarde –dijo Dounia mirándola de nuevo con inquietud–. Ve con Bouzid, sale de trabajar a las cinco.

Fouad advirtió en el retrovisor una silueta sospechosa que aguardaba al pie de su coche, un BMW gris metalizado aparcado en doble fila al final de la calle. No le prestó mayor atención y fue a buscar a Kamelia, que se alojaba en otra parte. En casa de la abuela no había espacio suficiente para albergar a todos los que no vivían en Saint-Étienne. Una tía se apretujó también en el asiento trasero para ir a cumplir con su deber ciudadano, pero Raouf y su padre prefirieron quedarse con Ferhat.

Aunque vivía en París desde hacía años, Fouad aún votaba en Saint-Étienne, en la circunscripción norte. Al entrar en el aparcamiento de la sala de fiestas recordó la caída del tío Ferhat y apretó los dientes. Slim les esperaba apartado de la numerosa cola a la entrada del gimnasio.

−¿Has visto? −dijo sorprendido al abrazar a su hermano−. ¡Con la gente que está viniendo a votar, seguro que saldrá elegido! Y además, fíjate, no hay más que moros.

El recién casado sintió que hacía gala de un entusiasmo excesivo, dados los acontecimientos de la víspera, se serenó y preguntó por Ferhat y Zoulikha. Fouad se interpuso para no excitarle por una razón u otra. Afortunadamente, la siempre alegre Kamelia llegó por detrás de Slim, le rodeó el vientre con las manos y alzó al peso pluma de su primo del suelo.

−¡Ayer ni siquiera te vi! Aquí está el recién casado… *Zarma*, mira ahora al pequeño Slim −le dijo a Luna que había llegado a su lado−. ¿Y dónde está tu mujer?

−Como nosotros, ha ido a votar. Pero ella tiene que ir a votar al sur de Sainté.

Fouad buscó a su madre con la mirada y la localizó al pie de un chopo que el viento hacía estremecerse como un gorila. No fue a su lado de inmediato, pensando en aquellas noches en que no dormía por culpa de ella, debido a las pequeñas y a las grandes amenazas que la acechaban. En realidad no había ninguna amenaza inmediata, simplemente ese hecho que pendía sobre ella, ese hecho demasiado pesado para poder ser soportado por una conciencia humana normalmente constituida: un día su madre se moriría.

Fue a darle un beso y se arrepintió de haberla hecho llorar antes en el hospital al hablar de Nazir.

−Lo siento, mamá −le susurró al oído.

−Anda, vamos, hijo, vayamos a votar. Por lo menos hay algo bueno en medio de esta pesadilla. La verdad es que no me cabe en la cabeza… –prosiguió al ponerse en la cola–. ¿Cómo se le puede hacer algo así a un viejo? ¡Gualá, no entiendo cómo puede haber gente tan monstruosa!

Fouad permaneció en silencio.

–Luego me acompañarás al hospital, ¿verdad? No quiero que Zoulikha se quede sola.

–¿La abuela no está con ella?

–Peor aún si está la abuela.

Fouad comprobó que toda la tribu tuviera su documento de identidad y su tarjeta electoral. Luna se pegó a él y le asió de la mano como una niña.

–¿Qué te pasa, chiquilla? –le preguntó su primo.

–Tengo miedo –respondió frunciendo el ceño.

–Pero si no es más que un colegio electoral…

–No –sonrió la muchacha–, no tengo miedo de eso, sino de mis resultados. Quizá podré entrar en la selección francesa júnior, crucemos los dedos…

–¡No lo sabía, es genial!

Fouad le masajeó sus hombros de futura deportista de élite mirando a Slim, que mariposeaba entre sus primas, excitado a pesar de las circunstancias, a menos que –la idea hizo que estrujara demasiado fuerte los trapecios de Luna, que profirió un pequeño grito– fueran estas, o la tragedia de la víspera y el poder que las tragedias poseen para unir a los clanes, el motivo por el cual parecía emocionado y feliz, como pez en el agua, en esa situación que estaban viviendo juntos. Fouad meneó la cabeza para desprenderse de esas estrambóticas ideas, impropias de él. Decidió dar ejemplo y fue el primero en introducir la papeleta en la urna y recibir un estruendoso elogio de su civismo:

–¡Ha votado!

En el mismo momento. Mouloud Benbaraka encontró la llave en el conducto de la basura del rellano de Rabia. La introdujo con cuidado en la cerradura y se encontró cara a cara con Rabia.

–Om… ar…

La mujer sostenía un vaso de granadina en la mano y lo dejó caer al ver al intruso extender su musculosa mano hacia ella para impedirle gritar.

5

Aurélie tomó a Krim de la muñeca y le arrastró a través de una sucesión de habitaciones bonitas y luminosas.

—Mira, este es el despacho de mi padre.

—¿De qué trabaja tu padre?

—Es juez de instrucción, pero este fin de semana se ha ido a Roma con mi madre. ¿No has oído hablar del juez Wagner? Estuvieron a punto de matarle hace unos años por culpa de los corsos. Por eso siempre lleva pistola y dos guardaespaldas, en todo momento. Estaban en Bandol, ¿no te acuerdas?

Krim contempló la habitación de paredes de madera recubiertas de libros. Aurélie le invitó a sentarse en el sillón de su padre y le hizo girar a toda velocidad. Krim detuvo el movimiento agarrándose al borde del escritorio. El sillón rechinó, Krim se puso en pie y observó los botones que relucían en el intimidante acolchado verde oscuro.

—¿De qué calibre es su pistola?

—¿Sabes de armas? —le preguntó Aurélie.

—Mogollón —se vanaglorió pomposamente Krim—. Incluso sé disparar.

No se atrevía a alargar sus frases, por miedo a que ella le identificara el acento. Delante de extraños, ante aquellas personas que no eran de Saint-Étienne, oía constantemente ese acento y le parecía abominable, sobre todo por su manera de pronunciar las «an» y los «on».

Tristan gritó desde la sala. Estaba a punto.

—¿Qué? —preguntó Krim.

—El MDMA. ¿No has tomado nunca? Ya verás, es una pasada. Es como el éxtasis, pero sin toda la mierda. Es la droga del amor, flipa. Mientras te dura el subidón estás en el paraíso y luego ni siquiera notas el bajón. Es muy suave —susurró ella cerrando los ojos—, tan suave que incluso es suave cuando deja de ser suave.

—Sí, sí, lo sé, creo que tomé una vez.

Krim tuvo la impresión de que ella se la había tomado la víspera, durante la fiesta, y que aún estaba bajo sus efectos. ¿Le había respondido en Facebook debido al MDMA? ¿Era esa droga del amor la que la había llevado a invitarle a su casa y a llamarle «principito cabilio»? Esa posibilidad le deprimió.

Sin embargo, le bastó alzar la mirada hacia sus senos que sobresalían bajo la camiseta para recobrar la fe en ella, la fe en el amor y en la vida.

La siguió como un fantasma de habitación en habitación. Aún tenía esos andares vivarachos, aunque sus pequeños pies ya no magnificaran a su paso la arena brillante o las losas cubiertas de pinaza.

Al llegar a la sala, Tristan se levantó de la mesa baja y quiso besar a Aurélie en los labios. Ella le rechazó el beso y se tumbó en el sofá, con una pierna sobre el reposabrazos. Se estiró como un gato y su pecho dobló de volumen e hizo tintinear el botón del peto.

Krim vio su mirada nebulosa, amorosa, y comprendió que estaba colocada.

—¿A quién vas a votar? —le provocó Tristan.

—¿Quién? ¿Yo?

—¿Tú, Nico, a quién crees que va a votar? Vamos, haz un poco de sociología electoral, demuéstranos que de algo te vale tu curso de acceso a ciencias políticas de seis mil euracos.

Sus ojos entornados se cerraban solos al hablar. Parecía como si un diablo hablara mediante ventriloquía a través de él.

Nico no quiso seguirle el juego y Aurélie salió en defensa de Krim:

—Eso no quiere decir nada, Tristan. A veces eres muy gilipollas. Yo soy demasiado joven, pero hubiera votado por Chaouch. Estoy segura al doscientos por cien.

—Porque es el más guapo —replicó Tristan, que obtenía el silencio de los presentes antes incluso de abrir la boca—. Tú votas al que te apetece follarte, zorra. Yo soy fiel a mis convicciones.

—Métete por el culo tus convicciones.

—Hace dos años que estoy en las Juventudes de la UMP —se mofó Tristan—. Y que sepas que no me hubiera importado votar a un candidato de la diversidad. Pero con la condición de que pueda llevar a cabo su tarea. Hay que juzgar en base a las ideas y no por los orígenes de las personas, pero eso ya lo dijo Sarko.

—Sí, claro —se burló Aurélie.

Krim, sin embargo, no comprendía quién se burlaba de quién.

—Escúchame, ¿a quién crees que debemos el hecho de tener un candidato, lo siento, árabe entre comillas por primera vez? Es gracias a Sarko. Él fue quien hizo entrar a gente de la diversidad en el gobierno por primera vez.

Krim, asustado ante el tono de Tristan, retrocedió e hizo caer una lámpara.

—¿Por qué no pones un poco de música en vez de romper las cosas?

Le señaló un iPad sobre la repisa de mármol de la chimenea y Krim fue hacia allí esperando que la conversación fuera a detenerse en ese punto gracias a la música. Sin embargo, una vez ante el lujoso aparato, concentró toda su energía mental para evitar su propio reflejo en la pantalla.

—¡Vamos, pon música de una vez! —se impacientó Tristan—. Pon algo guay, algo de electro... o pon lo que quieras. Y con cuidado, ¿eh?

Krim imaginó que empuñaba la preciada tableta y se la estampaba en la cabeza al rubiales. Abrió Deezer y estuvo a punto de teclear «Aït Menguellet» en la ventana de búsqueda. Prefirió Kanye West.

Sobre las primeras frases de violonchelo de su versión preferida de «All the Lights» oyó unos suspiros de decepción. Pero no de Aurélie, que se había puesto en pie y miraba fijamente el reflejo de Krim esperando cruzarse con su mirada. Krim alzó la vista hacia el espejo e intentó comunicarle su angustia, su enorme angustia.

Ella se disponía a reaccionar cuando Tristan le volvió la cabeza a la fuerza hacia la bandeja.

—Déjame, burro —se indignó ella antes de echarse a reír.

Krim se volvió y pretextó una cita urgente.

—¿Con quién? —preguntó Aurélie.

—Con mi primo.

—Quédate un rato —dijo la muchacha sin tanta convicción como él hubiera deseado—. Tienes que probar el MDMA. Te lo juro, pruébalo. Venga, vas a probarlo, ¿verdad?

Por primera vez, a Krim le pareció repulsiva. Había dicho «¿verdad?» en un tono más alto. Los pijos no dejaban de ser pijos, aunque intentaran no parecerlo. Su vacilación se disipó. No iba a probar su droga. Buscaba una manera honesta de anunciárselo cuando oyó a Tristan pronunciar un nombre que le sobresaltó. Se acercó a él.

—¿Qué has dicho?

—¿Cómo? —se defendió Tristan poniendo la bandeja al abrigo de la pelea que iba a estallar.

—Has dicho un nombre, adelante, repítelo.

Los ojos azules de Tristan ardían con una maldad gratuita, con esa maldad que una sonrisa irónica basta para justificar. «Mierda, es una broma. Joder, con vosotros no se pueden hacer chistes.» Krim quiso matarle.

—¿Qué nombre?

—Se refiere a Krikri, me parece —respondió otro tipo, el flaco.

La voz de chica que había oído detrás de la puerta era suya.

—¿Por qué me has llamado Krikri? —gritó Krim.

Empujó violentamente el pecho de Tristan y se alejó hacia la chimenea mientras los otros individuos contenían sus carcajadas. Tristan se rio y estalló en el momento en que Aurélie asió la manó desollada de Krim consolándole:

—Krim, lo siento, no hagas caso a estos cretinos.

El contacto con esa piel lisa con la que tanto había soñado ya no le hacía nada. Miró al amor de su vida con una especie de estupor atento y ralentizado: no la observaba, tampoco la miraba, era más como si hubiera seguido en su mirada las últimas llamas de una antorcha arrojada a un abismo. Retiró sus falanges de las de Aurélie y tomó su cabeza entre sus manos.

Le dio una patada a la mesa baja y huyó corriendo en el momento en que los tipos se levantaban para lanzarse sobre él.

6

París, 14.00

Corrió por la calle, rodeó la manzana de casas, tropezó varias veces y acabó llamando a Nazir. No respondía. Para calmarse, Krim descendió hasta el canal Saint-Martin, pero había demasiada agitación, demasiada vida y demasiado sol. El buen humor de la gente le afligía y la menor cuesta le dejaba sin aliento. Le temblaban las manos y el dolor de cabeza no tardaría en reaparecer.

Y, además, esa excitación, esa vibración de una vida que parecía más rica, más noble y más viva que cuanto había experimentado hasta entonces era algo que nunca había visto en las calles de Saint-Étienne. Todo el mundo iba mejor vestido, más peripuesto, y la calle peatonal donde acababa el mercado estaba repleta de gente, pero no había abuelas con Reebok y vestidos argelinos que le reclamaran a voz en grito que las ayudara con sus bolsas. Allí nadie se percataba de su presencia, y menos que nadie los árabes que pregonaban su mercancía pero que callaban en cuanto Krim pasaba frente a sus puestos.

De repente, en una plazoleta llena a rebosar, al pie de una fuente, apareció una orquestina. Eran unos jóvenes estudiantes felices, orgullosos de sí mismos y calculadamente despeinados que tocaban temas de jazz. El trombón parecía un tono por encima de los demás, pero... ¿era así? Krim se concentró y era el único entre los curiosos que realmente escuchaba su música. Pero era una catástrofe y ya no lograba distinguir el lugar de las notas en la escala compleja a pesar de que su oído estaba habituado a procesarla por sí mismo, como la pantalla de información que separa el mundo exterior del cerebrito hiperactivo de Terminator.

—¡«La Marsellesa»! ¡«La Marsellesa»! —gritó una mujer de cabello largo y rizado cuando acabaron el último tema.

Ante los vítores que se alzaron entre la apretujada multitud de sus oyentes, los estudiantes no tardaron en ponerse de acuerdo para tocarla como bis. Se oyó cantar a varias personas, de toda condición, padres con su bebé a hombros, grupos de adolescentes irónicos y proletarios que alzaban el puño tímidamente mirándose de reojo entre ellos.

Cuando sonaron las últimas notas, Krim recordó el ritual de su madre al inicio de los partidos del mundial de fútbol, cuando siempre añadía sobre las tres notas finales del himno, en respuesta a la sangre impura que corría por sus venas, un sonoro «panda de cerdos», cuatro do repetidos en un tono de jocosa parodia marcial, con el ceño fruncido y el mentón alto.

Un poco más lejos, Krim vio una cola que ocupaba toda la manzana de una escuela municipal convertida en colegio electoral. Observó cada rostro de la cola, sobre todo los de los padres blancos y sensatos que apartaban la mirada al paso de Krim. Y esa manera de rehuirle como si fuera un apestado era como si los perros ladraran al percibir su olor a morito porrero. Pasó junto a la acera observando el círculo imperfecto del sol que flotaba en el arroyo de la calle. Las nubes lo cubrieron cuando Krim dejó atrás la calle de la escuela y a la gente excitada que hablaba del «gran día».

Al cabo de media hora de carrera, Krim llegó de nuevo milagrosamente al Sena.

Le pareció oír graznidos de gaviotas. Alzó la vista al cielo y un anciano de ojos azules le imitó, frotándose las manos a la espalda.

—Sí, son gaviotas. Allí hay un vertedero.

Krim dejó al viejo y tomó el puente que conducía al otro lado de la iglesia de Notre-Dame. Su móvil vibró.

Recibido: Hoy a las 14.56
De: N
Se acabó. Ven al lugar convenido o lo pagarás caro, muy caro.

Krim le llamó una vez, dos veces, tres veces. Una lágrima rodó por su mejilla. Le escribió un SMS mandándole a tomar por culo.

Recibido: Hoy a las 14.58
De: N
¿Así me lo pagas? ¡Con lo que he hecho por ti! ¿Me dejas tirado como una mierda?

Krim se detuvo en medio del puente y contempló una Zodiac que se deslizaba sobre las olas, como él con Aurélie el verano pasado. Le escribió a Nazir que se había acabado, que ya no confiaba en él, que renunciaba a la misión.

Si no dejas de darme el coñazo llamaré a Fouad y le diré que me has pagado para que le pegue un tiro a un tío.

Nazir respondió al cabo de diez segundos:

Recibido: Hoy a las 15.00
De: N
Ya veremos.

Y en los dos minutos siguientes, Krim recibió tres SMS que consistían simplemente en unas fotos de muy mala calidad en las que pudo distinguir claramente a su madre tendida de costado en la cama de su dormitorio, como en su visión horrorosa, aquella visión de pesadilla que le había contado a Nazir. Salvo que en las fotos no estaba sola en la penumbra, sino vigilada por Mouloud Benbaraka, Mouloud Benbaraka sentado en el borde de la cama y cuya sonrisa inmóvil y maléfica no dejaba duda alguna acerca de sus verdaderas intenciones.

Krim arrojó su teléfono por encima de la barandilla del puente. Lo oyó aterrizar en un Bateau-Mouche desde el que los turistas tomaban fotos de la prodigiosa vista posterior de Notre-Dame de París buscando desesperadamente transeúntes a los que saludar. Mientras una joven extranjera recogía su móvil, Krim se desplomó sobre la acera, se agarró las rodillas con las manos y gritó hasta que le dolió el vientre.

7

Saint-Étienne, barrio de Montreynaud, 15.00

Bouzid aprovechó el semáforo rojo para quitarse el chaleco con los colores de la STAS y con el que se estaba asfixiando de calor. Cuando su bus se puso de nuevo en marcha, vio unas pandillas de jóvenes que corrían por la calzada, en la misma dirección. Había chicos, chicas y también adultos. Afluían de todas las barriadas de viviendas de protección oficial de la colina, galopando como cebras por la sabana.

Bouzid se volvió y vio que su autobús estaba casi vacío. Dos viejos con americanas rozadas entornaban los ojos para escuchar las noticias de la radio. Bouzid les vio un aire de familia con su tío abuelo Ferhat, subió el volumen y siguió a la comitiva de corredores a lo largo de aquella carretera de curvas pronunciadas que se conocía al dedillo.

Los domingos eran duros para Bouzid: no podía escuchar a Ruquier en Europe 1 ni *Les Grandes Gueules* en RMC, su programa favorito. Pero las noticias del día eran mejor que cualquier otra cosa. Una multitud se congregaba en las ciudades del extrarradio, en la Canebière en Marsella, gritando «Cha-ouch, Cha-ouch, Cha-ouch». Al salir de una curva, Bouzid vio una muchedumbre impresionante apretujada en una plazoleta en la que se había instalado, desde su último paso por allí una hora antes, una pantalla gigante como para las noches de partido al aire libre.

La calle estaba cortada y, por primera vez en su vida, Bouzid sintió literalmente la famosa «electricidad en el ambiente». Después de hacer sonar el claxon repetidamente renunció a abrirse paso entre la multitud compacta. Algunos chiquillos se encaramaban a los plátanos para ver la pantalla. En lugar de llamar a la central, Bouzid se puso en pie sobre su asiento y vio qué miraba todo el mundo: el candidato Chaouch saludando a los fotógrafos, acompañado de su mujer, de su hija y del director de campaña, el que tenía un muñón en lugar de la mano derecha.

Su primer reflejo fue llamar a Rabia para contarle la escena. Cuando ocurría algo extraordinario, Rabia era la persona indicada a la que llamar:

era a la vez muy impresionable y un público excelente. Si se le explicaba a ella una anécdota, el triunfo estaba garantizado.

Rabia, sin embargo, no respondió. A ninguna de sus cuatro llamadas. Dejó un mensaje en su buzón de voz, describiendo lo que veía.

—¡Ah *vava l'aziz*, gualá, está todo el barrio de Montreynaud! Han salido todos de casa para ver votar a Chaouch. Es una locura, Rabia, por La Meca, si lo vieras... Esto es de locos...

Buscó con la mirada la aprobación y el entusiasmo de sus dos pasajeros, que habían abandonado sus asientos y meneaban la cabeza en señal de admiración. Bouzid creyó incluso ver correr unas lágrimas de alegría por las mejillas aceitunadas y arrugadas del compadre más sonriente. Se hizo la reflexión de que con los viejos nunca se sabía: la edad volvía a los hombres emotivos. Sin embargo, cambió de opinión al ser presa de repente él mismo de unos sollozos, unos sollozos como no había conocido desde finales de los años setenta, durante la gran epopeya de los Verdes: la alegría colectiva, el deseo de abrazar a unos desconocidos que, en la calurosa locura del momento, se revelaban como hermanos de toda la vida.

Se aproximó a los viejos y a sus ojos brillantes. Se quitó la gorra y pasó el dedo por la vena de su cráneo. Por primera vez desde hacía años, era la esperanza y no la cólera la que la hacía sobresalir.

8

París, 15.15

Cuando Krim llamó finalmente a la puerta del apartamento en el que había oído gritar a Nazir unas horas antes, pensó que estaba cometiendo un error y que haría mejor en regresar a Saint-Étienne para proteger él mismo a su madre. La puerta, sin embargo, se abrió y apareció un tipo con perilla, pelirrojo, que le miró arqueando las cejas.

—¿Eres Krim?

—Sí —replicó Krim con su voz más firme—. ¿Dónde está Nazir? ¿Qué le haréis a mi madre?

El de la perilla no respondió y condujo a Krim al salón. Vestía una camiseta sin mangas sucia y parecía haberse despertado hacía diez minutos.

—¿Quieres café?

Pero ya estaba pensando en otra cosa. Tomó su teléfono y se exilió en la cocina, dejando a Krim devorándose las uñas de sus manos ensangrentadas.

El de la perilla regresó al salón vestido y listo para marchar. Krim creyó que su corazón dejaba de latir.

—¿Al final vienes? De acuerdo.

—¿Cómo que de acuerdo?

—Nos vamos.

—Quiero hablar con él —se irritó Krim—. Si no puedo hablar con él...

—¿Qué vas a hacer? —le interrumpió el pelirrojo mirándole duramente.

Bajaron al parking subterráneo y subieron al coche del pelirrojo. Circularon sin decir palabra durante diez minutos hasta cruzar la circunvalación. Un panel a la salida de la autovía indicaba GROGNY, ciudad florida de una estrella. En la interminable avenida que dividía la localidad en dos, Krim vio varios coches con banderas argelinas, marroquíes y tunecinas.

—¿Dónde estamos? —preguntó Krim, presa del pánico.

El de la perilla tomó un paquete del asiento trasero. Era un voluminoso sobre acolchado que entregó a Krim meneando la cabeza.

—Toma —dijo finalmente—. ¿Sabes manejarla? En principio, has practicado, ¿verdad? Es una...

—Ya lo sé, una 9 mm con cargador de catorce balas. Tengo una igual en casa. Pero no lo entiendo, ¿a quién debo dispararle? Quiero hablar con mi madre...

—La nariz —le interrumpió el otro—. Apunta a la nariz. Y sobre todo no mires al tejado, ¿de acuerdo? Habrá tiradores de élite en todos los tejados alrededor. Uno con prismáticos, otro con un fusil y un telémetro. Te lo digo por si te entran ganas de ver cómo está el patio. ¿Entiendes lo que te digo?

Krim asintió empleando todas sus fuerzas para no echarse a temblar. En la culata de madera de la pistola había grabadas cuatro letras: S, R, A, F.

—¡Me cago en la puta! —soltó el pelirrojo sin motivo.

Parecía a punto de dar media vuelta. Cuando el semáforo se puso en verde, Krim le vio menear la cabeza en señal de incredulidad.

—No saldré del coche hasta haber hablado con mi madre.

—¡Basta! Saldrás del coche y harás lo que Nazir te ha pagado por hacer.

—Llama a Nazir —replicó Krim—. Dile que no me moveré hasta que se ponga mi madre al teléfono.

—¡Joder, vete a cagar!

El coche arrancó despacio y pasó frente a dos policías con guantes blancos que impedían el acceso a una calle tan repleta de gente como a la salida de un partido en el Chaudron. El tráfico estaba cortado en todo el barrio, la gente afluía y cruzaba el bulevar obligando a aminorar la velocidad a los autobuses, en los que ondeaban banderas tricolores. Un grupo de viejas bereberes descalzas y maquilladas de azul cantaban canciones en una plazoleta acompañándose ellas mismas con darbukas.

El pelirrojo llamó a Nazir y le explicó la situación. Colgó unos segundos más tarde, aguardó un interminable minuto y marcó otro número.

—Te lo paso —dijo a su interlocutor.

Krim empuñó el teléfono y reconoció la voz de Mouloud Benbaraka.

—Tu madre está bien. No le pasará nada si haces lo que tienes que hacer.

—Quiero hablar con ella.

—Está durmiendo.

—Quiero hablar con ella. Quiero oír su voz y que la lleves con mi primo Fouad. Mientras ella no esté segura no haré nada.

Se oyó un ruido confuso al otro lado del teléfono. Por fin Krim oyó la voz de su madre, efectivamente dormida, un poco colocada, pero sana y salva:

—¿Qué pasa, Krim? Querido, ¿qué está pasan...?

—Ya la has oído —espetó Benbaraka en cuanto recuperó el teléfono—. Y no me toques los huevos.

Colgó. El pelirrojo apretó los puños y miró por el retrovisor.

—¿Ya vale, estás tranquilo? Y ahora, adelante.

—No voy a hacer nada hasta tener una foto de ella con Fouad.

El rostro del pelirrojo fue presa de tics. Uno de esos tics le alzaba el mentón y con él la barbita de chivo. Llamó a Nazir y le explicó el problema. Krim podía oír los gritos de Nazir, que hacían vibrar el teléfono. Estaba aterrorizado.

—De acuerdo —dijo el pelirrojo al colgar—, tendrás tu foto. Pero ahora tenemos que darnos prisa. Así que sal del coche y prepárate.

—¿Para qué? —preguntó Krim.

Evidentemente conocía la respuesta, la conocía perfectamente sin haberla formulado nunca.

La muchedumbre compacta lo hizo en su lugar.

—¡Cha-ouch, Cha-ouch, Cha-ouch!

9

Unos yuyús sorprendieron a Krim al abrirse paso entre la gente. Parecía que estuviera en una boda.

El tipo de la perilla mostraba un carnet de prensa para avanzar más deprisa. Llevaba también una bolsa en bandolera con un micrófono con el que grababa el sonido ambiente de la agitación callejera. Una veintena de agentes de las CRS y unas vallas amarillas formaban un cordón de seguridad a la entrada del Ayuntamiento. Debía de haber miles de personas alrededor del Ayuntamiento. Algunos escoltas de Chaouch se habían mezclado entre la multitud y conformaban un segundo círculo de seguridad personal. Krim fue detectado por uno de ellos, y pensó que estaba a salvo. El trabajo de esos hombres consistía en identificar las caras sospechosas. Krim sabía que la suya lo era, pero el pelirrojo con perilla cruzó una mirada con el guardaespaldas que le había detectado y empujó a Krim a primera fila.

De repente un rumor se propagó en el mar de rostros exaltados. La gente se volvía para hacer circular la información:

—¡Ha votado! ¡Ha votado!

Y fue entonces cuando Krim vio aparecer al candidato en las escaleras. Era más bajo que en la tele, pero todo él resplandecía, exhalaba un aire majestuoso y vigoroso. Chaouch era el lado serio de la vida. Era el fin de un mundo de pacotilla.

La multitud coreó su nombre:

—¡Cha-ouch, Cha-ouch, Cha-ouch!

Valérie Simonetti se llevó la muñeca a la boca y murmuró:

—Baño de masas, baño de masas.

En efecto, Chaouch se acercó a estrechar manos. Una mujer se desmayó detrás de la valla opuesta a la de Krim. Chaouch se volvió y Valérie Simonetti, que avanzaba como los cangrejos abriendo paso, le indicó que continuara. Detrás de Chaouch había otro escolta, el kevlar, que escaneaba los rostros uno por uno.

En lo alto de los edificios de la plaza los francotiradores no tenían nada que señalar. En verdad se concentraban en las mujeres con burka diseminadas entre el gentío: Chaouch había prohibido formalmente que se les impidiera el acceso para no condenarlas aún más al «ostracismo».

El candidato siguió estrechando manos hasta llegar a la de Krim, cuya mano derecha se extendía febrilmente por encima del hombro a rayas azules de una policía. La sangre latía en las sienes de Krim pero su mano izquierda estaba firme. Era la de su reloj Swatch, en la que su vida llevaba siete segundos de retraso. ¿Era eso bueno? ¿No sería mejor disparar con la que iba adelantada siete segundos? ¿Y cómo iba a salir de allí después? ¿Iban a abatirlo antes incluso de que tuviera tiempo de alzar el arma?

Recordó las sesiones de tiro con Gros Momo, la extraordinaria manejabilidad de la 9 mm, su escaso retroceso y su peso reconfortante.

—¡Quiero ver la foto! —gritó al borde de las lágrimas.

El pelirrojo no respondió. Consultó su teléfono y empujó a Krim contra la valla.

—¡Como no te des prisa no volverás a ver a tu madre! ¿Me oyes? ¡No volverás a verla! ¡Adelante, hazlo!

—No me fío de vosotros —imploró Krim con su voz de niño.

Le rodaron las lágrimas por las mejillas.

—¡No tienes elección! —vociferó el pelirrojo.

Krim se dio cuenta de que tenía razón. No tenía elección. Buscó con la mirada la nariz de Chaouch. Esa nariz era impresionante, muy recta, demasiado recta, las fosas nasales se hacían más gruesas, pero le faltaba la joroba cabilia, la joroba de los Nerrouche.

De repente ya fue demasiado tarde: el candidato evitó la mano de Krim y la tendió hacia otras personas.

El pelirrojo empujó a Krim más adelante, entre la gente. Le dirigió una mirada torva y le animó a abrirse paso a codazos.

—¡Adelante! —gritó—. ¡Adelante!

La comandante Simonetti pulsó su pinganillo y dirigió un guiño al candidato, que, a pesar de hallarse de perfil, lo advirtió y se preparó mentalmente para verse obligado a rechazar las manos siguientes. Una chiquilla alzada en brazos por su padre ya arrugaba los labios para darle un beso. La tomó en sus brazos, por encima de la valla de seguridad. Su padre hizo una foto.

Krim se halló pegado a ese hombre mofletudo que hacía una foto tras otra y de repente sintió algo en su muslo, por dentro del pantalón de chándal. Parecían babosas calientes arrastrándose entre sus pelos.

Se había meado encima.

El pelirrojo sudoroso empezó a darle golpes en las costillas. Krim empujó al padre fotógrafo y vio las piernas desnudas de color caramelo de su hijita mientras esta pasaba de nuevo por encima de la valla. La escolta rubia ayudaba a la niña a llegar a los brazos de su padre en el momento en que Krim rozó la palma de la mano de Chaouch. Pensó en las fotos de su madre con Mouloud Benbaraka, pensó en el cuerpo de su madre desnudo en la semioscuridad azulada de su dormitorio.

Alzó el brazo, protegido a la derecha por la silueta del pelirrojo y a la izquierda por el cuerpo de la niña. Cerró los ojos medio segundo y al abrirlos descubrió en los de Chaouch, en la apoteosis de esa tarde en la que centelleaban lentejuelas soleadas, que el miedo también habitaba la mirada de los dioses.

Solo hizo un disparo, del que pudo apreciar la perfección y la nitidez. La bala alcanzó la mejilla izquierda del candidato y le hizo caer de espaldas.

10

En el caos que siguió a la deflagración, Krim ya no oyó nada más. Los golpes llovían sobre él y el primero le dolió, pero los siguientes parecían percutir un cuerpo diferente, su propio cuerpo realmente pero liberado, por fin liberado de la tiranía de sus terminaciones nerviosas. Desde el suelo al que había sido proyectado vio una multitud de rostros deformes, llenos de odio y con miradas crueles, despiadadas.

Una inmensa mujer rubia apartó de golpe la valla y con una fuerza sobrehumana alzó a Krim del suelo donde se había desplomado. Enseguida la asistieron tres hombres entre los que se encontraba el que le había dejado pasar, que mantuvieron a Krim a unos centímetros del suelo, con la cara contra el asfalto donde el sol se imponía a la más mínima superficie de humedad, como en el sur el verano anterior, eso era, como el mar y el sol mirándose uno al otro durante las agradables horas de la tarde. Y mientras le vapuleaban, mientras hablaban de linchamiento y de hospital, Krim pudo verla de nuevo, aquella majestuosa columna de reflejos plateados del sol hacia las tres y media, una columna que seguía porque Aurélie también la seguía, hasta más allá de las boyas, hasta aquella zona extraña en la que los corales surgían bajo sus pies descalzos, oscureciendo la hermosa agua verde como si fueran monstruos marinos dormidos.

11

Saint-Étienne, 15.30

Dounia se levantó del borde de la cama y encendió la tele que dominaba la habitación, esperando que Zoulikha estuviera durmiendo de verdad. Esta, sin embargo, se despertó bruscamente y exigió que la apagara de nuevo. Dounia obedeció, se acercó a su hermana y le puso la mano sobre la frente para ver si aún tenía fiebre cuando un alarido procedente de la habitación de al lado evisceró el apacible ronroneo de la planta. Le siguió un segundo alarido, y un tercero, y una agitación tan inesperada entre aquellas paredes de un rosa pálido como una redada de policía en una guardería. Dounia, titubeante, se dirigió al pasillo y vio a dos enfermeras que corrían en sentido opuesto gritando:

—¡Han disparado a Chaouch! ¡Han disparado a Chaouch!

Las siguió como un fantasma y tuvo que detenerse a medio camino apoyándose en la barra de una camilla para tomar aliento.

Su primer reflejo fue llamar a Rabia, pero esta no respondía. La llamó al fijo, llamó a Luna, llamó a Nazir, llamó a Fouad y finalmente a Slim.

En el momento en que Slim descolgó, Dounia se puso a toser con una tos productiva y enfermiza con la que se entremezclaban hipos, sollozos y gritos. Oía la voz de Slim muy clara en el teléfono, la voz de su benjamín que gritaba mamá, mamá, mamá, pero no podía dejar de toser y ahora expectoraba incluso un poco de sangre.

Una enfermera paralizada frente al televisor al final del pasillo acudió por fin en su ayuda y tranquilizó a su hijo al teléfono, con la voz entrecortada por las lágrimas.

En la otra punta de la ciudad, Fouad no había oído vibrar su móvil: llevaba casi un cuarto de hora llamando a la puerta del piso de Rabia, adonde un mal presentimiento le había conducido. Un BMW arrancó en tromba cuando estacionó su coche al pie del edificio, acentuando su inquietud. Empezó a aporrear con más fuerza y corrió a llamar a la otra puerta del rellano. Nadie respondió.

Finalmente descendió al sótano, al recordar lo que había oído acerca de las cosas raras a las que Krim se dedicaba allí. Cada trastero tenía un número listado en un panel roñoso, donde Fouad logró identificar sin embargo el apellido de Rabia: Nerrouche-Bounaïm. Siguió el largo pasillo iluminado con fluorescentes, franqueó varias puertas cortafuegos y oyó ruido detrás de la puerta de madera del pequeño local que buscaba. Al llamar, la puerta se abrió sola y vio a Gros Momo tumbado en la sombra, con el rostro iluminado por una pantalla.

—¿Qué coño haces tú aquí?

Gros Momo se levantó y quiso huir. Fouad le retuvo con firmeza e inspeccionó la pequeña habitación, que parecía la cueva de Alí Babá. Había cajas de zapatos apiladas unas sobre otras, media docena de consolas de juegos y dos televisores de pantalla plana.

—¿Qué es todo esto, Momo?

—Joder, lo siento, no queríamos…

—¿En qué andáis metidos? ¡Respóndeme, coño!

—Nada, no es nada, solo… algún bisnes, ya ves, nada grave. Es Krim, con la pasta de su primo. Compramos cosas y las vendemos y nos sacamos algún beneficio, pero poca cosa, te lo juro.

Gros Momo era de una sinceridad irrefutable, pero Fouad advirtió que se había desplazado frente a una pila de cajas.

—¿Qué escondes ahí?

Apartó a Gros Momo y descubrió en lo alto de la pila el cañón de un arma que sobresalía de una toalla mal enrollada.

—No es nada, te lo juro, solo practicábamos tiro en el bosque, para pasar el rato.

Fouad se llevó las manos a la cabeza. Consultó su móvil, vio la cantidad y la variedad de llamadas perdidas y comprendió que había pasado algo. Presa del vértigo, a punto estuvo de caer de espaldas y tuvo que asirlo Gros Momo, cuyo rostro horrorizado y rollizo relucía debido a la transpiración. Fouad recuperó el resuello y miró a la pantalla activa que Gros Momo no había tenido tiempo de poner en pausa. Era un juego de tiro, con una vista subjetiva: el cañón de una metralleta apuntaba a un rincón de un manglar silencioso, que permaneció desierto aún unos segundos hasta que un soldado con uniforme de camuflaje apareció y disparó en su dirección, cubriendo gradualmente de sangre la pantalla.

12

París, en el mismo instante

Nazir vio moverse uno de sus tres móviles sobre el clavicémbalo. No le prestó atención, pues estaba concentrado en la partitura de «Los salvajes», la pieza de Rameau que practicaba desde hacía semanas sin progresar. Cerró finalmente la tapa del teclado y se pasó la mano por la barbilla. En una semana no le había crecido suficientemente el pelo para saber si se le rizaría. Lo lamentó y, como de costumbre, escrutó las paredes y el suelo, rincón tras rincón, temiendo ver aparecer la masa furtiva de algún bicho. Luego se dirigió hacia la ventana de su habitación, vacía excepto por la presencia del instrumento dorado, una cama de campaña y un macaco disecado.

La calle haussmaniana quedaba reducida al silencio por el doble vidrio que él mismo había hecho instalar. Sin embargo, un movimiento atrajo su atención en el cuarto piso del edificio de enfrente. En la ventana decorada con una vidriera roja y verde, su vecinita tomaba su lección de piano con una persona oculta a su vista por una gruesa cortina beis. El sol se deshizo de las nubes y, desde la penumbra repentinamente estriada por franjas oblicuas en las que caminaba el polvo, Nazir se deleitó con la visión del codo aplicado de la chiquilla y del terciopelo de su manga derecha con minúsculas lentejuelas de fantasía cosidas que centelleaban cuando se desplazaba a los agudos.

Después de echarle un último vistazo a su fiel mono disecado, Nazir bajó con su pequeña maleta burdeos y tomó el metro para reunirse con Farès y el coche que debía conducirle fuera de París. Hubiera podido llamar un taxi, pero deseaba hallarse en medio de la gente en el momento fatídico.

El metro se detuvo un buen rato en Saint-Michel, frente al ascensor que subía a la place Saint-André-des-Arts. La gente corría arriba y abajo, informándose unos a otros, evitando desvanecimientos.

Nazir alzó el cuello de su chaqueta negra y se quitó los auriculares estéreo para oír bien lo que se decía a su alrededor.

Una mujer que acababa de enterarse de la noticia se llevó la mano a la boca y se tambaleó. Un estudiante la asió y la ayudó a sentarse y a abanicarse con el suplemento de *Le Monde*, que leía tranquilamente unos minutos antes.

Nazir sacó el móvil y vio que tenía treinta llamadas perdidas de Farid, cuatro de su madre y, curiosamente, una de Fouad. Su sorpresa fue aún mayor, dado que no habían hablado por teléfono ni de viva voz desde el entierro de su padre tres años atrás.

Se estiró y se mordió los labios evitando cruzarse con su reflejo en los cristales. Casi no tenía blanco en los ojos y sus pupilas constantemente dilatadas debido a una enfermedad rara daban la impresión de que sus ojos estuvieran hechos de una materia espesa y malsana, y que si un día llorara serían probablemente lágrimas negras, como petróleo cenagoso, lo que se derramaría por sus mejillas. Sin embargo, llorar no figuraba en los planes de Nazir.

A su izquierda, una chica con americana y camiseta azul marino llamó su atención: le miraba desde dentro del ascensor. Su ceja derecha levemente arqueada y su boca de labios finos y arrogantes divirtieron enormemente a Nazir cuando se dio cuenta de que sobre ella el panel electrónico indicaba «Fuera de servicio».

La espera se alargó aún dos minutos, de los altavoces de toda la red brotó un aviso inaudible y consternado y luego sonó una sirena que parecía un yuyú. El metro no arrancaría. La red estaba paralizada.

Nazir salió y llamó un taxi. Llegó a la porte d'Orléans un cuarto de hora más tarde. Los coches de policía pasaban a toda velocidad y temió que ya se hubieran instalado controles alrededor de París. Farès le llamó al móvil. Nazir iba a responderle cuando vio el reluciente fuselaje del Maybach adecuadamente aparcado en una plaza de pago. Dio dos golpes en la ventanilla de Farès, que se apeó para abrirle el maletero.

—Joder, qué raro que haya tanta policía, debe de haber ocurrido algo.

Farès quiso estrecharle la mano, saludarle cumplidamente antes de hablarle de lo que le había pasado a su hermano y de lo que había que hacer para ayudarle.

Sin embargo, Nazir le detuvo con un gesto de la mano.

—Deja las efusiones para más tarde.

Y a continuación se acomodó en el asiento trasero, donde sin demora llevó a cabo unos misteriosos cambios de tarjetas entre sus tres móviles.

—¿En marcha? —preguntó Farès, que, a pesar del mal humor de Nazir, se alegraba de tener por fin compañía.

—Dirección a la frontera —confirmó Nazir, relamiéndose los labios.

Y el Maybach 57S con matrícula 4-CD-188, del cuerpo diplomático argelino, tomó la circunvalación en dirección a la autopista del Este, bajo el sol resplandeciente de aquel tumultuoso domingo de mayo.

SEGUNDA PARTE

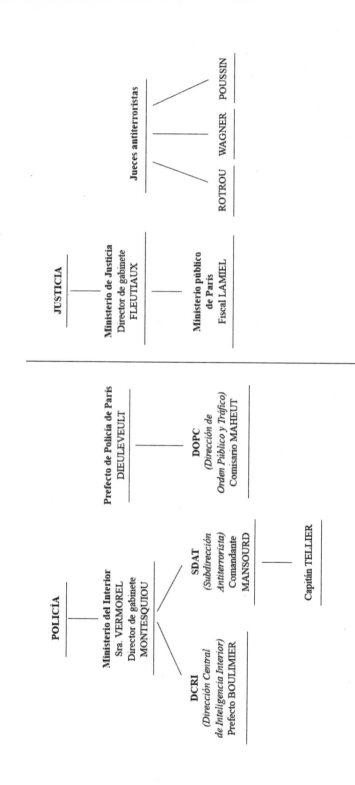

JUSTICIA

Ministerio de Justicia
Director de gabinete
FLEUTIAUX

Ministerio público
de Paris
Fiscal LAMIEL

Jueces antiterroristas
ROTROU   WAGNER   POUSSIN

POLICÍA

Ministerio del Interior
Sra. VERMOREL
Director de gabinete
MONTESQUIOU

Prefecto de Policía de Paris
DIEULEVEULT

DOPC
*(Dirección de
Orden Público y Tráfico)*
Comisario MAHEUT

SDAT
*(Subdirección
Antiterrorista)*
Comandante
MANSOURD

Capitán TELLIER

DCRI
*(Dirección Central
de Inteligencia Interior)*
Prefecto BOULMIER

DOMINGO

I

«SARKO ASESINO»

1

En el momento en que los satélites de los servicios secretos registraron los primeros movimientos de masas preocupantes en el extrarradio de París, en el instante en que los estadios, bares y plazas con pantallas gigantes de todo el país parecieron estallar bajo el efecto simultáneo de la estupefacción y de la cólera, Henri Wagner, juez de instrucción de la sección antiterrorista del Tribunal de París, admiraba tranquilamente los santos petrificados que velaban por la plaza de San Pedro, en el Vaticano.

Se había reunido allí con su mujer la víspera y tenía intención de regresar al día siguiente; Paola quería visitar de nuevo la capilla Sixtina, donde se conocieron veinte años atrás, pero media hora después de comprar las entradas el juez salió precipitadamente, incapaz de concentrarse, absorto en cuestiones profesionales.

La señora Wagner era una pianista famosa. El público melómano la conocía sobre todo por su apellido de soltera, Paola Ferris. Enseguida se dirigió hacia su marido inmóvil, juvenilmente acodado en una de las vallas que rodeaban las colas extrañamente desiertas ese hermoso domingo de primavera.

—¿Qué te ocurre?

El juez se encogió de hombros y pareció titubear. Tenía el cabello blanco y las cejas negras y espesas. Sus marcados rasgos desprendían, sin embargo, una lozanía incoercible: su alta estatura era un poco desmadejada, tenía la nuez abultada y el cuello del polo desabotonado le otorgaba un porte aún más desenvuelto. Se llevó los puños a las caderas y alzó la frente al cielo.

El primero de los dos agentes de seguridad del juez se alejó para atender una llamada en su móvil. El segundo acabó mirando en la misma dirección que el juez. Eran del Servicio de Protección de Personalidades, que renovaba regularmente los escoltas de los magistrados amenazados, y los dos nuevos se parecían incluso en su manera de elegir un look informal para pasar ese fin de semana con su «cliente»: cazadoras de piel, calzado deportivo y gafas de sol. El juez Wagner estaba convencido de que no se habían puesto de acuerdo. Llamó a eso «mimetismo profesional» en el almuerzo, una expresión ingeniosa que ninguno de los gorilas de apurado afeitado creyó apropiado gratificar con una sonrisa.

—Sorprendente, ¿verdad?

El juez se dirigía a su mujer, que sintió vibrar el móvil por tercera vez consecutiva contra el cuero de su bolso. Preguntó qué era sorprendente, pero no aguardó la respuesta y pulsó la tecla verde del móvil. Con las manos a la espalda, el juez Wagner dio unos pasos al pie de la galería elevada. El cielo contra el que las estatuas se recortaban nítidamente era verdaderamente primaveral, con un rebaño de nubes traviesas y vivarachas. El viento que las perseguía era a ratos cortante, y el juez Wagner alzó el cuello de su chaqueta meditando acerca de una ilusión óptica que le agradaba en la misma medida que le inquietaba y le provocaba vértigo: le parecía que no fueran las nubes las que se desplazaran en el cielo sino esas altivas figuras de santos súbitamente despertadas de su sueño eterno, exactamente como, desde un tren parado, nos puede parecer que el tren de al lado que se ha movido es el que está detenido mientras el nuestro se ha puesto imperceptiblemente en movimiento.

—Mira, Paola…

Pero cuando volvió la cabeza hacia Paola, su esposa estaba lívida. La palma de su mano cubría imperfectamente su boca abierta y sus grandes ojos claros se habían humedecido por el espanto.

El agente de seguridad que también hablaba por teléfono asió al juez Wagner del codo y lo condujo hacia el extremo de la plaza pasándole el aparato. Mientras el jefe de la sección antiterrorista del ministerio público le explicaba la situación, su mujer intentaba llamar a Aurélie para asegurarse de que estuviera bien. Por la voz, su hija parecía un poco adormilada. Una tía suya iría a buscarla y se quedaría con ella hasta que regresaran. Aurélie, curiosamente, no protestó.

En el coche que les conducía al hotel, Paola asió la mano de su marido, que contrariamente a la suya no temblaba, como tampoco palpitaba su mirada, estable y seria mientras una enésima persona le llamaba para informarle de nuevos detalles trágicos.

Cuando colgó, ella acarició con la mirada su larga y robusta cabeza coronada de blanco.

—El futuro es hoy —murmuró Paola.

Su marido puso su mano en la suya.

—Siempre me ha parecido que su eslogan de campaña era…

Paola no halló ningún adjetivo y calló.

—¿Premonitorio? —sugirió súbitamente el juez sin apartar la vista de su BlackBerry.

—Ah… No, no era eso lo que quería decir… Pero, bueno —dijo ella como si se enojara–, ¡tampoco parece afectarte! ¡Le han disparado a un candidato a las elecciones presidenciales!

—Paola…

—Oh, Dios mío, es espantoso. Le han disparado. Es espantoso. Madre mía, con lo que está pasando… ¿cómo puedes mantener esa calma olímpica?

El juez Wagner dejó que una sonrisa invisible invadiera su rostro. Se aclaró la voz, pareció pensar en otras diez cosas y respondió a su mujer mientras su vehículo de alquiler circulaba a toda velocidad junto al Tíber:

—Querida, a menos que la mitología nos haya engañado desde el principio, creo que en el Olimpo no reinaba precisamente la calma…

2

En las urgencias del hospital universitario de Grogny desembarcó primero un regimiento de hombres con pinganillos, seguidos un minuto más tarde por dos oleadas de motoristas uniformados. A los gritos de los primeros se añadió enseguida el estruendo de los silbatos de los segundos para acompañar la orden de evacuación de la planta baja. Una enfermera se quejó al liberar una habitación y el jefe de servicio la conminó a obedecer sin rechistar.

Y después de la tempestad llegó la calma, una calma aún más horrorosa, apenas contrariada por los bips de las máquinas. Nadie entre el personal sanitario se atrevía siquiera a tragar saliva. Parecía que la menor palabra pudiera hacer estallar a esos hombres corpulentos, tensos e hinchados de adrenalina.

Un interno enclenque y muy calvo soltó el estetoscopio, que cayó sobre las baldosas. El policía que mascaba violentamente un chicle le fusiló con la mirada. Manifiestamente dotado de un oído sobrehumano, oyó llegar el primer cortejo. Dos segundos antes que nadie, se dirigió hacia la puerta, que se abrió automáticamente.

La camilla la cruzó a toda velocidad y pasó frente a las enfermeras asombradas al corroborar lo que hasta ese momento solo habían sospechado: la identidad del paciente para el que habían transformado el servicio en una zona ultraprotegida.

Una joven interna recibió instrucciones para que se ocupara de la esposa del candidato, le tomara la tensión y le ofreciera agua.

En la pequeña habitación a la que Esther Chaouch se dejó conducir, la interna no pudo reprimir un sollozo. De inmediato apareció un médico veterano, que comprobó inmediatamente las pupilas de la paciente.

—Señora Chaouch, puedo asegurarle que su marido se encuentra en buenas manos. El doctor Lu...

—¿Adónde le han llevado? ¿Qué le van a...?

—Cálmese, señora. Su marido está en buenas manos.

Esther Chaouch se levantó y aprovechó un momento de distracción del médico para abandonar la habitación y cruzar el pasillo, donde ninguno de los escoltas se atrevió a detenerla. Se detuvo ella misma contra el cristal a rayas rojas detrás del cual aparecía la cabeza ensangrentada de su marido, aplastada bajo la luz blanca de los fluorescentes. La bala le había alcanzado la mejilla izquierda, pero era el lado derecho, donde había explotado la carne, el que ofrecía el espectáculo más insufrible.

Esther Chaouch se desmayó. Al recobrar el conocimiento, se hallaban a su lado un escolta y Jean-Sébastien Vogel, el director de campaña, que se había quitado la corbata y la miraba ladeando la cabeza, movido más por una curiosidad ansiosa y atribulada que por compasión.

Pasó un cuarto de hora al teléfono con su hija, Jasmine, que unas horas antes había preferido regresar a su casa, a su piso en el canal Saint-Martin, que, como Vogel le confirmó con la mirada, era uno de los lugares mejor protegidos de la capital. Al cabo de media hora, el jefe de servicio fue a verla, la ayudó a sentarse en la cama y le explicó la situación con una voz tan dulce que por un momento creyó que le habían inyectado morfina o una invisible sustancia algodonosa para protegerla de la violencia del mundo.

—Señora Chaouch, soy el doctor Lucas, hemos estado media hora...

Una mota de polvo en la garganta le ahogó. Alzó el dedo y se volvió un instante para toser. El tono del médico, el timbre de su voz... Esther Chaouch se llevó las manos a la cabeza, persuadida de que todo había acabado, que intentaba anunciarle que su marido había muerto. Incluso tuvo tiempo de ponerse en el lugar de ese médico encargado de explicarle por qué no habían podido hacer nada, ese médico gris que debía de haber anunciado la muerte cientos de veces a cientos de familias, y que en todas esas ocasiones debía de haber utilizado las mismas perífrasis horripilantes y forzosamente sobrias: «Ha fallecido», «No ha sobrevivido» y quizá incluso el infame «Nos ha dejado»...

Pero no era el caso.

—Disculpe. Como le decía, hemos llevado a cabo un escáner que ha revelado que la bala no le ha alcanzado el cerebro. La bala ha atravesado la cabeza prácticamente de una mejilla a otra, por suerte, pero es muy probable que su marido haya sufrido una ruptura de aneurisma debido al shock. Hemos tardado media hora en estabilizarle la presión arterial para poderle trasladar a un centro especializado con seguridad. Los neurocirujanos y neurorradiólogos del Val-de-Grâce ya han sido avisados...

—¿Se salvará?

—Señora, lo que tiene es... muy grave, y no le ocultaré que la operación a la que se le someterá es muy delicada, pero le aseguro que se ocuparán de él algunos de los mejores cirujanos del país, puede estar segura.

Esther Chaouch contuvo la llorera. De nuevo el tono dulce, la dulzura profesional del médico, habían vencido la resistencia de su pudor.

—¿Cómo le llevarán hasta allí? —preguntó de repente levantándose para marcharse también ella.

—En helicóptero, es un trayecto de diez minutos, y usted irá en coche, creo que el convoy ya está a punto. Su hija —añadió el doctor Lucas después de mirar a Vogel— está siendo conducida ahora mismo al Val-de-Grâce.

Esther Chaouch se volvió a su vez hacia Vogel.

—Jean-Sébastien, ¿ha sido un atentado terrorista?

—Sí, por descontado, pero aún es pronto para...

—¿Por qué nadie nos dijo que estaba «verdaderamente» amenazado? ¿Cómo es que...? ¿Y Valérie Simonetti? ¿No lo sabía? Tú lo sabías, ¿verdad?

—Esther —respondió Vogel, cabizbajo—, el prefecto de París me ha llamado para comunicarme que ha enviado seis secciones de CRS para blindar la zona del Val-de-Grâce.

Esther Chaouch alzó las manos y ladeó el mentón en un movimiento de rabia.

—¿El prefecto de policía? ¿Dieuleveult? Detesta a Idder, qué le vamos a hacer...

—Ya basta, Esther —la detuvo Vogel.

Quien estaba mejor situado para convertirse en primer ministro de Chaouch tomó en las suyas las manos rosadas de ansiedad de Esther:

—Las cosas no funcionan así, ahora ya no es cuestión de política, es Francia quien ha sido víctima de un ataque, ¿lo comprendes? Francia.

Unos segundos más tarde, un Eurocopter del SAMU abandonó el tejado del hospital universitario de Grogny y se dirigió hacia el sol, sobrevolando el extrarradio, la circunvalación, los distritos del Este y el Sena, hasta posarse en el patio del hospital militar del Val-de-Grâce, donde media docena de batas blancas y azules reunidas alrededor de una camilla se preparaban para recibir al paciente más importante del año.

3

—Caballos de fuego.

Esas fueron las primeras palabras que pronunció Rabia al emerger penosamente de un sueño que creía que había durado un día entero. Cuando pudo abrir los párpados con cierta normalidad, añadió que esos caballos de fuego se hallaban en el cielo y que los había visto desbocados en un estruendo mudo y profético. Fouad le tomó el pulso y aplicó el dorso de su mano sobre su frente sudorosa.

Después de cargar varias decenas de veces con el hombro, que le valdrían hematomas y dolores al día siguiente, había logrado forzar la puerta de Rabia. Le sorprendieron los trozos de cristales por el suelo y finalmente encontró a su tía dormida sobre la cama en su dormitorio, sin sábanas que la cubrieran.

En el momento en que alzó la mano para materializar en el vacío el galope de los caballos en su sueño, Fouad vio cómo la expresión de su tía se transformaba. La polvareda del otro mundo se había depositado. Y recordó:

—¿Dónde está Krim? ¿Dónde está mi hijo?

Asió la muñeca de Fouad y se levantó de golpe de la cama.

—¿Qué ha pasado, tía? —gritó Fouad—. ¡Dime qué ha pasado!

Rabia perdió el equilibrio y se desplomó en la cama. Balbució unas palabras que a Fouad le costó comprender: Omar, teléfono, París.

—¿Omar? —preguntó Fouad.

—Como Omar Sharif —deliró Rabia—, nos conocimos por Meetic y luego... yo... luego...

—Iré a por agua.

—¿Y Luna? ¿Dónde está mi hija?

Mientras Fouad llenaba una botella para no verse obligado a ir y volver varias veces, tomó el teléfono con la izquierda y vio horrorizado que tenía más de treinta llamadas perdidas: había suprimido la opción de vibrar y el indicador rojo se había iluminado sin que se diera cuenta, sin interrupción, desde hacía un cuarto de hora. Agarró con fuerza el contorno de ese adoquín envuelto en plástico hasta que le palidecieron las juntas de los dedos.

Dejó correr el agua y contempló la puerta forzada, una visión extraña que más parecía fruto de su hombro dolorido que de sus ojos, de manera que en ese momento le pareció evidente, terriblemente evidente, que ver era sufrir y que probablemente en toda su vida no había visto nada más que ese pestillo arrancado que colgaba como un pedazo de carne metálico al borde del dintel desportillado.

En ese preciso instante, Fouad supo que lo sabía, pero aún no sabía qué. Porque en lugar de devolver la llamada al último número que aparecía en su pantalla, en lugar de responder al teléfono de Rabia que sonaba sin cesar desde que había entrado en el piso, empujó la doble puerta acristalada del salón y puso la tele, en la que todos los programas de los canales hertzianos habían sido interrumpidos y sustituidos por ediciones especiales de los informativos. Zapeó hasta LCI. Estaba acostumbrado a la franja roja en la que se leía «Última hora» en la parte inferior de la pantalla de las cadenas de noticias sin interrupción. Se había aprobado una ley, una desaparecida había sido hallada muerta o se habían hecho unas contundentes declaraciones en una universidad de verano. Esta vez, sin embargo, el candidato a las elecciones presidenciales del Partido Socialista había sido víctima de un atentado. Eso, Fouad ya lo sabía. Pero había algo más.

Subió el volumen.

Los analistas invitados al plató hablaban sin haber pasado por maquillaje. Tenían la nariz brillante y el sudor les pegaba mechones de cabello a su frente crispada. El nerviosismo de esas voces obligadas a intervenciones de menos de veinte segundos bajo la amenaza de verse interrumpidas nunca le había parecido tan evidente a Fouad. Él mismo había participado en varios programas, y estaba previsto que interviniera en otros pronto y de forma intensiva para promocionar una comedia de elevado presupuesto que se estrenaba ese verano, en la que encarnaba el principal papel secundario.

—¿Fouad?

La silueta de Rabia apareció deformada a través de los vidrios abombados de la puerta. Fouad no tuvo tiempo de bajar el volumen y se precipitó hacia su tía para impedir que entrara. La voz del periodista que dirigía el debate concluía en ese instante el resumen de la gran noticia del siglo:

—En estos momentos se ignora todavía la identidad del autor del disparo… En el vídeo, que hemos decidido no emitir, puede verse que se trata de un joven, tal vez incluso de un adolescente, de origen al parecer asiático o quizá magrebí. Pero sabremos más en cuanto…

Fouad no logró detener a Rabia. Esta agarró el mando a distancia ante su desconcertado sobrino, que por fin sabía lo que había presentado desde el principio. Y, sin embargo, aún no se lo creía. Para que empezara a creérselo, Rabia tuvo que zapear furiosamente, quizá una decena de veces, hasta que en pantalla, en lugar de los rostros voraces, tensos e indecentes de los periodistas y de los tertulianos, apareció la imagen inmóvil y ampliada del joven autor del disparo, con sus pómulos lisos, sus ojos como platos llenos de terror y de lágrimas evidentes a pesar de los píxeles.

—Krim…

4

Eran las cinco de la tarde cuando el médico dio el alta a Krim y consideró que podía pasar a disposición policial. Habían sido necesarias dos horas para calmar el espectacular ataque de espasmofilia que había sufrido en el furgón de las CRS, mientras unas voces extremadamente tensas discutían acerca del lugar al que había que conducirle: «Al 36 del Quai des Orfèvres» o «A Levallois». Krim siguió esa esotérica discusión hasta quedarse sin resuello. En Levallois-Perret se hallaba la flamante sede de la Dirección Central de Inteligencia Interior (DCRI) –fruto de la unión de la Dirección de Vigilancia del Territorio (DST) y de la Dirección Central de Inteligencia General (RG)– que Sarkozy había imaginado como un FBI a la francesa y que albergaba, entre otros, los servicios antiterroristas. Krim recibió la noticia de que iba a ser interrogado allí vomitando sobre un par de botas militares que se vengaron en el acto arreándole una patada en el labio superior.

Ese golpe ya no se distinguía en su rostro abotargado por los que le había propinado la multitud, que, sin la intervención de los escoltas, probablemente le hubiera linchado. Sin embargo, y además de los medicamentos administrados para calmarle los bronquios, hubo que darle urgentemente unos puntos de sutura alrededor de la boca. El médico se quejó del comportamiento de los agentes de las CRS mientras el joven paciente aturdido por la medicación dormía bajo estricta vigilancia:

–Francamente, no hacía falta zurrarle de esta manera –dijo en un tono reprobatorio, aunque evidentemente no iba a señalar a nadie.

Krim abrió los ojos en la autopista por la que le transportaban a una velocidad que solo creía posible en los videojuegos. Extrañamente, no tenía la sensación de alzar el vuelo sino de hundirse, adentrarse en la espesura del tiempo donde estallaría en mil millones de burbujas de aire.

Le interrogaron y se oyó a sí mismo intentando responder a las preguntas.

Volvió a dormirse y abrió de nuevo los ojos en el momento en que emergía a lo lejos un edificio futurista compuesto de dos bloques gemelos de vidrio centelleante bajo un sol ardiente. El cortejo se adentró en un parking con varias plantas. Krim se dejó arrullar por el chirrido de los neumáticos.

Al despertar, ya no estaba rodeado de policías que le vociferaban que deletreara su apellido, sino en una habitación extrañamente tranquila, semienterrada, en la que la canicular y polvorienta luz del día se abatía sobre los ordenadores en hibernación desde dos largos ventanales rectangulares enrejados. Unos pies calzados con botas se detenían a veces en el patio de una planta baja que Krim veía en contrapicado. De repente apareció el cañón bajado de un fusil de asalto y a continuación las perneras de unos pantalones grises que caían sobre unos mocasines negros. La desbordante actividad de ese patio contrastaba con el aplastante silencio que reinaba detrás de aquellas claraboyas visiblemente provistas de doble vidrio.

Al recobrar completamente el conocimiento, Krim se dio cuenta de que estaba esposado al respaldo de la silla. No era la primera vez que sentía su muñeca rodeada por un brazalete metálico, pero jamás a lo largo de sus diversos desencuentros con la policía le habían apretado tanto las esposas. El menor movimiento de su muñeca oprimía el brazalete contra su hueso, hundía el metal en la carne y reavivaba al cabo de un segundo todas las zonas doloridas de su cara y de su torso.

Finalmente entraron dos hombres. Eran de una altura similar y los dos vestían el mismo traje sin corbata. El más amenazador de los dos llevaba una camiseta imperio visible bajo su camisa blanca, tenía los ojos hundidos en sus órbitas y la boca entreabierta. Se quedó de pie al lado de la puerta abierta, detrás de Krim, y dejó que su colega de mirada vivaracha se sentara sobre la mesa.

—Hola, Abdelkrim. Soy el capitán Tellier.

Era un hombre que no paraba de moverse, y torpe, como si su propia estatura le resultara una carga. Tenía el cabello rubio y graso recogido en una cola de caballo y parecía vestir por primera vez la americana del traje. Krim no advirtió en un primer momento que sufría de labio leporino. Al darse cuenta, ya no pudo ver otra cosa: el labio superior partido por la mitad, esa carne viva que lo explicaba todo: la mirada dura, la silueta azorada, la voz vengativa.

—¿Qué tal, Abdelkrim?

Krim quiso hablar de las esposas que le apretaban demasiado, pero tuvo miedo de no poder pedir nada más. Se aclaró la voz para intentar explicar lo más rápidamente posible que tenían que ocuparse de su madre, pero al pensar en su madre le vino a la cabeza la vertiginosa imagen de que había sido secuestrada por Mouloud Benbaraka y de que en ese momento aún se encontraba en peligro, que Nazir... No tuvo tiempo de armar ni una frase porque el capitán Tellier no había planteado la pregunta para que Krim respondiera, sino para hacer oír el sonido de su voz:

—No tenemos toda la noche, le has disparado a un candidato a las elecciones presidenciales. Nos vas a decir por qué lo has hecho, quién te ha dado el arma y por qué en el arma estaba escrito SRAF. Nos lo vas a contar todo, pero empezarás por decirnos dónde está tu móvil.

—¿Mi móvil?

—Sí, tu móvil. No nos harás creer que no tienes móvil, así que ¿dónde está? No te lo hemos encontrado encima, ni en la plaza del Ayuntamiento. ¿Qué dices? ¿Dónde está tu móvil?

Krim no respondió; le hubiera gustado responder que había arrojado el móvil desde lo alto de un puente, pero no sabía si esa escena la había soñado o si había ocurrido realmente. El capitán Tellier vio que el chaval flotaba. La palabra «móvil», cuando la pronunció de nuevo, causó en Krim el mismo efecto que una palabra en una lengua extranjera.

—De acuerdo, calmémonos —prosiguió el capitán—. No sabes lo que es un móvil, pero aún te acuerdas de lo que es un número de teléfono, ¿verdad?

Krim asintió con la cabeza, porque el silencio absoluto aumentaba su sensación de vértigo.

—En ese caso, nos vas a escribir en un papel los nombres y los números de teléfono de tu familia y de tus amigos. ¿Me entiendes? ¿Puedes hacer eso por nosotros?

—Pero no tienen nada que ver con… —reaccionó de repente Krim.

Un policía entró en la habitación y entregó un documento al capitán. Se trataba de su ficha del STIC, en la que figuraban las infracciones listadas en sus antecedentes penales. El labio inferior del capitán temblaba mientras leía.

—Robo, desacato a un agente de la autoridad, tenencia y tráfico de estupefacientes, daños en el mobiliario urbano. Veo que ya conoces la casa. Tendrás que explicarnos cómo se pasa de trapichear costo a asesinar a un político, pero de momento quiero que hagas la lista que te he pedido, ¿de acuerdo? Adelante, tu agenda y toda tu familia.

—¿Puedo hacer primero una llamada?

El capitán miró a su colega por primera vez, con una mueca de cómico desconcierto y de una manera tan caricaturesca que pareció evidente que de no haber llegado a capitán de policía en la unidad antiterrorista hubiera podido perfectamente pasearse por los festivales de rock independiente con una Heineken entre los dedos, un cigarrillo liado entre los labios y la misma cola de caballo de un rubio apagado, como esos adultos que, a medida que pasan las décadas, se esfuerzan por conservar su aire de adolescente abierto de mente. Sin embargo, por mucho que la voz del capitán Tellier aspirara a ser la de un joven intentando hacer olvidar su deformidad labial, solo era bondadosa intermitentemente. Ignoró la pregunta de Krim y prosiguió:

—Anota cuanto puedas: hermanos, hermanas, primos, primas, tíos, papá, mamá…

—¿Y qué les harán? —se inquietó Krim.

El capitán se incorporó. Su exasperación se traslucía en largas inspiraciones y un mecánico endulzamiento de su timbre de voz.

—Tenemos que interrogar a las personas que te conocen, es normal.

—El móvil lo tiré —declaró de repente Krim—. Lo tiré desde un puente, al río.

—¿Arrojaste tu móvil al Sena? ¿A qué hora? ¿Por qué?

—Por las fotos… las fotos de… Pero no cayó al agua —recordó Krim, sin que se le ocurriera discriminar las informaciones que le venían a la cabeza como uno recuerda los detalles de un sueño a última hora de la tarde.

El capitán forzó la nuca y apuntó con la barbilla al techo.

—¿Y los relojes? ¿Por qué llevabas dos relojes?

—Yo… lo he olvidado…

—Oye, muchacho, creo que no te das cuenta de lo que acabas de hacer. Pero tendremos tiempo de hablar. Mucho tiempo.

Krim bajó la vista.

—Has vivido dos detenciones de veinticuatro horas. ¿Sabes cómo funciona? Horas de interrogatorio con gente como yo que te grita. Salvo que nosotros no somos los polis de la Brigada Anticriminal de Saint-Étienne-sur-Loire, aquí estamos en las dependencias de la unidad antiterrorista. Así que te lo voy a explicar: el fiscal de la República te acusará de los cargos más graves del Código Penal. Te interrogaremos durante cuarenta y ocho horas, y al cabo de cuarenta y ocho horas el fiscal prorrogará la detención otras cuarenta y ocho horas, y así sucesivamente hasta que lleguemos a ciento cuarenta y cuatro horas. Imagínate cómo te sentirás dentro de ciento cuarenta y cuatro horas. ¿Eres bueno en mates? Los árabes soléis ser buenos en mates. ¿Cuántos días son, ciento cuarenta y cuatro horas? Te dejo que lo calcules.

El capitán arrugó la mejilla izquierda y se pasó el dedo por encima de los párpados, como para enjugar unas invisibles perlas de sudor.

—Por supuesto, si nos lo cuentas todo podemos acabar esta misma noche. Eso depende de ti. A partir de ahora, todo depende de ti.

5

Los bloques de cuarenta y ocho horas se sumaban en el cerebro confuso de Krim. Había redondeado la cifra de cuarenta y ocho a cincuenta para facilitar el cálculo, y acabó obteniendo la aberrante cifra de seis días mientras la mano le temblaba al escribir los nombres de sus tías. Se dio cuenta enseguida de que no podía recordar ningún número de teléfono, ni siquiera el suyo de casa.

El capitán advirtió que el bolígrafo estaba inmóvil en lo alto de la segunda columna. Levantó despacio la hoja de la mesa. Iba a pedirle al capitán que le ayudara a localizar el número de su madre cuando oyó la voz de Nazir en el pasillo.

Paralizado, mantuvo la mano alrededor de su muñeca y empezó a respirar más deprisa hasta sentir, involuntariamente, su pulso embalado en la vena que sobresalía en su antebrazo hinchado y magullado por las esposas.

—¿Qué te pasa? —le preguntó el capitán—. ¿Has visto un fantasma?

Krim inclinó la cabeza y vio en el exterior una alta silueta negra que daba órdenes a los policías en el mismo tono autoritario de Nazir. Pero quizá no fuera él, cosa que confirmó cuando la silueta se volvió. Era un hombre joven de rasgos regulares y ojos azul ártico, tan rubio como Nazir era moreno, con traje negro y corbata azul marino, y que mantenía el equilibrio gracias a un bastón.

Se acercó a la celda de detención sin apartar la vista de Krim. Al entrar, el capitán se puso en pie y se ajustó la americana en señal de respeto.

—¿Así que este es el sicario? —dijo con una voz que reía de una manera tan siniestra como la de Nazir—. Dios mío, si apenas es un púber...

—Señor, acabamos de empezar el interrogatorio.

—Prosigan, prosigan —dijo sin apartar su mirada de Krim—. La señora ministra desea que sepan que cuentan con su entera confianza. Solo una cosa, capitán.

El capitán se apresuró a seguirle. Krim quedó subyugado ante el poder que poseía ese hombre de treinta años para imponer a su alrededor un silencio tan nítido. Ni siquiera les había dirigido un vistazo, pero los dos policías, que debían de tener veinte años más que él, se cuadraron como estudiantes aplicados frente a un consejo disciplinario.

Fuera del despacho, le preguntó al capitán qué había revelado Krim hasta el momento. Tellier habló del móvil, del puente y de otros detalles que había recordado el «chaval»: un Bateau-Mouche, la parte posterior de Notre-Dame...

—Ya ves lo importante que te has vuelto —comentó el capitán Tellier una vez que el fantasma rubio se hubo despedido de él apoyándose en su bastón—. Hasta el director del gabinete de la ministra del Interior se interesa por ti.

Krim no le escuchó; era incapaz de recordar el menor rasgo de su rostro. Todo había sido aspirado por esa mirada irrealmente azul, todo salvo un hoyuelo que le partía el mentón en dos.

—¿Dónde nos habíamos quedado?

—Sé que tengo derecho a un abogado —aventuró Krim volviendo en sí.

—Va, cierra la boca —respondió el otro policía, cuya voz ronca Krim oía por primera vez—. ¿Me vas a hacer creer que conoces a un abogado?

Krim se puso rojo hasta las orejas. En sus precedentes detenciones ya había visto cómo eran los abogados de oficio. Unos estudiantes que hojeaban discretamente el dossier de su cliente del día mientras escribían SMS. Por el contrario, recordaba claramente un reportaje de *Envoyé spécial* sobre Aribi, apodado el «abogado de los árabes» por los periodistas que intentaban hundir su reputación. Era un abogado estrella que hablaba como los franceses y que había obtenido la absolución de decenas de personas, todas árabes.

—Quiero que mi abogado sea Aribi.

Le dio la impresión de citar a un personaje de *Dragon Ball Z*.

—¿El abogado Aribi? —se burló el teniente—. ¿De qué colegio de abogados?

—¿Qué?

Krim no lo entendía y el teniente no parecía querer ayudarle. El capitán intervino:

—¿En qué ciudad es abogado, ese Aribi?

—No lo sé. En París.

El teniente sacó un rotulador y escribió el nombre del abogado.

—Le llamaremos en cuanto empieces a hablar.

—Señor... —dijo Krim súbitamente presa del pánico—. Mi madre, tienen que hacer algo, está...

—¿Qué pasa con tu madre?

El teniente parecía tan lleno de odio que Krim se quedó sin recursos.

—Quiero hablar con mi madre, hay que llamarla, está...

—No —le cortó el capitán Tellier—, el fiscal ha prohibido que hagas llamadas. Podrían obstaculizar la investigación...

—Pero... ¡ellos no tienen nada que ver! ¡Son mi familia!

—Para ti será una familia —concluyó Tellier—, pero para nosotros es una red. Y no vamos a dejar que adviertas a los otros miembros de tu red, eso puedes entenderlo, ¿verdad?

6

En el Hospital Norte de Saint-Étienne, Fouad hizo varios viajes de la habitación de la anciana tía Zoulikha, que había sufrido una crisis cardiaca la víspera, al pabellón de urgencias, donde los análisis realizados a Rabia revelaron una pequeña dosis de GhB, conocida como la «droga del violador».

La enfermera de urgencias estaba desbordada. Le administró un tranquilizante a Rabia, que había sufrido ya cuatro ataques de ansiedad desde que había conocido la noticia. Fouad pidió hablar en privado con la enfermera. Tenía bolsas bajo los ojos y parecía a punto de resoplar en señal de exasperación.

—¿La examinarán para saber si ha sido… agredida?

—¿Se refiere a agredida sexualmente? Sí, claro, lo haremos. Oiga…

—¿Cuánto tardarán?

La enfermera, que estaba cambiando una bolsa de suero, interrumpió su gesto y miró a Fouad manteniendo los ojos cerrados.

—Como puede ver, tenemos unos efectivos muy reducidos, así que vaya a hacerle compañía a su tía, vaya a tomar un café, haga lo que quiera, pero déjenos trabajar, ¿de acuerdo?

El tono pedagógico que había adoptado in extremis, con aquel «de acuerdo», irritó tanto a Fouad que sus mandíbulas y su cuello se endurecieron como si fuera un toro.

Después de visitar a Zoulikha, que dormía sola en la tercera planta, después de asegurarse de que la pequeña Luna se hallaba en buena compañía en casa de la abuela y de haber pasado cada trayecto en ascensor aferrándose al olor a sopa de hospital para evitar pensar en lo que acababa de ocurrir, Fouad se halló frente a Rabia adormilada y comprendió que no podría aguantar hasta el final del día sin noticias de Jasmine.

Tomó su teléfono y verificó si aparecía el nombre de su novia en la lista de llamadas perdidas. No era así. En el momento de pulsar la tecla verde de su inmortal Nokia comprado siete años atrás, se dio cuenta de que no era posible, que no podía simplemente llamarla: su novia era la hija de Chaouch y Chaouch era el hombre al que su primo acababa de disparar a bocajarro.

Por primera vez desde hacía años, Fouad añoró tener un anciano a quien pedirle no consejo sino una orden, precisa, pormenorizada y sobre todo irrefutable sobre qué hacer a continuación.

Por supuesto, ese anciano no existía. Y de todas formas, ¿qué podía hacerse cuando el camino a seguir acababa de desintegrarse ante sus propios ojos?

Yendo arriba y abajo por el pasillo de urgencias, vio a su tío Idir, que interrogaba con insistencia a una auxiliar de enfermería rubia oxigenada, de pie frente al formulario de admisión. El tío no se había afeitado desde el día anterior y, al ver la mejilla peluda de ese perfil, Fouad se dijo que, después de la hora que acababa de pasar, la víspera ya parecía el mes anterior. La boda de su hermano Slim, la profanación del venerable tío Ferhat. Las distancias temporales se lanzaron al galope, dando vueltas como en un caleidoscopio, y Fouad, que no había dormido desde hacía por lo menos treinta y seis horas, tuvo que apoyarse un instante en la pared desnuda para no perder el equilibrio.

−Fouad, ¿dónde está Rabia?

Idir tenía lágrimas en los ojos. El calor y el jersey a rombos rojos que había creído oportuno ponerse sobre su camisa congestionaban su rostro delgado y le daban un color inquietante. Fouad apoyó la mano en el hombro de su tío e hizo acopio de toda la energía que le quedaba para no echarse a llorar.

−¿Has visto tele? ¿Has visto Krim?

Idir no se lo podía creer. Fouad le condujo a la habitación de Rabia y lo instaló en la única silla destinada a las visitas.

−¿Quieres un vaso de agua? Tío, ¿quieres un vaso de agua?

Idir no respondió. Contemplaba a su cuñada tendida en la cama y se esforzaba por contener el miedo que se había apoderado de él en el momento en que el rostro de Krim apareció en todas las pantallas de Francia.

−¿Has llamado a la policía para dicir?

Fouad quiso responder en el acto: ¿por qué yo? ¿Por qué se supone que yo debería llamar a la policía?

Fue al baño con un vaso de plástico, apoyó las manos en el borde de la pila y se obligó a vomitar. Al incorporarse, se echó agua en la cara y se engañó diciéndose que se encontraba mejor.

—Ahora les llamaré —dijo a su anciano tío cuando estuvo de nuevo en la habitación—. Pero habrá que llamar también a un abogado. Krim va a necesitar un abogado. Y nosotros también.

—¿Nosotros también? —repitió Idir alzando hacia su sobrino su rostro consumido por la angustia y la incomprensión.

Fouad recordó cómo había imitado su acento pueblerino en la sala de fiestas; Rabia se había reído tanto que a punto había estado de orinarse encima.

—Todos nosotros —respondió Fouad abandonando la habitación sin ni siquiera intentar disimular su emoción.

7

El primer vehículo incendiado no fue un coche sino una motocicleta, en una esquina de la calle de casas unifamiliares más importante de la barriada de Rameau-Givré, en Grogny. Y la propietaria de esa motocicleta no lo supo durante una veintena de minutos: Yaël Zitoun, que había ido a pasar ese domingo de elecciones con su padre, se hallaba en ese momento en el baño, cautivada por la lectura en su MacBook de Avernus.fr, la nueva biblia de su padre, cuyo editorial de la mañana, firmado por Putéoli, director de la revista, invitaba decididamente a no votar por Chaouch:

¿Quince siglos de historia para llegar a esto? ¿Quince siglos de sangre, sudor y lágrimas, quince siglos de Francia para llegar a un eurodiputado liberal y cosmopolita caracterizado por cínicos publicistas como el Salvador de la Nación? ¿Quince siglos de patriotismo para llegar a esto, a un experto en comunicación que mira con ojos tiernos a las agencias de calificación bancaria y al que le preocupa más su mejor perfil que el destino de Francia?

Yaël estaba a punto de salir del baño y de discutir por segunda vez ese día con su padre cuando vio aparecer en su iPhone la foto más familiar de sus contactos: Fouad.

—¿Yaël? ¿Me oyes?

—Dios mío, Fouad, ¿has visto? Es un crío, ¡un crío de dieciocho años!

—Yaël, voy a decirte una cosa muy grave.

Su voz era débil y dolorosa. Nada que ver con aquel león de voz estentórea cuya carrera dirigía desde *El hombre del partido*.

Yaël pasó los dedos por su espesa cabellera pelirroja mientras Fouad le explicaba que ese chaval de dieciocho años era su primo Krim.

Permaneció en silencio unos segundos, con los ojos muy abiertos y al mismo tiempo perfectamente ciega ante la pantalla de su ordenador apoyado sobre sus rodillas desnudas. Fouad, que no la veía, creyó que se había cortado la comunicación.

—¿Yaël?

—Fouad, yo... Dios mío, no sé qué decir.

—Tienes que ayudarme...

—Claro —respondió Yaël sin saber qué iba a pedirle.

—Necesito un abogado, Yaël. El mejor que podamos encontrar.

Yaël se serenó finalmente. Dejó el iPhone sobre la pila de rollos de papel de váter y puso el altavoz para buscar en sus carpetas el nombre de un penalista al que la directora de su agencia había recurrido dos años atrás.

—Lo buscaré, no te preocupes. Conozco a un penalista, uno joven que trabaja en un bufete famoso...

—No quiero ser desagradable, pero es urgente. Extremadamente urgente.

—Sí, sí, yo...

Pero Yaël no tuvo tiempo de acabar. Su padre aporreó la puerta del baño.

—¿Estás loco?

—¡Yaël! ¡Te han quemado la motocicleta!

—Te llamo enseguida —dijo a Fouad.

Salió del baño y vio a su padre subido en un taburete para coger algo de encima de la estantería que cubría casi toda la pared.

—¿Qué haces, papá?

El señor Zitoun no respondió. Yaël se precipitó a la ventana y vio en efecto su ciclomotor en llamas al lado de los contenedores de la basura. Cuando su padre bajó del taburete, sostenía en sus manos una carabina de los tiempos de la guerra de Argelia.

—¿Qué haces? ¿Estás loco?

—¡No, esto ya es demasiado! ¡Hasta aquí podíamos llegar! —exclamó el señor Zitoun exagerando su acento de *pied-noir*—. Echaron de aquí a la señora Zelmatti, echaron al pobre Serge Touati... ¿Crees que van a echarme a mí?

Yaël hubiera querido quitarle el fusil de las manos a su padre, pero las armas la aterrorizaban. De todas formas, el viejo no lograba desbloquear el mecanismo del cargador y Yaël podía ver cómo la cólera abandonaba sus manos temblorosas y ganaba la parte inferior de su rostro. Iba a ahogarse, a maldecir y a prometer el infierno. Hablaría y vociferaría solo en su rincón, como de costumbre. Todo iba bien.

Yaël llamó a la policía y observó desde la ventana de casa de su padre los rayos del sol carmesí que descendía al final de la calle. Su ciclomotor ardía silenciosamente, la imagen parecía irreal y Yaël ya casi no pensaba en ello. El primo de Fouad le había disparado a Chaouch.

Cuanto más se repetía para sus adentros esa frase para darle consistencia, más vida propia cobraban las palabras y se le aparecían como volutas abstractas, ajenas a toda naturaleza, carentes de significado.

Cerró los ojos y los abrió ante el vecindario mudo y paralizado. A lo lejos, el auditorio Baldassare Galuppi destacaba majestuoso en el entorno: desde allí siempre había ese momento en el que, las tardes en las que hacía buen tiempo, el disco del sol poniente se acomodaba en el rectángulo perfecto del arco de aquel edificio ultramoderno, enormemente caro y —según su padre— completamente inútil, construido por Chaouch al principio de su primer mandato en Grogny.

—Dios mío —murmuró el señor Zitoun—, ¿has visto que la gente aún está votando?

—¿La gente aún vota? ¿Cómo es posible?

El señor Zitoun indicó a su hija que callara para poder escuchar TF1. La programación de la noche electoral había empezado cuatro horas antes de lo previsto, con una edición especial en la que, en un recuadro permanente, podía verse un plano fijo de la plaza del Ayuntamiento de Grogny, vacía ya de la multitud y constelada con el siniestro amarillo de los precintos dispuestos por la policía. En el plató se sucedían los invitados y los políticos «tenían en su pensamiento» a la familia de Chaouch. Según las últimas noticias, se hallaba entre la vida y la muerte, pero, a falta de información precisa sobre su estado de salud, se habían mantenido abiertos los colegios electorales. Se había anunciado para una hora más tarde una rueda de prensa desde el Ministerio del Interior, responsable de la organización de las elecciones presidenciales.

A la espera de la llegada de la policía, Yaël salió al balcón del primer piso a fumar un cigarrillo y llamar a su amigo abogado. Y fue entonces, mientras compactaba su Marlboro Light golpeando el filtro contra la uña del pulgar, titubeando antes de encenderlo, cuando le llegó el primer rumor aún lejano de los disturbios.

Detrás de la última casa unifamiliar de la calle, los bloques de viviendas sociales de la barriada de Rameau-Givré arrojaron una marea continua de chavales encapuchados. Y unas extrañas explosiones resonaban hasta el apacible barrio residencial de los Zitoun.

Yaël indicó a su padre que saliera al balcón; juntos vieron aparecer al fondo de su calle a una quincena de chavales de catorce o quince años empuñando cócteles molotov que lanzaron como si fueran petardos contra todos los coches que encontraron, gritando lo que se convertiría en el leitmotiv del tumulto que se avecinaba:

—¡Sar-ko asesino! ¡Sar-ko asesino!

El señor Zitoun cerró los postigos apresuradamente y en la penumbra mal disipada por la lámpara halógena defectuosa empezó a buscar, ahora sí en serio, cartuchos para su viejo fusil.

8

Gros Momo aguardó a que Fouad y la madre de Krim se marcharan para regresar al sótano y recuperar la pistola envuelta en un paño. Acto seguido, ocultó el arma en el interior de su chaqueta de chándal: nunca a lo largo de los últimos meses le había parecido tan pesada, ni siquiera la primera vez que Krim se la prestó para que también practicara. A Gros Momo, al principio, aquello le pareció extraño, pero luego le gustó, animado por el primo de Krim, Nazir, gracias al cual habían obtenido el arma así como el dinero para montar lo que llamaban su «pequeña empresa».

Tomó el tranvía a la altura de la place Sadi-Carnot y tuvo la idea sensata de comprar un billete, picarlo y sentarse justo detrás del conductor, pensando que las miradas de los policías municipales a los que los revisores habían llamado como refuerzos se dirigían prioritariamente al fondo del tranvía. El trayecto pareció durar una hora. Gros Momo solo podía pensar en una cosa, confusa y deshilvanada, en la que el protagonista era su mejor amigo, pero que no llegó a transformarse en una idea clara de la situación en la que se hallaban Krim y, por contagio, también él.

Al llegar finalmente a la place Bellevue, al sur de la ciudad, sudaba la gota gorda. Un tipo de su barrio le reconoció y se acercó para saludarle.

—¡Estás loco! ¿Qué haces con chaqueta de chándal con este calor? ¡Pareces un turco!

Los turcos tenían fama de abrigarse en verano e ir en mangas de camisa en invierno. Gros Momo temió que el arma se le acabara cayendo si se entretenía demasiado. Se despidió de su inoportuno conocido y entró en su casa asegurándose de que no hubiera policías escondidos entre los matorrales de alheñas en la planta baja del pequeño edificio residencial.

Su anciano padre dormía frente a la tele. Sus ronquidos no lograban ahogar la voz excitada de la periodista que repetía la noticia del día para aquellos que conectaran su cadena después de una estancia en otro planeta.

Sultán, su querido pastor alemán, advirtió el nerviosismo de su joven dueño y ladró, balanceando el hocico a derecha e izquierda y resoplando a veces como un búfalo.

Gros Momo le acarició la cabeza lloriqueando. Corrió a su habitación y metió algunas prendas de ropa en una bolsa de deporte. En el momento de cerrar la bolsa dudó si guardar allí también la pistola. Sería mejor arrojarla por el camino, pero la idea de que una vez fuera debería cargar con ella clandestinamente le pareció insoportable. Intentó esconderla en una de sus zapatillas deportivas y, finalmente, envolvió el arma con una toalla y la guardó en el fondo de la bolsa.

Y acto seguido se quedó inmóvil en medio de su habitación desordenada.

Con la boca abierta, Sultán le observaba para saber qué haría a continuación. Gros Momo abrió completamente la cremallera de la chaqueta del chándal y vio que la camiseta estaba empapada de sudor, hasta el extremo de que había cambiado de color. Se quitó la chaqueta y la camiseta; a torso desnudo delante de su perro, se preguntaba si el animal comprendía lo poco agraciados que eran sus michelines cuando el sonido del timbre de la puerta le dejó helado.

Si no respondía de inmediato, su padre se despertaría y se vería obligado a explicárselo todo; si respondía de inmediato y era la policía, estaba jodido.

Se puso trabajosamente otra camiseta, la primera que encontró —una de la selección de fútbol de Argelia—, y avanzó hasta la mirilla de la puerta de entrada. La vecina venía a traerles un pan horneado en el tayín que había preparado esa mañana. Su padre viudo era tan educado que las señoras del barrio le tenían afecto y siempre le llevaban platos de cuscús, pasteles o incluso alguna ración de cordero. Gros Momo tomó el pan de la vecina y le dijo que tenía prisa.

—¿Qué estás tramando, eh?

—¡Nada! —exclamó Gros Momo.

Sorprendida ante ese tono desagradable que oía por primera vez en boca de Gros Momo, la vecina se marchó por donde había venido sin más.

Lo más duro a continuación fue despedirse de Sultán. Al sentir que los sobresaltos de la respiración de su padre anunciaban su inminente despertar, Gros Momo se enjugó las lágrimas y partió precipitadamente. Conservaba en su boca, sin embargo, el aliento fielmente fétido de su pastor alemán. Y a ese recuerdo se aferró al hallarse de nuevo en medio de la animación de la vía pública y descubrir que un arma de fuego, oculta bajo una chaqueta de chándal o en el fondo de una bolsa, tenía el mismo peso absurdo y desmesurado si, como era el caso, estaba indirectamente relacionada con el asesinato de un diputado de la República.

II

LA MAQUINARIA

1

La plaza del Ayuntamiento de Grogny estaba acordonada para permitir que los hombres de la policía técnica y científica la examinaran y tomaran muestras. Detrás de las vallas vigiladas por CRS con el uniforme antidisturbios, comerciantes, vecinos y mirones no se decidían a abandonar lo que habían visto convertirse en escena del crimen sin llegar aún a creérselo. Los periodistas seguían afluyendo y las fuerzas del orden les impedían el paso sin miramientos. El ambiente se caldeó cuando un concejal amigo de Chaouch empujó a un cámara e hizo perder el equilibrio al técnico que le sostenía el micrófono.

Justo enfrente del Ayuntamiento, impermeable a la agitación reinante, el encargado de un restaurante chino en camiseta barría el confeti de la puerta de su establecimiento. Regularmente, con un hábil estremecimiento de los labios, hacía caer sobre la calzada recién barrida la ceniza de su cigarrillo, pensando quizá en el momento en que a toda aquella gente que esperaba allí de plantón iba a apetecerle comer algo.

En las escaleras de la entrada del Ayuntamiento todo el mundo esperaba al fiscal de París. La audiencia de París tenía competencia nacional en materia de terrorismo: sus jueces tenían derecho a cambiar de aires y sus fiscales se hacían cargo de los casos de manera sistemática, tanto si se desarrollaban bajo el sol corso como en los bosques de Bretaña.

Sin embargo, antes incluso de la llegada del fiscal que debía decidir qué servicio de la policía dirigiría la investigación, en un furgón sin distintivos estacionado al fondo de la plaza ya se procedía al interrogatorio de la jefa de los escoltas de Chaouch, Valérie Simonetti. La «Valquiria» se mantenía erguida en el banco normalmente reservado a los detenidos. Dos policías antiterroristas le habían retirado las armas y el pinganillo, y la comandante respondía a sus preguntas con frases cortas y precisas. No le temblaba la voz. En su rostro no había señales de inquietud. Apoyaba las manos sobre sus rodillas paralelas. Solo podía adivinarse que estaba abatida por la propia dureza de su actitud, por sus mejillas lisas y algo más tensas que de costumbre.

—Por lo tanto no ha habido ningún error en el dispositivo —reflexionó en voz alta uno de los policías que garabateaba en el papel sobre el que se suponía que debía tomar notas—. Según usted, la única anomalía es que el mayor Coûteaux quiso cambiar de puesto en el último minuto... Sin embargo, usted se negó a que fuera el kevlar y le destinó al segundo círculo de protección personal, ¿es así?

—Así es —respondió la comandante.

—¿Y cree que el mayor Coûteaux es responsable de que se le escapara el autor del disparo entre la multitud?

—No acuso a mis hombres sin pruebas —replicó Valérie y miró a los ojos a aquel policía de grado inferior al suyo—. Si alguien es responsable de este asunto, soy yo.

El policía pasó página en su cuaderno.

—Quisiera que me hablara de las amenazas que le comunicó la DCRI. ¿Cuándo se la puso al corriente de la existencia de Nazir Nerrouche, primo del autor del disparo?

—Hace solo dos semanas. Tuve acceso al dossier del grupo de investigación que le seguía y me reuní varias veces con Boulimier.

El prefecto Boulimier era un hombre de confianza de Sarkozy y dirigía la DCRI desde su creación en 2008.

—¿Y no ha habido problemas entre su equipo y el que vigilaba a Nazir Nerrouche?

—No que yo sepa. Me informaban de las novedades y reforzaba la vigilancia del diputado Chaouch. Me adaptaba. Mis hombres llevaban una foto de Nerrouche encima, pero de todas formas privilegiábamos la pista de Al Qaeda. Aquello no parecía muy serio, y como sabe...

La comandante fue interrumpida por la llegada de dos hombres al furgón. Vestían trajes oscuros y desparejados, como los agentes antiterroristas. Y como estos, si uno se los cruzaba por la calle parecían más comerciales que superpolicías. Esos dos, sin embargo, no eran funcionarios de la DCRI: trabajaban para asuntos internos, la policía de los policías, y en el furgón se creó cierta incomodidad, una incomodidad a la que ellos estaban acostumbrados y que no sorprendió a aquella a la que se disponían a interrogar, después de comunicarle que estaba suspendida mientras durara la investigación.

—Inspección General de Servicios —declaró el primero de los recién llegados sin tomarse ni siquiera la molestia de decir su nombre—. Acaban de comunicarnos que el fiscal de París está en camino, comandante, así que le propongo que nos acompañe a nuestras oficinas, donde podremos hablar más cómodamente...

Valérie Simonetti se puso en pie con un movimiento ágil y seguro. Se agachó para no rozar con la cabeza el techo del furgón y descendió escoltada por los dos hombres de asuntos internos a los que dominaba con su alta estatura. Mientras la conducían a su vehículo, echó un último vistazo a la entrada del Ayuntamiento. El recuerdo del disparo la hizo inspirar con más fuerza. Apoyó su mano en la puerta trasera del vehículo en el que iban a conducirla como a una vulgar sospechosa. En su interior se había acumulado tanta rabia desde el disparo que a punto estuvo de arrancar el seguro antes de que el conductor accionara la apertura automática de la puerta.

2

—Es usted joven, pero hay algo que debe comprender imperativamente, mi querido «sustituto»: en nuestro viejo país, por cada servicio existe otro que le hace la competencia persiguiendo los mismos objetivos, que también tiene grabado en el frontispicio de sus oficinas el interés superior de la nación y que, sin embargo, siempre preferirá poner palos en las ruedas al servicio contrincante antes que trabajar en buenas relaciones con este. Así son las cosas. El Ministerio del Interior y la Prefectura de Policía de París, la Subdirección Antiterrorista y la DCRI... Y sepa que, para quien tiene el deber de navegar en esos mares, la guerra entre servicios es un dato tan importante como la propia existencia de la criminalidad...

Jean-Yves Lamiel, el poderoso fiscal de la República de París, se lanzaba a menudo a disertaciones parecidas a la que infligía en ese momento, mientras su coche llegaba a Grogny, a su joven sustituto a cargo del antiterrorismo. Lamiel tenía el rostro más espectacular de toda la audiencia de París, una caricatura de pera al estilo de Daumier salvo que en su caso se trataba de una pera supervitaminada y genéticamente modificada: tenía unas mejillas enormes y la mitad inferior del rostro tan hinchada, a punto de estallar, con la frente ridículamente estrecha y los ojos desorbitados, que la parte superior parecía sufrir las consecuencias.

Para disimular esa apariencia vulgar, su elocuencia se había vuelto cauta y funambulesca. Y con la «pedagogía» como broche de oro: la pasión por explicar, verdadera obsesión del gran magistrado, le ocupaba buena parte del día y también, como podía testificar la cuarta señora Lamiel, de sus noches… Nada le hacía más feliz que dar con una forma original de reiterar evidencias que la práctica, la costumbre y los aspectos técnicos cotidianos habían hecho desaparecer de la vista de sus jóvenes colegas, exasperados por sus voluptuosos derroches de tiempo de palabra.

—Mire, le haré un dibujo —se animó Lamiel al tener la impresión de que su sustituto no le consagraba toda su atención—. Son cosas que ya sabe, por supuesto, pero las sabe «abstractamente» y… Y cuando hay que tomar decisiones, decisiones como la que deberé tomar dentro de un rato, lo que cuenta no es saber en teoría ni siquiera actuar con conocimiento de causa, no, lo que cuenta es «ver»…

Y al pronunciar la palabra «ver», sus ojos doblaron de volumen.

Sacó una servilleta de papel del bolsillo de su americana de tres botones, una lujosa pluma de su maletín, y dibujó el siguiente esquema:

—¿En qué le hace pensar, así, sin leyenda?

El joven fiscal fingió concentrarse. No se atrevía a decir, ante su venerable gran jefe, que solo le recordaba al Comecocos.

—Se lo explicaré. La cabeza que devora es la DCRI, la enorme DCRI del estimado prefecto Boulimier. Imagínese esos grupos de investigación con habilitación de seguridad para acceder a los secretos de Defensa, una nebulosa de policías en la sombra y con los oídos bien abiertos… Y esa bolita de ahí, inquieta y vigorosa, que comparte las mismas oficinas en Levallois, es la SDAT, la Subdirección Antiterrorista. Y le diré mi opinión: la SDAT está formada por los mejores policías antiterroristas de Francia, la élite. Además es una rama de la policía judicial. Y cuando los magistrados tenemos que elegir a los policías que deben ocuparse de casos delicados, siempre preferimos que la palabra policía vaya acompañada de la palabra judicial, ¿no le parece...? Así que la cuestión es simple: la DCRI de Boulimier que responde directamente ante el poder, o la SDAT de Mansourd que me espera en mi despacho en el Palacio en este mismo instante, los hombres en la sombra o los superpolicías.

–Sí, pero...

–No hace falta que me responda: la DCRI vigilaba a Nazir Nerrouche desde hace varias semanas, yo mismo autoricé las intervenciones telefónicas de cuatro móviles y la vigilancia física de algunos energúmenos... Así que sería lógico que dejara que el grupo de investigación que ya ha trabajado vigilando a Nerrouche prosiguiera su labor, ¿verdad? Y, sin embargo, le confiaré el caso a la competencia, a la SDAT. ¿Sabe por qué?

–¿Porque la DCRI parece demasiado próxima al poder a ojos de la opinión pública? ¿Porque Sarkozy y Boulimier son amigos desde hace mucho tiempo?

–Claro, pero hay algo más, ¿no lo ve? Repito: ¿no lo «ve»?

El vehículo se había detenido frente a las líneas amarillas que rodeaban la plaza del Ayuntamiento de Grogny. El chófer aguardaba una señal del fiscal para apagar el motor, pero este le dirigía una mirada zalamera y tiránica al pobre fiscal sustituto:

–¡Es el Comecocos!

El joven fiscal hizo una mueca.

–Sí, ya me lo parecía...

–¡Mire el dibujo! Yo también soy la bola pequeña devorada por ese cabezón, el único magistrado nombrado para un alto cargo contra la opinión del presidente, una «isla de resistencia ante el bloqueo de Sarkozy», como escribieron los periodistas de *Libération* en mi retrato en la contraportada... ¡Una isla de resistencia, ja, ja! Sería mejor que hubieran dicho: «El fiscal Lamiel, una bolita indigesta en la bocaza de la nación de Comecocos...». Así que esto es lo que vamos a anunciar, estimado «sustituto»: se ha abierto una investigación judicial, ha sido designado un juez de instrucción y el caso se confiará a la SDAT. Y al anunciarlo se oirán murmullos, se harán conjeturas y habrá quien piense: por fin contamos con un ministerio fiscal independiente, que no se deja doblegar ni obedece órdenes, etcétera. Un ministerio fiscal tan independiente que incluso acepta confiar la maniobra a un juez de instrucción... Guárdese el dibujo −concluyó levantándose del asiento acolchado con un suspiro y sacando la lengua−. En ese dibujo tiene todo el Estado. Le será útil cuando ocupe mi puesto dentro de veinte años...

Lamiel vio pasar un cortejo de furgones de las CRS, a toda velocidad en dirección a los barrios conflictivos donde se iniciaban los disturbios. Y abrochándose el tercer botón de la americana, añadió:

−Eso, si dentro de veinte años aún existe el Estado...

3

Al principio los disturbios se circunscribieron al barrio de Rameau-Givré en Grogny, pero antes de las seis de la tarde ya habían ardido más de un centenar de vehículos alrededor de los lugares donde se habían concentrado multitudes de electores: a la salida del estadio Charléty, en la Canebière y en los centros urbanos de algunas ciudades de provincias donde eran habituales las revueltas espontáneas.

Un fuego de diferente naturaleza ardía en el corazón de la capital, a pocos metros del Eliseo. Uno de los personajes más emblemáticos del sarkozysmo, la ministra del Interior Marie-France Vermorel, había convocado a una treintena de personas en el sótano del ministerio. La sala del centro interministerial de crisis contaba con una inmensa mesa redonda con micrófonos, teléfonos y pantallas individuales y disponía de un equipamiento de alta tecnología. Estaban presentes todas las eminencias de la policía francesa, y entre ellas el prefecto Boulimier.

Uno tras otro, aquellos hombres tan importantes recibieron una estruendosa bronca de la dama de hierro de la place Beauvau.

−¿Son conscientes de en qué situación me han puesto? ¿Alguien puede decírmelo? Un atentado contra un candidato de las presidenciales... ¿dónde se ha visto algo semejante? ¿Qué es esto, una serie norteamericana? ¿Me he perdido algún episodio? ¡Nadie es irreemplazable, métanse esto en sus cabezotas, inútiles!

Cuando le llegó el turno al prefecto Boulimier, cuyos servicios de élite habían sido incapaces de prever las actuaciones del enigmático Nazir Nerrouche, los aplicados colaboradores alineados contra las paredes creyeron que el gigantesco plato luminoso suspendido sobre la mesa de los jefes iba a desplomarse sobre sus honorables calvicies.

La reunión estaba a punto de concluir cuando un Vel Satis entró en el patio Pierre Brossolette del ministerio. El guardia republicano que abrió la puerta del coche vio aparecer el pomo dorado del bastón y reconoció al joven protegido de la ministra. A sus veintinueve años, Pierre-Jean Corbin de Montesquiou —le llamaban señor de Montesquiou en los salones y P.-J. en privado— era con diferencia el director de gabinete ministerial más joven de Francia. Fue el número dos de su promoción en la Escuela Nacional de Administración, pero, en lugar de incorporarse al alto funcionariado del Estado, cometió el sacrilegio de elegir la Prefectura. Montesquiou sentía pasión por la administración o, dicho con mayor exactitud, una inmoderada pasión por el ejercicio todopoderoso del aparato soberano. Entró como secretario técnico en el Ministerio del Interior y en poco tiempo supo hacerse imprescindible. No era propiamente hablando director del gabinete, ya que ese puesto estaba ocupado por un hombre de mayor edad y con un perfil menos brillante: era director adjunto del gabinete, pero la ministra Vermorel, una de las personas más allegadas al presidente, se refería a él como su «verdadera mano izquierda», añadiendo que esa era la más necesaria en la casa de la Policía.

A buen entendedor... Y aunque pocos lo entendieran, no era ese el caso de Montesquiou. Él sí lo había entendido y tenía su despacho al lado del de la ministra, coche y chófer, y derecho a tutear, e incluso a tratar con rudeza, a sexagenarios que habían sido grandes comisarios, valientes inspectores o habían demostrado su valía sobre el terreno mientras él se chupaba el dedo en la cuna.

Al acceder a la antecámara de la sala de crisis donde la ministra seguía encolerizada, se le entregó una nota que leyó a toda velocidad, y dijo:

—En principio, ya no debería variar.

Montesquiou no dejó traslucir lo que le inspiraban esas cifras. El índice de participación le hizo alzar una de sus cejas rubias, pero no así el resultado. Dejó su bastón sobre un velador y utilizó la espalda del asesor para garabatear, en un papel de carta, el porcentaje aproximado que consagraba al nuevo presidente de la República. Dobló la hoja en dos y entró en la sala. Después de la regañina ministerial, una videoconferencia reunía a los prefectos en la gran pantalla visible para toda la mesa.

—¿Puede levantarse y dejar que se siente mi director del gabinete? —ordenó la ministra al jefe de las CRS.

—Por supuesto, señora ministra.

El jefe de las CRS obedeció con una diligente sonrisa; sin embargo, en los dos extremos de su frente los golfos creados por la pérdida de cabello se sonrojaron de ira y de vergüenza.

Un importante prefecto canoso describía las medidas que había tomado para cerrar los aeropuertos y reforzar los controles en las fronteras. La lista de los Puntos de Importancia Vital (PIV) circulaba por las prefecturas y las Unidades de Fuerza Móvil (UFM) se desplegaban ya en lugares sensibles: puertos, centrales eléctricas, ramales ferroviarios...

—La presidencia reunirá con carácter de urgencia un consejo reducido de seguridad y defensa nacional —prosiguió el prefecto—. Mientras, hemos tomado la decisión de elevar el plan Vigipirate al nivel escarlata por primera vez desde su creación.

Los rostros se ensombrecieron. Las bocas estaban secas y se apuraron varios vasos de agua en el silencio que siguió a un anuncio que, para esos hombres curtidos en crisis, suponía adentrarse en lo desconocido.

Inalterado, el prefecto tomó la palabra:

—Los dispositivos de protección de las personalidades se han reforzado considerablemente. El presidente ha sido trasladado del cuartel general de su campaña al búnker del Elíseo...

Efectivamente —y el chófer de Montesquiou podía dar fe de ello—, el Faubourg-Saint-Honoré, donde se hallaba el palacio presidencial, en el número 55, estaba bloqueado por cuatro secciones de las CRS y refuerzos de la Guardia republicana.

—Las fuerzas de seguridad se hallan en alerta máxima en todos los departamentos y tienen la consigna prioritaria de evitar una eventual extensión de los disturbios más allá del extrarradio parisino.

Montesquiou aguardó a que hubiera acabado de hablar para entregarle la nota a la ministra.

Esta tampoco hizo patente reacción alguna, pero unos segundos más tarde interrumpió al siguiente interviniente, un asesor precozmente calvo y completamente paralizado:

—Basta. Lo siento, pero no podemos retrasar más la rueda de prensa.

Los resultados electorales no tardarían en hacerse públicos en las webs de los periódicos suizos y belgas que no estaban sometidos a las draconianas reglas del Consejo Superior del Audiovisual.

—Sí, señora ministra —respondieron los jefes poniéndose en pie como un solo hombre.

Sin embargo, la ministra permaneció inmóvil un instante y escrutó al prefecto Boulimier. Carla Bruni la había llamado «la Vermorel» en un vídeo robado que se hizo viral durante las navidades: la primera dama confesaba en esas imágenes que le producía escalofríos y se lamentaba de que fuera la única persona en Francia ante la que su turbulento marido y presidente bajara a veces la vista...

El número uno de la DCRI también acabó inclinándose ante la ministra. Esta dobló en dos la hoja que le había entregado Montesquiou y se la entregó a su vecino de la izquierda, que, a su vez, se la dio a su vecino. Al cabo de un minuto, el porcentaje del 52,9 por ciento resonaba en las cabezas de los grandes jefes de la policía con tanta fuerza como unos instantes antes los gritos de su ministra, cuyos ecos aún no se habían apagado en los bellos y lujosos pasillos de aquel antiguo palacete.

4

Una cólera semejante era por lo general un privilegio del presidente. Que Vermorel se hubiera sentido autorizada a abroncar de esa manera a los grandes jefes de la policía y de la gendarmería probaba su papel excepcional en el seno del aparato del Estado. Y como política de pura sangre, se deleitaba reprendiendo a esos prefectos a los que detestaba. Sin embargo, un hombre había evitado aquella bronca, un hombre al que Montesquiou, reducido en esa ocasión a simple bedel, acompañó al despacho de la ministra: se trataba del poderoso prefecto de policía de París, Michel de Dieuleveult, cuya autoridad en el seno de la policía rivalizaba con la de la ministra. La Prefectura de Policía de París se hallaba frente a Notre-Dame, en la Isla de la Cité: contaba con casi cuarenta mil hombres, un servicio de información propio y un bastión mundialmente famoso, en el número 36 del Quai des Orfèvres. Era un auténtico Estado dentro del Estado.

Vermorel recibió al prefecto de policía a solas para poner en común cuanto sabían acerca de Nazir Nerrouche. Dieuleveult era un hombre de miras estrechas, receloso, que se teñía el cabello de negro. Parecía un diácono ascendido de un día a otro a cardenal. Y una estupefacción tranquila emanaba de su mirada disimulada detrás de la gruesa montura de concha de sus gafas, cuyos vidrios habían perdido desde hacía tiempo el antirreflectante. Aún no tenía la edad ni la tripa hinchada que justificaran que llevara la cintura del pantalón tan alta, justo encima del ombligo; era una forma de coquetería retrógrada pero casi imperceptible que le hacía parecer, cuando le sorprendían en mangas de camisa en su despacho de la «PP», un capellán de la época colonial.

—Señora ministra —dijo el prefecto de policía con una cortesía ligeramente arisca—, no sabemos nada aparte de lo que figura en el dossier de la DCRI.

La ministra no quería mirarle a los ojos, que además se hallaban protegidos por una barrera de reflejos, y cuando aparecían debido a un descontrolado movimiento de cabeza, eran un par de almendras inexpresivas y planas que no traslucían sus emociones, ni siquiera el desprecio del que sus cejas nunca se desprendían.

—Prefecto —anunció la ministra muy seria—, supongo que en estas circunstancias que solo cabe calificar de apocalípticas, podremos contar con el infatigable apoyo de sus equipos.

—Por supuesto, señora, la seguridad de la capital es la seguridad de Francia...

Había en las palabras del prefecto de policía de París una manifiesta perfidia, pero la rivalidad entre esas dos eminencias de derechas era ya tan antigua que ni siquiera mereció respuesta.

—De acuerdo, ya veremos —concluyó la Vermorel, que quería decir la última palabra.

A continuación abordó las medidas que iba a tomar para, precisamente, garantizar la seguridad en la capital.

—Excelente —concluyó el imperturbable prefecto de policía—. Y solo puedo desearle buena suerte. O mejor... «desearnos» buena suerte.

Al quedarse a solas con Montesquiou en su despacho, la ministra respiró profundamente y contempló las luces rojas de su teléfono.

Montesquiou leía la prensa en internet en su móvil. Se había hundido maquinalmente en el sillón y durante unos instantes pareció un adolescente enfurruñado en el despacho de su madre directora de escuela. Su lectura le hizo ponerse en pie de repente.

—Dios mío, internet está que arde. La gente no dice más que disparates, escuche —dijo alzando la vista hacia la ministra, que miraba fijamente la esquina de su mesa de mármol—. «Han intentado mancillar a Chaouch por todos los medios, con informes anónimos, embarrándole, hurgando en su pasado, buscándole amantes, amistades comprometedoras, meteduras de pata, votos vergonzantes. Y nada. Así que contaron las veces que iba a la mezquita, y en todas esas mezquitas intentaron encontrar a un imán radical o al primo de un oscuro predicador salafista para echarle en cara sus peligrosas frecuentaciones. Pero no las tenía. Nada que ocultar, nada con lo que chantajearle. Chaouch estaba desesperadamente limpio... Y el día de las elecciones le disparan. No hace falta ser un aficionado a las teorías conspirativas para preguntarse...»

—Pierre-Jean —le detuvo la ministra con un suspiro.

—Es un artículo del editorialista de una radio de la mañana en su blog, ministra. Ya lo han tuiteado tres pesos pesados de la oposición. Figúrese, ¡unos diputados difundiendo esas hipótesis! ¿Se imagina qué puede ocurrir como sigan diciendo cosas así?

—Ya decidiremos llegado el momento. Ahora mismo tenemos problemas más acuciantes que las aberrantes elucubraciones de esos blogueros...

La ministra se aclaró la voz. La tensión de las dos últimas dos horas había disminuido. Montesquiou vio que hacía ejercicios de gimnasia con su boca y abandonó la habitación al comprender que se disponía a hacer una llamada. Una vez sola, la Vermorel abrió uno de los cajones y echó un Doliprane en el vaso de agua que se había servido antes de la reunión. Observó la ineluctable efervescencia de esa pastilla de paracetamol, sacudida de un lado a otro en el vaso y, sin embargo, dotada de una forma de resignada placidez que a la fatigada ministra le pareció incluso noble. Esa efervescencia era su ley, su destino, su deber, el deber de los altos funcionarios del Estado y de cuantos llevaban en su corazón el interés supremo de Francia: para servir uno debía estar dispuesto a disolverse.

Cuando la pastilla inicial ya solo consistió en un pequeño disco asfixiado en la superficie del agua, la señora Vermorel ingirió de un trago el brebaje y marcó el número del presidente, buscando la manera más clara de anunciarle que la maquinaria policial y judicial se había puesto en marcha, pero pensando sobre todo en el porcentaje, en esa cifra estúpida y fatal, 52,9 por ciento, que no iba a disolverse ni sumergiéndola en ácido sulfúrico.

5

El avión que transportaba al matrimonio Wagner aterrizó en Roissy poco antes de las siete de la tarde. Advertido por su secretaria judicial de que la rueda de prensa del responsable médico del Val-de-Grâce era inminente, el juez Wagner pidió a sus escoltas disponer de una televisión antes de regresar a París. Thierry, el agente al que Paola había apodado Aqua Velva, oteó rápidamente la terminal y distinguió finalmente una aglomeración detrás de la cola de un *fast-food*.

Una treintena de pasajeros en tránsito, que tenían por delante una larga espera ya que no despegaba ningún avión, escuchaban religiosamente un televisor colocado a bastante altura. Encaramados en sus maletas, sudaban la gota gorda. Y se reclamaron silencio entre desconocidos, como en el cine, en cuanto en pantalla apareció la imagen de un micrófono cuya altura del pie regulaba con dificultad un asistente menudo y con gafas.

—Sé de uno que debe de estar muy contento —murmuró Paola.

El juez Wagner no reaccionó. Permanecía en la última fila de los reunidos, con los escoltas pegados a él. Paola no podía soportar la espera silenciosa a la que estaba sometido el pequeño grupo de telespectadores. Sopesó con una intensa mirada el grado de concentración de su marido e interpretó una leve arruga en su mejilla izquierda como la señal de que podía hablarle:

—Te seré sincera, Henri, después de esto me va a resultar muy difícil volver a hablar con Xavier Putéoli. Sé que sois amigos desde hace mucho tiempo, pero esto ya es el colmo, y además Tristan rondando a Aurélie… No, lo siento…

—Soy el primero en reconocer que se le han cruzado los cables, pero pensar que pueda alegrarse de un atentado…

—¡Está encantado!

—No digas eso. Y en cuanto a su hijo, ¿qué quieres que haga? ¿Que le impute por cortejo no deseado por los padres de una de las partes?

—Calla, ya está ahí.

El director médico del Val-de-Grâce avanzó hasta el micrófono y se aclaró la voz, y con miradas severas pidió que le indicaran a qué cámara debía mirar. Sostenía un papel en sus manos inmóviles. Su rostro grave era el de un hombre doblemente avezado en el secreto: como médico y como médico militar. Y de repente al juez Wagner —y probablemente también a varios millones de franceses que veían en ese momento ese mismo rostro— le pareció insólito que un hombre tan visiblemente reticente a tomar la palabra en público pudiera estar a punto de comunicar la información más esperada del año.

La sorpresa aún fue mayor cuando abrió la boca y descubrió que tenía un acento del sudoeste tan desacomplejado como el de un charcutero gascón.

—Buenas noches, soy el doctor Saint-Samat, director médico del Valde-Grâce. A la llegada del señor Chaouch a las dieciséis horas y cinco minutos, se le ha realizado una angiografía cerebral que ha confirmado el diagnóstico de ruptura de aneurisma cerebral. La intervención llevada a cabo por el doctor Neyme y yo mismo ha consistido en un clipaje de la malformación vascular. La operación se ha desarrollado satisfactoriamente, no ha habido complicaciones y hemos logrado detener la hemorragia. Confiamos en que la hemostasia se mantendrá, dado que afortunadamente el estado hemodinámico del señor Chaouch ha permanecido estable a lo largo de toda la intervención, pero comprenderán que, en vista de la gravedad de la situación, se le ha... eh... mantenido en coma.

El doctor Saint-Samat volvió su único papel con una lentitud surrealista.

—En estos momentos está siendo atendido en reanimación con el soporte técnico habitual y el diputado Chaouch requiere respiración artificial. Naturalmente, la evolución a lo largo de las próximas horas será determinante.

Los flashes crepitaban sin interrupción sobre su impenetrable rostro alargado. Dejó de leer el texto que tenía escrito en el papel y, mirando por primera vez a otra cámara, dijo:

—Quiero añadir que el equipo médico no puede pronunciarse actualmente respecto al pronóstico a corto plazo del señor diputado Chaouch. Muchas gracias.

La terminal entera estalló y se entregó a los rumores, comentarios y conjeturas. El juez Wagner fue conducido con su esposa al coche oficial que le aguardaba en la zona de carga y descarga rápida de pasajeros desde hacía un cuarto de hora.

—¿Y qué ocurre si gana las elecciones estando en coma? —preguntó Paola.

—Sencillamente gana las elecciones. Supongo que si no despierta enseguida, el Consejo Constitucional anulará las elecciones y las trasladará al mes próximo... después de las legislativas. Un caos absoluto, en resumidas cuentas. Y si gana Sarkozy, no importa que su adversario esté en coma. Salvo si el Consejo Constitucional dice lo contrario. El Consejo Constitucional tiene autoridad absoluta en la materia.

Paola no lograba determinar si eso era bueno o malo.

Una vez que el coche abandonó el aeropuerto, preguntó con voz despechada:

—Supongo que vas directamente al Palacio, ¿verdad?

El juez extendió la mano hacia la nuca de su esposa. Ella se la ofreció en un primer momento, pero se apartó mostrando su rechazo en cuanto sus pieles se rozaron.

Desde las amenazas de muerte de los nacionalistas corsos, Paola reprochaba a su marido haber elegido ese oficio terriblemente exigente y absurdamente cronófago, en el que la excitación de la instrucción acababa apareciendo como su propia recompensa. Ese «contrato» corso, que culminó con el descubrimiento de una bomba debajo de su coche, había transformado incluso el rostro de su marido: sus mandíbulas eran más prominentes, su frente menguaba y, sobre todo, su mirada se había endurecido y era cada vez más raro ver brillar en ella la luz de un pensamiento fantasioso o de una sonrisa profunda. Por el contrario, por ella desfilaban constantemente sombras: las rivalidades en el seno de la sección antiterrorista, las amenazas de muerte y de evaluaciones negativas, la impresión de haber sido relegado al no habérsele confiado el año anterior más que cinco nuevos casos...

Paola se contorsionó para contener su mal humor.

—Nuestro primer fin de semana desde hace seis meses... Menudo fin de semana...

6

Dos hombres esperaban al juez Wagner en el despacho del fiscal de la República de París. Sentado sobre su mesa se hallaba el fiscal Lamiel en persona, con quien Wagner jugaba a tenis todos los martes; y, de pie frente a la ventana, el comandante Mansourd, el legendario jefe de la SDAT, al que el juez le debía la vida por haber descubierto, tres años atrás, el explosivo colocado por unos nacionalistas corsos debajo de su coche oficial.

—Señoría, le estábamos esperando. ¿Ha visto la participación?

—Sí, un 89 por ciento. Es muy alta.

—¡Es algo nunca visto!

Lamiel había recuperado a los jueces antiterroristas hasta entonces arrinconados y más reticentes a los métodos del poderoso Rotrou, que, desde hacía veinte años, encarnaba en palabra y obra la figura del juez antiterrorista: Wagner y Poussin, apodados por el fiscal «Le Lorrain y Poussin» o «los artistas», y a los que acababa de hacer designar por el presidente del Tribunal para el procedimiento más importante del año.

Políticamente, Lamiel estaba considerado de izquierdas, cosa que incomodaba a la cúpula del Estado. En el baile de puestos que se inició con la jubilación del fiscal general un año antes de la campaña presidencial, Sarkozy sufrió la rebelión del Consejo Superior de la Magistratura, que emitió un dictamen negativo a todos los nombres propuestos por el Elíseo para el puesto notoriamente estratégico de jefe del ministerio público de París. El presidente se vio obligado a nombrar a Lamiel, pero, a pesar de todo, logró colocar a uno o dos allegados en su equipo aunque fuera en vano, a decir de los especialistas, ya que todo el mundo sabía que el verdadero responsable del antiterrorismo en Francia era el juez Rotrou, apodado «el Ogro de Saint-Éloi», por el nombre de la galería protegida con extremas medidas de seguridad de la última planta del Palacio, donde tenían sus despachos los jueces especializados en la lucha antiterrorista.

La campaña acentuó la brecha entre Sarkozy y los jueces —un doble asesinato cometido por un reincidente, una enésima declaración del presidente acerca del laxismo y la irresponsabilidad de los jueces—, mientras Chaouch se manifestaba a favor de una verdadera independencia del ministerio fiscal frente al ejecutivo y se metía en el bolsillo, con la promesa de un «plan Marshall de la justicia» a diez años, a una aplastante mayoría de la magistratura que veía llegar por fin aire nuevo. Al timón de ese ministerio público que avanzaba a contracorriente del poder figuraba Jean-Yves Daniel, que echó un vistazo a su despacho ensombrecido por las cortinas burdeos y las *boiseries* de roble, y entregó solemnemente un documento a Wagner: era la acusación introductoria a partir de la cual podía iniciarse la instrucción, y cuyos principales elementos expondría en su primera rueda de prensa.

—Henri, lo que voy a explicarle no le va a gustar. Como tampoco le ha gustado a la ministra del Interior...

—¿Teníamos vigilado al autor del disparo? —anticipó Wagner—. Estaba identificado, ¿verdad?

—No, acabo de verle —respondió Lamiel, aún sentado sobre su mesa—. Tiene dieciocho años, es un chorizo de poca monta, juzgado dos veces por el tribunal correccional por delitos menores y condenado con suspensión de la pena. No, al que vigilábamos es al presunto responsable de ordenar el atentado.

Se desabrochó la americana y dio una vuelta por su despacho.

—La DCRI me llamó hace cinco semanas para informarme de la actividad de un grupo desconocido, la SRAF. Nadie sabe qué significa SRAF, salvo que es un movimiento secreto dirigido por un tal Nazir Nerrouche, primo de Abdelkrim Bounaïm-Nerrouche, el autor del disparo de esta tarde. Abrí una investigación preliminar por asociación de malhechores con fines terroristas y autoricé las escuchas. La investigación no ha ofrecido resultado alguno hasta hoy debido, esencialmente, a la desconfianza paranoica de ese Nazir Nerrouche.

—¿Por qué no han dado resultados las escuchas? —preguntó Wagner, incrédulo.

—Permitieron al grupo de la DCRI localizar un zulo con armas y dar con un presunto cómplice, miembro de esa SRAF. Pero era un cebo.

—¿El cómplice?

—¡Todo! El zulo de las armas y el cómplice. Al final teníamos bajo escucha telefónica tres de sus móviles y Nazir Nerrouche sabía que los dos primeros estaban pinchados, así que manipulaba al grupo de investigación a su antojo.

Wagner estaba boquiabierto. ¿Cómo era posible semejante chapuza? Había trabajado a menudo con comisarios de la DCRI y nunca había dudado de su profesionalidad.

—¿Y el tercer móvil? —preguntó el juez.

—Aún no he podido acceder a la relación de las escuchas, ha sido muy complicado obtener la orden. De todas formas, debe de haber destruido sus teléfonos después del atentado. Es un tipo muy… retorcido.

—¿Cuántos años tiene? ¿Es islamista? ¿Se le ha podido vincular con grupos conocidos? ¿AQMI?

—Nada —respondió el fiscal—. Nazir Nerrouche tiene veintinueve años. Estudios superiores, primero de letras y después de letras clásicas en la Sorbona, y luego se decantó por derecho de seguros. Ha montado pequeñas empresas, una de ellas en Saint-Étienne, de donde es su familia, una agencia de seguridad privada que quebró. Se implicó en la vida local, se ocupó de los cementerios musulmanes e hizo lobby para la construcción de la mezquita de la que todo el mundo hablaba durante la campaña. A raíz de eso la DCRI empezó a interesarse por su caso. La dificultad era que no frecuentaba ninguna mezquita sospechosa ni mantenía relaciones con las redes conocidas.

—¿Y entonces? ¿Había creado una célula durmiente?

—No, peor aún. Una verdadera pesadilla: un movimiento, digamos, radicalmente autónomo. Una especie de fantasma autárquico, indetectable por nuestros radares habituales. Y explícale eso a la prensa...

—¿Y el autor del disparo?

—De momento no ha dicho gran cosa, pero no creo que mienta cuando dice que no sabe dónde se encuentra su primo. Por ello he pedido que se impriman cien mil carteles de busca y captura de Nazir Nerrouche. Creo que hay que lanzar una orden de detención europea...

El juez Wagner meneó la cabeza.

—¿Cómo hemos podido perderle la pista? —se indignó—. Es increíble que no hayamos podido detenerle antes. ¿Estaba bajo vigilancia física? ¿Qué pasó?

—Otra torpeza de la DCRI —respondió Lamiel—. Y precisamente el comandante Mansourd tiene una idea sobre esa cuestión. ¿Comandante?

El comandante seguía mirando por la ventana. Era probablemente el único oficial de la policía judicial francesa con una barba tan poblada: una verdadera barba de patriarca, negra y rizada como su cabellera de Sansón. Llevaba una camiseta negra de mangas largas que moldeaba su pecho corpulento y musculado, pero con una musculatura de otros tiempos, que no era fruto de sesiones de pesas en el gimnasio y recordaba a los forzudos de las antiguas Brigadas del Tigre.

Sus vaqueros negros desaparecían en la penumbra y a Wagner le vino de repente a la cabeza que si le hubieran iluminado con una linterna la cintura habrían aparecido unas sólidas patas de caballo. Sin embargo, cuando el comandante centauro se alejó del cegador contraluz, Wagner vio que no era así: Mansourd tenía unas piernas humanas y la mano sobre la pistolera; acariciaba la culata de su arma de servicio con una delicadeza que no parecía acorde a su estatura, como un coloso que acariciara a un gatito entre los ojos con su dedo gigantesco.

—Probablemente tenía cuatro móviles —respondió—, tal vez más, y a través de los que la DCRI tenía pinchados proporcionaba información falsa a números registrados con nombres falsos. La investigación ha sido una verdadera chapuza y los colegas nos están transmitiendo la información y la relación de las llamadas con cuentagotas...

—Esto cambiará —declaró Wagner—. Ya no estamos persiguiendo al presunto jefe de un misterioso movimiento, sino a la persona que ha ordenado un asesinato político. Y les aseguro que vamos a tener toda la información sobre las llamadas.

—De acuerdo —prosiguió Lamiel volviendo su frente hacia Mansourd, pero sin alzar del todo sus enormes ojos—. Ha llegado el momento de demostrar su valía por encima de los colegas de la DCRI. Esta noche trabajarán con el SRPJ de Saint-Étienne. No es necesario que trasladen a los detenidos a Levallois, ocúpense de ello sobre el terreno.

—¡Y sobre todo nada de cámaras! —exclamó Wagner—. No quiero que la prensa empiece a entrometerse en mi instrucción. Estará usted de acuerdo, ¿verdad, comandante?

El comandante asintió con un movimiento de los labios. Vio, sin embargo, que el fiscal parecía contrariado: mantenía los brazos cruzados y los ojos se le salían de las órbitas, pero no miraban nada en concreto sobre su mesa.

Antes de abandonar el despacho, Mansourd estudió largamente los retratos de Nazir en el cartel de busca y captura. A Wagner, más que las fotos, le fascinaba la intensidad de la mirada del sabueso de la SDAT. En aquel rosto barbudo y escultural, sus ojos parecían literalmente virar al rojo.

Anunció en tono huraño:

—Le atraparemos, señoría. Confíe en mí.

—Manténgame al corriente, comandante —dijo el juez Wagner.

El comandante Mansourd salió del despacho.

Los dos magistrados contemplaron el círculo de moqueta que acababa de abandonar. Los dos tuvieron la misma impresión al respecto: era una fuerza en marcha. Que por el momento se había puesto en marcha por ellos, que el día de mañana seguiría en marcha quizá por otra persona, pero que solo avanzaría en un único sentido: la captura de Nazir Nerrouche.

7

—¡Qué personaje tan singular es Mansourd! —comentó el fiscal y, cambiando el tono de voz, añadió—: Henri, debo decirle una cosa. Nazir Nerrouche es hermano de un tal Fouad Nerrouche, un actor que protagoniza una serie de televisión de éxito en la sexta. Supongo que no es usted un gran lector de la prensa del corazón, porque de lo contrario estaría al corriente de los rumores que circulan acerca de la relación de ese Fouad Nerrouche con Jasmine Chaouch. —El juez Wagner arqueó las cejas en señal de sorpresa—. Sí, la hija de Chaouch.

—¿Mansourd lo sabe?

—Me lo ha dicho antes de que llegara usted. Uno de sus hombres ha hecho una rápida comprobación con el servicio de protección del candidato Chaouch.

—¿Y qué?

—Pues poca cosa... El servicio le conoce, evidentemente, pero no hay nada digno de mención. No tiene antecedentes penales, ni una pelea, ni un puñetazo: sobre el papel parece un buen chico, impecable desde todos los puntos de vista...

—Ya veremos esta noche.

—Una cosa más, Henri —titubeó Lamiel—. Iré al grano: no estoy seguro de que sea buena idea mantener a nuestros amigos periodistas en una ignorancia total de nuestras actividades.

—Sí, pero en cuanto empecemos a comunicar, los chapuzas de la DCRI serán descubiertos y acapararán el interés mediático. Y a la que entremos en su juego, la situación se volverá incontrolable.

—Henri, sabe que mañana por la mañana tengo que dar mi primera rueda de prensa. Y me pedirán una rueda de prensa diaria, ¿me entiende?

El juez se negaba a suscribir esa opinión, ni siquiera virtualmente. Un rayo de sol se coló entre las cortinas e iluminó su cabello blanco. Alzó las cejas, que, por contraste, nunca habían parecido tan oscuras.

—Necesitarán culpables, Henri. No digo que vayamos a ofrecérselos, pero tendremos que darles algo a cambio. Y no se trata solo de la prensa. El fiscal general seguirá el asunto de cerca. He pasado buena parte de la tarde al teléfono con la Cancillería. En este caso todo el mundo se juega su puesto. Y lo repito: todo el mundo.

—Señoría —respondió solemnemente Wagner—, he sido designado para la instrucción de un atentado contra un diputado de la República candidato a las elecciones presidenciales, y no voy a dejar de explorar ninguna pista. Desde mañana mismo haré ampliar el dispositivo de escuchas y tomaré todas las medidas necesarias para esclarecer la verdad. Pero también le diré que no se espere un espectáculo con la detención de toda la familia frente a las cámaras. Sería contraproducente, como las recientes proezas de Rotrou. Esos métodos, la verdad...

—Estamos de acuerdo, Henri, por supuesto. Esos métodos son incalificables. Y si merecen algún calificativo es el de ineficaces. Los vientos soplan en otra dirección y se ha hecho limpieza. No habrá guerra entre el ministerio público y la instrucción y, sobre todo, en esta ocasión no habrá una guerra de policías. No diré que seamos el futuro de la justicia antiterrorista, pero... no me parece exagerado afirmar que está en nuestras manos.

El juez esperaba un «pero». Con la boca aún abierta, Lamiel se levantó y acompañó a su compañero de tenis a la ventana. En el patio del Palacio de Justicia reinaba una actividad inusual en domingo.

—Pero de entrada nos pedirán lo imposible, Henri. Le van a pedir lo imposible y, además, en un tiempo récord. Espero que esté listo.

8

El tío Idir fue a reunirse con Fouad en cuanto acabó la rueda de prensa del director médico del Val-de-Grâce. La había visto en el mismo televisor delante del cual, la víspera, se emocionó ante las miradas de la multitud aclamando a Chaouch en las imágenes retrospectivas de la campaña. Fouad vio a su tío correr desde el inicio del pasillo, con la patética torpeza de un anciano, mientras averiguaba por boca de la enfermera con la que había discutido poco antes, y después de mucho insistir, que Rabia había sido examinada para saber si había sido víctima de una agresión sexual.

—¿La han violado? —preguntó Fouad, horrorizado.

—Cálmese, por favor —respondió la enfermera.

—¡Contésteme de una vez!

La enfermera retrocedió y amenazó nerviosa a Fouad con llamar a seguridad si no bajaba la voz.

—¿Ya está? ¿Se ha calmado? Perfecto. Los exámenes no han revelado nada...

—¿No ha sufrido tocamientos, entonces?

—Los exámenes no han revelado nada —repitió la enfermera.

—Dios mío... —exclamó Fouad cerrando los ojos.

Quiso darle las gracias a la enfermera, como si fuera a ella a quien le debiera la buena noticia, pero la dejó allí plantada y corrió a la habitación de Rabia. Sin embargo, al otro lado de la puerta, Rabia ya se estaba vistiendo. Fouad llamó con los nudillos, pero la silueta de su tía ajetreada y con la cabeza gacha como un carnero le impidió entrar.

—Ahora tenemos que ir con Luna, *miskina* la pobre está sola. ¿Sabes dónde han dejado mi móvil?

—Tranquilízate, tía —dijo Fouad empujando por fin la puerta—, ¡cálmate!

—No, ahora no es momento de calmarse —se indignó Rabia—. Hay que...

Se detuvo, recorrió la habitación con la mirada, y de repente ya no pareció que buscara el móvil, sino las razones por las que los seres humanos dedicamos nuestro tiempo a buscar algo.

Fouad creyó que iba a echarse a llorar. Le puso la mano en el hombro, tan cuidadosamente como si manipulara un frasco de nitroglicerina.

Idir quiso ir a saludar a Zoulikha en la habitación en planta a la que la habían llevado, pero la enfermera de guardia le informó de que ya se habían acabado las visitas y además la señora Nerrouche dormía como un tronco.

Al bajar de nuevo se encontró frente a frente con Dounia, cuyo rostro descompuesto le impresionó tanto como su semblante de culpabilidad.

—¿Qué haces aquí? —le preguntó Dounia enjugándose las lágrimas que lastimosamente intentó atribuir a un resfriado sorbiendo de forma exagerada.

—He venido a ver a Zoulikha y... a Rabia... pero ¿tú? Nadie ti incontraba... Estabas...

Fouad y Rabia aparecieron en el campo de visión de Dounia. Quiso retroceder, pero comprendió que estaba acorralada. Fouad se volvió y corrió hacia ella.

—¡Joder, mamá! ¿Dónde te habías metido? —gritó—. ¡Hace cuatro horas que intento hablar contigo! ¡Cuatro horas!

Dounia se ensombreció y halló en la cólera de su hijo una inesperada manera de salir del apuro que le había parecido irremediable.

—Ante todo, cálmate. ¡No consiento que me hables así! Soy tu madre, y no tu novia, ¿me oyes?

Fouad sintió que le ocultaba algo, pero no quiso hacer una escena delante de Idir. Dounia se soltó el cabello, se lo recogió en un moño más ceñido y se acercó a Rabia, que no le hizo ninguna pregunta sobre su desaparición, aliviada como estaba al poder por fin desahogarse de su desesperación.

Fouad llevó primero a Idir a su casa. Al anciano no le apetecía estar solo después de tantas emociones, pero afortunadamente le esperaba Raouf, y con Raouf la perspectiva de una noche electoral casi normal, una velada oyendo a su hijo explicarle por qué su generación no entendía nada de nada mientras que la suya, además del vigor de la juventud, poseía la joven sabiduría de las cifras y las teorías complicadas.

Sin embargo, Raouf esperaba a su padre en la escalera, desamparado, harto de actualizar sus páginas favoritas en el iPhone con la pantalla manchada de huellas dactilares.

—Es… una locura —tartamudeó simplemente, advirtiendo demasiado tarde que la expresión era ridícula en semejante situación pero que no disponía de ninguna lo bastante fuerte en su léxico para describir los acontecimientos.

Fouad no recordaba si había vuelto a ver a Raouf desde la madrugada. Raouf le besó en las mejillas, acercando su boca hasta el oído de su azorado primo.

—Fouad, tengo que decirte… —titubeó Raouf.

Fouad sintió que no podría afrontar la conversación que se anunciaba.

—Ya hablaremos más tarde —le respondió en voz baja, antes de embarcarlo con Idir en el coche en el que les esperaban Dounia y Rabia.

El sol se ponía detrás de los escoriales de la antigua mina del Clapier. Fouad se subió a la acera para aparcar el coche y alzó la vista hacia el balcón desierto donde la víspera se había fumado un Camel con Krim. Unos niños dejaron de jugar a pelota para ver pasar a aquellas personas de rostros extrañamente familiares que iban vestidas de fiesta y caminaban con un aspecto trágico y decidido.

En el ascensor, Dounia evitó la mirada inquisitiva de su hijo acariciando el cabello de Rabia. Al llegar al tercer piso, la puerta de la abuela se abrió precipitadamente y apareció Luna, a la que ya nada podía contener. Se echó en brazos de su madre chillando.

La abuela les hizo entrar a todos para no despertar la curiosidad de los vecinos, y en el embotellamiento del pasillo Rabia y Luna pasaron abrazadas ante los rostros compasivos y aterrados de los tíos y las tías que habían acudido a la boda y luego frente a Slim, y también frente a Kamelia, que, situada al final de la fila, tendió los brazos hacia su tía para llorar con ella.

Rabia descubrió el salón de la abuela, que conocía al dedillo. La víspera, antes de ir a la sala de fiestas, toda la familia había visto aquella cinta VHS en la que Krim tocaba música clásica en el Clavinova del abuelo.

Entre lágrimas, Rabia alcanzó a preguntar:

—¿Bouzid no está?

—Trabaja hasta las nueve —respondió Rachida con sequedad.

La pequeña de las hermanas Nerrouche llevaba a Rayanne en brazos y lo arrullaba para que se durmiera, sin dejar de observar a distancia a Rabia y a Luna con una mirada decididamente reprobatoria.

La pequeña Myriam apareció en el umbral de la puerta del baño y corrió hacia su tía preferida. Le abrazó la cintura y apoyó su oreja contra su seno. Rayanne escapó a costa de grandes esfuerzos de la prisión de los brazos de su madre y fue también a abrazar a Rabia.

Los niños adoraban a Rabia. Y Rabia recordó, como un relámpago en la noche de la desgracia que se abatía sobre ella, que adoraba a los niños.

III

52,9 POR CIENTO

1

Fouad estaba hecho polvo y, sin embargo, era el único en aquel piso cuyo rostro no estaba cubierto de lágrimas ni descompuesto, de una manera u otra, por la enormidad de lo ocurrido. La abuela mantenía su porte serio y altivo, pero ya no provocaba a nadie y buscaba sin cesar algo que hacer para no tener que enfrentarse al peso de la tristeza en otra mirada.

Fouad salió al balcón y vio ceniza apilada detrás de la maceta de flores más grande. Los últimos rayos de sol avivaban el rosa del hormigón de la barandilla. Aún no había refrescado y la luz inundaba con tanta intensidad el apartamento que la abuela acabó echando las dos cortinas para evitar los fuertes reflejos que impedían distinguir nada en la tele que acababan de encender. Fouad reconoció la voz de David Pujadas y asomó la cabeza por la puerta acristalada entreabierta. Toda la familia estaba de pie frente a la pantalla.

—Señoras y señores, son las ocho en punto y, en esta situación de crisis única, en esta situación excepcional, absolutamente inédita en la historia de nuestro país, podemos ofrecerles los resultados de la segunda vuelta de las elecciones presidenciales...

El rostro de Chaouch apareció a gran tamaño a la izquierda de la pantalla. La columna de sus votos ascendió hasta el 52,9 por ciento mientras que la de Sarkozy se detenía en el 47,1 por ciento.

—Idder Chaouch ha sido elegido con el 52,9 por ciento de los votos —anunció David Pujadas con voz áspera, castigada por la fatiga y la gravedad de los hechos—. Con un índice de participación absolutamente excepcional: el 89,4 por ciento de los votantes han acudido a las urnas...

Por primera vez en su historia, Francia acaba de elegir a un presidente en coma –añadió bajando la vista, como intimidado por el piloto rojo de la cámara y por las decenas de millones de personas que ese piloto rojo representaba.

No habría por lo tanto declaraciones del presidente elegido desde el enfervorecido cuartel general de la campaña. No hubo tampoco ninguna escena de alborozo en las conexiones en directo que siguieron ni escenas de decepción entre los vencidos. O quizá el alborozo y la decepción existían, pero cruelmente atenuados por las extraordinarias condiciones que rodeaban el resultado del escrutinio.

Nicolas Sarkozy reconoció su derrota en un tono prudente y deseó que su adversario saliera pronto del coma; explicó a continuación que, en el período de transición, su gobierno se hallaba plenamente operativo y anunció que, a la espera de las decisiones del Consejo Constitucional, se habían tomado «algunas medidas» para garantizar la seguridad de los franceses, empezando por el cierre del espacio aéreo y el paso del plan Vigipirate al nivel escarlata.

–Quiero asegurar a nuestros compatriotas –concluyó mirando al objetivo como si fuera el presentador del programa– que no hay nada que temer, como he oído desde hace una hora, respecto a un supuesto vacío en la cúpula del Estado. Los miembros del Consejo Constitucional son personas responsables y confío absolutamente en su capacidad para tomar las decisiones necesarias. Francia es fuerte, nuestras instituciones son sólidas y estoy convencido de que después de este ataque inédito e, insisto, incalificable a la seguridad nacional, el espíritu de unidad nacional prevalecerá...

El discurso del presidente aún no había terminado cuando Marine Le Pen, cuarta en la primera vuelta, hizo público un comunicado a France-Press en el que saludaba su firmeza, pero manifestaba su inquietud ante el riesgo de «guerra civil». En la radio se oyeron voces a favor del restablecimiento preventivo de la ley marcial. Y otras que reclamaban que la Asamblea y el Senado reunidos en congreso votaran la concesión de plenos poderes a Nicolas Sarkozy. Contrariamente, en TF1, un joven que presidía los Jóvenes Socialistas por Chaouch perdió su sangre fría ante Jean-François Copé y explicó que «comprendía» los movimientos de rebelión que iban en aumento por todo el país. Copé le acorraló hasta obligarle a admitir que los animaba. La cámara siguió encuadrando al melenudo militante unos instantes después de su metedura de pata: ya no estaba rojo como un tomate debido a la cólera, sino a la certeza de haber puesto fin a su incipiente carrera con una sola frase. En efecto, las altas instancias del Partido Socialista apenas tardaron dos días en cesarlo, como medida ejemplar y para disuadir a los militantes abatidos de ofrecer ante el país la imagen de un partido al que la seguridad nacional no le importaba un comino.

Esa noche, sin embargo, la mayoría de los franceses reaccionó como la familia Nerrouche, reunida casi al completo en el salón de la abuela: arqueando las cejas, meneando la cabeza con cierto alivio, por supuesto, pero sobre todo con una inmensa inquietud y la lúgubre impresión de que, en lugar de asistir como se esperaba al triunfo del hombre que alcanzaría la luna en directo, era, por el contrario, el sol el que acababa de ser secuestrado en un estúpido vuelco en el último minuto.

2

Fouad se eclipsó de nuevo en el balcón y observó las dos montañas de casa de la abuela, los dos montículos de escombros mineros aletargados bajo la cenefa roja anaranjada del crepúsculo, y recordó el día en que, de niño, eligió la de la izquierda mientras Nazir se decantaba por la de la derecha porque había decretado que era la mejor.

Fouad consultó de nuevo la lista de llamadas perdidas. Aún no había ninguna de Jasmine. Echó mano de todo su valor y marcó su número. Le saltó el contestador y empezó a dar vueltas a diversas hipótesis. Al estar su padre en coma quizá no podía utilizar el teléfono en la habitación del hospital. O simplemente la línea estaba ocupada, pues debía de recibir millones de llamadas para consolarla: tendría que intentarlo de nuevo. Eso hizo. Una decena de veces en cuatro minutos. Dejó varios mensajes, pero le parecía lanzarlos el vacío, como se envían cartas a la dirección postal de un muerto, salvo que en este caso no había ninguna persona o servicio que informara de que el destinatario no los hubiera recibido.

Y siguió barajando diversas hipótesis. Sin embargo, ya no hacía malabarismos con bolas de goma, sino con mazas de fuego de terroríficas eventualidades que lanceaban su amor propio y su amor por Jasmine: le habían dicho que Krim era su primo, ella no podía hablar con alguien de la familia del asesino de su padre, incluso aunque esa persona fuera su novio...

Se rindió y aspiró una profunda bocanada de aire para tener el valor de regresar al salón, donde reinaba de nuevo la agitación. Slim, sin embargo, se le adelantó y pasó a través de la cortina su delgada pierna ceñida por el pantalón blanco de la víspera.

—¿Fouad?

—Sí, sí, voy —respondió su hermano mayor sin contener la violencia de su tono—. Ya voy, dame dos minutos.

—Ven ahora mismo, Fouad —insistió Slim apartando la cortina con un gesto seco—, ¡sale Krim en la tele!

La primera mirada de Fouad al entrar de inmediato en la sala no se dirigió a la pantalla de plasma de la abuela sino a la familia apiñada delante de la misma, que no se había movido desde que había huido al balcón, con una única diferencia, pero de peso: todos se habían llevado la mano a la boca. Cada frase de Pujadas sobre la identidad del autor del disparo hacía rodar nuevas lágrimas por sus mejillas ardientes de vergüenza. En el rostro de Rabia, el maquillaje mezclado con las lágrimas se deslizaba hasta las comisuras de sus labios temblorosos.

La abuela se puso a hablar en cabilio, demasiado deprisa para que sus hijas más jóvenes pudieran comprenderla. Por sus entonaciones, sin embargo, incluso la pequeña Myriam podía adivinar que se trataba de lamentos y de macabras invocaciones.

Rabia subió el volumen, hasta la penúltima línea. Nadie se atrevió a pedirle que lo bajara un poco.

—Recibimos a un nuevo invitado en el plató —anunció David Pujadas con creciente entusiasmo en la voz—, un invitado que nos permitirá esclarecer algunos aspectos del atentado contra el presidente... —se corrigió—, contra el candidato Chaouch. Xavier Putéoli, redactor jefe de Avernus.fr. Esta misma noche ha publicado la primera parte de un artículo de Marieke Vandervroom sobre la DCRI. Los «increíbles» fallos de una investigación ultrasecreta, la guerra de los servicios responsables de la Inteligencia Interior... El artículo ha suscitado una gran polémica, ya que, les recuerdo, la DCRI lo ha desmentido por completo en un comunicado de prensa a France-Press. Pero primero la pregunta que todo el mundo se hace: ¿cree que el joven autor del disparo, del que por el momento solo conocemos su nombre de pila, Abdelkrim, ha actuado obedeciendo órdenes de ese grupo clandestino, cuatro letras de las que probablemente vamos a oír hablar, y mucho, en los próximos días: la SRAF?

Rayanne, que se chupaba el pulgar al pie de la pantalla, empezó a golpearla repetidamente. Dos tías se precipitaron para detenerle, pero ya era demasiado tarde: el televisor se tambaleó y cayó del mueble estrecho sobre el que reposaba.

Mientras Slim y Toufik intentaban volver a encenderlo, el silencio se abatió sobre la habitación, truncado por el llanto continuado de Rabia.

Tuvo que enjugarse las lágrimas cuando vio que su móvil vibraba.

—Es la vecina, la señora Caputo. ¿Por qué me llamará?

El televisor funcionaba de nuevo. Sin embargo, Slim y Toufik solo consiguieron que apareciera nieve en la pantalla. Después de que el teléfono sonara varias veces, Rabia se levantó y descolgó para saber qué quería la vecina.

En el mismo momento, Fouad recibió un mensaje de Yaël diciéndole que le había conseguido un abogado.

3

Salió al balcón para llamarla y echó la cortina cuando las diabólicas voces de la tele resonaron de nuevo con fuerza en el salón.

—Acabo de ver la imagen en la tele. Fouad, es espantoso, espantoso… estoy a tu lado con todo mi corazón.

—Gracias, Yaël. ¿Has conseguido un abogado?

—Le he llamado de tu parte, trabaja en el bufete de Szafran, un gran abogado, y cree que Szafran es el mejor en esta situación porque el año pasado ya defendió a unos inocentes acusados en un caso de terrorismo.

—Krim no es inocente —espetó Fouad.

—Sí, claro… Oye, Szafran es una estrella de los tribunales. Es el presidente de la asociación en favor de la mejora de las condiciones de las prisiones francesas, ha logrado sentencias absolutorias para un montón de gente y, además, ese amigo que trabaja en su bufete me ha dicho que a menudo trabaja *pro bono*. ¿Puedes anotar su número de móvil? Llámale ahora mismo…

Desde el balcón se oyó un grito de Rabia, y probablemente también desde el parking de la mediateca, donde unas personas que acababan de aparcar alzaron la cabeza.

—Espera, Yaël, envíamelo con un mensaje y te llamo luego.

Pero Fouad no se atrevió a regresar al salón.

Oía retazos de una confusa disputa en la que flotaba la palabra «policía». En las voces decididas que la pronunciaban, sonaba como un sinónimo de «catástrofe». Fouad apenas tuvo tiempo de apercibirse de que, por su parte, aquella era una actitud mental de criminal. Franqueó la puerta acristalada y la cortina y vio a su tía Rachida arengando a la familia señalando los rostros inocentes de sus hijos de corta edad como si fueran pruebas de convicción de la culpabilidad de Krim:

—¿Acaso piensas que pagaremos por él? —vociferaba—. ¿Crees que voy a dejar que mis hijos tengan que pasar por esto? No, gualá, ni hablar de tener que pagar por las tonterías del loco de tu hijo...

Fouad quiso preguntar qué ocurría, pero Rabia no le permitió salir en su defensa. Rabia se había sentido abofeteada, pero no por lo que Rachida había dicho sino por el desdén que expresaba el movimiento de sus labios.

Colorada de humillación, lanzó a su hermana un incoherente chorro de insultos. La abuela tomó a las criaturas de la mano y se las confió a Kamelia para que las llevara a su dormitorio.

Acurrucados contra los grandes senos de Kamelia, los críos alzaron hacia ella una mirada de resignada estupefacción. Estaban acostumbrados a las discusiones entre sus padres, y además eran demasiado pequeños para comprender qué tenía de particular esa nueva violencia de la que torpemente trataban de protegerles.

—No pasa nada, guapos —les dijo Kamelia con voz titubeante—. Mamá está enfadada, pero se le pasará, no pasa nada, queridos...

Al otro lado de la puerta, la alta estatura de Fouad ya no imponía. La abuela se interpuso entre sus dos hijas encolerizadas y Fouad pareció de repente minúsculo, insignificante al lado de aquella masa negruzca de cabellos grises y con un carisma inexplicable y terrible.

La abuela calmó a todo el mundo con frases en cabilio que parecían encantamientos.

Con una mirada, el anciano tío Idir prohibió a su esposa Ouarda tomar partido por Rabia o por Rachida. Sin embargo, Fouad advirtió que sus hermanas mayores se decantaban decididamente en favor de la pequeña y sus inocentes criaturas.

La mano con la que sostenía el teléfono empezó a temblar. Salió al balcón, se apoyó en la barandilla y se obligó a respirar lentamente, con los ojos cerrados.

Al abrirlos, vio aquel hospitalario paisaje: el edificio de la mediateca de Tarentaize; los escoriales al fondo; a la derecha los bloques de hormigón verdes y rosas de las viviendas de protección oficial, apilados unos sobre otros como cubículos de Lego con falsas ventanas –falsas porque era en verdad imposible vivir en esa geometría infantil de gallineros–; y finalmente, a la izquierda, la plaza donde correteaban los chavales del barrio, al pie de la iglesia de Saint-Ennemond con su fachada rústica y curiosamente familiar, que conocía como la palma de su mano a pesar de no haber puesto nunca los pies en ella.

Alzó la vista; después de un día soleado y caluroso el cielo sin viento ofrecía una superficie cristalina como un lago de alta montaña, apenas contrariada por el degradado de azules obtenidos a partir del mismo pigmento y en la que se reflejaba suavemente la copa aguzada de un chopo.

Fouad oyó el rumor lejano del centro de la ciudad. Para desviar su atención de la trágica cacofonía del salón necesitaba concentrarse en el ruido de la circulación, tan tranquilizador en la ciudad como el balanceo de las olas en el mar o el soplo del viento en un prado. De repente, sin embargo, ese runrún pareció henchirse y amplificarse. Un número inusual de vehículos llegaban a la calle de la abuela. Fouad se asomó para confirmarlo y vio aparecer frente a la mediateca una quincena de vehículos policiales. Las sirenas estaban en silencio, pero los girofaros destruyeron la sutil armonía de ese atardecer de acuarela.

–¡Fouad! ¡Fouad!

Dounia le tiraba de la manga desde hacía quizá medio minuto. Se volvió hacia su madre y vio en la expresión de su rostro su propio estupor.

–¡Fouad! La policía ha ido a casa de Rabia, van a venir aquí, ¡la vecina les ha dado la dirección!

–No –murmuró Fouad con una voz que no parecía suya–, ya están aquí.

Dounia se precipitó hacia la barandilla y vio a una treintena de hombres entrar por la puerta del edificio. Algunos, con cascos y pasamontañas, llevaban armas pesadas y arietes. Otros simplemente lucían chalecos antibalas blancos, en la espalda de los cuales podía leerse POLICÍA JUDICIAL.

Todos empuñaban armas y tenían cara de malas pulgas. Antes de adentrarse de nuevo en el frenesí del apartamento, Dounia vio a uno que mascaba chicle violentamente: era un «policía judicial» barbudo que alzó la vista hacia ella, como si se hubiera sentido observado.

Los hombres de los cascos fueron los primeros en entrar en el salón repleto, como una manada de rinocerontes. Destrozaron el ala de un bufet e hicieron caer de nuevo el televisor. El policía barbudo abrió la boca cuando obtuvo algo parecido al silencio:

—¡Rabia Bounaïm-Nerrouche! —gritó.

Rabia se identificó nerviosamente.

—Soy el comandante Mansourd, de la Subdirección Antiterrorista de la Policía Judicial. Y él es el comisario Faure, del Servicio Regional de la Policía Judicial de Saint-Étienne. A partir de este momento —consultó su reloj—, las veintiuna horas y veintidós minutos, queda oficialmente detenida.

Aturdida por esas demoledoras palabras y por el infierno policial y administrativo que anunciaban, Rabia se dejó esposar entre los gritos —«¡No! ¿Qué?»— de la familia. Fouad les indicó que se calmaran y preguntó al comandante:

—¿Por qué motivo? ¿De qué la acusan?

El barrigudo comisario de Saint-Étienne respondió de inmediato:

—De ser la madre de su hijo.

El comandante miró fugazmente de reojo al comisario y dio su propia respuesta:

—De lo mismo que a todos los adultos de esta habitación: asociación de malhechores con fines terroristas.

En el caos subsiguiente, Fouad logró milagrosamente transmitir el mensaje de que tenían derecho a permanecer en silencio, de que no podían obligarles a hablar y de que si hablaban mientras estuvieran detenidos, lo que dijeran sería utilizado tarde o temprano en su contra.

Un policía hizo que Fouad se volviera contra la pared y le esposó para hacerle callar. En ese momento Luna se echó a llorar. Las esposas en las muñecas de su madre la habían indignado y las de las muñecas de Fouad la humillaban.

El comandante indicó que no esposaran a los más viejos. Ante ese inverosímil espectáculo, Rachida fue la primera que tomó el control:

—¡Nosotros no hemos hecho nada! ¡Es su hijo! ¡Él ha matado al presidente! ¡Nosotros no tenemos nada que ver!

Ouarda empezó a decir lo mismo, cosa que Idir desaprobó enérgicamente, dando a su esposa y a las otras en cabilio la orden de callarse:

—*Sesseum*.

La palabra se expandió como un escalofrío por el apartamento de la abuela.

De pie frente a Rayanne, Kamelia apoyó sus manos sobre su pecho vociferante. Enseguida solo se oyó lloriquear a los niños. Hasta que sobre esa alfombra de lágrimas cayó, con la brutalidad de una bota, la voz soberana de la abuela que ordenó en cabilio seguirles pero no decirles nada. El comandante Mansourd miró a la vieja, su nuca jorobada y su mirada de bisonte que no revelaba nada.

4

Rabia no tuvo noticia de las intervenciones de sus hermanas ni de la orden de la abuela: ya había sido conducida junto a Luna y Fouad fuera del apartamento hasta un vehículo con el motor en marcha desde el inicio de la detención. Fouad tuvo derecho a su propio vehículo, que arrancó a toda velocidad. El comandante Mansourd ayudó a Rabia a meterse en el asiento trasero apoyando suavemente la mano en su cabeza.

A su vez, sus hermanas, esposadas o no, salieron enseguida del edificio, en el que todas las ventanas estaban abiertas y pobladas de cabezas boquiabiertas de los vecinos en bata.

El coche de Luna y Rabia atravesó el centro de la ciudad a toda velocidad hasta su domicilio. Siguiendo las órdenes del comandante Mansourd, diez funcionarios de la SDAT registraron con gran pompa aquel pobre apartamento del número 16 de la rue de l'Éternité, registraron las cómodas, los armarios, los cajones y destriparon las camas, las almohadas y el sofá, incautaron con una voracidad pausada, técnica y controlada los álbumes de fotos, los discos duros de los dos ordenadores, las notas, las libretas y las agendas escolares, las partituras, así como toda la documentación administrativa en la que figuraba, incluso de forma anodina, el nombre de Abdelkrim, que se había vuelto, por así decirlo, radiactivo. También vaciaron el sótano, lo registraron a fondo y lo precintaron a la espera de la llegada de la policía técnica y científica.

—¡Por Dios, esto es la cueva de Alí Babá! —comentó un policía—. Ya nos contarán cómo se pagaba esos juguetes el chaval...

De nuevo en la tercera planta, Mansourd le quitó las esposas a Rabia y la dejó llorar en brazos de su hija.

—¡Comandante!

Uno de los tenientes le llamó al dormitorio de Rabia, donde había descubierto algo interesante: se lo presentó a su superior con una sonrisa que la reacción de Mansourd le borró de inmediato. Se trataba de un ejemplar, con un doblez en la esquina cada tres páginas, de *Preferir el alba*, el libro que Chaouch había publicado coincidiendo con el inicio de su campaña y en la cubierta del cual el ahora presidente electo parecía más vivo que nunca.

5

Jasmine Chaouch se halló por fin sola en la habitación de su padre. Dejó caer su frente sobre la sábana y evitó alzar la vista hacia su padre envuelto en vendas y perforado por tubos en la nariz y la garganta. Los pitidos del electroencefalograma se sumaban sin gracia a las señales de los otros aparatos, rivalizando en estupidez con los monótonos escupitajos y silbidos del respirador artificial.

Jasmine soltó la mano de su padre, estiró su torso delgado y flotó en un torrente de asociaciones de ideas que la condujeron de la absurdidad de los mensajes que su madre y ella recibían desde hacía unas horas de las grandes personalidades del mundo entero a ese fragmento de *La flauta mágica* que su padre siempre le pedía que cantara en su presencia: ese momento en el que el glockenspiel de Papageno vence a los esbirros de Monostatos. El triunfo de la música sobre la violencia. Su padre adoraba esa escena y reía como un chiquillo cuando los esbirros se ponían a bailar, encantados por una música precisamente infantil que Jasmine no se percató de que había empezado a canturrear ahogada por el jadeo de las máquinas:

—*Das klingelt so herrlich, das klingelt so schön... La la la, la la la la la la, la la la la la la la. Nie hab'ich so etwas gehört und geseh'n, la la la...*

Jasmine observó el rostro momificado de su padre esperando remotamente verle despertar, ver su bello rostro claro y regular liberarse de las vendas, animarse de nuevo y hablar de Mozart, discutir con ella que creía que su monotemática pasión por Mozart le impedía descubrir otras cosas, el repertorio barroco, la música contemporánea... Y ver a su padre alzar la vista al cielo con una gran sonrisa mostrando los dientes, como hacía en los debates más encarnizados, repitiendo por enésima vez la teoría de que su idea más sublime acerca de la democracia la había descubierto en *La flauta mágica*: esa consideración, o mejor, ese interés iguales, esa curiosidad pareja por las aspiraciones del hombre común, Papageno, y las del héroe, Tamino.

Solo hablaba de ello en cenas privadas, con allegados, y no daba su brazo a torcer, esgrimía la reconciliación suprema, mencionaba que si era elegido haría obligatorio el estudio de Mozart, del espíritu de su música, impartido por profesores especializados, a razón de dos horas semanales. Ya lo había hecho más o menos en Grogny, con sus escuelas de música gratuitas y el flamante auditorio. La música clásica constituía para él el apogeo de la civilización europea: el mayor tesoro y el mejor don a la humanidad. Cuando hablaba del *allegro* mozartiano, sus ojos avellana brillaban. Se olvidaba de la deuda, de las agencias de calificación y del paro juvenil. «Pensarán que soy masón», bromeaba al oído de su mujer o de un privilegiado testigo al que asía del antebrazo con picardía. Y se echaba a reír con su risa franca y clara, que no había cambiado un ápice desde su adolescencia.

Tener un padre como Chaouch le suponía a Jasmine aceptar que sería siempre el personaje principal de su vida. Sin embargo, no había previsto que al convertirse también, durante unos meses, en el personaje principal de millones de otras personas, era posible, fatal incluso, que se produjera la tragedia.

Y ahora ya no reía y ya no decía nada.

Jasmine oyó abrirse la puerta. Entró su madre. Detrás de ella, plantados en el pasillo, Habib y Vogel hablaban en voz baja por teléfono, cada uno por su lado. Vogel ocultaba el móvil con la palma de la mano y Habib se rascaba la mejilla con el muñón. Una larga y alta silueta apareció y se cruzó con la mirada de Jasmine: era Montesquiou, director del gabinete de la ministra del Interior. Jasmine le vio salir como una serpiente de su campo de visión, dejando solo su bastón apoyado oblicuamente como una provocación.

—Hija mía, el convoy está listo, ¿quieres quedarte un rato más?

Trató de suavizar la voz, pero su mirada conservaba la dureza de la conversación precedente con los «hombres del presidente».

—¿Qué hace ahí ese tío?

—Es Montesquiou, del gabinete de Vermorel...

—Ya lo sé, pero ¿qué pinta aquí?

—Ha venido para hablar de la investigación; hija, debo decirte algo.

Jasmine miró a su madre, dispuesta a indignarse ante lo que fuera a decirle.

—El muchacho que le ha disparado a Idder... Se llama Abdelkrim, Abdelkrim Bounaïm-Nerrouche. Es el primo de Fouad.

Jasmine acusó el golpe.

—Jasmine, ¿te ha llamado Fouad después del atentado?

—Claro que no —protestó Jasmine sintiendo que le ardían las orejas—, no es posible... Fouad...

—Espera, Jasmine.

—De todas formas, no tengo el móvil, lo he olvidado al salir... con las prisas... Pero...

La señora Chaouch asió a su hija por los hombros.

—De momento no se sabe nada. Nadie acusa a Fouad. Nadie. Solo quiero saber... si te sentirías capaz de hablar con la policía de...

Jasmine no oyó la continuación y se rascó las orejas. Pero cuanto más se las rascaba más le parecía que iban a prender fuego realmente.

Esther Chaouch se volvió hacia Habib, Vogel, Montesquiou y un cuarto hombre que seguía la conversación discretamente, a distancia.

—Hija mía —prosiguió—, en cuanto a Fouad...

Jasmine se puso en pie de repente, estremecida por un sollozo. Sorbió los mocos para contenerlo y abandonó la habitación cuidándose de no dirigir la mirada a los buitres que la esperaban al salir al pasillo.

6

Desconcertada, Esther, que se había quedado en la habitación, indicó a Habib y a Vogel que se aproximaran.

—Quisiera hablar con Aurélien Coûteaux, ¿crees que es posible?

—Sí, por supuesto —respondió el asesor de comunicación de su marido—, ha sido interrogado y destinado de nuevo al servicio de Jasmine. ¿Quieres hablar con él ahora?

—Sí, por favor. ¿El jefe de la DCRI está con vosotros?

—Boulimier, sí. ¿Le hago entrar?

—No —replicó la señora Chaouch después de mirar hacia la cama de su marido—, hablemos en el pasillo.

El número uno de la DCRI, que había recibido la bronca de la ministra del Interior unas horas antes, presentó sus respetos a la señora Chaouch inclinándose tanto como su tripa le permitía. Charles Boulimier tenía un rostro ancho y cuadrado en el que nunca ocurría nada. En la parte inferior de su rostro, en lugar de boca había un simple trazo, marcialmente perpendicular a un hoyuelo en el mentón desprovisto, a su vez, de volumen y de profundidad. A falta de la silueta apropiada, el responsable del contraespionaje tenía el rostro adecuado para el puesto. Engordó al llegar a prefecto debido a la política, los banquetes y las recepciones, y su costumbre de abrocharse la americana solo con el botón superior acentuaba su vientre redondo en lugar de disimularlo elegantemente como debía de suponer.

—Señor prefecto —comenzó Esther Chaouch—, le agradezco que haya venido tan pronto.

—Es normal, señora.

—Vayamos al grano: me niego a que mi hija sea interrogada. Con todo lo que nos ha caído encima, si además tiene que...

—Por supuesto, señora.

—Así que haga lo que tenga que hacer, pero no quiero saber nada de eso.

—Hay métodos alternativos, señora —insinuó Boulimier.

—Ya me entiende —prosiguió la señora Chaouch guiñando los ojos—, no quiero que se vea mezclada con... En estos momentos, lo único que me importa es su seguridad.

—Señora, me ocuparé personalmente de ello...

Serge Habib, director de comunicación de Chaouch, indicó a Aurélien Coûteaux que se reuniera con ellos. Esther recibió pacientemente sus pensamientos y sus oraciones antes de entrar en el meollo de la cuestión:

—Coûteaux, ya conoce al señor Boulimier, de la DCRI. Me gustaría que me hiciera un favor.

—Lo que usted mande, señora —respondió diligentemente el joven oficial de seguridad.

—No quiero que él la llame, Aurélien. Haga lo que sea necesario, pero no quiero que mi hija se vea mezclada en esto. Hable de los detalles con el señor Boulimier.

Coûteaux asintió en silencio, sin atreverse a mirar al poderoso jefazo del contraespionaje. Esther rompió nerviosamente su silencio:

—Confío en usted, Aurélien —dijo de sopetón antes de dirigirse a Boulimier—. Nunca me equivoco respecto a las personas, señor prefecto, e insisto en que Aurélien esté en primera línea de esta... operación.

Boulimier esbozó una sonrisa de deferencia. Coûteaux, por su parte, se inclinó hasta mostrarle a la casi primera dama, en su cráneo bien peinado, la raíz de sus vigorosos mechones morenos donde apropiadamente se dividía su cabellera.

Después de conocer por teléfono que la detención de la familia Nerrouche se había desarrollado sin contratiempos, al juez Wagner se le ocurrió una idea extraña: pidió a su chófer que le llevara a Grogny en lugar de regresar de inmediato al Palacio de Justicia. La noche ya había caído desde hacía unas horas, y los escoltas del juez pusieron mala cara y les pareció oportuno recordarle que las CRS patrullaban.

El juez se limitó a hacer un gesto con la mano y se sumergió en sus pensamientos y sus casos, ya que cada vez distinguía menos entre unos y otros.

Las sirenas ululantes y las sombras de los furgones de las CRS alineados a lo largo de cincuenta metros le arrancaron de sus reflexiones. Debido a la violencia urbana le exigirían unos resultados imposibles de obtener en tan poco tiempo. Y ahora que contemplaba la larga avenida desierta, las rejas de los comercios cerradas, los autobuses nocturnos que no circulaban y la acalorada tensión en la que se preparaban los agentes de las CRS, comenzó a sentir una de esas opresiones en el corazón que en los hombres de su edad pueden anunciar la inminencia de un infarto.

Distinguió, entre los funcionarios de policía con el equipamiento antidisturbios, a un brigadier jefe que se dirigió hacia él. Wagner se presentó. El CRS se cuadró en señal de respeto.

—A su disposición, señor juez.

—Solo quiero saber lo que ocurre, verlo con mis propios ojos...

Después de intercambiar unas palabras con el brigadier jefe, Wagner se convenció de la gravedad de la situación y de la probabilidad de que el temido estallido de los disturbios fuera inevitable. Observó el cuello vigoroso del CRS, sus puños enguantados y el torso que el chaleco antibalas hacía parecer monstruoso. Sus ojos brillaban de entusiasmo en medio de su rostro tenso, como los de un chaval a punto de liarse a tortazos a la salida de la escuela. Sin embargo, mientras le explicaban las razones de aquel impresionante dispositivo y las técnicas de guerrilla urbana «utilizadas con maestría por aquellos salvajes», Wagner solo pensaba en sus propias venas y sentía cómo se estrechaban en tiempo real.

—¿Se encuentra bien, señor juez? —preguntó el policía.

El juez asintió, pero no logró seguir manteniendo las manos a la espalda y la frente inclinada hacia delante para hacer patente su atención.

Se oyeron disparos al final de la avenida. Distinguió, más allá de las sombras azul oscuro y del ballet de cascos y Flash-Ball, la llama de un cóctel molotov que iban a lanzar en su dirección.

—Señor —le aconsejó el brigadier jefe—, será mejor que no se quede aquí.

Sus escoltas insistieron también en regresar sin dilación. Wagner asintió con un sí pronunciado sin resuello y se metió en el coche. Marcó de nuevo el número del comandante Mansourd y le pidió información acerca del comportamiento del hermano de Nazir Nerrouche, Fouad el actor.

—Se ha dejado detener sin problema, señoría.

Mansourd no veía qué más podía añadir. El juez no se anduvo por las ramas:

—Comandante, habrá que ir con pies de plomo. Es, o era, el novio de la hija de Chaouch. ¿Qué piensa al respecto?

—Sabré más en cuanto le haya interrogado.

Wagner permaneció en silencio un instante.

—Francamente, está más claro que el agua. Sale con la hija del candidato al que su hermano planea hacer asesinar…

—¿Qué propone, señoría?

—Está aislado de su familia, ¿verdad? Creo que lo mejor será no alargar sus detenciones.

—¿Señoría?

El comandante no comprendía cuáles eran sus intenciones.

—Mire, mantenerlos así satisfará a todo el mundo, y al fiscal Lamiel en particular, pero yo me las veo a diario con bandas de malhechores así. Interrógueles toda la noche, pero creo que será mejor dejar que se marchen y mantenerlos bajo vigilancia. En particular a Fouad Nerrouche.

Mansourd no sabía cómo reaccionar. Le parecía una idea descabellada.

—Muy probablemente estará relacionado con el complot —prosiguió Wagner, que ya hablaba más para sí mismo que para el comandante—, y no será fácil lograr que confiese. Así que si se le deja en libertad bajo vigilancia extrema… Bueno, mire —dijo de buen humor—, empiece los interrogatorios y ya veremos…

Mansourd murmuró:

—Sí, señoría.

—Ah, y una última cosa: ¿han encontrado el móvil del muchacho?

—Tengo a dos hombres trabajando en ello —respondió Mansourd—. Ya han indagado en las empresas de Bateaux-Mouches y en objetos perdidos y de momento no han encontrado nada.

—¿Puede haber mentido?

—No creo, señor. Falta comprobar las lanchas del Pont-Neuf y otra empresa cuyo nombre no recuerdo. Será cuestión de unas horas, créame...

—De acuerdo —concluyó Wagner—, manténgame al corriente.

8

—¿Ves...?

Farès se sobresaltó.

—... lo más difícil es hacer la S.

Farès alzó la vista al retrovisor, donde se veía a Nazir, que prácticamente no había dicho nada desde que habían tomado la A36. Su cabeza cubierta de rizos negros se inclinaba sobre un objeto apoyado entre sus rodillas, que manipulaba en la sombra y con tal intensidad que era mejor no molestarle. De todas formas, ya estaban llegando a la frontera franco-suiza en Basilea. Nazir guardó el misterioso revoltijo y se volvió: el día ya no era más que un reducido juego de resplandores de oro y sangre en un rincón cada vez más bajo de la luna trasera del Maybach.

—Y ahora haremos como en las pelis. Eh, ¿me oyes? —Chasqueó los dedos—. Recuerda que eres el chófer de un diplomático argelino, un chófer que no puede perder el tiempo, ¿de acuerdo? Mírame, pon cara de tío que no tiene tiempo que perder.

Farès volvió su cabeza afeitada y se encontró con el perfil de Nazir, que escrutaba boquiabierto el horizonte en el que se veían los faros de los coches y reinaba la confusión.

—No es normal —murmuró.

En lugar de los dos o tres aduaneros habituales, Nazir vio surgir de la puerta de un local a una docena de policías fronterizos, así como a militares armados con Famas. Al vehículo que se hallaba dos coches delante del suyo se le indicó que estacionara a un lado para ser registrado a fondo. Sin embargo, lo que inquietó a Nazir fue que se trataba de una familia de rubiales de lo más banales y en absoluto sospechosos.

—¿Por qué paran a todos los coches? —creyó oportuno preguntar Farès para demostrar que estaba atento—. Debe de haber pasado algo —añadió al recordar los furgones de las CRS que pasaban a toda velocidad alrededor de París.

Nazir tragó saliva y revolvió en su maleta en busca de su corbata. Ordenó a Farès que se ajustara la suya y se colocó en la misma posición que unos instantes antes: tenso, jadeante, casi de pie, perfectamente inmóvil entre los reposacabezas de los asientos delanteros, que sus inmensas garras descarnadas agarraban como si su cuero fuera una piel viva.

Tenía además un tic en la boca que molestaba enormemente a Farès: su lengua se asomaba lentamente por el hueco creado por sus labios entreabiertos y relamía la carne del labio inferior en un movimiento suave y amenazador.

Farès tenía la impresión de que iba a lanzársele al cuello y a arrancarle la yugular. No se atrevía a volverse para comprobar si los colmillos de Nazir le apuntaban a él, al igual que no osaba echar un vistazo al retrovisor por temor, a buen seguro, a cruzarse con esa mirada inverosímilmente sombría que pasaba enseguida de una actitud a otra, de una desquiciada brutalidad a esa calidez almibarada aún más terrorífica.

Los dos coches que precedían al suyo fueron obligados también a estacionarse en un lateral y finalmente le tocó al Maybach someterse al suspicaz examen de los dos aduaneros. El más joven le murmuró algo al oído a su vecino, que parecía no escucharle, concentrado en su walkie-talkie. Nazir contuvo la respiración. Fue el más joven el que se acercó finalmente a la ventanilla de Farès.

—Documentación del vehículo, por favor.

Farès tomó la documentación falsa de la guantera y debió de dirigirle al aduanero una mirada sospechosa o más probablemente agresiva: este ojeó la documentación y avanzó hacia la ventanilla del asiento trasero. Los cristales estaban ahumados, contrariamente a lo permitido, más de un 80 por ciento. Nazir vio el rostro colorado y montañés del joven aduanero, enmarcado por sus manos colocadas como parasol junto a las sienes, para ver quién viajaba en el interior de ese vehículo diplomático.

Se armó de valor, se envolvió en una bufanda negra y salió del coche con la BlackBerry pegada al oído. Uno al lado del otro, Nazir y el aduanero formaban una pareja cómica: la larga silueta de buitre de Nazir y la cúbica e indolente del aduanero pelirrojo y fornido. A ojos de un marciano de paso, hubieran podido parecer de dos especies diferentes.

—¿Puede explicarme qué sucede, agente?

No existía ninguna foto de él con la barba de unos días que lucía en ese momento en la penumbra; sin embargo, probablemente sí se parecería a las que debían de haber utilizado en el cartel de busca y captura. Miró fijamente al aduanero para tratar de atisbar el menor brillo de sospecha. Sin embargo, en los ojos del aduanero no había brillo alguno. Sus ojos hubieran podido ser los de un buey.

—Se trata de un simple control de la documentación. ¿Puede abrir el maletero?

Nazir no quería abrir el maletero, allí solo había su maleta, pero temía que se formara un tumulto de aduaneros alrededor de su coche, cosa que podía ocurrir si dejaba que ese cretino prosiguiera con sus «controles».

—Mire, agente, le explicaré mi problema —declaró Nazir adoptando un acento parecido al de su tío Idir—. Mi problema es que debo istar en Zurich dentro de midia hora.

—Señor —insistió el agente, que no estaba intimidado—, lamento verme obligado a pedírselo, pero, dadas las circunstancias, tenemos órdenes de registrar todos los coches. «Todos» los coches.

Y a pesar de que esa conversación le martirizaba, Nazir no pudo reprimir una sonrisa interior de satisfacción. Esas circunstancias las había creado él con sus propias manos.

—Escúcheme. ¿Ve usted esta mano? Dentro de media hora, esta mano debe estrechar la del embajador de Argelia en Suiza y le diré que no creo que al embajador de Argelia en Suiza le guste que se retenga a un miembro de su cuerpo diplomático en la frontera.

El colega bigotudo del joven aduanero había dejado de hablar por el walkie-talkie. Alzó la vista al cielo y apoyó su mano sobre el hombro del montañés bajito dirigiendo una mirada furtiva a Nazir.

—Discúlpeme, caballero, puede usted pasar. Le presento nuestras disculpas.

Nazir contempló la nuca afeitada del joven aduanero y deseó añadir algo. Prefirió sin embargo regresar al asiento trasero, pero lo suficientemente despacio como para disfrutar de la bronca que el bigotudo le echaba a su colega, repitiendo sin cesar la palabra «diplomático», hasta que le dio un cachete en la frente.

—¡A la carga, a la carga, muchachos! —dijo finalmente Nazir a su sonrojado chófer.

Y fue con esas palabras y sin volver la vista hacia la ventanilla trasera como Nazir se despidió de su país de nacimiento.

IV

LA JUGADA DE ZURICH

1

Nazir advirtió que los bostezos de Farès iban en aumento mientras rodeaban las luces de Zurich. La autopista suiza ofrecía más asperezas de las que Nazir había esperado e imaginó de repente que Farès, agotado, perdía el control del vehículo y llegó incluso a anticipar la vibración del bandazo y la extraña sensualidad del planeo que uno sabe que acabará con la muerte.

Al no poder permitirse ya ningún contacto con Francia, Nazir decidió guardar sus tres BlackBerry en la bolsa y observó, alzando el mentón, el musculoso cuarto de perfil de Farès, que, al bostezar, ya ni se preocupaba de llevarse la muñeca a la boca para convencerse a sí mismo de que estaba combatiendo la fatiga.

—¿Sabes qué es un accidente, Farès?

Farès se sorprendió ante esa intervención de Nazir que, por primera vez, no era ni una orden ni un insulto encubierto.

—Un accidente es cuando el mundo va más deprisa que la manera en que lo percibimos, cuando el mundo va más rápido que nosotros. ¿Entiendes lo que te digo?

—Sí, claro, Nazir, voy con cuidado, no te pre...

—No me refiero a eso. De todas formas, vamos a parar a descansar. En cuanto veas un área de servicio, párate. Pero quiero que entiendas lo que es un accidente, no solo un accidente de coche.

Tenía una voz parecida a sus manos: nudosa e imprevisible.

—El mundo va cada vez más deprisa, Farès, ¿me entiendes?

Farès vio aparecer el universal y benéfico panel de señalización de la restauración. Fue como un salvavidas y, si se las apañaba para llegar a la salida lo bastante rápido, ni siquiera debería responder.

—¿Y qué podemos hacer para que el mundo deje de ir más deprisa que nosotros?

—Pues no sé... Mira, ahí hay un área de servicio...

—Te lo diré, Farès, te lo diré y espero que se te quede en la cabeza: la única manera de impedir que el mundo vaya más deprisa que nosotros es precisamente yendo más deprisa que él.

Y mientras el coche se aproximaba al edificio flotante de un restaurante decorado con un inmenso chuletón de plástico, Nazir le explicó a su chófer, que no había preguntado qué había pasado en Francia, lo que acababa de pasar en el país donde habían nacido y al que no regresarían probablemente en mucho tiempo.

Sin embargo, no dijo que él, Nazir Nerrouche, había dirigido el curso de las cosas.

—Francamente, me ha quitado el apetito —comentó Farès, al que le costaba acabar su ración doble de patatas fritas—. A mí me gustaba, Chaouch. ¿Y quién le ha disparado? Joder, no me lo puedo creer.

Farès soltó sus cubiertos, que tintinearon contra el plato, a la vez que alzaba la voz:

—¡Qué asco! Para una vez que...

—¿Para una vez que qué? —se rio Nazir.

—Pues para una vez que íbamos a tener un presidente árabe.

—Un presidente árabe, figúrate... Voy a pagar y nos encontramos en el coche. Echaremos una cabezada una hora y luego nos pondremos de nuevo en camino. Ya llevamos una hora de retraso si mis cálculos no fallan.

Farès no se atrevió a responder. Su cerebro se inflaba y desinflaba a toda velocidad, como una esponja que viajara en la caótica humedad del tiempo. El pobre estaba perdido.

Nazir se instaló en el asiento del pasajero y dejó que Farès se tumbara en el asiento trasero.

—¿Tú no vas a dormir? —le preguntó a Nazir, al que veía mover el codo en el asiento delantero.

—Deja de hacer preguntas y duerme un poco.

Y sintiendo de repente que tenía que contenerse, Nazir añadió:

—Yo tengo suerte, nunca duermo más de tres horas por noche.

Acunado por ese misterio, Farès se abandonó en brazos de Morfeo. Al despertar, el coche no se había movido, por supuesto. Estiró los brazos y los hombros, pero topó con el techo cuyo sedoso revestimiento incluso le dio ganas de frotarse contra él. Nazir no parecía prestarle atención, así que abrió la puerta y realizó algunos movimientos de gimnasia alrededor del vehículo.

Había olvidado por completo lo que le había asustado en el restaurante, pero lo recordó todo en cuanto se puso al volante y vio a Nazir con guantes blancos y la lengua fuera grabando una inscripción en la culata de una pistola con una navaja Opinel cuya empuñadura y remaches relucían bajo la luz del habitáculo.

—¿Es de verdad? —preguntó tontamente Farès.

A modo de respuesta, Nazir le indicó que observara el objeto por el retrovisor: una majestuosa serie de letras, F, A, R y S, impecablemente grabadas en la culata de madera clara. Farès creyó que se trataba de su nombre, pero, aunque se girara a uno u otro lado, siempre faltaba la E.

—¡Ah! —exclamó Farès—. Eso es lo que decías, ¡lo más difícil es hacer la S! Pero ¿qué significa «fars»? ¿Y para qué quieres la pipa?

—Es para ti —respondió Nazir quitándose los guantes blancos—. Se lee en el otro sentido, mira.

Sin la inversión del reflejo, se trataba en efecto de las letras S, R, A, F. Farès aún lo entendía menos.

—Es un regalo de bienvenida. Te lo explicaré por el camino. Quiero que recuerdes una dirección, por cierto. Toma un papel y apunta.

Farès rebuscó en la guantera y encontró un cuaderno. Pero no lo necesitaba, como recordó de repente:

—Me acuerdo de todo, Nazir, ya lo sabes… los números.

—Sí, pero no quiero correr ningún riesgo. Apunta. ¡Dios mío, que yo sepa no eres analfabeto!

—Claro que no —respondió Farès.

—Hermannsweg —dictó Nazir—, número 7. En Hamburgo, Alemania. Si las cosas salieran mal, será el punto de encuentro, ¿de acuerdo?

Farès contempló esa extraña dirección, boquiabierto.

—¡En marcha! En Zurich nos espera una sorpresa y no quiero llegar tarde…

Farès guardó la 9 mm en la guantera y arrancó. En menos de media hora, el coche llegó al centro de Zurich. Nazir se lo conocía como la palma de la mano, e indicó a Farès que siguiera un tranvía azul y se adentrara en un laberinto de callejuelas impecablemente asfaltadas que les condujeron al pie de un edificio de cuatro plantas, con una fachada lisa y azul claro. Farès apenas había apagado el motor cuando vio un BMW aparcado en la otra acera hacerle señales con los faros. El calor había dado lugar a un atardecer sucio y brumoso, y la luz de los faros provocaba manchas de aceite en el horizonte.

Nazir ordenó a Farès que respondiera a la señal. Unos instantes más tarde, un hombre salió del BMW, apagó el extremo encendido de su cigarrillo entre sus dedos y cruzó la calle abotonándose la camisa para ocultar su cadena de oro.

—¡Si es Mouloud! —exclamó Farès, excitado—. ¿Qué coño hace aquí?

Sin mirar al conductor, Mouloud Benbaraka abrió la puerta y se sentó en el asiento del pasajero. Miró a Nazir por el retrovisor.

—¡Joder, nunca había visto tanta policía! Había controles en todos los peajes.

—¿Has tenido problemas en la frontera? —preguntó Nazir desplazándose al centro del asiento posterior—. Llevabas la documentación falsa, ¿verdad? ¿Seguro que no te han seguido?

—No, nadie. ¡Gualá, menudo pasaporte falso! Nunca había visto algo así. ¿Cómo lo has conseguido? Ni siquiera sabía que se pudiera hacer un pasaporte biométrico. ¡Una joya, te lo juro, una joya!

Nazir no respondió. Observaba a derecha e izquierda, con unas largas miradas que parecían absorber cada rincón de horizonte que escudriñaba.

—¿No te ha seguido nadie?

—Pero ¿quién crees que soy? —se enojó Benbaraka—. Yo ya había estado en el talego cuando tú aún jugabas a muñecas. Y desde entonces he pillado los trucos de esos *hmal* de estupas cuando te siguen. ¡Confía en mí, coño!

2

El nombre de Mouloud Benbaraka acabó siendo pronunciado en la celda de detención de Krim. El capitán Tellier lo anotó en la declaración que estaba redactando y en un post-it que entregó al teniente para que llevara a cabo de inmediato las comprobaciones. Tellier vio que Krim ya no se tenía en pie. Se aferraba al piloto luminoso de la webcam que grababa los interrogatorios, pero, en cuanto el capitán volvía a teclear en el ordenador, el monótono repiqueteo le hacía cerrar los ojos y cabecear.

El capitán dio un sonoro golpe en la mesa. Krim se incorporó.

—¿Te das cuenta de que tu historia no vale una mierda? Por un lado tenemos a Nazir, que dices que te manipula, y por el otro a Mouloud Benbaraka, que tiene secuestrada a tu madre... En resumidas cuentas, ¡todo el mundo tiene la culpa salvo tú! Y ese tipo que te llevó en coche y te enseñó las fotos de tu madre, ¿por qué no disparó él? ¿Por qué Nazir le pediría a un chaval de dieciocho años que disparara contra Chaouch en lugar de pagar a un profesional? ¡Son bobadas! ¡Bo-ba-das! ¿Eh?

—No sé. Quiero dormir. Tengo derecho a...

—¡Tú no tienes ningún derecho! Disparas contra políticos, contra los representantes del Estado, ¿por qué el Estado iba a considerar que aún tienes derechos? ¿Cómo era ese supuesto cómplice que te llevó hasta Grogny?

—Déjame, quiero dormir.

—¿Cómo era?

—Pelirrojo —dijo Krim.

—¿Ves? Pelirrojo, ya vamos avanzando...

Y el repiqueteo recomenzó. Krim habló para mantenerse despierto:

—Con barbita pelirroja, una... no me acuerdo cómo se llama.

—¿Perilla?

Krim asintió, pero le resultaba muy difícil y la cabeza comenzó a darle vueltas alrededor de sus hombros abatidos sobre la silla sin respaldo.

—Espero por tu bien que no te hayas reído de nosotros con lo del móvil, ¿eh?

—¿Cómo?

—Aún no hemos encontrado tu móvil. Dices que lo arrojaste por la barandilla del puente y que cayó en un Bateau-Mouche, así que ¿por qué no lo encontramos?

Krim se dormía de nuevo.

—Si quieres saber mi opinión, te creo.

Krim entreabrió los ojos.

—Sí, te creo. Tu primo que te da un arma, y pasta, y te entrenas, como si fuera un juego, y luego tu primo te manda SMS y te da la impresión de que alguien te escucha y se interesa por ti. Sí, lo entiendo. Luego llegas a París, tu madre y Benbaraka, no, no, lo entiendo todo, te lo juro. Solo hay una cosa que no entiendo. Y es por qué has disparado.

—Pues… Benbaraka estaba con mi madre, vi las fotos… ¿Qué podía hacer?

—¡Avisar a la policía! ¡Hacer algo! ¡Joder, imagino que sabías qué supone dispararle a un candidato a las presidenciales!

—Yo… había fumado —murmuró Krim—. Estaba colocado… yo… la verdad es que era como un videojuego.

El capitán estaba boquiabierto; meneó la cabeza, masculló un taco y decidió interrumpir el suplicio de Krim: le condujo a su celda y llamó a su jefe para contarle la versión del «chaval», pensando que nunca había merecido tanto su apodo.

Mansourd estaba en el lavabo de la comisaría de Saint-Étienne y con la bragueta aún abierta contemplaba el urinario de acero inoxidable. Acariciaba sin verla la foto incrustada en el medallón de su cadena.

El nombre de Benbaraka le hizo poner mala cara.

—¿Comandante?

—Benbaraka me suena. Te llamo enseguida. Espera, ¿habéis visionado los vídeos de vigilancia de la plaza del Ayuntamiento?

—Aún no los hemos recibido, comandante.

—¿Y a qué esperas? ¿A que te los consiga yo?

Mansourd colgó. Al salir del baño vio que los policías del SRPJ le miraban como a una celebridad. No sin motivo. En Francia había cientos de casos antiterroristas cada año, pero muy pocos, por no decir ninguno, concernían a verdaderos locos dispuestos a hacerlo volar todo por los aires; era seguro que Mansourd había elegido el antiterrorismo para combatir contra esos y no para asistir al juez Rotrou —«el Ogro»— en sus mediáticas redadas de revolucionarios en Larzac, más dados a los embutidos y a la acampada libre que a los planes para atentar contra la seguridad del Estado.

Formado en la Brigada contra Bandas del comisario Broussard, Mansourd hizo toda su carrera en la vigilancia del territorio antes de ponerse al mando de la SDAT. Dirigía la docena de grupos de investigación de la SDAT y teóricamente dependía de la autoridad de su comisario, pero, a la hora de la verdad, este solo se ocupaba de revisar el papeleo diario y de las relaciones con el Ministerio del Interior. Dada la sensibilidad de los asuntos que debía «despachar», Mansourd trataba directamente con el gabinete de Interior. Su reputación justificaba esa anomalía estatutaria: había capturado y encarcelado a dos enemigos públicos número uno y contribuido a evitar más atentados que nadie. Su tenacidad parecía ilimitada y si sus modales de francotirador habían ralentizado considerablemente su carrera —no había querido presentarse a la oposición para comisario y nunca había cortejado a ningún político—, también le habían hecho ganarse el respeto absoluto de sus hombres y manifiestamente también el de policías a los que nunca había visto.

Bajo sus miradas atravesó la sala llena a rebosar, repleta de pequeñas mesas en las que los viejos de la familia lloriqueaban repitiendo que no tenían nada que ver con Krim o con Nazir. Los dos críos se habían puesto a jugar con la telefonista, y sus peloteras y los gritos de sus voces agudas creaban una atmósfera irreal en la comisaría. Mansourd había ordenado que solo los más próximos a Nazir y a Krim fueran interrogados en las celdas de detención situadas en la planta superior. Y unos hombres de la SDAT se ocupaban de Fouad, hermano de Nazir, de su madre Dounia y de Rabia, madre de Krim. A Slim, curiosamente, le habían dejado con los «inocentes» de la familia y simplemente le tomaban declaración en la sala grande, quizá porque los policías le habían tomado por menor.

Mansourd entró en el despacho del comisario Faure sin llamar.

—¿Le suena el nombre de Mouloud Benbaraka?

—Por supuesto, es nuestro pequeño padrino local. Llevamos años intentando cazarlo.

Excitado, Mansourd cerró la puerta.

—¿Quién lleva el caso? ¿Estupefacientes?

—Sí, tengo un equipo dedicado a él las veinticuatro horas. Al principio interesaba a los estupas de la judicial de Lyon, pero...

—Llame al capitán que se ocupa del caso.

Al comisario no le gustaba que le dieran órdenes de esa manera. Sin embargo, obedeció y se puso a hablar con el capitán en cuestión. Mansourd se trituraba la barba, impaciente.

—¡Pásemelo!

Tomó el teléfono y quiso que le resumiera el estado del caso en menos de un minuto. Al otro extremo de la línea, el capitán no se mostraba muy cooperador:

—Oiga, aunque sea de antiterrorismo, no voy a dejar que me joda una investigación de varios meses por...

—Capitán —le interrumpió Mansourd—, dispongo de una comisión rogatoria del juez Wagner, de la sección antiterrorista del Tribunal de Primera Instancia de París. No le estoy pidiendo su opinión, su investigación me la suda y solo quiero que responda a la siguiente pregunta: ¿le han estado siguiendo este fin de semana, sí o no?

—No. Le hemos perdido esta mañana, anoche estuvo en una boda y...

—Le haré otra pregunta y, por supuesto, no está obligado a responder, pero le recuerdo que estamos buscando al hombre que ha ordenado el asesinato de un candidato a las presidenciales. Y es esta: ¿le han colocado una baliza GPS en su coche? ¿Algún dispositivo para geolocalizarlo?

Era un procedimiento ilegal si no contaba con una orden judicial, pero habitual en las investigaciones largas. El capitán de Estupefacientes titubeó y su azoramiento fue perceptible.

—De todas formas —murmuró finalmente—, el juez nunca autorizará...

—¡Bingo! —exclamó Mansourd—. El juez es asunto mío.

Y mientras el comisario se ocupaba de localizar a la Brigada de Estupefacientes y a los técnicos que habían colocado la baliza, el comandante Mansourd corrió a las celdas de detención para preguntar a Fouad, Dounia y Rabia todo lo que sabían acerca de Mouloud Benbaraka.

3

Con la camisa de nuevo abierta sobre su torso velludo, el padrino de Saint-Étienne jugueteaba con el cigarrillo entre los dedos esperando a que el encendedor del coche se calentara.

—¡Vaya mierda de coche!

—Bueno —dijo Nazir acabando de redactar un SMS—, es hora de ir al banco a por la pasta.

Mouloud Benbaraka se volvió. Esperaba que Nazir no se refiriera a robar un banco.

—¿Qué? —preguntó con los ojos como platos.

—Tengo que ir a buscar tu pasta. Y la de Farès. ¿Crees que me paseo por ahí con doscientos mil euros en la maleta?

—No, no, ni hablar —replicó Benbaraka alzando la voz—, esto no estaba previsto. ¿Qué es esta jugarreta? ¿Y desde cuándo los bancos están abiertos a medianoche?

—No es eso —respondió Nazir—, no voy al banco. Está justo al lado. Ahí es donde he quedado.

—¿Con quién? ¿Qué es esta historia? Iré contigo.

—Mouloud, no me la líes. Tengo que estar mañana a las siete en Hamburgo. Recojo tu dinero, vuelvo aquí y luego nos marchamos cada uno por su lado. Y que cada cual se las componga.

—¿Y crees que dejaré que te marches así por las buenas?

—Te dejo mi pasaporte, si eso te tranquiliza. Cambiamos...

Metió la mano en el bolsillo interior de su americana negra y lanzó el pasaporte sobre las rodillas de Benbaraka. Este meneó la cabeza de izquierda a derecha.

—Me quedo tu pasaporte, pero te seguiremos con... Farès.

—Y tú me das el tuyo —insistió Nazir—. Tu pasaporte. No quiero que te largues con el mío...

Benbaraka estudió la reacción de Nazir por el retrovisor: Nazir tenía la misma expresión concentrada e irónica, arqueando una ceja y relamiendo lentamente la forma regular de su labio inferior. Le entregó su pasaporte falso.

—O cogeré el coche —dijo—. Eso es, te seguiré con mi coche.

—Y ya puestos, ¡abre las ventanas, pon raï a tope y cuelga una bandera de Argelia en el capó! Piensa un poco, joder. Si te hubiera querido dar por el culo te hubiera indicado un punto de encuentro falso...

Pero Benbaraka no se fiaba. Nazir siempre te la jugaba. Tomó el pasaporte y salió a la noche sin aire.

El Maybach arrancó, seguido de cerca por el BMW que Mouloud Benbaraka conducía mordiéndose las uñas. Cuatro manzanas más lejos, el Maybach se detuvo al pie de un edificio de cristal. Una interminable palabra en alemán acababa en «-BANK» sobre una puerta giratoria monumental. Al lado del banco, medio oculto por un seto de coníferas podadas en forma de llamas, parpadeaba un rótulo. Mouloud salió del coche y se sentó en el asiento del pasajero del Maybach.

—¿Qué es ese trasto que parpadea? No entiendo nada, no querrás darme por el culo, ¿verdad? Te aviso de que...

—¡Pero si tienes mi pasaporte! ¡Y mi coche! ¿Qué voy a hacer? ¿Tomar el dinero y marcharme a pie? ¿Y mi maleta? ¡Lo tengo todo aquí! Oye, no voy a tardar ni veinte minutos.

A Mouloud Benbaraka le daba mala espina, pero no tenía elección. Por otro lado, tener el pasaporte de Nazir le tranquilizaba, así que le observó cruzar el camino bordeado de césped que conducía a la puerta giratoria. Vestía su habitual traje negro a rayas, mocasines marrones y una camisa blanca sobre la que lucía una corbata estrecha Paul Smith. Con la

BlackBerry al oído, giró a la izquierda después de la puerta del banco y desapareció detrás de los árboles, con, en el último momento, una mirada extrañamente risueña hacia los vidrios ahumados del Maybach.

Benbaraka pulsó el encendedor.

—Respecto a mi hermano, quisiera saber... —le preguntó Farès.

Benbaraka le interrumpió con una mirada incandescente en que la se entremezclaban cólera y odio. Este era tan fuerte que no pudo reprimirlo y gritó:

—¿Acaso te he dado permiso para hablar? ¿Eh? ¿Cómo te atreves a hablarme así? ¿Quién te has creído, pringado de mierda, para venirme con que ha desaparecido el cabrón de tu hermano? ¿Qué te crees que es esto? ¿Uno de esos programas de la tele, como *Perdu de vue*? ¿Me ves tú cara de Jacques Pradel, eh?

4

El coche del juez Wagner se detuvo al pie de su domicilio parisino, junto a Buttes-Chaumont. Revisaba el registro de las escuchas del móvil de Nazir Nerrouche a la débil luz de la bombilla del asiento trasero. Su escolta alzó la vista hacia el piso iluminado y vio pasar la silueta de la señora.

—¿Señor juez?

Wagner se quitó las gafas y alzó la vista a su vez hacia el piso iluminado. Era la primera noche en que regresaba después de medianoche, la primera de una larga serie. Apagó la luz del asiento y se pasó la mano por la cara, entre los ojos, por su nuca agotada. Oyó entonces el tono de su teléfono encriptado.

—Señoría, le habla Mansourd. Ya le tenemos. Disponemos de una pista sobre el lugar donde podría hallarse uno de los principales cómplices de Nazir: Mouloud Benbaraka, del que le he hablado hace un rato. Está en Zurich, pero creo que debemos actuar con rapidez. Esta misma noche, si es posible.

—Comandante, será imposible disponer de una comisión rogatoria internacional antes de mañana. Y más aún tratándose de Suiza...

—Señoría, es urgente. Muy urgente. Es verdaderamente una oportunidad única para...

—¿Cómo ha conseguido esa pista?

Mansourd echó mano de todo su aplomo para mentir:

—En el interrogatorio de la madre de Nazir.

—¿Figura en la declaración? El oficial de la judicial lo ha anotado, ¿verdad?

Mansourd respondió afirmativamente mientras reunía al grupo de hombres que le rodeaba en el despacho del comisario.

—De acuerdo, veré qué puedo hacer. Despertaremos a la Cancillería y quizá lo mejor sería crear un equipo común de investigación. Solo espero que esa pista sea fiable.

Wagner se preguntó de repente si el comandante le había dicho toda la verdad.

—Un momento, comandante. Benbaraka estaba siendo investigado por Estupefacientes, ¿verdad? Espero que no me encuentre con que ha dado con esa pista gracias a instrumentos de geolocalización ilegales…

—Señoría —respondió Mansourd—, la prioridad es atrapar a Nazir, como usted mismo me ha recordado antes…

Wagner suspiró. Al contrario que Mansourd, en su caso tenía que pensar en el procedimiento, porque si a lo largo de la persecución de Nazir o de quienes le habían ayudado apareciese una baliza GPS ilegal en la instrucción sería agua de mayo para los abogados de la defensa.

—La necesidad hace la ley —añadió Mansourd para presionar al juez.

—No, comandante. El fin no justifica los medios. El fin nunca justifica saltarse la ley.

—¿Señoría? Será mejor darse prisa…

—Haga lo necesario, comandante. Pero no ordene una intervención.

Volvió a encender la bombilla e indicó al chófer que le llevara de regreso al Palacio mientras marcaba el número del fiscal Lamiel.

5

Mansourd no mentía del todo al citar a Dounia como fuente de la información. Al entrar en tromba en la sala donde la interrogaban, le pidió al teniente que mecanografiaba pausadamente la declaración que saliera a fumar un cigarrillo. Dounia no dejaba de toser; ante su rostro honesto y a causa del incomprensible respeto que la mujer le inspiraba, se decidió por el procedimiento más suave: «Mire, no escribo nada, solo quiero saber si Nazir ha estado alguna vez en Zurich, cuéntemelo todo, no estoy escribiendo nada, mire, voy a poner el ordenador en pausa». Y era cierto que no había anotado nada, y Dounia no se percató de su insistencia en ese punto. Así que le dijo la verdad, porque no tenía nada que reprocharse.

Sin embargo, media hora más tarde, el comandante Mansourd regresó a la sala en la que ella se había adormilado y encendió el ordenador.

—Bueno, señora Nerrouche, repítame lo que me ha dicho hace un rato para que todo quede por escrito.

Y Dounia, exhausta, más preocupada por sus bronquios que por los extraños manejos de aquel policía, repitió:

—Sé que el año pasado fue dos veces a Zurich.

—Se refiere a su hijo Nazir, ¿verdad?

—Sí, mi hijo Nazir —dijo, sintiendo que se le saltaban las lágrimas.

—Tómese el tiempo necesario —dijo con calma Mansourd, cuyas rodillas se movían sin cesar bajo la mesa.

—Y la segunda vez, creo que fue en marzo. Marzo de 2012. Me pidió que le transfiriera dinero a una cuenta. Como… él siempre me ponía dinero en mi cuenta, ¿sabe? Yo trabajo, pero él insistía y me ingresaba unas cantidades bastante grandes que yo no siempre verificaba, pero a veces eran dos o tres mil euros. Así que cuando me pidió que le transfiriera cinco mil euros y que ya me los devolvería, no tuve motivo para negarme, ¿me entiende? Y le transferí el dinero a Zurich. Lo siento, es lo único que puedo decirle. No sé por qué estaba allí, ni sé por qué quería que le transfiriera dinero a esa cuenta. Y eso… es todo.

Mansourd tecleó la declaración de Dounia a medida que hablaba. Necesitó solo diez segundos para releerlo. Y en cuanto acabó miró un instante a Dounia, su bello rostro claro enmarcado por una apacible cabellera gris y blanca, sus ojos dulces y trágicos.

—Debería verla un médico —dijo con voz insegura y sin atreverse ya a mirarla—. Esa tos no es normal…

Dounia alzó las cejas para tomar nota de lo que acababa de aconsejarle. Mansourd abandonó la habitación con la declaración de Dounia. La envió por fax al despacho de Wagner y fue de un lado a otro de la comisaría a la espera de la llamada y de la decisión del juez. Sin comisión rogatoria internacional, no podía hacer nada. El juez iba a despertar al gabinete del ministro de Justicia, que, a la vista de la urgencia de la situación, despertaría al Ministerio de Justicia suizo. En cuanto tuviera confirmación de que el procedimiento había sido autorizado, podría ponerse en contacto con la policía suiza para que detuviera a Benbaraka lo antes posible. El interrogatorio de Dounia y su intuición personal le indicaban que había muchas posibilidades de que Nazir se encontrara también en Zurich. Sin embargo, cuando por fin sonó su teléfono, las noticias del juez no eran buenas:

—Mansourd, he recibido la declaración y lo he hablado con el fiscal Lamiel, pero los elementos son poco consistentes.

—No me...

—Mansourd, escúcheme. Lamiel y yo hemos pensado en una solución alternativa: organice un pequeño equipo de tres o cuatro coches y ponga en marcha una misión de vigilancia. Todo eso de forma oficiosa, por supuesto. Siga el coche de Benbaraka, pero tenga muy presente que se encuentra en territorio extranjero y no puede intervenir.

—Señoría, con el debido respeto, el tiempo que llevará organizar... Sí, muy bien. De acuerdo. Enviaré un equipo de Levallois. Pueden llegar esta misma noche. Gracias, señoría. Le tendré al corriente en todo momento.

El comisario de Saint-Étienne avanzó amenazadoramente hacia Mansourd. El comandante aguantó el chaparrón y escuchó sus quejas:

—Mire, ahí afuera en los barrios hay jaleo por todas partes. Van a llegar refuerzos. Necesito que me libere los despachos ahora mismo.

—De todas formas, ya hemos acabado con la familia. Déjeme solo tres celdas y ya está. ¿De acuerdo? ¿No tiene inconveniente? —preguntó de buen humor.

Un furgón de las CRS llegó haciendo sonar las sirenas al parking de la comisaría. Mansourd y el comisario miraron a través de las cortinas: una veintena de muchachos detenidos. Unos JV: en el argot, Jóvenes Violentos. Que además eran todos NA: Norteafricanos.

Mansourd explicó a la familia que podían marcharse en libertad. Idir tenía la cara cubierta de sudor. Hizo una señal con la cabeza a Bouzid y al marido de Rachida, Mathieu, que se habían presentado espontáneamente después de recibir una llamada respectivamente de la abuela y de su esposa.

—¿Y Rabia? —preguntó Bouzid—. ¿Y Dounia? ¿Las van a tener ahí toda la noche?

—Le mantendremos informado, señor. Vamos, váyanse a casa, y si se acordaran de algo, la puerta está abierta.

Lo estaba, literalmente. Un grupo de gamberros esposados la cruzó gritando y silbando:

—¡Sar-ko asesino! ¡Sar-ko asesino!

Los CRS les daban collejas para que se calmaran. Los condujeron a la celda de desintoxicación bajo la mirada asustada del pequeño Rayanne. Al desfilar frente a Slim, uno de ellos hizo una mueca de asco y miró fijamente al recién casado y luego desapareció por un pasillo.

Rayanne buscaba a su padre con la mirada y corría como un poseso. Un CRS, al verlo pasar, lo tomó en brazos y le dirigió una amplia sonrisa.

—¿Qué pasa, chiquillo, adónde vas así?

Rayanne contempló el rostro del CRS con casco y sus dedos enormes que con los guantes negros parecían los de King Kong. Sollozó suavemente, obligando al policía, sin resuello por las atléticas detenciones que acababa de llevar a cabo, a dejarlo en el suelo, donde, en cuanto sus pies tocaron tierra firme, corrió de nuevo arriba y abajo buscando a su padre.

—Así empiezan —murmuró el CRS a su colega—. Tan monos y tímidos de pequeños, y diez años después te tiran piedras. Te juro que...

6

Nazir se detuvo frente a un escaparate con una cristalera con persianas blancas y un potente neón que, al parpadear, indicaba que se trataba de un COIFFEURSALON, una peluquería. En la puerta, que disponía de una campanilla, había unas bonitas cortinas con motivos a cuadros en lugar de persiana. Cuando Nazir la empujó, advirtió que había llamado la atención de tres de los cuatro ocupantes del salón y comprendió que el otro era su hombre. Waldstein.

Se hallaba de pie ante la caja revisando unas facturas, y vestía el mismo uniforme inmaculado que su joven colega, que embadurnaba de espuma, con brocha, la barba de un cliente que contemplaba a Nazir a través del espejo ligeramente tintado de marrón. Repantigada en una silla coronada con un lavacabezas, una adolescente hojeaba revistas al revés, desde la última página, sin leer, con la boca constantemente abierta por su aparato dental; clavó en el recién llegado una mirada que oscilaba entre la curiosidad intensa y una indiferencia juvenil.

—*Guten Abend* —dijo Nazir a los presentes, pero mirando a la muchacha.

Las mejillas se le pusieron coloradas debajo de los hermosos óvalos de sus ojos repentinamente alarmados; el cliente —¿su padre?— saludó a Nazir con una voz ronca por el largo silencio que debía de haber precedido esa visita tardía y manifiestamente inesperada.

La bata blanca de los dos barberos hacía que parecieran técnicos de laboratorio enrolados a la fuerza en un experimento ilegal; el que estaba ocupado con el cliente interrogó a Nazir con un movimiento de la cabeza.

Nazir pronunció la primera mitad de la contraseña, de una tirada:

—*Ich möchte mir das Haar schneidenlassen...*

Observó la reacción del viejo detrás de la caja; permanecía absolutamente inmóvil, concentrado en sus cuentas. Nazir añadió:

—*... Den Bart überhaupt nicht.*

«Pero sobre todo la barba no.»

El hombre con el que estaba citado debía de ser probablemente el viejo, pero seguía sin reaccionar. El joven le indicó que se sentara en un sillón alzado, al lado del cliente al que justo empezaba a afeitar. Sin embargo, Nazir no quería quitarse la chaqueta, de ninguna manera. Desconcertado, el joven trató de atraer la atención de su jefe. Este cerró los ojos y desapareció en la trastienda, donde abrió el grifo, esperó que saliera agua caliente y se frotó enérgicamente las manos.

A su regreso, Nazir estaba cubierto desde la nuca por una tela blanca que cubría los brazos del sillón y descendía hasta el reposapiés. Nazir le vio abrir un cajón incrustado en el mármol del mostrador y tomar de allí a ciegas unas tijeras y una navaja a la antigua cuyo resplandor metálico se propagó por todo el salón. Nazir no había previsto que no estarían solos y que deberían llevar a cabo esa comedia; pidió que, en lugar de cortarle el cabello, le arreglara simplemente la nuca y las sienes.

El señor Waldstein no se llamaba realmente Waldstein y parecía guardar en cada arruga de su rostro imberbe y cuadrado el recuerdo de los nombres falsos que había utilizado a lo largo de su vida clandestina. Tenía unos sesenta años bien llevados; una verruga en la comisura del ojo izquierdo hacía que le pesara su párpado leonino y orientaba todos los movimientos de su rostro hacia el otro lado. Tenía una nariz extraña, casi tan ancha a la altura de las fosas nasales como entre los ojos pero sin el poderío de las narices de los boxeadores: la suya formaba una zona blanda en medio de su cara. Era imposible recomponer mentalmente sus rasgos una vez que se había dejado de mirarlos.

Depositó la navaja delante de Nazir, como para intimidarle, y con las tijeras empezó a vaciarle la cabellera morena. Nazir no daba muestra alguna de inquietud, pero el tiempo transcurría. Le había dicho a Benbaraka que tardaría veinte minutos y ya habían pasado diez esperando a quedarse a solas con Waldstein para tratar de sus asuntos. Nazir hacía acopio de paciencia, evitaba mirar a la muchacha a través del espejo y se esforzaba en mantenerse alerta por si Waldstein empuñaba la navaja para cortarle el cuello en medio de la peluquería.

Esa idea le aterrorizaba. ¿Tendría tiempo de liberar sus brazos para defenderse? Al cliente de al lado le tendieron un espejo de mano para juzgar la calidad del afeitado y estudiaba su mentón desde todos los ángulos. Waldstein había acabado de vaciarle; asió la navaja y la aproximó a unos milímetros de la nuca de Nazir. Este se estremeció.

—*Was machen Sie denn? Nur den Haarschnitt, hab'ich gesagt!*

Waldstein le dedicó una sonrisa victoriosa en el reflejo del espejo. El cliente se puso en pie para tomar su chaqueta y pagar, seguido por la muchacha. En cuanto hubo desaparecido, Waldstein dijo a su joven colega, que parecía tener prisa, que podía marcharse. Una vez la puerta cerrada, Nazir se levantó de inmediato del sillón y dijo en francés:

—¿Qué es este numerito? ¡Teníamos que estar solos, me cago en la puta! ¿Cómo se le ocurre atender clientes a medianoche?

—En la vida no es posible controlarlo todo, joven —replicó tranquilamente, sin acento—. Aquí abrimos de noche, nunca hasta tan tarde, pero… digamos que era un cliente al que no podía decirle que no.

Se quitó la bata bajo la mirada furiosa de Nazir y le condujo a la trastienda. Detrás de un armario había oculta una enorme caja fuerte. Desbloqueó la puerta y sacó una primera caja metálica. La dejó sobre la mesa en el centro de la habitación y la abrió antes de ir a buscar la segunda. En la primera caja había una gran cantidad de billetes de quinientos euros.

—No estoy para bromas, dese prisa —declaró Nazir mientras Waldstein le acercaba trabajosamente la segunda caja.

Waldstein resopló al dejarla sobre la mesa.

La otra caja contenía la mitad de billetes que la primera. Había además un maletín metálico donde guardarlos, así como una pistola y un pasaporte que Nazir abrió con avidez.

—Nathaniel Assouline —leyó en voz baja—. Nacido el 25 de septiembre de 1983 en París. Bueno, me llevará una semana tener una barba como esa…

Waldstein ayudó a Nazir a guardar sus «efectos personales» en el maletín metálico. Nazir tomó el teléfono.

—Ya solo hay que mover un peón para forzar el mate.

Waldstein lucía una sonrisa de piloto automático.

—Espero que cuando escriban mi historia titulen este capítulo «La jugada de Zurich». ¿Juega al ajedrez?

Waldstein meneó la cabeza para indicar que no y por fin dijo:

—No se da cuenta del riesgo que corro…

—Para eso se le paga —replicó Nazir—. Y se le paga generosamente.

—Si cree que hago esto por dinero… ¿A qué viene ahora el teléfono?

Nazir no respondió; estaba marcando el número de la comisaría más próxima.

En un alemán bastante convincente —pronunciaba las «r» sonoras como los bávaros—, informó a la policía de que iba a cometerse un atraco a mano armada frente al banco al lado del cual se hallaba.

Waldstein le condujo, por la puerta trasera, hasta un parking privado en el que había dos coches. El suyo era un enorme BMW negro. Waldstein se sentó al volante y Nazir a su lado. El salpicadero era de una bonita madera y la tapicería era de un lujoso cuero beis. El coche circuló un minuto por un largo pasillo al descubierto que desembocaba al otro lado de la manzana de casas, a doscientos metros de la puerta del banco.

7

El comandante Mansourd recibió la instrucción del juez, que por fin había regresado al Palacio, de proseguir personalmente los interrogatorios de los que llamaba los «parientes cercanos». Luna se había marchado con la abuela, sin llorar; el cansancio había vencido a su desgracia. Las primeras palabras de Rabia cuando vio entrar al comandante fueron para su hija: ¿cuándo podría volver a verla?

—Pronto, muy pronto, cálmese.

¿Y a su hijo?

Como respuesta, el comandante solo arqueó las cejas.

Se sentó en una silla de oficina con ruedas y empezó a leer la declaración impresa por el teniente que se había encargado del primer interrogatorio.

—Señor, tengo sueño. Ya le he dicho todo lo que sé a su colega... Ese tipo horrible me atacó, me tuvo prisionera, me drogó y... ya no puedo más, quiero ver a mi hijo, ¡dígame al menos que está bien!

El comandante dejó los papeles sobre la mesa.

—Señora, ¿declara que ignoraba por completo la relación entre Abdelkrim y Nazir? ¿No sabía que hablaban por teléfono a diario desde hace meses? ¿No sabía que Nazir le mandaba dinero regularmente?

—No, creía que... ¡no lo sabía!

—¿Y cómo explica las consolas de videojuegos en el sótano? ¿Y la ropa nueva y ese pequeño tesoro?

—¡Yo nunca bajaba al sótano!

—¿Nunca?

—¡Por mis hijos, que se mueran ahora mismo si he puesto los pies en el sótano! ¡Normalmente no hay nada en el sótano! Le juro que no sé lo que hacía allí abajo con Gros Momo. ¡Y además me dan miedo los ratones! —añadió la mujer en una enternecedora explosión de sinceridad.

El comandante escribió dos palabras en una esquina de un papel.

—¿Quién es «Gros Momo»?

Rabia se mordió los labios.

—Es un amigo de Krim. Pero no tiene nada que ver con...

—¿Su nombre y apellido, por favor?

—No irá a...

El comandante solo tuvo que exhalar un suspiro de fatiga.

—Mohammed, Mohammed Belaidi. Pero le juro que no hay persona más buena que Gros Momo...

—También estoy seguro de que Abdelkrim es el más bueno del mundo. ¿Su dirección?

—Vive arriba de Bellevue, en la rue des Forges. En el número 24.

Mansourd cambió de enfoque:

—¿Qué sabe acerca de la SRAF?

—¿Eh?

Rabia se pasó la mano por sus cabellos rizados y se los echó sobre los ojos como para evitar ver el decorado de aquella pesadilla.

—¿La SRAF? ¿Nunca ha oído hablar de la SRAF?

—¿*Sraf*? —repitió Rabia pronunciando la palabra con acento cabilio.

El comandante pareció interesado.

—*Sraf*, en cabilio, son los nervios. *Zarma*, la cólera. Tener *sraf* es estar nervioso.

Iba a preguntar acerca de esa sorprendente información cuando sonó su móvil. Salió y oyó la voz excitada del juez Wagner:

—Comandante, Mouloud Benbaraka ha sido detenido por la policía suiza delante de un banco en Zurich. Una llamada anónima. Esperaba en el coche con su cómplice, un tal Farès. La policía ha encontrado una Parabellum 9 mm en la guantera, idéntica a la del chaval. Y ahora lo más fuerte: en la culata tiene grabadas a navaja las siglas SRAF. Eso le ha llamado la atención a uno de los policías suizos que, afortunadamente para nosotros, había visto las noticias.

—¿Y no hay rastro de Nazir?

—Pues sí, y esta es la mejor noticia. Benbaraka no suelta palabra, pero el cómplice, ese tal Farès, aparentemente un segundón, ha acabado confesando que se dirigía a Hamburgo. Que debía llegar allí mañana a las siete de la mañana. Según los policías, no tardará en desmoronarse y hablará. Ahora mismo me ocupo de la comisión rogatoria y usted siga interrogando a la familia. Y en cuanto a los dispositivos de escucha, ¿cree que los técnicos ya habrán acabado?

—Sí en el apartamento de la madre del pequeño. Falta el otro, el de la madre de Nazir. La verdad es que creo que deberíamos prolongar su detención hasta mañana por la noche como mínimo…

—Ya hemos hablado de ello, comandante. Discúlpeme, debo dejarle.

Mansourd colgó y vaciló antes de regresar junto a Rabia. No compartía el entusiasmo de Wagner respecto a la pista de Hamburgo: todo aquello le parecía demasiado fácil.

Se puso a pensar en lo que Rabia había dicho sobre la SRAF. Todos los analistas lo habían tomado por unas siglas cuando hubiera bastado interrogar a un miembro de la familia de Nazir para obtener la información. La investigación de la DCRI quizá fuera una chapuza aún mayor de lo que había pensado al retomarla.

Llegaban gritos desde la celda de desintoxicación. El comisario se había arremangado y fue a anunciarle a Mansourd que estaban a punto de llegar dos furgones de las CRS con más detenidos.

—Hacía mucho que no habíamos visto algo así por aquí —balbució—. ¿Cuándo fue la última vez? ¿En los disturbios de 2005? ¿Creéis que será igual?

Mansourd no respondió. El comisario prosiguió enjugándose la frente:

—¡Y esos burros creen que Sarkozy ha matado a Chaouch! Tengo ganas de ver la reacción de esos salvajes cuando descubran que el responsable es uno de los suyos… Entonces ya no podrán decir que se trata de una conspiración.

Mientras, los insultos contra «Sarko» resonaban en la comisaría y en muchas otras comisarías de Francia. Mansourd fue a ver a aquellos muchachos que aporreaban los cristales de la celda. Al día siguiente comparecerían todos ante el tribunal correccional correspondiente. No sería necesaria una segunda noche parecida para exigir unas penas «ejemplares».

–La *sraf* –murmuró Mansourd como para sus adentros al ver los rostros furiosos y morenos de esos adolescentes encarcelados por docenas.

El comisario que le había seguido le pidió que lo repitiera.

Mansourd se volvió hacia él y respondió a la pregunta que le había hecho dos minutos antes:

–No será como en 2005, será mucho peor. ¿Y sabe por qué? Porque esta vez no ha sido sacrificado uno de ellos por una injusticia, real o supuesta, sino aquel que les había prometido que nunca volvería a ocurrir algo así y le habían creído. Les han matado a su presidente, comisario. Por primera vez habían decidido participar en el juego. Conoce las cifras igual que yo, decenas de miles se habían inscrito para votar y ahora su esperanza se ha desgarrado. Créame, será mucho peor que en 2005.

Uno de los alborotadores, especialmente agitado, dio una patada a la puerta, hacia los dos policías que les observaban como si aquello fuera el zoo. Al comprender que era inútil, acumuló saliva y lanzó un enorme escupitajo contra el cristal, provocando el clamor de sus colegas y obligando a los guardias a entrar en la celda para pacificarlos a porrazos.

8

En el despacho donde interrogaban a Fouad se había averiado el aire acondicionado. Un subrigadier había encontrado un ventilador viejo, pero no había logrado ponerlo en marcha y habían abierto la ventana de la primera planta, que no presentaba riesgo alguno ya que tenía rejas, y que daba a la copa de un abeto inmóvil en la noche cálida y sin viento. Un grillo se había sumado al silencio de la habitación. En efecto, la habitación se hallaba en silencio. Fouad se negaba a responder a las preguntas de los investigadores. Había aguantado tres horas, conocía sus derechos y esperaba a poder ver a un abogado antes de hablar.

El comandante Mansourd empujó la puerta e indicó al teniente que le siguiera. Fouad escuchó el estruendo metronómico del grillo, pensando con desdén en el poeta de tres al cuarto al que se le ocurrió que la metáfora del canto podía aplicarse a ese lúgubre sonido industrial.

—¿Aún nada? —preguntó Mansourd.

—No, no hablará hasta que haya visto a un abogado. Y el tío tiene aguante, joder.

Mansourd entró en la habitación y ordenó al otro policía que saliera. Cuando se halló a solas con Fouad, se sentó detrás del ordenador y se conectó a internet.

—No sabía que fueras actor. Mis colegas te han visto en una serie y se reían de mí… Veamos qué nos dice la Wikipedia… *El hombre del partido.* «Revelación de la serie, Fouad Nerrouche…», y bla, bla, bla… Bueno, no hará falta leerlo todo porque la tele no es asunto nuestro. No, nuestro problema, iba a decir la «ecuación», es el siguiente… —Se detuvo y extendió el índice para empezar a contar—. El hombre del partido sale con la hija del presidente. El hermano del hombre del partido organiza un atentado para asesinar al presidente. ¿Me sigues?

Fouad quiso decirle que no se conocían: no tenía por qué tolerar que le tuteara de esa forma. No lo dijo, pero ese superpolicía barbudo en camiseta negra le intrigaba. La hipótesis de que pudiera estar relacionado con la conspiración porque salía con Jasmine no le había pasado por la cabeza desde el atentado. Y de repente, poniéndose en el lugar de esa gente, le pareció espantosamente verosímil.

—Oye —continuó Mansourd apretando el puño—, no me voy a andar con rodeos: según la legislación terrorista podría enviaros a ti y a tu familia mañana mismo ante el juez. Basta que redacte una orden y, visto y no visto, a las ocho de la mañana os meto a todos en un coche y os llevo al Palacio de Justicia de París. Y allí, ¿sabes qué pasará?

Fouad se vio obligado a bajar la vista para no responder.

—El juez os imputará a todos por asociación de malhechores con fines terroristas y pedirá prisión provisional, que, en los casos de terrorismo, puede prolongarse hasta tres años. Tres años en el QHS de Fleury-Mérogis. El bloque de alta seguridad, en medio de la purria. Vuestros abogados armarán un escándalo y entonces el juez descartará el encarcelamiento preventivo de la mayoría de la familia, pero los más allegados a Nazir y a Krim, digamos tú, tu hermano, tu madre y tu tía Rabia, no os libraréis de ello.

Fouad, que había intentado dejar de oír el grillo, ahora solo intentaba oírlo.

—¿Y sabes cómo serán esos tres años de prisión preventiva? Pues cada cuatro meses, justo antes de que expire la orden de ingreso en prisión, el juez os llamará a su despacho para interrogaros. Diréis que no sabéis nada, que no habéis hecho nada, y el juez os mandará de nuevo ante el juez de garantías para prolongar el encarcelamiento. Y lo peor de todo no será que estaréis todos en la cárcel, que la movilización del comité en vuestro apoyo organizado por vuestro abogado se irá desinflando o que los medios de comunicación desearán mayormente que las personas responsables de la muerte del querido presidente Chaouch se pudran en la cárcel el resto de sus días. No, lo peor no será nada de eso. Lo peor será la pequeña Luna.

Fouad alzó la vista y miró al comandante a los ojos.

—Sí, pon la cara que quieras, pero en cuanto tu tía sea imputada la pequeña Luna será confiada a los servicios sociales y entregada a una familia de acogida. Me dirás que tu abuela puede ocuparse de ella, y tal vez sea cierto, pero, francamente, y sin ánimo de ofender, no he tenido la sensación de que los inocentes de la familia estuvieran muy dispuestos a pagar los platos rotos. De hecho, me ha parecido incluso que no os lo perdonaban. Así que hay otra solución. Si os negáis a hablar, retrasaremos la comparecencia ante el juez y prolongaremos la detención. Cuarenta y ocho horas, noventa y seis horas. Hasta que nos digáis lo que queremos saber.

—¡Pero no sabemos nada! —estalló finalmente Fouad.

—Nadie sabe nunca nada. ¿No has tenido sospechas? ¿Dudas? No puedo creer que toda la familia hayáis vivido estos meses sin preguntaros ni por un momento qué hacían Nazir y Krim... Y tú, con la hija de Chaouch, coño, ¡salta a la vista!

—No sabe de qué habla... Yo...

—¿Sí?

Fouad se dio cuenta de que, dijera lo que dijese, hablaría demasiado: al acusar a Nazir incriminaría a toda la familia. Porque Nazir formaba parte de esa familia, al igual que aquel grillo absurdo formaba parte de la noche.

—Me niego a hablar antes de ver a un abogado.

—Muy bien.

El comandante se estiró y apretó los puños.

—El delito de asociación de malhechores con fines terroristas era penado con diez años de prisión hasta hace unos años. La última reforma de las leyes de seguridad interior ha elevado la pena a veinte años. Naturalmente no os condenarán a veinte años en la cárcel, sino a cuatro o cinco a pesar de las circunstancias agravantes, y me refiero a la participación en el asesinato del primer presidente árabe de nuestro gran país. Con un buen abogado, cumpliréis uno o dos años, y con un muy buen abogado cero. Salvo que, a la espera del proceso, ya habréis cumplido tres años de prisión preventiva. El Estado os indemnizará, porque se armará un escándalo. Habréis estado tres años en la cárcel por nada. Los medios os dedicarán los titulares. Y al día siguiente se hablará de algo que habrá dicho el reelegido Sarkozy, o de un vídeo de un chimpancé con pajarita capaz de tocar el inicio de «La Marsellesa» con una flauta travesera, y del escándalo de la víspera, el escándalo de vuestra vida, no quedará nada, ni el menor rastro. Así que deja de hacer el gilipollas, señorito actor. No estás interpretando al rey del silencio. Vale, puedes hacerlo, puedes tener la boca cerrada dos o tres horas. Pero ya veremos cómo te sentirás dentro de setenta horas. Ah, sí, porque al tratarse de un caso de terrorismo podemos tenerte detenido tres días sin ver a tu abogado. Y dicho esto, bravo, cállate, hazte el duro, genial, y quizá ganarás un César. Salvo que esto no es un casting. Esto es la realidad. Y la realidad es que, si sigues con tu comedia, dentro de diez días tu prima estará con una familia de acogida y tu hermanito Slimane en el talego. Y me parece que tu hermano es un poco... digamos: debilucho, ya sabes a qué me refiero...

El comandante calló y miró a Fouad con tanta intensidad que su silencio anunciaba el peor de los espantos.

Fouad se concentraba de una manera igualmente intensa. Movía las mandíbulas de izquierda a derecha, pero mantenía los labios cerrados y los dientes apretados. Y de repente en su rostro se produjo un largo escalofrío en el que parecía concentrarse y expresarse su dilema. En el momento más intenso, sus fosas nasales se retrajeron. Y cuando pasó el tormento, cerró los ojos, se incorporó en la silla y pronunció en voz alta e inteligible:

—Me niego a hablar hasta haber visto a un abogado.

LUNES

V

EL ARCO DE CUPIDO

1

La holgada victoria de Chaouch quedó relegada a un segundo plano en la prensa francesa e internacional por la tragedia que se abatía sobre el presidente electo. Se evocó un terremoto de magnitud diez y se habló incluso de un 11 de septiembre francés. En las portadas, las imágenes del atentado rivalizaban con el índice de la Bolsa, que se había desplomado espectacularmente. *Libération* sustituyó su portada por una inmensa página negra. Los editoriales del mundo entero convocaron el fantasma de la «República sin cabeza».

En Francia, el balance de la «primera noche de violencia» ocupó, con la amarga coronación del favorito de los medios de comunicación, los titulares matutinos de las grandes emisoras de radio, que se lanzaron de inmediato y sin escrúpulos a la comparación con los disturbios de otoño de 2005. Solo a lo largo de esa noche se habían contabilizado dos mil ciento cincuenta coches calcinados, una treintena de equipamientos públicos habían sido blanco de ataques, dos locales de la Maison des Jeunes et de la Culture del extrarradio parisino habían sido saqueados y un parvulario al norte de Grogny había sido incendiado. Se habían quemado banderas francesas ante las cámaras, algunos vehículos policiales habían sido apedreados y algunos incluso habían recibido impactos de bala de gran calibre. Las salas de los juzgados destinadas a la comparecencia inmediata estarían a rebosar durante todo el día.

Los editorialistas destacaron que durante los saqueos de 2005 llevó varios días, más de una semana, alcanzar ese nivel de brutalidad. Como si se tratara de un estreno cinematográfico que obtuviera un récord de taquilla y al cabo de una semana de exhibición se compararan las cifras con las de *La gran juerga* o *Titanic*, los profesionales de la opinión profetizaron un estallido de una intensidad como no se había visto en el país desde los episodios de guerra civil que, como la Comuna de París, habían tenido lugar hacía ya tanto tiempo que no eran pertinentes. Además, la violencia se extendía únicamente en los barrios pobres del extrarradio parisino y en algunas ciudades de provincias. La cuestión prioritaria era saber si el presidente de la República, cuyo mandato llegaría a término unos días más tarde, iba a solicitar a su gobierno la proclamación del estado de emergencia en esos territorios.

El Ministerio del Interior indicó que la situación se hallaba bajo control y no requería medidas particulares, y reclamó a los medios de comunicación que no echaran leña al fuego. Hubo algunos analistas de la trastienda política que se inquietaron a causa de que el primer ministro François Fillon no hubiera aparecido en primera línea desde los «acontecimientos» de la víspera. El mandato del presidente Sarkozy expiraba el 17 de mayo, al cabo de dos días, y en el ínterin era el gobierno quien debía ocuparse de los asuntos corrientes. Sin embargo, en las filas de la mayoría había cundido el pánico y, hasta esa mañana del lunes, nunca había sido tan evidente que el auténtico jefe de gobierno era Marie-France Vermorel, ministra del Interior, de Ultramar, de las Colectividades Territoriales y de Inmigración.

Después de cinco años de sarkozysmo, la que fuera estratega de la victoria de 2007 se había revelado la soldado más eficaz del candidato una vez elegido a la magistratura suprema. A ella le debía la «nacionalización» de su discurso y la conquista de los votos de la extrema derecha; y en el momento en que todos desertaban, solo ella permanecía fiel al antiguo jefe del Estado.

2

Contrariamente a las apariencias, fue una vez más su sentido del servicio lo que la empujó a ocupar el terreno mediático al día siguiente del atentado. Pasó toda la mañana en las radios y televisiones y apareció como la figura menos tocada de ese gobierno en fase terminal. Verdaderamente, su apodo de «primer ministro bis» nunca había sido tan merecido, pensaba Montesquiou, inmóvil en las sucesivas penumbras entre bambalinas, con la mano siempre crispada en el pomo de su bastón.

France 2 había desplegado un dispositivo excepcional, utilizando el plató de la noche electoral para emitir una edición especial continua. Vermorel minimizaba los disturbios de la noche frente a un plantel de analistas que no se atrevían a interrumpirla. La presentadora se vio obligada a hacerlo después de que la llamaran al orden a través del pinganillo:

—Señora ministra, lamento interrumpirla, pero vamos a dar paso a una conexión en directo con el Palacio de Justicia, donde acaba de empezar la rueda de prensa del fiscal Lamiel...

Vermorel se incorporó, visiblemente ofuscada. Cuando miraba, se oía el chasquido al amartillar el arma y la sensación de ser encañonado por el primer policía del país se transmitía a través de la pantalla: la Francia de Vermorel era tan inquietante como un pelotón de ejecución frente a sesenta y cinco millones de sospechosos...

Ajustó el nudo de su pañuelo naranja alrededor del cuello, pensó que no había tenido tiempo de utilizar su última baza en su intervención y alzó el mentón hacia la gran pantalla de la conexión en directo, esperando que si le pedían que comentara la intervención del fiscal no le preguntaran por su relación con el ministro de Justicia, un antiguo chiraquista que había traicionado al gobierno entre la primera y la segunda vuelta al declararse «seducido» por el programa judicial de Chaouch.

El fiscal Lamiel se hallaba de pie delante de un sofisticado retroproyector. Su rostro genéticamente modificado aprobaba diligentemente las indicaciones del técnico que le ayudaba a manejar el ordenador. Ningún cronista judicial recordaba la sala de reuniones del Palacio tan llena. Lamiel tuvo que detenerse en varias ocasiones para dejar que se apaciguara el alboroto causado por los fotógrafos y los cámaras que se pisoteaban y apartaban las sillas. Anunció que, después de su detención, el «autor del disparo» sería acusado de tentativa de asesinato de una autoridad pública —sí, Chaouch no está muerto, pareció precisar arqueando las cejas—, con el agravante de terrorismo y de delito de asociación de malhechores con fines terroristas.

La guinda de la rueda de prensa fue evidentemente la proyección en la pantalla del cartel de busca y captura de Nazir Nerrouche, de veintinueve años y nacionalidad francesa, un metro y ochenta y siete centímetros, ojos negros, sospechoso de ser el cabecilla del complot contra el candidato Chaouch, armado y peligroso, y contra el que se había emitido una orden de detención europea.

Y mientras Francia y el mundo entero descubrían por primera vez la mirada de Nazir en esa foto de documento de identidad en un primerísimo plano, sus inmensos ojos de loco, casi desprovistos de esclerótica, su cabeza alargada, lampiña y cortante, mientras Francia y el mundo entero se sorprendían de que el enemigo público número uno fuera aquel joven de aspecto impecable, sin barba y sin demasiados rasgos característicos, Nazir huía a toda velocidad, con su cómplice al volante, por una autopista casi desierta en la que las líneas de un amarillo vivo y los paneles en alemán empezaban a afectarle la moral.

Waldstein quiso apagar la radio al concluir la rueda de prensa, pero fue el propio Nazir quien la apagó y echó un vistazo ansioso por el retrovisor, preguntándose si la berlina gris metalizada que les seguía desde hacía diez kilómetros era la que le parecía haber visto a la salida de Zurich.

—Me pregunto qué foto mía habrán elegido —dijo cambiando de tema.

Waldstein no respondió. Empezaba a bostezar. Nazir vio aparecer una segunda cabeza en la berlina, en el asiento trasero.

—Tome la próxima salida —ordenó a Waldstein.

—¡Está loco! Tendremos que dar la vuelta y perderemos por lo menos una hora… ¡Ya me lo ha hecho hacer antes y mire qué hora es!

Nazir insistió golpeando rítmicamente el salpicadero.

—¡Dese prisa! ¡Y hágalo en el último momento!

Waldstein obedeció y giró en el último momento. Nazir le pidió que aminorara la velocidad y vio que la berlina gris ya no les seguía.

3

Ya de regreso del plató de la televisión, donde finalmente no le habían pedido su opinión acerca de la rueda de prensa del fiscal, Vermorel recibió en su despacho a un hombrecillo gris con el rostro surcado por dos largas arrugas tan profundas como cicatrices.

Ese hombrecillo vestido con un traje raído trabajaba en la DCRI y desempeñaba una tarea clandestina: dirigía la difunta sección de medios de comunicación de los difuntos Servicios de Información General. Su papel no era exactamente vigilar a la prensa, sino alimentar con rumores verdaderos y falsas primicias a los periodistas que contaban o no con su favor. No había ningún servicio de prensa en los otros ministerios que pudiera rivalizar con el saber y los contactos de ese as de la información cuyo nombre nunca se pronunciaba. Tenía unas manos pequeñas, vergonzosas y manchadas de tinta, sobre las que recaía la despreciativa mirada de halcón de Montesquiou, sentado en la otra silla frente a la suntuosa mesa de oro y caoba de la ministra.

La conversación fue breve y enseguida se definieron los objetivos: a cambio de la exclusividad de una primicia, el dueño de un medio de moda debía aceptar no publicar hasta al cabo de unas semanas la continuación de una investigación que desacreditaba a la rama de la policía republicana más sensible en ese momento.

Esa rama era la Dirección Central de Inteligencia Interior.

El dueño del periódico era Xavier Putéoli.

En cuanto a la primicia, Putéoli fue informado de qué se trataba un cuarto de hora más tarde por teléfono por el propio hombrecillo de los Servicios de Información General, que le llamaba desde una cabina telefónica a dos pasos de la place Beauvau:

—Le entregaremos el vídeo de la detención.

Putéoli, que al principio se había negado a llegar a un acuerdo, calló un buen rato, como si en lugar de sopesar los pros y los contras se regocijara en su interior de lo que la primicia de la difusión de ese vídeo significaría para Avernus.fr.

La rueda de prensa del fiscal no había ofrecido ningún detalle sobre el autor del disparo aparte de su nombre, ya conocido. Las grandes cadenas habían movilizado a sus mejores investigadores y localizado el nombre completo y la dirección de «Abdelkrim». Las imágenes del número 16 de la rue de l'Éternité se emitían sin cesar, pero de momento allí no ocurría nada. Interrogada, la gente del barrio mostraba la universal expresión apesadumbrada e incrédula de los vecinos de las personas sobre las que la tragedia se ha abatido de un día para otro: hablaban de Krim como de un muchacho tímido que había hecho dos o tres tonterías, pero que solía ser muy servicial. Y la familia Nerrouche se había convertido en esa inevitable quimera tan ficticia como los unicornios y la sabiduría del horóscopo: una «familia sin historias».

En las redacciones ya corría el rumor de que el autor del disparo era primo de Fouad Nerrouche, «el hombre del partido», pero nadie lo había publicado aún. En cuanto al vídeo de la detención, en el que Fouad no aparecía, era cuestión de horas o incluso de minutos: algún vecino acabaría llamando a los periódicos y los vídeos de móviles se pagarían a precio de oro. Mientras, sin embargo, las cadenas solo disponían de las imágenes de un edificio vacío y de las tomadas durante el atentado, violentamente espectaculares, y que precisamente Putéoli estaba viendo en su despacho.

Existían siete versiones diferentes: las de las cadenas que cubrían la salida del candidato del colegio electoral y las tomadas con teléfonos móviles, que mostraban sobre todo el pánico y el caótico movimiento de la multitud después del disparo. Sin embargo, en ninguna de esas versiones se veía al candidato de cara. Si se pulsaba «Pausa» en el momento preciso en las imágenes de France 24, podía adivinarse una salpicadura roja a la izquierda de la pantalla, pero parecía que la realización se hubiera planificado de manera que solo se viera claramente el torso de Krim alzando el arma y disparando. Perversamente, la ausencia de imagen del rostro desgarrado de la ilustre víctima garantizaba el éxito del vídeo, al igual que sucedió con las imágenes de las personas cayendo desde las ventanas el 11 de septiembre, que, a pesar de ser horrorosas, podían ser visionadas una y otra vez; no hubiera sido así, sin embargo, si esas secuencias hubieran acabado con los cuerpos estrellados en el suelo y destrozados, imposibles de ser contemplados.

Putéoli apagó la pantalla de su ordenador y abrió el buzón de correo electrónico.

—De acuerdo —respondió con una voz que delataba el incontenible estremecimiento del triunfo.

4

Xavier Putéoli era un hombre bajo y torpe que vestía chaleco, americana y pajarita. Tenía unas mejillas brillantes que sobresalían entre unos ojos torvos y melosos y una sonrisa de eterno estudiante de la escuela de comercio, a pesar de no haberlo sido nunca. Era de esos tipos que dicen «Encantado» al estrecharle a uno la mano, en un tono suave y serio, antes de dirigirle la palabra e incluso antes de verle. Sonreía sin cesar, pero su mirada era seria: su aparente interés y su aspecto extremadamente afable te anestesiaban mientras te examinaba ansiosamente, siempre al acecho, con un inexplicable rencor que te obligaba a bajar la mirada si te cruzabas con ella.

Nacido en 1950 en Mostaganem –pero llegado a Francia dos años más tarde–, acabó el bachillerato cuando se produjeron los disturbios de mayo del 68, en los que participó sin lograr llegar a encabezar ningún comité. Un burgués maoísta le trató de «picha floja» en una asamblea y eso le provocó un odio inmortal hacia el izquierdismo a la francesa y sus figuras altivas, sensuales y dominantes. Entró como periodista político en *Le Point*, donde ascendió laboriosamente a costa de mil traiciones y pequeñas humillaciones de las que aún testimoniaba su mirada huidiza. Al fracasar en su voluntad de llegar a redactor jefe del semanario que le había visto crecer, fundó una web de información «libre» que sorprendentemente logró atraer a todas aquellas personas –«tanto de derechas como de izquierdas»– que ya no soportaban el «corsé de la corrección política».

Avernus.fr representaba la cima de su carrera y su mayor logro. Su divisa en latín era una cita de Virgilio, «facilis descensus Avernis», que podía traducirse como: no hay nada más fácil que descender a los infiernos, nada más fácil que hundirse en la ruina moral. Para protegerse de ello, se casó con una rica normanda de apellido noble, rubia, católica y discreta, que le dio cinco hijos debidamente rubios y bautizados, el pequeño de los cuales, Tristan, intentaba hablar con él en ese mismo instante.

No respondió a la llamada porque vio aparecer en el *open space*, más allá de las cortinas de su despacho, la enérgica silueta de la periodista que había investigado sobre la DCRI y el prefecto Boulimier. Apagó la pantalla de su ordenador y se preparó para recibir a Marieke Vandervroom, ataviada con su eterna cazadora de piel de cerdo. Evitó el *small talk* de los otros periodistas y ni se tomó la molestia de llamar a la puerta del jefe: entró como una furia, echando humo por la nariz, dejó la mochila y el casco de motorista en la silla y blandió el teléfono móvil agitándolo con extraordinaria vehemencia.

–¿Es una broma? –preguntó con su bella voz ronca y cascada–. ¿Llevo cinco meses de investigación y suspendes la publicación por las buenas? ¿Y me lo dices con un SMS? ¡Un SMS!

El artículo se había dividido en cuatro para permitir una mejor legibilidad de las pruebas materiales. A sus treinta y cinco años, Marieke no trabajaba para la redacción de Avernus.fr. Desde hacía tiempo había decidido que la única manera de dedicarse a la investigación era como freelance y ofrecía sus investigaciones a diversos periódicos que le pagaban los gastos y se beneficiaban de su talento como sabueso sin tener que soportar su mal carácter.

—Las cosas son más complejas de lo que parece —dijo Putéoli, zalamero.

—¡No me vengas con esas! —gritó Marieke—. Trabajo sobre el grupo de investigación más secreto del contraterrorismo y el día en que tiene que publicarse el artículo se produce un atentado contra el candidato a las presidenciales. Y como por casualidad...

No acabó la frase.

En un principio se había tratado de describir el funcionamiento opaco del FBI de Sarkozy, pero luego Marieke dio con la pista de un grupo de operaciones especiales que no figuraba en los estatutos oficiales, que rendía cuentas directamente a Boulimier y que se había ocupado de la vigilancia de Nazir Nerrouche.

—Cálmate, Marieke, venga, siéntate.

Pero Marieke no quiso sentarse. Su amplio rostro oceánico adquirió de repente el color de los ladrillos de su Flandes natal. Putéoli encendió su ordenador y fingió leer un correo electrónico para evitar los rayos que le lanzaban los ojos de Marieke, unos grandes ojos de husky que la cólera aún agrandaba más.

—Disculpa —dijo simulando que había acabado la lectura—. Oye, Marieke, se trata solo de un ligero retraso, no tienes por qué ponerte así.

—¡En ese primer artículo no hay nada! ¡No hay nada sobre Boulimier y nada sobre las escuchas de Nazir Nerrouche!

—Hay bastante para llevarnos a juicio.

—¡Qué va! Es solo la presentación de la opacidad de la casa con un organigrama cutre... ¡un puto artículo de Wikipedia! Esto no quedará así, ¡es absurdo!

—Tranquilízate, no he dicho que no vaya a publicar la continuación... Solo te pido una semana y no me parece que se vaya a acabar el mundo... Y si me permites, un artículo de Wikipedia no puede costarnos la cárcel, mientras que infringir el secreto de Defensa al revelar el organigrama de la DCRI ya en el primer artículo...

Marieke se volvió sobre sí misma y miró a los ocupantes del *open space*, que apartaron mecánicamente la vista. La rabia le hizo echar las cortinas y volverse hacia Putéoli asiendo el casco y la tira de su vieja mochila de aventurera.

—¡Tres días! —declaró cerrando los ojos para contener una nueva explosión—. Si el jueves no publicas la continuación, iré a ver a otros o lo subiré todo a internet.

—Serénate, no me montes un número. Entiendes mis motivos, ¿verdad? Yo no tengo los medios del *Washington Post* o de *Le Monde*, aquí... Tengo que asegurarme de que...

—No, no quiero saber nada de eso —le interrumpió Marieke—. De todas formas no me dirás la verdad, así que prométeme que publicarás la continuación dentro de tres días y damos por zanjado el tema.

—Lo prometo —mintió Putéoli poniéndose en pie para acompañar a su periodista—. Pero dentro de cinco días, no tres. El sábado lo colgaré en internet, ¿de acuerdo?

Pero Marieke ya estaba en el *open space*, imponiendo los crujidos de su mochila, de sus botas y de su inmortal cazadora a la sala tan intimidada por la libertad de su tono como por la violencia de sus taconazos.

5

Francia despertó con las palabras «Sarko asesino» pintadas en cientos de paredes. La blogosfera hervía de rumores acerca de un complot urdido en las más altas esferas y los periodistas iban de un lado a otro. Pero Krim, a quien finalmente le habían concedido unas horas de descanso, solo tenía una idea en la cabeza: recuperar, antes de sumirse en la inconsciencia, el timbre particular de la voz de su madre, mientras le hacían un millón de veces seguidas las mismas preguntas.

Después de unas horas de sueño, descubrió que había dos equipos de interrogadores, el de noche y el de día, y que los de la noche, dirigidos por el capitán Tellier, eran los «amables», a la vista del comportamiento de los tenientes sin nombre que le despertaron a las seis de la mañana. Le habían prohibido sentarse e ir al baño, y no se creían ni una palabra de lo que Krim les decía, contrariamente a sus colegas de la noche, que se contentaban pidiéndole amablemente algunas precisiones. El teniente más bruto del equipo de día parecía un mapache y hablaba como un entrenador de rugby. Tenía una voz grave que se estampaba contra las paredes en lugar de atravesarlas y un aspecto de estupidez que no era ni siquiera autocomplaciente, simplemente soberana y a punto de estallar convertida en maldad en cualquier instante.

«¡Deja ya de mentirnos, pringado!» El jugador de rugby había colocado la silla de la víspera junto a la pared. Krim se veía obligado a permanecer de pie y, cuando verdaderamente ya no podía más, le daban un taburete, pero el taburete era incluso peor que estar de pie, porque tenía ganas de descansar la espalda contra el respaldo y el inexistente respaldo le venía a la cabeza sin cesar.

Entre los silencios que el jugador de rugby dejaba que se crearan, Krim se había canturreado varias veces el «le le le le» de su madre, esas cuatro notas orientales que soltaba colocando el dorso de la mano contra la frente, llevándose la otra mano a la cadera y con sus ojazos que sobresalían de los pómulos dilatados por una perplejidad, una estupefacción o una indignación cuya fingida teatralidad ahora le tranquilizaba en lugar de hacerle enfadar. Y ante los gritos del jugador de rugby y los puñetazos sobre la mesa de su colega, un tipo con gafas y botas de montaña, Krim intentaba rememorar el calor específico de su voz, su timbre singular, que solo recordaba con destellos mentales incapaces de prender, como petardos mojados.

En busca de su madre, los dedos de Krim tricotaban en el bloque de luz blanca que se desplomaba sobre la mesa de la sala. Recordaba aquellas noches en las que se permitía escuchar música clásica a altas horas. Su madre le sorprendía a veces y fingía estar durmiendo o escuchando hip-hop meneando muy serio la cabeza con los labios y los ojos cerrados.

«¡Te vas a pudrir en un agujero hasta el fin de tus días! ¡Ya no tienes nada que perder, dinos la verdad!»

La verdad, sin embargo, era que no tenía nada que confesarles. Amaba a su madre, no se lo había dicho nunca desde que era más alto que ella, pero así era, la amaba, la echaba de menos, y esa era la única verdad que le venía a la mente.

A unos pasos de las celdas de detención, el capitán Tellier fue informado por teléfono de que el móvil de Krim no había sido localizado en la última empresa de Bateaux-Mouches. Sin embargo, había tenido lugar una extraña escena que el teniente a cargo de la misión explicó minuciosamente al capitán: al llegar a las oficinas de las lanchas del Pont-Neuf, la joven recepcionista hizo varias llamadas y en un primer momento les anunció que no se había encontrado ningún móvil.

—Luego, sin embargo —prosiguió el teniente—, ha llegado un responsable y nos ha dicho que quería hablar con nosotros en privado. Ya en su pequeño despacho nos ha dicho que una norteamericana encontró el domingo por la tarde un móvil que había caído de un puente detrás de Notre-Dame...

—¿Has averiguado a qué hora por lo menos?

—Espere, jefe... Me ha dicho que la mujer entregó el móvil en la salida de los barcos, allí donde estábamos, al pie de la torre Eiffel, y que a última hora de la tarde fue a recogerlo una chica.

—¿Cómo? —gritó Tellier.

—Alguien de la casa. Según el responsable, se identificó como policía. Le he preguntado si sabía a qué servicio pertenecía, pero me ha dicho que el logo POLICÍA le había bastado...

Boquiabierto, el capitán se tomó unos instantes antes de formular la pregunta de rigor:

—¿Y qué aspecto tenía esa misteriosa policía?

—Ah, sí —respondió el teniente, que no estaba en la SDAT desde hacía tiempo—, el responsable me ha dicho que era rara, con el cabello muy rubio y... espere, ¿qué ha dicho? Ah, sí, que calzaba botas de montar.

—¿Botas de montar? Menuda tontería...

Tellier fue a la celda de Krim y pidió al jugador de rugby y al excursionista que hicieran una pausa. Sorprendidos, le obedecieron.

—¿Qué sabes acerca de la jinete? —preguntó Tellier sin pensar.

—¿De quién? —preguntó Krim.

—Una amiga de Nazir que monta a caballo... ¿qué sabes de ella?

Krim hizo una mueca de incomprensión indudablemente sincera. Tellier cerró los ojos y dejó su mente en blanco. Al abrirlos, parecían más dulces, casi amistosos:

—Oye, chaval —prosiguió con una voz que casi se excusaba por romper el silencio—, la verdad es que resulta difícil creer tu versión.

Esa repentina amabilidad hizo que se formaran lágrimas en los ojos de Krim. Frunció el ceño al máximo para que no le brotaran.

—¡Ponte en mi lugar, Krim! Lanzaste el móvil a un Bateau-Mouche y no lo encontramos...

Prosiguió su enumeración, sin demasiadas esperanzas.

—Piensa. Estabas en Saint-Étienne, tu primo te compró un arma, te entrenaste disparando durante semanas y, el día de las elecciones, te dio un billete de tren para que fueras a París, ¿y en ningún momento te planteaste que pudiera ser para asesinar a Chaouch? No quiero ser malo, pero ahí al lado dicen: ese muchacho es un gran actor o un perfecto gilipollas.

La idea de que pudiera ser un perfecto gilipollas disipó la emoción del corazón de Krim. Ofendido, se encogió de hombros y suspiró:

—Pfff...

—¿Por qué no dices la verdad? Que todo el mundo estaba involucrado en el golpe, toda tu familia. Tus primos, tus tías, tu madre... ¿Cómo no vieron nada? Y simplemente, ¿cómo dejaron que te marcharas? ¿Por qué viniste a París, francamente? Lo sabías, ¿verdad?

Krim negó con un movimiento de la cabeza fatigado, pero aún no resignado. Creía que podría convencerlos. Ahora no, por supuesto, pero sí en cuanto hubiera recobrado parte de sus fuerzas. De momento no pasaban ni diez segundos sin que sintiera dolor en un lugar u otro. En las manos, las rodillas, la cadera, la boca, la cabeza. Su cuerpo era solo el hilo conductor del dolor, un dolor anónimo que se había instalado dentro de él y que ocupaba todo el espacio, lo rompía todo y sin previo aviso.

—Ya le he dicho, el tío pelirrojo...

—Pero si ni siquiera nos has dicho su nombre... ¿Y qué hiciste antes de ir a verle? Hay un vacío en tu historia...

Antes de ir, Krim había visto a Aurélie, pero de eso no les hablaría nunca. No conseguía recordar la voz de su madre, pero de repente se acordaba, con una precisión que le quemaba los pulmones, de la boca de Aurélie, cuya pulpa y frescor se concentraban en aquel pequeño triángulo que formaba una proa en su labio superior, y lo hubiera dado todo por poderlo rozar con el dedo o la lengua.

En un momento de irreprimible exaltación, Krim se atrevió a preguntar al capitán, que parecía de buen humor y, por contraste con sus bárbaros colegas, mejor dispuesto hacia él:

—¿Cómo se llama ese pequeño triángulo en la punta del labio, ahí?

El policía salió de su ensimismamiento y miró a su teniente, que, cruzado de brazos, sonreía mirando al techo.

—¡El capullo se está riendo de mí! ¿Será posible, coño? ¡Se está riendo de mí!

Tellier alzó la cabeza y se pasó el dedo por su labio leporino. Sin embargo, antes de que el jugador de rugby y el excursionista abrieran la puerta de la sala de interrogatorios, le dio la respuesta:

—El arco de Cupido.

6

Seguramente, a Tristan Putéoli lo que más le interesaba de Aurélie no era su arco de Cupido. Tampoco le gustaban sus hombros y brazos de nadadora, que, según él, reducían, aunque solo fuera una ilusión óptica, el tamaño de sus tetas. De todas formas, desde el atentado ella no quería saber nada de él y apenas le miraba.

Tristan fue a esperarla a la salida de la piscina Joséphine Baker a última hora de la mañana. Había traído un segundo casco para acompañarla a casa en moto, pero Aurélie, al verle, giró en dirección opuesta y se negó a dirigirle la palabra. Hasta que Tristan, en cuyos ojos brillaba la crueldad, halló la manera de captar su atención y de detener el furioso movimiento de su bella cabeza con el cabello mojado:

—¿Sabes que no podré evitar mucho tiempo que hablen? ¿Eres consciente? Si no decimos nada somos cómplices, y mi padre me matará...

Aurélie, que había seguido andando, se detuvo. Sus ojos enrojecidos por el cloro contemplaban el surrealista rectángulo de la piscina suspendida sobre el Sena, tan próxima a la superficie que parecía flotar en el río.

—Joder, no hagas eso, Tristan. Dame un poco de tiempo.

—¿Y qué me darás a cambio?

Aurélie no respondió, pero fulminó al adolescente con la mirada.

—Oye, Aurélie, esta tontería no va a durar mucho y, además, ¿qué importa? Da igual si lo decimos ahora o la semana próxima: estuvimos con el tipo que ha matado a Chaouch justo antes de que lo hiciera. No podemos ocultarlo, ¡es una estupidez! Peor aún, ¡es un suicidio!

—En primer lugar, Chaouch no está muerto —se irritó Aurélie—, y claro que importa, porque con un poco de tiempo quizá podré hablar con mi padre. Piensa que como descubran que está investigando a Krim, cuando Krim está liado conmigo...

—¡Ja! ¡Y una mierda, va a estar liado contigo!

—Si lo descubren —prosiguió Aurélie cerrando los ojos para no darle un bofetón—, seguramente dirán que mi padre no es imparcial y que...

—¿Y qué? ¿Estás loca? ¿Qué crees que va a pasar? ¿Que llegarás a un acuerdo con tu padre para que saque a Krim de la cárcel? ¿Eso pretendes? Estás loca, tía, y no sé qué le ves a ese morito... En realidad, te gustan los chorizos. ¿Sueñas que una pandilla de negros te violan en grupo?

Aurélie tomó el casco de las manos de Tristan y este temió que fuera a partirle la cabeza con él. Pero Aurélie se limitó a ponérselo en su propia cabeza.

—¿Sabes por qué nunca saldré contigo, Tristan?

—Porque estás enamorada de mí.

—Porque eres un *douchebag*. Inventaron esa palabra expresamente para ti, so gilipollas.

—¿Quién te ha dicho que quiero salir contigo? Me bastaría...

El de Neuilly se echó a reír y llevó a Aurélie, a petición suya, a la Isla de la Cité, frente a las rejas del Palacio de Justicia, cuyas puntas doradas brillaban bajo el sol resplandeciente de ese día de primavera.

—Y ahora lárgate —dijo Aurélie devolviéndole el casco—. Y si quieres tener una mínima posibilidad de poder decirle a todo el mundo que te has acostado conmigo, más te vale que convenzas a los cretinos de tus colegas para que mantengan la boca cerrada. ¿De acuerdo?

Tristan sonrió y respondió:

—*Deal*.

Y empujó su moto hacia Saint-Michel, zigzagueando de excitación al pensar en la posibilidad de echarle un polvo a Aurélie en un futuro próximo.

Aurélie enredó aún más su cabello despeinado para hablar con los policías que vigilaban la entrada de visitantes. Puso su mohín de gatita más irresistible y logró que la condujeran al último piso del Palacio, a las puertas de la galería Saint-Éloi, a la que no se podía acceder sin reconocimiento digital. Aurélie esperó en un banco desvencijado a que su padre saliera de su despacho. No había dormido en casa la víspera y hacia la una de la madrugada Aurélie había oído a su madre tocar unas notas con sordina en el piano de cola del salón, antes de hacer sonar violentamente un acorde cuya desesperación atravesó las paredes hasta el otro extremo del apartamento, donde se hallaba su dormitorio.

Su padre juez abrió la puerta; iba en mangas de camisa, con las manos a la espalda y las axilas, con unos redondeles de sudor, inclinadas hacia delante.

—¿Cuál es el motivo de esta inesperada visita? Nada grave, espero.

Aurélie se levantó y solo tuvo unos segundos para calibrar el humor de su padre y las posibilidades que tenía de enternecerle. Desgraciadamente, una mujer embarazada abrió la puerta y, sin mirar siquiera a Aurélie, palmeó el codo del juez para indicarle que se apresurara.

—Papá, es...

Pero «papá» solo tenía en su cabeza los asuntos en curso. Aurélie lo advirtió porque no le preguntó por su silencio.

—Déjalo, no te preocupes, ya hablaremos esta noche. ¿A qué hora volverás?

—Tarde, pero vendré a verte a tu habitación —añadió el juez, dándole un beso en la frente a su hija.

—¿Esta noche has dormido en casa?

—No, he echado una cabezada en el despacho.

—Bueno. Por cierto, no se dice «vendré a verte» —le corrigió Aurélie, traviesa—, sino «iré a verte». Eso creo, por lo menos. Así que te dejo que trabajes...

Sin embargo, lo que Aurélie no vio mientras bajaba las escaleras a grandes zancadas fue que su padre permaneció más de medio minuto ante la puerta de seguridad de la galería de Saint-Éloi, presa de una extraña intuición, tan extraña que ni siquiera se atrevía a formulársela en el secreto de su mente.

7

La mujer embarazada que casi había tirado a Wagner de la manga era Alice, su secretaria judicial. El juez no podía prescindir de ella, de su rostro claro con unos largos ojos verde oliva siempre de buen humor que le ofrecía un inesperado contrapunto a la violenta monotonía de sus casos. A sus treinta y nueve años, Alice esperaba su segundo hijo, de un hombre al que Wagner no había conocido y del que no hablaban nunca. A veces, cuando Paola se ponía belicosa, el juez envidiaba a ese marido desconocido.

Alice no solo tenía una cara bonita a la moda: tenía también una cintura estrecha y brazos delgados, que seguían siéndolo a pesar del embarazo. Era, a decir verdad, menos elegante que enérgica, y a veces hasta la torpeza, pero era una de esas torpezas «irresistibles» que por un instante les proporcionan a esas ingenuas un mohín infantil. El ateísmo un poco de mayo del 68 del juez le hacía sospechar que había algo raro en el buen humor de su secretaria judicial, algo católico, como si se tratara de una especie de «júbilo», en resumidas cuentas, moralmente premeditado, fruto de un coaching ideológico. Prefería, para aprobarlos sin reserva, que los estallidos de alegría de sus allegados fueran espontáneos y perfectamente gratuitos.

Por supuesto, Alice no era una allegada y la alegría no era precisamente el pan de cada día en la galería Saint-Éloi. Y el juez pudo comprobarlo al hallarse de nuevo en la efervescencia de la sección: el joven juez Poussin, nombrado junto a él, acababa de regresar de las dependencias de la SDAT en Levallois, adonde habían sido trasladados Mouloud Benbaraka y Farès Aït Béchir para ser interrogados.

—B-B-Benbaraka no se desmoronará —tartamudeó Poussin—, pero el señor F-F-Farès lo ha confesado todo. Llevó a Nazir de París a Zurich en un c-c-coche con matrícula d-d-diplomática f-f-falsa, con lo que no tuvieron problema para cruzar la frontera. Al llegar a Zurich, Nazir fue entre comillas «a por la pasta al banco» p-p-para p-p-pagarle a Benbaraka. Sin embargo, los policías suizos los detuvieron y encontraron una maleta vacía y una P-P-Parabellum 9 mm en la guantera, con la inscripción SRAF grabada. Lo más importante, sin embargo, es que ha acabado confesándolo todo: Nazir le citó, si las cosas salían mal, en Hamburgo. De nuevo, B-B-Benbaraka no confirma nada. Tenemos la dirección y ya hemos advertido a los servicios de la Cancillería para que nos pongan en contacto con los alemanes. Suerte que tenemos una orden de detención europea…

Dada su timidez enfermiza, era imposible creer a primera vista que Guillaume Poussin fuera juez de instrucción; y en cuanto hablaba no se comprendía cómo su carrera había sido tan rápida, hasta conducirle, a los treinta y ocho años, a la ambicionada sección antiterrorista. El joven juez era el único magistrado de esa parte del Palacio que tenía todo el cabello, y además negro y brillante. Era delgado; tenía una nariz grande y un gusto p-p-pronunciado por los cuellos de cisne y las americanas con coderas.

—Creo que habrá que mandar a Mansourd —respondió Wagner—. Hay que pedir a los alemanes que pongan a trabajar en el caso a sus servicios antiterroristas, no solo a la policía. No podemos permitirnos no dar con esa madriguera. ¿Qué sabemos por la dirección? ¿Se trata de una casa, de un hotel o qué?

—Es un museo —respondió Poussin y, sin consultar sus notas, añadió—: En el número 7 de Hermannsweg solo hay un museo.

—¿Un museo?

—Sí, parece ser un museo de m-m-muñecas. Se halla en un barrio un poco alejado del centro, con abundante p-p-población de origen turco.

Perplejo, el juez se dejó caer en su silla y se llevó la cabeza a las manos. La esperanza de detener a Nazir al día siguiente del atentado ocupaba todos sus pensamientos; era peligroso no resistirse a esas promesas de gloria, pero el cansancio comenzaba a enturbiarle las ideas.

—Guillaume, ¿podría ir a Saint-Étienne para encargarse de la detención de ese al que llaman Gros Momo y del registro en la agencia de seguridad privada que dirigía Nazir Nerrouche? Y también para supervisar que el SRPJ de Saint-Étienne no meta la pata en la investigación entre el vecindario…

—M-m-muy bien, saldré esta noche.

—También tiene que ocuparse de una denuncia presentada por Fouad Nerrouche, el hermano, la noche del sábado al domingo. Su anciano tío fue agredido, le dibujaron obscenidades y… —consultó el documento que le había enviado por fax el comisario de Saint-Étienne— una cruz gamada en el cráneo. De entrada, hay que evitar que la familia se tome la justicia por su mano, amenazándolos si fuera necesario. Y sobre todo hay que intentar descubrir qué relación tiene con nuestro caso…

—¿La fiscalía de Saint-Étienne ha recibido la denuncia?

—Sí, el sustituto ha abierto una investigación preliminar, pero le he pedido a Lamiel que inicie diligencias complementarias. Ya sé que son muchas cosas, pero…

Pero no tenía elección. El comandante Mansourd había sido designado coordinador de todos los servicios de policía en la caza de Nazir, y él, Wagner, coordinaba al coordinador y todas las instrucciones paralelas.

—¿Alice?

El juez iba a pedirle que redactara dos órdenes: una orden de detención para que la policía condujera a la «familia allegada» a su despacho y una orden de comparecencia que consistía en una simple citación; aún no sabía cuál de las dos opciones era preferible.

Alice, sin embargo, no contestaba y miraba fijamente la pantalla del ordenador.

—Señor juez —dijo con un hilo de voz—, tiene que ver esto…

Wagner, Poussin y la secretaria judicial de este último atravesaron el despacho hasta la mesa de Alice, que inclinó la pantalla de su portátil: la cuenta Dailymotion de la web de Avernus había colgado en primera página, como vídeo destacado, las imágenes robadas de la detención de la familia Nerrouche por la SDAT.

No había violencia y todo el mundo estaba tranquilo, pero nadie llevaba el rostro cubierto con una chaqueta –y con razón, dado que Wagner se había negado a que se avisara a la prensa–, ni siquiera los niños, y a los de Avernus.fr, con suficiente habilidad técnica para incrustar el nombre de su web en la parte inferior del vídeo, no se les había ocurrido pixelarles la cara o, más probablemente, habían «renunciado deliberadamente» a hacerlo, y la irrespetuosa cámara del smartphone enfocaba alegremente a las criaturas y las caras sin pasamontañas de los agentes de la SDAT.

El juez se puso hecho una furia.

Encendió el pequeño televisor disimulado en el armario de la caja fuerte en la que se apilaban los dossieres. Khaled Aribi, «abogado de los tribunales de París», concedía una entrevista a LCI en la que afirmaba haber sido designado por el joven Abdelkrim «y su familia», y se indignaba ante el tratamiento inhumano reservado por los «polis» antiterroristas a mujeres, ancianos y niños… «¡A los niños, incluso!», insistió frunciendo sus largas cejas de visir y abriendo como platos sus grandes ojos oscuros:

–Denuncio la campaña mediática que apenas ha comenzado, una campaña de linchamiento, ¡indigna del país que se enorgullece de ser la patria de los Derechos del Hombre! No sé quién es el juez que ha ordenado a esos brutos calzados con botas militares llevar a cabo una redada de mujeres y niños a las diez de la noche. ¡Sí! ¡Así es! ¡No hay que llevarse a engaño, porque se trata de una verdadera redada! Y le deseo a ese juez que duerma bien, porque yo en su lugar necesitaría un camión de pastillas para poder pegar ojo…

El juez no despegó los labios. Con la camisa desabotonada hasta el ombligo, el abogado Aribi se dejaba filmar desde todos los ángulos y encadenaba las provocaciones verbales con atrevimiento. E incluso a través de la pantalla se podía oler su perfume de quinientos euros.

–Apaguen eso –fue el único comentario del juez.

8

Instantes más tarde, seguía encolerizado escuchando lo que el capitán Tellier le contaba acerca de la detención de Krim. Ante el menor titubeo de su interlocutor, refrenaba su impaciencia con una profunda inspiración.

—En resumidas cuentas, la versión de Krim y la de su madre coinciden al respecto de Benbaraka... Sin embargo, señoría, hay algo más. Un corresponsal de France Bleu ha sido hallado en su domicilio amordazado y esposado a un radiador. Dice que ayer por la mañana le robaron su carnet de prensa y su material radiofónico.

—¿Ha descrito a los agresores?

—Al agresor, señoría, era un solo hombre. Pelirrojo. Que responde a la descripción que el muchacho nos ha dado del tipo que le ayudó a abrirse paso entre la multitud.

—Muy bien, capitán. ¿Han hallado huellas dactilares?

—Las tendremos mañana por la tarde, pero en principio por la mañana ya dispondremos de las cintas de videovigilancia de la plaza del Ayuntamiento de Grogny. El fiscal Lamiel cree que sería conveniente hacer un retrato robot y difundirlo a través de la prensa.

—Mmm... —vaciló Wagner—. Ya veremos eso del retrato robot. Emitiremos una orden de búsqueda con Lamiel. Le llamaré. Dígame, capitán, ¿quiere que reclame la intervención de la sección de búsquedas de la gendarmería para que le echen una mano?

El capitán pareció sorprendido ante la pregunta.

—Eh... No, ya hemos movilizado a tres grupos de investigación y el comandante podrá confirmarle que nos apañamos solos.

El juez asintió con un movimiento de la cabeza invisible para su interlocutor y colgó. Se disponía a llamar a Mansourd cuando oyó una voz familiar en el pasillo de la galería. Volvió la cabeza hacia Alice y esta alzó las cejas.

El juez Rotrou estaba de vuelta. De Pakistán, adonde había viajado con motivo de un caso ya antiguo y a regañadientes, debido a las insistentes peticiones de los familiares de las víctimas. El arqueo de las cejas de Alice significaba que debía de estar de un humor de perros por haberse perdido aquella agitación y sobre todo por no haber estado allí a tiempo para evitar que Wagner fuera designado por el primer presidente.

Llamó a la puerta y ni siquiera miró a Alice.

—Señoría —comenzó sin resuello—. Mis sinceras felicitaciones.

Era un hombre macizo, obeso, que llevaba tirantes y sudaba abundantemente. Se enjugaba sin cesar su enorme cráneo completamente desnudo, y se le reconocía —y parodiaba— por la particularidad de que siempre tenía la boca abierta, en invierno y en verano, una boca de labios abombados, casi negroides, muy rojos y deformados por un inamovible rictus de asco.

Wagner se levantó para saludar al Ogro. Al tenderle su manaza húmeda y rechoncha, Rotrou asió el codo de su colega con la otra mano, avanzó la boca hacia su oreja y, aprovechando que en esa posición Alice no podía oírle, murmuró con una voz exageradamente educada:

—Fracasarás; señor juez, abandona ahora mismo y pásame el caso antes de hacer el ridículo. Ya sabes que no tienes lo que hay que tener, «señoría»...

Wagner liberó su mano de la zarpa de Rotrou.

—Le agradezco su apoyo —dijo en voz alta—, pero, si nos disculpa, tanto la secretaria como yo estamos muy ocupados. Gracias, y... —no pudo contenerse— puede estar tranquilo, la investigación avanza a muy buen ritmo, no se lo puede imaginar...

Alice estaba habituada a asistir a muestras de animadversión en aquel despacho, pero las que se dedicaban los dos jueces parecían envueltas en algodón envenenado. Las bombas que se arrojaban eran bombas «sucias», radiactivas y mucho más malignas que los ataques de ira de los militantes corsos tras conocer su imputación, tratando a Wagner de *pinsut*, como llamaban a los del continente, y prometiéndole atentados con explosivos, degollaciones y otras lindezas. A Wagner esas cosas no parecían afectarle. Como tampoco pareció afectarle lo que acababa de suceder ante la mirada inquieta de su secretaria judicial.

Incluso retomó el trabajo con más ganas, como si el odio celoso del Ogro le hubiera revigorizado, como si en lugar de oír que deseaban su fracaso, acabara de tomarse dos tazas seguidas de café muy cargado.

Llamó a Mansourd:

—Comandante, ¿cuándo tendremos las cintas de videovigilancia del banco?

Se refería al banco suizo frente al cual Mouloud Benbaraka y Farès Aït Bechir habían sido detenidos: una peluquería en la que probablemente había entrado Nazir Nerrouche compartía un parking privado bajo videovigilancia.

—Me temo que será difícil —respondió el comandante—. En Francia los bancos se hacen de rogar, así que imagínese allí... Habría que hacer dos solicitudes y empezar por las cámaras del exterior, alrededor del banco. De todas formas, no tendremos las cintas hasta dentro de dos o tres días, o incluso más...

—Me ocuparé de ello de inmediato —respondió Wagner garabateando unas notas en una carpeta—. En cuanto a las detenciones, ya está. Se acabó. Le enviaré enseguida las citaciones.

Mansourd no ocultó su sorpresa:

—¿Señoría? Creía que habíamos convenido...

—No. He tomado una decisión. Ya hemos cursado las órdenes de telecomunicaciones y toda la familia está bajo escucha, y el domicilio de la madre de Nazir está lleno de micros... Averiguaremos mucho más vigilándolos así, se lo aseguro.

El comandante jugueteaba nerviosamente con el medallón de su cadena. Una hipótesis le devoraba las meninges: el juez se había cagado de miedo con el discurso del abogado y no quería aparecer como un monstruo.

—Señoría, si es por ese abogado, Aribi...

—Le escucho, comandante, dígame lo que piensa...

—Discúlpeme, señoría. Usted dirige la investigación y debe hacer lo que crea más oportuno.

Wagner ya no escribía frases sino unas líneas ilegibles. Dejó el bolígrafo.

—Le explicaré una historia, comandante. Un día, al inicio de mi carrera, un gran magistrado me dijo una frase que nunca olvidaré. Yo era juez de instrucción en mi Lorena natal y me ocupé del caso de una madre que había sido violada y de la que se sospechaba que había ahogado a su bebé. Al no haber podido abortar, cuando nació el bebé lo mató. Una madre infanticida. Durante el interrogatorio, en su primera comparecencia, adoptó una actitud pasiva, con la mirada extraviada, y no se podía sacar nada de ella. La inculpé, como se decía entonces, y firmé la orden de encarcelamiento. Se suicidó al segundo día de detención.

—Señoría...

—Déjeme acabar, comandante. Evidentemente, me sentí muy mal y tuve la impresión de que mis preguntas no habían estado a la altura de la situación. Fui a ver al presidente del Tribunal, que luego se convertiría en un famoso magistrado de París, y me pidió que verificara que todo fuera escrupulosamente legal, que no faltara ninguna firma del secretario judicial y que mi actuación fuera jurídicamente irreprochable. Le dije: «No he venido a verle por eso». Me miró y, con una sonrisa, me dijo: «¿Ah, eso? Sepa que el ejercicio de este oficio siempre comporta algún estropicio». El ejercicio de este oficio siempre comporta algún estropicio...

—Sí, señoría, pero…

—Comandante, no voy a encarcelar preventivamente a una familia entera porque a la prensa, a la fiscalía o al papa les apetezca tenerlos en prisión. Y si cree que el grotesco discurso de ese abogado ha influido en mi decisión, no puedo hacerle nada. ¿Ha recibido las citaciones?

El comandante las tenía ante sus ojos.

—Sí, señoría. Iré ahora mismo a reunirme con el equipo de Hamburgo.

—Recibirá la comisión rogatoria internacional dentro de una hora. Cuento con usted para atraparlo, comandante. Espere —se le ocurrió de repente—, me olvidaba: ¿ya tiene el móvil?

—Tenemos un pequeño problema porque alguien lo ha reclamado antes que nosotros, aparentemente alguien de la casa, pero se lo explicaré más tarde. No es tan urgente como la captura de ese loco…

El juez asintió, colgó y sintió sobre su perfil la admirativa mirada de Alice. Fingió no haberla advertido y le pidió que le trajera una taza de café.

VI

UN FANTASMA RECORRE EUROPA

1

En la place Léon Blum, en el distrito XI, había una *brasserie* en la que los oficiales de la policía judicial se sentían como en casa. Le Vidocq estaba dividido en dos: una terraza para los quídams y una amplia sala al fondo del establecimiento en la que se oía a los capitanes de policía contar sus hazañas devorando un solomillo. Una regla tácita prohibía comer allí a los rústicos de la BAC e incluso a los suboficiales. Allí se rodeaban de sus pares e incluso había carreras que se decidían en torno a una botella de pouilly-fuissé, y cuando aquel mediodía la escultural silueta de la comandante Valérie Simonetti apareció frente a la barra de zinc, los investigadores que ocupaban una mesa se levantaron ostensiblemente y salieron, quedándose voluntariamente sin postre, para mostrar a la que no había sabido proteger a Chaouch que se había convertido en persona non grata.

Valérie se volvió para mirarlos: el más joven no pudo ignorarla y le dirigió una mirada de disculpa a la que la comandante respondió con un benevolente guiño prolongado de sus hermosos ojos azules. Había quedado con el comisario Thomas Maheut, uno de sus pocos amigos policías de los que podía estar segura de que nunca la dejaría de lado. No estaba ni en la sala ni en la terraza, así que pidió un oporto blanco y se quedó en la barra.

Vestía un pantalón negro muy ajustado a la altura de sus poderosos muslos y una chaqueta ligera encima de una camiseta de tirantes blanca. Thomas se retrasó cinco minutos. Tuvo que ponerse ligeramente de puntillas para darle un beso a la Valquiria, un apodo cuya autoría reivindicaba a menudo.

—¿Seguro que no te importa que te vean conmigo?

Thomas se quedó de piedra, escandalizado.

—¿Te han hecho algún comentario? Como alguien diga algo, me lo cargo…

Sin uniforme, el joven comisario Maheut, de treinta y cinco años, se parecía cada vez más a los delincuentes a los que perseguía a lo largo del día. Vestía polos sin marca visible y se afeitaba dos veces al día, pero, con el tiempo, su higienismo ligeramente marcial ya no bastaba para tranquilizar, y su mirada dura, el mentón desafiante y su pesado y receloso labio inferior le conferían el aspecto de uno de esos tipos turbios al lado de los cuales uno evita sentarse en los transportes públicos. Tenía la nariz rota, la piel áspera y el cabello claro y crespado.

Les dieron una mesa para dos. Como por casualidad, la mesa de al lado no quiso tomar café y fueron a pagar la cuenta en la barra.

—Esos gilipollas no te llegan ni a la suela del zapato. Joder, no sé qué me retiene…

Valérie apreciaba mucho a Thomas. Él intentaba ligársela desde que se conocieron y solo había logrado acostarse tres veces con ella, unas aventuras sin futuro, unas experiencias casi pugilísticas con una mujer fuera de lo común, y más aún en el aterciopelado entorno en el que ahora se movía el comisario.

Thomas era el orgullo de su familia, surgida de lo que aún llamaba, con cierta amargura, la «Francia de a pie». Se había hecho policía para no pasarse la vida detrás de la cinta transportadora de una fábrica. Cursó unos brillantes estudios de derecho, fue el comisario más joven de Francia y a los treinta y cinco años ya era responsable de la Dirección de Orden Público y Tráfico gracias a la confianza casi filial que le concedía su mentor, el prefecto de policía Dieuleveult. Para no convertirse en uno de esos engreídos que le rodeaban, exageraba su habla popular en público y decía «mierda» y «joder», pero se estaba volviendo más sofisticado y prefería «me cago en la mar» a «me cago en la mierda».

No perdieron tiempo: la conversación se centró en Chaouch cuando Valérie solo había bebido la mitad de su oporto. Para Thomas no cabía la menor duda: el atentado era obra de un «lobo solitario».

—Hay que ver cómo son esos chavales. Unos chiflados, te lo juro. Mierda, ¡están completamente locos, como cabras! Tenía que ocurrir un día u otro.

Valérie consultó su reloj, cuya esfera colocaba al otro lado, en el del pulso.

—Qué te apuestas a que saldrán en la tele un montón de capullos diciendo que la culpa es de la sociedad o cualquier otra chorrada. Joder, ¿qué más quieren? Un chorizo le dispara a un político el día de las elecciones y aún tendremos que escuchar a… a…

La múltiple selección de los insultos con los que soñaba ahogar a esos intelectuales imaginarios le aturdió hasta el extremo de que se contentó con un suspiro. Hizo una señal al camarero para que le sirviera algo de beber.

—¿Qué pasa? —murmuró evitando la mirada de Valérie, que a menudo se comportaba con él como si fuera su hermana mayor—. Es solo para entonarme. Con los días que nos esperan, será mejor cuidarnos, ¿verdad?

Más sereno después del primer trago, el joven comisario prosiguió:

—Dime, el cabrón que ha disparado, ¿de qué es? ¿De Al Qaeda? Seguro que saldréis con grandes teorías…

—No, en absoluto —respondió amablemente Valérie—, además la investigación está en manos de antiterrorismo, la SDAT de Mansourd. Yo sé poco más que tú, solo que en la DCRI van a rodar muchas cabezas. Hay algo chungo con Boulimier… Pero el chaval no ha podido hacerlo solo y su primo tampoco. Es increíble que los estuvieran vigilando todo el tiempo y que no se haya podido intervenir… Es verdaderamente… increíble.

Se quitó la chaqueta y atrajo algunas miradas hacia sus fuertes brazos desnudos. Un ligero vello rubio los cubría. Al menor movimiento de sus muñecas sobresalían sus bíceps de atleta, bellamente divididos por una vena que parecía más azul en su piel rubia. Thomas alzó las cejas y espantó los recuerdos de su último combate nocturno, mucho antes de que Chaouch la eligiera para dirigir su seguridad.

—Habrás visto que han nombrado a un juez para demostrar que se trata de una investigación independiente —dijo Thomas—. ¿Adivinas quién es?

—¿Henri Wagner?

—En persona.

—Mira tú —comentó Valérie consultando de nuevo su reloj—, y yo que creía que estaba acabado desde las amenazas de los corsos… ¿Cómo puede ser que se encuentre al frente del caso del siglo?

—Cosas de la política —apuntó el comisario—. Cambio de fiscal la víspera de las elecciones, cuando todo el mundo apostaba por la victoria de Chaouch y la llegada de la izquierda al poder... Y no sabemos qué intrigas de palacio habrá...

Sonó su teléfono.

—Hablando de intrigas de palacio...

Se levantó al descolgar y se dirigió a la terraza. Valérie vio que su rostro se endurecía detrás del cristal de la *brasserie*. Al regresar, le preguntó:

—¿Era el gran jefe?

—Tengo que irme. ¡Joder, lo siento!

La comandante insistió en pagar. Thomas no podía esperar a que el camarero se marchara y regresara de nuevo con el datáfono. Aceptó la invitación y abandonó la sala llena a rebosar. En la terraza, sin embargo, se volvió intuitivamente y vio a Valérie aparentando indiferencia ante las elocuentes miradas de la jauría.

2

Precedido por un motorista de la Prefectura de Policía, un coche con los cristales ahumados estacionó en doble fila delante del comisario Maheut. El vidrio trasero bajó automáticamente: una mano lívida que sobresalía de la manga de un traje antracita se plegó sobre sí misma para ordenar al comisario que entrara en el vehículo. Al reconocer el coche y el minimalismo del prefecto de policía, Maheut obedeció y se sentó en el asiento tapizado con muletón. Al chófer se le indicó que esperara fuera del coche y, sin volverse ni un instante hacia su «invitado», Dieuleveult comenzó hojeando una carpeta llena de notas manuscritas:

—Anoche vi a la ministra del Interior y no le ocultaré que la situación es grave. Gravísima, incluso. Si uno se detiene a pensarlo, estamos ante el hundimiento de la más importante civilización del mundo en una violencia digna de país subdesarrollado. Verdaderamente, parece que estemos en Argelia en los años ochenta. Se acuerda de Boudiaf, ¿verdad, comisario?

Esa pregunta no requería respuesta y, además, el prefecto de policía seguía sin mirar a su interlocutor.

—Si quiere saber lo que pienso, a esto nos ha llevado invitar a todo el mundo al banquete. Dos generaciones más tarde, se reproducen los viejos esquemas de la calle árabe... Es mi opinión y no le incumbe a nadie más. Los informes de los servicios de inteligencia indican que hay bandas conspirando para venir a París a armar jaleo. Confío en usted y los próximos días le quiero en primera línea. Quiero un informe cada hora y que se refuercen los controles en los RER y a las puertas de París.

—De acuerdo, señor.

—En cuanto a las manifestaciones, es muy sencillo: no quiero ninguna. Ni manifestaciones pacíficas, ni de apoyo. Nada de nada. No quiero ningún movimiento de multitudes en París hasta que la situación haya vuelto al orden. Ya he hecho prohibir una especie de concierto en favor de Chaouch, y no habrá excepciones. Sé que hay quienes lo aprovecharían para...

El comisario Maheut sintió que Dieuleveult se disponía a cambiar de tema. El prefecto de policía miraba una nota frunciendo el ceño, con tanta aplicación que incluso parecía fingir que se concentraba. Cerró la carpeta con un golpe seco y volvió finalmente hacia Maheut su mirada tan neutra y plana que todo su rostro acababa adquiriendo el aspecto de un mar muerto.

—Thomas, sé que conoce la delicada situación en la que nos hallamos con respecto a la place Beauvau. La ministra del Interior me detesta. No sabe hasta qué punto me detesta. No puedo permitirme ningún tropiezo, así como tampoco se los perdonaré a los hombres que se hallan a mis órdenes...

Maheut movía los músculos de sus labios para disimular su apuro. El prefecto de policía cerró los ojos e hizo una extraña mueca en la que una de sus fosas nasales triunfaba de repente sobre la otra. Maheut comprendió que se trataba de un intento de componer una expresión calurosa. Y ahora que caía en ello, jamás había visto sonreír al «cardenal» y ni siquiera había pensado que fuera algo que un hombre tan frío pudiera llevar a cabo.

—Merece usted algo mejor que el orden público y el tráfico, comisario. A su edad está bien pasar las noches frente a las pantallas de control, pero tiene que pensar en el día de mañana...

«Ya está», se dijo el joven comisario.

—Tengo grandes proyectos para usted, Thomas. Y muchas esperanzas. Un día, si todo va bien, quizá se hallará usted en mi lugar. Voy a confiarle una misión que no podría confiarle a ninguno de mis colaboradores más allegados. Sin embargo, tiene que garantizarme su apoyo inquebrantable y una discreción absoluta, realmente ab-so-lu-ta.

El comisario no supo qué responder. Sintió que su cabeza pesada se inclinaba hacia delante. Su cuello descubierto por la ausencia de corbata le daba la impresión de que todo su cuerpo estuviera desnudo.

–En la guerra hay dos enemigos: el bando contrario y, sobre todo, uno mismo. La misión que voy a confiarle está directamente relacionada con ese enemigo interior... el apropiadamente denominado enemigo del Interior, si entiende a qué me refiero.

–Sí, señor –respondió Thomas apoyando las palmas de las manos sobre sus rodillas.

–Naturalmente, esa misión se halla fuera de sus prerrogativas habituales y no le daré los detalles de inmediato. Volveremos a vernos en los próximos días, en función de los acontecimientos y de los movimientos en la place Beauvau. Digamos, para ir haciendo boca, que se trataría de... cómo explicarlo... imagínese un edificio podrido que solo se mantuviera en pie gracias a unos cimientos anormalmente sólidos. ¿Me sigue?

–Lo... intento...

–Imagínese una cabaña de madera podrida construida sobre pilares de hormigón: su trabajo consistirá en minar esos pilares, por así decirlo. Y mostrar así la podredumbre. Estoy convencido de que llevará a cabo una excelente labor –concluyó, sibilino, antes de dirigir al hombro de su comisario de estado mayor una mirada con la que le despedía más eficazmente que si lo hubiera hecho con los dedos de su inmaculada mano.

3

Mansourd ya se había marchado cuando Fouad, Rabia y Dounia fueron liberados. Les devolvieron los móviles, les entregaron las citaciones y les explicaron que debían comparecer al día siguiente, martes, a las dos en punto, en el despacho del juez Wagner, en la galería Saint-Éloi del Palacio de Justicia de París. Las dos hermanas escucharon sin reaccionar; se hallaban en un estado de profundo estupor, sus gestos eran maquinales y sus ojos estaban velados por la fatiga y la tristeza.

Fouad, por el contrario, estaba concentrado, tenso, tieso como la I de «Injusticia».

Cuando Rabia y Dounia se hallaron efectivamente libres, sin trabas bajo el sol aplastante de primera hora de la tarde, se lanzaron una en brazos de la otra y se echaron a llorar. Encendieron sus teléfonos, esperando encontrarse con decenas de llamadas perdidas de la familia. Y, por el contrario, todas las perdidas eran de números desconocidos u ocultos. Escucharon los primeros mensajes: eran periodistas de televisiones, diarios y radios, a menudo mujeres con voces atractivas y en un tono de complicidad, a veces con unos marcados acentos extranjeros...

Fouad no esperó ni un instante y llamó a Jasmine, pero al cabo de tres nuevos intentos, y otros tantos mensajes, le pareció evidente que la chica no podía responder. Debía de estar vigilada. Tenía que dirigirse a ella de otra manera.

Marcó el número del abogado Szafran. Le respondió una voz femenina, que le pasó al abogado. Fouad le explicó la situación: eran inocentes, su hermano Nazir era el único culpable y el juez de instrucción les había citado al día siguiente a las dos. Szafran le escuchó atentamente, lápiz en mano, y dijo que le parecía necesario que se vieran a la mañana siguiente para preparar la comparecencia ante el juez. Estaría presente en la comparecencia y, a la vista de la orden que había firmado Wagner, tenía motivos para creer que no desembocaría en una imputación.

—¿Conoce al juez? —le preguntó Fouad.

—Sí, es el único juez íntegro de esa sección, tan independiente como es posible. No se lo tome a mal, pero dentro de la desgracia le diré que han tenido suerte...

Tenía una intimidante y estentórea voz, a la vez profunda y clara, y una impecable elocución aderezada con el viejo acento de la alta burguesía intelectual, con una pomposa dicción que le hacía alargar majestuosamente las «a» y reforzar las consonantes: «inconnnmmmensuraaable...».

—A pesar de todo, no bajemos la guardia —prosiguió Szafran—, y no se fíe de los periodistas, señor Nerrouche. No conceda ninguna entrevista. Enciérrese a cal y canto en algún lugar seguro hasta mañana y, si me permite un último consejo, es preferible que se desplace a la capital en coche en lugar de en tren.

Al colgar, Fouad se sentía más tranquilo; a pesar de la perspectiva de tener que presentarse ante el juez, a pesar de la sensación de haberse convertido en un criminal de la noche a la mañana, la voz grandiosa de ese barítono bajo le inspiraba fe.

Sin embargo, pensar en esa buena noticia que aún no se había hecho realidad no podía alegrarle duraderamente. Cuando el tiovivo de conjeturas y esperanzas dejaba de dar vueltas, quedaba ahí, detenido para siempre en la retina de millones de personas, un hecho tozudo, desesperadamente obstinado: su primo de dieciocho años había intentado asesinar al candidato a las presidenciales del Partido Socialista, aquel al que Francia acababa de elegir con una generosa mayoría de votos y, sobre todo, aquel al que Fouad había considerado un día, ante testigos, como su futuro suegro.

La vergüenza le consumía al rememorar la escena.

—Acabo de hablar con… el abogado —dijo a su madre, que acariciaba la desconsolada cabeza de Rabia.

Había renunciado a decir «nuestro abogado», como si solo los criminales necesitaran abogados, y como si hablar de «su» abogado constituyera un primer reconocimiento de culpabilidad.

—¿Y qué dice?

—Mamá, no les has dicho nada a los investigadores, ¿verdad? ¿Has firmado algo?

—Claro que sí, la declaración.

—¿Y qué les has dicho?

—Pues nada —mintió Dounia—. ¿Qué iba a decirles?

—¿Te das cuenta de que pueden tomar cualquier cosa que hayas dicho y darle la vuelta?

—Claro que lo sé, Fouad. Oye, hay un problema. Slim y Luna se han ido de casa de la abuela. Parece que ha habido una discusión cuando ha vuelto todo el mundo y no han querido quedarse.

—¿Qué me dices? ¿Y dónde están? ¿Mamá? ¿Dónde están?

—En casa, no pasa nada. Slim tenía las llaves.

Fouad meneó la cabeza y aprovechó que Rabia hablaba por teléfono con Luna para decirle a su madre:

—Iremos al piso de Rabia a por sus cosas y la instalaremos en casa, ¿de acuerdo?

Dounia asintió y los tres se dirigieron a pie al barrio de Rabia. Con las manos en los bolsillos, Fouad ensayaba para sus adentros lo que le diría a Jasmine cuando pudiera hablar con ella por teléfono. Absorto en sus pensamientos, no advirtió las miradas de los transeúntes que les reconocían. Yaël le envió un SMS preguntando si podía llamarle. La llamó él.

—Hemos estado detenidos toda la noche, Yaël, aún no he visto la tele, ¿cómo...?

—Tenemos un problema, Fouad —le cortó Yaël, y prosiguió en un tono preocupado—: Creo que será mejor que nos veamos y lo hablemos...

—Iré a París mañana, ¿qué pasa? Tengo que ver primero a Szafran y luego al juez, a las dos. ¿Qué pasa, Yaël?

—Oye, tienes otras cosas de que ocuparte, ya hablaremos de ello en otro momento. ¿Te ha gustado, Szafran? ¿Parece bueno? ¿Qué opina de la situación?

Fouad no tenía ganas de hablar, así que fue muy sucinto con Yaël y colgó en cuanto apareció en su campo de visión el inicio de la rue de l'Éternité, que atravesaba una de las colinas de la ciudad de un extremo a otro. El edificio de Rabia se hallaba antes de que la pendiente se hiciera realmente cuesta arriba. Fouad vio de repente una furgoneta coronada por una antena tomar la calle a toda velocidad. Detuvo a su madre con un gesto de la mano.

Donde arrancaba la cuesta se había reunido un gentío inusual. Los mirones invadían la calzada y a los vehículos ajenos a aquel jaleo les resultaba muy difícil circular sin hacer sonar el claxon y proferir insultos. A lo largo de cincuenta metros, una quincena de furgonetas con antenas se hallaban de guardia frente al edificio de Rabia. Estaban todas las cadenas de televisión: France Télévisions, TF1, LCI, i-Télé, BFM-TV, y también las grandes radios nacionales, además de algunos vehículos de medios extranjeros. Parecía la caravana del Tour de Francia. Los periodistas habían invadido las dos aceras y parte de la calzada y encadenaban las conexiones en directo en las que los cámaras repetían el mismo travelling desde la cabeza del corresponsal con el micrófono hasta la tercera planta de Rabia, en la que las persianas estaban cerradas. Unos gendarmes plantados frente a la entrada del edificio comprobaban la documentación de los vecinos e impedían el paso a los periodistas.

Ante aquel espectáculo, Fouad consideró que sería preferible ir a por las cosas de Rabia más tarde. Tuvo que tirar de la mano de su tía para que les siguiera: se había quedado boquiabierta ante aquella surrealista situación. Era un sentimiento que nunca antes había experimentado: hallarse encerrada afuera.

De repente le entraron ganas de ir a hablar con los periodistas y decirles que no era culpa de Krim, que le habían manipulado, explicarles su detención, cómo se había visto obligada durante toda la noche a responder preguntas a pesar de que a los policías no les importaban sus respuestas; gritarles que le habían robado a su hijo, que no podría verle esa noche, entrar discretamente en su dormitorio para apagarle la playlist de música clásica con la que se había dormido y darle un beso en la frente, que significaba que le perdonaba los porros, las entrevistas en la oficina de empleo a las que no se había presentado, los pequeños robos y el resto de las cosas que aún no sabía, que se lo perdonaba todo porque era su madre y es propio de las madres perdonar a sus hijos, como es propio de las lobas proteger a su camada, aunque sea a costa de su vida.

—Que se me lleven a mí en lugar de a él —murmuró entre sollozos—, no se lo llevarán a la cárcel, no dejaré que se lleven a mi hijo a la cárcel... Por mi vida que no dejaré que me roben a mi hijo...

Estaba a punto de echar a correr hacia la primera furgoneta con antena, a punto de gritar su desesperación de loba. Y lo hubiera hecho de no haber sido por la mano de Fouad, que le asió firmemente su temblorosa muñeca.

—¿Qué hemos hecho, Dios? —preguntó a su sobrino con una voz desgarrada por la pena—. ¿Qué hemos hecho para merecer esto?

4

—No dices más que tonterías —decidió el teniente jugador de rugby después de pulsar durante dos minutos, con la punta de su índice rechoncho, la tecla «Esc» del teclado—. ¡Eh, tú! ¿Me oyes? Te digo que no nos estás diciendo más que tonterías y estoy empezando a cabrearme. Empecemos: llegas a París hacia las nueve y media, vas a ver a Nazir, no te atreves a entrar, te largas y te paseas por la calle, y luego regresas, Nazir ya no está allí y en su lugar te encuentras con un tío pelirrojo con perilla que te da una arma y te dice que le dispares a Chaouch porque de lo contrario un tipo en la otra punta del país asesinará a tu madre. Aunque tu historia parece un cuento de hadas, démosla por buena. Pero ¿qué coño hiciste antes de volver al piso del pelirrojo?

—No lo sé.

—Deja ya de reírte de nosotros. ¿Qué hiciste todo ese rato?

El jugador de rugby se puso en pie, dio la vuelta a la habitación y golpeó cada vez con más fuerza la puerta.

Una voz al otro lado de la puerta preguntó qué ocurría. El jugador de rugby respondió:

—Nada, no pasa nada.

Krim quiso volverse en su taburete para saber qué tramaba su torturador, pero antes de esbozar siquiera el movimiento se halló en el suelo. Con una violenta patada, el jugador de rugby había proyectado el taburete contra la pared. Krim se levantó y apretó los puños. El jugador de rugby le sacaba dos cabezas, colocó su rostro impertérrito frente al de Krim y dijo con voz siniestra:

—¡Venga! ¡Pégame! ¿A qué esperas, maricón? ¡Adelante! ¡A ver si tienes huevos! ¡Venga, pégame, si eres hombre!

Krim retrocedió un paso. De las profundidades de su conciencia surgió un rostro: el de su hermana, esa pobre Luna que le desafiaba sin cesar y siempre en broma. Se preguntó qué estaría haciendo ahora. Por mucho que echara mano de todas sus facultades mentales, no lograba evocar ningún escenario posible para la inmensa tristeza que debía de haberse apoderado de ella al descubrir que su hermano mayor había asesinado al presidente. Sobre todo porque Chaouch le parecía irresistible a Luna. En cuanto su madre gritaba que salía por la tele, Luna saltaba de la cama y volaba hasta el televisor. Chaouch era el nombre del único fenómeno exterior capaz de sacarla de una conversación por Skype.

—No lo sabía —dijo tímidamente Krim, casi para sus adentros—, no sabía que iba a dispararle a Chaouch. Me dijo que tenía que entrenarme disparando y creía... no sé qué creía...

El jugador de rugby se colocó de nuevo frente al teclado, pero no escribió nada. Con un movimiento de la barbilla, indicó a Krim que se sentara y continuara. Krim recogió el taburete y explicó que había pasado horas disparando contra latas, sin mencionar en ningún momento a Gros Momo. Cuando calló, el jugador de rugby le dirigió una mirada indescifrable.

—¿Nada más?

—No sabía que se trataba de Chaouch —repitió Krim y, pensando de repente en Luna, añadió—: Chaouch me caía bien.

El jugador de rugby meneó la cabeza irónicamente y volvió a darle al botón «Esc» en la esquina superior izquierda del teclado, con la regularidad de un martillo pilón, y aún más regularmente dado que no tenía ningún efecto en el documento de la declaración del detenido.

5

En casa de la abuela, Rachida iba de un lado a otro de la habitación, y ella y su hermana mayor Ouarda gritaban argumentos que coincidían con los de la otra y decían lo mismo: que era una vergüenza para los Nerrouche, que jamás se recuperarían de esa vergüenza, que el cielo se había desplomado sobre sus cabezas y que esa catástrofe tenía por nombres Rabia y Dounia.

Las primeras acritudes hicieron huir a Slim y a Luna. Slim quería quedarse para discutir, pero Luna tomó la iniciativa de marcharse y la parte racional de la familia no logró retenerles. Esa parte racional acabó alineándose en el sofá y callando al no poder rivalizar con el vertiginoso torrente de palabras de las dos furibundas, que se seguían una a la otra a la cocina y de allí al salón y viceversa, buscando algo en que ocuparse —preparar café o té, limpiar el polvo, ordenar— y renunciando a ello en cuanto una nueva retahíla de indignadas exclamaciones deformaba sus labios superiores.

Esa noche de detención despertó el componente maníaco de la psicosis maníaco-depresiva de Rachida. Alguien que esa tarde la hubiera observado sin estar implicado en lo que contaba hubiera advertido quizá el intenso júbilo que sentía al dejar campar sus demonios a sus anchas.

Atareada junto a una cómoda, la abuela parecía desentenderse de la comedia de sus dos hijas y solo movía las cejas cuando el volumen de su verborrea superaba el nivel de decibelios tolerable para los niños.

Después de exhumar unos viejos caramelos y de enviar a las criaturas a jugar a la consola a su dormitorio, se sentó en medio del sofá y dirigió su impenetrable mirada a la foto de su hijo rubio, Moussa, la anomalía genética de la familia, cuyo retrato de pie junto a un Jeep en el desierto argelino nunca había dejado de estar en el borde inferior de aquel monumental cuadro fotográfico de La Meca que se hallaba en todos los interiores musulmanes de Francia y más allá: el famoso cubo negro de la Kaaba sumergido en un océano de fieles con túnicas abigarradas.

La abuela estaba tan serena y concentrada como si se hubiera preparado a lo largo de toda su vida para esa noche de detención. Para los demás, sin embargo, era una pesadilla en vela.

—Menuda boda —resumió en cabilio el anciano tío Ayoub, que intentaba en vano levantarse del sillón.

La tía Bekhi, al ver a su marido en apuros, le regañó y pidió a su hija Kamelia que le trajera agua. Kamelia dormitaba de pie. Había dejado de escuchar las pérfidas lamentaciones de Rachida, pero aunque las palabras se estrellaban contra la barrera de su atención no podía evitar el efecto de su veneno.

En la cocina encontró a su primo Raouf, hijo de Idir y de Ouarda, con las manos apoyadas en el fregadero de aluminio y cuya mirada húmeda, al alzar la cabeza, acusaba un terror incomprensiblemente avergonzado.

Kamelia se sorprendió tanto más cuanto que el vanidoso Raouf hubiera preferido cortarse un dedo del pie antes que confesar su impotencia, su debilidad e incluso su ignorancia acerca de cualquier cuestión. Más allá del terreno de sus conocimientos —la extensión de la restauración *halal* al gran público—, parecía saber bastante acerca de casi todo para mantener una conversación de forma honorable. Si le pillaban en falta, cuando le sometían a una explicación detallada, asentía cerrando los ojos: «Ah, sí, eso ya lo sabía, por supuesto». Kamelia no tenía mucho en común con él. Era un poco el contrario de Fouad, y las malas lenguas de la familia se regocijaban estableciendo entre esos dos éxitos de la familia una relación tan cruel como incontestable: Raouf se vanagloriaba mucho y hacía poco, mientras que Fouad hacía mucho y no hablaba nunca de ello. La notoriedad actuaba como árbitro y se inclinaba por el actor, haciendo creer —equivocadamente, como repetía Fouad— que jamás se equivocaba y que siempre coronaba a los más merecedores.

—¿Qué pasa, Raouf?

El joven emprendedor alzó la vista al techo, como si quisiera enjugar sus ojos. Miró la lámpara sin pantalla y declaró en voz baja:

—El sábado hablé con Nazir por teléfono.

Quiso darle tiempo a Kamelia para comprender lo que eso significaba, pero la siguiente frase le quemaba en la garganta y halló por sí sola el camino de salida:

—Es muy peligroso, tengo que marcharme.

—¿Por qué? ¿De qué estás hablando? ¿Te contó algo…?

—Es mejor no hablar de ello —dijo observando los intersticios entre los viejos muebles de la cocina—. De todas formas, ¿para qué quedarse aquí?

—¿Para qué quedarse aquí? —se ofuscó Kamelia—. ¡No vamos a dejar solas a Rabia y a Luna, pobres!

Ese ardor contradecía tan cándidamente el ánimo general que reinaba en el piso de la abuela que Raouf no se sintió siquiera obligado a responder con detalle.

—Claro, y haz lo que te parezca, por supuesto.

Detrás de las palabras que Raouf había pronunciado, Kamelia oyó otras fantasmagóricas pero tan claras como si las hubiera escrito con lápiz de labios sobre las baldosas encima del fregadero: cada cual a lo suyo.

Y, efectivamente, Bekhi y Ayoub no esperaron a que se sirviera el café para anunciar que se marchaban de Saint-Étienne, como ya tenían previsto desde el primer momento. Raouf se había tomado una semana de vacaciones, cosa que se guardó de mencionar cuando pretextó que debía regresar urgentemente a Londres.

Las miradas de los residentes en Saint-Étienne allí bloqueados se volvieron entonces hacia Kamelia, que se echó a llorar al pensar en Krim, con el colocón que llevaba en la sala de fiestas, hablando de aquella chica de la que estaba enamorado como un crío, como el niño que era, en apariencia un golfo pero en realidad un primillo tímido, dulce e incluso eufórico jugando al quiz musical en el dormitorio de la abuela en el que con gran alegría se hizo con el triunfo.

6

Inmediatamente después de escuchar la intervención de Aribi, Fouad llamó a Szafran para asegurarle que en ningún momento le había designado como su abogado. Sería cosa de Krim, a quien debía de haberle venido a la cabeza el único abogado cuyo nombre debía de conocer. Aribi aparecía a menudo en televisión porque gracias a sus grandilocuentes declaraciones se había convertido desde hacía años en un «cliente asiduo» de las tertulias en las que se aplaudían con entusiasmo su desvergonzada astucia y su espectacular sentido de la autopromoción.

—No quiero que nos defienda alguien así —explicó Fouad—. Bajo ningún pretexto. Y, además, ¿es legal proclamarse abogado de unas personas que no le han pedido nada? Creía que los abogados tenían prohibido ir a la caza del cliente...

—Tiene razón, es contrario a los principios deontológicos y puede conllevarle una sanción disciplinaria. No se preocupe, le llamaré y, mientras, vaya usted a descansar.

Szafran pidió a la becaria que localizara el teléfono de Khaled Aribi. La becaria se llamaba Amina y ponía mala cara desde que se había enterado de que el bufete Szafran & Asociados iba a movilizar todos sus recursos para defender a los asesinos de Chaouch…

Fouad se encontró con su madre en la cocina; estaba tosiendo mientras apagaba un cigarrillo. Le dio un beso en la sien y Dounia hizo un gesto de ligero rechazo.

—¿Dónde está Rabia? —preguntó Fouad, con la cabeza en el frigorífico.

—Ten, hijo, te he hecho unos *briwats*, si te apetecen. ¿Rabia? Está arriba durmiendo con Luna. Las pobres…

Slim apareció en el umbral de la puerta, cargado con la compra. Abandonó precipitadamente las bolsas para responder a su teléfono, que vibraba.

—Mierda, ha colgado. Era Kenza. Joder, me ha llamado tres veces…

Fouad recuperó la Mastercard Gold que le había prestado a su hermano para ir a comprar y le ayudó a guardarlo todo en el frigorífico y los armarios.

Preocupada, Dounia permanecía plantada ante la ventana entreabierta. La casa en la que vivía desde hacía dos años le había sido milagrosamente concedida por la oficina de vivienda social del Loira, a pesar de que no tenía hijos de corta edad ni una situación profesional irregular. Con su salario de auxiliar de enfermería hubiera podido pagarse un alquiler sin ayuda alguna, pero Nazir tenía otra opinión: a su parecer, era normal que el Estado ofreciera una vivienda a la viuda de un hombre que había perdido la salud dedicado al mantenimiento de las carreteras.

La casa en cuestión, de paredes de enlucido rugoso rosa, formaba parte de una urbanización con cierto standing, en lo alto de una de las siete colinas de la ciudad, y tenía un rincón de césped bordeado de alheñas donde Dounia organizó una barbacoa el verano anterior. Aparte de que se hallaba a una desesperante media hora a pie desde el apartamento de Rabia, el principal defecto era el edificio estrecho y decrépito que tapaba la vista de la colina de Montreynaud, una colina irónicamente coronada por la torre con el depósito donde Dounia crio a sus hijos.

Según sus vecinos —una amable pareja de jubilados melómanos—, el Ayuntamiento ya había prometido demoler aquel molesto edificio un año antes de la llegada de Dounia. De momento, sin embargo, se alzaba allí provocativamente, aunque algunas mañanas, cuando el cielo estaba despejado, podían verse los rayos del sol al alba atravesar las ventanas rotas de las primeras plantas y despertar suavemente la hierba y las paredes.

Fouad recibió una llamada de la señora Caputo en el momento en que se disponía a empezar a comer. La vecina de Rabia le explicó que dos periodistas habían ido a entrevistarla esa mañana hacia las diez. Fouad se llevó la mano a la nuca.

—¿Les ha dicho algo, señora Caputo?

—No, no, muchacho, puedes estar tranquilo, no soy de las que va contando cosas de los demás. Sin embargo, no se puede decir lo mismo de todos los vecinos de nuestro edificio…

Fouad acababa de colgar cuando vio a Slim llegar de la cocina, lívido.

—He hablado con Kenza —anunció sin atreverse a alzar la vista.

Fouad se volvió hacia su madre. Y luego hacia Slim.

—¿Y qué? ¿Qué pasa?

—Bah, la verdad es que a esa pava nunca le he caído bien.

—¿A quién, Slim? —preguntó Dounia—. ¿De quién hablas?

—¡De su madre! ¡De la madre de Kenza! La ha amenazado con echarla de casa si no se divorcia de mí. Dice que es una vergüenza, que nuestra familia es una vergüenza, que la boda fue un desastre y no sé cuántas cosas más…

El silencio subsiguiente hizo que el joven se sonrojara. Probablemente se hubiera echado a llorar si Fouad no hubiera preguntado:

—¿Y Kenza, qué dice?

—Dice que alquilemos un piso. Pero no tenemos dinero, es… ¡Ay, por Dios! Es una pesadilla y me despertaré, te lo juro.

—En el peor de los casos, dile que venga aquí —suspiró Dounia tomando uno de los últimos cigarrillos de su paquete de treinta—. De todas maneras, siempre he dicho que esta casa es demasiado grande para Slim y para mí.

—¿Y dónde dormirá? —preguntó Slim, de repente atento.

—Pues dormirá contigo, querido, en tu dormitorio. ¿Dónde va a dormir si no? Yo con Rab y con Luna, y Fouad en la planta baja en la sala, como esta noche, si no le molesta… ¿Fouad? ¿Qué te parece?

—En el sofá duermo la mar de bien.

El asunto se dio por zanjado en aquella atmósfera extraña e incierta, como si todo fuera fácil, como si ya nada tuviera peso.

Slim no advirtió nada de ello: corrió a darle un beso a su madre en la mejilla, abrió su teléfono y sin ocultar su entusiasmo marcó el número de su esposa.

7

Waldstein acabó desobedeciendo a Nazir. Después de recorrer en uno y otro sentido cuatro interminables tramos de autopista para librarse de sus «perseguidores», se detuvo en una *Autobahnraststätte* y se negaba a ponerse en camino.

—¿No comprende mi prudencia, señor Waldstein?

La voz de Nazir se le había vuelto insoportable.

—Mire, mi trabajo es hacer de taxista y llevarle a su destino, ¿me entiende? No estoy aquí para ir arriba y abajo sin cesar.

—Sí, pero piense: si nos siguieran, los dos nos encontraríamos en una situación incómoda. La gente que me va a perseguir dispone de muy amplios poderes. Probablemente ya habrán obtenido las cintas de las cámaras de videovigilancia situadas a la salida del parking del banco y, en tal caso, no veo por qué no podrían haber obtenido también las de las calles que nos han conducido hasta la autopista. Así que pueden haber averiguado la dirección en la que circulamos y por eso le he pedido…

Waldstein arrancó el coche.

Media hora más tarde aparecieron unas naves industriales junto a la autopista. Se estaban acercando a la ciudad. Después de echar un vistazo maquinal al retrovisor, Nazir miró al conductor hasta que le brotó una gota de sudor en la sien.

—Si no le gustan los trabajos cutres, ¿por qué aceptó este?

—¿Quién ha dicho que sea cutre? Le llevo en coche y basta.

—¿Y por qué querría que se tratara de otra cosa?

Waldstein no comprendía; o comprendía demasiado.

Nazir alzó la voz:

—Le diré lo que pienso, «señor Waldstein». Creo que desde Zurich, y a pesar del itinerario laberíntico que le he obligado a tomar, nos han seguido tres coches y dos motos. Los hemos despistado a todos y ahora solo espera usted una cosa: ir con el móvil a los primeros lavabos que encontremos para informar a nuestros perseguidores del lugar adonde me ha llevado. Cosa que, por supuesto, no va a suceder...

Waldstein no respondió. El coche salió de la autopista y entró en la ciudad. Entonces dijo, con su mejor sonrisa:

—Hace un rato, de haber querido, hubiera podido degollarle. Se hallaba a mi merced, tenía una navaja en mi mano y su garganta a tiro...

—Sí, hubiera podido hacerlo.

—No le envidio. No sé cuánto tiempo logrará prolongar su huida, probablemente bastante, a la vista del dinero de que dispone en esa maleta. Pero me pregunto si ver fantasmas por todas partes no le llevará a su propia perdición de tanto...

Nazir reflexionó y respondió en un tono monocorde, casi despreocupado:

—El fantasma soy yo. Seguro que conoce la frase de Marx: un fantasma recorre Europa...

—¿Y qué es? —reaccionó con prontitud Waldstein—. ¿El espectro del terrorismo? ¿Del crimen político?

Nazir calló, había reconocido la calle a la que tenía que ir.

—Dé una vuelta por el barrio antes de detenerse —ordenó al chófer.

—¿Por qué?

—Para asegurarme de que no nos sigue nadie, por supuesto.

Después de un par de vueltas, Nazir abrió la guantera y la inspeccionó con las dos manos. Se volvió hacia Waldstein y le pidió que le entregara el móvil.

—¡Está loco! ¿Por qué?

La negociación duró menos de un minuto, y Nazir salió del vehículo después de guardarse la pistola en el bolsillo de la americana.

8

Una quincena de vehículos de la policía alemana vigilaban los aledaños de Hermannsweg. El comandante Mansourd se había instalado en el furgón camuflado más próximo a la entrada del museo. En realidad no era un museo de muñecas, sino un museo dedicado a los marionetistas. Una efigie móvil de Pinocho se agitaba en la fachada. El edificio tenía tres plantas de las que solo la última no estaba pintada con los vivos colores del establecimiento.

Escondido en la parte trasera del vehículo, Mansourd escrutaba la entrada de la calle con unos prismáticos. De repente le hizo una señal a su homólogo alemán, que murmuró unas palabras a través del walkie-talkie. Un automóvil que acababa de dar un par de vueltas a la manzana se detuvo a unos metros de la entrada del museo. Un hombre salió del coche por el lado del pasajero: alto, con traje negro, de cabello moreno y aspecto preocupado. Miraba sin cesar a su espalda y se llevaba la mano a las mejillas, como para impedir que le temblaran las mandíbulas.

Se detuvo frente a la entrada del museo y alzó la vista hacia Pinocho. Se llevó una mano al bolsillo interior. Mansourd dejó los prismáticos; de todas formas, solo podía verle de espaldas. Cuando en su mano apareció el cañón de un arma, el comandante se abrochó el chaleco antibalas e indicó al jefe de la operación que diera la orden de ponerse en marcha.

—*Es ist unser Mann* —dijo en un alemán macarrónico.

La quincena de vehículos que rodeaban discretamente el barrio arrancaron y vomitaron una marea de hombres con pasamontañas y armados alrededor del sospechoso. Este soltó el arma y alzó de inmediato las manos. Mansourd, que le encañonaba, fue el primero que advirtió que no era Nazir. Según su documentación, se trataba de un joven de origen turco cuyas intenciones tal vez no fueran honestas, pero que nada tenía que ver con el complot contra el candidato Chaouch.

Mansourd arrojó los prismáticos al suelo y contempló el cielo gris y cubierto de humo de Hamburgo. Marcó el número del juez Wagner.

En el mismo momento, Nazir abandonaba Berna, donde acababa de comprar otra BlackBerry. Mientras el coche tomaba la autopista en dirección este, le dijo a Waldstein:

—Irán a buscarme a Hamburgo y estaré en las montañas suizas. Y cuando me busquen en las montañas suizas, ¿sabe dónde estaré? ¡En otro sitio! Iré de un lado a otro, ¿lo entiende?

Y sin esperar la reacción de su chófer ya muy nervioso, añadió:

—Ya se lo he dicho, señor Waldstein, un fantasma recorre Europa... ¡y ese fantasma soy yo!

VII

LA PLANCHA DE ALISAR

1

A media tarde, el fiscal Lamiel reunió a los sustitutos para repasar los casos en curso y fijar las prioridades. La cuestión de las comparecencias inmediatas ocupó buena parte de la reunión: ¿había que hacer pasar por ello a chavales de catorce años sorprendidos en flagrante delito incendiando coches, pero que al ser detenidos declaraban haberlo hecho para expresar su protesta ante el atentado contra el presidente electo? El ministerio público tenía que aplicar la política penal del gobierno y Lamiel dijo una frase que no dejaba ambigüedad alguna acerca de la estricta jerarquía del cuerpo del que era uno de los miembros más eminentes:

—En este momento de crisis, cabe esperar que el ministerio público asuma su papel.

Al acabar la reunión, habló con el vicefiscal que dirigía la sección antiterrorista. Este no estaba satisfecho ante la implicación de su jefe, pero no tenía ni la posibilidad ni las agallas de decírselo a la cara.

Unos instantes más tarde, Lamiel recorría los pasillos del Palacio de Justicia pensativo, con las manos a la espalda y paso zozobrante. Su cabezota hinchada con hormonas se inclinaba maquinalmente para responder a los saludos de los magistrados y secretarios judiciales con los que se cruzaba.

Al pie de la última escalera, la que conducía a la galería Saint-Éloi, inspiró profundamente y se llevó un dedo a los labios.

—Señoría —dijo a Wagner dos minutos más tarde, empujando la puerta de su despacho—. Espero no molestarle.

Se volvió hacia Alice, la secretaria judicial, e indicó a Wagner que desearía hablar con él a solas. Al ver el vientre de Alice, Lamiel aprobó con un movimiento de la cabeza y a punto estuvo de preguntarle por su embarazo. Sin embargo, la inquietud que pesaba sobre los globos desorbitados de sus ojos pudo más que la voluntad de ser educado. Alice se echó una chaqueta ligera sobre los hombros y se dirigió a la salida, escoltada por la sonrisa crispada del jefe del ministerio público de París.

—Henri, quiero transmitirte la inquietud en las altas esferas al respecto de la familia Nerrouche, ante el hecho de que los hayas liberado tan pronto... en particular al hermano de Nazir Nerrouche, ese joven actor que se había liado con Jasmine Chaouch.

Lamiel mantenía las manos a la espalda; con el brazo derecho señaló una de las sillas frente a la mesa del juez.

—¿Me permites, Henri?

—Mira, lamento esa inquietud en las altas esferas, pero no hará falta que te recuerde que soy independiente, «estatutariamente» independiente.

—Por supuesto —replicó el fiscal—. Y si Nazir hubiera sido detenido hace un rato estaríamos en una posición de fuerza. Simplemente me da miedo que no estés sopesando suficientemente la gravedad de la situación...

Wagner cerró los ojos y meneó la cabeza.

—¿Qué quieres, Jean-Yves, que te detalle la composición del equipo que vigila a Fouad Nerrouche? Hemos movilizado al menos tres vehículos camuflados, probablemente una quincena de policías en total que le vigilan en todo momento, desde los SMS que envía a los correos electrónicos que escribe. Si sale de casa, le seguimos, y allí adonde va sabemos qué se dispone a hacer. Si se rasca una oreja, tendrás por lo menos tres funcionarios de la SDAT capaces de redactar un informe precisando si ha utilizado para ello el índice o el meñique...

El fiscal digirió un eructo y asintió muy serio.

—¡Muy bien, de acuerdo! Espero que sepas qué estás haciendo... ¿Qué hacemos mañana al mediodía? Supongo que tendremos que renunciar a nuestro partido de tenis, pero me gustaría invitarte a almorzar.

Wagner quiso decirle que no, puesto que al mediodía siguiente tenía que ocuparse de las audiencias de la familia más próxima. Sin embargo, los grandes ojos del fiscal parecían insistir preventivamente. Wagner tuvo la intuición de que no iban a comer solos.

—De acuerdo —concedió, sin embargo—. Comamos mañana.

—¿Alguna novedad acerca del turco de Hamburgo?

—Me temo que ninguna. El comandante Mansourd no cree que se trate de una coincidencia, pero de momento el interrogatorio no es muy concluyente…

2

Y Mansourd tenía motivo para insistir. Como Nazir afirmó pavoneándose ante el chófer, le bastaron un par de llamadas telefónicas para enviar a aquel pobre desgraciado al matadero.

—Por eso he cambiado de BlackBerry —explicó Nazir—. Cuando descubran el número que ha conducido al turco a la puerta del museo ya será demasiado tarde. Me hubiera bastado cambiar de tarjeta, pero no me he podido resistir ante ese nuevo modelo. Mire qué maravilla —dijo con expresión admirativa.

El coche serpenteaba desde hacía una hora por un valle de paredes salpicadas de alerces y de unos pocos cembros. A esa altitud, el clima riguroso impedía incluso que crecieran abetos. Las cimas cubiertas de nieve eterna giraban en los cristales ahumados. Nazir daba unas indicaciones cada vez más disparatadas al conductor. Seguía vigilando frenéticamente el retrovisor. Waldstein se adentró en un bosque espeso, tan tupido que tuvo que encender los faros para negociar las curvas. Aprovechando un claro en el techo de abetos, vio que Nazir escribía un largo SMS.

Waldstein se alegró al salir por fin de aquel oscuro túnel verde de vegetación y poder circular por un paisaje claro y más descubierto, donde el abigarramiento del follaje evocaba vida y humanidad. Y efectivamente no tardaron en llegar a una estación de esquí en la que Nazir propuso detenerse.

—Supongo que tendrá un hambre canina.

Waldstein estacionó el coche en el aparcamiento desierto de un hostal. Nazir no le quitaba la vista de encima. Al salir del vehículo climatizado, le sorprendió el frío. Pidió a Waldstein que abriera el maletero y sacó las dos maletas metalizadas.

—Francamente, ¿no le parece que exagera?

Nazir le respondió con una carcajada. Alzó el cuello de su chaqueta para protegerse la nuca y avanzó triunfalmente hasta la barandilla del mirador. A sus pies los chalets se extendían cual miniaturas abstractas, irreales en la crudeza del día descolorido. Una hora antes había caído una tormenta de montaña: la madera de las casas y las perlas con las que se habían ornado las ramas de los abetos centelleaban al unísono.

En los flancos verdosos de la estación, los teleféricos parecían haberse detenido en ese mismo instante. Esa inmovilidad inquietó a Nazir, que retrocedió hacia la puerta del hostal. Waldstein fue inmediatamente al baño, donde refunfuñó al no lograr orinar. Al salir del lavabo, no vio a Nazir en la puerta. Comprobó con una mirada que el coche seguía en el aparcamiento e inspeccionó la planta baja. Las mesas de roble se alineaban bajo un dédalo de vigas colgantes, cestas irregulares y chismes en forma de copos y corazoncillos esquemáticos. Waldstein se quedó sin resuello: Nazir había desaparecido.

Se dejó caer en una silla frente a la entrada. Su mirada barrió los armarios con los cristales cubiertos con delicadas cortinas de puntilla a través de las que relucía, como en el sueño de un niño glotón, un paraíso de botes de mermelada, miel y todo tipo de galletas. El encargado se le acercó. Le preguntó si había visto a un hombre, de esta altura y con barba de varios días.

—Ah, sí, señor —respondió el del hostal—, se ha marchado en coche con una señora.

Waldstein se precipitó a su coche vacío. Rebuscó en sus bolsillos a toda velocidad y comprobó que no tenía su móvil. Sabía perfectamente que no iba a encontrarlo allí, pero corrió hasta el baño. Al llegar de nuevo junto al encargado, preguntó en qué coche se había dado a la fuga Nazir y el del hostal se pellizcó la parte superior de su narizota y cerró los ojos reflexionando. Respondió que se trataba de un todoterreno negro.

—¿De qué marca?

—Ah, eso ya no lo sé —respondió el otro.

Waldstein salió al exterior y se dirigió al aparcamiento, pero oyó al encargado que le gritaba desde las escaleras de su establecimiento familiar:

—Oiga, caballero, ¿y el entrecot? Espero que no lo habremos preparado en balde, ¿eh? Nos ha dicho que a usted le gusta muy poco hecho.

Le habían puesto plato en la mesa a Bouzid en la cocina de Dounia y, al cabo de media hora de espera y de una decena de llamadas de Fouad a su tío, Luna decidió que tenía mucha hambre y todos se pusieron a comer. Salvo Rabia, que se acababa de despertar y solo comió cuatro lentejas y abandonó la mesa diciendo que se quería volver a acostar. Unos instantes más tarde, regresó a la cocina y le pidió a Dounia si podía alisarle el cabello con la plancha.

La pregunta hizo que todos se volvieran, incluso Slim, que fue el primero en reaccionar:

—Tía, ¡pero si así te queda muy bien!

Rabia miraba al vacío, una zona indefinida alrededor de las patas de la mesa. Frunció el mentón y sonrió forzadamente.

—Sí, pero me apetece cambiar.

Su sonrisa se convirtió en mueca y Dounia aceptó alisarle el cabello después de comer. Titubeó un momento a la hora del café y Fouad comprendió que se contenía para no encender otro cigarrillo, pues se había fumado uno justo antes de sentarse a la mesa. Slim contestó una llamada de Kenza y le explicó a Fouad, unos instantes después, que la situación con su madre parecía haberse arreglado, pero que la había emocionado la propuesta que le había hecho.

—Que le ha hecho mamá —precisó Fouad.

Slim fingió que se trataba de un lapsus y se repantigó en el mejor sillón de la sala para ver las noticias. A su lado, Dounia y Rabia se habían colocado en posición: Dounia en el sofá, con las piernas abiertas para poder trabajar cómodamente con la cabellera de Rabia, sentada en la moqueta a sus pies.

El contacto de la plancha y del cuero cabelludo de su tía le causó a Fouad una desagradable sensación de desastre, pero de nuevo intervino Luna:

—Mamá, la verdad es que te estás pasando —dijo mordiendo una manzana roja—. ¿Vas a estropear ese cabello rizado que te envidian las francesas? ¡Menuda tontería!

La resolución de Rabia era inamovible.

Fouad salió para llamar a Jasmine. No respondía. Se preguntaba hacia dónde iba a dar un paseo cuando recibió una llamada de su tío Bouzid. Hablaba en voz muy baja y parecía enfermo. Quería ver a Fouad a solas, preferiblemente en un lugar público. Intrigado por esa aura de misterio, Fouad le propuso encontrarse en una cafetería del centro. Vio aparecer allí a su tío con más de un cuarto de hora de retraso y el pómulo izquierdo tumefacto.

—¿Qué te ha pasado? —preguntó Fouad—. ¿Te lo han hecho los polis?

—No, qué va —replicó Bouzid en un rapto de sinceridad, antes de darse cuenta de que había estropeado la excusa ideal.

—¿Y quién ha sido? —insistió Fouad.

—Nada, déjalo. Perdona el retraso —dijo Bouzid para cambiar de tema, mirando a un lado y a otro como si se impacientara al no ver a ningún camarero—. Cada vez es más difícil aparcar en esta ciudad de mierda.

—Tío...

—Ha sido hace un rato, en el bus —exclamó Bouzid—. ¿Sabes que ha habido disturbios en Montreynaud? He pasado por allí al mediodía, al salir de cochera, y... ¿sabes qué he visto? A tres chavales intentando abrir un coche con una palanqueta. ¡Unos críos! ¡No debían de tener más de doce o trece años! Paro el bus, abro la ventana, les pregunto qué están haciendo... ¡y me mandan a la mierda! Y ya me conoces. A mí que no me toquen los huevos, así que salgo del bus para asustarlos, *zarma*...

—¿Y qué? —preguntó Fouad, que ya adivinaba la continuación.

—Pues entonces... entonces... se me han echado encima. Te juro que no sé qué pasa con esa generación. Nosotros no éramos así. Gualá, no éramos así. No te digo que no hiciéramos burradas, pero... Te juro que esos críos parecen estar poseídos, gualá, son unos *shaitán*.

Bouzid se pasó la mano por su cráneo desnudo y preguntó por Rabia. Fouad empezaba a explicarle que se había instalado en casa de su madre y que lo estaba pasando muy mal, pero que estaba bien acompañada, cuando Bouzid le interrumpió:

—Espera, discúlpame... —agitó la mano para recordar el nombre de su sobrino—, Fouad, ¿no prefieres que vayamos a la barra?

Fouad tomó su granadina y se instaló en la barra al lado de su tío. Este se acodó en la barra y pidió una caña.

—¡Eh, jefe! ¡Jefe! —gritó al dueño, chasqueando los dedos—. ¡Ponnos también unos cacahuetes! —Y acto seguido añadió, dirigiéndose a Fouad pero en el mismo tono agresivo—: ¡Coño, qué caros son los bares! Y hasta tienes que pedir los cacahuetes, ¡yo alucino!

Fouad observó a su tío, que seguía un ritual para comerse los cacahuetes: cogía unos cuantos y los sacudía un buen rato en su puño entreabierto, y luego se los zampaba de una vez echando la cabeza hacia atrás.

—¿Qué estábamos diciendo? Ah, sí, Rabia… Uf, parece mentira… Pero siempre he dicho que si eres demasiado blando con los críos acaban perdiéndote el respeto. Krim perdió a su padre, y hay chavales con los que no se puede hablar pero a los que hay que darles un buen tortazo de vez en cuando. Si no, te pierden el respeto, te lo juro por la abuela, esos *shaitán* te pierden el respeto…

Para contradecir a Bouzid, a Fouad le hubiera bastado recordarle que él no había tenido hijos, que las cosas siempre parecen más fáciles en la teoría que en la práctica. Fouad, enojado ante la cólera de su tío, tenía las palabras en la punta de la lengua, pero en el último momento, asqueado por el sabor a hiel que esas palabras le provocaban, concentró su mirada en el fondo del vaso vacío y concluyó en un tono igualmente vacío:

—Pues sí…

—Bueno —prosiguió Bouzid—, creo que será mejor que Rab y Dounia se mantengan al margen, ¿sabes? Durante algún tiempo, para no armar escándalo. No es que la abuela o Rachida se lo echen en cara, pero…

Se apagó. Pareció que de su mente y de sus ojos hubiera desaparecido cualquier pensamiento.

—Y ya se han marchado todos —continuó maquinalmente, enumerándolos—: Bekhi y Ayoub, Raouf, y también Kamelia.

—¿Kamelia?

—Sí —confirmó Bouzid—. Solo quedamos nosotros.

Nosotros los de Saint-Étienne, comprendió Fouad.

Esos últimos años Fouad se había vuelto parisino y le había bastado un fin de semana para formar parte de nuevo de la pegajosa gravedad de aquel «nosotros».

—Solo nosotros —repitió para no volverse loco.

4

Caminar una hora bajo el sol embrutecedor del centro de la ciudad después de dejar a su tío no le bastó a Fouad para calmarse. Se quitó la chaqueta al pasar frente a la Cité du Design y el monumento metálico que presidía la antigua fábrica. Sus pasos le condujeron al cabo de poco hacia el Hospital Norte, donde ya no trabajaba su madre, trasladada al Hospital Bellevue, al sur de la ciudad.

Se preguntó si Zoulikha y Ferhat estarían recibiendo visitas y se disponía a comprobarlo personalmente cuando le cautivó el esplendor de la luz diáfana que envolvía el dibujo de las colinas al fondo y alrededor del complejo hospitalario. Era una luz que no existía en París. A decir verdad, ni siquiera en Lyon. Una luz que parecía exclusiva de aquel sur que las arboladas colinas de Forez, aún no mediterráneas por su flora y vegetación, parecían anunciar.

Al dejar vagar su mirada sobre la alfombra de soleada vegetación al fondo de la ciudad, Fouad creyó incluso por un instante haber visto el mismo paisaje en su viaje con Jasmine al norte de Italia: el sensual cabrilleo del follaje verde pálido en las laderas de las colinas, los altivos álamos, alineados en las cimas que la vibración de la lejanía volvía mates pero que aún ardían, como ocurriría al acabar el verano.

Fouad descendió siguiendo la vía del tranvía. Sin hacerlo a propósito, y cuando intentaba no pensar en Nazir —un amasijo de pensamientos graves y confusos, demoledores como la idea de la muerte—, se encontró deambulando por la colina de Saint-Christophe, donde se hallaba el colegio privado en el que él, sus hermanos y la mayoría de sus primos habían estudiado, con la excepción de Luna, que estudiaba en el centro escolar de alto rendimiento deportivo de Tézenas-du-Montcel, y de Krim, que había acabado en el centro de formación profesional Eugène Sue.

En la cima de esa colina cubierta de pinos se hallaba desde hacía unos años la gran mezquita de Saint-Christophe. Fouad tomó las escaleras que conducían hasta allí. Dos hombres con vaqueros claros y cazadoras de cuero le siguieron a distancia. Uno de ellos murmuró al micrófono de su manga:

—Y, como por casualidad, se dirige a la mezquita de Saint-Christophe...

El viento que se había levantado a última hora de la tarde hacía que llovieran oblicuamente granos de polen de colores diversos, amarillos, marrones, rojos, azules, que morían en rincones de la acera donde se aglomeraban en montoncillos solidarios y, sin embargo, volátiles.

La mezquita estaba constituida por un edificio de hormigón rosa pálido, recubierto de ornamentos orientales y de cúpulas. Sin embargo, lo más notable de esa mezquita era la ausencia de minarete. Ese célebre minarete cuya construcción había sido debatida, iniciada, abortada, rechazada, y del que no quedaba más que una pila de mampuestos cubiertos de polvo. Con o sin muecín, ese edificio era el punto culminante de Saint-Étienne, como vio Fouad al volverse hacia las otras seis colinas y los tejados de pizarra de la ciudad que se esforzaba por sobrevivir, protestando por su realidad bajo el sol ya declinante que iluminaba otros miles de tejados sobre la superficie de la Tierra.

Se sentó a horcajadas frente a la bóveda de la entrada desierta y sacó una hoja de papel para escribirle una carta a Jasmine. Ellos —ese «ellos» del que no sabía nada, pero en el que había decidido creer para explicar el silencio de su amada— vigilaban seguramente su móvil y sus correos electrónicos, pero ya nadie vigilaba los buzones y ya nadie escribía cartas.

Los hombres que observaban a Fouad a distancia solo le veían de espaldas. Agazapados detrás de los troncos de los pinos que subían hacia la mezquita, explicaron al capitán al mando del operativo:

—Está sentado frente a la mezquita, a horcajadas.

—¿Y qué hace?

—Aparentemente está rezando, jefe.

Enseguida Fouad dejó la colina de Saint-Christophe y echó al correo su carta; pagó un suplemento por envío urgente. La empleada le dirigió una mirada dolorosa, que a Fouad le costó devolverle pues no entendía el motivo.

Ya no sentía las piernas, y sin embargo siguió caminando una hora más, furioso, para deshacerse de la idea de que Nazir había caminado los últimos meses por la misma ciudad, se había alojado en la misma casa, disfrutando de la misma luz. La huida condujo a Fouad hasta el estadio Geoffroy-Guichard y luego junto a los campos de fútbol y de rugby de Étivallière. Una autopista rodeaba el complejo deportivo. Su zumbido tranquilizador contaminaba el calentamiento con la pelota de los adolescentes llegados allí sin compañeros, y a veces sin balón, pero convencidos de que se encontrarían por lo menos con otras diez personas en la misma situación y podrían jugar un partido en medio campo.

El sol de las seis de la tarde hacía brillar el césped artificial. Fouad pensó en Jasmine. Hubiera querido describirle aquella superficie resplandeciente, los balones volando bajo la luz rasante, las risas, los impecables pases transversales «como en el entrenamiento», realizados con el exterior del pie por aficionados con talento que ni siquiera calzaban botas de tacos.

De repente, el chaval más hablador del grupo le reconoció. Era uno de esos jugadores que nunca defienden y solo disfrutan cuando les pasan la pelota para marcar. Y, realmente, aquel chiquillo de nariz un poco respingona y aletas maliciosamente retraídas parecía oler el gol.

Se formó un corro alrededor de Fouad.

—¿Qué pasa, primo? ¡El hombre del partido! Por el Corán y por La Meca...

Fouad calzaba sus viejas Camper y unos vaqueros que convirtió en shorts arremangándoselos hasta las rodillas. Estuvo jugando hasta que el círculo del sol desapareció detrás de la autopista dejando en su estela un vapor rosa. Jugó sobre todo como defensa, pero abrió brechas e incluso pudo disfrutar, gracias al goleador, de una heroica carrera en la que dribló a cuatro jugadores del equipo contrario y marcó un gol al cazar al portero a contrapié.

5

De regreso en el autobús vio que solo tenía llamadas perdidas de Yaël y de algunos amigos. Al pie de la cuesta de Sommeil, se acordó de la voz de Jasmine y de una curiosa pregunta que ella le hizo al inicio de su relación, el otoño pasado: «¿Prefieres a una chica muy guapa con una voz corriente o a una chica corriente con muy buena voz?».

Fouad comprendió que ese día se consideraba una chica corriente, y había razones objetivas para ello: su nariz aguileña, esencialmente, pero también sus caninos un poco demasiado largos.

Al llegar a casa de su madre, subió al dormitorio confiando en que no despertaría a Luna. Llamó a la puerta entreabierta: Luna hacía la vertical, con las manos en el suelo y el cuerpo perfectamente recto alineado contra la pared. Al revés, su rostro de adolescente parecía tenso, doloroso, tan duro como sus abdominales de los que su torso invertido permitía distinguir la tableta marcada con extraordinaria nitidez.

—Hola, monito... *tutto bene?*

Luna exhaló dificultosamente un sí e inició una serie de flexiones en esa posición sobrehumana. Después de la quinta, se dejó caer con las piernas rectas como las hojas de unas tijeras.

—¿Sabes que tenía prevista una competición el mes que viene? —dijo la muchacha con una mueca de decepción.

—¿Por qué dices «tenía»? —le preguntó Fouad sentado en el borde de la cama—. ¿No vas a ir?

—¿Con todo esto? ¡Ni hablar! ¿Cómo podría?

Fouad se levantó y asió a su prima de los hombros.

—Escúchame, el hecho de que participes o no en la competición no influirá en el destino de Krim. Y, por el contrario, si no vas será como si... Lo que quiero decir es que no debemos cambiar nuestras costumbres. Hay que dejar a un lado los acontecimientos, prima. ¿Lo entiendes? Hay que dejarlos a un lado, ser más fuertes que los acontecimientos.

A Luna le gustó la fórmula, pero no comprendió el sentido exacto de la misma.

—Y además es la competición más importante de la temporada. Si va bien...

—¿Dónde es?

—En Bercy. Si va bien, quizá, o seguramente, me llamarán para la selección francesa júnior. ¿Te das cuenta? —añadió con los ojos resplandecientes—. La selección nacional, los Juegos Olímpicos, ¡el nivel más alto! Es mi sueño.

—Iré a verte —declaró Fouad—. Te lo prometo.

Luna alzó la vista hacia su primo. Nunca se había parecido tan poco al actor de *El hombre del partido*. Y, sin embargo, la fatiga, la barba de dos días y el ceño fruncido le hacían parecer más guapo incluso que en la tele.

Luna le tomó del brazo y no disimuló el inmenso orgullo que sentía al formar parte de su entorno más próximo, del primer círculo de su célebre primo. Quiso escribir a sus amigas del equipo que el mes siguiente contarían en las gradas con un espectador famoso. Sin embargo, ninguna de ellas la había llamado desde el domingo, ni siquiera Chelsea, y Luna aún no se había atrevido a entrar en Facebook para ver qué pensaban del atentado por temor a que su lista de ochocientos ocho amigos se hubiera esfumado mágicamente en unas horas.

En la planta baja, Rabia no podía estarse quieta. Se obstinaba en limpiarlo todo a fondo antes de que regresara Dounia. Si Luna salpicaba agua en el baño que acababa de limpiar, se enfadaba y exclamaba:

—¡Mira, esto es el colmo del pasotismo!

—¡Si no es más que agua! —se indignaba Luna, conteniéndose para no añadir el «loca» que tenía en la punta de la lengua.

Fouad quiso hablar con ella mientras limpiaba los cristales. Sin embargo, se contentó asiéndole la mano y murmurándole unas palabras amables. A pesar de haberse alisado el cabello, y aunque Fouad comprendía que quisiera cambiar de aspecto, no lo admitía.

Fue al baño a refrescarse y vio la plancha de alisar sobre la cesta de la ropa sucia. Por primera vez en su vida, Fouad sintió odio hacia un objeto, como se detesta el canto de la mesa contra el que te has dado con el codo o el borde del armario con el que ha chocado tu pie descalzo.

Por descontado, la plancha de alisar no había hecho sufrir a Fouad, ni siquiera directamente a Rabia. Era peor aún: la plancha había causado un perjuicio, aunque pareciera lo contrario. Así que no era cólera, sino verdadero odio lo que Fouad sentía hacia esas pinzas recubiertas de negro y concebidas para borrar uno de los estigmas más notorios de la africanidad...

Una llamada de Kamelia le extrajo de esas divagaciones.

Agitado, Fouad descolgó de inmediato y aguardó a que ella hablara.

Empezó por la mala noticia, que había tenido que marcharse. Tenía que reincorporarse al trabajo al día siguiente. La policía había tomado nota de los teléfonos y direcciones de todos ellos, pero les habían autorizado a retomar sus ocupaciones...

—Pero, Fouad —dijo súbitamente y con precipitación—, volveré el viernes. Te lo juro, no quiero que las tías crean que las abandonamos.

—A mí no tienes que decírmelo —se impacientó Fouad—. Llámalas.

—Lo haré —respondió su prima—. Iba a hacerlo igualmente. Solo quería decirte que estoy...

De vuestra parte, era lo que quería decir. Pero eso suponía confesar que la guerra civil en el seno de los Nerrouche era inevitable, y con ciertas palabras ocurre lo mismo que con esas profecías que se hacen realidad al formularlas: hablar de una ruptura entre Rabia y Dounia y el resto de la familia podía provocarla.

Ante el pánico de Kamelia, Fouad no pudo mantener mucho más su resolución de dureza. Le agradeció la llamada y le dijo que le parecía muy valiente por su parte regresar a Saint-Étienne el fin de semana: exactamente lo que ella necesitaba oír, exactamente lo que a él le repugnaba tener que decirle.

6

Slim citó a su hermano en la Taverne de Maître Kanter, en la plaza de la estación. Quería decirle algo y Fouad se llevó la sorpresa de ver a Kenza esperando junto a él en una de las tres mesas metálicas de la terraza aún soleada. Fouad saludó a Kenza afectuosamente. Su cuñada lucía un vestido de verano floreado y encima una chaqueta negra de manga larga.

Con su mentón pronunciado y su fisionomía aniñada, Fouad nunca la había encontrado atractiva. Esa tarde, sin embargo –sin duda debido al calor y al hecho de no haber visto a Jasmine desde hacía tres días–, se sorprendió al verse obligado a reprimir unas miradas que, por poco paranoica que fuera la muchacha, hubiera podido interpretar como ambiguas.

Slim no dejaba de removerse en la silla, cruzando y descruzando las piernas. Fouad le preguntó por qué estaba tan nervioso. Slim puso su mano sobre la de Kenza y aspiró ostensiblemente una bocanada de aire.

–Fouad, tenemos que decirte algo.

Kenza miraba el cenicero sobre el que caían los rayos oblicuos del sol poniente.

–Le he estado dando vueltas y he decidido dejar los estudios. Pero no para no hacer nada, al contrario. Kenza y yo queremos buscar un piso en Lyon, pero para pagar el alquiler tengo que tener trabajo. Quiero decir que… Podemos pagar la fianza con el dinero de la boda, pero habrá que pensar en después, ¿sabes?

–Slim –dijo Fouad pasando la mano por su nuca poblada.

No quería poner en apuros a Slim delante de Kenza, pero era evidente que Slim le había pedido a Kenza que estuviera presente para que Fouad no pudiera ponerle en un aprieto.

–Lo hemos pensado, Fouad, incluso hemos hecho un plan y un presupuesto.

Sacó un papel del bolsillo de sus vaqueros.

–Espera, Slim, escúchame. De entrada, no es el mejor momento para pensar en eso. Y sí… Te diré que creo que es una buena idea que alquiléis un piso, pero ¿cómo se te ocurre dejar los estudios?

–¿De qué va a servirme estudiar sociología, Fouad? Todo el mundo dice que la universidad es una fábrica de parados. No sirve de nada y no voy a esperar cinco años para ser profe o qué sé yo. Y además el mercado laboral…

—Piensa un poco, Slim. Si dejas los estudios, ¿qué será de tu vida, en todos los aspectos? Aunque encuentres algún trabajillo...

—Ha encontrado trabajo en una pizzería —intervino Kenza con voz de porcelana—. Y yo voy a buscarme algún trabajo además de la universidad.

—Me parece muy bien —replicó Fouad—. Eso es lo que tendrías que hacer tú también, Slim. No dejes la universidad y búscate un trabajo.

Slim sintió que, aunque su resolución no se resquebrajaba, la discusión se le estaba escapando irremediablemente de las manos. Se mordió los labios y se llevó la mano a la barbilla, como para mostrar la seguridad de un adulto o por lo menos de alguien que hubiera reflexionado mucho al respecto.

—Estoy harto de la sociología, Fouad, no me gusta. Chaouch tenía razón: en la vida hay que hacer lo que te apasiona.

—Así que esa es la cuestión, haber empezado por ahí.

—Joder, no me lo puedo creer —se indignó su hermano—, pareces Nazir, te lo juro. ¿Por qué no me apoyas, en lugar de humillarme?

Fouad se quedó boquiabierto.

—¿De qué vas, Slim? ¿Por qué dices que te humillo? Solo te he dicho que no te engañes: si quieres dejar la universidad porque has suspendido los parciales —Slim descruzó las piernas bruscamente al oír la verdad que su hermano acababa de adivinar— no pretendas que lo haces por asumir unas responsabilidades que...

Fouad calló, porque si seguía por ahí Slim se sentiría pillado en falta ante Kenza. Esta no apartaba la vista del cenicero. Tomó la mano de Slim y Fouad tuvo la impresión de que en ese gesto firme y casi maternal podía verse una forma de superioridad e incluso de influencia sobre su joven esposo. Sin embargo, acto seguido, la vio alzar una mirada implorante hacia el perfil de Slim y Fouad pensó entonces que la asimetría era en sentido inverso.

A fin de cuentas, quizá estuvieran en una situación pareja. Como lo habían estado sus propios padres. Y los de Krim. Había una primera similitud entre el destino de los mayores y el de Slim y Kenza: se habían casado demasiado jóvenes. Sin embargo, Dounia y Aïssa, al igual que Rabia y Zidan, se habían amado intensamente y siempre: literalmente, hasta que la muerte los había separado.

Azorado ante esa analogía y por la obvia ingenuidad de la joven pareja, Fouad alegó que tenía cosas que hacer en la ciudad.

—Ya hablaremos de ello —concluyó antes de abrazar a su hermano.

Le asió enérgicamente de la nuca y añadió en voz baja:

—No tomes decisiones apresuradas, ahora no, no con lo que nos ha caído encima. ¿De acuerdo?

Slim movió sus labios enfurruñados y respondió con una entonación infantil:

—De acuerdo…

7

De camino, Fouad se desesperó ante la idea de que su hermano fuera a dejar los estudios para ponerse a trabajar en una pizzería. Las generaciones se sucedían y se parecían unas a otras.

Pasó revista mentalmente a los rostros de Bouzid, de su madre, de Rabia, de Ouarda, de Bekhi, de Rachida e incluso de su tío de Argelia, Moussa, del que corría el rumor de que tal vez iba a venir a Francia en los próximos días. Ninguno de los hijos de la abuela había ganado suficiente dinero para contemplar serenamente la jubilación, como una especie de recompensa. Ninguno había ganado suficiente dinero para comprar un bien inmobiliario en Francia. Solo la abuela se había comprado una casa —en Bejaïa, en Argelia—, adonde iba una vez al año y que se negaba a alquilar el resto del año por temor a no poder desalojar a los ocupantes teóricamente temporales cuando llegara el verano.

Sus tíos, sus tías, su madre: todos habían sacrificado sus vidas para que las de sus hijos fueran mejores. Un objetivo que, a fuerza de buscarle un sentido, a Fouad le acababa pareciendo irracional. Y los hechos no lo desmentían. Así era la familia Nerrouche, al cabo de exactamente cincuenta años en Francia.

Los padres se dejaban la piel por los hijos y los hijos abandonaban los estudios para trabajar en pizzerías.

Los padres se privaban de los placeres de la vida de pareja para que sus hijos vistieran tan bien como sus compañeros de colegio y los hijos disparaban a bocajarro a los políticos…

Agotado después de los kilómetros recorridos esa tarde, avanzó despacio por la calle de su madre junto al agua teñida de sol que los barrenderos hacían correr por los desagües del barrio, y esos arroyuelos que baldeaban la ciudad también limpiaban sus pensamientos. Sin embargo, de repente vio una silueta a cuatro patas en la acera, con las manos en el agua para hacer sus abluciones.

Bajo la luz polvorienta y brumosa por el calor, aquel cuerpo miserable recordaba el de un animal.

Fouad se alejó del borde de la acera, pero la cabeza del animal se volvió y descubrió un rostro horriblemente tumefacto, que sangraba a la altura de los pómulos. Era uno de aquellos gitanos a los que se veía por el centro desde hacía unos meses, pero Fouad tuvo la impresión de haberlo visto ya en otro lugar. Se puso en pie sin apartar de Fouad su mirada asustada y dolorosa.

Fouad comprendió que iba a abordarlo, pero no sintió temor alguno: era enclenque como un pajarillo y parecía tener el hombro dislocado.

Farfulló algo en dirección a él. Fouad inclinó la cabeza para indicarle que lo repitiera. Con una voz que se hallaba exactamente en la frontera entre los dos sexos, el gitano repitió:

—Tú hermano de Slim. Yo sé. He visto tú hermano de Slim.

Fouad avanzó hacia él y le dijo que lo repitiera.

—Él debe mí mil euros. Si no da mil euros mañana tarde no normal. Dile a Slim.

Fouad quiso pedirle precisiones, pero el gitano se alejó.

No se atrevió a seguirle y se detuvo en el cajero automático de un banco donde descubrió el importe exacto que se había sacado con su tarjeta ese mismo día, ese lunes 7 de mayo a las trece horas y cuarenta y ocho, como indicaba el comprobante: mil cien euros. Recordó entonces que le había dejado la tarjeta a Slim para ir a comprar, y que Slim se la devolvió con su cara de tener algo que reprocharse. Sin embargo, como ese era un aspecto que solía tener a menudo, Fouad no le dio mayor importancia.

Finalmente, después de un cuarto de hora de reflexión —un cuarto de hora para ahogar su cólera, en realidad—, decidió deshacerse del comprobante de las últimas operaciones y solo hablar de ello con Slim si este sacaba el tema.

8

Las toallas colgadas de la puerta del baño formaban una especie de acolchado esponjoso y protector, aunque Rabia, que se había refugiado en el bidet, no necesitaba taparse los oídos para dejar de oír los ruidos de la casa. Sin embargo, se masajeaba las sienes como para borrar los envenenados pensamientos que bullían en su mente. Los golpes que Fouad dio al cabo de poco en la puerta le hicieron temer un nuevo desastre. No respondió, a la espera de la siguiente salva.

Fouad pegó el oído a la puerta y llamó tres veces, cada vez más suavemente:

—¿Estás bien, tía?

Cuanto más dulce era el tono, más penetraba en la atención de Rabia como una neblina helada.

—Sí, no te preocupes, querido.

Percibió que su sobrino seguía en el pasillo.

—¿No vas a salir, tía?

—No estábamos preparados —dijo entonces Rabia con una voz un poco más firme—. No nos prepararon para esto.

Fouad esperaba que no se echara de nuevo a llorar. Apoyó delicadamente la mano en la puerta cerrada.

—Nadie está preparado para esto, tía.

La puerta se abrió de golpe y aparecieron los altos y bellos pómulos de Rabia. No había llorado, su mirada era firme, resuelta, casi seca.

—Saldré a dar una vuelta —dijo precediendo a su sobrino por el pasillo.

—No te irás muy lejos, ¿verdad? —se inquietó Fouad—. El abogado ha dicho que evitemos a los periodistas…

—Tengo que ir al cementerio —explicó Rabia.

—¿A Côte-Chaude? No, tía, eso está en la otra punta de la ciudad, está muy lejos… francamente…

—Lo necesito…

Como no se atrevía a mencionar la tumba de su marido, Fouad se le adelantó:

—Lo comprendo, por supuesto. Pero…

—No puedo, Fouad, me ahogo… Solo voy a dar una vuelta —afirmó—. Te prometo que no saldré del barrio.

Y así fue como los policías de paisano de la SDAT encargados del seguimiento de Rabia recibieron una llamada del equipo que no se separaba de Fouad. A lo largo de la calle que subía hacia el cementerio, dos coches siguieron a Fouad, que a su vez seguía a su tía. Y a la cabeza de esa procesión discontinua se hallaba Rabia, cuya cabellera suelta, ya no tan viva desde que se la había alisado, ondeaba ligeramente al viento que la envolvía con pañuelos fugitivos.

En lo alto de la colina, un parque oblongo rodeaba las murallas de aquel cementerio donde no la esperaba ninguno de sus muertos. Rabia se estremeció, se cruzó de brazos y siguió avanzando en la dramática semioscuridad de aquel puñado de minutos durante los cuales había caído la noche y aún no se habían encendido las farolas.

Al pie de la plaza, en la acera de enfrente, Fouad estudió el titubeo de su tía, que se había detenido frente a la verja abierta del cementerio, en medio del camino de gravilla ocre, bordeado de árboles, de bancos de hormigón y de farolas apagadas.

Un polvo rojo ascendía hacia el follaje de los plátanos, arrastrando consigo la sombra de Rabia, su sombra ligera que la había llevado hasta la cima de la colina pero dejándole sus dudas, sus recuerdos, su vergüenza y su desesperación.

Entró en el momento en que las bombillas de las farolas empezaban a palpitar bajo sus corazas. Las tumbas desfilaban y Rabia vio en las lápidas de mármol las fechas a veces descabelladas de muertos que apenas habían vivido diez años. Hubo una época, poco después de la muerte de su marido, en que todo valía para apagar el fuego, en particular la comparación con destinos más funestos. Ahora eso ya no daba resultado, y ese cementerio era la prueba irrefutable: morimos solos, tan solos como hemos vivido. Los nichos coronados con un irrisorio «Familia nosecuántos» no servían de nada, al igual que los monumentales cenotafios y las criptas decoradas con ornamentaciones florales y claraboyas amorosamente trabajadas.

Perdida entre aquellas tumbas ajenas, Rabia hubiera deseado abrazarlos, estrechar entre sus brazos a aquellos a los que llamaba «sus muertos». Su padre, su marido. Y Krim, al que se habían llevado, acababa de sumarse a la lista. Era intolerable. Rabia pensaba en el momento en que volvería a estar con él, pero el futuro había dejado de existir, y cuando trataba de aprehender esas escenas de alegría y de reencuentro se desvanecían de inmediato, como retazos de humo.

En un extremo del camposanto al que se llegaba por un camino mal enlosado, se hallaban los sepulcros redondeados del cementerio musulmán. Rabia recordó una visita de Nazir, dos años atrás, o sea tres años después de la muerte de Zidan. La llevó al cementerio de Côte-Chaude y, mientras Rabia rememoraba en silencio los episodios más hermosos de la vida de su marido, Nazir se indignó ante la miseria y la estrechez del cementerio musulmán. Rabia le explicó a su sobrino que la sobriedad era obligada en las tumbas musulmanas. Sin embargo, Nazir no quiso escucharla; él, que solía mostrarse tan seguro de sí mismo y que parecía no haber estado nunca dominado por sentimiento alguno, señaló ese día con un dedo tembloroso las lápidas y las esculturas de los sepulcros cristianos y soltó una frase terrible de la que Rabia se acordó en ese momento, en ese otro cementerio que parecía el fin del mundo: «Incluso una vez muertos hacen que sintamos que no nos quieren...».

Rabia se sobresaltó y se volvió: una sombra se desplazaba por el camino que conducía al cementerio musulmán.

Sintió un peso en las piernas y tuvo la misma sensación que al dejar caer el vaso de granadina cuando Mouloud Benbaraka entró en su casa.

El alivio que sintió al descubrir que aquella sombra era Fouad le hizo esbozar una sonrisa. Su sobrino la abrazó y se la llevó lejos de los fantasmas.

—Nos gustaban mucho los elefantes —dijo ella de repente en un tono soñador—. Zidan y yo... queríamos ir a África para ver un cementerio de elefantes.

Fouad no sabía qué decir.

—Creíamos que envejeceríamos juntos —prosiguió Rabia, y sin mirar a su sobrino, y en un tono que ni siquiera era interrogativo, añadió—: Te quedarás, ¿eh? Tú no nos abandonarás también, ¿verdad...?

VIII

GENERACIÓN CHAOUCH

1

La boca del presidente electo, invadida por los tubos, estaba rodeada de pelos. Al quitarle parte de los vendajes se había producido algo tan sorprendente como espantoso: al recobrar su forma humana, y debido a las mejillas cubiertas de la incipiente barba, el rostro parecía el de otra persona. Desde su más tierna infancia, Jasmine siempre le había visto afeitarse a diario.

Entró una enfermera. Jasmine la miró fijamente y preguntó, señalando el cuerpo inmóvil de su padre:

—¿Se le puede hablar?

La enfermera replicó:

—¡Hay que hablarle!

—¿Y lo entiende?

En sus ojos brilló un destello de compasión clínica.

—Eso no lo sabemos, señorita.

La enfermera se marchó y la señora Chaouch entró en la habitación.

—Han encontrado tu móvil. Te lo habías dejado en casa, cariño.

Jasmine lo tomó y consultó en el acto la lista de llamadas perdidas. No había ninguna de Fouad.

—¿Qué habéis hecho? —preguntó Jasmine.

—¿Qué hemos hecho?

—¿Por qué no tengo ninguna llamada de Fouad?

—Hija —aventuró Esther Chaouch—, sé que es duro pero debes hacerte a la idea de que Fouad puede... —respiró y cerró los ojos—, quizá puede estar relacionado con lo que nos ha pasado...

Jasmine sintió que su mandíbula crujía al reprimir los insultos a su madre.

—Deberías irte a casa, Jasmine…

Había tratado de suavizar su voz, pero en sus ojos aún se leía la dureza de su conversación precedente con Vogel y Habib. Jasmine tenía la impresión de que las maniobras secretas tomaban un giro desfavorable a su padre. Nadie le decía nada, por supuesto, pero era probable que Françoise Brisseau, que había quedado segunda en las primarias, se estuviera convirtiendo en la nueva líder del Partido Socialista.

En la lucha entre los partidarios de Chaouch y aquellos que habían decidido que ya no despertaría, Esther Chaouch se había colocado en primera línea. Y a Jasmine le preocupaba que su madre se metiera en cuerpo y alma en ese combate. Era universitaria y no política, y corría el riesgo de ser devorada por esas pirañas que la consideraban una primera dama imaginaria, con el añadido del hipócrita respeto debido a una viuda en ciernes.

Jasmine cruzó el pasillo, en el que se oía el rumor de las conversaciones telefónicas en sordina. En el patio adoquinado se quedó estupefacta al ver salir de un coche gris a Valérie Simonetti. Vestía un traje chaqueta sobrio y era la primera vez que Jasmine la veía así, sin el pinganillo, sin mirar a derecha e izquierda. Parecía desocupada.

En la mente de la «primera hija» se mezclaron tantas emociones contradictorias que se quedó inmóvil en las escaleras.

—Señorita Chaouch… —comenzó Valérie Simonetti.

—Valérie —la detuvo Jasmine con un gesto de la mano—. ¿Viene a ver a mi padre? Está arriba. He sabido que la han destituido y que… no se puede hacer nada. Pero… quiero decirle que no me parece normal.

—Señorita, yo…

Jasmine, sin embargo, la detuvo de nuevo y le dirigió una sonrisa que valía por mil perdones. Sin embargo, en las escaleras súbitamente concurridas de aquel edificio del Val-de-Grâce se produjo algo que Jasmine no comprendió y que olvidó inmediatamente, pero que en aquel instante le provocó cierto desasosiego: Valérie Simonetti, de pie en el penúltimo peldaño, le sacaba aún una cabeza a Jasmine, que se hallaba en el más alto, y una sombra atravesó la mirada cerúlea de la escolta cuando vio aparecer a alguien al fondo, en el marco de la puerta.

Jasmine se volvió, pero no había nadie sospechoso, nadie cuya presencia justificara aquella mirada recelosa. Detrás de ella solo se hallaba

Aurélien Coûteaux, el más joven de los agentes de seguridad de su padre, que se había librado de la investigación de asuntos internos y había sido destinado a la protección directa de Jasmine, cuyas costumbres ya conocía y con la que siempre había afirmado no tener problema alguno.

2

Porque, durante la campaña, hubo un verdadero melodrama entre Chaouch y su hija, que no soportaba verse sometida a protección, por muy discreta que fuera. Tuvo que aceptarlo, pero no ocultaba su desprecio hacia esos policías de élite que la seguían allí adonde fuera: al bar, a la ópera, a correr junto al canal de Saint-Martin o cuando iba en una bici del Vélib a casa de Fouad, en la place Aligre en el distrito XII. Los colosos de traje oscuro le habían arruinado algunos de sus momentos más dulces con Fouad. Por el contrario, Coûteaux, gracias a su juventud, su estilo casual y cierta timidez y humanidad en la mirada, podía pasar por un amigo pesado.

Estaba sentado al lado de ella en el asiento trasero mientras el coche recorría la rue Saint-Jacques. Jasmine miró detenidamente su rostro de nariz puntiaguda, que se recortaba contra el cielo malva y violeta del crepúsculo.

—¿Cree que se va a despertar?

Coûteaux se quitó el pinganillo y se volvió hacia Jasmine, sin llegar empero a cruzarse con su mirada en ese movimiento. Jasmine tuvo por un instante la intuición de que lo que le parecía timidez era sencillamente una técnica que les enseñaban en la escuela de guardaespaldas: no mirar nunca a los ojos a la persona a la que a uno le pagan por protegerla con su propio cuerpo, si dispararan una bala en su dirección.

Coûteaux respondió con una voz anónima:

—Sí, sí, claro, señorita.

Y, como si fuera consciente de la insuficiencia de su respuesta, añadió en voz baja, después de mirar por el retrovisor izquierdo:

—Mucha gente reza por él.

Jasmine también quería rezar por él. Pero no creía en Dios. Al igual que quería llamar a Fouad. Cosa que tampoco podía hacer puesto que estaba segura, al ver el azoramiento de su madre al devolverle el móvil, que se hallaba bajo vigilancia y que las grandes orejas de policías con auriculares solo esperaban el momento en que cedería: bajar hasta la letra F de sus contactos y contarle intimidades a su novio, cosas inocentes que sus suspicaces cerebros intentarían utilizar contra él...

El coche siguió un itinerario inusual: había una aglomeración de personas al principio del canal Saint-Martin, donde se hallaba el apartamento de Jasmine. Desde el drama, insistía en regresar a su casa en lugar de aceptar la invitación de su madre, reiterada diez veces al día, de instalarse provisionalmente en su segunda residencia de Yvelines. Había que mantener la ilusión de que la vida seguía, respondía sistemáticamente Jasmine.

Cuando por fin llegó a su casa, se dejó caer en el sofá y encendió la tele. En la 2 empezaban las noticias, zapeó y dio con *El hombre del partido*, un episodio inédito del que no pudo apartar la vista sabiendo que no pasaría ni un minuto antes de que apareciera el rostro de Fouad. La espera fue más larga de lo previsto, y Jasmine empezaba a preguntarse si podía ser posible que su presencia hubiera sido borrada debido al atentado cuando finalmente apareció, con su rostro claro, sus ojos que se entornaban al sonreír, su nuca vigorosa y su voz firme y dulce.

Jasmine subió el volumen y tomó su iPhone.

—Pero ¿por qué no me llama él?

Bajó hasta «Fouad». Recordando el día que se conocieron, en la terraza de un café cerca de Pigalle. Fouad en mangas de camisa, su camisa de leñador a cuadros rojos, que tomaba el sol y la miraba discretamente de reojo. Jasmine discutía con el hijo de la mano derecha de su padre, Christophe Vogel, con el que salía desde hacía dos meses y que le reprochaba que fuera demasiado casera. Ese día vestía un pantalón *slim* índigo, botines sin cordones y una camiseta gris clara de manga larga que marcaba su pecho bien torneado. Christophe, sentado en el taburete de su mesa alta, se obligaba a susurrar y acababa haciendo más ruido que si hubiera hablado normalmente.

En la versión que Fouad le dio de esa misma escena, Jasmine no salía muy favorecida: le dijo que no cesaba de contorsionarse, llevándose las manos a las caderas, y que de vez en cuando su rostro se iluminaba con una sonrisa fresca, pero que a la vez traslucía una sofisticación un poco burguesa.

—¿Burguesa? —se indignó Jasmine.

En ese momento ya llevaban saliendo dos meses.

—Digamos educada, un poco forzada. Hipócrita, vamos.

Fouad no quería herirla, pero, en lugar de echarse atrás, fiel a la profunda sinceridad de su naturaleza, llegó hasta el fondo de su impresión:

—Eso es, ya lo sé: era una falsa desenvoltura. Te movías con falsa desenvoltura. No parecías natural, como todas las pijas... eso es. Y luego... me di cuenta.

Sin embargo, la verdad era que se había «dado cuenta» mucho antes, ya en el primer contacto. En cuanto Christophe se marchó enfadado y Jasmine se acercó sonriente a la mesa de Fouad y simplemente le preguntó, inclinando la cabeza:

—¿Rony?

Esperaba realmente a «Rony» en Pigalle, un periodista que trabajaba para una revista de música y al que nunca había visto. Fouad lo comprendió y, como ese día estaba bromista, respondió aparentando sorpresa pero realmente encantado, mostrándose alegre y caluroso como si se conocieran de toda la vida:

—Sí, soy yo.

—¿Rony, de *Diapason*? Soy Jasmine Chaouch... Teníamos una entrevista.

—Sí, la esperaba, pero ¿podemos tutearnos?

Y Jasmine se lo creyó durante al menos veinte minutos, dejándose preguntar acerca de la música barroca por un impostor con el que acabaría pasando las dos horas y casi ocho meses siguientes.

Jasmine interrumpió de repente el curso de sus recuerdos. Detrás de uno de los plátanos que le ocultaban la vista del canal creyó ver la llama de una vela. Un rumor ascendía de la calle. Abrió la ventana y oyó exclamaciones de admiración. Lo que vio al cambiar de ventana era que no se trataba de una vela sino de una flotilla de velas, decenas, centenares de velas que descendían por el canal flotando sobre unas boyas rojas en forma de cúpula.

La visión de esas llamas en el aire cremoso de la tarde hizo que se le saltaran las lágrimas.

Casi no hacía viento, ni un soplo de aire que sacudiera el follaje de los árboles, y las velas, en verdad a miles, cubrían toda la superficie del canal, a lo largo de decenas de metros, rodeadas por un cortejo de mirones a una y otra orilla, que luego Jasmine advirtió que también llevaban velas, encendedores y algunos —sin duda los promotores de la manifestación— camisetas blancas con la efigie de su padre.

3

La imagen dio la vuelta al mundo. Se vio en la CNN, en CCTV, en Al Jazeera, en canales rusos, ingleses y brasileños. Se presentó como un inesperado contrapunto de la violencia urbana: las llamas de las velas contra las de los cócteles molotov. Durante toda la tarde pareció que Francia se hubiera convertido en el centro mediático del mundo, con su presidente en coma y el pueblo desfilando para ayudarle a no hundirse en el otro mundo.

En Saint-Étienne, Fouad vio a una chica en la cadena LCI, en camiseta blanca con el rostro de Chaouch y la inscripción GENERACIÓN CHAOUCH, a la que entrevistaban acerca del origen y el objetivo de la manifestación. Con sus ojos tiernos explicaba que aquello no tenía nada que ver con el Partido Socialista, aunque allí estuvieran presentes personas, como ella, que habían participado en la campaña. La idea de la manifestación se había lanzado a la par en Facebook y Twitter y al principio se habían congregado solo unas decenas de personas, pero enseguida había corrido la voz y aún se esperaba que se sumara más gente. Todos los parisinos estaban invitados a acudir allí para manifestar su apoyo al presidente y a su familia. «¡Adelante, venid!», concluyó con una mirada ardiente pero ligeramente artificiosa.

Fouad dejó el mando a distancia y subió las escaleras corriendo. Abrió las puertas de par en par e invitó a todos a reunirse con él en la sala. Al pasar Slim frente a él, Fouad estuvo a punto de asirle del hombro para pedirle explicaciones acerca del travesti gitano. Puede esperar, decidió ante el rostro entusiasta de su hermano.

Al llegar abajo, Slim y Luna se quedaron boquiabiertos ante la imagen que LCI emitía permanentemente, con un plano del plató de esa enésima edición especial sobreimpreso en un recuadro. Dounia y Rabia, que estaban escuchando canciones antiguas en la otra habitación, también se reunieron con los demás y se sintieron igualmente emocionadas. Fouad rodeó el hombro de Rabia y se limitó a sonreír hacia la pantalla. Esperaba que la visión de esos miles de velas fuera un bálsamo para el corazón de su tía, pero no fue el caso. Después de asir el mando y de zapear las cadenas internacionales, sintió una profunda tristeza y se echó a llorar.

—Todo irá bien, Rabia —la tranquilizó Fouad sosteniéndole la cabeza contra su pecho—, todo irá bien, ya verás.

Rabia asintió y dejó pasar diez segundos antes de rebelarse:

—¿Qué va a ir bien? ¿Cómo que todo irá bien? ¿A qué viene eso de que todo irá bien? ¡Anda, dímelo!

Dounia hizo una señal a Slim y a Luna para que subieran al piso de arriba. Fouad intentó consolar a Rabia, pero desde que se había alisado el cabello parecía haber cambiado de los pies a la cabeza: ya no toleraba que quisieran manejarla.

—¿Por qué no puedo llamar a mi hijo? —gritó de repente, imponiendo el silencio alrededor de ella y en todo el vecindario—. ¿Por qué? ¿Qué derecho tienen a prohibirme hablar con mi hijo?

—Szafran cree que seguramente podrás hablar con él dentro de dos días. Cuando acabe el plazo de detención...

Rabia se quedó boquiabierta, escandalizada. Su rostro estaba desfigurado por las lágrimas.

—Dos días... ¿Y luego qué me dirán? ¿Diez días? ¿Dos meses? No, a la mierda, quiero hablar con él ahora mismo. Fouad, *richek* Fouad, búscame el número de ese inspector *rhla*, el que nos ha interrogado.

—No sirve de nada, tía, no sirve de nada...

—Fouad, ¿sabes lo que me ha dicho una?

—¿Quién? ¿A quién te refieres, tía?

—¡Annie! La mujer a la que le cuido los críos. Al volver del cementerio la he llamado para preguntarle... para saber cómo estaba, cómo estaban los críos, y me ha dicho que no me preocupara por eso, que ya no me van a necesitar. ¿Y sabes qué me ha dicho? ¿Sabes qué me ha dicho la muy zorra? Que Jean-Michel y ella se han traído a casa a la abuela, y que como no tiene nada que hacer insiste en ocuparse de las criaturas, *zarma!* ¡Te das cuenta? Oía llorar a los niños detrás de ella, diciendo «Rabia, Rabia...». Ni siquiera puedo... verlos por última vez...

Dounia volvió y también apoyó su mano en el hombro de Rabia. Sin embargo, eso ya fue demasiado para Rabia: tanta solicitud era como un vano recordatorio de la luz que existió antaño en su vida. Y en lugar de echarse a llorar, se dejó caer al suelo, lentamente, dramáticamente, llorando con lágrimas silenciosas que le brotaban a borbotones regulares, de una fuente que parecía inagotable.

—Llora, llora, querida.

Dounia le acariciaba la cabeza a Rabia conteniendo su propio llanto e incitando el de su hermana. Sabía hacerlo, pero no Fouad, que por primera vez se hundió y se echó a llorar: ante la inmensidad del dolor de su tía predilecta, pero también, tal vez, a causa de la esperanza, de la alocada esperanza que en él había despertado la imagen de aquella alfombra flotante jaspeada de llamas y de ilusiones.

4

Desde la ventana del estudio de su primo en Ivry, Gros Momo tenía una vista panorámica de la capital. Con sus majestuosos rascacielos y sus centelleantes tejados de oro y plata. A pesar del estrés que le impedía salir y comer las patatas fritas de Djinn, Gros Momo se sentía privilegiado al poder enfocar los prismáticos al Sacré-Coeur o a la torre de Montparnasse.

Era obvio que los monumentos se hallaban lejos, pero por lo menos allí estaba; y para el «chiquillo» natural de Saint-Étienne que nunca había ido más allá del estadio de Gerland —y solo para zurrar a los aficionados lioneses—, las quejas de los franceses de los suburbios le parecían lamentaciones sin fundamento: ¿cómo podía uno quejarse con semejantes vistas? En ningún momento se le pasaba por la cabeza que esa capital tan prestigiosa y tan próxima se hallaba en realidad más lejos desde ese lado de la circunvalación que desde las tranquilas y aburridas orillas de su Loira natal.

Naturalmente, Djinn estaba allí para recordárselo:

—¿De qué sirve ver la torre Eiffel desde la ventana, *zarma*, si para ir allí te para diez veces la pasma por el camino?

Ya al día siguiente de su llegada, Djinn se ponía de los nervios al ver a su primo gordo y provinciano plantado ante el ventanal.

—Eh, tío, Momo, ven un minuto, tengo que decirte algo.

Como buen «parisino», Djinn siempre se traía algo entre manos. Un misterioso recado que tenía que hacer o un favor urgente. Llamaba «griego» al kebab y decía «marcarse un *mouff*» para ir a dar una vuelta por la rue Mouffetard. Gros Momo estaba muy impresionado. Además de pasar costo tenía su propio negocio: unos vaqueros que compraba a precio de fábrica a un «colega» mayorista y que revendía en Facebook. Con solo dieciocho años, ya se pagaba su propio estudio, así como un ciclomotor y el último iPhone. En la nevera siempre tenía Coca-Cola, pero nada más: por la noche siempre se traía a casa un «griego» o una hamburguesa del McDonald's. Cada noche. El primo Djinn llevaba una vida de lujo. Bastaba ver sus polos Lacoste y los frascos de Hugo Boss. Y luego su consumo personal, que no eran un par de miserables barritas de costo, sino unas voluminosas bolsas muy guapas de hierba Amnesia, la preferida de Krim.

Y era precisamente de Krim de quien se trataba cuando Gros Momo se reunió con él en la cocina, al abrigo de las miradas sospechosas de París y del faro superpotente de la torre Eiffel.

—¿Quieres ver lo que ha hecho tu amigo? Pon la tele…

Gros Momo buscó el mando, Djinn se impacientó y pulsó el botón oculto en el canto del televisor de pantalla plana.

Todas las cadenas habían interrumpido la programación y mostraban, desde diferentes ángulos, el canal Saint-Martin cubierto de velas. La imagen era a la vez espectacular y reconfortante. Al cabo de unos minutos, Gros Momo comprendió que se trataba de un homenaje a Chaouch, de una manifestación de apoyo. Boquiabierto, hubiera querido comunicarle a su primo el particular sentimiento que se había apoderado instantáneamente de él, una especie de alegría inédita, un poco histérica, ante esa mezcla de belleza y de bondad, pero Djinn lucía una sonrisa sardónica y meneaba condenatoriamente la cabeza.

Su móvil vibró y se puso muy serio.

—Tengo que irme. Volveré mañana. No hagas burradas, ¿vale?

Gros Momo cambió de canal y escuchó, sin entenderlo todo, un debate acerca de «la Francia que ha votado a Chaouch». Las mujeres y los jóvenes habían votado masivamente por él, así como —«la mayor sorpresa del escrutinio», opinaba uno de los invitados— buena parte de las clases populares que habían abandonado los extremos a pesar de los violentos ataques de la derecha contra el elitismo del candidato socialista.

Geográficamente, Chaouch había conquistado el oeste y el norte del país, la mitad este de París y el extrarradio conflictivo, por descontado, acerca del cual dos especialistas de la geografía electoral no se ponían de acuerdo: uno sostenía que la inscripción en las listas electorales de los hijos de inmigrantes de la famosa «tercera generación» había constituido un movimiento masivo y determinante en el resultado electoral, y el otro defendía lo contrario. Gros Momo hubiera preferido creer al primer analista, pero tenía un aspecto severo y se parecía a un profe de mates que había tenido. El otro era rechoncho, barbudo y simpático, y consideraba que el fenómeno del voto del extrarradio era interesante pero marginal. Gros Momo concluyó que había hecho bien no votando, que eso no había influido en la victoria de Chaouch y, en todo caso, no la había evitado.

–Uf –resopló.

En ese momento había olvidado por completo que quien le había disparado a Chaouch era su mejor amigo. Lo último que le había dicho Krim –en los arbustos alrededor del gimnasio– era si iría a votar, a lo que él respondió tontamente: «¿Para qué?». Unas palabras de las que se avergonzaba mientras el presentador del programa exaltaba, en voz en off sobre las velas del canal Saint-Martin, a esa juventud francesa que había elegido resueltamente a su candidato y que merecía, ahora más que nunca, el nombre de Generación Chaouch.

5

En su despacho, el rostro liso y sonriente de Montesquiou se multiplicaba en una docena de viñetas enmarcadas: al lado del presidente, de Bill Gates, de Tony Blair, de célebres policías de ficción como Kiefer Sutherland, alias Jack Bauer, y de oscuros ministros del Interior europeos cuyos nombres confundían incluso los especialistas. Ese despliegue de encuentros con celebridades no era inusual; sí lo era, en cambio, otra foto, colgada detrás de la puerta de la caja fuerte, por lo que no se suponía que sus visitantes pudieran verla, pero que sí vio el ingeniero informático que esa tarde fue brevemente recibido por el joven director de gabinete:

–¿Qué es esa foto? –no pudo evitar preguntar el informático.

En la foto se veía a Chaouch en la tribuna, sudado, extático, durante el discurso pronunciado entre la primera y la segunda vuelta de las primarias socialistas: en la primera vuelta quedó segundo, para sorpresa general, y podía considerarse que ese «discurso a la juventud», tan extraño, apasionado e inusual en boca de un político, había sido el golpe de suerte fundacional de su irresistible ascensión. Esa noche Montesquiou se hallaba frente al televisor y, tres días antes de la segunda vuelta que consagraría a aquel eurodiputado prácticamente desconocido en candidato del primer partido de la oposición, la mano izquierda de Vermorel comprendió que, para su bando, el ángel de la muerte había adoptado los inesperados rasgos de un tribuno árabe con físico de actor y voz cálida, que se atrevía a todo frente a una multitud enardecida.

Montesquiou no quería olvidar la imagen de ese hombre por culpa del cual podía tener que marcharse, abandonar ese despacho, el ministerio y los privilegios; esa foto de Chaouch era su *memento mori*. Recuerda que tu poltrona acolchada es un asiento eyectable. Naturalmente no le dijo nada de ello al ingeniero de la DCRI que venía discretamente a entregarle una decena de páginas anotadas, analizadas con rotulador rojo y selladas con la mención «Confidencial – Defensa».

—¿Ahí están todos los mensajes de los cuatro últimos meses? —preguntó Montesquiou con cierta impaciencia.

—Todos —respondió el informático con voz susurrante—, incluso los que borró.

—Está claro que para vosotros no hay nada imposible.

Solo le llevó media hora revisar los comentarios al margen que figuraban en esas páginas. Acabó de leerlas en el coche que le llevaba a la SDAT.

Cuando atravesó las dependencias de Levallois-Perret, muchos ni siquiera le oyeron y algunos subalternos, azorados al reconocerle a destiempo, le dirigieron un saludo crispado.

El capitán Tellier se contentó con un gesto de la cabeza, deferente pero no desprovisto de perplejidad. Podía entender que el interrogatorio de Krim interesara en la place Beauvau, pero la visita diaria del director adjunto del gabinete de la ministra ya le parecía demasiado. Con ironía, Montesquiou preguntó:

—¿Ha logrado hacerle hablar, capitán?

Tellier respondió que le estaba haciendo sudar, lo que significaba que el interrogatorio no daba frutos.

—La verdad es que no parece saber gran cosa…

—Capitán, quisiera hablar con él a solas unos instantes.

Tellier no ocultó su descontento, pero no podía negarse. Montesquiou tenía poder para, con una llamada, destinarlo a la policía departamental de Rillieux-la-Pape.

—¿Prefiere que esté presente o…?

—No, preferiría que me diera usted un cigarrillo —respondió Montesquiou con sequedad sin mirar siquiera al capitán.

Tellier había dejado de fumar dos meses atrás; le pidió uno a un colega del equipo de día y se lo dio al poderoso asesor.

Cuando entró Montesquiou, su primer gesto fue apagar la webcam y depositar su bastón sobre la mesa ocupada por el ordenador.

—¿Fumas?

Krim no respondió. Apenas tenía fuerzas para fruncir el ceño a fin de mostrarles a todos aquellos polis lo mucho que les detestaba. Sin embargo, desde que fumaba nunca había pasado veinticuatro horas sin fumar y recordó precisamente haberse fumado un cigarrillo antes de reunirse con el pelirrojo. E incluso recordaba haberlo apagado cuando aún le quedaban por lo menos cuatro caladas. Al pensar en ello, esas cuatro caladas sacrificadas con despreocupación le asfixiaban más que la propia carencia fisiológica de nicotina.

—Bueno, como no te apetece fumar y no quieres responder, hablaré yo. Mira, tanto si hablas con los polis como si no, irás al talego, eso ya lo habrás entendido tú solito. Pero mañana o pasado mañana, el capitán probablemente te hará una proposición: si cantas, quizá podría hablar con el juez para buscarte algún atenuante. Eso que no dejas de repetir desde ayer, de que has sido manipulado, etcétera, etcétera.

A Krim le horrorizaba la voz de aquel tipo. Era la voz de una persona a quien nada le importaba. Era, decididamente, la voz de Nazir.

—Pero debes saber que cuando te lo proponga te estará mintiendo. No es más que un simple capitán de policía y por mucho que hable con el juez nada cambiará.

—En tal caso —intervino Krim, más para no dejarse invadir por esa voz malsana que por decir algo—, ¡será mejor que tenga la boca cerrada!

—Lo has entendido perfectamente.

Krim no entendía nada.

—Ahora te hablaré de mí. ¿Seguro que no quieres fumar?

Krim movió levemente el mentón. Montesquiou le ofreció un cigarrillo.

—¿Y cómo lo enciendo?

—Te daré el encendedor cuando me hayas escuchado hasta el final.

6

—Adelante, pues. Me llamo Pierre-Jean de Montesquiou y soy director del gabinete de la ministra del Interior. Todos esos polis que te han interrogado, y también sus jefes, se bajan los pantalones delante de mí. Me detestan porque tengo veintinueve años, he estudiado en una gran escuela para ser alto funcionario y me consideran un diablo, peor que la peste: un político pretencioso que nunca ha empuñado un arma y que les puede destrozar sus carreras en cuestión de minutos. Porque veo a la ministra cada día, ¿me entiendes? Le susurro cosas al oído y la Vermorel siempre me escucha. Todo cuanto le digo. Esos tíos, y me refiero a los jefazos de la policía, me detestan, pero hay otros que aún me detestan más, unos tipos a los que les gustaría verme muerto: los jueces. A los jueces, no te mentiré, es más difícil pillarlos porque tienen su propio ministerio, el de Justicia, y detestan recibir órdenes, pero en situaciones tan graves como esta no tienen elección. Al dispararle a Chaouch has provocado una crisis más gigantesca de lo que puedas imaginar.

—Pero yo…

—No, escúchame, ya sé que Nazir te obligó. Sé exactamente qué pasó. Y voy a hacerte una confidencia: conozco muy bien a Nazir. Llevaba tiempo vigilándole, tenía pinchados sus teléfonos y, por ejemplo, conozco tus conversaciones con él por SMS…

Inmovilizado por el silencio subsiguiente, los dedos de Krim dejaron caer el cigarrillo.

Iba a agacharse a recogerlo cuando se oyó de nuevo la voz de Montesquiou y se lo impidió con solo la fuerza de su volumen.

—Así que es muy sencillo: hay una cosilla que me intriga. Es una tontería, ya verás, se trata de un SMS. Un SMS escrito en italiano en el que te dice de veros en «G.» el jueves 9 de mayo. ¿Te suena? Te acordarás del SMS en italiano, porque no has recibido muchos…

—¿Un SMS en italiano? No, no sé…

—Escucha, tenemos algo que esos tíos que te gritan a la cara no tienen, nosotros sabemos quién es Nazir. Y comprendo perfectamente que te dejaras influir por él y, sinceramente —colocó su larga y delgada mano rubia sobre su pecho—, me sabría mal que pagases por lo que ha hecho él. Pero así son las cosas: él se librará y a ti se te señalará como el único culpable. La verdad es que a la gente que te va a mandar a la cárcel le da igual. Lo único que necesitan es un culpable vistoso, una buena historia que puedan entregarle a prensa. Un joven chorizo, de la tercera generación de inmigrantes, colgado y esas tonterías. Y además un poco chiflado, porque le gusta escuchar música clásica fumando porros. Quiere que se hable de él y le dispara al presidente. Puedes estar seguro, Krim, de que no hay en el país dos personas que puedan evitar que eso ocurra; solo hay una: y a esa persona, la tienes ante ti.

Montesquiou sacó el encendedor del bolsillo e hizo aparecer una llama inmóvil ante las narices de Krim. Krim recogió el cigarrillo con la mano libre y aspiró la primera calada, que fue tan agradable que la cabeza le dio vueltas.

—¿Y qué tengo que hacer?

—Ese mensaje en italiano… ¿Por qué te citó en «G.»? Hubo otro en italiano, justo antes. «Come stai, babbo?» Y luego este. «G.» Intenta recordar.

—Ah, sí… Fueron unos mensajes que me mandó por error. Me dijo que los eliminara, pero olvidé borrar algunos…

Montesquiou vio que Krim intentaba recordar, pero el estrés le impedía concentrarse…

—Bueno —decidió finalmente—, piensa en Nazir, piensa en esos SMS y estoy seguro de que en un momento dado recordarás algo, no sé, algún lugar en un país extranjero del que hablara a menudo, personas extrañas con las que debía encontrarse, una ciudad… Y cuando te acuerdes de algo no les digas nada a esos polis que no podrán hacer nada por ti, guárdatelo en un rincón de tu cerebro y espera a que yo vuelva a verte. ¿De acuerdo?

Por primera vez, Krim no se sintió observado por Montesquiou como un espécimen de alguna forma de vida inferior.

Se armó de coraje y preguntó:

—¿Chaouch ha muerto o no? Dicen que sí, pero no les creo… esos cabrones solo quieren que tenga *khalai*…

Montesquiou le miró divertido.

—¿Y qué significa «khalai»?

—Quiere decir miedo —respondió Krim sosteniéndole la mirada al alto funcionario.

La forma extrañamente durmiente de sus ojos contradecía su azul gélido; los párpados no estaban hacia arriba como en los rostros malignos e irónicos, y parecía incluso que hubiera bastado un detalle para que esa mirada cruel se metamorfoseara en su contrario, dulce y melancólica.

Ese detalle, sin embargo, era invisible o, para ser más exactos, imperceptible. Y Montesquiou se apoyó en su bastón y salió sin informar a Krim del estado de salud de su ilustre víctima.

Fleur, la chica que ahora conducía a Nazir, tenía los párpados muy parecidos a los del director adjunto del gabinete de la ministra. Y en su caso la melancolía y la dulzura inherentes a sus rasgos también habían desaparecido debido a las vueltas que había dado su vida. Salvo que, por una parte, lo que iluminaba la mirada de Fleur no era el cinismo político, sino una especie de pánico perpetuo; y, por otra, el color de sus ojos, igualmente de un azul ártico, estaba falseado desde hacía unos meses por unas lentillas verdes que le había regalado Nazir y que le exigía que cambiara cada semana.

Al principio Fleur no comprendía la obsesión de aquel al que llamaba el hombre de su vida. Nazir se lo había explicado, pero de forma confusa: decía que era cuando dormía cuando más bella le parecía y que esos ojos verdes ofrecían la ilusión del adormecimiento más que los azules.

Una noche, en Zurich, le confesó que todas sus novias habían sido más o menos iguales: unas dobles de ella, unas jóvenes criaturas sonámbulas de boca entreabierta y labios enfurruñados como si intentaran asir el extremo de una caña imaginaria, de nuca fina, cálida y blanca envuelta en pañuelos y bufandas de tonos rosas pálidos, para acentuar el verde acuático de su mirada que pertenecía al país de los sueños.

A sus casi veintiún años, Fleur ya solo encarnaba imperfectamente esa fantasía de la que Nazir afirmaba que ella constituía el máximo exponente: la vida exiliada en aquella aldea de los Alpes suizos la había hecho robusta, su nuca y sus hombros habían perdido su romántica redondez, sus manos eran cuadradas, sus antebrazos se habían endurecido y sus labios mohínos estaban agrietados.

Había cambiado además unas veinte veces el color de su cabello desde la pubertad: del caoba al rosa con mechas violetas, pasando por morenos a cuál más desastroso. No fue hasta su exilio en Suiza seis meses atrás cuando se resignó a recuperar su rubio ceniciento original. Pero para no parecer la muchacha de buena familia que había sido hasta los quince años, y de la que aborrecía hasta el menor detalle —desde el porte de su cabeza a la manera de sentarse en una silla—, descuidaba meticulosamente sus cabellos, que, recogidos con una espantosa cinta fucsia, caían como una vulgar cola de caballo sobre el reposacabezas de su asiento de conductora, y que además, como espetó Nazir en un irrefrenable impulso de irascibilidad, «apestaban».

—Joder —exclamó Fleur—, no nos hemos visto desde hace dos meses y me tratas así.

—Pero ¿qué creías? ¿Que me reuniría contigo en el escondite y haríamos el amor apasionadamente rodeados de velas y rosas?

No dejaba de volverse para comprobar que nadie les siguiera por aquella carretera de montaña. Sin embargo, la noche estaba envuelta en una espesa niebla y, cuando el todoterreno giraba al salir de una curva pronunciada, a Nazir le hubiera resultado imposible ver más abajo el resplandor de unos faros enemigos.

Fleur se enjugó las comisuras de los párpados y abrió la boca para evitar echarse a llorar o vomitar.

Nazir se concentró en el mapa de carreteras. El débil resplandor azul de su BlackBerry le obligaba a desplegar el plano en sus narices. Fleur alzó la vista y encendió la bombilla situada junto al retrovisor central. Nazir la apagó inmediatamente. Para dominar la rabia que se apoderaba de él, cerró los ojos y lució en sus labios una amplia sonrisa inmóvil. Vio que Fleur se había vestido de punta en blanco para su reencuentro: había elegido su vestido de flores más bonito y sus Converse de un azul grisáceo descolorido. Nazir apartó la imagen mental de la chica al recibir su SMS y salir corriendo para reunirse con él, dejándolo todo.

—Lo siento, Fleur —dijo apoyando la mano sobre su rodilla rasguñada—. Es el estrés de… Estoy seguro de que Waldstein, que era quien debía conducirme hasta ti, les proporcionaba nuestras coordenadas, quizá simplemente con el GPS, así que no podía correr más riesgos. Créeme, sé lo difícil que ha sido para ti, estos meses preparando el escondite y además… la soledad… la imposibilidad de vernos…

—Ha sido infernal.

—Lo sé. Sé por lo que has pasado. Pero lo más duro…

—¡Lo más duro ha sido no poder verte! ¡No poder llamarte!

—Me vigilaban, Fleur. No tenía elección. Últimamente vigilaban todas mis tarjetas, hasta la que utilizaba para hablar con mi… madre.

—Sí, pero ha sido… ha habido momentos en que no podía más. Al final lo he aceptado y creo que la vida en la granja me ha sentado bien. Perder de vista esos caretos…

Nazir la interrumpió con un gesto de la mano. Habían llegado a lo alto del puerto.

—Métete detrás de esos arbustos, allí. Quiero comprobar que nadie nos sigue.

—Nazir, te estás volviendo loco, ¡hace tres horas que circulamos por un desierto! Mierda... ¿estás seguro de que no podemos volver a Sogno?

Era el lugar donde Fleur había pasado los últimos meses. Había una granja abandonada, a unos kilómetros del pueblo, entre colinas boscosas y prados floridos de suaves pendientes. Fleur había almacenado una despensa con productos de primera necesidad; sacaba el agua de un pozo, leía poesía a la luz de una vela y vivía sin electricidad, como los salvajes, lejos de los traicioneros resplandores de la civilización en las ciudades.

—Esta noche dormiremos aquí —declaró Nazir—. Y mañana... ya veremos.

Fleur apagó el motor y vio que Nazir palpaba de una forma muy rara la textura de su americana negra.

—¿Qué haces?

—He escondido unos papeles en el forro. Unos documentos importantes.

Fleur escuchó el ulular de las aves nocturnas.

El todoterreno se hallaba estacionado a unos metros de la carretera, perfectamente invisible. Fleur echó la cabeza atrás y se quitó la cinta del pelo fucsia. El cabello le apestaba, pero no se había dado cuenta de ello hasta que se lo había dicho Nazir.

Abrió de nuevo la boca y recordó aquellas noches de lectura y de soledad, las velas consumiéndose en los candeleros mientras la noche caía a su alrededor.

Se echó a llorar desconsoladamente.

—Te he echado mucho de menos —dijo alzando sus ojos inundados de lágrimas hacia Nazir.

Nazir la ayudó a pasar al asiento trasero para que pudiera tumbarse y calmarse un poco. Sus pantorrillas erizadas de cortos pelos rubios estaban cubiertas de barro y de pequeños rasguños, y Nazir vio que en sus antebrazos desnudos tenía la piel de gallina. Se quitó la chaqueta por primera vez desde la víspera y cubrió con ella el cuerpo tembloroso de fatiga de su cómplice.

—Vamos, duerme un poco —dijo con voz dulce—, todo irá bien...

Y cuando ella se hubo dormido, pasó por su rostro aún ansioso la pantalla de su nueva BlackBerry y murmuró en el mismo tono que dos minutos antes:

—Mi pequeña salvaje...

8

La manifestación de las velas se dispersaba mientras el comisario Maheut supervisaba la «sala», el centro operativo de la Prefectura de Policía situado en el subsuelo de la misma. Para acceder se requería una tarjeta que abría diversas puertas de seguridad. Los agentes que trabajaban allí vestían uniforme y se cuadraban al paso del comisario.

La «sala» era un inmenso puesto de mando provisto de decenas de pantallas conectadas a cientos de cámaras de videovigilancia de la capital. Maheut se hallaba al frente de la Dirección de Orden Público y Tráfico desde hacía un año; nunca había visto aquel búnker tan lleno y activo como desde el atentado del domingo, pero esa noche se habían pulverizado todos los récords. Todos los jefes de estado mayor se encontraban en pie de guerra: CRS, gendarmería, Inteligencia y fuerzas de policía.

Un equipo se ocupaba de las cámaras del canal Saint-Martin. El comisario dio unos pasos hacia otras pantallas y pidió que le enfocaran los Campos Elíseos. Una banda de quince individuos intercambiaba señales discretas para evitar la sagacidad de los policías desplegados sobre el terreno. Maheut tuvo la certeza al cabo de unos instantes de que estaban tramando algo. Ordenó prevenir al escuadrón más próximo, envió dos secciones de refuerzo y observó, en las pantallas nocturnas, la violenta detención que tuvo lugar a continuación. En el lugar de los hechos, el mayor se alejó para hablar por su walkie-talkie:

—Comisario, llevaban encima palos de golf, pero también armas de fuego.

—¿Cargadas?

—Con munición real, comisario —declaró el mayor con inquietud.

Un minuto más tarde, el comisario ordenó:

—Avisad a la embajada norteamericana de que se desplaza hacia ellos.

El equipo del canal Saint-Martin advirtió movimiento a la salida del metro Jaurès, donde acababa la manifestación de las velas.

—¡Comisario, mire esto, rápido!

Maheut se plantó de un salto detrás del capitán que manipulaba las imágenes.

Eran una quincena: unas cámaras pudieron obtener unas capturas de pantalla de los que habían tardado más en cubrirse la cara con bufandas negras. Las imágenes fueron transmitidas inmediatamente a un centro de tratamiento, donde se cotejaron con las bases de datos de los servicios de policía de Île-de-France.

—¿Cuántas secciones de CRS tenemos para rodear la manifestación? ¡Despliéguenlas todas!

El prefecto de policía Dieuleveult había prohibido todas las manifestaciones, pero aquella, convocada en el último minuto a través de las «redes sociales», como decían los periodistas, había escapado al control de los servicios de inteligencia.

En el puesto de mando que dirigía el comisario Maheut habían visto cómo los mirones se agolpaban en las orillas del canal sin poder dispersarlos con las pocas unidades presentes en el lugar. Para no provocar incidentes, el comisario Maheut decidió dejar que la manifestación se desarrollara durante cuatro horas y envió secciones de las CRS a la place Jaurès, al final del cortejo, para prevenir la eventual irrupción de provocadores.

Fueron detenidos sin dificultad, pero uno de ellos saltó al canal para huir de la policía. Maheut observó a los CRS con botas militares descender las escaleras y desplegarse en los dos muelles para atrapar al fugitivo. Este, sin embargo, seguía nadando. Maheut se vio obligado a tomar una decisión: ordenó a los hombres allí presentes que se arrojaran al agua para evitar que se ahogara. No sabían si había tomado drogas, por ejemplo, y no era cuestión que esa manifestación pacífica acabara con un muerto.

Los CRS refunfuñaron, pero acabaron obedeciendo. Unos minutos más tarde, la manifestación se había disuelto y el prefecto de policía felicitó al joven comisario, por teléfono, por su inteligente gestión de los acontecimientos.

Hubo, sin embargo, una imagen entre los aplausos de la sala que obsesionó a Maheut durante las horas siguientes: el joven encapuchado que había estado a punto de ahogarse tenía la cabeza entre las manos en una pantalla que ya nadie vigilaba. Estaba esposado, suficientemente lejos del borde del canal para que no tuviera la tentación de arrojarse de nuevo al agua, vigilado por unos policías, y lloraba, lloraba como un chiquillo, temblando bajo la implacable luz amarillenta de las farolas del muelle.

MARTES

IX

BRUJERÍA CONSTITUCIONAL

1

El editorial titulado «PLENOS PODERES» disparó el número de visitas en la web de Avernus.fr, el diario que más hostil a Chaouch se había mostrado —y con diferencia— durante la campaña. En los tres párrafos redactados en forma de carta a Nicolas Sarkozy no se hablaba únicamente de esos plenos poderes inéditos en la historia de la V República —desde el general De Gaulle en 1958—, sino también de la campaña electoral, de Francia, que había vivido en ese momento un «auténtico fenómeno de alucinación colectiva», dejándose «encantar por una serpiente neoliberal con carnet del Partido Socialista», y finalmente del balance de las dos noches de disturbios, bautizados allí como «saqueos», iniciadas, «recordémoslo», en Grogny —«y cabe preguntarse qué política municipal impulsaría un presidente que ha convertido su ciudad en un polvorín»—, y que proyectaban en el exterior la vergonzosa imagen de un país al borde de la hecatombe. El editorial concluía:

> Fue un bárbaro llamado Clovis quien fundó Francia. Basta ya de cautela y de cálculos cínicos, digámoslo bien claro y fuerte: no dejaremos que un puñado de salvajes la destruyan. Señor presidente de la República, no rehúya su responsabilidad y sea en pleno temporal un capitán valiente y aguerrido: asuma los plenos poderes.

El hombre que había escrito esas líneas, el hombre al que se le había reprochado su «increíble indecencia» en todos los programas a los que se le había invitado, el hombre que se había defendido solo contra todos y que había sido, de hecho, el primero en romper el consenso mediático en torno a la idea de que había que calmar la situación a cualquier precio, ese grandioso adversario de la paz esperaba tranquilamente, ese martes 8 de mayo —cielo cubierto en la mitad norte del país, temperaturas caniculares debidas al frente cálido llegado el jueves anterior del norte de África—, en una famosa *brasserie* de Saint-Germain-des-Prés a la que le había invitado su antiguo compañero de universidad, Henri, convertido ahora en el señor juez Wagner, pero que manifiestamente seguía siendo igual de impuntual.

El juez Wagner llegó diez minutos tarde, sin corbata, con la cabeza aún embotada después de haber pasado toda la noche examinando las escuchas de los teléfonos de Nazir Nerrouche.

Tendió la mano al editorialista más irresponsable de Francia. Putéoli no se puso en pie para estrechársela y se limitó a un «¿Cómo estás?» excesivamente caluroso.

—Menudo editorial —le espetó Wagner al sentarse frente a él—, por lo menos debo reconocer que sabes cómo hacer que se hable de ti...

Putéoli sonrió entre sus dientes de roedor.

—Es un placer saber que eres uno de mis fieles lectores.

Wagner tamborileó con los dedos sobre la mesa y buscó con la mirada a un camarero para reprimir su deseo de mostrarle el inmenso asco que sus maneras taimadas le producían.

La conversación, apenas iniciada, se halló en un punto muerto, con los dos hombres frente a frente sin mirarse, pues ninguno quería romper el hielo; Wagner, que tenía más necesidad que su interlocutor de que el diálogo se desarrollara armoniosamente, se tragó su ira y preguntó al otro por su familia.

Estuvieron hablando unos minutos y pronto el silencio se hizo de nuevo en la mesa. Putéoli alzó una ceja y preguntó fríamente:

—¿Qué quieres, Henri?

—Mira, tienes razón, a la mierda la educación. Quiero saber cómo has conseguido en primicia el vídeo de la detención. Te lo pido como... amigo...

Putéoli echó la cabeza hacia atrás.

—Sabes perfectamente que no revelaré mis fuentes. Espero que no sea por esto por lo que has insistido en vernos, estos días estoy muy ocupado.

—Dime por lo menos cómo tu periodista, esa Marieke Vandernose-cuántos, ha podido tener acceso al organigrama de la DCRI... ¿Qué más hay en el resto del reportaje? ¿Qué son esos «increíbles fallos»? ¿Cómo sabe todo eso? ¿Ha tenido acceso a la investigación preliminar?

Los ojos del dueño de Avernus.fr se hallaban como de costumbre inmóviles, recelosos, pero acababa de aparecer en ellos un leve velo de júbilo que provocaba unos movimientos incoercibles en las comisuras de sus labios.

Wagner, demasiado cansado para seguir humillándose, frunció el ceño.

—Créeme —dijo mirando fijamente el borde brillante de la silla metálica—, no tengo ningunas ganas de «obligarte» a decirme cómo sabéis todo eso, es algo que va contra mis principios...

Putéoli se regocijó.

—Tus principios. ¡Ah, las mentes sutiles... las almas puras...!

Ahora los dos hombres se miraban a los ojos. Putéoli prosiguió apoyando las dos manos sobre la mesa vacía:

—No me vengas con cuentos, Henri. El país entero está pendiente de la decisión del Consejo Constitucional, una organización terrorista de la que nadie sabía nada ha logrado abatir a un candidato a las presidenciales, esto se ha convertido en el Salvaje Oeste... ¿y me amenazas por una tontería? ¿De qué vas a acusarme, de violar el secreto de sumario por el vídeo de la detención? Pero si el secreto de sumario no existe, no me vengas con esas...

Wagner hubiera deseado tener a mano el Código de Legislación Procesal para arrearle con él.

Putéoli adoptó un aire de victoriosa seriedad, como para justificar con su editorial el giro que había dado a su vida en esos últimos meses, un giro que la había hecho palpitante, y esa palpitación se había convertido en una droga: los platós de televisión, los sermones exaltados, las amenazas de muerte y los apoyos de voces más poderosas que la suya, de mentes más brillantes y profundas que, sin embargo, se inclinaban ante su espíritu combativo y su presencia mediática.

—Es la guerra, Henri, y por tu cargo deberías saberlo.

—Vete a la mierda.

—Es la guerra —repitió, y citó a Shakespeare—: «En las ciudades, rebeliones; en los campos, discordia; en los palacios, la traición; y los lazos entre las hijas y los padres, rotos...». ¿Dice hijas o hijos? No me acuerdo...

Sumido en su tumulto interior, Wagner no comprendió la alusión.

—Veo que no me dejas elección. ¿Te acuerdas de Jean-Baptiste? ¿Jean-Baptiste Chabert? El cabrón es director general de Hacienda. Era el mejor, me dirás, el mejor de todos nosotros. Pasamos juntos unos días de vacaciones el verano pasado, le invité al sur con su nueva mujer. Una mujer muy guapa, y nos lo pasamos muy bien...

Esa amenaza apenas velada de una inspección fiscal hubiera debido despertar el pánico en Putéoli, pero, por primera vez, su mirada huidiza permaneció inmóvil y no perdió su perfidia. Se levantó tranquilamente de la mesa, ajustó su pajarita y declaró sonriendo a su viejo camarada, con la firme seguridad del hombre al que el Señor del universo hubiera adoptado bajo su protección:

–Menudos principios los tuyos... El gran juez de izquierdas que me amenaza con romperme las piernas como un vulgar mafioso... Haz lo que debas hacer, Henri. Yo no te diré nada.

2

Como Mansourd había imaginado, el banco zuriqués se negaba a entregar las cintas de videovigilancia. El comandante esperaba que Wagner llevara razón y que la vía diplomática diera frutos. Por supuesto, mientras los Ministerios de Justicia francés y suizo se ponían de acuerdo, Nazir seguía en libertad; sin embargo, los controles en los aeropuertos se habían reforzado y gracias a la Interpol los avisos de búsqueda colgaban en todos los puestos de policía helvéticos, y en particular en las fronteras con Alemania, Austria e Italia. Las televisiones locales difundían ampliamente las «noticias» nacionales sobre el enemigo público número uno. A menos que se enterrara en una gruta o consiguiera la poción de la invisibilidad, no era irrazonable considerar que el fugitivo no tenía escapatoria.

De regreso en la sede de la SDAT, y después de estudiar las decenas de llamadas de personas que aseguraban haberle visto en el bar de la esquina, el comandante se informó acerca de lo que proporcionaban la vigilancia electrónica y las escuchas de la familia Nerrouche. El teniente que las dirigía respondió meneando la cabeza negativamente; le acompañaba un traductor de árabe que no entendía el cabilio.

–¿Y Fouad? ¿Ha hablado con la hija de Chaouch?

–No, la ha llamado varias veces, pero la seguridad de Chaouch lo tiene controlado...

–¿Y qué, ni una palabra sobre Nazir? –se indignó el comandante, que manifiestamente andaba corto de sueño–. ¿Ninguno de ellos?

Y, en efecto, dos noches después del atentado, los discretos ángeles que vigilaban el domicilio de Dounia podían dar fe: entre aquellas paredes no se había pronunciado ni una sola vez el nombre de Nazir. Sin embargo, ocupaba todas las mentes y se extendía poco a poco como un humo negro e intensamente tóxico.

Salvo que aún no se había dado con la forma de pinchar las mentes para tenerlas bajo escucha.

Dounia fue la primera en despertarse y pareció sucumbir a ese humo negro lavando algunos platos para entretenerse mientras se hacía el café. Dejó correr el agua durante un minuto y divagó imaginando que los dos grifos, el rojo del agua caliente y al azul de la fría, representaban a sus dos hijos mayores, irreconciliables, pero ya no como antes. Ahora ya no eran dos caracteres fundamentalmente diferentes que podía soñar que un día, aunque fuera lejano, dispuesta incluso a esperar a otra vida, lograría que pudieran cohabitar; no, era ya algo que su corazón de madre no podía concebir, algo que apuñalaba su corazón atrofiado en el mismo instante en que se le pasaba por la cabeza: el hecho, ya no solo incontestable sino públicamente notorio, de que había parido un monstruo.

Aún no se oía ruido alguno en el piso: se fumó un cigarrillo en la ventana que daba al aparcamiento en silencio más allá de su césped. Dado que en la residencia de ancianos privada en la que trabajaba como auxiliar de enfermería no tenía derecho a reducción de la jornada laboral, se había pedido la baja hasta el miércoles. El jueves por la mañana debería volver al trabajo, limpiar a los dieciséis viejos de la planta que se hallaban bajo su responsabilidad, ocuparse de sus escaras, de las perfusiones y quizá incluso llevar a cabo algún aseo mortuorio como la semana anterior, con aquella vieja que sufría un cáncer de colón y a la que había dejado dos horas en la habitación cerrada con llave, ocupándose de los otros ancianos mientras de la boquita de la difunta manaba sin cesar un flujo de mierda verde.

Cuando solo le quedaba una calada de su cigarrillo, Dounia encendió otro con la colilla del primero. A mitad de ese segundo cigarrillo seguido que la hacía sentir culpable, oyó el despertador de Fouad en el salón contiguo y se apresuró a apagarlo, pero Fouad se despertó por el enésimo ataque de tos de su madre en lugar de por la alarma del móvil.

Irritado por haber dormido solo tres horas y por la sensación de tener mal aliento, preguntó a su madre mientras se servía el café:

—¿Qué coño hacías en el hospital el domingo por la tarde?

—¡Ay, no empieces otra vez! —dijo Dounia abandonando la habitación cabizbaja.

—Contéstame, mamá, ¿pasa algo? ¿Estás enferma? ¡Dímelo, joder!

Dounia estuvo a punto de responder que no estaba enferma por fumar, pero prefirió la verdad, la verdad banal y tranquilizadora:

—¡Fui a ver a Zoulikha! Pobre, no íbamos a dejarla sola…

Subió a la planta de arriba para despertar a Rabia.

Eran las tres y media de la madrugada cuando Rabia, Dounia y Fouad partieron de Saint-Étienne en el Twingo de Dounia. Rabia, al no poder disponer de su guardarropía, había tomado prestado un traje chaqueta de su hermana. Tenía que ir bien vestida para comparecer ante el juez. Sin embargo, Dounia no disponía de trajes variados y las dos vestían la misma falda negra, blusas de colores diferentes —rosa pálido y crema— pero de idéntica factura y un blazer de corte parecido. Dejaron instrucciones para Slim y Luna acerca del teléfono y las salidas —no utilizarlo, no salir bajo ningún pretexto— y una llamada a la jefa de estudios excusó la asistencia de Luna los días siguientes y la dirección manifestó su «comprensión». En cuanto al resto, la nevera estaba llena y no había por qué preocuparse.

Fouad prefirió conducir, dispuesto a cederle el volante a su madre a medio camino. Tenían por delante cinco o seis horas de coche. Fouad pagó el primer depósito de gasolina y soportó los azorados agradecimientos de Rabia.

Tres días antes, Fouad estaba sentado al lado de Krim en el asiento trasero. Krim le golpeó afectuosamente la rodilla. Le preguntó qué significaba la letra de la canción «Nosotros, hijos de Argelia» de Aït Menguellet.

Ahora Krim estaba detenido y Fouad conducía a su madre y a su tía a través de Francia para comparecer ante un juez antiterrorista.

Ese era el significado de la letra de «Nosotros, hijos de Argelia».

A su lado, Rabia dormía; el sol que se alzaba sobre los campos de Cantal embellecía su rostro de pómulos marcados, pero su ceño fruncido no dejaba duda alguna respecto a la naturaleza de los sueños que entrechocaban en su mente. Krim, aprisionado por la institución judicial. Su cabello atrapado en la plancha de la vergüenza. El cuello del tío Ferhat entre las manos de un loco, que le había inmovilizado la cabeza mientras le afeitaba su cráneo de viejo y le dibujaba unas obscenidades espantosas…

En el asiento trasero, Dounia también tenía los párpados cerrados, pero no dormía: contemplaba sus manos sobre las rodillas y trataba de controlar la tos que arrancaba en su interior.

Cuando Rabia despertó, preguntó si les molestaba que pusiera la radio y Fouad lo consideró una buena señal. Aunque las únicas ondas que no chisporroteaban en aquel lugar remoto eran las de France Info, donde hablaban de la segunda noche de disturbios, más violenta aún que la primera. Un gimnasio había sido incendiado, los bomberos habían sido atacados y la fachada de un Ayuntamiento del extrarradio había sido destrozada y cubierta de grafitis con el ya célebre «Sarko asesino».

Un experto en criminología aparentemente mañanero y notoriamente próximo a la place Beauvau avanzó la cifra de casi tres mil detenciones solo durante la noche anterior y añadió que dos mil de esos detenidos habían pasado a disposición judicial, y concluyó su intervención telefónica esperando que el Consejo Constitucional tomara conciencia de adónde podía conducir su «mutismo». La víspera, los Sabios de la rue de Monpensier validaron la elección de Idder Chaouch e indicaron que el primer ministro había presentado recurso para que se pronunciaran acerca de una eventual «destitución» del presidente electo.

Sin embargo, no habían revelado sus intenciones y el criminólogo parecía atribuirles parte de la responsabilidad en la propagación de los disturbios a los suburbios de ciudades donde no hubo enfrentamientos en 2005.

Sintiendo que era muy probable que el tema siguiente tratara de Krim, Rabia pidió a Fouad que apagara la radio. Este no se hizo rogar, aunque tras el silencio subsiguiente silbaban las granadas lacrimógenas volando, cargaban las CRS, resonaban explosiones, ardían miles de coches, y todo ello por él, por el primito, el sobrinito, el hijo adorado.

3

Al despertar, Fleur se pasó la mano por sus lágrimas secas, persuadida de que se habían derramado espontáneamente mientras dormía. Estiró su cuerpo entumecido en el asiento y vio que estaba sola en el coche.

—¿Nazir?

Abrió la puerta y caminó descalza en el alba gélida. Vio a Nazir de espaldas, detrás de los matorrales donde había aparcado el coche en plena noche, absorto en la contemplación de las montañas. Tenía la mano derecha metida entre los botones medios de su americana cerrada y con la izquierda tecleaba en su BlackBerry.

—¿Qué haces?

Nazir debía de haberla oído salir del coche y no se sobresaltó. Ni siquiera se tomó la molestia de volverse para responder con una enigmática frase que pronunció como si hubiera estado preparándola toda la noche:

—Estoy poniendo en marcha a mis tropas.

¿Se refería metafóricamente a sus fuerzas? Fleur comprendió que no era el caso al descubrir, en la gran pantalla de su móvil, una página de Facebook en cuya parte superior se acumulaban las tarjetas rojas.

—¿No se te ocurre nada mejor que meterte en Facebook? Nos está persiguiendo toda la policía de Europa y tú ahí con tus perfiles falsos… ¿Y cómo puedes tener cobertura en medio de la nada?

—Para eso están los móviles. Aunque la verdad es que no hay mucha cobertura. Bueno, déjame acabar, ¿quieres?

Los perfiles falsos de Facebook que había creado desde hacía unos años se elevaban a siete, una cifra más impresionante de lo que parecía. Con sus falsas identidades alcanzaba un número de amigos asombroso, aunque, para sopesar el alcance y las razones del fenómeno, era necesario utilizar el término en femenino: para «atraer» chicas lo más sencillo era fingir ser una de ellas y —por una cuestión de mimetismo— ser, también, joven y guapa.

En la larga y secreta historia del voyeurismo, Nazir consideraba Facebook un acontecimiento tan revolucionario como el nacimiento de Jesús o la invención de la electricidad. Cada día, el aplicado voyeur de Facebook colonizaba nuevos continentes de ninfas y los álbumes de familia de una décima parte de la humanidad ya no eran inaccesibles, guardados en armarios polvorientos, sino que se podían clicar, ampliar y cortar y pegar a discreción.

Por descontado, algunas chicas bloqueaban sus perfiles, pero pocas rechazaban una solicitud de amistad detallada si la petición de la desconocida ofrecía la seguridad precaria pero a menudo suficiente de una o varias amistades comunes. Y Nazir, a quien le encantaban las chicas que formaban parte de equipos, poseía virtualmente, en su diabólica colección, centenares en el mundo entero. No se le escapaba ni un detalle. Conocía sus penas, sus entusiasmos, sus gustos y sus cóleras. Descubría, a menudo en directo, que una gimnasta de Utah acababa de prometerse, o que una majorette de Pas-de-Calais, al hacerse amiga de media docena de homólogas polacas durante una competición internacional, le había abierto las puertas sin saberlo, por capilaridad de «amistades en común», a una *terra incognita* que le llevaría quizá a pasar parte de la noche chateando —de tú a tú y en ese espantoso inglés estandarizado que todo el mundo, absolutamente todo el mundo hablaba— con una inocente y vigorosa rubita de Lvov o de Katowice...

Sin embargo, ese harén virtual de unas cinco mil quinientas vírgenes o relacionadas con estas no tenía para Nazir solo un objetivo erótico. En al menos dos de sus perfiles falsos, él, o más apropiadamente «ellas», solo tenían amistad con habitantes de Grogny de edades comprendidas entre trece y diecinueve años, exclusivamente varones de la barriada de Rameau-Givré, en proceso de marginalización, a los que no se les pasaría por la cabeza rechazar la solicitud de amistad de una guarrilla calientabraguetas. «Ellas» colgaban regularmente series de fotos inteligentemente adictivas de una u otra parte de sus cuerpos, tomadas con sus móviles alargando el brazo en lugares que ni por un segundo cabía sospechar que no fueran reales. Nazir sabía así desde dentro lo que los servicios de contrainsurrección descubrían a posteriori, ocultando su impotencia con largos informes técnicos que el Ministerio del Interior manipulaba en función de las urgencias del momento. Y aguardaba el instante propicio para colgar, en lugar de pedazos de teta que le valían miles de «Me gusta» y otros tantos comentarios, unos mensajes más sustanciales cuyos borradores había tenido tiempo de redactar en lenguaje SMS.

Los párpados de Nazir se cerraron al recordar los más bellos especímenes de su colección; tuvo que abrirlos al oír a Fleur repetir que se estaba muriendo de hambre. Nazir guardó la BlackBerry y señaló, al este, el triángulo pintado en la separación de las dos cimas que parecían cabalgarse: el cielo aún decididamente azul oscuro se estaba tiñendo de púrpura.

—Allí abajo está el valle de Schlaffendorf. Tenemos que rodear el lago y creo que, conduciendo deprisa, aún nos queda una hora.

Y Nazir no se equivocaba al respecto. Después de una hora circulando junto a un lago donde el cielo muy bajo apenas comenzaba a instalar su reflejo, su todoterreno atravesó las primeras casas silenciosas de un minúsculo pueblo. La región de los Grisones era uno de los lugares menos poblados de Suiza; en Schlaffendorf, la densidad de población por kilómetro cuadrado rondaba el 0,7. Las casas estaban a oscuras, sin excepción. Los coches, si los había, dormían en aparcamientos ocultos. La nieve se negaba a fundirse en las faldas de los montes. En algunos tejados las veletas con forma de gallo o de conejo aguardaban inmóviles a que el viento les desempolvara el aburrimiento y la herrumbre. Un perro gris se puso de repente a ladrar, como para recordar a los visitantes que no estaban circulando por un paisaje surgido de sus sueños.

La carretera estaba en malas condiciones y, al acelerar para esquivar al perro, Fleur se percató de que después de haber conducido el todoterreno toda la noche anterior, las ruedas, las llantas y los amortiguadores se habían convertido en prolongaciones de su propio cuerpo y sufría con ellas. Incluso sentía la necesidad de limpiarse la cara al imaginar la carrocería cubierta de polvo.

En lugar de adentrarse hacia el fondo del valle, Nazir indicó a Fleur que girara en un desvío señalizado como carretera sin salida. Le aseguró, empero, que ese era el camino que debían tomar y al cabo de unos kilómetros a través de un bosque espeso la carretera se convirtió en un camino de tierra apenas practicable. Fleur y Nazir pasaron junto a un prado que no figuraba en ningún mapa, un pastizal en pronunciada pendiente detrás del cual se alzaba el sol.

Y, al subir por el camino en el bamboleante vehículo, Nazir vio aparecer un caballo al galope en el lugar de la colina al que se dirigían. Era un caballo negro y lo montaba una chica cuya larga y abundante cabellera rubia le pareció a Nazir, asombrado, fundirse como una oriflama en el deshilachado dinamismo de la primera nube iluminada por la aurora. La amazona encabritó a su caballo y desapareció al otro lado de la colina mientras por fin se hacía de día, iluminando la inmensidad del cielo hasta obligar a Nazir a entornar los ojos y luego a cerrarlos completamente.

Nazir creyó ser víctima de una alucinación e intentó abrir la boca para preguntarle a Fleur si había visto lo mismo que él. Fleur, sin embargo, estaba pensando en las musarañas e imitaba en voz baja el reconfortante traqueteo del motor del todoterreno.

—¡Para! —gritó Nazir—. ¿Has visto eso?

Fleur frenó y dejó que Nazir saliera del coche.

Aparcó el coche cerca de un prado constelado de flores blancas y azules al que la luz infantil del alba daba el aspecto de una alfombra voladora dormida.

Nazir lo cruzó a toda velocidad, como si buscara a alguien. Corrió hasta la linde de un sotobosque y regresó enseguida titubeante y sin resuello.

—Me ha parecido ver...

—¿Qué?

Fleur quiso asirle el mentón con la mano a Nazir, que parecía en shock. Nazir rehuyó sus dedos y la contempló horrorizado, como si fuera una cabeza de Medusa.

Necesitó unos segundos, con los ojos cerrados, para volver a la realidad.

—Vamos —dijo entrando de nuevo en el coche—, dirección Schlaffendorf.

4

Esther Chaouch insistió para que su hija desayunara con ella, pero como Jasmine se mostraba reticente a volver a «su casa», madre e hija se encontraron en el restaurante de un hotel del distrito V, a unos cientos de metros del Val-de-Grâce, donde dispusieron unos biombos alrededor de su mesa para ofrecerles un espacio más reservado. Jasmine cerró los ojos para dejar de pensar en los murmullos y las miradas furtivas a su alrededor al entrar en el hotel, precedida y seguida por el equipo de seguridad. Por debajo del biombo historiado con insoportables flores de lis, podía ver los mocasines de Coûteaux, que pasaría toda la mañana de pie vigilando a la clientela.

—Jasmine —comenzó su madre desplegando la servilleta blanca—, hay un par de cosas de las que tenemos que hablar, pero, ante todo, ¿cómo estás?

Sorprendida, casi asombrada ante el tono de su madre, Jasmine suspiró como una adolescente.

—No lo sé, mamá. Soy incapaz de saber si estoy bien o mal. *Story of my life.*

—Pensaba que quizá querrías saber cómo avanza la investigación...

—Pues te equivocas —la interrumpió Jasmine.

—Jasmine...

—¡No puedo más! ¡Paso de la investigación! Lo único que quiero es que papá despierte, que se despierte y abandone la política, y que nunca tengamos que ver nada con...

Su voz se apagó por sí sola.

—Sé que es duro, Jasmine, pero no es momento de dar muestras de debilidad. Al contrario, tenemos que mostrar al país que somos fuertes. Que conservamos la esperanza.

El «país»: a Jasmine no le importaba el país.

Lo que le dolía, lo que la afligía en ese momento, era la falsedad del tono de su madre. Y, sin embargo, no podía detestarla por esa falsedad: Jasmine sabía perfectamente que tras ese aspecto de comandante, detrás de sus gestos decididos y su postura erguida, estaba descompuesta.

La muchacha aprovechó un instante en que su madre consultó el teléfono para observar su frente arrugada y su cabello negro azabache que aún se teñía; cuidaba de sí misma y eso era lo mejor que cabía desearle a una mujer sensata con el marido en coma: que siguiera cuidando su aspecto.

—Mamá, ¿qué pasará si no despierta antes de que el Consejo Constitucional decida anular las elecciones?

—Pues es muy sencillo —respondió Esther Chaouch aclarando la voz para adoptar su tono profesoral—, la Constitución prevé que el 17 de mayo, o sea el próximo jueves, el presidente del Senado, Cornut, asuma interinamente el poder. Y habrá que reiniciar todos los procesos electorales al cabo de veinte o treinta días, lo que nos lleva a...

—¿Sarko será reelegido? ¿Todo esto no habrá servido de nada?

—Claro que no, no hay nada seguro. ¿Por qué lo dices?

—Sin contar a papá, no hay nadie de izquierdas que pueda derrotarle. Y con todos estos disturbios, la gente votará por la seguridad, la estabilidad...

Esther Chaouch vaciló un instante.

—Mira, en ese caso Jean-Sébastien sería primer ministro, creo que contaría con... muchos apoyos, y con una legitimidad incontestable para encarnar el proyecto de Idder, el proyecto que han...

—¿Vogel? ¿Lo dices en serio? ¿Te lo imaginas como presidente?

—Hija mía, las cosas no son tan sencillas. ¡Y además no habrá que llegar a eso! ¡Es absurdo, no será necesario llegar a eso...! Es evidente...

El silencio se hizo en la mesa. Jasmine se mordió la uña del pulgar. Su madre contempló el rostro ansioso de su hija única.

—¿Y Brisseau? —dijo de repente Jasmine—. Perdió las primarias pero cae bien a todo el mundo. La he oído antes y parece como si quisiera aprovecharse del coma de papá, ¿verdad?

—Así es la política, hija.

—Mamá —dijo Jasmine cambiando de tema y bajando el tono de voz—, tengo que confesarte una cosa. Te parecerá una estupidez, pero… me siento mal al no poder hablar de ello con nadie y… no me deja dormir, tengo la sensación de haber traicionado…

—¿Qué pasa, Jasmine?

—No le he votado. No he votado a papá.

Esther no reaccionó. Se limitó a apoyar los cubiertos sobre el borde del plato y a mirar al vacío. Jasmine echó la cabeza hacia atrás.

—No he votado a Sarkozy, eso no… Pero he votado en blanco. Creo que en el fondo no quería que papá saliera elegido. Sentía que eso… iba a cambiar nuestra vida, para siempre. Aunque estoy segura de que hubiera sido un buen presidente…

—¡Jasmine! —la amonestó su madre—. Tu padre está en coma, ¡no se ha muerto! No quiero que hables así. En cuanto a esa historia del voto en blanco, prométeme que no la irás contando por ahí, ¿de acuerdo?

Jasmine ya no tenía hambre. Dijo que estaba cansada y respondió vagamente a algunas preguntas de su madre sobre los conciertos que había decidido anular. Justo antes de dejar que su hija se marchara, Esther le asió la mano y le hizo una pregunta que, al pronunciarla en voz alta, le pareció a Jasmine que había sido su única preocupación desde el principio:

—Prométeme que no te enfadarás, pero… Fouad… cómo puedo decírtelo…

Jasmine se puso colorada y arrancó su mano de entre las de su madre.

—Hasta luego, mamá.

—Jasmine, te lo advierto. Haz lo que quieras, pero… Fouad comparecerá hoy ante el juez de instrucción antiterrorista que investiga el atentado contra papá…

La muchacha no se volvió al oír la noticia, pero aminoró perceptiblemente su marcha.

Coûteaux la siguió y le pidió que esperara un instante, el tiempo necesario para que el coche avanzara hasta la entrada del hotel.

—¿Es necesario, Aurélien? —se lamentó Jasmine—. ¿De verdad es necesario? ¿No podemos caminar ni diez metros?

Coûteaux la contempló extrañado, de una forma casi personal, que azoró a Jasmine hasta tal extremo que bajó la mirada y aceptó sin rechistar esperar en el vestíbulo climatizado del establecimiento. Fue entonces cuando recibió un SMS de su ex, Christophe Vogel, diciéndole que pensaba mucho en ella, que estaba a su disposición, que no se atrevía a llamarla y que solo esperaba una «señal».

5

El elegante sexagenario que apareció en un extremo de la sala de espera era igual que el hombre que Fouad había visto y admirado en la televisión. Szafran, de silueta delgada y enérgica, vestía un traje a medida y tenía la frente alta y despejada, apenas arrugada, como si fuera prueba de una inteligencia aún joven. Hubo un detalle que inquietó a Fouad: la estrella de los tribunales mascaba frenéticamente un chicle. Por lo demás, tenía el mismo aspecto tenebroso, acentuado en lugar de verse suavizado por los hilos blancos que comenzaban a invadir su cabello moreno cortado a cepillo.

—Discúlpeme, señor Nerrouche, me han entretenido en el tribunaaal... Señoras, caballero. Acompáñenme a mi despacho, por favor.

Las secas excusas de Szafran le sonaron a Fouad como un reproche y atribuyó esa sensación a la imponente voz de bajo del abogado, que hacía temblar las paredes del despacho.

Una becaria trajo una silla más y evitó la mirada de Fouad.

—Esta mañana he hablado con el juez Wagner por teléfono. Comparecerán ustedes como testigos asistidos, por separado, y la declaración no debería durar mucho tiempo.

—¿Testigos asistidos? —preguntó Rabia—. ¿Eso significa que usted también estará?

—Sí, estaré con ustedes, pero «testigo asistido» no significa eso. Testigo asistido quiere decir que no se les imputa ningún delito, pero tampoco son simples testigos.

Szafran no dejaba de mascar el chicle y de mover las mandíbulas en un violento movimiento horizontal.

Fouad no solía sentirse intimidado ante hombres mayores que él, pero la penetrante mirada del abogado, la dureza de su actitud y sobre todo su reputación le recordaban que solo tenía veintiséis años.

La desagradable impresión de Fouad se convirtió en admiración incondicional cuando Szafran giró en su silla acolchada y anunció que ya podía vanagloriarse de un primer —y modesto— éxito: gracias a sus buenas relaciones con uno de los investigadores de Levallois-Perret, Rabia podría hablar por teléfono con su hijo antes de que acabara la detención, justo antes de pasar a disposición judicial.

—¿Cuándo? —preguntó Rabia alzándose de su silla.

—Dado que el fiscal ha prolongado su detención cuarenta y ocho horas, diría que el jueves por la tarde, probablemente.

—¿Tengo que esperar hasta el jueves por la tarde? Pero... —Rabia cerró los ojos para evitar echarse a llorar— es mi hijo, no tienen derecho...

—Señora —le respondió amablemente el abogado—, sobre su hijo pesan los cargos más graves del Código Penal. No nos engañemos, porque, aunque logremos hacerle aparecer simplemente como el ejecutor en un complot más amplio, él fue el autor del disparo, y disparó contra un candidato a la magistratuuura suprema.

—Así que su única oportunidad es... ¿echarle la culpa a mi hermano? —intervino Fouad.

—Eso me temo, sí.

—Quería preguntarle qué podemos hacer para que no siga defendiéndole Aribi. Ayer le oí hablando en nombre de Krim, pero también de toda la familia. Y, sin estar al corriente de las estrategias de defensa y de todas esas sutilezas, estoy convencido de que no es buena idea hablar así en televisión...

—Exacto. Ahora iba a abordar la cuestión. No solo es una muy mala idea, sino que incluso puede ser objeto de sanción. Hablar en nombre de ustedes sin que le hayan designado como su representante es una apropiación abusiva de clientes. Hablé ayer con él, por teléfono, y le pedí que me permitiera encargarme de la defensa de Krim y, no les voy a mentir, enseguida se caldearon los ánimos. Así que le amenacé con llevar el caso ante el presidente del Colegio de Abogados de París.

—De todas formas, ¿quién pagará? —exclamó Fouad—. ¡No será Krim, sino nosotros! Por lo menos deberíamos tener derecho a...

—Absolutamente. Mire, no será necesario recurrir al Colegio de Abogados. El señor Aribi aún no ha visitado a Krim, puesto que la detención en casos de terrorismo autoriza a la policía a diferir la presencia del abogado hasta las setenta y dos horas. Es escandaloso, pero así son las cosas. Haremos lo siguiente: cuando hablen por teléfono con Krim, díganle que cambie de abogado y me designe a mí. Y ahora tenemos que preparar la comparecencia de esta tarde.

—Ayer me dijo que conoce al juez de instrucción que se ocupa de... nosotros —añadió Fouad.

—¿Wagner? Sí, claro —respondió Szafran, evasivo—. Por lo que he sabido, los Servicios de Inteligencia Interior ya estaban investigando a su hermano y ese movimiento, el SRAF. Y dada la cercanía de Wagner con el nuevo fiscal de París, Lamiel, la instrucción del atentado contra Chaouch se le ha confiado antes incluso de que la detención de su primo haya llegado a su fin. Y eso debe de haber molestado a mucha gente. Es un tipo... extraño, imprevisible, pero no creo que esté tan loco como Rotrou. Los de antiterrorismo están todos locos, ¿sabe? Tienen mucho poder y, además, están muy cerca del poder... Pero Wagner no es el prototipo puro y duro. A mi parecer, es una persona cultivada y está casado con una gran pianista. No deja de ser juez, pero el hecho de que haya sido designado él en lugar de alguna de las eminencias del terrorismo islamista prueba una cosa: desde un principio han sabido que esto no tenía nada que ver con AQMI o con cualquier otro movimiento islamista... Además, en la rueda de prensa, el fiscal Lamiel no ha mencionado ninguna pista religiosa.

Fouad asintió. Szafran aflojó el nudo Windsor de su corbata, tomó un cuaderno y colgó su americana en el respaldo de su asiento.

—Y ahora vayamos a las cosas serias. Quiero que me repitan todo lo que dijeron durante su detención. Y sobre todo que me hablen de Nazir. Extensamente. ¿Les apetece un café? ¿Un vaso de agua mineraaal?

6

Una hora después de saber por Poussin que el SRPJ de Saint-Étienne no había encontrado a nadie en el domicilio de «Gros Momo», Wagner recibió una segunda llamada de su joven colega. Acababa de salir del Palacio para ir a almorzar y los escoltas le ordenaron que entrara en el coche. Wagner no pudo reprimir un gesto de hartazgo y, colocando el móvil contra su torso, se encaró a uno de los guardaespaldas:

—¡Basta ya! Estamos en pleno boulevard du Palais, junto a la Prefectura de Policía. No hay un lugar en toda la capital con mayor densidad de gendarmes y de funcionarios armados. ¿Creen realmente que me juego la vida por estar un par de minutos al aire libre?

Desde que su esposa le había regañado para que asistiera a su concierto de esa noche, el juez estaba de un humor de perros. Sus escoltas no le reprocharon el enfado y le condujeron al restaurante de la orilla izquierda donde se había citado con el fiscal Lamiel.

—Poussin, espero que se trate de una buena noticia —suspiró Wagner, una vez sentado en el asiento trasero de su prisión móvil.

—N-n-no estoy seguro —respondió Poussin—, pero sí es interesante. He r-r-registrado personalmente el domicilio de Gros Momo y hemos examinado en el ordenador los correos electrónicos recientes, incluso el buzón de spam adonde van a parar las not-t-t-tificaciones de F-F-Facebook. Y en el buzón de mensajes de F-F-Facebook, el chaval dice que tiene que ir a esconderse en casa de su primo en I-I-I-Ivry-sur-Seine.

—Muy bien, no tiene más que localizar la dirección del primo y ordenar a la policía judicial de Ivry que le detenga.

—No, no, señor juez, no es eso.

Wagner alzó la mirada al cielo. Con su sexto sentido de tartamudo, Poussin se dio cuenta de ello. Respiró profundamente y añadió:

—Al ex-x-x-xaminar los mensajes de F-F-Facebook, hemos d-d-descubierto un hilo de co-co-conversaciones que parece la or-or-ganización de op-p-p-eraciones concretas en el marco de los disturbios.

Wagner tenía la boca abierta y el ceño fruncido desde el inicio de la llamada; aguardaba a que pronunciara una vez más la palabra «Facebook» para perder la paciencia. ¡Tenía que resolver un complot para asesinar al presidente de la República y Poussin le hablaba de Facebook!

—Mire, coméntele eso a Mansourd.

Y acto seguido colgó y salió del coche. Thierry Aqua Velva le siguió y le precedió un segundo para comprobar que el lugar fuera seguro.

—¿Está usted de broma, Thierry?

—¿Señoría?

Esos hombres tenían una constancia y una educación a toda prueba. Wagner le dejó entrar en el restaurante y comprobar, en la planta baja y en el primer piso, que no hubiera un asesino con una daga entre los dientes escondido detrás de las gruesas cortinas, en la lámpara o —¿por qué no?— debajo de la doble moqueta con varillas de cobre. Lamiel también acababa de llegar y, de pie en la barra, leía las páginas salmón de *Le Figaro* moviendo armoniosamente el listón que sujetaba el prestigioso diario.

—Mi querido amigo, tiene usted muy mala cara.

—Problemas de sueño —respondió Wagner evitando la desorbitada mirada de su colega de la fiscalía.

Lamiel insistió para que subieran a la planta superior, donde, aseguraba, estarían más tranquilos. Wagner aceptó porque, contrariamente a lo que había temido —algo que también había influido en su irritabilidad—, el fiscal no había pedido a ningún pez gordo que le acompañara para imponerse sobre su posición de simple juez. En el piso superior había una decena de mesas redondas y en la suya solo dos cubiertos. Así que no había «trampa» alguna, aunque Lamiel, con sus gestos viscosos y el Ricola que hacía pasar ruidosamente de un molar a otro, parecía, sin embargo, ocultar algo.

—¿Sabe lo del Consejo Constitucional? Sé de fuentes fidedignas que en breve hablarán con el director médico del Val-de-Grâce.

—No lo sabía —respondió Wagner, frunciendo el ceño como un hombre al que no le interesaran los rumores, aunque los oyera en el enmoquetado pasillo de un ministerio.

—A estas alturas, ya no se les está pidiendo que tomen una decisión... ¡Es pura brujería! Y si se analiza la composición del consejo parece incluso más abracadabrante... ¿no le parece? Debré y Giscard estarían dispuestos a cualquier cosa para bloquear a Sarkozy, y a todos los demás, que son ocho, ¡los ha nombrado directa o indirectamente Sarkozy! Cómo me gustaría poder convertirme en mosca para colarme en la sala donde deliberarán esos Sabios...

Wagner alzó finalmente la cabeza y miró los ojos saltones de Lamiel. Estuvo a punto de decirle que su transformación ya había empezado, pero prefirió hablarle de las escuchas que había pedido que le comunicara la DCRI:

—Al examinar las escuchas del móvil de Nazir Nerrouche he descubierto, con mi secretaria, que en un momento dado se refiere a un tercer móvil. Es algo que no puede haber pasado desapercibido, pero me pregunto por qué la DCRI no ha añadido espontáneamente las escuchas de ese tercer móvil al dossier...

—Quizá porque no lo pincharon.

—No es eso. Mansourd ha hablado con su homólogo de la DCRI, Boulimier, que dirigía personalmente la investigación, y ha confirmado que, efectivamente, había tres móviles pinchados.

Lamiel no replicó.

—Lo veremos esta tarde. He pedido que se me entreguen urgentemente.

Lamiel asintió. No se atrevía a mirar a Wagner a los ojos.

—Mire, Henri, nos conocemos mucho para andarme con rodeos. Desde que ha asumido la instrucción de este caso me he ganado muchos enemigos, empezando en la Prefectura de Policía, donde nunca me perdonarán haber recurrido a la SDAT de Mansourd. Y si lo he hecho es porque sé que le gusta trabajar con él. Da igual. En la vida siempre hay enemigos, qué se le va a hacer. Incluso le diré que sus decisiones son suyas, y respeto que prefiera tener a los Nerrouche bajo escucha que detenidos. El problema es que hay personas que hablan pestes, que creen que no es usted suficientemente duro. Eso dicen nuestros amigos de la prensa, por supuesto, y también otros amigos...

—Jean-Yves, ha dicho de entrada que no se andaría con rodeos, así que dígame lo que tenga que decirme, por favor.

—Mire, he visto la declaración de la madre de Nazir, Dounia Nerrouche. Dice claramente que transfirió dinero a su hijo a una cuenta en Zurich, y si eso no basta para detenerla por asociación de malhechores terroristas será mejor suprimir ese cargo...

Wagner no reaccionó. Jugueteaba con el cuchillo de plata, aproximaba la hoja al vaso vacío y detenía el movimiento justo antes del contacto. Hasta que su agitación provocó un tintineo del que nadie se hubiera percatado en una cantina, pero que, en la respetable penumbra de aquel restaurante tapizado de rojo, causó el absurdo efecto de un sonoro eructo en una reunión del Rotary.

—Henri, si no detiene a nadie de la familia la gente creerá que no avanzamos. ¡Y tendrán razón! De momento no tenemos nada sobre la red Nerrouche. Solo a Abdelkrim, al culturista tonto y a Benbaraka, que dice haber hecho un favor sin saber de qué se trataba. Con suerte, Identidad Judicial nos proporcionará en breve el nombre del pelirrojo con perilla que según parece ayudó a Abdelkrim el día del atentado, pero nada más. Ninguna de las células durmientes investigadas por la DCRI tiene la menor relación con el atentado. La red Nerrouche no es islamista, ni separatista, ni anarquista autónoma, ¡nada de nada! Por ahora, aunque sea poco, solo sabemos qué es: una familia. Sinceramente, no creerá que no tengan nada que ver con los planes de Nazir Nerrouche. Vivía en casa de su madre, les dio trabajo y dinero a sus primos y a sus tíos, era el héroe de la comunidad. Lo sabían, Henri. La familia lo sabía.

—Pues yo no lo sé —replicó Wagner—. Aún no lo sé, y mientras no sé algo no incrimino a la gente. No voy a detener a toda una familia y a pedirles que me demuestren que estoy equivocado. ¿Recuerda la carga de la prueba? Lo aprendí hace tiempo en la escuela, pero a grandes rasgos consiste en que no corresponde al acusado demostrar su inocencia, sino que es el acusador quien debe demostrar la culpabilidad...

Calló. Dos hombres se aproximaban a su mesa. Dos sombras con trajes de tres mil euros, y a Wagner no le costó identificar al de más edad de los dos: era ni más ni menos que el primer presidente del Tribunal de Casación, el más alto magistrado de Francia. Lamiel se puso en pie, firmes. La estupefacción y la cólera clavaron a Wagner al tapizado de su asiento.

—Señoría —dijo Lamiel aclarándose la voz para presentar al otro hombre—, ya conoce a Marc Fleutiaux, del gabinete del ministro de Justicia.

Fleutiaux elevó sus gafitas sobre su larga nariz condescendiente.

—Señoría —dijo con una voz acostumbrada a imponer silencio—, quiero decirle que el señor ministro, así como todo el gabinete, sigue de muy cerca la investigación que está llevando a cabo. Intachable, ¿verdad, presidente? Intachable por el momento.

El primer presidente asintió con la cabeza. Con su tez clara y sus cabellos blancos separados por una raya impecable, desprendía un aire de dignidad burguesa que nada ni nadie parecía poder contrariar. Como Wagner no reaccionaba, ni siquiera con un movimiento de la cabeza, Fleutiaux dirigió una mirada torva a Lamiel y añadió, alzando la barbilla:

—Naturalmente, está el vídeo de las detenciones. Ese vídeo es terrible. Terrible. Y lo peor es que nos obliga a rentabilizar la operación, me atrevería a decir, ¿verdad, señor primer presidente?

El primer presidente respondió afirmativamente. Fleutiaux frunció el ceño y volvió a su mesa redonda, situada en el otro extremo de la sala, frente al ventanal.

Lamiel no se atrevió a decir nada. Cuando un camarero vestido con librea les trajo los platos, Wagner arrojó su servilleta sobre la mesa.

—¿Y qué será lo siguiente? ¿Un requerimiento por legítima sospecha para inhibirme en el caso? O hacer que sea el abogado Aribi quien lo solicite, porque puestos a jugar sucio, todo vale.

—No sea ingenuo, Henri. No se trata del caso de unos críos que hayan lanzado petardos en el patio de una comisaría. Estamos hablando de un complot para asesinar al presidente de la República. Es un atentado a los pilares del Estado… Es normal que haya presiones…

—Sí, pero lo que no es normal es la celeridad, la diligencia y sobre todo la servidumbre de la que hace usted gala al transmitirlas. Y, además, este numerito me ha quitado el apetito.

Se levantó de golpe y abandonó la mesa.

7

El despacho de la directora de recursos humanos de la Empresa de Transportes de la región de Saint-Étienne se hallaba en la planta baja del atrevido complejo de vidrio, césped y acero que albergaba la «Sede». Bouzid no había tenido tiempo de ponerse corbata y, dada la urgencia de la convocatoria, tampoco había encontrado una camisa limpia. Había desempolvado su uniforme de conductor —un conjunto verde oscuro con la camisa a gusto del conductor, en el caso de Bouzid, impermeable a los dilemas cosméticos, amarillo diente de león— y pasó media hora, en la sala de espera sin revistas que daba a las plazas de parking reservadas a la dirección, frotando las axilas de la chaqueta, con la esperanza de lograr borrar las aureolas desgraciadamente indelebles que allí habían creado dos semanas sudando al volante de la tristemente célebre línea 9.

La directora de recursos humanos era una morena con mechas rubias, no suficientemente fea como para vengarse de ello con el prójimo ni lo bastante guapa como para hacer gala de verdadera confianza en sí misma. Estaba abriendo con dificultad un sofisticado Tupperware cuando Bouzid fue finalmente invitado a sentarse frente a ella.

—No le importa, ¿verdad? —le dijo empuñando un tenedor de plástico.

Bouzid se mantuvo imperturbable y respondió con una inclinación de cabeza vagamente educada. La directora tenía quince años menos que él, algunos pelos oscuros en los antebrazos y el tono de voz despreciativo de las personas con estudios.

Sin embargo, la mujer no se sentía cómoda e incluso era posible que hubiera esperado la llegada de Bouzid para comerse la ensalada a fin de mostrar aplomo en el momento fatídico. Bouzid sabía que se trataba de una mala noticia, pero, cuando la vio toquetear las carpetas sin atreverse a mirarle, comprendió que no se trataba de una mala noticia sino de la peor. Teóricamente los rumores de reestructuración no afectaban a los conductores, y el estatuto de los empleados de la Empresa de Transportes era envidiado por muchos habitantes de Saint-Étienne en situación precaria. Y, a pesar de todo, la directora empezó haciendo un repaso de las dificultades de la empresa desde el inicio de la crisis.

Bouzid contempló el póster gigante que cubría una de las paredes del despacho: era una puesta de sol proverbialmente paradisíaca, una enorme bola recostada en la línea del océano, tan ardiente y luminosa que vaciaba de contenido las siluetas de palmeras y cocoteros de la playa.

—… así que comprenderá que no podemos ofrecerle otro puesto en un futuro próximo. Mi consejo es que…

—¿Por qué yo? —la interrumpió Bouzid con una voz inusualmente tranquila.

—Señor Nerrouche, se lo acabo de explicar. Hemos establecido unos criterios…

—El señor Nerrouche, claro… —replicó él con una sonrisa.

La directora de recursos humanos apartó el Tupperware y se mostró indignada.

—¿Qué está insinuando?

—Claro que no, *zarma*, no sabe qué estoy insinuando…

Bouzid se levantó.

—El hecho de haber sido objeto de dos sanciones disciplinarias ha tenido su importancia —añadió la directora únicamente para no quedar tan mal.

Bouzid le hizo un corte de mangas.

—Y se nos ha informado de un tercer incidente que tuvo lugar ayer mismo.

El hecho de que la directora intentara convencerse así de que había motivo para despedirle, a él en lugar de a otro, hizo que a Bouzid se le hinchara su famosa vena. Dio media vuelta y apoyó sus manos temblorosas en la mesa.

—Mira, mala puta, si habéis decidido despedirme es porque me llamo Bouzid Nerrouche y estos dos últimos días habéis estado viendo la tele, y como sigas diciendo tonterías…

Iba a decir: Te parto la cara. Pero la vibración de su móvil en el bolsillo trasero de su pantalón le devolvió a la realidad. La abuela le llamaba. Anunció que acabaría su jornada laboral. La directora de recursos humanos quiso responder que no era necesario, pero Bouzid le dio a entender con un gesto que no valía la pena que insistiera.

Demasiado furioso para descolgar el teléfono de inmediato, Bouzid se dirigió como cada día al vestuario de los conductores. Se puso una segunda camisa, se anudó la corbata con el logo de la empresa y se hizo invitar a un cigarrillo mientras esperaba el inicio de su turno. El chófer al que tenía que relevar llegó con un poco de retraso y pareció sorprendido al ver a Bouzid esperando bajo el porche. Bouzid le estrechó la mano, se instaló en el asiento esponjoso y cerró el mostrador móvil donde se guardaban los billetes y los cartuchos de monedas.

Era muy probablemente la última vez que oiría ese armonioso tintineo que significaba que había tomado posesión de su cabina de vuelo.
Había tenido días buenos y malos al volante de aquel bus. A veces los
atascos de tráfico le obligaban a esperar largos minutos en un embotellamiento imprevisto. Otras veces era un automovilista idiota que le cortaba el paso derrapando y bajaba del coche para provocarle golpeando
en la ventanilla lateral. Un día también se bajó él para mostrar que no se
dejaba avasallar.

Las horas más duras eran, sin embargo, las de la noche en épocas de
disturbios. Cuando los suburbios se ponían en pie de guerra en todo el
país, la barriada de Montreynaud por la que circulaba se hallaba en primera línea en la aglomeración de Saint-Étienne. Con el tiempo, le gustaba
creer que había aprendido a hacerse respetar y los gamberros sabían que
no podían fumar en los asientos traseros del 9 cuando Bouzid lo conducía.

La radio del salpicadero chisporroteó y le indicó que regresara a co-
cheras inmediatamente. Bouzid encendió la otra radio y sintonizó RMC.
Infatigable, Brigitte Lahaie ofrecía sus consejos sentimentales a los oyentes
de primera hora de la tarde. Una pasajera asidua de la línea saludó al chófer y se acomodó en su asiento predilecto justo detrás de él. Bouzid arrancó al ver a dos hombres con polo verde correr en dirección a su autobús.

Circuló hasta la siguiente parada sin sentirse especialmente inquieto. Su
teléfono sonaba sin cesar. La abuela quería hablar con él imperiosamente:
colgaba justo antes del último tono y volvía a llamarle de inmediato.

—¿Por qué no contesta, esa especie de *arioul*? —dijo la abuela sentándose en un banco de la plazoleta de donde salían y adonde llegaban los
autobuses Eurolines.

Una chica rubia la miró compasivamente, como se mira a una vieja
sin resuello. Su figura menuda desaparecía bajo una enorme mochila
coronada con una colchoneta de camping enrollada. La abuela le dirigió
la mirada torva de la mujer que nunca se ha sentido víctima de nada, ni
de la guerra, ni de los hombres, ni de los franceses y seguramente tampoco de la vejez.

Sabía los horarios de Bouzid porque se los hacía confesar cada semana para saber cuándo podría llamarle en caso de necesidad. Y la abuela
siempre tenía muchas necesidades. Llevaba una vida de intrigas, cuidadosamente compartimentada, una de esas vidas que requieren la infalible
disponibilidad de un chófer particular. Los capitostes de la ciudad la
respetaban, ganaba mucho dinero echando las cartas a domicilio. Bouzid

llevaba a cabo los encargos que su madre le solicitaba día y noche como si le debiera algo aún más preciado que su propio nacimiento.

El autobús de Eurolines que esperaba llegaba de Madrid. Según el itinerario que colgaba en la parada había pasado por Irún, Périgueux y Clermont-Ferrand. Por fin apareció en la plaza donde se alineaban las marquesinas de las paradas y las zonas de estacionamiento temporal. La abuela llamó de nuevo a Bouzid porque sabía que ese martes trabajaba por la noche. Bouzid tenía el sueño ligero y la tácita obligación de tener encendido el móvil todo el día, incluso aunque se echara una siesta. Si no se despertaba, pensaba la abuela, ¿cómo iba a transportar a un lugar seguro y al abrigo de las miradas a aquel a quien había ido a recibir?

El tío Moussa vio a su anciana madre desde su asiento en medio del autobús; sacó un cigarrillo del bolsillo interior de su chaqueta y tomó su equipaje de mano con el que había evitado tener que utilizar el maletero como los demás pasajeros.

Bouzid apagó finalmente el móvil. Después de la cuarta parada obligatoria de la línea, el autobús tenía que tomar la autopista unos cientos de metros hasta la salida de Montreynaud. Bouzid vio en el retrovisor interior que en el bus ya solo había un anciano dormido, un viejo marroquí que la semana anterior le había explicado que se había operado de cataratas. En el momento de ponerse en el carril de la derecha para tomar la salida, Bouzid sintió un impulso loco y continuó por la autopista.

No sabía si tenía suficiente gasolina para llegar a Lyon y tampoco sabía si la policía de la autopista le detendría antes incluso de llegar a la pequeña localidad de Saint-Chamond. Lo único que sabía era que saltarse esa salida, transgredir la hoja de ruta tan estrictamente definida y vigilada, y conducir a lo bruto entre los usuarios habituales de la A45 que debían de preguntarse por qué el 9 les seguía por alta mar, le procuraba una sensación de libertad que no recordaba haber experimentado desde que empezó a perder cabello.

8

Un coche de alquiler esperaría a Djinn entre la plaza de la Bastilla y la estación de Lyon, exactamente en la intersección de las avenidas Daumesnil y Ledru-Rollin. El primo de Gros Momo llegó con mucha antelación y esperó en una lavandería automática cuyo sucio escaparate daba al cruce. Un viaducto de ladrillos rosas bordeaba la avenida Daumesnil: era la Coulée verte, el popular paseo que unía Bastilla y Vincennes, suspendido a nueve metros de altura y ajardinado con cerezos, tilos, arces y macizos de flores. Sin dejar de vigilar su móvil, Djinn observaba los bojes y los bambúes que protegían a las corredoras, intentando a veces seguir, a lo largo de los metros del puente al descubierto, una cabellera rubia ó un par de senos bamboleantes. Pero desde abajo no veía casi nada, o solo pechos deportivamente aplanados por los deprimentes sujetadores Décathlon.

Finalmente apareció el coche y estacionó junto al carril de bicicletas. Djinn salió de inmediato de la lavandería y se dirigía al asiento del pasajero cuando el conductor le indicó que se sentara en el suyo.

—¿Por qué? —preguntó Djinn.

El conductor no respondió y rodeó el coche ocultando su rostro. Desde el atentado llevaba gafas de sol y quería teñirse su cabello pelirrojo. Sin embargo, no se había atrevido a entrar en un supermercado y menos aún en una peluquería. Se había afeitado la perilla, pero, además de no haberle cambiado el aspecto, ese nuevo mentón imberbe le hacía sentirse al descubierto, tan vulnerable como un puercoespín desprovisto de su armadura.

—¿Adónde vamos? —preguntó Djinn.

El pelirrojo tampoco respondió.

—Romain —insistió Djinn—, ¿adónde vamos?

Romain meneaba la cabeza mirando el retrovisor. Se quitó las gafas de sol: tenía los ojos hinchados, desorbitados y parecía poseído.

—A donde hemos quedado —explicó indicando a Djinn que circulara—, arriba, en el paseo. Ahí hay que ocultar las bolsas. Ven a buscarlas aquí y las subes allí.

—¿Aquí, dónde? Pensaba que estaban en el coche.

El pelirrojo le indicó que le dejara al principio de una calle próxima a la estación de Lyon.

—Rue d'Austerlitz —le dijo a Djinn—, número 17. Te espero allí con las bolsas.

—Pero ¿por qué no me las das ahora? —preguntó Djinn, que ya no entendía nada.

—Si te detienen por el camino, estamos jodidos —respondió Romain.

—Una última cosa —aventuró Djinn—, mi primo, Gros Momo...

—¿Qué pasa?

—Me gustaría que a él no… que le dejen tranquilo, ¿sabes? Ya has visto que lo he hecho todo, y bien, y solo pido que no se vea mezclado en… ya me entiendes, ¿verdad?

—Tú te lo guisas y tú te lo comes, colega. O haces lo previsto o vuelves a tu vida gris y tranquila. Pero ahora decídete, yo no tengo nada que decirte.

Romain tragó saliva dolorosamente y se miró en el retrovisor central: febril, enflaquecido, pálido y sin su perilla tenía el aspecto de lo que era, un tipo que aún no había dejado atrás la adolescencia e insatisfecho consigo mismo.

Djinn condujo hasta Ivry y se encontró a Gros Momo tumbado frente al televisor.

—Eh, tío, Gros Momo, ven un segundo. —Le llevó a la cocina—. Tienes que hacer una cosa, *zarma*, para echarme una mano, ¿vale?

Gros Momo bajó la mirada hacia el linóleo abombado de la cocina: la víspera había visto una cucaracha que no le había dejado pegar ojo en toda la noche.

—No es difícil. Solo tienes que vigilar un chucho esta tarde. Es el perro de un colega y tenemos cosas que hacer. ¿Te mola?

—Me mola —respondió Gros Momo.

No solo le molaba: estaba loco de alegría. No solo tendría compañía mientras Djinn se iba de marcha, sino que la compañía sería un perro. Sin embargo, cuando el perro apareció en el umbral de la puerta una hora más tarde, Gros Momo se llevó un chasco. No era un pastor alemán con la mirada tierna de Sultán: era un pitbull musculoso y de pelo corto, al que el bozal más impresionante que Gros Momo hubiera visto nunca le impedía ladrar y devorar a las niñas del barrio. El arnés sobre el pecho bloqueaba en parte su ímpetu y el dueño desaconsejó a Gros Momo que se lo retirara, al igual que el bozal.

Gros Momo preguntó cómo se llamaba. El dueño no respondió. Al ver la sorpresa de su primo, Djinn respondió en lugar de su colega que el pitbull se llamaba Sarko. Porque era fanfarrón, pequeño pero matón y, sobre todo, poseía una inteligencia temible.

Gros Momo miró sus ojillos color habano, tan vacíos que se hubieran podido sustituir por botones de peluche.

—Tío, en tu lugar no le miraría a los ojos.

El dueño era maliense y tenía la misma constitución que su perro.

—Es un perro de ataque —explicó con una sonrisa ambiciosa—. Cruzado con no se sabe qué. Un día le hicimos pelear contra dos bulldogs y, por mi madre, que se los comió crudos. Si me pillan, voy directo al talego.

Gros Momo acarició el hocico del monstruo. Djinn encendió un ordenador en la habitación contigua y abrió Facebook. En el espejo sobre el sofá desvencijado, Gros Momo vio que su primo y el dueño del perro estaban mirando el perfil de una chica en ropa interior y, para comprobar si podía leer al revés, se divirtió identificando su nombre y apellido. Era la clásica tía buena, pero los colegas no parecían estar cachondos, sino que fruncían el ceño y hablaban en voz baja, como en la mediateca, y le miraban a él de reojo.

En cuanto se marcharon, Gros Momo se compadeció y le quitó el bozal al monstruo. Después de varios violentos lengüetazos y de una breve sucesión de ladridos, Sarko se calmó y aceptó el cuenco de agua que le había preparado su dueño por una tarde.

Por la ventana, Gros Momo vio que en el patio se habían concentrado una decena de coches, al pie de los edificios de ladrillo rojo. Djinn daba instrucciones y repartía algunas collejas para afirmar su autoridad. Después de ese inquietante briefing, los hombres se metieron en los coches por parejas. Algunos de los vehículos tenían los cristales ahumados y ninguno tenía las ventanas abiertas para deleitar al vecindario con su playlist de rap. El coche que conducía Djinn fue el primero que arrancó. Los otros le siguieron como sombras.

X

LAS SOMBRAS ERRANTES

1

Al no poder hablar con su padre, Aurélie se dejó arrastrar por sus compañeros de clase que se instalaban todos los mediodías de ese excitante fin de curso en los muelles del Sena a tomar el sol y fingir que estudiaban. Entre ellos estaba Nico, uno de los «cuatro» que se habían quedado el domingo anterior, después de la gran fiesta que había organizado en casa de sus padres.

Nico, que soñaba con entrar en ciencias políticas, había empezado a vestir americanas de traje con camisas a rayas azules y a hablar como Sarkozy. En los debates se refería a las personas a las que arengaba por sus nombres de pila y hablaba de su «familia política». Sin embargo, en su habitación tenía un retrato de Chirac, como se había descubierto en Facebook, originando la creación de un grupo satírico («Si también tienes un póster de Chirac en tu habitación como Nicolas Bachelier») y empujando al muchacho a salir del armario de su chiraquismo y a singularizarse frente a Tristan, el sarkozysta más militante del instituto. Algunos sostenían que precisamente había aceptado de buen grado la filtración en Facebook para marcar diferencias con el carismático *bully* de su curso.

Aurélie había sido de esa opinión, pero ahora le daba igual.

Cuando vio a Nico acercarse a ella para decirle algo, avanzó a paso rápido hasta el borde del muelle y alzó la vista al cielo.

—¿Te manda Tristan? ¿Qué quieres?

—Ya veo que no estás de humor. Quiero decirte que ni yo ni Thibaud hemos dicho nada sobre lo que tú sabes. Y, para tu información, sí ha sido Tristan quien me ha pedido que te lo dijera cuando te viera.

Aurélie suavizó su mirada e incluso sacó la lengua en señal de alivio. Nico lo aprovechó. Movió nerviosamente los hombros y frunció el ceño.

—Solo una cosa más, y esto te lo pregunto yo: ¿qué era la carta que estabas escribiendo en clase de filosofía?

—Anda y que te den —se indignó Aurélie—. ¿Desde cuándo tengo que darte explicaciones? ¡Serás desgraciado!

Nico lo encajó. Debía de haber leído o imaginado en las memorias de su idolatrado expresidente que la política era eso: aprender a encajar.

Aurélie se llevó la mano al bolsillo del chaleco: la carta no estaba allí. La había guardado en su bolso, un bolso grande en el que llevaba los apuntes y las cosas de la piscina los mediodías en que iba a entrenarse. De regreso entre el corrillo en el que acababan de liar un porro, comprobó que la carta doblada en tres se hallara aún en su cartera. Así era, pero una sospechosa mirada que creyó adivinarle a Nico al otro lado del corro la persuadió de guardarla a buen recaudo.

El bolsillo de sus vaqueros era demasiado pequeño y optó finalmente por el de su chaleco, del que apenas sobresalía.

Le pasaron el porro y le dio por lo menos seis caladas seguidas. El estruendo de los coches se desvaneció y también su mal humor. Se rio anticipadamente de los chistes del gracioso del grupo y fue la primera en ponerse en pie para dirigirles cortes de mangas a los turistas descerebrados que les saludaban desde los Bateaux-Mouches. Cuando se quitó el chaleco para quedarse en camiseta de tirantes y tomar el sol, una de sus enemigas fingió sorpresa y le pidió que marcara bíceps. En general, de Aurélie destacaban dos cosas: sus ojos heterocromos y sus hombros y brazos robustos. Un poco colocada, Aurélie, que de todas formas estaba muy orgullosa de sus músculos, obedeció con una sonrisa desafiante.

Y luego se puso a escuchar a Nico, que tenía mil teorías apasionantes acerca de la situación política actual:

—¡... y hay que ser estúpido para no ver lo que está ocurriendo! Sarko, de hecho, seguirá siendo presidente pase lo que pase. El próximo jueves cesará, oficialmente pero no extraoficialmente. La realidad es que manipula a Cornut, el presidente del Senado, desde el primer momento. Cornut es idiota y seguirá al pie de la letra lo que Sarko le murmure al oído y hará lo necesario para acelerar la decisión del Consejo Constitucional por si Chaouch despertara...

—¿Y cómo sabes todo eso? —preguntó en tono jocoso.

Nico, demasiado entusiasmado para percatarse del carácter irónico de la pregunta, respondió remangándose como un político veterano:

—¡Es evidente! Mira, el problema son los disturbios. Si no hubiera disturbios, el Consejo Constitucional esperaría hasta la fecha de traspaso de poderes, después del fin oficial del mandato de Sarko. Para darle una oportunidad a Chaouch. Pero en estas circunstancias es demasiado peligroso. En mi opinión, a finales de esta semana declararán su inhabilitación definitiva porque en este país nos resulta insoportable no tener cabeza. Desde que se les cortó a los reyes y se sustituyó a los reyes por presidentes, siempre hemos tenido una cabeza, una cabeza fuerte al frente del Estado. Y una cabeza fuerte es lo contrario de una cabeza durmiente.

Aurélie se echó a reír. La mandíbula imberbe de Nico, que despuntaba airada, y su voz fina que entremezclaba siglos y conceptos hacían que el pobre pareciera ridículo y, a la vez, también tierno.

—Tengo que marcharme, os dejo con Chirac Júnior.

Algunas voces protestaron: esa tarde no había clases. Aurélie explicó que tenía que ir a un concierto de su madre a las siete y que necesitaba una ducha para deshacerse de las tonterías de Nico.

2

—Se llama usted Fouad Nerrouche y nació en Saint-Étienne, departamento del Loira, el 21 de abril de 1986, así que tiene veintiséis años.

Fouad asintió. El juez no alzó la vista de sus papeles mientras su estilográfica permanecía suspendida sobre la hoja y, con su poblada cabellera blanca, parecía esperar algo más, una información complementaria o simplemente una respuesta verbal.

—Sí, señoría —aventuró Fouad.

Y eso bastó: el juez se puso de nuevo a escribir y preguntó:

—¿Por qué se llama Nerrouche si Nerrouche es su apellido materno?

—Mi padre también se llamaba Nerrouche. Era primo de mi madre, primo lejano, miembro de la tribu Nerrouche, y digo «tribu» entre comillas. Era algo corriente en Cabilia... O eso tengo entendido.

—¿Quiere decir que no conoce mucho Cabilia, personalmente? ¿Nació en Francia? ¿Ha estado allí alguna vez?

—No.

—¿Y su hermano Nazir?

Fouad miró de reojo a su abogado con toga y este le indicó que respondiera sin hacerse preguntas.

—No creo, señoría. Debo decirle de entrada que no tengo relación con mi hermano mayor desde hace más de tres años, desde la muerte de nuestro padre.

—Muy oportuno. ¿Y por qué?

—Por diferencias de orden... no sé cómo decirle.

Fouad recordó la conclusión de la entrevista con Szafran: no había diez mil estrategias posibles, había que arrinconar decididamente a Nazir, a sabiendas de que él no había titubeado al arrastrarlos en su caída.

Fouad volvió la cabeza hacia la secretaria judicial sentada detrás de una mesa perpendicular a la del juez.

—Creo que le detesto tanto como él me detesta a mí. Es una diferencia de orden psicológico, por así decirlo. Todo nos enfrenta, señoría.

—¿Todo? ¿Cuándo tuvo lugar su... ruptura?

—Hace tres años —repitió Fouad, en un susurro—. En el entierro de mi padre. Tuvimos un desacuerdo acerca de... la manera de enterrarle...

El juez le miraba sin pestañear, para que prosiguiera.

—Él deseaba una ceremonia muy religiosa, pero mi padre pasaba de eso, incluso había dicho que quería lo contrario... Discutimos y... eso es todo.

—¿Diría que el islam es muy importante para Nazir?

—No lo sé. Creo que no le concede importancia a nada ni a nadie. Creo simplemente que es malo. Nihilista, sería la palabra.

Wagner dejó la estilográfica y reveló bajo sus cabellos blancos unas espesas cejas negras. Su rostro escultural y serio le transmitía a Fouad una sensación de fuerza y de cólera interiorizada. Sin embargo, cambió de tema con desenvoltura:

—Le he visto en esa serie, *El hombre del partido*. Mi hija le adora. Dice que se parece usted a Alain Bashung de joven.

Fouad y el abogado se quedaron sin palabras.

—Señor Nerrouche, le diré una cosa: mientras usted aparecía en la pequeña pantalla, un equipo de Inteligencia Interior vigilaba los movimientos de su hermano mayor. Así que ya sé lo que me dirá ahora. Le hago esta precisión para que no intente reescribir la historia o hacer teatro al responder a la siguiente pregunta: ¿qué sabía «exactamente» acerca de los proyectos de su hermano?

Fouad respondió de inmediato; había preparado la pregunta con Szafran:

—Solo sabía dos cosas: que ayudaba económicamente a una parte de mi familia pero sin contrapartida alguna, y en particular a mi madre, ingresándole, y para mi disgusto, un poco de dinero de vez en cuando. Y la segunda, que militaba activamente en favor de la construcción del famoso minarete de la gran mezquita de Saint-Étienne. Sabía que militaba, pero no sabía ni sé tampoco ahora en qué medida. También comprendí que se relacionaba con mi primo Abdelkrim, pero demasiado tarde, señoría.

Se le hizo un nudo en la garganta. Estuvo a punto de pedir un vaso de agua, pero prefirió proseguir:

—El día de la boda de mi hermano pequeño, Slimane, el sábado pasado, me pareció sospechoso que Krim recibiera un sobre de parte de Nazir. Hablé con Krim a solas y le pregunté qué había en el sobre. No quiso responderme.

—Pues yo sí lo haré, señor Nerrouche —murmuró Wagner mientras garabateaba una nota—. En ese sobre había un billete de TGV para que fuera a París y asesinara a Idder Chaouch. ¿Quién más de su familia estaba al corriente de la existencia de ese sobre?

Asustado, Fouad miró su abogado. Este tomó la palabra:

—Señoría, mi cliente no sabe nada al respecto.

—¡Pues que sea él quien lo diga!

—No lo sé, señoría.

Wagner vio que mentía. El mal humor que había ido acumulando a lo largo del día se concentró en los dedos de su mano derecha, el pulgar y el índice, con los que asió la parte superior de su nariz como para limpiar los rincones de sus ojos fatigados.

—Señor Nerrouche, se encuentra aquí como testigo asistido, lo que significa que en cualquier momento puedo imputarle. ¿Sabe lo que significa ser imputado?

Fouad arqueó las cejas: sí, lo sabía.

—Bien, volveremos sobre esa cuestión, pero ahora quisiera interrogarle acerca de su relación con Jasmine Chaouch. ¿Desde cuándo la conoce? ¿Cómo la conoció?

Fouad no tuvo tiempo de responder: una potente sirena hizo vibrar el suelo de madera del despacho.

Wagner se volvió hacia Alice, que se encogió de hombros y puso la mano sobre su vientre. Acompañado por dos gendarmes, el comandante militar del Palacio abrió la puerta del despacho.

—¡Señoría! ¡Es una amenaza de bomba, hay que evacuar el Palacio!

—¿Una amenaza de bomba, aquí? ¡No es posible!

—Se lo aseguro.

La voz del comandante militar no era la de un hombre en un simulacro. Wagner dejó salir a Fouad y a Szafran y acompañó a Alice al rellano. Cerró el despacho con llave y se cruzó con Rotrou en la puerta de la galería Saint-Éloi. Envueltos en el estruendo de la sirena, los dos jueces no se hablaron. La mirada del Ogro, sin embargo, expresaba una retahíla de recriminaciones, como si la amenaza de bomba fuera consecuencia de los métodos «humanistas» de Wagner.

Al cruzar el vestíbulo, Fouad sintió el cosquilleo de un miedo extraño y absolutamente inédito: el de la explosión. El techo se desplomaría y las paredes, al volar por los aires, proyectarían enormes ladrillos contra sus minúsculos cuerpos ya calcinados. Sin embargo, lo que le asustaba era la propia explosión, imaginar un sonido inconcebible, más fuerte que el trueno y más violento que la muerte.

—No es más que una falsa alarma, hijo —dijo Dounia al ver que Fouad respiraba con dificultad.

Cuando estuvieron a cubierto, detrás del perímetro de seguridad, el juez, rodeado de sus guardaespaldas, pareció confirmar la suposición de Dounia:

—Probablemente se trata de una falsa alarma, pero la verificación puede durar varias horas. Tendremos que fijar una nueva cita. En los próximos días, ¿mañana, por ejemplo?

Szafran protestó:

—Señoría, mis clientes viven a quinientos kilómetros de París. Están perseguidos, literalmente acosados por la prensa, y cada desplazamiento les resulta extremadamente costoso, tanto en dinero como en energía.

Alice, la secretaria judicial, había olvidado la agenda en el despacho. Wagner vio que tenía la mano en el vientre y el rostro doliente y preocupado.

—Pasado mañana —concedió el juez—, aplacémoslo hasta pasado mañana, a la misma hora.

Se alejó unos pasos para preguntarle a Alice si se encontraba bien. Esta se incorporó y mostró su sonrisa habitual, que cada vez parecía más la de una actriz en un anuncio de Red Bull.

—Muy bien. Un poco cansada, pero confíe en mí. Si se me hace muy cuesta arriba, se lo diré.

Y, para demostrar que tenía intención de trabajar hasta el último día de su embarazo, añadió:

—Es verdad que se parece a Alain Bashung.

—Sí, pero creo que su carrera no será tan larga —comentó el juez encendiendo el móvil para escuchar los últimos mensajes—. Precisamente me ha llamado mi hija.

Le devolvió la llamada a Aurélie, que descolgó al tercer tono.

—Hola, bichilla. ¿Qué me querías decir?

Aurélie titubeó al otro lado del teléfono. Quería confesárselo todo: la tarde con Krim, la carta que acababa de escribir para que se la entregara a Krim. Si quería que Krim recibiera su carta no tenía elección: estaba obligada a decirle la verdad sobre ese domingo. Pero, aunque parecía más dispuesto que la víspera («bichilla»), tuvo miedo de su reacción.

—Es… no sé cómo decírtelo…

—¿Cómo decirme qué? —preguntó el juez en tono inquisitivo—. Dime.

—Papá, no puedo decírtelo por teléfono. ¿Cuándo llegarás a casa?

—Aurélie, ¿qué pasa? ¿Me lo explicas, sí o no? ¿Aurélie? ¡Aurélie!

Había colgado.

3

Los equipos especializados necesitaron tres horas para confirmar que se trataba de una falsa alarma. Pero hacia las cuatro de la tarde otras dos llamadas advirtieron de que iban a estallar bombas en la estación Havre-Caumartin y en la Biblioteca Nacional de Francia François Mitterrand. Las evacuaciones masivas fueron filmadas masivamente, pero tampoco en esos casos se hallaron explosivos; el fiscal Lamiel, que ya gestionaba las llamadas fantasiosas de «testigos» que afirmaban haber visto a Nazir en todos los rincones del mundo, abrió una investigación preliminar y la confió a la sección antiterrorista de la Brigada Criminal. Se negó a recibir a un periodista de France-Press y llamó a Wagner para saber cómo habían ido las declaraciones de los familiares allegados. Este le dijo que había tenido que aplazarlas y se opuso enérgicamente a la hipótesis del fiscal según la cual podía tratarse de una maniobra de la familia para no ser interrogada.

Para contener la psicosis que podía propagarse entre los parisinos, el primer ministro François Fillon ofreció una rueda de prensa exhortando a la ciudadanía a seguir viviendo como antes del atentado. No se había producido ninguna otra amenaza grave desde el mismo y las llamadas de esa tarde del martes fueron atribuidas a bromistas que la policía perseguiría para llevarlos ante la justicia y castigarlos de forma ejemplar.

Después de que se marchara Szafran, que de nuevo se había mostrado muy tranquilizador («Por suerte tenemos un buen juez»), la familia allegada fue a una *brasserie*. Fouad había elegido un lugar discreto; su recelo ante los periodistas se estaba convirtiendo en una verdadera fobia.

El camarero desdentado que se ocupó de su mesa le causó una impresión rara: hablaba como un exyonqui atontado por la medicación para los nervios y, al ver sus gestos extremadamente meticulosos y su educación al borde del ataque de ira, Fouad tuvo la extraña sensación de que se trataba de un expresidiario. Cuando les trajo sus cafés, desplazó los papeles de Fouad sobre la mesa para que la taza humeante se hallara justo enfrente del pecho del cliente, pero acompañando ese gesto obsequioso con un «Por favor» francamente reprobador.

Fouad propuso a Dounia y a Rabia pasar la noche en París, en su estudio del distrito XII. Él iría a dormir a casa de un amigo, y de todas formas tenía cosas que hacer en París antes de regresar a Saint-Étienne.

Pero Rabia no podía soportar la idea de estar en la misma ciudad que su hijo sin verlo, y tampoco quería dejar más tiempo sola a Luna.

—Yo conduciré —decidió Dounia—. Si nos vamos ahora, llegaremos a eso de las once o las doce de la noche.

Fouad no quería que su madre pasara seis horas en la carretera después del día que habían tenido, pero Dounia insistió. Y su hijo no pudo reprimir, cuando las acompañó al coche y cerró la puerta, una inmensa sensación de alivio. Por primera vez desde el sábado estaba solo; no tenía que aparentar fortaleza y, en ese momento, la única decisión que debía tomar era elegir la dirección más cómoda para ir a su casa.

Olvidando su resolución de pasar desapercibido, cruzó la place du Châtelet y recorrió la rue de Rivoli hasta que se convirtió en la rue Saint-Antoine. En esa arteria que se conocía al dedillo le sorprendió la inusitada cantidad de coches de policía estacionados en los carriles de emergencia y acompañados de militares que patrullaban incluso por las aceras. De haber tomado el metro, aún se hubiera sorprendido más: reavivado por el atentado contra Chaouch, el recuerdo de las hecatombes de 1995 había llevado a las autoridades a desplegar un destacamento en cada convoy. En lugar de permanecer al fondo de los vagones, los soldados patrullaban por los pasillos, inspeccionaban los asientos y pedían a todos los pasajeros de tez cenicienta que mostraran el contenido de sus bolsas.

Un viejo muy nervioso se dirigió a Fouad para preguntarle la hora y le soltó el rollo durante cinco interminables minutos a lo largo de los cuales Fouad averiguó que:

—Si hay tantos soldados es que estamos en el nivel escarlata del plan Vigipirate. ¡Claro! ¿Qué se creía usted? Mientras no tengamos presidente, seremos vulnerables. Y esto no acabará aquí, se lo digo yo. Chaouch no se despertará…

El locuaz transeúnte se detuvo preguntándose de repente si Fouad no sería magrebí.

—Le digo eso, pero yo le he votado, ¿eh? Y preferiría que se despertara, pero no hay que hacerse ilusiones. ¿Una ruptura de aneurisma en el cerebro? Le pasó a un cuñado mío, de Menton. ¿Conoce Menton? Bonito, ¿verdad? Pues estuvo en coma dos meses y luego la diñó. ¡Ya ve! Y todo esto teniendo en cuenta que Sarkozy se marcha dentro de… ¿qué?, ¿diez días? El viernes, creo, ¿y luego qué pasará? Le sustituirá el presidente del Senado, pero ¿quién es el presidente del Senado? ¡El calzonazos de Cornut! ¡Cornut, ni más ni menos! ¡Ganador del concurso de humor político de los tres últimos años! ¡Tres años consecutivos! ¿Y cree que los de la AQMI y compañía esperarán a que haya alguien como es debido a la cabeza del Estado para atacarnos?

En cuanto se libró del pesado, Fouad se quitó la chaqueta y prosiguió su camino bajo miradas femeninas acompañadas de sonrisas en al menos tres ocasiones. Después de Saint-Paul se detuvo y fue presa de una violenta sensación de *déjà vu*. Buscó un referente familiar en la perspectiva agradablemente curvada que ascendía hacia la columna de Julio: una mansarda, un voladizo, un balcón de hierro forjado, cualquier cosa que rompiera la uniformidad de la hilera de estrechos edificios apretujados unos contra otros, después de la iglesia de Saint-Paul.

Pero el paisaje estaba mudo.

Una morena bajita de ojos azules se plantó de repente ante él, en la esquina de la rue de Turenne. Lucía un corte de cabello *à la garçonne* y una camiseta sin mangas con un escote pronunciado, pero sin ser realmente ostensible.

—¿Pretendes hacerme creer que no me reconoces?

Fouad se enjugó los ojos. Recordaba haberse acostado con ella dos años atrás; fue una noche de tormenta y tenía pecas entre los senos; pero no le venía su nombre a la cabeza.

—¡Joder, hace años, Fouad! —declaró la chica encendiéndose un cigarrillo—. ¡Y no me has vuelto a llamar, cerdo!

Fouad se palmeó la frente.

—Increíble…

Nunca se acordaría de su nombre, pero por lo menos parecía que no estaba al corriente de su implicación en el psicodrama nacional.

—He visto que te van bien las cosas. *El hombre del partido*. Es genial. ¿Aún estáis rodando o ya habéis acabado la temporada?

Fouad recordó que trabajaba en el cine; producción, financiación, marketing o algo por el estilo.

—Sí —dijo un poco azorado—, volveremos a rodar dentro de dos o tres semanas.

—¿Y vas a ir a Cannes este año?

Fouad se llevó las manos detrás de la nuca y meneó la cabeza como si estuviera haciendo abdominales de pie.

—¿A Cannes? No lo sé, ahora mismo no me apetece que me agasajen, con todo lo que está ocurriendo…

—¡Eso no es agasajarte, es parte del curro! ¡Qué chistoso! Y además todo el mundo espera que vayas.

«Ah, lo sabe», pensó Fouad, pero al mirarla a los ojos ya no estuvo seguro de ello.

La verdad era que la chica no lo sabía. Pero sí sabía que exageraba: a Fouad no le esperaba todo el mundo, su éxito popular en *El hombre del partido* y el papel secundario que había conseguido en la gran comedia francesa del verano empezaban a granjearle el desprecio palpable de buena parte de la crítica. Pero tenía contactos, Yaël estaba en contacto con un director respetado que había obtenido dos años atrás el Oscar a la mejor película extranjera y gozaba de una excelente reputación en el cine francés.

Dado que la conversación languidecía, Fouad confió un secreto profesional a su antigua conquista, como para hacerse perdonar que no se acordara de su nombre:

—No se puede hablar de ello, como es natural, pero seguramente actuaré en un biopic del emir Abd el-Kader. El rodaje empezará en otoño de 2012. Es un proyecto muy ambicioso, una película de cinco horas y media en tres partes. Imagínate. Contará la vida de Abd el-Kader, su juventud, su cautiverio...

—¡Joder, es genial! —exclamó la chica abriendo unos ojos como platos.

—Sí, pero me pregunto si...

—¿Qué?

Fouad suspiró. A todas luces no estaba muy en forma; la confesión le parecía de repente no solo un mal menor sino el único camino posible:

—La verdad es que me pregunto si tengo derecho a interpretar a Abd el-Kader. Porque ¿qué hago yo? Divertir a la galería en una serie de tres al cuarto, encarnar a un morito simpático en la comedia del verano... A veces me pregunto si...

—No te hagas tantas preguntas —reaccionó solemnemente la chica—. No le des tantas vueltas. Pero oye, estamos haciendo el tonto aquí plantados en plena calle. ¿Vamos a tomar una copa?

Fouad miró de reojo la carne moteada de minúsculas pecas de su pecho joven, firme y blanco. La sirena de dos tonos de un cortejo de coches de policía sin distintivos le despertó. Pensó en Krim, en Ferhat, en Jasmine y en su madre que tosía.

Pero declinó la invitación pretextando una cita para tomar algo a la que ya llegaba con retraso.

4

Yaël se había puesto una falda larga y zapatos de tacón cuando Fouad llegó a su casa. Le preguntó si iba a salir y ella le respondió asiéndole la mano que iban a salir los dos. El ruido de los tacones en la escalera devolvió a Fouad a la realidad y le recordó por qué le gustaba tanto París, sobre todo en esa época del año. En la calle soleada, la cabellera pelirroja y rizada de Yaël nunca había parecido tan exuberante.

Fueron a Monoprix y compraron un pack de 1664 y una botella de muscat que podrían abrir sin sacacorchos, y se instalaron en uno de los parterres de césped de moda en el parque de Buttes-Chaumont. Fouad explicó los hechos de la tarde, la amenaza de bomba. Yaël tenía una forma hiperactiva de escuchar a los demás. Su boca abierta devoraba las palabras y las digería acompañadas de «¿Ah, sí?», «¡Qué fuerte!»...

—Y eso es todo —concluyó Fouad.

Se tumbó en la hierba y contempló las nubes deshilacharse sobre el azul del cielo.

Yaël abrió una segunda cerveza y le cayó un poco de espuma sobre su blusa abigarrada. Mientras se limpiaba sin miramientos, se dio cuenta de que aún no estaba lista para abordar la cuestión.

—Quería decirte, acerca de Jasmine... lo he estado pensando mucho y... ¿no crees que es un poco peligroso seguir...? No sé...

—¿De qué estás hablando? —le preguntó Fouad.

—Ya sabes, el entorno de Chaouch podría volverse peligroso. Tal vez se constituirán en parte civil. Solo creo que deberías empezar a verles como... como adversarios, adversarios judiciales. Supongo que Szafran te lo habrá explicado mejor yo.

—Szafran no me ha dicho nada al respecto. Y preferiría que tú tampoco.

Fouad se dio cuenta de que se había mostrado demasiado duro. Palmeó el hombro de su agente y cambió de tema:

—Bueno... ¿y cuándo empieza el rodaje? No sé cómo me voy a organizar. Ahora no puedo marcharme de Saint-Étienne. Mi tía, mi madre...

Yaël permaneció en silencio. Fouad se apoyó en un codo para coger su teléfono, que vibraba. Era Slim. Decidió no responder.

—¿Ocurre algo, Yaël?

Yaël nunca le había oído ese tono a Fouad. Abrió su segunda lata de 1664 y aspiró una bocanada de aire.

—Mira, Fouad, he intentado decírtelo por teléfono, pero... hay cosas que no se pueden decir por teléfono. Oh... Creo que tengo una mala noticia, Fouad...

5

En el mismo instante, Jasmine sintió que el agua de la bañera en la que meditaba desde hacía media hora se estaba enfriando. Pero se sentía tan cansada que no abrió el grifo del agua caliente y se sumergió en la tibia inmovilidad fascinada por su propia pereza.

Dos golpes en la puerta del baño la sobresaltaron.

—¿Señorita Chaouch? ¿Todo en orden?

Era la voz de Coûteaux. Desafiante, Jasmine no respondió. Pero cuando Coûteaux llamó de nuevo a la puerta y repitió la pregunta, no tuvo elección y emergió ruidosamente de la balsa jabonosa.

La sombra de Coûteaux se desplazaba de un lado a otro en la minúscula franja al pie de la puerta y le provocó a Jasmine una irritación que pronto se convirtió en odio. Abrió todos los grifos a su máxima potencia. Cuando Coûteaux intentó abrir la puerta, Jasmine gritó:

—¡Déjeme en paz! ¡Déjeme en paz, joder!

Para calmarse, cerró los ojos y respiró profundamente. Le vinieron a la cabeza los versos del final de *Las indias galantes* de Rameau; se había perdido el ensayo de la víspera, así como su clase de canto. Era el rondó de «Los salvajes», que cantó en voz baja en la superficie del agua, como para impulsar las velas de un barco imaginario:

> *Bosques apacibles, bosques apacibles,*
> *vanos deseos no turban aquí los corazones.*
> *Si son sensibles, si son sensibles,*
> *¡Fortuna!, no es gracias a tus dones...*

Imaginó esos bosques apacibles y hubiera querido ser uno de aquellos corazones a los que no turbaba ningún vano deseo. Porque ni por un instante podía quitarse ya de la cabeza la idea de Fouad compareciendo ante un juez.

Los ocho meses que habían pasado juntos, los fines de semana en Londres y en Venecia, las noches bajo el edredón viendo DVD o las veladas en casas de amigos en las que se vigilaban maliciosamente antes de desaparecer, podían no haber sido más que un engaño y el propio Fouad, Fouad «el actor», quizá la había utilizado para llegar a su padre. Las canciones que les habían gustado a los dos y que tantos recuerdos le traían a Jasmine, esas melodías en las que toda una época de su vida, la época Fouad, había depositado su rica sustancia como con vistas a una posteridad viva, casi inmediata; toda la música de su amor, que lo dignificaba mientras este se dignificaba con ella en un adorable círculo virtuoso, desafinaba de repente debido a esa sospecha ínfima pero persistente, que crecía al no poder ser barrida de un manotazo.

Y los arranques de batería, las entradas de violonchelo, los pasajes en mayor de melodías que en el momento solo se evocaban a sí mismos y que, al cabo de unos meses, contendrían toda la alegría de su amor, ya no eran de repente más que artificios destinados a engañarla y solo proyectaban en su alma la amarga certeza de su propio ridículo.

—No, no —murmuró—. No puedo creer que me haya mentido, que me haya tomado por una gilipollas...

Loca de rabia, Jasmine se puso en pie y abrió el pestillo de la puerta; salió desnuda del baño. Pasó frente a Coûteaux, boquiabierto, y avanzó con paso decidido hasta la mesa baja en la que recordaba haber dejado su teléfono. Pero el teléfono no estaba allí. Y tampoco sobre el sofá.

—¿Dónde está mi teléfono? —preguntó al escolta, que evitaba mirarla—. ¿Dónde está? No tengo derecho a llamar a Fouad, ¿verdad? ¡Ya veremos si tengo o no derecho a llamar a Fouad! ¡Quiero hablar con él, tengo que hablar con él! ¡Me están mintiendo! ¡Él me quiere!

Y así, como vino al mundo, se puso a buscar el teléfono por el apartamento, que enseguida pareció un campo de batalla.

6

Un campo de batalla era lo que parecía la mente de Fouad después de oír la mala noticia de Yaël.

—¡No tienen derecho! Algo se podrá hacer, ¿no?

—Habría que hablar con Szafran...

—Una foto robada en portada de *Closer*. No me lo puedo creer... ¿Jasmine y yo? ¿No se puede prohibir que la publiquen? ¿Y qué aspecto tenemos en la foto?

—Ya te he dicho, Fouad, que no he visto la foto. He hablado con un amigo que curra allí y me ha dicho que habían decidido dar la noticia...

—Pero ¿qué noticia? —se indignó Fouad.

—Fouad, es algo que se sabe. Es asqueroso, pero... en el mundillo todo el mundo sabe que eres primo de Krim. Y mientras la justicia no aclare tu inocencia...

Fouad la interrumpió al oír esa palabra. Como para que resonara.

—¿Inocencia? ¡Qué coño la inocencia! Ni siquiera estoy imputado, ni yo, ni mi madre, ni... Es Krim quien...

Era Krim, y por lo tanto era él. Las sutilezas de la justicia evidentemente no tenían efecto alguno sobre la propensión de los medios de comunicación a amalgamar las responsabilidades.

—¿Y qué pasa con *Emir express*?

Era la comedia del verano, en la que interpretaba a un joven «moro» que descubría un yacimiento de petróleo en su pueblo en Loir-et-Cher.

—¿Qué van a hacer? —preguntó con una risa seca—. ¿Suspenderán el estreno de la película?

Yaël no se había dado cuenta de que estaba borracha antes de ese ataque de ira de Fouad. Se mordió los labios, se sintió ridícula y abrió el muscat. Bebió un trago a gollete.

—No, la película se estrenará, y te lo digo como lo pienso, Fouad, lucharé, haré todo lo que pueda... Es horrible pensar en ello, pero, conociendo a esa gente, los distribuidores quizá se dirán lo contrario: que lo que te ocurre es un chollo para la promoción... Quiero decir que es asqueroso, pero... Mira, no pensemos aún en eso. Solo... intenta mantener un perfil bajo hasta entonces...

—¿Hasta cuándo? ¿Hasta que me haya apartado públicamente de mi primo? ¿Hasta que me cambie el nombre y el certificado de nacimiento?

Yaël quiso responder, pero Fouad se había puesto en pie y se alejaba.

—¿Adónde vas, Fouad?

—A mear —respondió con sequedad.

Yaël contempló la botella, de la que se había bebido un tercio ella sola. Y luego miró sus zapatos de tacón, que había convertido en santuario para latas vacías. «Me necesita», pensó.

De repente, oyó un tono de móvil que no era el suyo. Fouad había dejado su móvil sobre la hierba, al lado de su chaqueta de lino. Yaël tomó el aparato: estaba llamando JASMINE. Se volvió para asegurarse de que Fouad no la viera y colgó el teléfono después del segundo tono. Unos segundos más tarde se oyó un bip, indicando que le había dejado un mensaje. Yaël marcó el 888 y escuchó el mensaje de Jasmine:

«Amor mío, no me dejan llamarte, pero ya no puedo más, te echo mucho de menos, me dicen cosas sobre ti y sé que no son más que tonterías, pero quiero oírtelo decir, descuelga, por favor, solo quiero hablar dos minutos... No sé qué piensas, si crees que estoy enfadada... Llámame, por favor».

El contestador proponía pulsar 2 para guardar el mensaje y 3 para borrarlo. Yaël se volvió otra vez y vio a Fouad en lo alto de la cuesta, pegado al tronco de un árbol, absorto en sus pensamientos. Los pijos estilosos que revoloteaban alrededor de él no le llegaban ni a la suela del zapato.

Se mordió el labio inferior y pulsó la tecla 3.

7

En el ala Montpensier del Palacio Real, los diez miembros del Consejo Constitucional se hallaban reunidos con el doctor Saint-Samat, director médico del Val-de-Grâce, para informarse detalladamente acerca del estado de salud del presidente electo.

La entrevista duró dos horas. Las honorables damas y caballeros del Consejo Constitucional liberaron finalmente al médico y a los neurocirujanos que habían practicado la delicada operación en el cerebro presidencial. Y mientras en los platós de televisión invitaban urgentemente a los más eminentes profesores de derecho constitucional, mientras en las comisarías de policía de todo el país se preparaban para enfrentarse a una tercera noche de violencia, el expresidente Valéry Giscard d'Estaing se alejó en dirección al ventanal decorado con cortinas beis que daba al patio de honor.

El presidente Chirac se había visto obligado a abandonar su puesto en el Consejo el verano de 2011, y desde entonces se alzaban regularmente voces denunciando la regla que permitía a los antiguos jefes de Estado ocupar automáticamente una plaza entre los Sabios. Valéry Giscard d'Estaing no tenía ninguna intención de renunciar al puesto, pero al alejarse esa tarde, con paso vacilante, sorprendió a sus pares, sobre todo al advertir que sus labios se movían en el vacío como si le hablara a alguien. Se preguntaron a quién podía dirigirse esa silueta devorada por el contraluz vespertino, que adquiría un aire de encarnación fantasmagórica de la propia monarquía republicana, una monarquía republicana que había prometido derrocar al presidente electo sobre cuyo destino debía resolver.

Un gran jurista expresó su perplejidad al oído de uno de sus colegas; este, guasón, le respondió tarareando una melodía de Couperin acompañada con una untuosa ondulación de la mano que hubiera convenido más al sonido rotundo del violonchelo que al tintineante clavicémbalo de trémolos incantables.

—¿Lo reconoce? —preguntó cuando se quedó sin resuello.

Y ante la mirada asombrada de su colega más joven, le dio la respuesta:

—Es la pieza más hermosa de clave de Couperin, el famoso vigesimoquinto orden… Con una única indicación de tempo con la bella palabra —respiró dramáticamente— «lánguidamente». Se llama *Las sombras errantes…*

En aquel palacio del siglo XVII habituado a la provecta serenidad del examen de recursos prioritarios de constitucionalidad y otros pleitos jurídicos de altos vuelos, los Sabios decidieron empero no imprimir un tempo lánguido a su esperada deliberación. Se diría que habían cedido a las sirenas de la urgencia del día y a las presiones de las amenazas de bomba, pero más allá del clásico patio de honor del Palacio Real, y como había afirmado airadamente en RTL la ministra de Interior, el país sufría convulsiones y las sombras ya no vagaban. Poniéndose claramente en una difícil situación ante el jefe del gobierno, la Vermorel precisó que incluso había claros motivos para pensar que esas sombras se estaban reuniendo, que se estaban organizando y armando con un objetivo que solo una palabra podía describir con nitidez y que la inquilina de la place Beauvau enunció separando agresivamente cada sílaba:

—La de-ses-ta-bi-li-za-ción del Estado.

No se podía sospechar de que el presidente del Consejo, Jean-Louis Debré, mostrara connivencia con Sarkozy, ni tampoco Valéry Giscard d'Estaing.

Por su parte, los socialistas habían multiplicado las maniobras bajo mano y las declaraciones a los medios para retrasar al máximo la destitución, que suponía anular unas elecciones que, al fin y al cabo, habían ganado con una clara ventaja.

Sin embargo, a ello se dedicaba una mayoría de los socialistas, pero no todos los socialistas: como habían desvelado los más avispados sabuesos de las secciones de política de los grandes periódicos, los partidarios de Françoise Brisseau hacían circular la idea de que la destitución era inevitable porque, aunque Chaouch despertara al cabo de unos días, probablemente no sería capaz de asumir sus funciones. Los neurocirujanos a los que los informativos de las televisiones y las radios llamaban cuando no estaban en el quirófano para que aportaran sus conocimientos eran más comedidos: la bala no había alcanzado el cerebro, recordaban, y la operación había consistido en reparar una ruptura de aneurisma y, si se despertaba, todo dependería de la constitución física y mental del paciente. Eso era también lo que habían dicho el doctor Saint-Samat y los especialistas que habían operado a Chaouch.

Sin embargo, después de dos noches de disturbios y una tensión nerviosa incrementada por temperaturas más altas de lo habitual para esas fechas, los Sabios no podían contentarse con un «depende» y no tuvieron otra elección que pronunciar «la destitución definitiva del presidente electo Idder Chaouch para ejercer el mandato» para el que había recibido un 52,9 por ciento de los votos.

Jean-Louis Debré redactó personalmente el comunicado que se envió a la prensa, después de ser leído y aprobado por los otros diez miembros. Los informativos de las ocho de la tarde llegaban a su fin y el sol rojo ya había desaparecido desde hacía un buen rato de la perspectiva del Arco de La Défense cuando se instaló el atril desde el que la decisión de los ángeles de la guarda de la Constitución iba a ser solemnemente anunciada a los franceses.

8

—¿Cómo puedes ser tan fuerte?

Eran las primeras palabras de Rabia desde que se habían puesto en marcha. Dounia se había equivocado de camino, no había encontrado la circunvalación y ahora circulaba por la orilla equivocada. El Twingo daba vueltas en los embotellamientos de la porte de Charenton. En medio de los cláxones y de las luces de la ciudad, uno se sentía como en una pista de autos de choque, prisionero de un juego de circulación con unas reglas indefinibles.

—Seré fuerte —bromeó Dounia dejando caer su frente sobre el volante—, ¡pero creo que tengo un pequeño problema de orientación!

Rabia, sin embargo, no estaba de humor. Insistió:

—¿Lo ves? ¡Tú haces chistes y lo soportas todo! Pero es muy duro, Dounia, no puedo… Gualá, lleva razón Rachida cuando dice que no he sabido educar a Krim. Y, sin embargo, con Zidan hicimos cuanto estuvo en nuestra mano. ¡Le dimos mucho amor! ¿Qué ha pasado?

Dounia volvió hacia su hermana un rostro bondadoso.

—No me vengas con que no eres fuerte. Cuando murió Zidan, *ater ramah rebi*, enseguida volviste a vivir, querida. Hiciste todo por Krim y Luna. Pero en la vida no podemos controlarlo todo.

—¿Qué vida? ¿Qué vida?

—Yo no sabía —insistió Dounia—, no sabía cómo vivir después de la muerte de Aïssa. ¡Sin ti, me hubiera pegado un tiro! Tú seguías riendo, amando, y mírame a mí, mírame, Rabia, mira mi cabello. ¡Y mírate tú!

Era cierto, o lo había sido: los ojos de Rabia habían albergado una vitalidad y una juventud invencibles. Pero ya no. Apretó los dientes. Las palabras de consuelo de Dounia ni siquiera caían en el saco de su conciencia.

—¿Dónde ha dicho que estaba Krim? —preguntó mirando a un enemigo invisible más allá del parabrisas—. ¿En qué cárcel?

—¿Cómo?

—Fleury —respondió ella misma a su propia pregunta—. ¡Fleury-Mérogis! Dounia, llévame a Fleury.

—Pero ¿qué dices, Rabia?

—Si no me llevas, tomaré un taxi. ¡Gualá, por la abuela que tomaré un taxi!

—Aunque quisiera ir a Fleury, ¡no tengo ni idea de dónde está! ¡Pero no quiero que vayamos allí! ¡Es un disparate!

Dounia miró a su hermana de perfil. Le temblaba el mentón y sus pensamientos contradictorios parecían desembocar junto a su labio inferior y agitarse allí antes de morir por no haber sido dichos.

Salió de repente del coche. Un cupé circulaba por el carril de la derecha e hizo sonar furiosamente el claxon al detenerse in extremis. Dounia echó el freno de mano y corrió detrás de su hermana.

—¡Rabia, para! —gritó.

Al mirar a su espalda, descubrió que el tráfico se descongestionaba y que su Twingo impedía el paso a una hilera de coches furiosos.

—¿Qué haces, Rabia?

—Me voy a Fleury —declaró Rabia con los ojos llenos de lágrimas frías, que se deslizaban por los trampolines de sus pómulos y desaparecían en el vacío.

—¡Rabia, detente! —repitió su hermana tirándole de la manga.

La intensidad de los cláxones iba en aumento. El conductor del coche bloqueado justo detrás gritaba en dirección a ellas. Era un tipo gordo y colorado, vestido con mono de trabajo.

—¿Qué coño vas a hacer en Fleury? ¿De qué va a servir, Rab? ¿De qué va a servir?

—Le esperaré —gritó Rabia—. ¡Es mi hijo! Es mi hijo, Dounia, ¿no lo entiendes? ¡Es sangre de mi sangre! ¡Le llevé en mi vientre, Dounia! Le llevé en mi vientre, le he protegido toda su vida y ahora... —Tenía flato y se apoyó en la valla de la carretera de dos carriles—. ¡Y ahora todo el mundo le detesta! ¡Mi pequeño Krim, mi sangre, Dounia! ¡Mi propia sangre!

La carretera rugía y los camiones levantaban a su paso ráfagas de aire contaminado que se entremezclaba con el humo de los tubos de escape y los desgarradores sonidos de los cláxones que no se desvanecían del todo después del paso del contundente peso que las había desencadenado gratuitamente.

—¡Todo el mundo le odia! —repitió Rabia—. ¡Todo el mundo le odia!

—¡Nosotras no! —dijo Dounia—. Ven, vámonos, vayamos a casa. Piensa en Luna, pobrecilla… No puedes rendirte, piensa en ella, piensa en mí… vamos…

La resolución de Rabia flaqueaba, pero el conductor colorado avanzó hacia ellas vociferando. Les sacaba una cabeza y pesaba probablemente tanto como las dos juntas, pero Rabia le aguantó la mirada y empezó a insultarle a su vez. Enseguida se oyó la expresión «mora de mierda». Dounia empezó a toser y a escupir sangre en el arcén.

Tres hombres aparecieron entonces de la nada, la mayoría con vaqueros y cazadoras ceñidas.

—¿Algún problema, señor?

—¿Quiénes son ustedes?

—Policía de autopistas —mintió el otro, dándole la vuelta para cachearle. Miró a Dounia y le preguntó por su tos—: ¿Se encuentra bien, señora?

—Sí, estoy bien —dijo alzando la vista y la boca al cielo—. Ven, Rabia, vamos a casa.

Rabia obedeció, intrigada ante esa aparición de la policía de autopistas tan oportuna como sospechosa.

Efectivamente, en cuanto Dounia y Rabia tomaron la autopista en dirección a Lyon, los tres agentes —que eran funcionarios de la SDAT— informaron al comandante Mansourd de que habían tenido que dejar de actuar de incógnito. Mansourd se mostró comprensivo. Estaba preocupado, además, por la amazona que había reclamado el móvil de Krim identificándose como policía.

En los pasillos de la SDAT se cruzó con el capitán Tellier, que también supervisaba el interrogatorio de Mouloud Benbaraka.

—Voy a hablar con él dos minutos —decidió el comandante—. Apaga la cámara. ¿Cómo es?

—Difícil —respondió Tellier—. Lleva tanto tiempo viviendo con la mierda hasta el cuello que se ríe de ello.

Mansourd hubiera preferido encontrarse con un tipo acorralado en lugar de con aquel hampón pomposo y seguro de sí mismo al que vio al entrar en la celda contigua a la de Krim: muy erguido, con sus botas de lujo, Benbaraka se acariciaba la muñeca con el gesto florido del hombre habituado a cambiar de vez en cuando el brazalete del Rolex por el de las esposas.

Esta vez, sin embargo, el fastidio no sería pasajero, y eso fue, en esencia, lo que le explicó Mansourd. Benbaraka se pasaba la lengua por los labios y alzaba la vista al cielo; cuando Mansourd le dijo que seguramente se le imputaría por asociación de malhechores en relación con un atentado terrorista, el padrino de Saint-Étienne silbó y dijo como si estuviera pensando en otra cosa:

—Ya puedes imputarme lo que quieras, colega, ¿qué quieres que te diga?

—Cómo ayudaste a Nazir a preparar un atentado contra el presidente, por ejemplo.

—Nadie se va a creer esa tontería. Yo me dedico a los negocios y a veces en los negocios te cruzas con algún iluminado, pero la vida es así... son gajes del oficio. ¡Ja, ja! ¡No tenía la menor idea de que quisiera asesinar a Chaouch!

—Y, sin embargo, te pidió que secuestraras a su tía, joder, ¡a su propia tía! Te pidió que secuestraras a su tía y la drogaras e hiciste exactamente lo que te dijo, como un esbirro, Nazir habla y todo el mundo obedece...

Benbaraka cambió de voz:

—¡Coño, qué listo es el superpoli! Harás que me estallen las neuronas... ¿Quién era el jefe? Nazir, ¿verdad? Oh, qué fuerte... ¿Y qué puedo hacer ante un psicólogo tan bueno? Nada, te lo juro —replicó sarcásticamente.

El comandante se levantó súbitamente y estranguló a Benbaraka hasta obligarle a ponerse de pie. Las esposas tiraban de sus muñecas y no parecía tan gallito.

—¿Dónde se esconde Nazir? ¿Adónde va? ¡Contesta o te ahogo!

Benbaraka respiraba con dificultad y Mansourd le apretaba aún más el cuello. Cuando le dejó caer en la silla, el padrino tosió y alzó sus ojos inyectados en sangre hacia el comandante, que repitió su pregunta. Por toda respuesta, Benbaraka alzó los pulgares de sus dos manos de las que le habían retirado los anillos.

XI

EL TÍO DEL PUEBLO

1

Su padre era musulmán y su madre judía, y ni uno ni otra eran practicantes —de una manera u otra—, y sin embargo Jasmine Chaouch fue a buscar refugio en el olor a madera carcomida de una pequeña iglesia de la orilla derecha, al final de aquel día asfixiante a lo largo del cual había cambiado de opinión mil veces sobre cuanto le pasaba por la cabeza.

Fouad no la había llamado, pero otros seguían atosigándola con mensajes telefónicos. Habib la quería junto a su madre para un reportaje de *Paris Match*: «Lo sé, lo prometí, pero esto es urgente, está en juego todo cuanto tu padre ha encarnado y aún encarna». Su madre quería que aceptara volver a hablar con Habib después de colgarle en las narices la primera vez. Christophe Vogel, probablemente mandatado por su padre, quería almorzar con ella, tomar un café, cualquier cosa. La gente del festival de Aix empezaba a atosigarla para saber si aún tenía intención de actuar en *Las indias galantes* en julio. Algunos periodistas habían obtenido su número. Se avecinaba tormenta y los dos únicos seres humanos con los que hubiera querido hablar se habían encerrado en el silencio: un silencio telefónico en el caso de uno y cerebral en el de otro.

Jasmine se sentó en un banco de la última fila, considerando que era la de los infieles y que tenía derecho a ello. Tres agentes del GSPR aguardaban en el exterior y otros tres, entre los que se encontraba Coûteaux, recorrían los pasillos alzando la vista a veces hacia los vitrales, no para admirar sus formas y colores, sino para anticipar la llegada de un eventual kamikaze.

Su protegida estaba derrengada en el banco, con los hombros caídos y la cabeza como un melón que hubieran metido en un horno averiado. En la primera fila había dos ancianas, inmóviles en los crujientes reclinatorios. Tenían el mismo moño, idéntico cabello blanco, la misma estatura de ratoncillo y, como advirtió Jasmine cuando avanzaron por el pasillo central después de santiguarse, la misma sonrisa serena y delicada, la misma tranquilidad evangélica. Jasmine les respondió con un movimiento de la cabeza y se sumergió de nuevo en su infierno.

Por primera vez después de la marcha de las viejas se fijó en el altar y la cruz monumental en la que Jesús tenía las rodillas exageradamente distantes del madero. Siempre le había repugnado la idea de adorar a un dios doliente y moribundo, pero por primera vez no pensaba en ello de esa manera: no pensaba con sus ideas y la verdad era que tal vez ni siquiera pensara, pero innegablemente sentía algo, una aspiración más que una atracción.

Se levantó y avanzó lentamente envuelta en el embriagador perfume de la piedra antigua y la cera de las velas. Al final del pasillo, alzó la vista hacia el rostro de Cristo, cuya figura de piedra parecía animarse.

Unas ideas de amor universal la llenaron; Jasmine las redujo a Fouad. Fouad, que verificaba cuando ella cantaba una «a» que su lengua estuviera bien plana y su boca correctamente redonda; Fouad, que bajaba a comprarle cruasanes después de pasar la noche juntos; Fouad, que no miraba a las chicas que pululaban alrededor de él; Fouad, que no conocía la vanidad, que tal vez careciera de ego.

Jasmine sintió un calor en el bajo vientre; la imagen de su padre brillaba como en una custodia.

Tuvo en ese momento una serie de visiones: la piedra tallada dorada por el sol, las iglesias rodeadas de robles y plátanos, los monumentos que encarnaban la majestad republicana como un perfume encierra, para un único ser en el mundo, la incomunicable grandeza de su propio pasado. Pensó que había sido una niña muy privilegiada. Pasaba tardes enteras paseando con su padre, de autobús en autobús, y este le explicaba París a través de sus lugares más representativos, las grandes personalidades a través de los nombres de las calles, los mosqueteros y los reyes de Francia.

Esos recuerdos eran también una plegaria, y esta había durado quizá media hora. Pero esa media hora parecía haber sido toda una vida.

Jasmine alzó la cabeza y abrió los ojos. Una docena de personas se habían diseminado por los bancos. Coûteaux le indicó que era hora de marcharse. Le acompañó dócilmente. Y cuando abandonó la hospitalaria penumbra de la iglesia y se vio envuelta en el aire pesado, la canícula y los cláxones, se volvió hacia su guardaespaldas y le preguntó:

—Aurélien, ¿recibiría una bala por mí?

Coûteaux alzó las cejas.

—Eeeh... no lo entiendo, señorita Chaouch.

—Si me dispararan, ¿se interpondría entre la bala y yo?

—Sí, ese es mi trabajo. Señorita Chaouch, la llama su madre y creo que debería responder. Han ocurrido cosas...

—La llamaré desde el coche, Aurélien. Gracias.

Coûteaux la contempló deslizarse en el vientre del coche blindado con kevlar. Se instaló a su lado e indicó al conductor el itinerario que había elegido para ir al canal. Sin embargo, Jasmine alzó el mentón.

—No, ¿podemos reunirnos con mi madre en Solférino?

—Por supuesto, señorita —respondió el chófer después de consultar a Coûteaux con una mirada a través del retrovisor.

—Gracias —dijo Jasmine, recalcando la palabra como si fuera la primera vez que la pronunciara creyendo en ella.

El coche arrancó. Coûteaux observó de reojo a su protegida. Tenía gotas de sudor en las sienes y el cabello enredado le ocultaba parcialmente los ojos. Una sonrisa de una asombrosa dulzura iluminaba su rostro.

2

La sede del Partido Socialista parecía de nuevo lo que Chaouch llamó «la colmena» después de decidir instalar allí el cuartel general de la campaña para ratificar su matrimonio de conveniencia con el partido que le había elegido. Había carteles de rosas, de Chaouch, y pasquines que se habían hecho famosos como aquel en el que el candidato posaba sobre un fondo de campanarios y molinos eólicos con el eslogan que a Habib se le había ocurrido en la bañera: «El futuro es hoy». Y por todas partes gente pegada al teléfono, intercambiando fotocopias, cifras y sondeos como si les fuera la vida en ello.

Condujeron a Jasmine al despacho de Vogel, donde el director de campaña estaba rodeado por su equipo de colaboradores más próximos. La campaña había sido dirigida por el dúo marcial formado por Vogel en el terreno político y Habib en el de la comunicación. Y en esa hora crepuscular se hallaban presentes los cuatro portavoces y los jefes de las «unidades temáticas» concebidas por Vogel, abatidos alrededor del televisor de pantalla plana. Esther charlaba a media voz con uno de los *speechwriters* de su marido, y cuando vio a su hija, que se mantenía apartada, interrumpió en seco la conversación y fue a estrecharle los hombros, como cuando era pequeña y llevaba una cartera demasiado grande para ella.

–Bueno, se acabó. El Consejo Constitucional ha proclamado la destitución.

–Vale.

–¿Me has oído? ¿Estás bien, Jasmine?

–Estoy bien, mamá. Sé que debes de estar decepcionada, pero creo que hay cosas más importantes.

A Esther le resultó difícil reconocer la voz de su hija a través de su sonrisa inmóvil. Habib gritó al teléfono y exigió que todo el mundo abandonara el despacho. Jasmine se disponía a salir cuando su madre le dijo:

–No, nosotras no, cariño.

Habib guardó su muñón en el bolsillo del pantalón, despidió a una asistente con el reverso de su mano buena y se dirigió a la hija del ahora ya expresidente:

–Lo siento, Jasmine. Estamos muy nerviosos. Oye, la buena noticia es que de momento no tendré que molestarte con fotos para *Paris Match*.

Su pesar era perceptible y Esther meneó la cabeza para regañarle. Pero Habib estaba desolado.

–Coño –maldijo con su habitual lenguaje llano–, menuda pandilla de cabrones. Se han pasado toda la campaña hurgando en busca de escándalos y no han encontrado nada. Hemos estado siempre a la cabeza, en plena crisis, hemos hecho una campaña impecable, joder, ¡una puta campaña impecable! Y ahora, a pesar de todo, esos capullos van a ganar... ¡Han perdido y van a ganar! Bueno –se serenó–, lo principal es el estado de Idder. Esperemos...

Jasmine rompió su silencio:

–Sí, sí, esperemos.

–Lo que ha hecho tu padre es inconmensurable, ¿sabes? No tiene parangón en la historia reciente de este país. Yo... y no ha acabado, claro, aunque...

–Lo entiendo, Serge. No pasa nada.

Habib se sentía terriblemente embarazado al no poder decir nada más. Jasmine ladeó la cabeza e indicó que deseaba hacer una pregunta:

—¿Y si se despierta la semana que viene? ¿Qué ocurrirá?

—¡Precisamente, ese es el problema! Las decisiones del Consejo Constitucional no se pueden recurrir. Las nuevas elecciones se celebrarán dentro de un mes. Es un proceso acelerado y ya iniciado, ¿sabes? Ya no puede hacerse nada.

—O hay que dar un golpe de Estado —bromeó Esther, antes de ponerse seria—. Eso no, pero contamos con abogados que han planteado la posibilidad de recusar a algunos miembros del Consejo, trasladar la cuestión al Tribunal Europeo de Derechos Humanos... Al fin y al cabo, la mayoría de los miembros han sido nombrados o apoyados por Sarkozy y su entorno. Se requiere un cuórum de siete miembros para un fallo y si los que presentan una evidente falta de imparcialidad son recusados, quedan... Así están las cosas. Es... La verdad es que este sistema de gratitud política institucionalizada es absurdo, muy absurdo, y la gente acabará percatándose de ello. Necesitaríamos un Tribunal Constitucional como en Alemania. No se puede pedir...

Sollozó, como si el tecnicismo de su discurso revelase al enmascararla su enorme desilusión.

Jean-Sébastien Vogel, que hablaba por teléfono frente al televisor, volvió la cabeza y miró a Jasmine.

—Sí, aquí está. ¿Le digo que te espere?

Jasmine quiso decir que no con la cabeza, pero era demasiado tarde, Vogel ya había colgado.

En los diez minutos siguientes tuvo lugar una verdadera procesión de caciques del partido. Todos acababan descubriendo a Esther y Jasmine, que se habían instalado al fondo de la habitación, en un sofá aterciopelado, y se sentían entonces obligados a cambiar de ruta y dirigirse hacia ellas para presentarles lo que se parecía espantosamente a unas condolencias. Todos, por descontado, repetían el mismo discurso: «Pero esto no ha acabado, lucharemos».

Salvo que sus voces despechadas decían lo contrario.

—Tengo que decirte otra cosa —dijo de repente Esther a su hija, sin mirarla y en voz baja a pesar del ruido que las rodeaba—. La investigación de asuntos internos sobre Valérie Simonetti sigue en curso. Seguramente será declarada inocente, pero se le reprochan graves errores en el dispositivo de seguridad. ¿Aceptarías responder a las preguntas de los investigadores? Se trata de la Inspección General de Servicios, la policía de asuntos internos, nada que ver con... ¿Lo harás?

—Sí, claro, mamá.

—Como le tienes aprecio, y confías en ella…

—No hay problema, mamá.

—¿Sabes qué hicimos aquí el domingo? —dijo Esther de repente—. Bailamos. Idder cerró la puerta y obligó a todo el mundo a esperar fuera. Durante un cuarto de hora estuvimos los dos solos. Me cantó una canción de Jean Sablon y bailamos.

Jasmine asió la mano de su madre.

—Mamá, se pondrá bien. Lo sé, lo siento. Espero que sigas creyendo en ello, ¿eh?

—Claro, por supuesto, hija mía. ¿Cómo es que…?

—En serio, mamá. Espero que lo creas realmente. No como diciendo: Creo que mañana nevará. Espero que lo creas de verdad.

Esther frunció el ceño, preocupada por lo que su hija acababa de decirle. Le dio un beso en la frente y se incorporó con un gesto seguro.

—Claro que creo en ello, querida. Lo creo de verdad. Pero ¿qué quieres? Solo podemos contar con la sabiduría de los clásicos. Hay cosas que dependen de nosotros y cosas que no dependen de nosotros…

Jasmine quiso explicarle lo que le había sucedido en la iglesia, pero la masa de trajes azules y negros se abrió para dejar que alguien entrara o saliera y permitió a la muchacha ver la televisión, donde los labios de Jean-Louis Debré se movían detrás de un atril, con el rostro de Chaouch a la izquierda de la pantalla. El rostro de su padre, del que Jasmine apenas empezaba a asimilar que nunca sería presidente de la República. Lo que había temido, deseado, temido de nuevo y deseado hasta no quererlo de ninguna manera después del atentado. Y ahora que la realidad deshacía el nudo de su indecisión se daba cuenta no solo de que no sabía en absoluto lo que quería, sino sobre todo de que le daba igual, que no le importaba para nada.

Lo que acababan de hacer los Sabios al soltar la cuerda que unía al presidente electo a su pueblo era devolverle un padre a su hija, y, en ese momento, nada más importaba a ojos de Jasmine.

3

El Vel Satis de Montesquiou se detuvo frente al portal de la residencia particular de la ministra, una casa señorial del distrito VIII, cerca de los Campos Elíseos y del faro de la torre Eiffel. Los dos gendarmes que vigilaban la entrada se cuadraron y permitieron que el coche accediera al pequeño jardín. Había un columpio, mesas y sillas metálicas blancas. En medio del césped, un majestuoso castaño daba sombra a un bosquecillo de plátanos jóvenes floridos.

El camino de gravilla que seguía el Vel Satis serpenteaba unos metros y daba a la propia casa, un imponente edificio de tres plantas cubierto de una tupida hiedra que confería a la fachada principal la tranquila prestancia de un hombre barbudo.

No había riesgo alguno, sin embargo, de encontrarse con un barbudo en el interior: el marido de la ministra, exconsejero jefe en el Tribunal de Cuentas, se afeitó completamente cuando tuvo lugar su reconversión como escultor esotérico; ocupaba una dependencia transformada en taller y pasaba el tiempo fabricando unas extrañas cruces de porcelana. Montesquiou había creído comprender que no dormían juntos, pero la verdad era que ya ni siquiera vivían juntos y solo coincidían en los almuerzos familiares que Vermorel insistía en organizar el primer domingo del mes, después de misa.

Montesquiou había participado en uno de ellos a primeros de año, señal de la absoluta confianza que le otorgaba su jefa. Asistió al espectáculo de los seis yernos de la ministra, chicos de buena familia que se ponían en fila para presentarle sus homenajes a la zarina. Eran banqueros, abogados de empresa, licitadores. Uno de ellos enseñaba ciencias políticas en la Sorbona y, a pesar de ser respetablemente conservador, se atrevió a abordar en la mesa la cuestión de la reforma de las políticas públicas. Su mujer, Marie-Caroline, le fulminó con la mirada y Vermorel simplemente pidió a la cocinera que les sirviera su famosa charlota de fresas. El asunto no fue más allá, pero se le pidió a Marie-Caroline que vigilara a su marido «intelectual».

La benjamina de la familia era considerablemente más joven que las demás. Tenía nueve años y síndrome de Down. Anne-Élisabeth era la hija predilecta de la ministra, que a menudo se extasiaba ante su belleza interior. «Esas criaturas —decía mirando a su interlocutor— son la prueba de que la gracia es posible.» En ese momento no había que pestañear ni manifestar el menor indicio de vacilación. Y esa era la verdadera razón por la que Montesquiou detestaba ser invitado al domicilio de la ministra; podía controlar las expresiones de su rostro ante cualquiera, salvo ante ella. La Vermorel sabía qué ocultaba su sonrisa de lobo: si Montesquiou oía que una preadolescente poco agraciada era un parangón de lo contrario, a ella no le costaba adivinar qué pensaba él realmente.

La pequeña Anne-Élisabeth fue a recibirle al pie del coche. Intentaba mantener el equilibro en un patinete con el manillar amarillo fluorescente.

Montesquiou evitó cruzarse con la mirada de la chiquilla. Su madre no se había quitado el traje chaqueta y escrutó a su joven «mano izquierda», invitándole a sentarse en la terraza donde moría el último rayo de sol del día.

—He olvidado preguntarle. ¿Cómo está su hermana? Florence, ¿verdad? ¿Tiene noticias?

—¿Señora? —respondió Montesquiou sorprendido.

La ministra se quitó uno de sus zapatos de tacón y apoyó el pie en una silla metálica. Montesquiou evitó mirar los dedos del pie que se movían en el vacío a través de sus medias pálidas, como sobre un teclado virtual.

—Lo último que sé es que se fugó y que su madre había contratado a un detective privado...

—Sí, señora —respondió Montesquiou—. Pero finalmente hemos renunciado. Florence es mayor de edad desde hace tiempo. Ya tiene veinte años.

Y como la desenvoltura casi calurosa de la conversación parecía permitirlo, añadió:

—Mi padre le retiró la asignación, y estaba advertida de lo que sucedería. La ha desheredado, señora.

Vermorel le contempló sin ninguna reacción perceptible. Tenía unos ojillos desconfiados incrustados como dos almendras en medio de las altivas bolsas de sus párpados. Después de calzarse de nuevo, declaró:

—Es usted un alma de élite, Pierre-Jean. Y como todas las almas de élite nacidas en estos tiempos bárbaros, no cree usted en nada. Pero no olvide que, en definitiva, cuando todo ha quedado sumergido bajo los desastres de la vida solo queda una lealtad de peso, una única isla de sentido y de valor: la familia.

El móvil rojo de la ministra vibró sobre la mesa. El tono se oyó al cabo de dos segundos: un timbre de despertador a la antigua. Era un teléfono codificado reservado para las comunicaciones con el presidente.

—¿Puede acompañar a la pequeña Anne-Élisabeth al pie del castaño, por favor? Creo que ha perdido por allí su muñeca.

Montesquiou se puso en pie y dejó hablar a la ministra con Sarkozy. La pequeña mongólica tomó de la mano al joven y correteó por el césped persiguiendo a una paloma blanca, siguiendo sus virajes arbitrarios y murmurándole palabras disparatadas. La paloma alzó el vuelo de repénte y desapareció detrás del frondoso follaje del castaño. Ante la decepción de la niña, Montesquiou tuvo la impresión de que ella también hubiera querido desplegar unas alas fabulosas y escapar así de la pesadez de su carne mal configurada y fundirse como una mariposa en el cielo amarillo y gris.

Sin embargo, el espacio aéreo permanecía cerrado desde el domingo y Vermorel le indicaba, desde la terraza, que se reuniera con ella.

Montesquiou recogió la muñeca y se la entregó a la chiquilla, que se echó a llorar al ver la violencia con la que le estrujaba su brazo de plástico.

Una vez relevado de su misión de niñera, Montesquiou estuvo a punto de quitarse la corbata azul porque tenía mucho calor. Casi podía visualizar las moléculas ácidas de su sudor atacando el tejido de la camisa a la altura de las axilas. Vermorel y él esperaron en la puerta a que los últimos visitantes de la tarde se apearan del coche que acababa de entrar en la propiedad.

Se trataba del prefecto Boulimier, el jefe de la DCRI, que por una vez —y de forma extraordinaria— había supervisado personalmente la investigación sobre Nazir Nerrouche. Aturdido por la canícula, Montesquiou no supo determinar si la sonrisa de Boulimier era de satisfacción o se trataba de una mueca. En cualquier caso, su talante contrastaba con el aspecto de perro apaleado que había mostrado dos días atrás ante los jefes de policía, durante la memorable bronca que le había echado la ministra.

Después de sus «respetos», presentó a la ministra una carpeta acolchada. Su sonrisa, que era efectivamente de satisfacción, se deslizó hasta Montesquiou y declaró en un tono extrañamente falso, como si quisiera engañar a unos micrófonos que le espiaran:

—Ya le dije que esos Nerrouche no eran trigo limpio...

Antes de entregar el documento a Montesquiou, la ministra lo confirmó:

—Sí, y esto probablemente le dará muchos quebraderos de cabeza a nuestro querido juez Wagner...

4

En esos momentos, nuestro querido juez Wagner había vuelto a su despacho de la galería Saint-Éloi y se disponía a dejar que se marchara Alice, que bostezaba releyendo las decenas de páginas de las escuchas de Nazir. Era muy tentador dejar esa tarea fastidiosa para el día siguiente, pero Wagner sentía que algo les saltaría a la vista si seguían leyendo hasta última hora de la tarde. El aire acondicionado había dejado de funcionar poco después de mediodía; Alice había hecho todo lo posible para conseguir un ventilador, pero los responsables del mantenimiento querían marcharse cuanto antes a casa y el despacho se estaba convirtiendo en un horno.

Alice empezaba a ver doble. Se levantó para estirar las piernas y se dio cuenta de que el juez, absorto en la lectura, ni siquiera la había visto. Se rascaba su cabeza blanca con la mano con la que no tomaba notas. La otra estaba crispada alrededor de su Bic multicolor. Apretaba los labios y fruncía el ceño. Alzó de repente la cabeza y dijo con voz dulce y frágil:

—Alice, ¿puede comprobar en secretaría si algún mensajero ha traído las escuchas del tercer móvil?

Era la cuarta vez en una hora que le pedía que fuera a secretaría a ver si había llegado el mensajero.

Sonó el teléfono del despacho. Wagner descolgó mientras la secretaria judicial atendía el encargo inútil que acababa de confiarle.

—Mansourd al habla. Señor juez, tenemos novedades, voy de camino al Palacio. En una hora quizá tendremos la localización de Nazir.

—Y, en tal caso, ¿por qué viene aquí?

Wagner estaba impaciente.

—Se lo explicaré, estaré ahí en cinco minutos.

Alice volvió con las manos vacías. El juez le explicó la llamada de Mansourd y le sugirió que se fuera a casa. Era una propuesta meramente formal: Alice sabía perfectamente que iba a necesitarla.

De repente recibió una llamada en su teléfono particular. Paola quería saber si iría a su concierto «como había prometido». Wagner estuvo a punto de perder la paciencia. No podía decirle por qué no podría ir. De haberlo sabido, ella no se lo hubiese tenido en cuenta. Pero para ella era «el trabajo». Ya fuera leer al alba las declaraciones de los interrogatorios llevados a cabo durante la noche, registrar personalmente el domicilio de un sospechoso o emitir una comisión rogatoria internacional para que fuera detenido un terrorista fugitivo en la otra punta del mundo, era uniformemente «el trabajo» en la mente de Paola. Esa tarde, a pesar de explicarle como último recurso que se hallaba en el mismo estado que ella cuando se disponía a salir al escenario, su esposa respondió con un suspiro fatigado y colgó sin mandarle un beso.

Wagner no tuvo tiempo de compadecerse del destino de su matrimonio: Mansourd estaba en la puerta.

—Señor juez —dijo Mansourd excitado—, puede darle las gracias a su colega, Poussin. Él nos ha puesto sobre la pista de unos perfiles de Facebook a partir del de Mohammed Belaidi, apodado Gros Momo. Un equipo de RGPP ha examinado los mensajes de hace varios días y a partir de ahí han llegado a unos foros secretos en los que bandas rivales del extrarradio se citan en París para peleas colectivas. Sin embargo, nos ha llamado la atención una supuesta chica que cuenta con un perfil de Facebook con muchos contactos, entre los que figura desde hace unas horas el tal Gros Momo, y esa chica, aunque parezca una mosquita muerta, da órdenes e intenta poner paz entre las bandas. Lo que ha hecho sospechar a los analistas es que su lenguaje SMS no es perfecto, es decir, que su ortografía es demasiado correcta. Han investigado y han descubierto que los mensajes se envían desde un móvil, un smartphone localizado en Suiza. En un pueblo llamado Schlaffendorf.

—Es él.

—Es probable. Tenemos a dos agentes de la DGSE en Berna y estamos en contacto con ellos, pero, dada la dificultad de obtener la colaboración de los suizos rápidamente, quizá lo más sencillo sería organizar una misión extraoficial, señor juez.

Wagner se llevó la mano a las cejas.

—Quizá una misión de vigilancia. Pero para ello deberían localizarlo con mayor precisión.

—Es cuestión de minutos, señor juez. Propongo que en cuanto tengamos una localización precisa organicemos un equipo mixto con la DGSE, el RAID y yo mismo al frente de mi grupo.

—No, no —replicó Wagner—. Piense en el procedimiento, por Dios. Mansourd...

—Señor juez, podemos detenerle ahora o podemos dejar que desaparezca. A la vista de la precaución con la que ha actuado hasta el momento, el hecho de que haya dejado esa BlackBerry abierta demuestra que está acorralado. Y eso no va a durar mucho tiempo. Si perdemos la señal, puede llevarnos semanas, meses o años incluso encontrar de nuevo su pista. De usted depende, señor juez.

—Pues sí a la misión de vigilancia. Y no a una intervención. Ni hablar de enviar un equipo de cowboys para atraparlo. ¿Qué cree que pasaría si sobrevolamos clandestinamente Suiza? ¿Qué me dice usted? ¡Y por qué no un ataque nuclear, ya puestos!

Mansourd desistió. Wagner prosiguió:

—¿Y qué hay de la información de esas bandas que conspiran en Facebook? Supongo que la Prefectura de Policía estará haciendo lo necesario…

—La DOPC está en pie de guerra, París está completamente acordonado.

—Buen trabajo, comandante. Y le regalaré una nueva americana con coderas al querido Poussin para recompensar su perspicacia…

Alice recibió un fax que la intrigó. Hizo una señal al juez para que se acercara a verlo, pero Wagner acompañó primero a Mansourd. Una vez que hubo cerrado la puerta del despacho, se llevó las manos a la nuca y se oyó rogar que aquello saliera bien. Incluso el sabio desorden del despacho le parecía menos deprimente. Solo había un póster en la pared, una calle de su Longwy natal, con su fábrica de chimeneas humeantes y sus muros de ladrillo negro. Al ver esa fábrica en los tiempos en que aún no estaba abandonada, le pareció de repente que su instrucción funcionaba a la perfección, sin que hubiera debido tomar decisiones injustas y sin haber concedido el menor favor solicitado. Hasta el momento, las presiones de la fiscalía no habían interferido en la rotación de las turbinas. El camino aún sería largo, pero no interminable.

—¿Señoría?

Alice le había llamado tres veces. Parecía preocupada.

Y le tendió el fax que acababa de recibir. La DCRI rechazaba entregar las escuchas del tercer móvil. Estaban clasificadas.

Wagner se quedó boquiabierto, estupefacto.

—Secreto de Defensa —murmuró Alice para romper el silencio.

—Pero… no lo entiendo… ¿Por qué…?

El juez calló. Se dejó caer en su silla y releyó varias veces el fax. Las hipótesis se sucedían en su cráneo sobrecalentado. Secreto de Defensa: podía tratarse de cualquier cosa. Lo único seguro era que ni Wagner ni ningún otro magistrado sabrían ya nunca nada acerca de ello, o al menos no antes de muchos años. Y de repente fue como si se apagaran las luces, como si las máquinas se detuvieran, como si todos aquellos con los que Wagner había creído estar trabajando alrededor de la misma cinta corredera resultaran no ser más que un equipo de hologramas, y como si el juez, brutalmente confrontado al límite último de sus poderes de investigación, se hallase solo, irremediablemente solo en la opaca penumbra de una forja fría.

—Alice —dijo Wagner recuperándose—, llame ahora mismo a la DCRI. Si quieren guerra, la tendrán.

Rabia había dormido durante toda la segunda mitad del trayecto entre París y Saint-Étienne, incluso mientras Dounia se detuvo en un área de la autopista. Era de noche cuando las dos hermanas llegaron a la familiar A45 que rodeaba su ciudad natal. Rabia, curiosamente, parecía de un humor menos sombrío que a primera hora de la tarde, como si su ataque de nervios en medio del embotellamiento hubiera tenido un efecto relajante. Sus rasgos eran duros, pero su rostro no estaba tan tenso: puso la radio, Nostalgie, e incluso canturreó el éxito de Demis Roussos, «Quand je t'aime»:

—*Quand je t'aime, j'ai l'impression d'être un roi, un chevalier d'autrefois, le seul homme sur la te-e-e-erre...*

—Deberías haber sido cantante, gualá —la felicitó Dounia en voz baja, como para no arriesgarse a despertar su ira.

Ya en el parking de su casa, Dounia vio aparecer a su sobrina, que las esperaba en la puerta. Luna preguntó de inmediato por qué Fouad no estaba con ellas.

—Ay, cuánto quieres a tu pequeño Fouad, ¿eh? Lo siento, querida. Se ha tenido que quedar en París.

Los labios de Luna se abrieron en señal de decepción. Dounia, un poco sorprendida, precisó:

—Pero volverá mañana o pasado a más tardar, no te preocupes. ¿Qué tal con Slim?

Rabia le dio a su hija tres fuertes pares de besos. El último se alargó mucho, y fue al aceptar separar finalmente sus labios del cuello de su hija cuando advirtió que la estaban llamando al móvil.

Se alejó para responder a la llamada mientras Slim y Kenza bajaban de la planta superior. Los chicos habían preparado una buena cena y a Dounia casi se le saltaron las lágrimas al ver la mesa puesta bajo la cálida luz de la chimenea.

—¡Mira, Rab!

Pero a Rabia le brillaban los ojos. Dounia no podía imaginar ninguna buena noticia en las actuales circunstancias.

—¿Sabes quién acaba de llegar a Sainté?

—¿Sí? ¿De verdad está aquí? ¿Mouss? ¿Y cómo ha conseguido el visado?

Luna abrazó a su madre.

—¿El tío Moussa? ¿Ha venido de Argelia?

—Mira, querida —respondió Rabia—, veo lo que sientes por Fouad, y a tu tía y a mí nos pasaba lo mismo con Moussa. Las pequeñas le adorábamos, te juro que le venerábamos. No te lo puedes imaginar.

—Claro, era rubio y guapo, ¿verdad? Quiero decir que cuando le vi hace dos o tres años aún era guapo, pero...

—Pero un poco viejo, ¿verdad? ¡Ja, ja! —se rio Dounia pellizcándole la mejilla a la muchacha—. Los jóvenes no tenéis piedad, no hay nada que hacer. Consideráis que pasados los cuarenta años ya estamos listos para el desguace. Te juro que...

La conversación acerca del tío Moussa prosiguió alrededor de la mesa mientras Slim se ocupaba de la cocina.

—No te lo puedes ni imaginar, querida, el tío Moussa era nuestro dios, por la vida de la abuela que era nuestro dios. Era rubio, de ojos verdes, alto, fuerte, y te juro que cuando entraba en algún sitio todo el mundo callaba. ¿Es verdad o no, Dounia?

—Sí, tienes toda la razón —confirmó Dounia, alzando las cejas para convencer a Luna, que devoraba una manzana como aperitivo y se reía ahogadamente, sentada en el borde del fregadero.

—Y siempre bien vestido —prosiguió Rabia desbordante de orgullo retrospectivo—, todas las chicas de Saint-Étienne estaban enamoradas de él y decían que parecía un actor americano. ¿Verdad, Doune, a que parecía un actor americano? Pero hay que decir la verdad, y con las mayores era bastante duro. Sí, hay que reconocer que con Bekhi y Ouarda no era fácil. Y dicen que si sospechaba que habían fumado un cigarrillo o que salían con algún chico, les pegaba. Tenía una mentalidad anticuada, pero así eran antes los chicos.

—No todos —corrigió Dounia—. Bouzid, y ahora parece extraño decirlo, no era así en absoluto en aquellos tiempos. Además, Bouz solo salía con francesas. No sé cuándo se volvió así de carca.

Una sonrisa melancólica ondeaba en el rostro de Rabia. No le apetecía hablar de Bouzid, sino de aquel que le había eclipsado por completo —y que tanto le había hecho sufrir— en su juventud. El hermano mayor. El héroe de la familia.

—Las mayores que digan lo que quieran, pero a mí Moussa siempre me ha adorado. Yo era la niña de sus ojos, díselo, Dounia.

—¡Ay, a Rabia no se la podía tocar! «El que toque a mi pequeña Rabinouche, ya verá», decía. Sí, es cierto.

—Es una lástima que se marchara a Argelia tan joven.

—¿Y por qué se marchó a Argelia? —preguntó Luna.

—Nunca lo hemos sabido. Se enamoró de una del pueblo, y ya está.

Rabia quería añadir algo, algo que no podía decirle a su hija y que le divertía mucho y a la vez la llenaba de un orgullo un poco malsano: era que el tío Moussa, un guaperas muy activo antes de los tiempos sombríos de las relaciones plastificadas, había dejado un número incalculable de pequeños Moussas por toda la región, de Saint-Étienne a Lyon, por todo el valle del Gier. Cabilias, árabes, francesas o italianas, sus preferidas. Rabia le recordaba en el balcón de la abuela en los años setenta, fumando Craven A, con su torso poderoso ceñido por una camisa ajustada con cuello de fantasía, una camisa que creía recordar rosa pero que bien pudo ser amarilla, en todo caso abierta y dejando asomar un vello innegablemente rubio y rizado sobre el que a la adolescente exaltada que fue tiempo atrás le encantaba apoyar su mejilla de hermanita predilecta.

6

—¿Sí? ¿De verdad? ¡Mierda…!

La voz de Dounia, decepcionada, devolvió a Rabia al presente. Hablaba por teléfono.

—¿Qué pasa, Doune?

—Pues que acabo de llamar a Bouzid y me ha dicho que Moussa está en casa de la abuela y acaba de dormirse. Así que ya no le veremos hasta mañana…

Para que todo el buen humor suscitado por la perspectiva de ver a Moussa no se disipara de golpe, Dounia propuso a Rabia y a los chicos ir al cine. Pero a Rabia no le apetecía y Luna quería comer un helado.

Slim y Kenza estaban cansados y, olvidando por un instante el infierno que estaban viviendo, Rabia, Luna y Dounia fueron a tomar unos sorbetes en la terraza de una *brasserie*, sin dejar de hablar de Moussa, de «explicarle» Moussa a Luna, que tenía la sensación de estar viendo a Fouad al oír aquellas historias, pero un Fouad rubio, sombrío y aparentemente bastante malo. Luna no tenía recuerdos muy precisos de Moussa, era un tío como los demás, al que solo había visto tres veces en su vida y en ocasiones desgraciadas que le habían hecho venir de Argelia: la muerte del abuelo, al que repatrió a su pueblo natal, o el entierro de su propio padre, en el que Luna tenía otras preocupaciones como para observar a ese personaje que ahora le describían Dounia y su madre.

Sin embargo, Rabia, que siempre defendía encarnizadamente a su querido hermano, se veía obligada a reconocer que el favoritismo de la abuela hacia él había creado «traumas» en la familia: a Bouzid, al que Moussa humillaba a menudo, y sobre todo al abuelo.

—Ya eres mayor, hija mía, y puedes oírlo todo. Y aunque adoraba y sigo adorando a Moussa, tengo que reconocer que era injusto y que eclipsaba al abuelo, descanse en paz. A veces tengo la impresión de que reemplazaba la autoridad del abuelo, ¿sabes? Era él quien reñía a las chicas cuando hacían tonterías. Y, sobre todo, la abuela se desvivía por él y le hablaba mal al abuelo, a decir verdad. Así eran las parejas de antes, hija. Se casaban, pero no se querían. Ni se tomaban la molestia de amar al marido. Por el contrario, con los hijos sí había amor. Y la abuela tenía preferencia por Moussa. Era al que primero le servía su plato y fíjate, qué cosas tiene la memoria, los detalles que te vienen a la cabeza, tengo la impresión de que Moussa siempre ocupaba la cabecera de la mesa y el abuelo se sentaba a un lado. El pobre, ¡gualá!, no decía nada, solo trabajaba, mascaba tabaco… Como el pobre Ferhat, amable y arrinconado. Y al lado, Moussa…

Rabia calló, meneando la cabeza. Por mucho que sufriera al pensar en aquel hijo ingrato y aquel padre tímido, ¡Moussa era tan guapo, tan rubio y tan seguro de sí mismo! Era el orgullo de la familia. El que entraba en la discoteca mientras sus amigos morenos y rizados se quedaban con las ganas discutiendo con los porteros racistas. El que les hacía olvidar la pobreza, la aplastante losa de las prohibiciones y de la injusticia y la hostilidad de los franceses.

—Ay, sí..

Como no tenían más que decir sobre Moussa, Rabia propuso llamar a Fouad. Estaba paseando, como «descompresión». Dounia le mandó besos y contempló a su hermana absorta en sus pensamientos.

—Qué lástima que Mouss esté durmiendo. ¿Qué, nos tomamos otro? —preguntó Rabia con picardía, como si aquellos helados de colores pastel fueran licores tan fuertes que pudieran arrancarla de la pesadilla de la realidad.

7

La verdad era que Moussa no dormía. De pie junto a la silueta encogida e invencible de la abuela, estaba inclinado sobre la cama de su tío Ferhat en el hospital. Sus manazas agarraban los barrotes de la cama. Tenía un poblado bigote rubio pero la frente arrugada, con unas arrugas aún más visibles dado que la frente se había ampliado debido a una calvicie tardía pero ya ineluctable. Sus ojos verdes también parecían haberse oscurecido a causa de los surcos que le hundían los párpados.

Desde hacía diez minutos, «interrogaba» al anciano tío Ferhat. Este, tocado con un ridículo gorro de redecilla, no sabía qué responderle para describir a su agresor. Sacaba pecho y alzaba los hombros para imitar a un coloso; luego recordó que tenía el cráneo rasurado y la piel blanca como una aspirina.

La abuela se dio cuenta de que hasta el momento en que había presenciado esa descripción —hasta ver aquellos gestos y el intento condenado al fracaso de sacar pecho— no había sentido realmente odio hacia el desconocido agresor del pobre Ferhat.

Una auxiliar de enfermería empujó la pesada puerta de la habitación y comprobó el estado del paciente.

—¿Qué tal, señor Nerrouche? —exclamó como si le hablara a un niño—. ¿Cómo se encuentra hoy? Tiene visita, ¿eh?

Mientras examinaba con gesto seguro la penetración de la perfusión en el antebrazo lívido del viejo, Moussa se volvió hacia la ventana, con las manos a la espalda. La abuela preguntó cuándo le quitarían las obscenidades que tenía en el cráneo.

—La operación está prevista para el viernes por la mañana, señora.

A Moussa se le escapó una risa nerviosa. La enfermera lo advirtió y a punto estuvo de intervenir, pero aquel hombretón de espaldas no parecía de trato fácil. Salió y Moussa prosiguió su interrogatorio en cabilio:

—¿Le habías visto alguna vez? *Khalé?* ¡Recuerda! ¿Le habías visto antes?

—No, no, hijo, no.

Al ver que no averiguaría nada más, Moussa quiso marcharse, pero primero contempló el torso descarnado del anciano: el cuello del pijama azul celeste que le habían dado era demasiado ancho para su cuello delgado y arrugado, pero a Moussa le impresionaron sobre todo sus clavículas de viejo. La piel distendida tenía allí una blancura cadavérica y los huesos eran tan frágiles y delicados que parecía como si ya no tuvieran fuerzas para sobresalir, para imponerse a la carne apergaminada que recubría su torso.

Moussa le besó en la frente, murmurando ensalmos en árabe y jurándose que, de haber llegado su padre a viejo, hubiera cuidado de él de la misma manera. El perfil de Ferhat se sumió en el sueño en el momento en que Moussa descubría en él similitudes con el de un pájaro. Había dos tipos de viejos: los que acababan pareciéndose a un roedor —como la abuela— y los que acababan pareciéndose a un pájaro. Moussa creía que los segundos abordaban la perspectiva de la muerte con más ligereza que los primeros.

De lo que no cabía la menor duda era de que él nunca había estado tan en paz consigo mismo como al salir de aquella habitación de hospital invadida por la penumbra y el debilitado aliento del tío Ferhat. Juró en cabilio que encontraría a su agresor y le partiría el alma. Pero, en ese momento, hizo entender a la abuela que no podía permanecer en aquel espacio público ni un minuto más.

—*Eh, eh, bailek amméhn* —admitió su madre empujándole hacia la salida.

8

Montesquiou se quitó la corbata en el asiento trasero de su coche oficial y contempló la cubierta negra del dossier confidencial que le había confiado la ministra. Ese pequeño viaje a Levallois-Perret no era la última gestión del día, pero sí la más importante. Se sometió a los estrictos controles de acceso a la sede extremadamente protegida de la DCRI y fue conducido a las oficinas de la SDAT, donde Mansourd le esperaba en el escenario de la sala de reuniones, rodeado de los jefes de los tres grupos de investigación encargados de la captura de Nazir. Y allí estaba también el capitán Tellier, que miraba a Mansourd como un hombre dispuesto a morir por su jefe.

Montesquiou entró en la sala y pidió al comandante que prosiguiera con su briefing.

Se había podido localizar a Nazir gracias a su teléfono en un pueblo de los Grisones, en Suiza. Los potentes satélites de los servicios secretos no dejaban lugar a dudas. La misión de comandos, a pesar de ser clandestina —o debido a su clandestinidad—, sería seguida en directo desde el Centro Interministerial de Crisis de la place Beauvau por la ministra del Interior que la había autorizado, extralimitando las prerrogativas del juez, así como por el ministro de Defensa, del que dependían parte de los hombres destinados a la misión. El casco del jefe de las fuerzas especiales en primera línea dispondría de una cámara. La dificultad de la misión radicaba en aprehender al sospechoso sin llamar la atención de las autoridades locales. Por esa razón no contarían con un amplio dispositivo de vigilancia, simplemente una quincena de hombres en un helicóptero del ejército del aire indetectable por los radares y cuya única orden era secuestrar al enemigo público número uno y traerlo de vuelta a Francia.

Al acabar la reunión, Montesquiou quiso hablar a solas con el comandante. Todos los hombres salieron.

El director de gabinete de Vermorel tendió entonces la carpeta acolchada a Mansourd y escrutó sus reacciones. Mansourd detestaba a ese joven alto funcionario arrogante y no lo disimulaba.

—Hemos recibido esto de los servicios secretos argelinos.

«Esto» era un informe de esos servicios secretos en el que se indicaba la pertenencia de Moussa Nerrouche al GIA, el Grupo Islámico Armado, responsable, entre otras, de la campaña de atentados en suelo francés a mediados de los años noventa.

—Y eso no es todo —añadió Montesquiou—. Aïssa Nerrouche, padre de Nazir, así como Zidan Bounaïm, padre de Abdelkrim, los dos ya fallecidos, visitaron regularmente Argelia en la gran época.

Con la «gran época», Montesquiou se refería a la guerra sucia que ensangrentó Argelia en esos mismos años noventa.

—Al final encontrará dos informes sobre ellos, menos exhaustivos que el de Moussa, pero... creo que le interesarán a su amigo, el juez Wagner...

Mansourd no apartaba la vista de los documentos, que escaneaba a la velocidad del rayo.

—Naturalmente, supongo que esto puede esperar —dijo el joven—. Por otra parte, si me permite, estos dos últimos días no ha comunicado los avances de la investigación... ¿Qué cree, comandante? Me refiero a cuál es su íntima convicción.

—¿Mi íntima convicción?

—A la gente para la que usted trabaja le gustaría saber más sobre su sentimiento...

—Yo no trabajo para personas, señor. La policía republicana está al servicio del pueblo francés. Supongo que eso se lo enseñarían en su universidad de élite, ¿verdad? La SDAT es una rama de la policía republicana, no es una policía política.

—Está a punto de cruzar la línea amarilla, comandante.

—Permítame entonces dar un paso al lado —replicó Mansourd cerrando la carpeta—. ¿Mi íntima convicción? Pues es muy sencilla: aún no sé si Nazir Nerrouche es quien dio la orden de asesinar a Chaouch o si fue... ¿cómo lo diría...? «Empleado» por peces más gordos. Pero eso no lo sabremos hasta dentro de unas semanas, meses quizá.

—Cuanto antes mejor —concluyó Montesquiou un poco desconcertado—. Buena suerte con la misión de esta noche. Comandante.

La sarcástica inflexión del «comandante» no le gustó al interesado. Montesquiou golpeó el suelo con su bastón y salió sin volverse.

Mansourd llamó al capitán Tellier y le entregó la carpeta.

—¿Qué opinas? —preguntó Mansourd a su capitán.

—Creo que es el más puro estilo de los servicios secretos argelinos. Pero no me sorprende. Sin llegar a decir que el terrorismo es hereditario, normalmente no hay humo sin fuego.

Perplejo, Mansourd jugueteaba con el medallón de su cadena.

—Tengo la impresión de que le preocupa, jefe —dijo Tellier.

—Sí, he interrogado a la madre de Krim y a la de Nazir. Y no sé, no me cuadra. O bien desconocían las actividades de sus maridos o...

—¿O qué?

El medallón de Mansourd se desenganchó y cayó al suelo de tanto manipularlo. Tellier lo recogió y vio en él el rostro de una mujer en blanco y negro, una bella cincuentona de expresión trágica.

—¿Quién es?

—Mi madre —murmuró Mansourd—. Es divertido, es clavada a la de Nazir. Si la vieras... No, soy gilipollas, verla no te diría nada.

El capitán no sabía qué responder o añadir.

—Dígame, jefe, ¿no tendrá un a priori favorable hacia la madre de ese loco porque se parece a...?

—Gracias, capitán —le interrumpió Mansourd.

Tellier se mordió el labio. Su labio leporino pareció dilatarse, como la branquia de un atún.

—Otra cosa, comandante. Se trata del director de gabinete de Vermorel.

Mansourd volvió la cabeza, curioso.

—El primer día vino a Levallois, como es normal, por supuesto. Pero al día siguiente volvió y quiso hablar a solas con Abdelkrim... Como estábamos encallados y de todas formas el chaval nos había dicho ya todo lo que sabía, es decir...

—¿Se lo permitió? —le interrumpió Mansourd.

—¿Y qué podía hacer?

Mansourd aspiró un considerable volumen de aire por sus amplias fosas nasales.

—Todo esto me está empezando a poner de los nervios —refunfuñó antes de espirar—. ¿Y el pelirrojo?

—En ese aspecto sí tenemos buenas noticias —se apresuró a explicar Tellier—. Estoy en ello, y sus huellas son las de un tal Romain Gaillac, musulmán converso, identificado por Inteligencia General porque frecuentó una mezquita salafista...

—Bien, ocúpate de eso, y que el buitre de Montesquiou no vuelva a meter las narices en nuestra investigación, ¿de acuerdo?

Tellier hizo un gesto de impotencia que transformó in extremis en aprobación y salió de la habitación, en la que las cortinas estaban echadas.

Mansourd abrió el dossier de los servicios secretos argelinos. La mención «Confidencial – Defensa» había sido estampada con un sello rojo en cada página. En una foto clasificada se veía al tío Moussa apoyado en el capó de un Jeep en el recodo rocoso de un uadi. Su barba rubia y rala también tenía un aspecto desértico. Vestía un mono verde caqui y alzaba el mentón desafiante hacia el objetivo. Bajo su axila izquierda asomaba la culata de madera de una pistola guardada en su funda.

XII

ESPERANDO LA TORMENTA

1

Kenza había querido aprovechar la ausencia de Luna, Dounia y Rabia para disfrutar de un momento de intimidad con su esposo, pero al cabo de media hora de torpe y perseverante «intimidad», Slim encendió la luz y se sentó al pie de la cama, donde las sábanas calientes y desordenadas eran el testimonio, cual ruinas humeantes, de la batalla en la que una vez más había sido derrotado.

Sin resuello, miró inquieto hacia el perfil de Kenza. Su frente bellamente curvada relucía y bastaba una inflexión de ceja, la chiquillada de un guiño o uno de esos astutos movimientos de la boca de los que ella poseía el secreto para que creyera desearla y se lanzara de nuevo al abordaje con su consentimiento jadeante y lascivo. Sin embargo, en cuanto le separaba las rodillas y se hallaba frente al interior de sus muslos, sentía un estremecimiento causado por el misterio y el calor que parecía fruto de la culpabilidad, y sus buenas resoluciones topaban con sus carencias, la falta de ardor y de ímpetu, y le daban ganas de morirse. Pero no se moría, y ascendía hacia ese rostro que podía amar sin pruebas y lo cubría de besos tiernos, castos y torpes. Salvo que esa noche ya fue el colmo para Kenza. Pasó el brazo izquierdo por encima del torso desnudo de Slim y encendió la lamparilla.

–Slim, tenemos que hablar.

Slim se quedó paralizado en un rincón de la cama. Anticipando la siguiente frase de Kenza, apagó la lamparilla y oyó aquellas palabras que sonaron como el inicio del fin del mundo:

–Slim, te he visto antes, detrás de la Cité du Design.

En ese momento, la oscuridad no era la solución. Slim sintió que las tinieblas le invadían y se puso a temblar. La saliva se acumulaba en su paladar y, al tener las vías digestivas bloqueadas, si producía una gota más tendría que escupir y probablemente vomitar a continuación.

—Te he visto antes con ese tío, el travesti.

—¿Qué... qué... has visto?

—He visto que intentaba tocarte, he visto que le rechazabas, pero...

Se echó a llorar. Slim intentó rodearla con sus largas manos blancas, pero se levantó de la cama con un gesto seco y violento.

—Te equivocas, es un tío al que... ¡le debo dinero!

En el silencio absolutamente soberano que siguió, Slim oyó el ruido de una vibración que creía haber oído un poco antes, mientras intentaba concentrarse en los senos de Kenza. Apartó las sábanas y al pie de la cama encontró el móvil de Luna.

—¡Mierda!

Había soltado la interjección esperando atraer la atención de Kenza hacia otra cosa, esperando que le preguntara qué pasaba.

Sin embargo, Kenza, sentada frente al ordenador en pausa, se cubría la cabeza y los oídos con las manos. Slim tomó el teléfono y lo apagó. Se levantó, se aproximó a Kenza y le asió la base de la nuca con las dos manos.

—Pero te quiero, Kenza —murmuró—. Confía en mí, lo conseguiremos.

Por toda respuesta, Kenza se puso en cuclillas en la silla y fingió dormirse, en esa posición imposible pero más elocuente que cualquier cosa que dijera.

2

Fouad pasó frente a una sala de conciertos. «Paola Ferris interpreta a Mozart.» Era el entreacto y la acera estaba llena de gente, y enseguida se sintió perdido en medio de la multitud. Recibió un SMS de Yaël, que quería saber cómo lo llevaba. Esa expresión empezaba a irritarle, y fue lo que decantó la balanza para que Fouad se excusara diciéndole que tenía tantas cosas que hacer al día siguiente que no podría almorzar con ella.

En cuanto envió el mensaje, sintió un violento malestar provocado por aquellos burgueses blancos, las risas forzadas que estallaban aquí y allá y las miradas de reojo entre grupillos de improvisados musicólogos, pero, como el miedo que a menudo atrae a su origen, el asco que Fouad sentía le inmovilizó entre aquellas personas de las que deseaba huir como de la peste.

Sin embargo, lo que más le irritó fue ver de repente, en el cristal ahumado de un coche de lujo que se detenía para recoger a una vieja, el reflejo de su propia silueta, que no desentonaba en aquel areópago de cuellos almidonados con su traje desparejado, la camisa clara y los mocasines oscuros, su uniforme de la vida cotidiana en París, ni demasiado arreglado ni tampoco lo suficiente, que le permitía sentirse tan cómodo en un bar de mala muerte de Belleville como a la salida de un concierto de música clásica, en compañía de una fauna que le causaba náuseas. Una fauna que le causaba náuseas, pero a la que no podía dejar de intentar agradar, como probaban las sonrisas educadas y discretas que dirigía a las damas y caballeros con los que su mirada se cruzaba. Querían asegurarse de que se trataba de un inmigrante integrado, de un espécimen de esa nueva raza de árabes que podían ser periodistas o abogados, que se ofendían si se les preguntaba de dónde eran mientras compartían una inocente copa de champán, pero que al menos no quemaban coches, no degollaban corderos y no deseaban la sustitución por un Estado islámico de su nación francesa de siempre, ora hija predilecta de la Iglesia, ora comecuras, pero en ningún caso dispuesta a aceptar, y menos de inmediato, horarios diferenciados en las piscinas y menús exclusivamente *halal* en los *fast-food* de la República.

Horrorizado ante el pensamiento de que esas disparatadas ideas eran las de Nazir y no las suyas, Fouad se agarró el puente de la nariz entre el pulgar y el índice y meneó enérgicamente la cabeza.

De camino a la place d'Aligre, donde vivía, Fouad tuvo tres veces la certeza de que le estaban siguiendo.

Bajó en la parada Bréguet-Sabin en lugar de en Bastille, ya que en esa estación no había correspondencia con otras líneas y podría ver desde el extremo del metro poco lleno si los dos hombres con cazadoras oscuras que había identificado esperaban a la señal de cierre para apearse en el último segundo. Y sí hubo una persona que salió del vagón, pero era una muchacha. Creyó que se trataba de una falsa alarma, pero al atravesar aquel animado rincón del distrito XI se vio perseguido por un coche que circulaba muy despacio y dejaba pasar a las bicicletas del Vélib.

Para llegar a la avenue Ledru-Rollin despistando al coche se vio obligado a tomar la rue de Lappe, peatonal y deprimente con sus bares uno al lado del otro y sus chicas con tacones que tropezaban con los adoquines. Al llegar a la place d'Aligre le apeteció tomar una copa en la terraza de su bar habitual y subió a su casa a cambiarse.

Al bajar, había cambiado su camisa, sus mocasines y su americana de buen árabe por una vestimenta deliberadamente descuidada: unos pantalones de chándal viejos, unas Reebok también viejas, una camiseta estampada y una sudadera con capucha verde caqui. Sentado en la terraza con la capucha, le pidió una caña al dueño, que no pareció advertir su repentino cambio de ropa: por la manera seca de servirle era evidente que simplemente no le había reconocido.

La place d'Aligre ofrecía un panorama sorprendentemente representativo de las clases sociales parisinas allí repartidas en función de sus bares en los tres extremos: el bar de los pijos ricos, el bar de los pijos pobres, donde Fouad tenía su mesa de cliente habitual —y por lo tanto de impostor—, y finalmente el bar de los currantes más o menos morenos que trabajaban en el famoso mercado. Ese abría a las cinco de la mañana; los clientes se tomaban allí cafés solos en vasos de plástico y seguían montando sus puestos. Fouad se reprochaba que en lugar de la clientela de apuestas deportivas del bar oficial del mercado de Aligre prefiriera los «encuentros» en la barra de su estimado café de artistas: chicas vaporosas que subrayaban, con el capuchón del bolígrafo entre los labios, guiones en los que tenían un pequeño papel, papás modernos en chancletas y dinamizadores sociales del barrio, todos ellos personas que trabajaban más o menos en el mundo de la cultura, que sin excepción habían votado a Chaouch y que bebían pintas de cerveza rubia a tres euros aprovechando la agradable temperatura del anochecer.

Fouad observó con horror ese paisaje armonioso donde ocupaba su lugar, ese remanso de paz social que las vibrantes conversaciones ciudadanas y la ira contra el poder aún vigente reforzaban en lugar de destruirla. Y lo que provocaba el violento rechazo de Fouad no eran la hipocresía o la vida confortable de sus semejantes a la hora de salir a tomar algo: le asqueaba la paz en sí misma, esa paz que casi podía materializar, las sonrisas entre desconocidos, el viento benévolo que alzaba los cuellos de las chaquetas, la perspectiva de regresar después de un segundo mojito a un apartamento luminoso y seguro gracias a los códigos de acceso de los portales que se cambiaban cada tres meses.

Se estaba transformando en Nazir cuando vio aparecer a una chica frente a su mesa. La muchacha de cabello claro que se había apeado del metro en el último momento en Bréguet-Sabin.

—Siento molestarte —dijo con su aflautada voz de adolescente—, te he reconocido y...

Fouad no pudo contener un gesto de mal humor. ¿Le habría dirigido la palabra de no haberle reconocido? ¿Se hubiese dirigido a un árabe encapuchado de no haber sido la estrella de una serie de éxito? ¿Cómo reaccionaría al saber que su carrera probablemente se había truncado?

—No, pero no es eso, es que... Te he reconocido en el concierto de mi madre, en el entreacto. Y te he seguido, lo siento... Eres el primo de Krim, ¿verdad?

Fouad entornó los ojos, que brillaban con una nueva luz.

—Me llamo Aurélie y conocí a Krim el verano pasado en el sur. Pasamos juntos parte de las vacaciones y...

Fouad se levantó y dio unos pasos con ella por la acera.

—El domingo pasado, Krim vino a mi casa antes de... Me pregunto si puedes darle una carta de mi parte.

—Por supuesto... Claro que sí, pero...

Aurélie rebuscó en su bolso más de veinte segundos. Luego en su chaleco, donde se la había guardado a primera hora de esa tarde. Y la carta tampoco estaba allí.

—¡Mierda!

En ese momento le pareció evidente: era Tristan quien se las había ingeniado para que se la robaran a orillas del Sena. Con razón había desconfiado de Nico. No: ¡había metido la pata! Debería haber desconfiado aún más.

—No te preocupes —la tranquilizó Fouad—, podemos quedar mañana y me la das, de todas formas con los líos de abogados será complicado...

—¡No! ¡No lo entiendes! Es por mi padre... Si esa carta...

Fouad le pidió que se calmara. La muchacha balbució unas explicaciones incomprensibles y le pidió que la perdonara frunciendo el ceño, ansiosa, y salió corriendo bajo las asombradas miradas de los clientes de la terraza.

3

—Deberíamos estar en Italia desde hace horas.

El todoterreno estaba escondido en la linde de un bosque que coronaba la colina al pie de la cual se extendían los dos caseríos que formaban el pueblo de Schlaffendorf. Fleur se había comido las uñas de sus dos índices. Su tono lastimero exasperaba a Nazir, que manifestaba su nerviosismo entreabriendo la boca y pasándose la punta de la lengua por los labios.

Fleur volvió a la carga:

—Me has mentido, ¿verdad? ¡Nadie nos espera en Italia! ¡Nos quedaremos en este puto coche días y días, hasta que nos pillen!

Nazir ya había respondido a sus legítimas preguntas al empezar el día. La poca paciencia de su joven cómplice no era una sorpresa, pero no por ello dejaba de fastidiarle.

—Hay una cosa que no entiendes, Fleur, y te lo repetiré despacito: cuando todas las policías de Europa te están buscando, no se puede cruzar de cualquier manera una frontera como la de Suiza e Italia. Hay que prepararlo, y eso estoy haciendo.

—No —se indignó Fleur—, lo que estás haciendo es mirar sin hacer nada la pantalla de tu teléfono sobre la guantera, esperando a que alguien te llame. ¡Es de noche y tengo frío! ¿Esa va a ser ahora nuestra vida, escondidos todo el día en un coche y saliendo solo de noche como los vampiros? ¿Y, por lo menos, vamos a salir? Joder, te estás burlando de mí, no has preparado nada, hubiera sido mejor… ¿Y por qué no está aquí Waldstein? Era él quien debía ayudarnos, ¿no? ¡No entiendo nada! ¡Dime! ¿Qué coño estoy haciendo aquí?

Nazir la redujo al silencio con una mirada. Sus grandes ojos negros cambiaban de forma a lo largo de las horas: la cólera los agrandaba y la forzada paciencia parecía haberlos vuelto de esfinge, pero lo que no cambiaba era la aterradora invisibilidad del blanco en las comisuras de sus iris.

—Cuando te conocí —le dijo a la chica—, acababas de fugarte como una cría caprichosa y dabas clases de artes marciales y de poesía andaluza en una casa okupada autogestionada. En esa época, hubiera bastado un gesto de tu papá para hacerte volver con tu familia. Florence…

—No me llames así —respondió Fleur abriendo como platos sus ojos dilatados por el agotamiento nervioso—. He cambiado de nombre y de apellido. ¿Conoces a mucha gente que… tenga ese valor?

Nazir contempló el rostro lívido de Fleur, su fragilidad de muchacha que a menudo le inspiraba sentimientos contradictorios. Contradictorios pero enraizados en el mismo mal: la piedad.

—No, es verdad. Has sido muy valiente. Por eso no entiendo por qué ahora se te cruzan los cables. Te necesito, Fleur. Te necesitamos, nosotros, los dos. Una vez que estemos en Italia, no podré salir y tú serás mis ojos, mis manos, serás... mi cuerpo.

Ese arranque de entusiasmo en la voz de su amante precipitó a Fleur contra él. Le asió la nuca y quiso besarle. Nazir se resistió. Ella había perdido sus lentillas verdes y seguía oliendo mal.

—Da igual —se resignó Fleur sentándose de nuevo en el asiento del conductor—, somos como Bonnie & Clyde, ¿verdad?

—Si eso te divierte...

—¿Acaso no soy tu primera guerrillera?

Nazir alzó las cejas, burlón. Herida en su amor propio, Fleur cambió de tema:

—Es extraño, ¿nunca piensas en tu familia? Les has sacrificado, y lo sabes. No me harás creer que eso no te quita el sueño.

Nazir no respondió.

—Lo único que sabes hacer es decir: mierda. Tus manipulaciones en internet, tus intentos de provocar un incendio...

—El fuego está en las cabezas —reaccionó instantáneamente Nazir—, yo no hago nada, no enciendo la mecha. El fuego está ahí, desde hace dos generaciones.

—No respondes a mi pregunta.

—Hay gente que arde en silencio. Las cámaras de televisión no saben filmar los cerebros. Y yo solo hago que el fuego salga de las cabezas, para que pueda verse. Y en Francia solo se ve lo que pasa en París. Soy el director cinematográfico de la verdad, y si consideras que la estoy cagando eres libre de...

—¿Y por qué has metido en esto a tu familia?

—No sabes nada de mi familia, así que cállate.

—Oh, no, Nazir —replicó—, no discutamos. Ahora no.

Nazir inspiró profundamente y dijo mirando el encendedor:

—Te confesaré una cosa, porque no sé qué pasa por tu cabeza. Intenta imaginarme obligado a convencer a la gente, a fingir en sociedad, a intrigar a diestro y siniestro, a ser diez personas diferentes en un solo día, hasta no saber ya ni cuáles son mis verdaderos sentimientos. Los móviles falsos, los verdaderos secretos. Y eso durante meses, mientras todo el país se apasionaba con ese impostor, con el payaso de Chaouch... Y por la noche, cada dos o tres días durante este año, llamaba a mi madre. Le explicaba lo que había hecho ese día inventándomelo sobre la marcha: ¿Estás bien? Cuéntame qué haces... Me inventaba proyectos honorables, encuentros prestigiosos. Solo quería oír su voz. Pero a cada mentira que se tragaba sentía que me alejaba de ella. Y, sin embargo, seguía. Su voz, yo solo quería oír su voz, nada más. Y quería que se preocupara por mí, porque mientras se preocupara por mí no tendría que preocuparme por ella.

Se detuvo y pareció que su voz se volviera más dulce y su armadura se resquebrajara.

—Es la única persona en el mundo a la que quiero. Nunca he amado a nadie más que a mi madre.

Fleur le contemplaba horrorizada y, sin embargo, desbordante de sentimientos: de amor por él y de respeto ante esa pasión filial.

—Y quería que estuviera orgullosa de mí. Así que le dije que había creado una empresa de relaciones públicas además de la agencia de seguridad privada en Saint-Étienne, y que estaba trabajando en la campaña. La voluptuosidad de esas vidas imaginarias era irresistible. De día mentía a la sociedad y de noche a mi madre. Y era peor que mentirme a mí mismo. Teníamos los teléfonos pinchados y ella no lo sabía, naturalmente. Sus aprobaciones, cada comentario suyo que demostraba que se creía mis tonterías, que no tenía la menor duda acerca de la veracidad de lo que le contaba, era como una fibra que se soltara del cordón sagrado que me unía a ella. Y al colgar, cambiaba de tarjeta, me ponía junto a la ventana, controlaba mis mensajes, mis correos y las llamadas perdidas, y lloraba.

—Llorabas...

—Sí, lloraba. Y sabía que el día que dejara de llorar después de esas llamadas, estaría listo.

Nazir oyó de repente el potente sonido de un instrumento de viento amplificado por megafonía.

—¡Las trompas! —exclamó—. ¡Ya han llegado!

—¿Quién ha llegado? ¿Esperábamos a alguien?

—Fleur, sal del coche y dime lo que ves.

Fleur obedeció. Salió del coche y del bosque. A lo lejos, en la carretera que atravesaba el pueblo en silencio, vio una caravana de una docena de vehículos.

Era un circo ambulante. El altavoz escupía indicaciones en una lengua que Fleur desconocía, que no era alemán, francés, italiano ni romanche.

—¿Qué hace aquí un circo? —preguntó ella envuelta de nuevo en el olor a cuero del coche.

—Es nuestro pasaporte a Italia —respondió Nazir tecleando en su Black-Berry.

4

Gros Momo oyó sonar su móvil por tercera vez consecutiva. No había descolgado porque se estaba preparando una pasta y, en el momento en que el agua empezaba a hervir, había visto una cucaracha en el armario y tenía intención de exterminarla como ejemplo.

Pero cuando el fijo comenzó a sonar de forma continua, se inquietó y abandonó la caza y la olla. Al otro extremo de la línea, Djinn le gritó.

–Te está esperando un coche abajo, es un taxi blanco. Coge la bolsa de boxeo que he dejado sobre mi cama y al perro y baja. Te subes al taxi con el perro y dejas que te lleven, ¿de acuerdo?

–Pero aún no he comido…

–¡Sal ahora mismo! ¡La pasma no tardará en derribar la puerta!

–¿La pasma? Pero… ¿por qué la pasma?

Gros Momo no esperó a que Djinn hubiera dejado de gritar. Corrió a la habitación de Djinn, sopesó la bolsa y comprendió que estaba llena de armas. Sudando, llevó la bolsa al pasillo de entrada y se acordó de repente de que tenía la olla en el fuego. Apagó el gas y la cocina, y le puso el bozal a Sarko, que empezaba a agitarse al advertir la ansiedad de su nuevo dueño.

Antes de salir, tuvo un mal presentimiento y decidió rebuscar en su propia bolsa la 9 mm de Krim. En lugar de guardarla en la bolsa de boxeo, se la puso como en Saint-Étienne en la chaqueta del chándal. Y así equipado, jadeando y demasiado abrigado para aquella temperatura canicular, descendió las escaleras a toda velocidad. Efectivamente, en el patio le esperaba un taxi blanco. Anochecía, pero aún hacía calor. El cielo se había cubierto, no había ni pizca de viento y los pájaros volaban muy bajo. Gros Momo nunca había tomado un taxi y quiso sentarse al lado del conductor.

–Perdone, ¿le molesta el perro?

–¡Siéntate atrás, pedazo de *arioul*! Y no dejes que el chucho se suba al asiento.

Gros Momo obedeció. Le temblaban los mofletes y le parecía que sus manos pesaran una tonelada. Cuando el coche arrancó, se las metió en los bolsillos de la chaqueta y miró al perro. En la penumbra del coche, en sus ojillos brillaban unas llamas rojizas.

Un cuarto de hora más tarde, agentes de la BRI, la Brigada de Búsqueda e Intervención, derribaron la puerta de Djinn con un ariete. El mayor de brigada se quitó el pinganillo y marcó el último número que figuraba en su móvil.

—Negativo, jefe. Pero la olla aún está caliente. Parece que acaban de marcharse.

5

La comandante Valérie Simonetti le pidió al juez Wagner encontrarse en un lugar discreto. Wagner propuso una de las *brasseries* del boulevard du Palais, pero la exjefa de seguridad de Chaouch prefirió un pub anónimo al otro lado del Sena. Wagner avisó a sus escoltas de que iban a dar un paseo. Se presentaron en la puerta de la galería Saint-Éloi e insistieron en recorrer el trayecto de cien metros en coche.

Los semáforos en rojo de la place Saint-Michel parecían haberse confabulado contra el coche del juez.

—Hubiéramos podido ir y volver andando —se lamentó a Thierry.

Aqua Velva no pestañeó.

Desde el pub elegido por Simonetti podía verse un perfil oblicuo de Notre-Dame al que el juez no estaba acostumbrado. Como tampoco estaba acostumbrado a los furgones de las CRS que bloqueaban el acceso a los puestos de los libreros de viejo a lo largo del Sena.

Wagner se detuvo a la puerta del pub. A su espalda, la catedral parecía flotar en el anochecer eléctrico. La Isla de la Cité se estremecía como un paquebote a punto de naufragar, arrastrando a las profundidades del Sena la Conciergerie, la Prefectura de Policía y el Palacio de Justicia. Arrastrando la galería Saint-Éloi, el despacho de Wagner, sus dossieres, el secreto de Defensa y todas sus preocupaciones.

—Señor juez, lamento tener que vernos así.

Valérie Simonetti impresionó al juez por su estatura atlética y su nerviosismo. En su antebrazo desnudo se marcaba una vena. Se había pedido una Perrier de limón y fue al grano:

—Sepa que estos métodos no son mi estilo, pero debo decirle que como consecuencia del atentado he sido destituida y estoy siendo investigada por la IGS. Quieren cargarme con el muerto y... —se incorporó y sus mandíbulas se dilataron marcialmente el pensar en su hoja de servicios y en el sacrificio que llevaba a cabo– afrontaré mi responsabilidad. Lo asumo. Sin embargo, tengo dudas, señor juez. Dudas acerca del mayor Coûteaux, Aurélien Coûteaux. Fue nombrado a dedo durante la campaña por el SSMI, el Servicio de Seguridad del Ministro del Interior, accedió directamente al GSPR y fue destinado a la protección del diputado Chaouch. Son cosas que ocurren, aunque no muy a menudo, y le aseguro que no me mueven sentimientos personales. Tuve al mayor Coûteaux a mis órdenes cuando el señor Chaouch quiso que yo dirigiera su equipo de protección personal. Y son cosas que resulta difícil explicar, pero siempre me dio mala espina...

–¿Mala espina?

–Señor juez, el domingo pasado, el mayor Coûteaux pidió expresamente ocupar un puesto en el primer círculo de protección. Como le vi estresado, me negué. Todos los integrantes de ese primer círculo han sido apartados del servicio, no soy la única, pero Coûteaux ha quedado libre de toda sospecha después de un simple interrogatorio y ahora dirige la protección personal de la hija de Chaouch.

–¿Qué está insinuando?

–Solo se trata de sospechas, pero si no fueran imperiosas no hubiera corrido el riesgo de hablarle a usted de ello. Creo que debería investigar el GSPR. Esa designación a dedo, el comportamiento del mayor y el hecho de que haya sido exculpado me parece muy turbio, señor juez.

Wagner tomaba notas mentalmente. Una vez que se hubo despedido de la comandante y se halló de nuevo en el calor del coche blindado, sacó una libreta de su bolsillo interior y transcribió la conversación. Llamó a Alice para pedirle que preparara el borrador de una citación del antiguo responsable del GSPR.

–Póngala con los asuntos en curso, Alice.

Ponerla con los asuntos en curso significaba que la fiscalía y Lamiel no serían informados. De momento era mejor guardarse esa pista confidencial.

Al salir del aparcamiento subterráneo del Palacio, Wagner saltó del coche y subió las escaleras a la carrera, enardecido por la complejidad de la investigación que una hora antes le parecía desesperante. A sus escoltas les resultó incluso difícil seguir su carrera por las escaleras que conducían a la tercera planta, como les echó en cara Wagner bromeando.

Sin embargo, al llegar a la puerta de la galería Saint-Éloi dejó de reír: frente a él, el fiscal Lamiel tenía la expresión del hombre que se dispone a anunciarte que tu hija ha muerto en un accidente de coche.

—¿Qué pasa, Jean-Yves?

—Henri...

—¿Has visto que esta noche le atraparemos?

—Henri...

El fiscal Lamiel se dejó caer en el sillón que se hallaba frente a la puerta de seguridad de la galería. Una ventana entreabierta daba a otra ala del Palacio. Lamiel inspiró profundamente y declaró:

—Acabo de salir del despacho de Jeantot.

—¿El presidente del Tribunal? ¿Qué ocurre?

—Esta tarde ha recibido una carta anónima.

—Continúa.

—Es una carta anónima depositada en su secretaría, con otra carta grapada.

Lamiel parecía poner a prueba a su amigo, sopesar la sinceridad de su sorpresa. Sacó la lengua y se la pasó por los labios.

—La carta anónima te denuncia, Henri, y exige que se te retire el caso del atentado contra Chaouch. O que te recuses... Por lo que más quieras, no pongas esa cara, no me harás creer que no sabes por qué.

—Dios mío, ¿qué pasa, Jean-Yves?

—Es tu hija. Le ha escrito una carta al chaval, a Abdelkrim. Esa es la carta grapada. En la carta principal está escrito que ella y tres amigos, entre los que figura del hijo de Putéoli, pasaron la tarde con él en tu casa, Henri, en tu propia casa, justo antes de que cometiera el atentado en Grogny. Según esa carta, y debido a tus lazos familiares con la novia del detenido, es inconcebible que puedas seguir instruyendo el caso de forma objetiva, etcétera.

Inspiró y se quitó las gafas de golpe.

—¡Coño, Henri, qué son estas tonterías! ¿Puedes explicármelo? ¿Te das cuenta de que no puedo hacer nada por ti? Mi consejo es que te recuses por iniciativa propia, y por lo demás... Rotrou será designado con toda seguridad y retomará el caso, no hay nada que hacer. Después de eso se jubilará, así que querrá que sea su canto del cisne. Y ya te digo que el espectáculo no será agradable...

Wagner se desanudó la corbata y murmuró:

—Putéoli... —Y seguidamente, meneando la cabeza a izquierda y derecha—: «En los palacios, la traición...».

Sin mirar siquiera a Lamiel, el juez descendió las escaleras por las que Aurélie había bajado la víspera, cuando parecía a punto de confesarle algo. Con la corbata en la mano, no respondió a las preguntas de sus escoltas, que querían saber adónde se dirigía.

Lo descubrieron al mismo tiempo que él: Wagner salió por la escalinata, atravesó el patio y erró por el boulevard du Palais, sin rumbo, hasta el muelle y de vuelta, con unos andares zozobrantes, como los de un hombre perdido en el puente de un buque en pleno naufragio.

6

El edificio donde vivía Fouad estaba construido en forma de arco a lo largo de la place d'Aligre. A través del escaparate lleno de trastos del supermercado asiático, que ocupaba la planta baja con un Franprix, Fouad se cruzó con la mirada de un hombre, un europeo de cabello corto que manoseaba sin mirarlo un bote de salsa de soja. Subiendo uno a uno, cabizbajo, los peldaños que conducían a su apartamento, Fouad creyó volverse loco. ¿Podía ser que le hubieran seguido hasta allí? ¿Era esa la razón por la que su detención había durado tan poco tiempo, porque tenían intención de seguirle, de acecharle esperando que...? ¿Esperando qué? ¿Probar que tenía alguna relación con la locura de su hermano?

Una chica a la que nunca había visto en el edificio esperaba en el rellano, agitando un juego de llaves delante de la puerta opuesta a la suya. Llevaba casco de moto y cazadora de cuero. Al ver a Fouad, se volvió, se ajustó la cazadora y se aclaró la voz:

—Discúlpeme.

Fouad la vio acercarse y comprendió que pasaba algo. La chica era alta como él y desprendía una energía singular, casi amenazadora. Era extrañamente guapa, con un rostro ancho y mandíbulas cuadradas; sus tacones repiqueteaban en el suelo. La luz se apagó. Cuando Fouad le dio al botón que iluminaba el descansillo, estaba cara a cara frente a él.

—No tenga miedo —murmuró la joven vigorosamente—, me llamo Marieke, soy periodista y he venido a avisarle. ¿Podemos hablar dentro?

Fouad tragó laboriosamente. A pesar de haber susurrado, la voz de aquella periodista le parecía muy fuerte y, cuando abrió la boca para responderle, solo le salió un hilillo de voz fino y precario:

—No hablo con periodistas, déjeme en paz...

—No, no me entiende —insistió Marieke—. No quiero entrevistarle, quiero avisarle, decirle que se ande con cuidado. Hay cosas que le superan, que nos superan a todos. He trabajado sobre la investigación del contraespionaje contra su hermano. Mire, siento dirigirme a usted así...

—Adiós, señora.

Fouad quiso abrir la puerta, pero Marieke puso su mano grande sobre el pestillo, sin dejar de mirarle. La expresión «tener agallas» nunca le había parecido a Fouad tan apropiada como para describir la valentía de aquella periodista.

—Se trata de su familia, Fouad, van a intentar cargarles el muerto. No se fíe de nadie, escúcheme. ¿Por lo menos se ha dado cuenta de que le están siguiendo?

—Me da igual —replicó Fouad, aunque tampoco quería perder los papeles—. No tengo nada que reprocharme.

Sin darse cuenta, había aceptado hablar con ella. Lo contrario hubiera sido una sorpresa: Marieke era muy convincente, tenía una bonita voz rauca y en su fisionomía escultural había algo simplemente cautivador, algo que obligaba a mirarla y a escucharla.

—«Cree» que no tiene nada que reprocharse, pero le diré que encontrarán alguna cosa para hundirle. Y no hablo solo de usted, me refiero a... ¿Podemos tutearnos?

—¡No! —reaccionó Fouad.

Una sonrisa apareció en el rostro de Marieke, mostrando unos dientes fuertes y atractivos quizá por su alineamiento imperfecto.

—Volveré a ponerme en contacto contigo —concluyó ella de forma inverosímilmente bromista, pronunciando las «r» a la belga—. Cuando entiendas lo que pasa creo que serás más cooperativo... o eso espero...

—Porque usted, por supuesto, no trabaja para nadie —aventuró Fouad.

—¡Exactamente! —exclamó Marieke, que justamente acababa de ofrecer la continuación de su artículo a la competencia, sin éxito hasta ese momento—. Trabajo en favor de la verdad, Fouad, la «verdad».

Y con esa palabra desapareció por las escaleras, dejando a Fouad con la incomprensible impresión de haber sido a la vez secuestrado, seducido, rechazado y desnudado. Comprobó el contenido de sus bolsillos al empujar la puerta de su estudio. En el de la sudadera encontró una tarjeta profesional de Marieke Vandervroom, reportera, su correo electrónico y su número de teléfono. En el reverso había escrito sencillamente, aunque hundiendo la bola del bolígrafo en la pulpa del cartón:

Call me!

Su estudio le pareció irreal cuando alzó la vista de la invitación en el dorso de la tarjeta. Débilmente iluminado por la bombilla desnuda que colgaba de la pared del pasillo de entrada, su amplia sala de estar olía a ceniza fría y a abandono. Quiso ordenarla un poco, pero prefirió tomarse antes una copa. En su armario solo quedaba una botella de whisky de maíz. La jarra de cerámica parecía un odre antiguo, y quedaban aún tres cuartas partes de su contenido.

Fouad encendió la luz y vio que el desorden del apartamento se reflejaba fielmente en la doble puerta acristalada del balcón; apagó la luz y se sirvió una primera copa de Platte Valley. El licor era amarillo pálido y al remover el vaso aparecían reflejos verdes. Fouad se lo bebió de un trago y se sirvió de inmediato otro.

Después del cuarto, se dio cuenta de que los rostros de su familia habían dejado de desfilar por su mente. Se sirvió una quinta copa más generosa y la olisqueó largamente, adivinando el aroma a vainilla y la dulzura del maíz, envidiando la tranquilidad rupestre de aquellos destiladores de Missouri que sin duda nunca habían tenido que vérselas con la justicia antiterrorista.

7

El comisario de estado mayor Thomas Maheut, con la camisa blanca flocada con su grado y las insignias de la Prefectura de Policía, salió del puesto de mando rodeado de hombres a los que daba instrucciones. Su autoridad natural le permitía no tener que elevar la voz. Ahora hablaba por teléfono en un tono relajado con Valérie Simonetti. Le explicó los enfrentamientos en place de la République, alrededor del Père-Lachaise e incluso en la rue de la Fontaine-au-Roi.

—¡Nunca habíamos visto algo así! —explicaba—. ¡Se han «organizado»! Una organización paramilitar. Todo el este está movilizado y en el norte la policía está recibiendo llamadas de emergencia falsas para distraernos. Acabo de enviar refuerzos al Ayuntamiento del distrito XI. Han quemado coches desde Voltaire a Charonne, ¡es una locura! ¡Hasta han quemado las sillas de la terraza del Vidocq!

—Dios mío, el Vidocq…

Maheut frunció el ceño.

—Lo más peligroso es la Bastilla. Tenemos informaciones que indican que esos salvajes prevén desplegar una pancarta en la Ópera, una inmensa pancarta en la que se leerá «Sarko asesino». Joder, ¿te imaginas? ¡«Sarko asesino»!

—¿Les habéis detenido?

—No, aún no. Nunca había visto nada parecido, te lo juro. Semejante despliegue de fuerzas en la capital. GIPN, GIGN, BRI... Dieuleveult ha organizado un operativo XXL como de costumbre, pero me pregunto si no habrá que llamar a los tíos del RAID... Tengo que irme. Espera, ¿estás en la calle? ¿Qué haces?

Se oyeron las campanas de Notre-Dame. Maheut creyó oírlas también en el teléfono de Valérie. Alzó la vista al cielo: el viento empezaba a despejar la capa de nubes instalada sobre la ciudad desde primera hora de ese maldito día.

—¿Dónde estás? —preguntó de repente.

—En tus barrios —respondió Valérie en tono soñador—. Tenía que resolver un asuntillo... con mi conciencia.

—Vale, ya hablaremos.

El comisario colgó. Una voz en el pinganillo le advirtió de que el prefecto de policía quería verle de inmediato. Maheut tomó la escalera que conducía a la planta superior, a las oficinas del prefecto, con puertas acolchadas y moquetas dobles. Se identificó ante la puerta de seguridad de vidrio ahumado, detrás de la cual unos bedeles le condujeron, por un dédalo de pasillos mudos, hasta la gran puerta de doble batiente del despacho del prefecto. El semáforo de dos colores se iluminó en verde y el comisario Maheut entró, saludando con un movimiento de la cabeza a los demás directores de la PP.

En esa estancia vaticana se hablaba en voz baja. La pantalla gigante del despacho, en la que por lo general se veían las noticias o la sesión en curso del Consejo de París, estaba esa tarde dividida en cuatro: tres pantallas de videoconferencia, una de ellas con la «sala», y la cuarta que, curiosamente, ofrecía el parte meteorológico en tiempo real. Dieuleveult precisamente no hablaba más que de eso, yendo a veces hasta la ventana para contemplar el movimiento de las nubes sobre las torres de Notre-Dame. Indicó a Maheut que se acercara.

—¿Qué le parece, comisario? ¿Lloverá? ¿O no lloverá?

Se había anunciado tormenta a primera hora de la tarde y dos horas después había nubes espesas y bajas y hacía más viento, pero seguía sin caer ni una gota. Se esperaba que un buen chaparrón calmara los ardores sediciosos de las bandas de gamberros que se disponían a saquear la capital.

Maheut informó acerca de las últimas intervenciones. La orden del prefecto tenía un carácter solemne: no quería que ningún policía ni gendarme de Île-de-France durmiera esa noche en su casa. Aparentemente, la orden se había cumplido. Maheut pensó en aquellos hombres que estaban trabajando desde la tarde del domingo. Supo luego, por boca del director del gabinete del prefecto, que habían decidido solicitar la participación de un globo dirigible para apoyar a los helicópteros que observaban los movimientos de la multitud en las grandes arterias. El dirigible medía setenta y cinco metros de longitud, o sea el tamaño de un A380. Provisto con cámaras satélite, sobrevolaría París al cabo de menos de media hora y emitiría los vídeos en el puesto de control del sótano al mando de Maheut. El director del gabinete concluía su briefing cuando un potente rayo desgarró el cielo de la Isla de la Cité, seguido unos segundos más tarde por el estruendo que todo el mundo esperaba desde hacía horas: el del trueno. Parecía como si Dios mismo descendiera los peldaños del cielo con mirada severa.

Una voz aterciopelada declaró que ya era hora. Dieuleveult asintió, con las manos a la espalda, ante la intimidante cristalera de su fortaleza. Y acto seguido mandó al comisario Maheut de nuevo a sus actividades, con una mirada insistente que evidenciaba la inmensa responsabilidad que pesaba sobre él, y una orden concisa que parecía brotar directamente de sus entrañas:

—¡Aplástelos!

8

Y mientras el dirigible volaba en dirección a la capital francesa, Nazir parlamentaba en una mezcla de italiano, francés y alemán con el dueño del circo ambulante al que había estado esperando todo el día. Era un hombre calvo de mandíbula prominente y perfil mussoliniano. No dejaba de mirar a Fleur sin reparo alguno mientras Nazir intentaba convencerle.

Al cabo de diez minutos, se dio media vuelta. Nazir indicó a Fleur que permaneciera a su lado y le siguiera. El último vehículo de la caravana era un enorme camión del que emanaba un olor tan nauseabundo que Fleur se detuvo en seco.

—¿Qué huele tan mal?

—Espérame aquí —replicó Nazir.

Fleur le vio encaramarse al asiento del pasajero del camión y permaneció allí unos minutos. Cuando salió, se llevó a Fleur sin decir palabra hasta su todoterreno y le pidió que vigilara que nadie les mirara. Metió algunos fajos de billetes en una bolsa de plástico y se sentó al lado de Fleur, frente al salpicadero.

—¿Nos vamos? —se inquietó Fleur, que no entendía nada—. ¿Todo en orden? ¿Podemos huir?

Nazir se volvió hacia ella y tomó su rostro angustiado entre sus largas manos, en un gesto de tan ardiente virilidad que Fleur se quedó sin aliento.

—Fleur, ahora tendrás que ser valiente —dijo con voz dulce—. Vamos a cruzar la frontera, pero será muy duro. Deberás ser más valiente que nunca…

Inspiró profundamente; sus músculos faciales se estremecían como si acabara de despertarse algún reptil oculto desde hacía años bajo su epidermis.

—Confías en mí, ¿verdad?

Fleur entornó los ojos para no echarse a llorar. El mentón de él paseó por su bello hoyuelo de arriba abajo: sí, confiaba en él.

En ese mismo momento, Djinn entraba en la rue d'Austerlitz: calzada estrecha, aceras minúsculas, una quincena de hoteles uno al lado del otro, la mitad de los cuales no tenían ninguna estrella, y entre ellos por lo menos dos picaderos. Si aparcaban en medio de la calle podían ser descubiertos; un ciclomotor no hubiera podido pasar debido a los cubos de basura que se acumulaban en las aceras. Djinn dio la vuelta a la manzana y encontró una plaza libre que no estaba reservada para minusválidos, en una calle paralela. Apagó el motor y las luces del coche.

En el cuarto piso del número 17 de la rue d'Austerlitz, Djinn descubrió un estudio de doce metros cuadrados ocupado por Romain, que iba de un lado a otro meneando la cabeza, y por una chica con velo, aplicadamente inclinada sobre un ordenador portátil. En la pequeña habitación había una cama individual y una cocina en un rincón, pero ningún sitio donde mear, pues el baño seguramente estaría en el rellano. En lo alto, una corona de armarios cúbicos daba a la habitación el aspecto de un camarote de barco; ¿o es que a Djinn le daba vueltas la cabeza? ¿Cómo saber si era él o el mundo el que vacilaba?

—Lo que está pasando es increíble, brutal, nunca se había visto algo así, se les van a cruzar los cables, te lo juro, se les van a cruzar los cables...

Romain estaba sobreexcitado. Balanceaba las manos de derecha a izquierda, con gestos torpes. Nunca había parecido tan pálido y excitado.

—¿Las bolsas están ahí, en los armarios? —preguntó Djinn, que quería demostrar que tenía el objetivo en mente.

Romain no le oía: unos gritos extraños, femeninos, llegaban del exterior, probablemente del hotel de enfrente.

—Estamos en el corazón de la tormenta —prosiguió enfáticamente—. La gente se está rebelando por todas partes, ¿entiendes lo que está ocurriendo?

Djinn oía ahora claramente los gritos de mujer, puntuados por jadeos y murmullos de placer. Romain también los oía y se puso colorado al comprender de qué se trataba.

La chica del velo no decía nada, permanecía concentrada en la pantalla del ordenador portátil, cuya inclinación modulaba inútilmente.

—¿Quién es la chica? —preguntó Djinn a media voz.

—Está con nosotros —respondió Romain asiendo a Djinn del codo.

—Pero ¿qué hace?

—Trabaja en una biblioteca, pero está con nosotros —repitió Romain—. Aunque no lo parezca, también es una sicaria.

—¿Sicaria?

Djinn se sentía incómodo ante el efecto que los gritos sensuales de los folladores producían en la expresión de Romain, y también por su descarada imitación de Nazir en sus momentos de fervor, esos momentos que hacían desaparecer los propios escrúpulos, salvo que en ese caso Romain no persuadía a nadie con su verborrea de esquizofrénico, ni siquiera a su propio doble.

—Los sicarios —respondió con desdén, mientras los jadeos se aceleraban y Djinn descubría en las bolsas escondidas debajo de la cama las armas que distribuiría a sus colegas— eran los «hombres del puñal», unos disidentes judíos que querían expulsar a los romanos de Judea.

—¿Y qué?

—«¿Y qué?» —le imitó con una risa seca, elemental, solo aire expulsado por la nariz—. ¡Nazir los ha recreado! Ya tienes respuesta a ese «¿Y qué?».

Eres tú, yo, nosotros. Ya no tenemos puñales, sino pistolas 9 mm. Estamos por todas partes, están por todas partes, en la sombra, ¡son corazones vencidos a los que ha dado un nuevo aliento y vidas rotas que ha rearmado! ¡Ya está! Ahora París intramuros somos nosotros. Mira a tu alrededor: se acabó… ¡y no ha hecho más que empezar!

—Sí —murmuró Djinn observando la culata grabada de una de las armas que había sacado de la bolsa.

Sin embargo, Romain no se atrevía a asentir: el volumen de los gritos de placer iba en aumento, en un horroroso crescendo de estertores y gemidos, hasta un último alarido, la postrera explosión de un orgasmo que le humilló y le paralizó porque no sabía cómo ignorarlo.

—Vamos —decidió en la atmósfera húmeda y malsana que siguió a aquel grito desgarrador—, no hay tiempo que perder, me ha dicho que os diga que confía en vosotros, me ha dicho que *te* diga que confía en vosotros, Djinn. No le decepcionéis, ¿de acuerdo?

XIII

INTRAMUROS

1

París estaba repleto de sirenas, coches y contenedores incendiados, cargas de las CRS y detenciones arbitrarias o motivadas por no respetar el toque de queda que la Prefectura de Policía había comunicado mal, o demasiado tarde. Mientras los cuartelillos de París y de los departamentos limítrofes se vaciaban al mismo tiempo que las calles, unas sombras encapuchadas se daban cita en puntos de encuentro previamente determinados y lo incendiaban todo a su paso, en pequeños grupos de ocho a diez personas. Nunca más, pero a veces menos, como comprobó Tristan Putéoli, que regresaba en ciclomotor de casa de Nico en Oberkampf, donde se había dado un hartón de jugar a la Wii.

Circulaba por el boulevard Beaumarchais en dirección a Bastilla cuando le adelantó una decena de furgones de las CRS, con las sirenas a todo trapo. Al apartarse hacia el carril bici, una bicicleta topó con él y perdió el control de la motocicleta. La caída solo le causó algunos rasguños, pero el ciclomotor había chocado contra un parquímetro y se hallaba en un estado lamentable.

El ciclista abandonó su bici del Vélib y se marchó a toda velocidad: Tristan le gritó y entonces vio, al final del bulevar, al pie de la columna de Julio, una inmensa cortina de humo de gases lacrimógenos. Se preguntaba qué iba a hacer con la moto cuando, de una calle perpendicular, vio surgir a cinco vándalos encapuchados, con las bocas cubiertas con bufandas. Los CRS estaban lejos, en la plaza de la Bastilla, y Tristan no vio a nadie que pudiera ayudarle si le atacaban.

Se quitó el casco y se dispuso a cruzar el bulevar para llegar a la rue des Francs-Bourgeois y la place des Vosges. Tenía las manos en los bolsillos y el aspecto corriente de un estudiante de instituto de camino a casa después de una noche de juerga. Pero también tenía el cabello rubio a la vista. Y, en la noche perfectamente iluminada de aquel barrio acomodado, le pareció de repente que eso era lo único que se veía. Los cinco tipos le seguían, a distancia.

Aceleró el paso pero no se atrevió a correr, temeroso de desencadenar una catástrofe. Llamó discretamente a la policía, pero nadie respondía. Todas las líneas estaban ocupadas. Tristan se dijo que la pesadilla no había hecho más que empezar.

Le llamó Aurélie. No había tenido noticias de ella desde la bellaquería que le había hecho y era justo ahora, en ese momento, cuando decidía llamarle para insultarle. Tristan, sin resuello debido a su marcha olímpica, respondió la llamada después del primer tono, contento de tener algo con que mantener la compostura cuando los alborotadores le dieran alcance. Podría no hablarles, no «provocarlos» con la mirada pretextando que estaba manteniendo una conversación telefónica importante.

Al otro lado de la línea, sin embargo, Aurélie no decía nada.

—Aurélie, no es momento de insultarme, joder, me están siguiendo unos tíos, unos gamberros, y no consigo hablar con la policía. ¿Me oyes, Aurélie?

—¿Te das cuenta de lo que has hecho, gilipollas?

—Aurélie, te juro que no es momento para…

—Mi padre se ha visto obligado a recusarse. ¿Sabes qué significa eso? Se le ha acabado la carrera. Se le ha jodido. Jodido. ¿Te das cuenta?

Los cinco tipos habían echado a correr y se escondían detrás de las arcadas de la acera opuesta. Golpeaban las rejas y persianas de las tiendas, así como los retrovisores que se encontraban a su paso.

Tristan se jugó el todo por el todo:

—¿De qué estás hablando? ¿Recusarse? ¿Qué he hecho yo?

—¿Qué has hecho? ¿Qué has hecho, dices? —exclamó Aurélie—. Me robaste la carta que le escribí a Krim y has enviado una carta anónima diciendo que pasamos la tarde con él antes de que cometiera el atentado. Eso es lo que has hecho, cabrón.

—¡No he sido yo, Aurélie, ha sido mi padre! ¡Te juro que ha sido mi padre!

—Cómo puedes ser tan gilipollas… Lo que has hecho no es una gansada, no es como estar en una fiesta y enseñarle a todo el mundo el vídeo de una chica chupándotela…

Uno de los vándalos le estaba gritando. Tristan no se atrevía a decir palabra. Se detuvo frente a la entrada cerrada del parque de la place des Vosges.

—Espera —dijo fingiendo que se concentraba para oírla—. Espera.

—¡Eh, rubito! —gritaba el alborotador—. ¡Eh, niñato! Cuelga el teléfono y déjamelo ver. ¿Qué es? ¿Un iPhone? ¿Me lo prestas?

Los otros abucheaban a uno de sus colegas. Había logrado prender fuego a una botella de gasolina, pero aún no sabía contra qué arrojarla. Se oyeron sirenas a lo lejos, en el boulevard Beaumarchais.

Tristan alzó la vista y examinó los cristales altos, increíblemente altos pero a oscuras, desesperadamente a oscuras, que parecían ojos de Cíclope engarzados en las elegantes paredes de ladrillo rosa de la plaza.

Uno de los vándalos al que no había visto venir le hizo una zancadilla. Cayó al suelo y vio su iPhone colarse por la rejilla del desagüe. Quiso ponerse en pie y defenderse con el casco, pero los alborotadores se habían marchado. No debido a los vehículos de policía y al camión de bomberos que solo llegaron un minuto después, sino a causa del motivo de su intervención: el cóctel molotov de uno de los delincuentes de la otra acera había sido lanzado contra una de las ventanas del edificio que rodeaba completamente la antigua plaza real. Evidentemente, las llamas nunca podrían extenderse por la totalidad de ese cinturón de ladrillo y, sin embargo, en eso fue en lo que pensó Tristan al tomarse el pulso para tratar de disipar el miedo: en la place des Vosges enteramente rodeada por las llamas.

Recuperó su móvil a través de la rejilla del desagüe y alzó la cabeza cuando se le acercaron los policías para preguntarle qué había pasado. Dos helicópteros volaban en el cielo del Marais, así como una sombra gigantesca que parecía una nave extraterrestre. Esos monstruos barrían con potentes proyectores los tejados de zinc, las cúpulas de pizarra y las callejuelas del Marais encorsetadas en la piedra. Sus altavoces armaban un estruendo espantoso, comunicando instrucciones inaudibles al pueblo de París sentado frente a los televisores.

2

Dounia, Rabia y Luna se habían tomado unos helados y habían paseado por el centro, desoyendo los consejos de Fouad y del abogado Szafran.

Se encontraban al pie de las escaleras que conducían a su calle, paralizadas por un ataque de risa nerviosa, violenta y loca. En la *brasserie* había un karaoke, al que había salido a cantar una mesa de empleados de banca. Uno de ellos remató magníficamente la velada: era un hombrecillo bajo y fornido de cabeza grande, y sus compañeros le habían obligado a cantar una canción de Patricia Kaas, «Il me dit que je suis belle», que interpretó con la voz más inesperada que cabía imaginar saliendo de ese cuerpo, una voz dulce, lírica y, sobre todo, increíblemente aguda.

—Ríete si quieres, pero cantaba superbién, ¿a que sí?

Dounia no pudo responder, tenía las manos en los bolsillos y parecía que las venas del cuello iban a estallarle si no dejaba de reír. Rabia se puso a cantar imitando la voz y los trémolos del asesor comercial:

—*Il me dit que je suis be-e-elle...*

—¡Para! ¡Para, que me meo!

Luna las observaba sonriente, un poco perpleja.

Rabia alzó la vista y el paraguas para contemplar las decenas de peldaños que iban a tener que subir una vez que se acabara la guasa.

Su sonrisa se crispó de repente y se convirtió en una mueca de horror. Dounia, sorprendida al no oír ya la risa de su hermana, la asió de la manga.

—¿Rab? —preguntó en tono aún risueño—. ¿Qué pasa?

Vio lo que estaba mirando Rabia y se llevó la mano a su boca abierta. En lo alto de la cuesta, una decena de vándalos encapuchados empujaban un contenedor en llamas al borde de la escalera.

—¿Qué coño están haciendo? Luna, querida, ¡ven, ven aquí!

—¡Lo van a lanzar!

En efecto, el contenedor bajó a trompicones los peldaños del primer tramo de escalera y acabó su carrera contra un arbusto flanqueado por una farola decorada a la antigua, que se deformó bajo el peso que acababa de encajar pero que no se rompió. Lo que ocurrió fue aún peor: el arbusto se incendió y el fuego se propagó al paraviento de paja que protegía la terraza de uno de los elegantes edificios que daban a la cuesta.

Dounia marcó el número de los bomberos, pero al final de la calle bramaban ya las sirenas.

Dos coches de policía pasaron a toda velocidad junto a Dounia, Rabia y Luna, que no se atrevían a moverse. De otros dos coches, estos sin distintivos, surgió una decena de hombres vestidos de civil que ordenaron a las tres transeúntes que se marcharan de inmediato a sus casas, y acto seguido subieron las escaleras de la cuesta a la carrera.

Otro coche, este de la policía municipal, llegó como refuerzo en sentido contrario. El conductor abrió la ventanilla y le dijo a Rabia:

—No se queden en la calle, señora, es muy peligroso.

—Es que vivimos ahí arriba, agente. Justo detrás, ¡en la calle del cementerio!

El policía parlamentó unos instantes con su compañera y dijo:

—Suban, las acompañaremos.

—Pero ¿qué pasa? —preguntó Rabia al cerrar la puerta—. ¿También hay disturbios en el centro de la ciudad?

—Ya ve —respondió la policía, frustrada.

Cuando el coche las dejó en su calle, vieron un helicóptero de la policía que surcaba el cielo lluvioso desde la colina de Montreynaud.

—Mira —tartamudeó Rabia—, ¡se dirige hacia el centro! ¡Gualá, esto parece la guerra…!

Al final de la calle resonaron unos gritos y Dounia obligó a su hermana y a la pequeña Luna a entrar en casa sin dilación y siguió el consejo del policía que les había hecho de taxista: cerraron con doble vuelta todas las cerraduras de la puerta y también los postigos de la planta baja.

3

Gros Momo se encontró con Djinn al pie de una escalinata en la que dormían unos vagabundos. Djinn tomó la bolsa y el arnés del pitbull y subió los peldaños asestando puntapiés a los borrachos durmientes. Las escaleras partían de la calle y conducían a un parque suspendido unos metros por encima de la avenida. Para evitar la vigilancia electrónica de la policía, Djinn se comunicaba con sus pequeños grupos de comandos mediante unos buscas prehistóricos, unos viejos Tatoo Motorola comprados en e-Bay. Y en cuanto se hallaron escondidos en un macizo de bambúes, Djinn comprobó el contenido de la bolsa e hizo ejercicios de respiración mientras cargaba las pistolas.

Gros Momo le preguntó qué demonios hacían allí. Djinn quiso murmurarle que cerrara la boca, pero tenía una de esas voces roncas que nunca conocerán el secreto del susurro.

—Vigila al perro y no te muevas. Cuando dé la señal aparecerán tíos por toda la plaza y tú te quedas aquí y proteges las pipas con el perro. Nada más. Y como vuelvas a decir algo, te parto la boca.

Gros Momo quería marcharse, avisar a la policía, tener a su lado a su pastor alemán y volver a jugar a Call of Duty en el sótano de Krim. En lugar de eso, empuñó la 9 mm con la que se habían entrenado, convencido de que gracias al arma estaría seguro aunque las cosas se pusieran feas.

4

Krim sabría identificar cada una de las notas. Primero la armónica acompañada por el piano, y luego la voz que habla de una puerta mosquitera que da portazos: Fouad se levantó titubeando cuando la radio emitió «Thunder Road» de Bruce Springsteen y se dio cuenta, después de años sin escucharla, de que siempre había sido su canción favorita.

The screen door slams, Mary's dress waves...

Sin embargo, en lugar de identificar a la Mary de la canción con su Jasmine —y por qué iba a hacerlo, dado que Jasmine había nacido en un barrio acomodado—, Fouad se puso a pensar en Nazir. Se hundía en el alcohol desde hacía demasiado rato para determinar si pensaba en Nazir porque era él quien le había descubierto la canción o por otra razón más oscura. En su adolescencia, se pasaban los CD sin comentarios o diciendo simplemente: «Escucha esto». Y ahora, diez años después, quince años después, como si fuera una de esas pardillas que creen que la canción romántica del momento solo habla de ellas, Fouad lloraba escuchando al Boss cantar que también él y su hermano habían tenido que lanzarse a la carretera tormentosa para huir del agujero en el que habían nacido...

La canción solo duró unos minutos, pero en esos pocos minutos le vino a la mente toda su adolescencia. No eran momentos precisos, sino retazos de paisaje. Y siempre con los colores del invierno.

Saint-Étienne, Nueva Jersey: una larga carretera bordeada de chimeneas de fábricas, los charcos de hojas secas en el patio del instituto, las pasarelas sobre las vías de tren abandonadas, los descampados. Y frente a cada uno de esos descampados estaba Nazir para contemplarlo con él y para hacerle comprender lo que Bruce Springsteen gritaba al final:

It's a town full of losers
I'm pulling out of here to win!

El saxo dominaba la rabia de la canción y el piano cobraba virtuosismo, pero, antes del dramático decrescendo final, la canción se interrumpió.

Cuando la voz suave del cretino del locutor anunció la siguiente canción, Fouad se abalanzó sobre la radio, arrancó los cables de cuajo y la hizo caer sobre la moqueta.

Quiso llamar a Saint-Étienne para comprobar que todo el mundo estuviera sano y salvo, para verificar que su ciudad de fracasados seguía existiendo, pero aún no estaba suficientemente borracho para creer que aún no lo estaba. Bebió de un trago una botella entera de agua y encendió su pequeño televisor. Las cadenas de información continua solo hablaban de París y emitían sin cesar las imágenes del dirigible que sobrevolaba fabulosamente la capital. Apagó la tele y salió al balcón. Desde su último piso, Fouad tenía una vista magnífica de los zigzags que iluminaban el cielo durante una fracción de segundo antes de devolverlo a su oscuro rumiar de nubes y de electricidad. Los truenos se sucedían a un ritmo cada vez más seguido, pero, por mucho que Fouad lo comprobara cada dos minutos en el halo de las farolas, aún no caía ni una gota en la plaza.

Oyó de repente la vibración de su móvil sobre la mesa baja del estudio. Antes incluso de ver el nombre del remitente, supo que era ella. Le decía:

Acabo de recibir tu carta y nunca en mi vida me había emocionado tanto, quiero verte esta noche.

Con la ayuda del bourbon, Fouad decidió dejar de hacerse millones de preguntas y hacer gala de un poco de espontaneidad, razón por la que todo el mundo le apreciaba. Bajó por la lista de contactos hasta la letra J y, con un nudo en la garganta pero con el pulso firme, presionó la tecla verde.

—¿Jasmine?

A la chica se le saltaron las lágrimas.

Frente a la Ópera de la Bastilla se hallaban estacionados una decena de furgones, un camión antidisturbios equipado con un cañón de agua y un auténtico blindado de la BRI con coraza de tanque que albergaba el puesto de mando móvil. Delante de ese tricerátops de piel metálica negra y reluciente, un brigadier jefe de las CRS vigilaba los alrededores golpeándose con el puño el pecho en el que lucía el característico distintivo rojo de su cuerpo de policía, impaciente por recibir la orden de la Prefectura para ser enviado al teatro de operaciones.

La radio del puesto de mando informaba sobre los violentos enfrentamientos en la place de la République o en los Campos Elíseos y él tenía que proteger un objetivo supuestamente indicado por los Servicios de Inteligencia General, pero donde no había aparecido nadie desde hacía dos horas, aparte de una pandilla de haraganes.

El brigadier jefe tomó su walkie-talkie y solicitó hablar con el comisario Maheut. El comisario ordenó que permaneciera en su puesto.

—¡Pero si aquí no pasa nada!

—Brigadier jefe —espetó el comisario—, no abandonen sus puestos hasta nueva orden. Corto.

Como no podía soportar estar sin hacer nada, el brigadier jefe tomó a tres hombres y rodeó la Ópera para inspeccionar la entrada del parking subterráneo. Creyó advertir un movimiento en lo alto y alzó la vista. Un helicóptero sobrevolaba su posición en dirección al Sena. A un centenar de metros del último furgón empezaba la Coulée Verte. De noche estaba cerrada, pero el brigadier jefe tuvo un presentimiento y le pareció ver moverse los árboles.

—Es el viento, jefe.

La voz aflautada de Frédo, subrigadier recientemente destinado a esa compañía, irritó a su jefe. A Frédo le costaba respirar bajo su equipamiento. Su pequeño rostro desaparecía dentro del casco y parecía un famoso que participara en el programa *Vive mi vida de... CRS* y acabara de darse cuenta en ese instante de sus escasas aptitudes para afrontar la violencia propia de ese oficio.

—¿Jefe?

Frédo siguió a su jefe a regañadientes. Los dos hombres ascendieron la escalera que conducía a la entrada del paseo, mientras el otro subrigadier del grupo vigilaba el cruce de la rue de Lyon y la avenue Daumesnil.

Los tres iban perfectamente equipados: botas, chaleco antibalas, pantalón y chaqueta ignífugos para resistir las quemaduras de los cócteles molotov, casco de protección con una fina película de espuma a la altura de la nuca para amortiguar los golpes y evitar desnucarse. Aunque disponían también de tonfas y de Taser, cuando descubrieron que la alta verja metálica de la Coulée verte había sido forzada empuñaron sus Flash-Balls. Más allá del candado seccionado se abría un largo pasillo frente al doble cañón de sus Flash-Ball, un largo pasillo ahogado por una vegetación espesa y exuberante que reducía el brillo de las farolas de la avenida contigua a finos rayos amarillos que solo iluminaban sus propios pasos.

6

En el coche que circulaba a ciento ochenta kilómetros por hora por la autopista del Este, Mansourd advirtió que le temblaban las manos. Necesitaba despejar su mente y consultó maquinalmente las últimas llamadas en su teléfono encriptado. Vio que había cometido una falta al introducir el nombre del juez Rotrou, añadiéndole una «d» al final que solo cabía explicar por el apodo que le daba en su fuero interno... «Rotrouduc», el gilipollas, había sido designado con carácter de urgencia para retomar el caso Chaouch con el juez Poussin. Mansourd no era un admirador entusiasta del Ogro de Saint-Éloi, pero era obligado reconocer que era más flexible y se sentía más cómodo que Wagner ante una misión clandestina.

En el sótano del Ministerio del Interior, Montesquiou estrujaba sin cesar el pomo de su bastón. Vermorel consultaba informes en la futurista sala del CIC donde, dos días antes, había infligido una napoleónica humillación a los grandes prefectos que habían dejado que le dispararan a un candidato a las presidenciales.

La pantalla gigante emitía en sordina varias cadenas de información continua. Unos operadores trabajaban en la sombra y, de vez en cuando, le entregaban a la ministra una nota o un documento que detallaba el número de coches incendiados. Al ver la cifra de mil cien coches solo en París intramuros, la ministra se puso furiosa. Montesquiou sintió que debía decir algo. Miró al rincón de la pantalla, en el que acababa de aparecer el vídeo del casco del jefe del comando:

—Lo principal es que aún no ha habido ningún muerto. Dos noches de disturbios tan violentos sin víctimas es bueno para el presidente.

Una nueva nota indicó a la ministra que este quería ser informado en tiempo real del desarrollo de la operación.

—¿Hay novedades del muchacho? —preguntó la ministra en voz baja, prosiguiendo con su lectura.

Montesquiou verificó maquinalmente que la carta no hubiera desaparecido de su bolsillo interior. Era el original de la carta de Aurélie a Krim; dos páginas ingenuas y perfumadas que Putéoli le había entregado como revancha.

—Creo que tengo la manera de hacerle hablar —respondió el joven director de gabinete.

7

—He dudado, Fouad, me dijeron que estabas conchabado con tu hermano, que habías comparecido ante el juez. He dudado de ti.

—Es normal, cariño. Cualquiera hubiera dudado, cualquiera.

A Fouad le resultaba difícil mantener el teléfono contra su oído y articular frases completas. Se balanceaba sobre uno y otro pie, sin darse cuenta de ello.

—Tú no, tú nunca hubieras dudado de mí. He tenido una revelación, Fouad, no sé por dónde empezar. Estaba en la iglesia y he comprendido… lo he comprendido todo… ¡El amor! Es lo único que importa, Fouad. ¡El amor! ¡Oh, amor mío, te he echado tanto de menos! Te he extrañado tanto…

—Jasmine, ¿cómo podemos vernos? ¿Dónde estás? ¿Puedo ir?

—Es imposible —respondió Jasmine, sorbiendo por la nariz—. Dios mío, las calles están cortadas, hay policía por todas partes y no circulan taxis.

Cerró los ojos para contener un nuevo acceso de lágrimas y declaró:

—Iré a buscarte. Prepárate.

Sin embargo, tuvo que luchar diez minutos con Coûteaux. Esa noche no se podía salir del apartamento. Aunque él aceptara, la sección de CRS enviada para cortar el acceso a su calle no autorizaría la salida de un convoy.

Jasmine llamó a Vogel, a Habib y finalmente a su madre. Esta acabó aceptando. ¿Por qué? Jasmine lo ignoraba e incluso le preocupaba: la facilidad con la que había cedido, su tono extraño, desengañado… ¿Había «renunciado»?

Se solicitaron dos coches de refuerzo y fue necesaria media hora para preparar el convoy, que se lanzó a toda velocidad a lo largo del canal Saint-Martin en dirección a la place d'Aligre.

8

Sentada en su cama, Aurélie se tapaba los oídos para no oír la violenta discusión de sus padres, a pesar de que se hallaban en el otro extremo del piso, en el salón del piano. Cuando cesaron los gritos, intentó recordar lo que había escrito en aquella carta para reescribirla. Pero cuanto más se esforzaba en recordar las palabras exactas, más difícil le resultaba redactarla.

Arrugó varias hojas antes de decidirse a escribir una nueva carta. Una carta que empezaba en Bandol el verano anterior, donde hablaba del mar, de las adelfas, de los pinos y de la parra que cubría la terraza a la que iban cada tarde y cuyas hojas ya empezaban a oscurecer. Aurélie, repentinamente inspirada, recordaba haber visto a menudo a Krim silencioso, como si tratara de abolir el tiempo murmurando sin darse cuenta unas inaudibles melodías y, más curiosamente, picando con su pajita las motas apretujadas que el sol dibujaba en el mantel al caer sobre el harapiento follaje de la parra. Mientras ella, envuelta en su pareo turquesa, hablaba de cualquier cosa con los torsos desnudos de la playa que la seguían como un halo de mosquitos.

Arrugó el papel, tomó otro y lo arrugó incluso antes de empezar a escribir.

En el otro extremo del piso, la discusión continuaba. Contrariada, Aurélie sacó la lengua. Su madre se había sentado al piano y tocaba *fortissimo* para ahogar las explicaciones y los lamentos de su padre.

—Joder —resopló dirigiéndose al balconcillo de su habitación—, ¡joder, joder, joder…!

Intentó llamar a Nico. El chico no había contestado ninguno de sus mensajes desde que se había dado cuenta de que le habían robado la carta. Esta vez, una voz mecánica le anunció que el número al que estaba llamando no existía.

9

Fouad se había cambiado de ropa y vestía de nuevo su atuendo para todas las ocasiones con su mejor camisa blanca. Vio aparecer dos vehículos negros en la esquina de la plaza del mercado, de los que salieron unos hombres con pinganillo y comprobaron los accesos a la plaza y los alrededores de las tiendas cerradas. Entraron acto seguido en el edificio de Fouad y llamaron a su puerta. Fouad estaba acostumbrado a ese proceder: les dejó entrar y verificar la seguridad del apartamento. Quince minutos después de esa avanzadilla, el coche de Jasmine llegó al pie del edificio. La VIP, como la llamaban los agentes de seguridad, fue escoltada hasta la última planta. Tres coches de policía acordonaban la plaza y los dos vehículos de protección de Jasmine mantenían los motores en marcha por si fuera necesario sacarla de allí urgentemente. Semejante dispositivo no era habitual para un miembro de la familia de una personalidad amenazada, pero el atentado contra Chaouch había hecho rodar cabezas en el GSPR y en esos momentos ninguna precaución estaba de más.

El mayor Coûteaux llamó a la puerta entreabierta de Fouad. Jasmine miró a Fouad llorando mientras su guardaespaldas inspeccionaba el apartamento. Fouad la miraba como si no la hubiera visto desde hacía años y no advirtió la mirada torva que le dirigió el mayor. Coûteaux había olido su aliento aún alcoholizado, a pesar de los tres interminables minutos que Fouad había dedicado a lavarse los dientes.

Coûteaux dejó la puerta entreabierta y esperó fuera. Jasmine saltó sobre Fouad, obligándole a sostenerla a unos centímetros del suelo.

—Quiero que vengas conmigo. Quiero que vayamos juntos a ver a mi padre al hospital.

Algo había cambiado, en esos tres días, en el rostro de su novia.

Fouad no le dijo nada al respecto, pero tuvo la sensación de que estaba un poco loca.

—No me dejarán entrar, Jasmine, ya lo sabes...

Ya no se atrevía a mirarla a los ojos, pensando en Nazir, en la *thunder road* que él nunca hubiera tomado si su hermano no le hubiera dado la idea.

Una cólera inexplicable alzaba a la chica de puntillas y agitaba su pecho a un ritmo cada vez más desenfrenado.

—Ya veremos —decidió asiendo la muñeca de su novio.

10

En la Prefectura de Policía se reclamó urgentemente la presencia del comisario Maheut ante las pantallas de la Bastilla. En las principales arterias que conducían a la plaza habían comenzado unos ataques simultáneos que parecían maniobras de diversión. Dos cócteles molotov habían incendiado el pie de la columna de Julio.

—¡Envíen refuerzos! —gritó al capitán sentado detrás del puesto de mando.

—Comandante, las últimas unidades disponibles están protegiendo la Isla de la Cité. Ya tienen con qué defenderse, ¿no cree?

Mientras los furgones alineados a lo largo de la explanada de la Ópera se desplegaban para hacer frente a los lanzamientos de piedras y de trapos en llamas de los alborotadores, el comisario intentó ponerse en contacto con el brigadier jefe. Este había desconectado su pinganillo.

—¡Localicen las cámaras de la avenue Daumesnil!

Las cámaras de vigilancia no llegaban hasta la Coulée verte, salvo una que ofrecía una vista cenital de un trozo del paseo al descubierto, en el lugar en que se transformaba en puente para cruzar la avenue Ledru-Rollin. El capitán inclinó la cámara y enfocó al brigadier jefe acompañado de un subrigadier. Avanzaban solos por ese puente, empuñando las Flash-Ball.

El joven comisario se quedó sin saliva ante esa impresionante imagen y abrió la boca esperando que, con el aire, entrara también un poco de humedad.

11

Jasmine y Fouad circularon en dirección al Val-de-Grâce. Cuando el coche se detuvo frente al amplio portal, unos guardaespaldas trajeados pidieron hablar con Coûteaux. Desde la ventanilla trasera, Jasmine veía cabezas y miradas que decían que no, reforzadas con movimientos rasantes de la palma de la mano que significaban aún más que no, que querían decir: de ninguna manera.

Jasmine salió del coche. Coûteaux interrumpió la conversación con sus colegas para ordenarle que volviera a su sitio.

—¡O le dejan entrar o monto un escándalo!

—Señorita Cha...

—¡Cállate! ¡Cállate!

La chica se puso a gritar desaforadamente. Coûteaux tomó la iniciativa.

—De acuerdo, le dejaremos entrar, de acuerdo...

—¡Ahora!

—Sí, pero tenemos que cachearle, señorita.

—En tal caso, ¡cachéeme a mí también!

Petrificado en su asiento, Fouad seguía la discusión y solo comprendía la mitad de lo que decían. Le indicaron que saliera y fue conducido en dirección a una puerta cochera, detrás de la cual dos hombres le palparon y le pidieron que se quitara los zapatos. Fouad perdió el equilibrio al intentar descalzarse sin agacharse y ninguno de los dos gorilas le sostuvo.

Unos instantes más tarde le llevaron a través de un patio al edificio que albergaba el servicio de reanimación. Otros gorilas trajeados vigilaban los accesos y había incluso un pequeño destacamento de militares armados como si se dispusieran a entrar en combate. En la planta baja vio a Esther Chaouch al pie de las escaleras, intentando calmar a su hija. Fouad la había visto ya varias veces, pero el efecto que producía en él aún era el mismo: más que una celebridad —en el fondo estaba acostumbrado a las celebridades—, era la mujer del hombre al que más admiraba en el mundo. Por ello la rodeaba parte de su aura y Fouad tenía la boca pastosa al intentar saludarla debidamente...

Esther Chaouch le dirigió una sonrisa contrita. No era absolutamente glacial, pero carecía de humanidad.

Unos guardaespaldas, a distancia, no perdieron detalle de la conversación que tuvo lugar a continuación entre madre e hija; tampoco apartaban la mirada de Fouad. Este quiso intervenir para explicar que no quería causar problema alguno, pero Jasmine se hubiera sentido ridícula y aún más sola, y en ese momento su propia incomodidad le pareció irrisoria al lado de la pasión que animaba a su novia.

En el exterior del hospital, el equipo encargado del seguimiento de Fouad las veinticuatro horas del día conversaba con el nuevo responsable de la protección de la familia Chaouch. Esther Chaouch acabó aceptando que Fouad subiera a la planta a condición de que no entrara en la habitación. Jasmine pateó literalmente los adoquines del patio.

—¡Es mi padre! —gritó.

—Cálmate, Jasmine, contrólate un poco, por Dios, estamos en un hospital y nos… pones en evidencia…

Fouad jamás había sentido semejante vergüenza; le consideraban como un problema que había que resolver, en la encrucijada de los imperativos de seguridad y del capricho de una princesita. Jasmine aceptó la solución de compromiso propuesta por Coûteaux bajo control de Esther: Fouad aguardaría en la sala de espera mientras Jasmine pasaba un rato con su padre.

La dulzura de Coûteaux y su aparente benevolencia respecto a Fouad al volverse hacia él pusieron fin a la cólera de Jasmine.

Esther Chaouch los acompañó hasta la sala de espera, una habitación rectangular, confortable y fuertemente vigilada. Jasmine besó ávidamente a Fouad, provocativamente, y le dejó frente a la mesa baja, en un asiento sin respaldo donde pronto se vio sometido al desprecio y la indiferencia de aquella que, unas horas antes, era aún la primera dama.

12

A pesar de que Frédo repetía las instrucciones que el comisario le vociferaba a través del pinganillo, el brigadier jefe seguía avanzando, convencido de haber visto movimiento entre los matorrales. Se volvió súbitamente para ordenar al subrigadier que desconectara su pinganillo. Parecía querer darle una lección de valor. Inculcarle a las bravas el gusto por la acción.

La visera del casco impedía a Frédo sacarse el pinganillo, así que se quitó el casco, contento de poder tomar un poco el aire.

En ese momento, una sombra surgió de detrás de los arbustos y cruzó el puente a toda velocidad. Un pitbull. Tenía tal fuerza que el brigadier jefe fue proyectado contra la barandilla del puente y disparó instantáneamente la Flash-Ball al vacío. Perdió el equilibrio, rodó por encima de la barandilla y se agarró con una mano a una canalización pegajosa para evitar caer desde nueve metros de altura. Oyó unos alaridos pero no veía nada, así que ignoraba que el pitbull le había saltado al cuello al subrigadier, que no tenía fuerzas para agarrar el cuchillo de emergencia que guardaba en uno de los bolsillos del pantalón.

El comisario Maheut solicitó refuerzos y se aflojó la corbata. No podía respirar, como si las mandíbulas de aquel monstruo le agarraran el cuello a él. De repente, vio aparecer una silueta temblorosa en el otro extremo del puente.

Gros Momo empuñaba su 9 mm. El comisario no podía saberlo, pero estaba apuntando al perro, para salvar al subrigadier.

—¡Para! ¡Sarko! ¡Suéltalo! ¡Suéltalo!

Por mucho que gritara, la bestia no soltaba su presa. El espectáculo era insoportable; Gros Momo disparó dos veces al pecho del perro.

En ese momento, el brigadier jefe, que había logrado encaramarse de nuevo al puente, creyó que Gros Momo le había disparado a su joven compañero. Y con rabia —con la rabia acumulada esos tres últimos días, esos treinta últimos años—, agarró a Gros Momo del cuello y, sin oír los gritos de Maheut desde la sala de mando, lo arrojó por encima de la barandilla. Desde el puente Gros Momo era ya solo una silueta desgarbada, dislocada sobre la calzada como un muñeco de trapo.

Resonó un trueno mientras el brigadier jefe auxiliaba a su joven colega, intentando detener la hemorragia con un improvisado torniquete. Cayeron unas gotas, y en menos de un minuto se puso a llover torrencialmente. Unas ráfagas de granizo se abatieron sobre el cuerpo inanimado de Gros Momo y sobre el del último perro al que había querido, al que había querido aunque fuera un pitbull entrenado para matar. Ese fue, antes de perder la conciencia, el último pensamiento de Mohammed Belaidi, de dieciocho años y medio, natural de Saint-Étienne, departamento del Loira: no era culpa del pitbull que lo hubieran entrenado para el ataque; contrariamente a los hombres, y como había podido comprobar en los ojos color habano de ese pitbull cruzado con un rottweiler, los perros eran seres buenos, perdidos en un mundo de una inexplicable ferocidad.

13

A las tres y cuarenta y siete exactamente, a la hora más sombría de esa noche de tormenta, mientras Jasmine Chaouch se recogía asiendo la mano inmóvil de su célebre padre, un desconocido, Frédéric Mulot, subrigadier de la quinta sección de la Compañía Republicana de Seguridad n.º 3, que había acudido como refuerzo al barrio de la Bastilla, sucumbió a sus heridas en las urgencias del hospital Saint-Antoine, adonde había sido conducido junto a su brigadier jefe en estado de shock.

En el mismo instante, Jasmine oyó un ruido nuevo en el electroencefalograma colocado a la izquierda de la cama. Abrió los ojos sin soltar la mano de su padre y miró ansiosamente a la puerta entreabierta de la habitación que daba al pasillo desierto. Un minuto más tarde, entraron dos enfermeras y le pidieron que se apartara. Jasmine se levantó tambaleándose debido a que sus piernas llevaban demasiado tiempo inmóviles. La ayudaron a sentarse en la silla, desde donde enseguida vio desfilar a todo el personal sanitario de la planta. Despertaron de inmediato al director médico. Los tacones del doctor Saint-Samat hacían mucho ruido sobre el suelo de la habitación: debía de haberse puesto el primer par de zapatos que había encontrado. Pidió a la familia que aguardaran en la sala de espera.

Jasmine detuvo a una enfermera que se apresuraba en dirección a la habitación de su padre.

—¿Qué pasa?

No le respondió. Se echó en brazos de Fouad.

—Jasmine, cariño, ¿estás bien?

Esther —que no había vuelto a fumar desde que entró en la Escuela Normal Superior treinta años atrás— acababa de pedirle un cigarrillo al mayor Coûteaux, que le consiguió uno entre sus hombres. La ventana abierta daba a la capilla y, al volverse después de apagar la colilla, Esther vio a su hija arrodillada, con la cabeza gacha y las manos juntas sobre la silla. Fouad parecía desconcertado: contemplaba su súbita piedad y no la entendía.

Esther no se atrevió a interrumpirla, pero sintió una enorme inquietud cuando la plegaria de su hija fue puntuada con una primera señal de la cruz. La sala de espera había callado para no molestar a Jasmine. Los guardaespaldas se habían puesto firmes y bajaban ligeramente la cabeza para mostrar su respeto.

Lo que oía Jasmine no era el solemne silencio de la sala de espera, sino el canto de los primeros pájaros, la pequeña música del alba, la riqueza y la variedad de la obra de Dios. Y pronto su infinita bondad se siluetó sobre el fecundo silencio que había suscitado en ella: del exterior antaño hostil le llegaba el ruido metálico de los tacones del doctor Saint-Samat, los pasos en el pasillo, que fue la primera en advertir pero que no contó, deliberadamente, por su intuición de que contabilizar era pecado. Y cuando apareció en la sala de espera todo el mundo se precipitó a su encuentro, salvo Jasmine. Permaneció inmóvil y no alzó la cabeza más que para devolverle a su madre los besos y las lágrimas de alegría que hacía llover sobre ella.

14

Sonaron teléfonos por todo París. Entre ellos el de Serge Habib, director de comunicación de Chaouch. Pero no lo oyó. Hacia medianoche había decidido recuperar un poco de sueño. Cerró los postigos por primera vez desde la campaña, encontró en un armario unos tapones Quies y puso el despertador a las seis y cuarto. Al tono continuo de su móvil se sumó pronto el de su fijo, pero Habib no despertó de su sueño hasta un cuarto de hora más tarde, cuando aporrearon la puerta de entrada.

Miró su móvil y vio las decenas de llamadas perdidas, y flotó hasta el vestíbulo, golpeándose contra la mesa redonda que ocupaba el centro del mismo.

—¿Quién es, coño?

—¡Soy el conserje!

Habib, en pijama, entreabrió la puerta y vio que era el conserje, también en pijama y de un humor de perros.

—¡Oiga, estas gansadas no son parte de mi trabajo! Así que la próxima vez, ya sea el director de la campaña, el primer ministro o la reina de Inglaterra, ¡no cogeré el teléfono!

Habib comprendió. Se vistió a toda velocidad y llamó a Vogel, que ya le esperaba en el Val-de-Grâce. Diez minutos más tarde, el director de comunicación, que ni había tenido tiempo de lavarse, cruzó la puerta del hospital y subió las escaleras a la carrera. La sala de espera estaba tres veces más concurrida que esos últimos dos días. Todos los asesores más próximos le recibieron con la misma sonrisa. En sus rostros se reflejaba el agotamiento, la destemplanza, las pieles tensas por el despertar sobresaltado y el apresurado aseo.

Habib se abrió paso ayudándose con el muñón y un guardaespaldas le conducía a la habitación. Frente a la puerta esperaban Esther, Vogel, Jasmine y —sorpresa— Fouad Nerrouche.

Saludó a los tres primeros y empezó a hablar de la rueda de prensa. Vogel llevaba la camisa del pijama debajo de la americana. Hizo un aparte con Habib y le dijo en voz baja:

—Ha pasado una cosa, y que quede entre nosotros.

—¿Y el novio de Jasmine qué...?

—Da igual, no ha oído nada. Idder ha dicho cosas al despertar. Ha hablado.

—¡Coño, es genial! ¡Ha hablado! ¿Y qué ha dicho?

—Pues no lo sabemos... —respondió Vogel—. Hablaba en chino. Aún no ha abierto los ojos, pero ha hablado. ¡En chino, joder!

Habib iba a reaccionar cuando una enfermera salió de la habitación a la carrera. Cerró mal la puerta. A través del enjambre de médicos ajetreados alrededor de la cama, los dos asesores más próximos de Chaouch vieron moverse la mano de su jefe, separando un dedo y después otro.

—¿En chino? ¿Y por qué en chino?

Habib no se lo podía creer.

—Eso cambia las cosas —añadió al oído de Vogel vigilando en derredor.

—¿Qué, el chino?

—No, la destitución... El Consejo Constitucional dictaminó anoche... Apenas hace unas horas, coño, no me dirás que...

—¿Qué? ¿Que no pueden cambiar de opinión de un día para otro? Pues así es, justamente. Esa puta decisión está grabada en piedra... Mira, ya hablaremos de ello, pero de momento hay que concentrarse en el plan de comunicación. Reúne a tu equipo. No será necesario desplazarse al cuartel general, pediremos una sala y trabajaremos aquí hasta que amanezca. ¿De acuerdo?

15

Jasmine no paraba de besar a su madre y Fouad sintió que no tenía nada que hacer en el pasillo, con los más allegados.

Se alejó despacio hacia la ventana abierta de la sala de espera. Apoyado en el coche blindado, Aurélien Coûteaux hablaba por teléfono, agitado. Parecía nervioso, tenso, «humano».

Jasmine se reunió con Fouad, le abrazó y le dijo dirigiendo a su rostro extenuado una mirada dolorosa, enamorada, histérica:

—Es gracias a ti, Fouad. Es gracias a nosotros, a que nos hemos encontrado de nuevo, ¿lo entiendes? ¡Es gracias a que nos queremos!

Por toda respuesta, Fouad le acarició sus cabellos morenos.

Jasmine movió el brazo en dirección a su guardaespaldas y le indicó que subiera. Coûteaux alzó la mano para decir: Ya voy, un segundo.

—No puedo seguir hablando contigo ahora, tengo una urgencia —dijo al aparato.

—¡Me cago en la puta! —gritó la voz al otro extremo de la línea—. ¡No cuelgues! ¿Me oyes? ¡No te atrevas a colgarme!

—Por las noticias que tengo, no eres tú quien me da órdenes. Así que cambia de tono, deja de llamar a este número y vete a tomar por el culo.

Colgó y subió a la planta iluminada.

16

—¡Coûteaux! —gritó Nazir—. ¡Coûteaux!

Asestó varios puñetazos a la cabina de teléfono y apoyó la cabeza contra el cristal chorreante de rocío.

Fleur tenía los ojos hinchados después de haber pasado la noche en vela. Su camión había rodeado un lago interminable y se había detenido para permitirle a Nazir hacer una enésima llamada. Fleur aprovechaba para respirar un poco de aire puro; dentro del camión se escondían entre cerdos negros, y una pocilga móvil es igualmente pestilente.

Nazir se acercó a ella y le indicó al nuevo conductor que esperara un momento.

La cabina telefónica daba a un chalet coronado por una veleta inmóvil. Desde allí hasta unos doscientos metros, la orilla del lago conservaba su virginidad original. Aunque no exactamente, a decir verdad, porque aún estaban los guardarraíles de la carretera, hechos con troncos de madera calibrada. Al otro lado del lago, a media hora en coche, se había alzado la carpa para el espectáculo del día siguiente.

Fleur observaba la niebla que flotaba sobre la superficie oscura del agua tiñéndose de imperceptibles tonos de azul y rojo, mientras que el cielo que por fin resultaba posible distinguir de las montañas era violeta hacia el oeste y de un suntuoso rojo anaranjado allí donde el sol comenzaba a renacer.

Nazir miraba al cielo bajo el que, a medida que el relieve emergía del sueño, se precisaban los contornos. La niebla se desplazaba sobre el lago, alejándose de la orilla donde Nazir vio de repente aparecer dos faros, no el monofaro que unos segundos antes se hubiera visto borroso debido a la niebla, sino dos faros muy claros que circulaban a toda velocidad junto al lago.

Creyó que eran «ellos», pero los coches adelantaron al camión de la granja que debía llevarles, a él y a Fleur, al otro lado de la frontera, si lograban sobrevivir al olor, a esa pestilencia que hacía llorar a Fleur. Se volvió hacia Nazir y le preguntó:

–Estaremos siempre juntos, ¿verdad? No nos separaremos nunca, ¿a que no? No después de esto...

De repente, Nazir vio una sombra en el cielo, un cuervo metálico que volaba bajo y que no alcanzaba a creer que fuera real: el objeto cobró enseguida el aspecto de un helicóptero del ejército volando hacia el otro extremo del lago.

17

Las imágenes se movían mucho a pesar del estabilizador de la cámara instalada en el casco del jefe del comando. La ministra del Interior desplazaba las mandíbulas de un lado a otro, resoplando de una forma extraña, y se agitaba en su sillón. El cañón del fusil de asalto del jefe del comando apuntaba al horizonte, como en un videojuego en el que ella fuera el actor virtual.

Los hombres del comando entraron en las caravanas una por una, pusieron patas arriba meticulosamente el circo, y vociferaron a quienes despertaban que les dijeran dónde se hallaba el hombre cuya foto les mostraban.

Ninguno hablaba francés. «¡Pero todos son capaces de reconocer un rostro!», se irritó Mansourd, que tenía la convicción de que se negaban deliberadamente a colaborar.

El agente de la DGSE que se había quedado en el helicóptero indicó a Mansourd que seguían recibiendo la señal de la BlackBerry.

En París, la ministra descruzó las piernas y se apoyó en la otra nalga. Montesquiou estaba al borde de la apoplejía.

Mansourd siguió al jefe del comando y otros tres hombres en dirección a la caravana más alejada del campamento. No hubo ningún aviso antes de derribar la puerta. Una vez en el interior, la cámara del jefe del comando barrió con el cañón de su fusil una pequeña cocina, un sofá y, finalmente, otra puerta que conducía a un pequeño dormitorio. Vermorel y Montesquiou esperaban encontrarse a Nazir con las manos arriba, a torso desnudo, sorprendido, tal vez, en un momento de intimidad deportiva con una joven contorsionista.

En lugar de ello, se quedaron estupefactos al descubrir a un chimpancé, con una gran sonrisa, vestido con un trajecito azul, blanco y rojo, que saltaba alegremente en la litera superior.

El jefe del comando bajó el arma y cacheó al mono. En el vestido de su chaqueta a medida encontró la BlackBerry de Nazir.

Loca de rabia, Vermorel ordenó anular la operación y regresar de inmediato a Francia antes de ser descubiertos. Mansourd alegó que quizá se hallara en un radio de unos pocos kilómetros, que quizá se podía…

−¡Cállese! −gritó la ministra−. ¡Regresen ahora mismo!

Montesquiou se crispó ante la imagen de aquel mono que se burlaba de ellos. Vermorel esperó a que la pantalla se cubriera de nieve para estallar de ira y buscar un cabeza de turco.

Una llamada urgente ofreció a Montesquiou un pretexto para huir de la cólera de la ministra; desapareció en la antecámara y verificó que nadie pudiera oírle en cuanto comprendió quién le llamaba.

−¿Qué son esos relinchos de caballos? ¿Dónde está?

−De vuelta en casa −respondió una voz femenina al otro extremo de la línea.

−La SDAT la está buscando por lo del móvil −dijo muy serio el joven−, y esos cretinos la llaman «la amazona». ¿Sigue ahí?

−He encontrado la pista de Waldstein.

Montesquiou calló. Luego declaró:

−Ahora ya es demasiado tarde. Nazir ha logrado escapar del comando. Estará de acuerdo en que no tenemos tiempo para ocuparnos de Waldstein, ¿verdad?

−Se dispone a marcharse. Lejos, a Sudamérica. ¿Me confirma que le deje marcharse?

−Sí, lo confirmo −suspiró Montesquiou, cada vez más irritado por el lenguaje de esos profesionales del secreto a los que le pesaba, a la larga, verse obligado a dar órdenes.

18

Rabia había oído a un neurólogo explicar en un programa de la tele que nuestro sueño se divide en ciclos de hora y media: desde ese día, anotaba mentalmente la hora a la que se dormía y comprobaba de buena mañana que hubiera dormido equis veces una hora y media. No fallaba nunca: siempre dormía siete horas y media o seis horas, pero nunca ocho o seis y media. Se habían reído repetidamente de su ingenuidad, pero Rabia seguía creyendo en ello. Hasta ese miércoles por la mañana, cuando se levantó cuatro horas exactamente después de haberse dormido. Comprobó la esfera del reloj e intentó recordar el tiempo que le había llevado dormirse «cuatro horas» antes: ese lapso de tiempo le parecía imposible, y hubiera jurado que se había quedado dormida nada más taparse con el edredón.

Sorprendida, un poco aturdida, se levantó, escuchó la trabajosa respiración de Dounia, meneó la cabeza suspirando y salió de la habitación de puntillas. Ya no tenía sueño y no entendía qué le ocurría.

Descendió a la planta baja y bebió un vaso de agua en la cocina. Unas franjas de luz diurna aparecían en los intersticios de los postigos.

Unas imágenes de Mouloud Benbaraka la sacudieron como un escalofrío. Era una pesadilla en vela que había tenido varias veces desde el domingo:

Se encontraba sola en el salón de su apartamento de la rue de l'Éternité, viendo la tele, y de repente sentía una presencia, una presencia hostil; miraba los cristales desnudos entre las cortinas abiertas, pero era la puerta lo que intentaban forzar, y se despertaba en el momento en que el intruso lo conseguía. Como si el Miedo, al alcanzar su intensidad máxima, la expulsara mecánicamente de ese universo que Ella había confeccionado a medida.

En el mundo de los sueños quizá, pensó Rabia, pero no fuera de allí: volvió bruscamente la cabeza, segura de haber oído abrirse la puerta de entrada. Encendió la radio y oyó la noticia: Chaouch se había despertado. No se lo creyó, hasta oír anunciar una rueda de prensa del director médico del Val-de-Grâce a las siete y media y que «evidentemente» se emitiría en directo. Rabia abrió unos ojos como platos. Quiso gritar, avisar a todos los de la casa, encender las luces, abrir los postigos, dejar que el sol entrara en la cocina. De repente ya no tenía miedo, ¡no volvería a tener miedo jamás!

Pero su entusiasmo se quebró al oír una serie de golpes absurdamente violentos contra la hoja de la puerta de entrada.

Apagó la luz de la cocina y sintió que le flaqueaban las piernas. El terror le atacaba las piernas antes incluso, al parecer, de aumentarle el ritmo de las pulsaciones cardiacas. Se dirigió cautelosamente al salón, esperando llegar al teléfono para avisar a la policía, pero oyó la voz dura del hombre que intentaba derribar la puerta:

—¡Policía! ¡Abra!

Encendió la luz de la sala y luego la del vestíbulo, y empezó a girar la llave en la cerradura.

—¡Policía! ¡Abra! ¡Abra!

—¿Quién... es?

—¡Policía! ¡Abra inmediatamente o derribaremos la puerta!

¿Por qué gritaban tan fuerte? ¿Por qué venían tan temprano? Abrió, pero no tuvo tiempo de acompañar la hoja de la puerta: se la arrancaron literalmente de las manos para permitir que una decena de hombres de paisano, armados, con brazaletes y chalecos antibalas, entraran en el pasillo.

—¿Rabia Bounaïm-Nerrouche? Comisión rogatoria. El juez Rotrou ha ordenado su detención.

—Pero si ya he... —protestó Rabia.

—Vamos, no hay nada que discutir.

La colocaron de cara a la pared y le pusieron las esposas sin miramientos.

—¡Yo no he hecho nada! —lloró—. ¿Cuándo van a dejarnos en paz? ¡No hemos hecho nada!

—Sí, claro, nadie ha hecho nada. Por supuesto. ¿Tu hermana está en el piso de arriba?

No vio a ese capitán de la SDAT cuando la interrogaron la noche del atentado. Era un tipo bajo y gordo de rostro cuadrado, ojos felinos y cejas espesas inclinadas hacia arriba: el puro rostro de la maldad.

Rabia tuvo tiempo de decir, entre las lágrimas que le ahogaban el pecho:

—Tengo un abogado, Szafran...

Pero el capitán no reaccionó. Se ajustó el brazalete, apretó las esposas de Rabia y la condujo personalmente al exterior.

—¡Me está haciendo daño! ¡Déjeme vestirme, por lo menos!

Vestía un camisón rosa y zapatillas. Al ver que el capitán seguía sin reaccionar, se puso a gritar:

—¡Yo no he hecho nada! ¡No he hecho nada!

—Mire —respondió por fin el capitán—. Disponemos de nuevos elementos que la implican directamente, al igual que a su hermana. Y además, ¿por qué iba a detenerla el juez Rotrou si no hubiera hecho nada?

19

En su domicilio, en pijama, el juez Wagner cruzó el pasillo para ir al baño. Al ver que había luz en la habitación de Aurélie, llamó dos veces suavemente a su puerta; Aurélie se removió en la cama. Entró. La muchacha tenía el cabello alborotado y el ceño fruncido. Sobre la colcha rosa había esparcidas decenas de páginas garabateadas y arrugadas. Las recogió nerviosamente y ocultó su rostro entre sus puños.

—¿Por qué no estás durmiendo a estas horas?

—Papá…

El juez la miró, ladeando la cabeza. Esa expresión voluble, esa boca de adolescente y esos ojitos de colores diferentes eran lo que había puesto fin a su carrera.

Dirigió una sonrisa apenada a su hija, pensando que los hijos son monstruosos porque no se les puede reprochar nada, porque en realidad no deciden nada cuando causan un daño.

—Vamos, duerme un poco —dijo, apagando la luz.

Después de ir al baño, se vistió y fue a ver a Thierry, que dormitaba en el salón.

—Ya no pasaremos mucho tiempo juntos —murmuró al despertarlo—, y si no tiene inconveniente me apetecería dar un paseo.

Diez minutos más tarde, el coche avanzaba por la circunvalación. El juez tocó el hombro de su escolta y chófer cuando se acercaban a Levallois-Perret.

—¿Señor?

—Espere, Thierry, aminore la velocidad. No se detenga.

Unas grúas se alzaban por encima de los miradores de la sede de la DCRI, y el juez Wagner no pudo evitar fijarse en cómo se recortaban contra el cielo crudo y decolorado. Había dejado de llover y entre las nubes oscuras aún mayoritarias se hacían un hueco retazos de azul. El juez recordó las esculturas de los santos en el Vaticano y las nubes que le habían hecho creer que se movían. Ocurría lo mismo con las grúas y los miradores de ese complejo ultraprotegido, que compusieron una figura androide, mitad hombre y mitad máquina, animada también por el cielo en movimiento.

Le llamaban a su teléfono personal: Poussin. Descolgó y oyó la voz titubeante de aquel del que se había sentido durante un tiempo como su mentor. Poussin le informó de que Rotrou había detenido de nuevo a las inseparables hermanas Nerrouche, fuera incluso del horario legal de detención, aunque ese era un límite que podía ignorarse en un caso considerado de antiterrorismo.

Wagner meneó la cabeza en señal de fastidio y de impotencia. Aprovechando que su joven colega vacilaba antes de colgar, se aclaró la voz y añadió en un tono que por primera vez no era estrictamente profesional:

—Guillame, va a tener que luchar. Rotrou intentará devorarle como a los demás. ¿Entiende a qué me refiero?

—S-s-sí, señor.

—Lo de Saint-Étienne fue una mala idea —añadió Wagner—. Hay que investigar en París. En el complot se mezclan... mire, esto va mucho más allá del marco de la familia Nerrouche... Todo está en las escuchas de ese tercer móvil, ya que si han sido clasificadas es porque contienen información crucial...

—Es también la p-p-prueba de que tienen m-m-miedo...

—Por supuesto. Pero en su posición, disponen de medios para tener miedo tranquilamente... Le daré también mis notas sobre un testimonio que podría incluirse como declaración anónima. Se trata de una comandante del GSPR, Valérie Simonetti, hay que...

Wagner calló al recordar que se había recusado y que ya no era su caso.

—Ánimo, Guillaume.

—G-g-gracias, señor juez —balbució el joven Poussin—. C-c-confíe en m-m-mí...

Wagner arqueó las cejas y colgó. Miró a su escolta.

—Lo siento, Thierry, regresemos.

Marcó el número de Valérie Simonetti mientras Aqua Velva le conducía al Palacio de Justicia; le explicó a la exjefa de la seguridad de Chaouch que se había recusado y que ahora debería tratar con su colega, el juez Poussin.

En su despacho de la galería Saint-Éloi parecía que se hubiera celebrado una fiesta: las carpetas estaban esparcidas alrededor de la cafetera, su mesa cubierta de notas garabateadas apresuradamente y manchadas de café. Se sentó detrás de la mesa de su secretaria y, sin encender otra luz más que la lámpara de trabajo, contempló la vasta estancia desde un ángulo al que no estaba acostumbrado, el ángulo de Alice.

De repente llamaron a la puerta: el enorme rostro de Rotrou apareció, horriblemente ladeado y trabajado por una sonrisa de malsana alegría.

—Es usted muy madrugador para ser un hombre en paro...

Como Wagner no respondía y parecía ignorar su presencia, el Ogro añadió:

—Tendrá que entregarme sus notas, así que mejor hacerlo ya ahora...

—Se equivoca, Rotrou —dijo Wagner sin mover los ojos, con las manos apoyadas en los brazos del sillón de Alice—. Esa pobre familia no tiene nada que ver con el complot, es aquí donde hay que investigar...

Con la boca abierta, Rotrou jadeaba sin que, sin embargo, le faltara el resuello: jadeaba por un exceso de energía ventilatoria. Estaba en mangas de camisa, con los tirantes sueltos. Sus antebrazos imberbes parecían desmesurados, desprovistos de toda musculatura, simplemente gordos como muslos.

Señaló la mesa con un gesto flácido de su zarpa de oso que pretendía englobar, por extensión, todo el despacho, toda la institución judicial.

—No es lugar para humanistas, Wagner. Quiere que hablen bien de usted, que escriban artículos: el buen juez Wagner, el amable juez Wagner, Henri Wagner el íntegro, Henri el independiente, Riton el tierno...

Wagner le dedicó un corte de mangas.

El Ogro sorbió profundamente, reuniendo una flotilla de flemas en el fondo de su garganta. En lugar de escupir como cabría pensar que se disponía a hacer, afirmó:

—Quien quiere ser ángel se vuelve bestia.

Y acto seguido se despidió, cerrando delicadamente la puerta que ni siquiera se había dignado a cruzar.

20

El capitán Tellier estaba acabando de desayunar. Había pasado la noche intentando recomponer el rompecabezas de lo que Krim había hecho a lo largo del domingo, releyendo las declaraciones de toda la familia, de Mouloud Benbaraka, y volviendo una y otra vez a la parte mollar que constituía la declaración del responsable de las lanchas del Pont-Neuf, que describía a «la amazona» como una «rubia alta de cabello llamativo», que parecía «azorada», con credenciales policiales «perfectamente creíbles» y con una mirada «dura y con un punto de locura».

Ningún servicio susceptible de haber querido hacerse con el móvil de Krim había afirmado conocer a una agente que respondiera a esa descripción; por lo tanto, se trataba presumiblemente de una cómplice de Nazir. Lo que añadía una tercera persona al complot, una más, una de más, pensaba Tellier, sintiendo cómo la fatiga le volvía pesados los párpados y también los músculos de la espalda.

Oyó de repente el ruido de unos pasos familiares: unos pasos con tres piernas.

Montesquiou se materializó en la puerta de su despacho. Tellier se levantó trabajosamente.

—Buenos días, capitán, quisiera ver a Abdelkrim Nerrouche.

Tellier tragó el último bocado de cruasán y declaró, molesto:

—Lo siento, señor, pero no va a ser posible. El chaval está durmiendo y usted no está… podría causarme problemas…

—Sí, claro que va a tener problemas… como no me deje entrar.

Tellier suspiró.

—Tendré que hablar con el comandante Mansourd, no puedo asumir la responsabilidad de…

Montesquiou alzó la voz:

—Capitán, usted trabaja para mí, no tiene usted responsabilidad alguna, yo ordeno y usted obedece, ¿está claro?

Tellier sacó la lengua y la orientó hacia su labio partido. Condujo al director del gabinete de la ministra a la celda de Krim.

21

Krim dormía como un bendito; un golpe del bastón contra el catre le despertó, sobresaltado.

—Vamos, arriba, en pie, tenemos cosas de que hablar.

Montesquiou se apoyó contra la puerta de la celda y sacó la segunda hoja de la carta de Aurélie.

—Tengo dos buenas noticias, Abdelkrim.

Krim se frotó los ojos como un chiquillo.

—En primer lugar, Chaouch estaba en coma y acaba de despertar.

Pero la segunda buena noticia hizo que Krim olvidara la enormidad de lo que acababa de saber:

—Y tu novia me ha pedido que te haga llegar una carta.

Krim estaba completamente despierto. Se acercó para asir el papel, pero Montesquiou lo apartó en el último instante.

—¿Recuerdas la conversación de la última vez? Si quieres la carta, tendrás que darme algo a cambio…

—Pero…

—Francamente, sería una lástima que tuviera que marcharme con la carta… Una verdadera lástima. Vamos, haz un pequeño esfuerzo…

Krim había pensado en algo antes de dormirse, cuatro horas antes. No tenía nada que perder, y dijo:

—El SMS que Nazir me envió por error… Estaba enfadado por haberlo recibido yo y me dijo que lo borrara de inmediato… parecía superimportante y…

Montesquiou pasó la mano por su cabellera rubia. Todo eso ya lo sabía; la lentitud de Krim le volvía loco y su bastón temblaba, estremeciéndose como una pierna desnuda en el frío.

—Hablaba de una ciudad a la que tenía que ir, no sé si tendrá relación…

—¿Qué ciudad? Te refieres a G., ¿verdad?

Montesquiou sintió que iba a perder la paciencia si en ese momento el rostro de Krim se descomponía, si había olvidado que se trataba de recordar el nombre al que correspondía esa maldita inicial.

—No me acuerdo muy bien, era como Ginebra… pero en Italia.

Montesquiou se incorporó, exultante.

—G. de Génova, claro…

—¿Cómo?

—¿Se lo has dicho a nuestros amigos? —preguntó Montesquiou, señalando con la cabeza hacia la puerta de la celda.

—No, dijimos que…

Montesquiou dio un golpe con el bastón y dejó caer el papel al suelo.

—Está bien. Sigue sin decirles nada y quizá te haré otros regalitos… —Recordó su primera promesa—. A la espera del regalo gordo, pero ese no llegará de inmediato, como puedes imaginar…

Salió sin decir palabra, con la primera página de la carta en su bolsillo.

Y Krim descubrió así, en la asfixiante celda sin ventanas donde había pasado las tres últimas noches, mientras fuera amanecía y los ojos de

Chaouch se abrían penosamente ante las figuras en movimiento del servicio de reanimación del Val-de-Grâce, una carta de Aurélie que solo contenía ocho palabras:

Pienso en ti, en todo momento.
Aurélie, xxx

Ocho palabras que leyó y releyó cien veces a lo largo de las horas siguientes, hasta saberse de memoria cada curva de la «a», cada vientre de las «o», cada arco de las «e», cada flecha de las «t», y así hasta el gracioso garabato que formaba el «xxx» de su bella Aurélie.

La coma que puntuaba la frase le hacía saltar las lágrimas, pero hubo otra cosa, por lo menos durante la primera hora, más impactante incluso que el contenido de la carta: su aroma a lavanda. Y ese aroma a lavanda que Krim no sabía ni sabría nunca describir era la prueba de que en su ausencia la Tierra seguía girando; era todo el amor del mundo destilado en un puñado de átomos; era una gotita de esperanza, frágil, fugaz y nimia que, sin embargo, iluminaba el océano entero, irresistiblemente, con la misma asombrosa rapidez con que la luz conquista el cielo después del reinado de la noche que, hacía apenas unos instantes, parecía que fuera a prolongarse por los siglos de los siglos...

Continuará...

ÚLTIMOS TÍTULOS PUBLICADOS

La Quimera del Hombre Tanque, Víctor Sombra
Un reino de olivos y ceniza, VV.AA.
Connerland, Laura Fernández
No es medianoche quien quiere, António Lobo Antunes
En tu vientre, José Luís Peixoto
Z, la ciudad perdida, David Grann
Vidas perfectas, Antonio J. Rodríguez
La Habana en un espejo, Alma Guillermoprieto
Adiós a casi todo, Salvador Pániker
Cien años de soledad (edición ilustrada), Gabriel García Márquez
El libro de los espejos, E. O. Chirovici
El banquete celestial, Donald Ray Pollock
Knockemstiff, Donald Ray Pollock
La parte soñada, Rodrigo Fresán
El mago, César Aira
Cumpleaños, César Aira
Los días de Jesús en la escuela, J. M. Coetzee
El libro de los peces de William Gould, Richard Flanagan
La vida secreta de las ciudades, Suketu Mehta
El monarca de las sombras, Javier Cercas
La sombra de la montaña, Gregory David Roberts
Aunque caminen por el valle de la muerte, Álvaro Colomer
Vernon Subutex 2, Virginie Despentes
Según venga el juego, Joan Didion
El valle del óxido, Philipp Meyer
Industrias y andanzas de Alfanhuí, Rafael Sánchez Ferlosio
Acuario, David Vann
Nosotros en la noche, Kent Haruf
Galveias, Jose Luís Peixoto
Portátil, David Foster Wallace
Born to Run, Bruce Springsteen
Los últimos días de Adelaida García Morales, Elvira Navarro
Zona, Mathias Enard
Brújula, Mathias Enard
Titanes del coco, Fabián Casas
El último vuelo de Poxl West, Daniel Torday